Die Anstalt

JOHN

Katzenbach

DIE ANSTALT

Psychothriller

Aus dem Amerikanischen
von Anke Kreutzer

Weltbild

Die amerikanische Originalausgabe erschien 2004 unter dem Titel
The Madman's Tale bei Ballantine Books, New York.

Besuchen Sie uns im Internet:
www.weltbild.de

Genehmigte Lizenzausgabe für Verlagsgruppe Weltbild GmbH,
Steinerne Furt, 86167 Augsburg

Ein Unternehmen der Droemerschen Verlagsanstalt
Th. Knaur Nachf. GmbH & Co.KG, München.
Übersetzung: Anke Kreutzer
Umschlaggestaltung: Jarzina Kommunikations-Design, Köln
Umschlagmotiv: Getty Images, München (© Kamil Vojnar)
Gesamtherstellung: Bagel Roto-Offset GmbH & Co. KG, Schleinitz
Printed in the EU
ISBN 978-3-8289-8710-4

2011 2010 2009 2008
Die letzte Jahreszahl gibt die aktuelle Lizenzausgabe an.

Für Ray,
der mehr dabei geholfen hat,
diese Geschichte zu erzählen,
als er je wissen wird.

Teil eins

Der unzuverlässige Erzähler

I

Ich kann meine Stimmen nicht mehr hören und weiß daher nicht so recht weiter. Irgendwie hege ich den Verdacht, dass sie diese Geschichte viel besser erzählen könnten als ich. Wenigstens hätten sie ihre eigenen Ansichten und Vorschläge zu der Frage, was am Anfang und was am Ende und was dazwischenstehen könnte. Sie würden mir sagen, wo ich Details einarbeiten oder überflüssige Informationen aussparen sollte, was unverzichtbar und was trivial für sie ist. Nach so langer Zeit fällt es mir nicht eben leicht, mich an diese Dinge zu erinnern, und ich könnte wahrhaftig ihre Hilfe gebrauchen. Es ist so viel passiert, dass es wirklich schwer für mich ist, immer genau zu wissen, was wohin gehört. Manchmal bin ich mir auch nicht sicher, ob die Dinge, an die ich mich deutlich erinnern kann, tatsächlich stattgefunden haben. Eine Erinnerung, die eben noch in Stein gemeißelt war, erscheint mir im nächsten Moment so nebulös wie die Dunstschleier über einem Fluss. Darin liegt eines der Hauptprobleme für einen Verrückten: Man kann sich einfach nie sicher sein.

Lange Zeit dachte ich, es hätte – wie zwischen zwei Buchstützen gewissermaßen – alles mit einem Tod begonnen und mit einem Tod geendet, doch jetzt bin ich mir da nicht mehr so sicher. Vielleicht wurde das alles ja damals, vor so vielen Jahren, als ich jung und richtig verrückt war, von etwas viel Kleinerem und schwer Fassbarem ausgelöst, vielleicht einer heimlichen Eifersucht oder unterdrückten Wut, möglicher-

weise aber auch von etwas viel Größerem und Lauterem wie dem Stand der Sterne am Himmel, den Kräften der Gezeiten oder der unaufhaltsamen Drehung von Mutter Erde. Fest steht nur, dass ein paar Leute gestorben sind und dass ich einfach mehr Glück als Verstand hatte, nicht zu ihnen zu gehören, was zu den letzten Bemerkungen meiner Stimmen gehörte, bevor sie abrupt verstummten.
Anstelle ihres Raunens bekomme ich nun Medikamente, die sie zum Schweigen bringen. Einmal am Tag nehme ich brav ein psychotropes Mittel, eine ovale, eierschalenblaue Pille, von der ich einen derart trockenen Mund bekomme, dass ich wie ein keuchender alter Mann nach zu vielen Zigaretten klinge oder wie ein halb verdursteter Deserteur der Fremdenlegion, der gerade die Sahara durchquert hat und um einen Schluck Wasser fleht. Darauf folgt unverzüglich ein scheußlich bitter schmeckender Stimmungsheber, der die gelegentlichen niederträchtigen, selbstmörderischen Depressionen bekämpft, in die ich, wie mir meine Sozialarbeiterin ständig predigt, jederzeit verfallen kann, egal, wie ich mich gerade fühle. In Wahrheit könnte ich, glaube ich, in ihr Büro marschieren und vor lauter überschwänglicher Freude über den positiven Verlauf meines Lebens die Hacken zusammenschlagen, und sie würde mich trotzdem fragen, ob ich meine tägliche Dosis genommen habe. Von dieser herzlosen kleinen Pille bin ich verstopft und von Wassereinlagerungen so aufgedunsen, als hätten sie mir die Blutdruckmanschette nicht um den linken Arm, sondern um den Brustkorb gelegt und sie dann fest aufgepumpt. Folglich brauche ich ein Diuretikum und ein Abführmittel, um diese Symptome zu bekämpfen. Natürlich bekomme ich vom Diuretikum rasende Migräne, als ob mir ein besonders fieser, grausamer Sadist mit dem Hammer an den Schädel schlüge, ergo gibt es codeinhaltige Schmerz-

tabletten gegen diese kleine Nebenwirkung, während ich wegen der anderen Pille ständig zur Toilette renne. Und alle zwei Wochen bekomme ich ein starkes Antipsychotikum mit einer kurzen Spritze injiziert. Zu diesem Zweck muss ich vor der Schwester im städtischen Krankenhaus die Hosen runterlassen, wofür sie mich mit stets haargenau demselben Lächeln und der haargenau im selben Ton gestellten Frage belohnt, wie es mir denn heute ginge, worauf ich »ganz gut« antworte, egal, ob es stimmt oder nicht, weil ich trotz der verschiedenen Nebelschleier des Wahnsinns durchaus kapiere, dass es ihr so was von egal ist, wie es mir geht, und dass sie es lediglich als ihre Pflicht erachtet, mir eine Rückmeldung zu entlocken.
Das Problem ist nur, dass dieses Antipsychotikum mich zwar, wie sie mir zumindest weismachen wollen, an boshaftem, abscheulichem Verhalten hindert, aber mir auch eine kleine Schüttellähmung in den Händen beschert, so dass sie zittern, als wäre ich irgend so ein nervöser Steuersünder, der dem Buchprüfer des Finanzamts gegenübersitzt. Außerdem zucken mir davon die Mundwinkel ein wenig, so dass ich ein Muskelrelaxanz benötige, damit mein Gesicht nicht zu einer ewigen Kinderschreck-Maske erstarrt. Dieser ganze Cocktail also brodelt mir wohl oder übel durch die Adern, und während er mit seinem beruhigenden Einfluss zu den verantwortungslosen Impulsen eilt, die wie eine aufsässige Teenie-Bande in meinem Hirn herumtollt, greift er unterwegs auch eine Reihe Organe an, die keine Ahnung haben, was das Ganze soll. Manchmal habe ich das Gefühl, dass meine Phantasie einem unberechenbaren Dominostein gleicht, der plötzlich aus dem Gleichgewicht kommt, erst hin und her schwankt und dann gegen all die anderen Kräfte in meinem Körper kippt, so dass er eine groß angelege Kettenreaktion auslöst, bei

der die Steine in meinem Innern willkürlich, klick klick klick alle übereinander purzeln.
Da war es doch entschieden einfacher, als ich noch ein junger Mann war und nichts weiter zu tun hatte, als auf meine Stimmen zu hören. Meistens waren sie auch gar nicht mal so schlimm. Gewöhnlich waren sie schwach, wie ein verhallendes Echo über einem Tal oder auch wie Getuschel zwischen Kindern, die sich in einer Ecke des Spielzimmers Geheimnisse zuflüstern, auch wenn sie, sobald es einmal gefährlich wurde, sich laut Gehör verschafften. Und meistens waren meine Stimmen nicht allzu fordernd. Sie machten Vorschläge, erteilten Rat, stellten unbequeme Fragen. Gelegentlich neigten sie ein bisschen zur Nörgelei wie eine altjüngferliche Großtante, mit der bei einem Festschmaus niemand so recht etwas anfangen kann und die zwar in die Feier einbezogen wird und durch die eine oder andere unsinnige oder politisch unkorrekte Bemerkung aus der Rolle fällt, ansonsten aber weitgehend unbeachtet bleibt.
Irgendwie leisteten die Stimmen mir Gesellschaft, besonders dann, wenn ich keine Freunde hatte.
Ich hatte sogar zwei Freunde, und sie gehören zu der Geschichte. Ich dachte einmal, sie wären sogar der entscheidende Teil der Geschichte, doch da bin ich mir nicht mehr so sicher.
Nun hatte es einige der anderen Leute, denen ich in jenen, meiner Ansicht nach richtig verrückten Jahren begegnete, weitaus schlimmer erwischt als mich. Ihre Stimmen schleuderten ihnen Befehle entgegen wie diese Ausbilder bei den Marines, die Kerle mit diesen dunkelbraungrünen, breitkrempigen Hüten, die sie tief in die Stirn gezogen haben, so dass ihr kahl geschorener Schädel von hinten zu sehen ist. Schritt marsch! Antreten! Abtreten!
Oder schlimmer: Bring dich um.

Oder noch schlimmer: Bring jemand anderen um.
Die Stimmen, die diese Leute anbrüllten, kamen von Gott oder Jesus oder Mohammed oder vom Nachbarshund oder ihrem längst verstorbenen Großonkel, vielleicht auch von Außerirdischen; zuweilen waren sie ein Chor aus Erzengeln oder Dämonen. Diese Stimmen waren hartnäckig und fordernd und nicht im Mindesten kompromissbereit, und ich wurde nach und nach ziemlich geübt darin, anhand der Anspannung, die diesen Leuten ins Gesicht geschrieben stand, und der Verkrampfung ihrer Muskeln zu erkennen, dass sie etwas ziemlich laut hörten und dass dies selten Gutes versprach. In solchen Momenten verdrückte ich mich einfach und wartete beim Eingang oder am anderen Ende des Tagesraums, weil jeden Moment etwas Verhängnisvolles passieren könnte. Es war ein bisschen so wie ein albernes Detail, das ich mir aus der Grundschulzeit eingeprägt hatte, eins von diesen seltsamen Fakten, die irgendwie haften bleiben: Bei einem Erdbeben bietet eine Türöffnung den besten Schutz, weil die Laibung über der Öffnung statisch stabiler ist als eine Wand und einem daher mit geringerer Wahrscheinlichkeit über dem Kopf zusammenbricht. Wenn ich also sah, dass bei einem Mitpatienten die Turbulenzen immer heftiger wurden und eine Eruption zu erwarten war, suchte ich den Türrahmen auf, wo ich die besten Überlebenschancen hatte. Und war ich erst einmal da, konnte ich auf meine eigenen Stimmen hören, die im Allgemeinen auf mich aufzupassen schienen und mich nicht selten warnten, mich schleunigst auf die Socken zu machen und zu verstecken. Sie hatten seltsamerweise einen ausgeprägten Selbstschutzinstinkt, und wäre ich nicht, als sie sich in jungen Jahren zu mir gesellten, so dumm gewesen, ihnen laut vernehmlich zu antworten, hätte es vermutlich nie eine Diagnose gegeben und ich wäre vermutlich gar nicht erst

eingewiesen worden. Doch das ist Teil der Geschichte, wenn auch wahrlich nicht der rühmlichste Teil. Gleichwohl vermisse ich sie auf eigentümliche Weise, denn jetzt bin ich meistens einsam.

Heutzutage ist es ziemlich hart, ein Irrer im mittleren Alter zu sein. Oder Ex-Irrer, solange ich die Pillen nehme.

Jetzt verbringe ich meine Tage auf der Suche nach Bewegung. Ich mag es nicht, zu lange herumzusitzen. Also gehe ich spazieren. Im Schnellschritt, im Eilmarsch streife ich durch die Stadt, von den Parks in die Einkaufszentren, zu den Industriegebieten; dabei bin ich ein aufmerksamer Beobachter, auch wenn ich immer in Bewegung bleibe. Oder aber ich gehe zu Veranstaltungen, wo ich einen ganzen Sturzbach an Bewegung vor Augen habe, wie ein Highschool-Football- oder Basketball-Match oder auch nur das Fußballspiel einer Jugendmannschaft. Sobald vor meinen Augen etwas los ist, kann ich Pause machen. Ansonsten halte ich meine Füße auf Trab – fünf, sechs, sieben oder mehr Stunden am Tag. Ein täglicher Marathon, bei dem ich mir die Schuhsohlen abgelaufen habe und der dafür sorgt, dass ich zäh und mager bleibe. Im Winter erbettle ich mir plumpe, klobige Stiefel von der Heilsarmee. Den Rest des Jahres trage ich Laufschuhe, die ich mir im Sportgeschäft um die Ecke besorge. Alle paar Monate steckt mir der Besitzer ein Paar von einem Auslaufmodell Größe zwölf zu, um das letzte derart abgelaufene Paar zu ersetzen, das mir nur noch in Fetzen an den Füßen hängt.

Zu Beginn des Frühjahrs, nach der Schneeschmelze, marschiere ich zu den Wasserfällen rauf, wo es eine Fischtreppe gibt; dort wache ich jeden Tag freiwillig über die Rückkehr der Lachse in die Wasserscheide des Connecticut River. Diese Aufgabe besteht darin, dass ich tonnenweise Wasser durch den Staudamm fließen sehe und gelegentlich einen Fisch entdecke, der gegen den Strom zu schwimmen versucht, weil ihn ein starker Instinkt zu der Stelle zurücktreibt, wo er einst als Laich abgelegt worden war und wo er, diesem größten Mysterium folgend, seinen eigenen Laich ablegen und dann sterben wird. Ich bewundere die Lachse, weil ich weiß, wie es ist, von Kräften getrieben zu werden, die andere nicht sehen, hören oder nachempfinden können, und einer unumgänglichen Pflicht zu gehorchen, die größer ist als man selbst. Psychotische Fische. Nachdem sie sich jahrelang zu ihrem Vergnügen in der Weite des Ozeans getummelt haben, hören sie plötzlich tief in ihrem Innern eine Fischstimme, die darauf besteht, dass sie sich auf diese unmögliche Reise in den eigenen Tod begeben. Für mich sind diese Lachse so verrückt, wie ich es einmal war. Wenn ich einen zu Gesicht bekomme, notiere ich das auf einem Formular, das mir das Naturschutzamt zur Verfügung stellt, und manchmal flüstere ich ihnen einen stillen Gruß zu: Hallo, Bruder. Willkommen im Club.

Es gibt einen Trick, wenn man die Fische entdecken will, denn nachdem sie im Salz des Ozeans so viele Meilen zurückgelegt haben, sind sie mit ihren silbrig glänzenden Seiten überaus wendig. Man sieht nur ein Schimmern im glitzernden Wasser, das dem ungeübten Auge entgeht – fast so, als ob eine gespenstische Kraft in das kleine Fenster eingedrungen sei, über das ich wache. Inzwischen kann ich die Ankunft eines Lachses schon beinahe fühlen, bevor er tatsächlich unten an der Treppe erscheint. Es macht Spaß, die Fische zu zählen, auch wenn Stunden vergehen können, bevor einer sich blicken lässt, und auch wenn nie genügend kommen, um die Typen vom Naturschutz glücklich zu machen, die auf ihre Rückkehrer-Diagramme starren und frustriert die Köpfe schütteln. Doch meine Fähigkeit, sie auszumachen, bringt noch andere Vorteile mit sich. Immerhin war es mein Vorgesetzter vom Natur-

schutzamt, der die örtliche Polizeidienststelle anrief und sie wissen ließ, ich sei vollkommen harmlos, auch wenn ich mich stets fragte, woraus er das schloss, und auch so meine Zweifel hegte, ob er es wirklich glaubte. Und so werde ich bei den Football-Spielen und anderen Ereignissen geduldet und bin in dieser kleinen, ehemaligen Hüttenstadt inzwischen, wenn schon nicht willkommen, so doch akzeptiert. Mein Tagesablauf wird nicht hinterfragt, und ich gelte mehr als Exzentriker denn als Irrer, ein Etikett, mit dem sich, wie ich über die Jahre begriffen habe, recht gut leben lässt.
Ich wohne in einem kleinen Ein-Zimmer-Apartment, das der Staat bezahlt. Meinen Einrichtungsstil beschreibe ich gerne als Sperrmüll-Moderne. Meine Kleider beziehe ich entweder von der Heilsarmee oder von einer meiner jüngeren Schwestern, die ein paar Städte weiter weg wohnen und gelegentlich, von irgendeinem mir nicht einleuchtenden Schuldgefühl geplagt, versuchen, etwas für mich zu tun, indem sie die Kleiderschränke ihrer Ehemänner plündern. Sie haben mir *secondhand* einen Fernseher gekauft, in dem ich ebenso selten etwas ansehe, wie ich etwas in ihrem Radio höre. Alle paar Wochen kommen sie zu Besuch, bringen sie leicht eingedickte, selbstgekochte Mahlzeiten in Tupperschüsseln mit, und wir reden eine Weile verlegen miteinander, meist über meine betagten Eltern, die wenig Neigung verspüren, mich zu sehen, weil ich sie an die enttäuschten Hoffnungen und die Bitterkeit erinnere, die das Leben so unerwartet mit sich bringt. Ich kann damit leben und versuche, mich von ihnen fern zu halten. Meine Schwestern sorgen dafür, dass die Heizungs- und Stromrechnungen bezahlt werden. Sie stellen auch sicher, dass ich nicht vergesse, die dürftigen Schecks einzulösen, die von verschiedenen staatlichen Hilfsorganisationen kommen. Und sie fragen lieber zweimal nach, damit ich auf alle Fälle meine

Medikamente nehme. Manchmal weinen sie, glaube ich, wenn sie sehen, in welcher Hoffnungslosigkeit ich lebe, doch das ist ihre Sichtweise, nicht meine, denn tatsächlich führe ich ein ziemlich komfortables Leben. Verrückt zu sein gewährt eine recht interessante Sicht auf das Leben. Auf jeden Fall ist man besser in der Lage, gewisse Dinge hinzunehmen, die das Schicksal für einen bereithält, außer wenn die Wirkung der Medikamente ein wenig nachlässt, denn dann kann ich darüber, wie das Leben mit mir umgesprungen ist, ziemlich sauer werden.

Meistens aber habe ich Verständnis, wenn ich auch nicht eben glücklich bin.

Und mein Dasein gewährt mir faszinierende Einblicke, so dass ich zum Beispiel zu einem intimen Kenner der Vorgänge in dieser kleinen Stadt geworden bin. Man würde kaum für möglich halten, was ich bei meinen täglichen Wanderungen alles mitbekomme. Solange ich die Augen offen halte und die Ohren spitze, schnappe ich alles Mögliche auf. Seit meiner Entlassung aus der Klinik, seit all das, was mir dort bevorstand, nunmehr hinter mir liegt, wende ich das Gelernte an, indem ich meine Beobachtungsgabe kultiviere. Während ich meine Tagesrouten abmarschiere, erfahre ich, wer eine schäbige kleine Affäre mit welchem Nachbarn hat, wessen Ehemann ausgezogen ist, wer zu viel trinkt, wer seine Kinder verprügelt. Ich kann genau sagen, wessen Geschäft ums Überleben kämpft und wer, durch Erbschaft oder Lotteriegewinn, zu etwas Geld gekommen ist. Ich weiß, welcher Teenager auf ein Football- oder Basketball-College-Stipendium hofft und welcher andere Teenager für ein paar Monate zu einer entfernten Tante geschickt wird und sich dort vielleicht um eine unverhoffte Schwangerschaft kümmern muss. Ich habe herausgefunden, welcher Cop einen in Ruhe lässt und welcher schnell den Knüppel oder den Strafzettel zückt, je nachdem, um welches Vergehen es sich handelt. Und dann sind da noch alle die weniger bedeutenden Ereignisse, die damit zu tun haben, wer ich bin und zu wem ich geworden bin – zum Beispiel die Friseuse, die mich kurz vor Ladenschluss hereinwinkt, um mir die Haare zu schneiden, damit ich auf meinen täglichen Wanderungen manierlicher aussehe, und die dann auch noch von ihrem Trinkgeld fünf Dollar für mich abzweigt; oder der Filialleiter von McDonald's, der mich vorbeigehen sieht und mir mit einer Tüte Burger und Fritten nachrennt und dem zu Ohren gekommen ist, dass ich lieber Vanille- als Schokoladen-Shakes trinke. Als Verrückter herumzulaufen verschafft einem die klarste Sicht auf die menschliche Natur; ein bisschen ist es so, als strömte die Stadt an einem vorbei wie das Wasser am Fischtreppen-Fenster.

Und es ist ja nicht so, als würde ich mich nicht nützlich machen. Einmal habe ich gesehen, dass ein Fabriktor offen stand, das normalerweise abgeschlossen war, und ich fand einen Polizisten, der die Lorbeeren für den angeblich durch ihn vereitelten Einbruch einheimste. Als ich mir allerdings eines schönen Frühlingsnachmittags das Kennzeichen eines Mannes merkte, der einen Radler überfuhr und, während sein Opfer bewusstlos auf der Straße lag, Fahrerflucht beging, zollte die Polizei mir mit einer Urkunde Dank. Unter der etwas peinlichen Rubrik »Gespür für seinesgleichen« darf ich es wohl verbuchen, dass ich an einem Wochenende im Herbst auf meinem Weg an einem Park mit spielenden Kindern vorbei einen Mann ins Visier bekam und an der Art, wie er am Eingang herumlungerte, sofort erkannte, dass etwas ganz entschieden nicht stimmte. Früher einmal hätten ihn meine Stimmen bemerkt und sich lautstark zu Wort gemeldet, doch diesmal übernahm ich es selbst, ihn der jungen Vorschullehrerin zu melden, die ich kannte und die auf der Bank zehn Meter vom Sandkasten und den Schaukeln entfernt in einer Frauenzeitschrift las und ihren Schutzbefohlenen nicht die nötige Aufmerksamkeit schenkte. Wie sich herausstellte, war der Mann erst kürzlich aus der Anstalt entlassen und am selben Morgen als Sexualtäter angezeigt worden.

Diesmal gab's zwar keine Urkunde, doch die Lehrerin ließ die Kinder ein buntes Bild für mich malen, auf dem sie sich beim Spielen darstellten. In dieser wundervoll krakeligen Schrift, die Kinder haben, bevor wir sie mit Erklärungen und Meinungen belasten, prangte ein großes DANKE quer über dem Gemälde, das ich mit nach Hause nahm und mir übers Bett hängte, wo es sich nach wie vor befindet. Ich führe ein etwas muffig vergilbtes Leben, das mich immer mal wieder an die Farben erinnert, die ich möglicherweise erlebt hätte, wäre ich nicht auf den Weg gestolpert, der mich hierher führte.

Das fasst denn auch mehr oder weniger mein jetziges Dasein zusammen. Ein Mann im Grenzbereich zur Welt der Normalen.

Und ich vermute mal, dass ich so oder so ähnlich auch den Rest meiner Tage herumgebracht und nie daran gedacht hätte, zu verraten, was ich alles über die Vorkommnisse wusste, deren Zeuge ich geworden war, wäre da nicht dieser Brief von einer staatlichen Behörde gewesen.

Er war verdächtig dick, und auf dem Umschlag stand mit Schreibmaschine getippt mein Name. Von dem üblichen Haufen Reklamezettel und Rabattmarken der umliegenden Lebensmittelgeschäfte hob er sich deutlich ab. Man bekommt nicht viel persönliche Post, wenn man ein derart isoliertes Leben führt, und fällt einmal etwas aus dem Rahmen, besitzt es eine magische Anziehungskraft und will ergründet werden. Nachdem ich die übrige Post weggeworfen hatte, riss ich den

Brief mit einiger Neugier auf. Als Erstes registrierte ich, dass sie meinen Namen richtig geschrieben hatten.

Lieber Mr. Francis X. Petrel,

Der Anfang war also viel versprechend. Ein Vorname, den man mit dem anderen Geschlecht teilt, stiftet leider oft Verwirrung. Nicht selten bekomme ich Routineschreiben von der Gesundheitsfürsorge, ihnen lägen keine Ergebnisse von meinem letzten Abstrich vor und ob ich mich denn auf Brustkrebs untersuchen lassen hätte? Ich habe inzwischen aufgegeben, diese fehlgeleiteten Computer zu korrigieren.

Das Komitee zur Erhaltung des Western State Hospital hat Sie als einen der letzten Patienten ermittelt, die entlassen wurden, bevor das Institut vor etwa zwanzig Jahren geschlossen wurde. Wie Sie vielleicht wissen, gibt es eine Initiative, Teile des Klinikgeländes in ein Museum umzuwandeln, während der Rest als Baugebiet ausgewiesen werden soll. Im Rahmen dieser Initiative sponsert das Komitee eine eintägige »Überprüfung« der Klinik, ihrer Geschichte, der wichtigen Rolle, die sie in diesem Bundesstaat gespielt hat, sowie der gegenwärtigen Behandlungsmethoden im Bereich der Psychiatrie. Wir laden Sie ein, an diesem Tag teilzunehmen. Es sind Seminare, Vorträge und Unterhaltungsveranstaltungen geplant. Ein vorläufiges Programm liegt bei. Im Fall Ihrer Teilnahme wenden Sie sich bitte möglichst bald an die unten genannte, zuständige Stelle.

Ich las Namen und Telefonnummer der Person, die mit Vorstand des Planungsausschusses betitelt war. Dann blätterte ich zu der Anlage weiter, die aus einer Liste der vorgesehenen Tagesveranstaltungen bestand. Darunter waren Vorträge von einigen Politikern, deren Namen ich wiedererkannte, bis rauf zum Vizegouverneur sowie dem Oppositionsführer im Bundessenat. Es sollte Diskussionsgruppen unter der Leitung von Ärzten und Sozialgeschichtlern von einer Reihe nahe gelegener Colleges und Universitäten geben. Ein Diskussionstitel sprang mir ins Auge: »Die Wirklichkeit der Klinikerfahrung – eine Präsentation«. Darauf folgte der Name von jemandem, an den ich mich aus meiner eigenen Zeit in der Klinik vage zu erinnern glaubte. Die Feier sollte mit einer musikalischen Einlage durch ein Kammerorchester abgerundet werden.

Ich legte die Einladung auf einen Tisch und starrte sie einen Moment lang an. Mein erster Impuls war, sie zusammen mit dem übrigen Tagesmüll zu zerreißen, doch ich tat es nicht. Ich nahm sie wieder in die Hand, las sie noch einmal durch und setzte mich dann auf einen wackeligen Stuhl in der Zimmerecke, um die Frage, die sich mir stellte, zu erwägen. Ich wusste, dass es Leute gab, die keine Wiedersehensveranstaltung ausließen. Pearl-Harbor- und D-Day-Veteranen treffen sich. Highschool-Klassenkameraden tauchen nach ein, zwei Jahrzehnten wieder auf, um auseinander gehende Taillenumfänge, fortschreitende Glatzen oder Hängebrüste zu taxieren. Colleges nutzen Ehemaligen-Treffen, um aus Absolventen, die mit tränenfeuchten Augen durch die alten efeubewachsenen Hallen schreiten und sich dabei nur die guten Momente ins Gedächtnis rufen, während sie die schlechten lieber vergessen, großzügige Spenden herauszuquetschen. Solche Treffen sind ein fester Bestandteil der normalen Welt. Die Leute versuchen ständig, Erinnerungen aufzufrischen, die das Gewesene verklären, und Emotionen neu zu entfachen, die sie entschieden besser ruhen lassen sollten.

Ich nicht. Zu den Begleiterscheinungen meines Geisteszustands gehört es, dass ich mich mit Fleiß dem widme, was vor mir liegt. Die Vergangenheit ist ein Selbstläufer aus tückischen und schmerzlichen Erinnerungen. Wieso sollte ich die Zeit zurückdrehen wollen?

Und dennoch zögerte ich. Ich ertappte mich dabei, wie ich die Einladung mit einer Faszination betrachtete, die in mir aufzublühen schien. Obwohl es zum Western State Hospital nur eine Fahrtstunde war, hatte ich dem alten Gemäuer in all den Jahren seit meiner Entlassung keinen einzigen Besuch abgestattet. Und ich bezweifelte sehr, dass irgendjemand, der auch nur eine Minute hinter jenen Türen zugebracht hatte, dazu Lust verspürte.

Ich schaute auf meine Hand und sah, dass sie ein wenig zitterte. Vielleicht ließ die Wirkung meiner Medikamente nach. Wieder sagte ich mir, dass der Brief am besten in den Papierkorb und ich selbst quer durch die Stadt wandern sollte. Das hier war eine bedrohliche Angelegenheit. Eine beunruhigende Sache, denn sie gefährdete diese so mühsam zusammengesetzte Existenz. Lauf schnell, sagte ich mir. Schreite deine übliche Strecke ab, denn darin liegt deine Rettung. Lass das andere hinter dir. Ich war schon drauf und dran, genau das zu tun, doch etwas hielt mich zurück.

Ich griff nach dem Telefon und tippte die Nummer der Vorsitzenden ein. Ich wartete zwei Klingeltöne lang, dann meldete sich eine Stimme: »Hallo?«

»Mrs. Robinson-Smythe bitte«, sagte ich ein wenig zu kurz angebunden.

»Die Sekretärin am Apparat. Mit wem spreche ich bitte?«

»Mein Name ist Francis Xavier Petrel …«

»Ah, Mr. Petrel, Sie rufen sicher wegen des Western-State-Tags an …«

»Richtig«, sagte ich. »Ich werde kommen.«
»Das ist großartig. Dann stelle ich Sie jetzt zu Mrs. …«
Doch über meinen impulsiven Entschluss fast erschrocken, legte ich auf. Bevor ich es mir anders überlegen konnte, war ich schon zur Tür hinaus und lief, so schnell ich konnte, davon. Und wie ich Meter um Meter Betonbürgersteig und Teersplittstraße hinter mich brachte und die Ladenfronten und Häuser meiner Stadt achtlos passierte, fragte ich mich, ob meine Stimmen mir geraten hätten zu gehen. Oder nicht.

Selbst für Ende Mai war es ein ungewöhnlich heißer Tag. Ich musste dreimal den Bus wechseln, bevor ich die Stadt erreichte, und jedes Mal schien die Mischung aus heißer Luft und Dieselabgasen schlimmer zu werden und mehr zu stinken, schien die Luftfeuchtigkeit höher zu sein. An jeder Haltestelle sagte ich mir, dass es vollkommen falsch war, zurückzugehen, weigerte mich aber doch, auf meinen eigenen Rat zu hören und umzukehren.
Die Klinik lag in den Randbezirken einer typischen kleinen Universitätsstadt in Neu-England, die sich etwa gleich vieler Buchläden, Pizzerien, chinesischer Restaurants und billiger Kleidergeschäfte mit einem Hang zum Militärischen rühmen konnte. Ein Teil der Geschäfte allerdings strahlte eine bilderstürmerische Aufsässigkeit aus – wie etwa der Buchladen, der sich auf Wälzer zu Selbsthilfe und Spiritualität spezialisiert hatte und dessen Verkäufer hinter der Theke den Eindruck machte, als hätte er jedes Buch auf den Regalen gelesen, doch keines gefunden, das half; oder die Sushi-Bar, die ein bisschen schmuddelig wirkte und wo der Kerl, der den rohen Fisch zurechtschnitt, mit hoher Wahrscheinlichkeit Tex oder Paddy hieß und mit breitem Südstaatenakzent sprach. Die gestaute Wärme schien aus dem Bürgersteig unter meinen Füßen

aufzusteigen, Abstrahlhitze wie bei einer Heizspirale im Winter, die nur eine Stufe kennt: höllisch. Mir klebte das einzige weiße Hemd, das ich besaß, unangenehm am Rücken, und ich hätte bestimmt die Krawatte gelockert, wäre ich sicher gewesen, dass ich sie wieder in Form bringen könnte. Ich trug den einzigen Anzug, den ich besaß, in Dunkelblau: für Freud und Leid, sozusagen. Eine Anschaffung, die ich vorausschauend für die Bestattung meiner Eltern getätigt hatte, doch sie hingen verbissen am Leben, und so war dies hier die erste Gelegenheit, ihn zu tragen. Auf jeden Fall fand ich, dass er dafür taugte, selbst darin beerdigt zu werden, weil er meine sterblichen Überreste in der kalten Erde schön warm halten würde. Auf halber Höhe zum Klinikgelände jedenfalls schwor ich mir, ihn nie wieder zu tragen, egal, wie empört meine Schwestern wären, wenn ich zum Leichenschmaus, den sie für unsere Eltern ausrichteten, in Shorts und einem unverschämt schrillen Hawaiihemd erschien. Doch was konnten sie letztlich sagen? Schließlich bin ich der Irre in der Familie. Eine allzeit verfügbare Entschuldigung für schlechtes Benehmen.
Es war eine bauliche Kuriosität, dass das Western State Hospital auf der Kuppe eines Hügels mit Blick auf den Campus eines berühmten Frauen-College stand. Die Klinikbauten äfften das College nach – viel Efeu und Backstein und weiß gerahmte Fenster an den rechtwinkligen drei- und vierstöckigen Wohnheimen, die je einen quadratischen Platz mit Bänken und kleinen Ulmengruppen einschlossen. Ich hatte immer den Verdacht gehegt, dass beide Bauvorhaben von denselben Architekten ausgeführt worden waren und der Bauunternehmer für die Klinik einfach Material vom College abzweigte. Aus der Vogelperspektive hätte man annehmen können, die Klinik und das College gehörten mehr oder weniger zusammen. Besagtem Vogel wäre es wohl entgangen, wie sehr sich ein

Campus vom anderen unterschied, was man nur beim Betreten der jeweiligen Gebäude feststellen konnte. Da waren die Unterschiede dann nicht mehr zu übersehen.
Die physische Demarkationslinie bildete eine einspurige schwarze, geteerte Straße – die nicht einmal über einen Bürgersteig verfügte und sich eine Seite des Hügels hinaufschlängelte – einerseits, und ein Reitgehege am gegenüberliegenden Hang, wo die besser situierten unter den gut situierten Studenten ihre Pferde bewegten – andererseits. Ich sah, dass die Ställe und Hürden immer noch da waren, wo ich sie vor zwanzig Jahren zuletzt gesehen hatte. Ein einsamer Reiter machte mit seinem Tier die Gangarten durch, indem er endlos um das Oval unter der Frühsommersonne kreiste und dann zu den Sprüngen beschleunigte. Ein Möbiusband der Aktivität. Ich hörte den schweren Atem des Tiers, das sich in der Hitze abmühte, und sah einen langen, blonden Pferdeschwanz unter dem schwarzen Helm der Reiterin. Ihre Bluse war dunkel verschwitzt, und die Flanken des Tiers schimmerten feucht. Beide schienen die Ereignisse über ihnen, weiter den Hügel hinauf, nicht wahrzunehmen. Ich ging an ihnen vorbei auf das leuchtend gelb gestreifte Zelt zu, das auf dem Innenhof direkt hinter der hohen Backsteinmauer und dem Eisentor zur Klinik errichtet worden war. Auf einem gedruckten Plakat stand ANMELDUNG.
Eine korpulente, allzu wohlmeinende Dame hinter einem Spieltisch stattete mich mit einem Namensschildchen aus, das sie mir mit einer eleganten Geste am Revers feststeckte. Außerdem überreichte sie mir eine Mappe mit zahlreichen Zeitungsartikeln zu den Bauvorhaben auf dem alten Klinikgelände: Eigentumswohnungen und exklusive Häuser, da das Gelände über einen Blick aufs Tal und den Fluss in der Ferne verfügte. Ich fand das irgendwie seltsam. In all der Zeit, die ich

dort verbracht hatte, konnte ich mich nicht erinnern, das blaue Band des Flusses in noch so großer Ferne je gesehen zu haben. Natürlich konnte es sein, dass ich es ohnehin für eine Halluzination gehalten hätte. Die Mappe enthielt außerdem einen kurzen Abriss der Klinikgeschichte und ein paar körnige Schwarzweißfotos von Patienten bei der Behandlung oder beim Aufenthalt in den Tagesräumen. Ich suchte die Bilder nach mir vertrauten Gesichtern ab, meinem eigenen inbegriffen, erkannte aber niemanden wieder, außer dass ich alle wiedererkannte. Wir waren nun mal alle gleich, wie wir in unterschiedlichen Stadien der Bekleidung und Medikation durch die Flure schlurften.

Die Mappe enthielt auch ein Veranstaltungsprogramm, und ich sah eine Reihe von Leuten auf ein Gebäude zustreben, in dem sich nach meiner Erinnerung einmal die Hauptverwaltung befunden hatte. Den Vortrag um diese Zeit sollte ein Geschichtsprofessor zu dem Thema »Die kulturelle Bedeutung des Western State Hospital« halten. Wenn man bedachte, dass wir Insassen auf das Gelände beschränkt und mehrheitlich in den Wohnheimen eingeschlossen gewesen waren, fragte ich mich, was er sich zu diesem Thema einfallen lassen würde. Ich erkannte den Vizegouverneur, der, von seinen Mitarbeitern umringt, anderen Politikern die Hände schüttelte, als er den Bau betrat. Er lächelte, doch ich konnte mich an keinen anderen Fall erinnern, dass jemand gelächelt hätte, der durch diese Tür geleitet wurde. Hierher wurde man als Erstes gebracht und abgefertigt. Unter dem Veranstaltungsprogramm stand eine Warnung in Blockschrift, eine Reihe der Gebäude seien wegen ihres schlechten baulichen Zustands nur auf eigene Gefahr zu betreten. Die Warnung ging mit der Bitte einher, den Besuch aus Sicherheitsgründen auf das Verwaltungsgebäude und den Platz zu beschränken.

Ich ging ein paar Schritte auf die Reihe Wartender zu, die sich für den Vortrag angestellt hatten, und blieb dann stehen. Ich beobachtete, wie die Menge schrumpfte, sobald das Gebäude sie verschlang. Dann drehte ich mich um und lief zügig über den Hof.

Die Erkenntnis, die mich plötzlich traf, war ziemlich simpel: Ich war nicht hergekommen, um mir einen Vortrag anzuhören.

Ich brauchte nicht lange, um mein altes Gebäude wiederzufinden. Ich hätte die Wege mit geschlossenen Augen gehen können.

Die Metallgitter vor den Fenstern hatten Rost angesetzt, das Eisen hatte mit den Jahren eine schmutzig braune Farbe angenommen. Ein Gitter hing wie ein gebrochener Flügel nur noch an einer einzigen Strebe. Die Backsteinfassade war ebenfalls zu einem erdfarbenen Ton nachgedunkelt. Der Efeu, der sich an die Mauer krallte, hatte wild wuchernde, frische Triebe. Die Sträucher, die einst den Eingang schmückten, hatten nicht überlebt, und die große Flügeltür, die ins Gebäude führte, hing lose an rissigen, splitternden Pfosten. Auch der Name des Hauses, der grabsteinartig an der Ecke in eine graue Granitplatte gemeißelt war, hatte gelitten: Jemand hatte etwas vom Stein weggeschlagen, so dass nur noch MHERST zu lesen war. Das A, mit dem der Namenszug ursprünglich einmal begann, war nur noch eine gezackte Narbe.

Irgendjemand hatte so viel Sinn für Ironie besessen, sämtliche Wohneinheiten nach berühmten Colleges und Universitäten zu benennen. Es hatte ein Harvard, Yale und Princeton, ein Williams und Wesleyan, ein Smith und Mount Holyoke gegeben, außerdem das Wellesley und natürlich das Amherst, in dem ich damals wohnte. Der Bau war nach der Stadt und dem College benannt, die ihrerseits auf einen britischen Soldaten,

Lord Jeffrey Amherst, zurückgingen, der seinerseits zu Ruhm und Ehren gelangt war, indem er rebellierende Indianerstämme skrupellos mit pockeninfizierten Decken ausstattete. Seine Geschenke schafften denn auch in kürzester Zeit, was Kugeln, Plunder und Verhandlungen nicht zuwege gebracht hatten.

An die Tür war ein Schild genagelt, und ich ging näher heran, um es zu lesen. Das erste Wort lautete GEFAHR in Großbuchstaben. Es folgte einiges juristische Blabla von der staatlichen Bauaufsicht, das auf eine amtliche Untauglichkeitsbescheinigung für dieses Gebäude hinauslief und, ebenfalls in Großbuchstaben, mit dem Hinweis endete: UNBEFUGTEN IST DER ZUTRITT NICHT GESTATTET.

Ich fand das interessant. Damals war es den Insassen so vorgekommen, als hätte man *sie* für untauglich erklärt. Nie wäre es uns in den Sinn gekommen, dass die Wände, Riegel und Schlösser, die unser Leben eingrenzten, eines Tages dasselbe Schicksal ereilen würde.

Außerdem schien es, als hätte sich bereits jemand anders über die Warnung hinweggesetzt. Die Türschlösser waren mit einem Brecheisen bearbeitet worden, ein Werkzeug, dem es an Feinfühligkeit fehlt, und die Türen standen sperrangelweit offen. Ich packte den Knauf und zog fest daran, und mit einem knarrenden Laut öffnete sich die Tür.

Ein modriger Geruch erfüllte den ersten Flur. In der Ecke stapelten sich Wein- und Bierflaschen, die, wie ich vermutete, über die andere Gruppe von Gästen Aufschluss gaben: Highschool-Kids auf der Suche nach einem Plätzchen, wo sie sich, vor den strengen elterlichen Blicken geschützt, besaufen konnten. Die Wände waren von Schmutz und bizarren Graffiti-Slogans in verschiedenfarbigem Spritzlack überzogen. Einer lautete: BÖSE JUNGS SIND DIE GRÖSSTEN! Vermutlich war das so. In den Decken waren Rohre geplatzt, aus denen stinkendes dunkles Wasser auf die Linoleumböden tropfte, und in jeder Ecke lagen Schutt und Müll, Staub und Dreck. In den abgestandenen Geruch des Alters mischte sich unverkennbar der Gestank menschlicher Exkremente. Ich lief ein paar Schritte weiter, musste aber stehen bleiben. Eine Faserplatte hatte sich gelöst und war so in den Flur gesackt, dass sie den Weg versperrte. Ich sah die Haupttreppe zu meiner Linken, die zu den oberen Stockwerken führte, doch sie war mit noch mehr Unrat übersät. Ich wollte einmal durch den Tagesraum links von mir gehen, ich wollte die Behandlungszimmer sehen, die sich im ersten Stock aneinander reihten. Ich wollte auch einmal in die Zellen im obersten Stock, wo wir eingesperrt wurden, wenn wir mit unseren Medikamenten oder unserem Wahnsinn kämpften, und die Schlafsäle, in denen wir wie unglückselige Camper reihenweise in Metallbetten untergebracht waren. Doch die Treppe sah baufällig aus, als könnte sie unter meinem Gewicht schwanken und zusammenbrechen, falls ich sie betrat.

Ich kann nicht mehr sagen, wie lange ich vornüber gebeugt da drinnen hockte und auf den Nachhall von alldem lauschte, was ich hier einmal gehört und gesehen hatte. Wie damals in meinen Tagen als Patient schien die Zeit weniger zu drängen, nicht so unaufhaltsam fortzuschreiten, als ob der kleine Zeiger meiner Uhr auf einmal kriechen würde und die Minuten nur widerstrebend verstrichen.

Erinnerungen lauerten mir wie Gespenster auf. Ich konnte Gesichter sehen, Geräusche hören. Ich schmeckte und roch den Wahnsinn und die Verwahrlosung. Die Vergangenheit holte mich wie eine Flutwelle ein und zog mich in ihre Strudel. Als die Hitze der Erinnerung mich schließlich überwältigte, erhob ich mich langsam und verließ das Gebäude. Ich ging zu einer Bank unter einem Baum und setzte mich, um noch einmal zu meinem früheren Zuhause hinüberzublicken. Während ich mit Mühe die frische Luft einsog, fühlte ich mich erschöpfter als nach meinen üblichen Ausflügen durch meine Heimatstadt. Ich starrte unverwandt in dieselbe Richtung, bis ich auf dem Gehweg hinter mir Schritte hörte.

Ein kleiner, korpulenter Mann, ein wenig älter als ich, mit gelichtetem, grau meliertem, angeklatschtem Haar kam zu mir herübergerannt. Er hatte ein breites Lächeln aufgesetzt, doch einen leicht beunruhigten Ausdruck in den Augen, und als ich mich zu ihm umdrehte, winkte er verstohlen.

»Dachte mir schon, dass ich dich hier finde«, sagte er schwitzend und keuchend. »Ich hab deinen Namen auf der Anwesenheitsliste gesehen.«

Er blieb, plötzlich unschlüssig, in einigem Abstand stehen.

»Hallo, C-Bird«, sagte er.

Ich stand auf und streckte ihm die Hand entgegen. »Bonjour, Napoleon«, erwiderte ich. »So hat mich seit vielen, vielen Jahren niemand mehr genannt.«

Er nahm meine Hand. Seine war vom Laufen ein wenig verschwitzt, und sein Griff war schlaff. Das war vermutlich die Folge seiner Medikamente. Doch das Lächeln blieb. »Mich auch nicht«, sagte er.

»Ich hab deinen richtigen Namen auf dem Programm gesehen«, sagte ich. »Du hältst eine Rede?«

Er nickte. »Ich weiß nicht, wie ich es schaffen soll, da vorn vor all den Leuten zu stehen«, sagte er. »Aber der Arzt, bei dem ich in Behandlung bin, gehört zu den Machern bei diesem Umbauprojekt, und es war ganz und gar seine Idee. Er sagte, es wäre eine gute Therapie für mich. Eine solide Demonstration auf dem glorreichen Weg zur vollständigen Heilung.«

Ich zögerte, bevor ich fragte: »Und was meinst *du?*«

Napoleon setzte sich auf die Bank. »Ich glaube, er ist der

Verrückte von uns beiden«, antwortete er und brach in ein leicht manisches Kichern aus, einen schrillen Laut, in den sich Nervosität und Freude mischten und den ich aus unserer gemeinsamen Zeit in Erinnerung hatte. »Natürlich ist es hilfreich, dass alle einen immer noch für vollkommen irre halten, denn dann kann man sich nicht allzu schlimm blamieren«, fügte er hinzu, und ich fiel in sein Grinsen ein. Eine solche Bemerkung konnte nur von jemandem stammen, der eine gewisse Zeit in einer Nervenheilanstalt zugebracht hatte. Ich setzte mich neben ihn, und wir starrten beide zum Amherst-Gebäude hinüber. Nach einer Weile seufzte er.

»Bist du reingegangen?«

»Ja. Es ist ein Saustall. Reif für die Abrissbirne.«

»Das fand ich schon damals, als wir da gehaust haben und als alle meinten, man könnte sich keinen besseren Ort zum Leben denken. Jedenfalls haben sie mir das weismachen wollen, als ich eingewiesen wurde. Psychiatrische Einrichtung nach den modernsten Erkenntnissen. Die beste Behandlungsmethode für Geisteskranke in einem häuslichen Umfeld. Was für eine Lüge.«

Er hielt den Atem an und fügte hinzu: »Eine verdammte Lüge.«

Jetzt war es an mir, zustimmend zu nicken.

»Geht es darum, ich meine, in deiner Rede?«

Er schüttelte den Kopf. »Ich glaube nicht, dass sie etwas in der Art hören wollen. Ich glaube, es ist besser, ihnen was Nettes zu sagen. Was Positives. Ich werde eine krasse Unwahrheit an die andere reihen.«

Ich dachte einen Moment lang darüber nach und konnte mir ein Lächeln nicht verkneifen. »Das ist vielleicht ein Zeichen geistiger Normalität«, sagte ich.

Napoleon lachte. »Ich hoffe, du hast Recht.«

Wir schwiegen beide ein paar Sekunden lang, dann flüsterte er in wehmütigem Ton: »Ich werd ihnen auch nichts von den Morden erzählen. Und kein Sterbenswörtchen über Fireman oder diese Ermittlerin, die uns einen Besuch abgestattet hat, oder irgendetwas von dem, was am Ende passiert ist.« Er sah die Amherst-Fassade hoch und fügte hinzu: »Wär sowieso eigentlich deine Geschichte.«
Ich antwortete nicht.
Napoleon schwieg einen Moment lang und fragte mich dann: »Denkst du noch mal an die Sachen, die damals passiert sind?«
Ich schüttelte den Kopf, doch wir wussten beide, dass es gelogen war. »Ich träume davon, ab und zu«, sagte ich. »Aber es ist nicht leicht, zwischen Erinnerung und Einbildung zu unterscheiden.«
»Das leuchtet ein«, sagte er. »Weißt du, eines hat mir immer zu schaffen gemacht«, fuhr er langsam fort, »ich hab nie erfahren, wo sie die Leute begraben haben. Die Leute, die hier gestorben sind. Ich meine, eben noch waren sie im Tagesraum und hingen wie alle anderen in den Fluren herum, und im nächsten Moment sind sie vielleicht schon tot. Und dann? Hast du je mitbekommen, was sie mit ihnen gemacht haben?«
»Ja«, sagte ich nach kurzer Überlegung. »Sie hatten drüben am Rand des Klinikgeländes einen kleinen provisorischen Friedhof, hinter der Verwaltung und Harvard, Richtung Wald. Er schloss sich direkt an den kleinen Garten an. Ich glaube, jetzt ist er im Fußballplatz einer Jugendmannschaft aufgegangen.«
Napoleon wischte sich über die Stirn. »Ich bin froh, das zu hören«, sagte er. »Hab mich das immer gefragt. Jetzt weiß ich Bescheid.«
Wieder schwiegen wir eine Weile, dann sagte er: »Weißt du, welche Lektion ich am meisten gehasst habe? Hinterher, als alles vorbei war, nach unserer Entlassung, als wir zur ambu-

lanten Behandlung diesen anderen Kliniken zugewiesen wurden und die modernere Behandlung und die neuen Medikamente bekamen – weißt du, was ich da gehasst habe?«
»Was?«
»Dass diese Illusion, an die ich mich all die Jahre so hartnäckig geklammert hatte, nicht nur eine Illusion war, sondern sogar eine weit verbreitete Illusion. Dass ich nicht der Einzige war, der sich für eine Reinkarnation des französischen Kaisers hielt. Ich bin überzeugt, dass Paris packevoll von denen ist. Diese Einsicht war mir absolut zuwider. In meinem Zustand war ich etwas Besonderes, Einmaliges. Und jetzt bin ich nur ein ganz gewöhnlicher Typ, der die ganze Zeit Pillen nehmen muss und dem ständig die Hände zittern, der mit Ach und Krach die einfachsten Tätigkeiten auf die Reihe kriegt und dessen Familie sich wahrscheinlich wünscht, dass er es irgendwie schafft, von der Bildfläche zu verschwinden. Ich wüsste gerne, was *pfui Teufel* auf Französisch heißt.«
Ich dachte darüber nach. »Also, ich für meinen Teil fand immer, dass du ein verdammt guter französischer Kaiser warst. Klischee hin, Klischee her. Und wenn tatsächlich du bei Waterloo die Truppen befehligt hättest, also, dann hättest du, verflucht noch mal, gewonnen.«
Er kicherte erleichtert. »C-Bird, wir haben alle immer gewusst, dass du unsere Umgebung schärfer beobachtet hast als irgendjemand sonst. Die Leute mochten dich, auch wenn wir alle unsere Hirngespinste hatten und irre waren.«
»Freut mich zu hören.«
»Was ist eigentlich mit Fireman? Er war dein Freund. Was ist aus ihm geworden? Ich meine, später?«
Ich überlegte einen Moment, bevor ich sagte: »Er ist rausgekommen. Hat alle seine Probleme ausgebügelt, ist in den Süden gezogen und hat eine Menge Geld verdient. Familie.

Großes Haus. Großer Wagen. War rundum sehr erfolgreich. Das Letzte, was ich hörte, war, dass er einer wohltätigen Stiftung vorsteht. Glücklich und gesund.«

Napoleon nickte. »Kann ich mir vorstellen. Und die Frau, die Ermittlerin? Hat er die mitgenommen?«

»Nein. Die hat's bis zur Richterin geschafft. Alle möglichen Ehrungen. Hatte ein tolles Leben.«

»Hab ich's mir doch gedacht.«

Natürlich war das alles gelogen.

Er sah auf die Uhr. »Ich muss los. Muss mich auf meinen großen Moment vorbereiten. Wünsch mir viel Glück.«

»Viel Glück«, sagte ich.

»Schön, dich wiederzusehen«, sagte Napoleon noch. »Ich hoffe, bei dir läuft alles okay.«

»Ganz meinerseits«, sagte ich. »Du siehst gut aus.«

»Tatsächlich? Das bezweifle ich. Bei den meisten von uns bezweifle ich das. Aber das macht nichts. Danke, dass du es trotzdem sagst.«

Er stand auf, und ich erhob mich ebenfalls. Beide warfen wir noch einen Blick auf das Amherst-Gebäude zurück. »Ich freue mich, wenn sie es abreißen«, sagte Napoleon in einer Anwandlung von Bitterkeit. »Es war ein gefährlicher, böser Ort, und da drinnen ist nicht viel Gutes passiert.«

Dann wandte er sich wieder zu mir um. »C-Bird, du warst dabei. Du hast alles mit angesehen. Sag's ihnen.«

»Und wer würde auf mich hören?«

»Irgendjemand vielleicht schon. Schreib die Geschichte auf. Du kannst das.«

»Manche Geschichten bleiben besser ungeschrieben«, sagte ich.

Napoleon zuckte die rundlichen Schultern. »Wenn du es aufschreibst, ist es real. Wenn es nur noch in unserer Erinnerung

existiert, dann ist es fast so, als wäre es nie passiert, wie ein Traum, oder eine Halluzination, die wir Verrückte uns gemeinsam ausgeheckt haben. Niemand traut uns, wenn wir etwas sagen. Aber wenn du es aufschreibst, na ja, dann bekommt es Gewicht. Klingt es schon mehr nach der Wahrheit.«
Ich schüttelte den Kopf. »Das Problem dabei, verrückt zu sein, ist ja gerade, dass man nicht mit Bestimmtheit sagen kann, was wahr ist und was nicht. Daran ändert sich nichts, auch wenn wir genügend Pillen nehmen können, um uns in der Welt der Normalen mit Ach und Krach durchzuschlagen.«
Napoleon lächelte. »Du hast Recht«, sagte er. »Aber vielleicht auch nicht. Ich weiß es nicht. Ich weiß nur, dass du es erzählen könntest und dass dir vielleicht ein paar Leute glauben würden, und das ist doch schon mal was. Damals hat uns kein Mensch geglaubt, selbst wenn wir die Medikamente schluckten, hat uns niemand geglaubt.«
Wieder sah er auf die Uhr und trat nervös von einem Bein aufs andere.
»Du solltest gehen«, sagte ich.
»Ich muss«, bekräftigte er.
Wir standen verlegen da, bis er sich schließlich umdrehte und ging. Etwa auf halbem Weg wandte sich Napoleon noch einmal um und winkte mir auf dieselbe unsichere Art zu wie vorher, als er mich entdeckt hatte. »Erzähl's«, rief er mir zu. Dann wandte er sich um und lief in einem leicht watschelnden Gang weiter. Ich sah noch, dass seine Hände wieder zitterten.

Es war schon nach Einbruch der Dunkelheit, als ich endlich den Bürgersteig zu meinem Apartment entlanglief, die Treppe hochstieg und mich in die Geborgenheit meiner vier Wände einschloss. Eine nervöse Erschöpfung schien mir durch die

Adern zu pulsieren, die meine roten und weißen Blutkörperchen durch den Blutstrom transportierten. Das Wiedersehen mit Napoleon und der Klang meines Spitznamens, den ich abbekommen hatte, als ich in die Klinik eingewiesen worden war, lösten Emotionen in mir aus. Ich überlegte ernsthaft, ob ich ein paar Tabletten nehmen sollte. Ich wusste, dass ich ein paar hatte, die dafür da waren, mich zu beruhigen, falls ich mich zu sehr erregte. Aber ich nahm sie nicht. »Erzähl die Geschichte«, hatte er gesagt. »Aber wie?«, sagte ich laut in die Stille meines eigenen Zimmers hinein.

Es hallte von den Wänden zurück.

»Du kannst es nicht erzählen«, redete ich mir ein.

Und fragte mich als Nächstes: Wieso eigentlich nicht?

Ich hatte ein paar Bleistifte und Kugelschreiber, aber kein Papier.

Da kam mir eine Idee. Eine Sekunde lang fragte ich mich, ob es eine meiner Stimmen war, die wiederkehrte und mir einen spontanen Vorschlag und eine bescheidene Anweisung einflüsterte. Ich hielt inne und horchte aufmerksam, um den unverwechselbaren Ton meiner vertrauten Ratgeber von den Geräuschen zu unterscheiden, die durch die alte Fenster-Klimaanlage zu mir ins Zimmer drangen. Doch sie waren nicht zu fassen. Ich wusste nicht, ob sie da waren oder nicht. Aber Ungewissheit war etwas, womit ich zu leben gelernt hatte.

Ich zog einen etwas abgewetzten und zerkratzten Stuhl heran und stellte ihn in einer Zimmerecke an die Wand. Ich hatte kein Papier, sagte ich mir. Dafür aber hatte ich weiß getünchte Wände, an denen nur Poster oder Zeichnungen oder sonst was hingen.

Wenn ich mich behutsam auf die Sitzfläche stellte, konnte ich fast bis an die Decke greifen. Ich schnappte mir einen Bleistift und lehnte mich vor. Dann kritzelte ich hastig in einer winzigen, eng gequetschten, doch lesbaren Handschrift:

Francis Xavier Petrel traf weinend im rückwärtigen Teil eines Krankenwagens im Western State Hospital ein. Es regnete stark, die Dunkelheit brach schnell herein, und seine Arme und Beine steckten in Fußfesseln und einer Zwangsjacke. Er war einundzwanzig Jahre alt und hatte so große Angst wie in seinem ganzen kurzen und bis dahin ereignislosen Leben noch nicht …

2

Francis Xavier Petrel traf weinend im rückwärtigen Teil eines Krankenwagens im Western State Hospital ein. Es regnete stark, die Dunkelheit brach schnell herein, und seine Arme und Beine steckten in Fußfesseln und einer Zwangsjacke. Er war einundzwanzig Jahre alt und hatte so große Angst wie in seinem ganzen kurzen und bis dahin ereignislosen Leben noch nicht.

Die beiden Männer, die ihn zur Klinik gefahren hatten, hielten während der Fahrt die meiste Zeit den Mund, außer wenn sie sich über das für diese Jahreszeit unpassende Wetter beklagten oder bissige Bemerkungen über die anderen Autofahrer auf der Straße machten, von denen keiner ihrem eigenen überragenden Standard entsprach. Der Krankenwagen war bei mäßigem Tempo die Fahrbahn entlanggerumpelt und hatte sowohl Lichthupen als auch dicht auffahrende Autos geflissentlich ignoriert. Es lag etwas von stumpfer Routine in der Art, wie die beiden sich benahmen, als wäre die Fahrt zur Klinik nichts weiter als eine Station an einem deprimierend normalen, entschieden langweiligen Tag. Einer der Männer schlürfte gelegentlich aus einer Dose Mineralwasser und machte dabei ein schmatzendes Geräusch. Der andere pfiff Fetzen aus beliebten Songs. Der Erste trug Koteletten. Der Zweite eine buschige Löwenmähne.

Für die beiden Pfleger mochte es eine belanglose Fahrt wie jede andere sein, doch für den jungen Mann, der mit völlig verspanntem Rücken und kurzen, stoßweisen Atemzügen hinten lag, war es das genaue Gegenteil. Jeder Laut, jede Empfindung schien ihm etwas zu signalisieren, jedes Mal beängstigender und bedrohlicher als zuvor. Der Rhythmus der Scheibenwischer war wie eine tiefe, unheilvolle Dschungeltrommel. Das leise Quietschen der Reifen auf glatter Fahrbahn glich einem verzweifelten Sirenengesang. Selbst das Geräusch seines eigenen schweren Atems schien von irgendwoher widerzuhallen, als sei er in ein Grab eingesperrt. Die Fesseln schnitten ihm ins Fleisch, er öffnete den Mund und wollte um Hilfe rufen, konnte aber keinen richtigen Laut herausbringen. Es kam nichts weiter als ein gurgelnder Ausbruch der Hilflosigkeit. Ein einziger Gedanke drang noch durch die Kakophonie – sollte er diesen Tag überleben, würde er wahrscheinlich keinen schlimmeren erleben.

Als der Krankenwagen mit einem Schütteln vor dem Klinikportal zum Stehen kam, hörte er eine seiner Stimmen in heller Aufregung schreien: *Wenn du nicht aufpasst, bringen sie dich hier um.*

Die Krankenwagenfahrer schienen von dieser drohenden Gefahr nichts zu merken. Sie öffneten die Hecktüren mit lautem Getöse und zogen Francis unsanft auf einer Rollbahre heraus. Er spürte, wie ihm kalter Regen ins Gesicht peitschte und sich mit dem Angstschweiß auf seiner Stirn vermischte, während die beiden Pfleger ihn durch eine breite Flügeltür in eine Welt aus unbarmherzig grellen Lichtern rollten. Sie schoben ihn einen Flur entlang, wo die Räder der Bahre auf dem Linoleum knirschten, und das Erste, was er im Vorbeigleiten sehen konnte, war die pockennarbig perforierte Decke. Ihm war vage bewusst, dass sich noch andere Menschen im Korridor befanden, doch vor lauter Angst wagte er nicht, sie anzusehen. Stattdessen fixierte er die Schalldämmung über ihm und zählte

die Lichtquellen ab, unter denen er entlanggerollt wurde. Bei vier blieben die Männer stehen.
Ihm war irgendwie bewusst, dass andere Leute vor seine Bahre getreten waren. Direkt hinter seinem Kopf hörte er jemanden sagen, »Okay, Jungs, wir übernehmen ihn.«
Dann erschien plötzlich ein wuchtiges, rundes, schwarzes Gesicht mit einem breiten, die schiefen Zähne fletschenden Grinsen über ihm. Das Gesicht befand sich über der weißen Jacke eines Pflegers, die auf den ersten Blick ein paar Nummern zu klein für den Körper, der darin steckte, war.
»Also, Mr. Francis Xavier Petrel, Sie machen uns jetzt doch keinen Ärger, oder?« Der Mann hatte einen leicht singenden Tonfall, so dass die Worte halb bedrohlich, halb belustigt herauskamen. Francis wusste nicht, was er antworten sollte.
Urplötzlich schwebte am anderen Ende der Bahre ein zweiter schwarzer Kopf in sein Gesichtsfeld, der sich ebenfalls über ihn neigte, und dieser andere Mann sagte: »Ich glaube, der Junge hier macht uns keine Scherereien. Kein bisschen. Stimmt's, Mr. Petrel?« Auch er sprach mit einem leichten Südstaatenakzent.
Eine Stimme brüllte ihm ins Ohr: *Sag nein!*
Er versuchte, den Kopf zu schütteln, hatte jedoch Probleme damit, den Hals zu bewegen. »Ich mach keinen Ärger«, würgte er heraus.
Die Worte klangen so roh, wie der ganze Tag gewesen war, doch er war froh, dass er überhaupt sprechen konnte. Das beruhigte ihn ein wenig. Den ganzen Tag schon hatte er Angst gehabt, er könnte irgendwie die Fähigkeit verlieren, sich mitzuteilen.
»In Ordnung, Mr. Petrel. Wir können jetzt von der Rollbahre runter. Dann setzen wir uns ganz hübsch und artig in einen Rollstuhl. Aber die Fesseln an Ihren Händen und Füßen

wollen wir mal noch schön dranlassen. Die kommen erst weg, wenn Sie beim Doktor gewesen sind. Vielleicht kriegen Sie von dem 'ne Kleinigkeit, wo Sie sich mit beruhigen können. Was so richtig zum Abkühlen. So, und jetzt mal hübsch sachte. Setzen Sie sich auf und schwingen Sie die Beine nach vorn.«

Tu, was man dir sagt!

Er tat, was man ihm sagte.

Von der Bewegung wurde ihm schwindelig, und er schien einen Moment lang zu schwanken. Er merkte, wie ihn eine riesige Hand an der Schulter packte, um ihm Halt zu geben. Er drehte sich um und sah, dass der erste Pfleger ein Hüne war, gut über eins fünfundneunzig groß und wahrscheinlich um die anderthalb Zentner schwer. Seine Arme waren die reinsten Muskelpakete und seine Beine wie Fässer. Sein Partner, der andere Schwarze, war ein drahtig dünner Mann, der neben dem Koloss zwergenhaft wirkte. Er schmückte sich mit einem Ziegenbärtchen und einer buschigen Afro-Frisur, der es jedoch nicht recht gelingen wollte, ihm mehr Statur zu verleihen. Zusammen bugsierten die beiden Männer ihn in einen wartenden Rollstuhl.

»Okay«, sagte der Kleine. »Jetzt bringen wir Sie zum Doktor rein. Und nur keine Sorge nich'. Kann sein, dass im Moment alles komplett daneben und lausig schlimm aussieht, aber das wird schon wieder, Sie werden sehen. Da können Sie Gift drauf nehmen.«

Er glaubte ihm nicht. Kein Wort.

Die beiden Pfleger fuhren ihn weiter in ein kleines Wartezimmer. Dort saß eine Sekretärin hinter einem Schreibtisch aus grauem Stahl, die, als die Prozession zur Tür hereinkam, von ihrer Arbeit aufsah. Sie war eine imposante, propere Frau jenseits der mittleren Jahre in einem engen blauen Kostüm, das Haar ein wenig zu stark toupiert, den Lidstrich einen Hauch zu dick aufgetragen, auch das Lipgloss leicht übertrieben, so dass ihr Erscheinungsbild auf Francis Petrel in sich widersprüchlich wirkte, halb Bibliothekarin, halb Prostituierte. »Da haben wir wohl Mr. Petrel«, sagte sie zu den beiden Pflegern, auch wenn es für Francis offensichtlich war, dass sie keine Antwort erwartete, weil sie es bereits wusste. »Sie können gleich mit ihm zum Doktor durch, er erwartet ihn schon.«

Er wurde durch eine weitere Tür in ein Sprechzimmer geschoben, das etwas freundlicher war, mit zwei Fenstern zum Innenhof an der rückwärtigen Wand. Er sah, wie draußen eine große Eiche in Wind und Regen schwankte. Und dahinter erkannte er andere Häuser, allesamt Backsteinbauten mit schiefergrauen Dächern, die mit dem düsteren Himmel darüber verschmolzen. Vor den Fenstern stand ein Holzschreibtisch von beeindruckendem Format. In einer Zimmerecke befand sich ein Bücherregal, daneben ein paar dicke Polstersessel und davor ein dunkelroter Orientteppich auf dem Einheitsgrau des Teppichbodens, zusammen also eine Sitzecke zu Francis' Rechten. An der Wand hing neben Präsident Carters Porträt ein Foto des Gouverneurs. Francis nahm dies alles so schnell wie möglich in sich auf, so dass sein Kopf in alle Richtungen zuckte. Doch sein Blick ruhte bald auf einem kleinen Mann, der sich, als Francis hereingebracht wurde, von seinem Schreibtisch erhob. »Hallo, Mr. Petrel. Ich bin Dr. Gulptilil«, sagte er knapp mit einer fast kindlich hohen Stimme.

Der Arzt war übergewichtig und rund, besonders an Bauch und Schultern – knollig wie ein Kindergeburtstagsballon, der in Form geknetet war. Er war entweder Inder oder Pakistani. Er trug eine eng geknotete, leuchtend rote Seidenkrawatte und ein strahlend weißes Hemd, während sein schlecht sitzender Anzug an den Manschetten leicht abgewetzt war. Er gehörte wohl zu der Sorte Mann, die morgens beim Anziehen auf halbem Weg das Interesse verlor. Er trug eine dicke schwarze Hornbrille, und sein Haar war mit Frisiercreme glatt nach hinten gekämmt, wo es sich über dem Kragen kräuselte. Francis konnte nicht recht sagen, ob er jung war oder alt. Er stellte fest, dass der Doktor gerne jedes Wort mit einer winkenden Geste unterstrich, so dass er während seiner Ansprache an einen Dirigenten erinnerte, der mit dem Taktstock sein Orchester führte.

»Hallo«, sagte Francis verhalten.

Pass auf, was du sagst!, brüllte eine seiner Stimmen.

»Wissen Sie, weshalb Sie hier sind?«, fragte der Arzt. Er schien aufrichtig neugierig.

»Nein, eigentlich nicht«, erwiderte Francis.

Dr. Gulptilil sah auf seine Akte und betrachtete prüfend ein Papier.

»Wie's aussieht, haben Sie einigen Leuten Angst gemacht«, sagte er gedehnt. »Und diese Leute scheinen der Auffassung zu sein, dass Sie Hilfe brauchen.« Er hatte einen leichten britischen Akzent, nur noch einen Anflug von Anglizismus, der sich wohl über die Jahre in den Staaten abgeschliffen hatte. Es war warm im Zimmer, und einer der Heizkörper unter den Fenstern zischte.

Francis nickte. »Das war ein Fehler«, sagte er. »Es war nicht so gemeint. Es ist nur ein bisschen außer Kontrolle geraten. Im Grunde nur ein Missgeschick, eine falsche Einschätzung meinerseits. Ich möchte jetzt gerne nach Hause, es tut mir leid. Ich verspreche, mich zu bessern. Sehr zu bessern. Es war alles nur ein Versehen. Ich hab's nicht so gemeint. Wirklich nicht. Ich entschuldige mich dafür.«

Der Arzt nickte, antwortete aber nicht wirklich auf das, was Francis gesagt hatte.

»Hören Sie im Moment Stimmen?«, fragte er.
Sag nein!
»Nein.«
»Wirklich nicht?«
»Nein.«
Sag ihm, du hättest keine Ahnung, wovon er redete! Sag ihm, du hättest noch nie irgendwelche Stimmen gehört!
»Ich weiß nicht so recht, was Sie mit Stimmen meinen«, sagte Francis.
Gut so!
»Ich meine, hören Sie, wie Leute, die nicht physisch anwesend sind, mit Ihnen sprechen? Oder hören Sie vielleicht Dinge, die andere nicht hören können?«
Francis schüttelte energisch den Kopf.
»Das wär doch verrückt«, sagte er. Er bekam ein wenig Selbstvertrauen.
Der Arzt las noch einmal in dem Papier, das vor ihm lag, und sah Francis wieder in die Augen. »Wieso haben Sie dann bei zahlreichen Gelegenheiten in Gegenwart von Familienmitgliedern mit jemandem geredet, der nicht anwesend war?«
Francis rutschte unruhig auf seinem Sitz hin und her und dachte über die Frage nach. »Vielleicht irren sie sich?«, sagte er in einem nun wieder unsicheren Ton.
»Das glaube ich kaum«, antwortete der Arzt.
»Ich habe nicht viele Freunde«, sagte Francis vorsichtig. »Weder in der Schule noch in der Nachbarschaft. Andere Jungs in meinem Alter gehen mir eher aus dem Weg. Also führe ich immer häufiger Selbstgespräche. Vielleicht ist es das, was sie beobachtet haben.«
Der Doktor nickte. »Nur Selbstgespräche?«
»Ja. Nichts weiter«, sagte Francis. Er entspannte sich noch ein bisschen.

Das war gut. Das war gut. Sei einfach auf der Hut.

Der Arzt sah ein zweites Mal in seine Unterlagen. Er hatte ein verhaltenes Lächeln auf den Lippen. »Ich führe auch zuweilen Selbstgespräche«, sagte er.

»Na, da sehen Sie's«, erwiderte Francis. Er zitterte ein wenig, und ihm wurde heiß und kalt in einem, als wäre ihm das nasskalte Wetter von draußen gefolgt und hätte über die eifrig pumpende Heizung gesiegt.

»… Aber wenn ich Selbstgespräche führe, ist es keine Unterhaltung, Mr. Petrel. Es ist mehr eine Erinnerung, so was wie: ›Vergiss nicht, einen Liter Milch zu besorgen …‹ oder auch eine Mahnung oder so was wie ›Autsch‹, oder ›Verdammt!‹ oder, wie ich zugeben muss, gelegentlich auch was Schlimmeres. Bei mir geht das aber nicht endlos hin und her, mit Fragen und Antworten von jemandem, der nicht da ist. Und das ist leider genau das, was Sie nach Aussage Ihrer Familie schon seit einer Reihe von Jahren tun.«

Vorsicht an dieser Stelle!

»Das haben sie gesagt?«, erwiderte Francis verschlagen. »Wie ungewöhnlich.«

Der Doktor schüttelte den Kopf. »Gar nicht so ungewöhnlich, wie Sie vielleicht denken, Mr. Petrel.«

Er kam um den Tisch herum, so dass er ihm deutlich näher rückte, und hockte sich schließlich direkt vor Francis auf die Schreibtischkante. Er selbst saß immer noch im Rollstuhl, nicht nur von den Fesseln in seiner Bewegungsfreiheit eingeschränkt, sondern auch durch die Anwesenheit der beiden Pfleger, die sich zwar die ganze Zeit weder gerührt noch ein einziges Wort gesprochen, dafür aber unmittelbar hinter ihm gestanden hatten.

»Vielleicht kommen wir gleich noch einmal auf diese Gespräche, die Sie führen, zurück, Mr. Petrel«, sagte Dr. Gulptitil.

»Weil ich mir nämlich nicht so recht vorstellen kann, wie das vonstatten gehen soll, ohne dass man auch etwas hört, und das, Mr. Petrel, macht mir ernsthaft Sorgen.«

Er ist gefährlich, Francis! Er ist clever und führt nichts Gutes im Schilde. Pass auf, was du sagst!

Francis nickte, bevor ihm bewusst wurde, dass die Geste dem Doktor vielleicht nicht entgangen war. Er erstarrte in seinem Rollstuhl und sah, wie Dr. Gulptilil sich auf einem Blatt Papier mit Kugelschreiber eine Notiz machte.

»Dann versuchen wir es mal anders, Mr. Petrel«, fuhr der Doktor fort. »Heute hatten Sie einen schwierigen Tag, nicht wahr?«

»Ja«, sagte Francis. Dann kam ihm in den Sinn, dass er dieser Feststellung etwas hinzufügen sollte, da der Doktor schwieg und ihn mit einem durchdringenden Blick taxierte. »Ich hatte Streit. Mit meiner Mutter und meinem Vater.«

»Einen Streit? Ja. Ach übrigens, Mr. Petrel, können Sie mir wohl sagen, welches Datum wir haben?«

»Welches Datum?«

»Ja. Das Datum für den Streit, den Sie heute hatten.«

Er überlegte einen Moment lang. Dann blickte er wieder nach draußen und sah, wie sich der Baum unter den Windstößen duckte, sich ruckartig hin und her bewegte, als ob seine ungelenken Äste von einem unsichtbaren Puppenspieler an den Strippen gezogen würden. An den Enden der Zweige bildeten sich gerade ein paar Knospen, und während er sie betrachtete, rechnete er angestrengt, in der Hoffnung, dass eine seiner Stimmen vielleicht die Antwort wüsste, doch stattdessen blieben sie einmal wieder irritierend stumm. Auf der Suche nach irgendeinem Kalender oder sonst einem Fingerzeig sah er sich im Zimmer um, doch er konnte nichts entdecken und blickte wieder zum Fenster hinaus auf den schwankenden Baum. Als er sich erneut dem Arzt zuwandte, sah er, dass der rundliche Mann geduldig auf seine Antwort wartete, als seien Minuten verstrichen, seit er seine Frage gestellt hatte. Francis atmete scharf ein.

»Tut mir leid …«, fing er an.

»Sie wurden abgelenkt?«, fragte der Arzt.

»Entschuldigung«, sagte Francis.

»Kam mir so vor«, sagte der Doktor gedehnt, »als wären Sie mit Ihren Gedanken woanders gewesen. Passiert Ihnen das öfter?«

Sag nein!

»Nein. Ganz und gar nicht.«

»Tatsächlich? Das überrascht mich aber. Wie dem auch sei, Mr. Petrel, Sie wollten mir etwas sagen …«

»Sie haben mich etwas gefragt?« Francis war wütend, dass er den Gesprächsfaden verloren hatte.

»Das Datum, Mr. Petrel?«

»Ich glaube, wir haben den fünfzehnten März«, sagte er ruhig.

»Ah, die Iden des März. Eine Zeit für Verrat. Aber leider, nein.« Der Arzt schüttelte den Kopf. »Aber ziemlich heiß, Mr. Petrel. Und das Jahr?«

Er stellte ein paar weitere Berechnungen an. Er wusste, dass er einundzwanzig war und vor einem Monat Geburtstag gehabt hatte, und so riet er: »Neunzehnhundertneunundsiebzig.«

»Gut«, erwiderte Dr. Gulptilil. »Ausgezeichnet. Und welchen Tag haben wir heute?«

»Welchen Tag?«

»Welchen Wochentag, Mr. Petrel?«

»Es ist« – wieder musste er überlegen – »Samstag.«

»Nein, tut mir leid. Heute ist Mittwoch. Wollen Sie mir den Gefallen tun und das behalten?«

»Ja. Mittwoch. Natürlich.«

Der Arzt rieb sich das Kinn. »Und jetzt noch einmal zu heute Morgen, die Sache mit Ihrer Familie. Es war schon ein wenig mehr als nur ein Streit, nicht wahr, Mr. Petrel?«

Nein! Es war dasselbe wie immer!

»Ich glaube nicht, dass es so ungewöhnlich war …«

Der Arzt sah mit einem Ausdruck milden Staunens auf. »Wirklich? Das ist allerdings ein wenig seltsam, Mr. Petrel. Denn in dem Bericht, den ich von der örtlichen Polizei bekommen habe, steht, Sie hätten zuerst Ihre beiden Schwestern bedroht und dann angekündigt, Sie wollten sich umbringen. Das Leben habe keinen Sinn mehr, und Sie hassten alle nur noch. Und als Sie dann von Ihrem Vater zur Rede gestellt wurden, haben Sie ihm auch gedroht, und Ihrer Mutter, wenn auch nicht, sie tätlich anzugreifen, sondern mit etwas, das genauso gefährlich ist. Sie haben gesagt, sie wollten am liebsten, dass alle verschwinden. Ich glaube, das waren genau Ihre Worte. Verschwinden. Und weiter steht in dem Bericht, Mr. Petrel, dass Sie in dem Haus, das Sie mit Ihren Eltern und Ihren beiden jüngeren Schwestern teilen, in die Küche gegangen sind und sich ein großes Küchenmesser geschnappt haben, mit dem Sie auf eine Weise in Richtung ihrer Familienmitglieder herumgefuchtelt haben, dass die denken mussten, Sie wollten mit dieser Waffe auf sie losgehen, bevor Sie es dann von sich geschleudert haben und es in der Wand stecken blieb. Und dann, heißt es da weiter, haben Sie sich, als die Polizei eintraf, in Ihr Zimmer eingeschlossen und sich geweigert, herauszukommen, aber man hat gehört, wie Sie drinnen laut geredet, sich gestritten haben, genauer gesagt, als niemand mit Ihnen im Zimmer war. Sie mussten die Tür aufbrechen, nicht wahr? Und als Letztes steht da noch, dass Sie sich gegen die Polizisten und die Sanitäter zur Wehr gesetzt haben, die dazukamen, um Ihnen zu helfen, und von denen einer dann selber behandelt werden musste. Fasst das so etwa die Ereignisse des heutigen Tages zusammen, Mr. Petrel?«

»Ja«, erwiderte er bedrückt. »Das mit dem Polizisten tut mir leid. Es war ein Zufallstreffer, der ihn über dem Auge erwischt hat. Es hat stark geblutet.«

»Ein unglücklicher Zufall vielleicht«, sagte Dr. Gulptilil, »für Sie wie für ihn.«

Francis nickte.

»Und vielleicht können Sie mich jetzt darüber aufklären, wieso diese Dinge heute passiert sind, Mr. Petrel.«

Sag ihm gar nichts! Jedes Wort von dir werden sie gegen dich verwenden!

Francis sah wieder aus dem Fenster und suchte den Horizont ab. Er hasste das Wörtchen »Wieso«. Es hatte ihn sein ganzes Leben hindurch verfolgt. Francis, wieso findest du keine Freunde? Wieso kannst du dich nicht mit deinen Schwestern vertragen? Wieso kannst du einen Ball nicht gerade werfen oder dich während des Unterrichts still verhalten? Wieso kannst du nicht aufpassen, wenn dein Lehrer mit dir spricht? Oder der Direktor? Oder der Pfarrer. Oder die Nachbarn. Wieso versteckst du dich jeden Tag vor den anderen? Wieso bist du anders, Francis, wo wir doch nichts weiter wollen, als dass du wie die anderen bist? Wieso behältst du keinen Job? Wieso kannst du nicht zur Schule gehen? Wieso kannst du nicht zur Army? Wieso kannst du dich nicht benehmen? Wieso kann man dich einfach nicht lieben?

»Meine Eltern sind der Meinung, ich müsste was aus mir machen. Darüber ist es zum Streit gekommen.«

»Ihnen ist klar, Mr. Petrel, dass Sie bei allen Prüfungen eine sehr hohe Punktzahl erreichen? Eine außergewöhnlich hohe Punktzahl seltsamerweise. Demnach sind die Hoffnungen, die Ihre Eltern in Sie setzen, vielleicht gar nicht so unbegründet?«

»Vermutlich nicht.«
»Wieso haben Sie dann darüber einen Streit angefangen?«
»Solche Gespräche sind nie so vernünftig, wie wir jetzt darüber reden«, antwortete Francis. Das brachte ein Lächeln auf Dr. Gulptilils Lippen.
»Tja, Mr. Petrel, da haben Sie vermutlich Recht. Mir ist nur immer noch nicht klar, wieso diese Diskussion so dramatisch eskaliert ist.«
»Mein Vater war unnachgiebig.«
»Sie haben ihn geohrfeigt, nicht wahr?«
Ja nichts zugeben! Er hat dich zuerst geschlagen! Na los!
»Er hat mich zuerst geschlagen«, antwortete Francis folgsam.
Dr. Gulptilil machte sich auf einem Blatt Papier eine weitere Notiz. Francis rutschte auf seinem Sitz hin und her. Der Arzt sah ihn an.
»Was schreiben Sie da?«, wollte Francis wissen.
»Ist das wichtig?«
»Ja. Ich will wissen, was Sie schreiben.«
Lass dich nicht abspeisen! Krieg raus, was er schreibt! Bestimmt nichts Gutes!
»Das sind nur ein paar Notizen über unsere Unterhaltung«, sagte der Arzt.
»Ich finde, Sie sollten mir zeigen, was Sie sich aufschreiben«, sagte Francis. »Ich finde, ich habe ein Recht darauf, zu erfahren, was Sie schreiben.«
Bleib am Ball!
Der Arzt sagte nichts, und so hakte Francis nach. »Ich bin hier, ich habe Ihre Fragen beantwortet, und jetzt hab ich eine. Wieso schreiben Sie Dinge über mich, ohne sie mir zu zeigen? Das ist nicht fair.«
Francis rutschte wieder in seinem Rollstuhl hin und her und zerrte an den Fesseln. Er merkte, wie es im Zimmer wärmer

wurde, als wäre die Heizung plötzlich hochgeschnellt. Einen Moment lang spannte er sich mächtig an und versuchte, sich zu befreien, doch es nützte nichts. Er holte tief Luft und sackte auf den Sitz zurück.

»Sie sind erregt?«, fragte der Doktor, nachdem sie eine Weile geschwiegen hatten. Die Antwort auf diese Frage erübrigte sich, da die Wahrheit so offensichtlich war.

»Es ist einfach nicht fair«, sagte Francis und versuchte, seinen eigenen Worten wieder Ruhe einzuflößen.

»Fairness ist Ihnen wichtig, ja?«

»Ja, selbstverständlich.«

»Ja, vielleicht haben Sie da Recht, Mr. Petrel.«

Erneut herrschte Schweigen zwischen den beiden Männern. Francis hörte wieder das Zischen des Heizkörpers und dachte auf einmal, es könnte auch der Atem der beiden Pfleger sein, die das ganze Gespräch hindurch nicht von seinem Rücken gewichen waren. Dann überlegte er, ob vielleicht eine seiner Stimmen gerade versuchte, seine Aufmerksamkeit zu erringen und nur so leise flüsterte, dass er es schlecht hören konnte. Also beugte er sich ein wenig vor, um sich darauf zu konzentrieren.

»Werden Sie oft ungeduldig, wenn Ihnen etwas nicht passt, Mr. Petrel?«

»Wird das nicht jeder?«

»Finden Sie, dass Sie Menschen wehtun sollten, wenn etwas nicht so läuft, wie Sie es gerne hätten?«

»Nein.«

»Aber Sie werden wütend?«

»Jeder wird ab und zu wütend.«

»Also, da muss ich Ihnen nun wirklich Recht geben, Mr. Petrel. Allerdings fragt es sich, wie wir reagieren, wenn wir merken, dass in uns die Wut hochkommt, nicht wahr? Ich bin der

Meinung, wir sollten noch einmal reden.« Der Doktor lehnte sich vor, um mit seinem Gebaren ein wenig Vertraulichkeit zum Ausdruck zu bringen. »Ja, ich glaube wirklich, dass weitere Gespräche angebracht wären. Ist das für Sie akzeptabel, Mr. Petrel?«

Er antwortete nicht. Es war irgendwie so, als wäre die Stimme des Doktors in den Hintergrund getreten, als hätte irgendetwas den Ton leiser gestellt oder als würden seine Worte über eine große Entfernung gesendet.

»Darf ich Sie Francis nennen?«, fragte der Arzt.

Wieder antwortete er nicht. Er traute seiner Stimme nicht, denn sie vermischte sich jetzt mit einer Aufwallung von Emotionen in seiner Brust.

Dr. Gulptilil beobachtete ihn einen Moment lang und fragte dann: »Sagen Sie, Francis, was war es noch, das ich Sie vorhin während unseres Gesprächs bat, sich zu merken?«

Diese Frage schien ihn wieder ins Zimmer zurückzuversetzen. Er sah zu Dr. Gulptilil auf, der ihn mit einem verstohlen neugierigen Blick betrachtete. »Wie?«

»Ich habe Sie gebeten, sich etwas ins Gedächtnis zu rufen.«

»Ich kann mich nicht entsinnen«, antwortete Francis barsch.

Der Arzt nickte ein wenig. »Aber was für einen Wochentag wir haben, vielleicht können Sie mir da auf die Sprünge helfen …«

»Welchen Tag?«

»Ja.«

»Ist das wichtig?«

»Tun wir einfach mal so.«

»Sind Sie sicher, dass Sie mich das schon mal gefragt haben?«, hakte Francis nach, um Zeit zu gewinnen. Doch diese schlichte Tatsache schien auf einmal nebulös in seinem Innern verborgen.

»Ja«, sagte Dr. Gulptilil. »Ich bin mir ganz sicher. Welchen Tag haben wir?«
Francis zermarterte sich das Hirn, kämpfte gegen die Angst an, die abrupt alle anderen Gedanken überschwemmte. Wieder legte er eine Pause ein und hoffte, dass ihm eine seiner Stimmen zu Hilfe käme, doch wieder waren sie verstummt.
»Ich glaube, es ist Samstag«, sagte Francis vorsichtig, zaghaft und langsam.
»Sind Sie sicher?«
»Ja.« Doch das Wort kam ihm mit wenig Überzeugungskraft über die Lippen.
»Erinnern Sie sich nicht, dass ich Ihnen vor Kurzem sagte, dass es Mittwoch ist?«
»Nein. Das wäre falsch. Es ist Samstag.« Francis merkte, wie sich ihm der Kopf zu drehen begann, als ob ihn die Fragen des Doktors zwängen, in endlos konzentrischen Kreisen zu laufen.
»Ich glaube nicht«, sagte der Arzt. »Aber das ist nicht von Belang. Sie werden für einige Zeit bei uns bleiben, Francis, und wir werden noch Gelegenheit haben, über diese Dinge zu reden. Ich bin sicher, dass Sie sich so etwas in Zukunft besser merken können.«
»Ich will aber nicht bleiben«, entgegnete Francis hastig. Er merkte, wie ihn ein Gefühl der Panik erfasste, in das sich Verzweiflung mischte. »Ich möchte nach Hause. Ich glaube wirklich, sie erwarten mich, und es gibt bald Abendessen, und meine Eltern und meine Schwestern, also, sie wollen alle, dass jeder zum Essen zu Hause ist. Das ist bei uns die Regel, wissen Sie. Man muss um sechs, Hände und Gesicht gewaschen, zu Hause sein. Und keine dreckigen Sachen, wenn man zum Spielen draußen gewesen ist. Bereit fürs Tischgebet. Wir sagen immer einen Segensspruch vor dem Essen. Wir danken Gott

für das, was er uns beschert hat. Ich glaube, heute bin ich dran – ja, ich bin sicher –, ich muss also zurück, ich darf nicht zu spät kommen.«

Er merkte, wie ihm die Tränen in den Augen brannten, und er hörte, wie einige seiner Worte im Schluchzen untergingen. Was sich hier abspielte, passierte einem Spiegelbild von ihm und nicht wirklich ihm, während er selbst ein wenig neben sich stand und sein Äußeres aus einiger Distanz betrachtete. Er versuchte krampfhaft, all diese Teile von ihm zu sammeln und zusammenzubringen, doch das war schwer.

»Vielleicht«, sagte Dr. Gulptilil freundlich, »haben Sie die eine oder andere Frage an mich?«

»Wieso kann ich nicht nach Hause?« Francis keuchte die Frage zwischen Tränen heraus.

»Weil es Leute gibt, die Ihretwegen Angst haben, Francis, weil Sie Menschen Angst einjagen.«

»Und wo bin ich hier?«

»An einem Ort, wo Ihnen geholfen wird«, sagte der Arzt.

Lügner! Lügner! Lügner!

Dr. Gulptilil sah zu den beiden Pflegern auf, und das Nächste, was er sagte, galt ihnen. »Mr. Moses, wollen Sie und Ihr Bruder Mr. Petrel wohl bitte ins Amherst bringen? Ich habe für die Schwestern dort die Medikation und ein paar zusätzliche Anweisungen aufgeschrieben. Er muss mindestens sechsunddreißig Stunden, vielleicht auch länger, unter Aufsicht bleiben, bevor sie ihn eventuell auf die offene Station verlegen können.« Er reichte das Klemmbrett dem kleineren der beiden Männer zu Francis' Linken, und der Mann nickte zur Antwort.

»Wie Sie wünschen, Doc«, sagte der Pfleger.

»Wird gemacht, Doc«, erwiderte sein hünenhafter Partner, der hinter den Rollstuhl trat, die Griffe packte und Francis herumwirbelte. Von der Bewegung wurde ihm plötzlich schwindelig, und er unterdrückte ein Schluchzen, das ihm in der Brust festsaß. »Sie müssen keine Angst haben, Mr. Petrel. Das wird schon alles, keine Sorge. Wir kümmern uns um Sie«, flüsterte der Große.

Francis glaubte ihm nicht.

Er wurde durch das Sprechzimmer wieder ins Wartezimmer gerollt, die Tränen liefen ihm die Wangen herunter, und die Hände zitterten ihm in den Handschellen. Er verrenkte sich auf dem Stuhl, um die Aufmerksamkeit entweder des Großen oder des Kleinen auf sich zu lenken, während seine Stimme in einer Mischung aus Furcht und abgrundtiefer Traurigkeit krächzte. »Bitte«, sagte er flehentlich, »ich will nach Hause. Die erwarten mich. Und ich *will* da hin. Bitte bringen Sie mich nach Hause.«

Er sprach mit ihm, als wäre er ein kleines Kind.

Francis' Körper wurde vom Schluchzen geschüttelt, das aus seinem tiefsten Innern drang. Die strenge Sekretärin sah mit einem unversöhnlichen Blick von ihrem Platz hinter dem Schreibtisch auf. »Beruhigen Sie sich!«, befahl sie Francis. Er schluckte ein weiteres Schluchzen hinunter.

Gleichzeitig sah er sich im Zimmer um und bemerkte die beiden uniformierten Polizisten – *troopers* – in grauer Uniformjacke und blauer Reiterhose über blank polierten, kniehohen braunen Stiefeln. Sie waren beide stramme, hochgewachsene Burschen, Inbegriff von Disziplin, mit kurzgeschnittenem Haar, in der Hand den Diensthut mit geschwungener, hochgestülpter Krempe steif an der Hosennaht. Jeder von ihnen trug einen Sam-Browne-Ledergürtel, derart auf Hochglanz poliert, dass man sich darin spiegeln konnte, und an der Taille einen Revolver im Halfter. Doch Francis' eigentliches Interesse weckte der Mann, den sie flankierten.

Er war kleiner als die Polizisten, doch von stämmigem Körperbau. Francis hätte ihn auf Ende zwanzig, Anfang dreißig geschätzt. Er stand lässig und entspannt da, die Hände vorn zusammengebunden, doch er schien die Fesseln zu ignorieren, so dass sie weniger eine Bewegungseinschränkung als vielmehr eine Unannehmlichkeit waren. Er trug einen lose fallenden, marineblauen Overall, mit der eingestickten gelben Aufschrift MCI-Boston auf der linken Brusttasche und ein Paar alte, abgetragene Laufschuhe, an denen die Schnürsenkel fehlten. Er hatte ziemlich langes braunes Haar, das unter dem Rand einer schweißverfleckten Baseballkappe der Boston Red Sox hervorlugte, und die dunklen Stoppeln eines Zweitagebarts. Doch was Francis vor allen Dingen gefangen nahm, waren die Augen des Mannes, denn sie blitzten weit schneller und wacher und aufmerksamer hin und her, als seine lockere Pose vermuten ließ, und nahmen viele Dinge in Bruchteilen von Sekunden wahr. Es lag eine Tiefe in den Augen, die Francis trotz seiner eigenen Qual sofort bemerkte. Er konnte es nicht gleich in Worte fassen, doch es war, als hätte der Mann etwas unsäglich Trauriges gesehen, das direkt hinter seinem Blickfeld lauerte, so dass alles, was er sah oder miterlebte, von diesem Schmerz beeinflusst war. Der Blick ruhte auf Francis, und der Mann brachte ein zartes, mitfühlendes Lächeln zustande, das auch ohne Worte Bände sprach.

»Geht's, Kumpel?«, fragte er. Bei jedem Wort klang der Akzent eines irischstämmigen Bostoners durch. »Ist es so schlimm?«

Francis schüttelte den Kopf. »Ich will nach Hause, aber sie sagen, ich muss hier bleiben«, antwortete er. Und dann die mitleiderregende, spontane Frage: »Könnten Sie mir wohl helfen?«

Der Mann beugte sich leicht zu Francis vor. »Ich fürchte, hier

gibt's 'ne ganze Reihe Leute, die gerne nach Hause wollen und es nicht können. Inklusive meiner Wenigkeit, im Moment.«
Francis sah zu dem Mann auf. Er wusste nicht genau, wieso, aber sein ruhiger Ton half ihm, sich zu fassen. »Können Sie mir helfen?«, platzte Francis noch einmal heraus.
Der Mann lächelte, eine Mischung aus Nonchalance und Traurigkeit. »Ich weiß nicht, was ich tun kann«, sagte er, »aber ich will tun, was ich kann.«
»Versprochen?«, fragte Francis hastig.
»In Ordnung«, erwiderte der Mann. »Versprochen.«
Francis lehnte sich auf dem Stuhl zurück und schloss einen Moment die Augen. »Danke«, flüsterte er.
Die Sekretärin unterbrach die Unterhaltung mit einer überdeutlichen Anweisung an den Kleineren der beiden schwarzen Pfleger. »Mr. Moses, dieser Herr« – sie wies auf den Mann im Overall – »ist Mr. ...« Hier zögerte sie einen Moment und fuhr dann fort, indem sie offenbar absichtlich vermied, den Namen auszusprechen: »der Herr, über den wir vorhin sprachen. Die Polizisten werden ihn zum Doktor begleiten, aber bitte kommen Sie umgehend zurück, um ihn zu seiner neuen *Unterkunft* mitzunehmen« – Letzteres mit einem Anflug von Sarkasmus –, »sobald Sie Mr. Petrel drüben im Amherst abgeliefert haben. Er wird dort schon erwartet.«
»Ja, Ma'am«, sagte der Größere der Brüder, als sei er jetzt an der Reihe, obwohl die Bemerkungen der Frau an den Kleineren gerichtet waren. »Wird erledigt.«
Der Mann im Overall sah wieder zu Francis herunter. »Wie heißen Sie?«, fragte er.
»Francis Petrel«, antwortete er.
Der Mann im Overall lächelte. »Petrel ist ein hübscher Name. Es ist ein kleiner Seevogel, wissen Sie, gibt eine Menge davon auf Cape Cod. Das sind die Vögel, die man im Sommer nach-

mittags direkt über die Wellen fliegen sieht, wo sie immer in die Gischt tauchen und wieder hochkommen. Schöne Tiere. Weiße Flügel, einen Moment flattern sie ganz schnell, im Nächsten steigen sie mühelos in die Höhe. Die müssen scharfe Augen haben, um einen Sandaal oder einen Menhaden in der Brandung zu entdecken. Ganz bestimmt der Vogel der Dichter. Können Sie so fliegen, Mr. Petrel?«

Francis schüttelte den Kopf.

»Na ja«, sagte der Mann im Overall. »Dann sollten Sie es vielleicht lernen. Besonders für den Fall, dass Sie allzu lange in diesem netten Etablissement hier eingesperrt werden.«

»Halten Sie den Mund!«, warf einer der Polizisten in einem derart ruppigen Ton ein, dass der Mann grinsen musste. Er drehte sich zu dem Ordnungshüter um und sagte: »Oder Sie tun was?«

Darauf wusste der Mann nichts zu erwidern, auch wenn er leicht rot anlief, während sein Schutzbefohlener den Befehl ignorierte und sich wieder an Francis wandte. »Francis Petrel. Francis C-Bird, Seevogel. Das gefällt mir besser. Nimm's nicht so schwer, Francis C-Bird, und wir sehen uns bald wieder. Versprochen.«

Francis brachte zwar kein Wort heraus, fühlte sich von den Worten des Mannes jedoch ermutigt. Zum ersten Mal, seit dieser Tag schon morgens mit all den lauten Stimmen, Schreien und Vorwürfen begonnen hatte, fühlte er sich nicht mehr allein. Ihm war, als ob das schrille, unablässige Getöse, das ihm schon den ganzen Tag in den Ohren dröhnte, wie ein plärrendes Radio ein wenig leiser gestellt worden wäre. Er hörte, wie ein paar von seinen Stimmen in einem Hintergrundmurmeln Zustimmung bekundeten, was ihn noch ein bisschen entspannte. Doch er hatte keine Zeit, bei dem Gedanken zu verweilen, denn er wurde abrupt aus dem Vorzimmer in den Korridor geschoben, und die Tür fiel geräuschvoll hinter ihm zu. Von der kalten Zugluft lief ihm ein Schauder den Rücken herunter und erinnerte ihn daran, dass in diesem Moment sein ganzes bisheriges, vertrautes Leben über den Haufen geworfen wurde und das, was er nunmehr kennen lernen sollte, im Verborgenen und Ungewissen lag. Er musste sich auf die Unterlippe beißen, um die neu aufsteigenden Tränen zurückzuhalten, dann einmal fest schlucken, um Haltung zu wahren und sich folgsam aus dem Anmeldebereich tief ins Innere des Western State Hospital fahren zu lassen.

3

Eben strich das erste matte Morgenlicht über die nachbarlichen Firste und schlich sich sacht in mein spartanisches kleines Apartment ein. Ich stand vor der Wand und sah, wie sämtliche Wörter, die ich in der letzten Nacht geschrieben hatte, eine einzige Spalte herunterkrochen. Meine Handschrift war eng und wirkte fahrig. Die Worte bildeten Wellenlinien, die ein wenig an ein Weizenfeld erinnerten, wenn ein warmer Windhauch darüber weht. Ich fragte mich: Hatte ich am Tag meiner Ankunft in der Klinik wirklich solche Angst? Die Frage war leicht zu beantworten: Ja, und weitaus schlimmer, als ich es beschrieben hatte. In der Erinnerung wird der Schmerz diffus. Die Mutter vergisst die Qual der Geburt, sobald man ihr das Baby in die Arme drückt; der Soldat weiß nichts mehr von den Schmerzen seiner Wunden, wenn der General ihm den Orden an die Brust heftet und die Kapelle einen zackigen Marsch anstimmt. Habe ich wahrheitsgemäß geschildert, was ich gesehen habe? Und auch die Details richtig wiedergegeben? Ist es genau so passiert, wie ich mich entsinne?

Ich nahm den Stift und ließ mich an der Stelle vor der Wand, an der ich letzte Nacht aufgehört hatte, auf die Knie nieder. Ich zögerte einen Moment und schrieb:

Mindestens achtundvierzig Stunden später erwachte Francis Petrel, fest in eine Zwangsjacke geschnürt, mit rasendem Herzklopfen und schwerer Zunge in einer schäbigen grauen Gummizelle und wollte nur etwas Kaltes zu trinken und nicht allein sein …

Mindestens achtundvierzig Stunden später erwachte Francis Petrel, fest in eine Zwangsjacke geschnürt, mit rasendem Herzklopfen und schwerer Zunge in einer schäbigen grauen Gummizelle und wollte nur etwas Kaltes zu trinken und nicht allein sein …

Er lag steif auf dem Metallbett mit dunkelgrau verfleckter Matratze in der Isolierzelle mit den jutefarbenen Gummiwänden, starrte zur Decke und bemühte sich um eine erste Bestandsaufnahme seines Zustands und seiner Umgebung. Er wackelte mit den Zehen, leckte sich über die ausgetrockneten Lippen und zählte jeden Pulsschlag mit, bis er merkte, wie er langsamer wurde. Von den Medikamenten, die ihm verabreicht worden waren, fühlt er sich wie lebendig begraben oder zumindest wie in eine dicke, sirupartige Substanz getaucht. Hoch über ihm befand sich außerhalb seiner Reichweite eine einzige weiße Glühbirne in einem Drahtgitter, und das grelle Licht tat ihm in den Augen weh. Er wusste, dass er eigentlich Hunger haben musste, doch er hatte nicht den geringsten Appetit. Er zerrte an der Zwangsjacke und begriff sofort, dass es vergeblich war. Er beschloss, um Hilfe zu rufen, doch als Erstes flüsterte er sich selbst zu: Seid ihr noch da?

Für einen Moment herrschte Stille.

Dann hörte er mehrere Stimmen, die alle auf einmal redeten und alle wie von fern, wie unter einem Kissen hervor*: Wir sind da. Wir sind noch da.*

Das beruhigte ihn.

Du darfst uns nicht verraten, Francis.

Er nickte. Das war nur naheliegend. Wie er feststellte, hatte er widersprüchliche Kriterienkataloge im Kopf, fast so wie ein Mathematiker, dem angesichts einer schwierigen Gleichung unterschiedliche Lösungswege einfallen. Die Stimmen, die ihm mit Rat zur Seite standen, hatten ihn auch in diese missliche Lage gebracht, und er hegte kaum Zweifel, dass er sie grundsätzlich verschweigen musste, wenn er je wieder aus dem Western State Hospital herauskommen wollte. Während er dieses Dilemma abzuwägen versuchte, hörte er, wie all die vertrauten Leute, die seine Phantasiewelt bevölkerten, Zustimmung bekundeten. Jede dieser Stimmen besaß ihre eigene Persönlichkeit: eine fordernde Stimme, eine disziplinierte, eine kompromissbereite, eine besorgte, eine warnende, eine besänftigende, eine zweifelnde und eine entscheidungsfreudige Stimme. Sie verbanden sich jeweils mit einer charakteristischen Sprechweise und mit vorherrschenden Motiven; er wusste längst, in welcher Situation er mit welchen von ihnen zu rechnen hatte. Seit der wütenden Auseinandersetzung mit seinen Leuten und seit dem Eintreffen der Polizei und des Krankenwagens hatten die Stimmen alle zusammen hektisch versucht, seine Aufmerksamkeit zu erringen. Doch jetzt musste er weiterhin die Ohren spitzen, um sie zu hören, so dass er vor lauter Konzentration die Stirn in Falten legte.

Es war, überlegte er, eine Methode, sich in den Griff zu bekommen.

Francis blieb noch eine Stunde lang in dieser unbequemen Lage auf dem Bett, in der bedrückenden Enge des schmalen Zimmers, bis sich in der einzigen Tür mit einem ratschenden Geräusch ein Guckfenster öffnete. Von der Stelle aus, an der er lag, konnte er nur etwas sehen, wenn er wie ein Athlet die Bauchmuskeln anspannte und den Oberkörper hob, was wegen der Zwangsjacke nach ein paar Sekunden zu anstrengend wurde. Dennoch sah er, wie zuerst ein Auge und dann noch ein zweites zu ihm hereinspähte, und er brachte ein schwaches »Hallo?« heraus.

Doch es meldete sich niemand, und das Fenster wurde wieder zugeschlagen.

Nach seiner Schätzung vergingen noch einmal dreißig Minuten, bevor sich das runde Fenster wieder öffnete. Er versuchte es noch einmal mit hallo, und diesmal schien es Wirkung zu zeigen, denn Sekunden später hörte er, wie sich ein Schlüssel im Schloss bewegte. Die Tür ging mit einem ratschenden Geräusch auf, und er sah, wie sich der größere der beiden schwarzen Pfleger in die Zelle schob. Der Mann lächelte, als wäre er gerade dabei gewesen, einen Witz zu erzählen, und nickte Francis nicht unfreundlich zu. »Wie geht's Ihnen heute Morgen, Mr. Petrel?«, fragte er fröhlich. »Ein bisschen geschlafen? Hunger?«

»Ich muss was trinken«, krächzte Francis.

Der Pfleger nickte. »Das kommt von den Pillen, die Sie bekommen haben. Man kriegt 'ne schwere Zunge davon, als ob sie geschwollen wäre, wie?«

Francis nickte. Der Mann verschwand im Flur und kam mit einer Plastiktasse Wasser wieder. Er setzte sich auf den Pritschenrand und hielt Francis wie ein krankes Kind hoch, um ihn ein paar Schluck trinken zu lassen. Es war lauwarm, fast abgestanden, mit einem leicht metallischen Geschmack, doch für den Augenblick fühlte sich Francis von der Flüssigkeit, die ihm durch die Kehle lief, und dem Druck des Pflegers, der ihn im Arm hielt, unerwartet getröstet. Der Mann spürte das wohl, denn er sagte: »Das wird schon alles, Mr. Petrel. Mr. C-Bird. So hat Sie der andere Neue doch genannt, und ich denke mal, der Name passt gut zu Ihnen. Am Anfang ist es

hier nicht ganz leicht, man muss sich erst mal ein bisschen dran gewöhnen und so, aber das gibt sich bald, verlassen Sie sich drauf.«
Er ließ Francis wieder auf das Bett zurücksinken und fügte hinzu: »Der Doktor kommt jetzt, um nach Ihnen zu sehen.«
Ein paar Sekunden später sah Francis Dr. Gulptilils runde Gestalt im Türrahmen stehen.
Der Doktor lächelte und fragte mit der charakteristischen Singsang-Intonation: »Mr. Petrel. Wie geht's Ihnen heute Morgen?«
»Mir geht's gut«, sagte Francis. Er wusste einfach nicht, was er sonst hätte sagen sollen. Und außerdem hörte er in diesem Moment das schwache Echo seiner Stimmen, die ihn mahnten, äußerst vorsichtig zu sein. Andererseits waren sie nicht annähernd so laut, wie sie sein konnten, sondern klangen eher, als riefen sie ihm über eine breite Schlucht hinweg ihre Befehle zu.
»Erinnern Sie sich, wo Sie sind?«
Francis nickte. »Ich bin in einer Klinik.«
»Ja«, sagte der Arzt mit einem Lächeln. »Das ist nicht schwer zu erraten. Aber erinnern Sie sich auch, in welcher? Und wie Sie hierher gekommen sind?«
Francis wusste es sehr wohl. Das Beantworten von Fragen hob den Nebelschleier ein wenig, der ihm irgendwie die Sicht behinderte. »Das hier ist das Western State Hospital«, sagte er. »Und ich bin hier in einem Krankenwagen angekommen, nachdem ich mit meinen Eltern Streit hatte.«
»Sehr gut. Und erinnern Sie sich auch an den Monat? Und das Jahr?«
»Ich glaube, es ist immer noch März. 1979.«
»Ausgezeichnet.« Der Doktor schien aufrichtig erfreut. »Schon eine etwas bessere Orientierung, wie mir scheint. Ich

glaube, heute können wir Sie aus der Isolierzelle und der Zwangsjacke holen und Sie allmählich wieder unters Volk bringen. Ganz, wie ich gehofft hatte.«

»Ich würde jetzt gerne nach Hause gehen«, sagte Francis.

»Tut mir leid, Mr. Petrel. Das ist noch nicht möglich.«

»Ich glaube nicht, dass ich hier bleiben will«, sagte Francis. Ein Anflug des Zitterns, das am Tag seiner Ankunft seine Stimme befallen hatte, drohte wiederzukehren.

»Es ist zu Ihrem eigenen Besten«, erwiderte der Arzt.

Da hatte Francis seine Zweifel. Er konnte durchaus klar erkennen, dass es hier um anderer Leute Wohl und nicht das seine ging. Das sagte er nicht laut.

»Wieso kann ich nicht nach Hause?«, fragte er. »Ich hab doch nichts getan.«

»Erinnern Sie sich an das Küchenmesser? Und Ihre Drohungen?«

Francis schüttelte den Kopf. »Das war ein Missverständnis«, sagte er.

Dr. Gulptilil lächelte. »Was sonst. Aber Sie werden so lange bei uns bleiben, bis wir zu der Einsicht kommen, dass wir nicht rumlaufen und Leute bedrohen können.«

»Das mach ich nicht wieder, versprochen.«

»Danke, Mr. Petrel. Doch unter den gegebenen Umständen reicht ein Versprechen nicht ganz. Es gehört schon ein bisschen mehr dazu, mich davon zu überzeugen. Vollkommen zu überzeugen, fürchte ich. Die Medikamente, die wir Ihnen gegeben haben, werden Ihnen dabei helfen. Sie werden diese Mittel weiter nehmen, und ihre Langzeitwirkung wird Ihnen helfen, wieder Herr über die Situation zu sein und sich einzufügen. Dann lässt sich vielleicht darüber reden, Sie in die Gesellschaft zu entlassen, wo Sie eine konstruktivere Rolle übernehmen könnten.«

Den letzten Satz sprach er langsam und fügte hinzu: »Und was halten Ihre Stimmen von Ihrem Aufenthalt hier bei uns?«
Francis hatte begriffen und schüttelte den Kopf. »Ich höre keine Stimmen«, sagte er beharrlich. Tief in seinem Innern ertönte ein Chor der Zustimmung.
Der Arzt lächelte wieder, so dass er ein wenig schiefe, weiße Zähne entblößte. »Ach ja, Mr. Petrel, ich bin nicht so sicher, ob ich Ihnen das glauben kann. Trotzdem« – er zögerte – »glaube ich, dass Sie hier bei der großen Mehrheit zurechtkommen können. Mr. Moses wird Sie herumführen und Ihnen die Regeln erklären. Die Regeln sind wichtig, Mr. Petrel. Es gibt nicht viele, aber die sind von entscheidender Bedeutung. Dass man sich an die Regeln hält, ein konstruktives Mitglied unserer kleinen Welt hier wird, das sind Zeichen dafür, dass sich Ihr Geisteszustand normalisiert. Wenn Sie mich davon überzeugen können, dass Sie sich hier erfolgreich einfügen, wird Sie jeder Tag, den Sie bei uns verbringen, Ihrer Rückkehr nach Hause näher bringen. Verstehen Sie diese Gleichung, Mr. Petrel?«
Francis nickte nachdrücklich.
»Wir haben hier Aktivitäten. Wir haben Gruppensitzungen. In regelmäßigen Abständen werden Sie Einzelsitzungen mit mir haben. Und es gibt die Regeln. Das alles zusammen beinhaltet Ihre Chancen. Sollten Sie sich aber nicht einfügen können, dann wird, fürchte ich, Ihr Aufenthalt hier lang und oft auch unangenehm sein ...«
Er wies auf die Isolierzelle. »Dieser Raum zum Beispiel« – dann auf die Zwangsjacke –, »diese und andere Vorkehrungen sind weiterhin Optionen, und zwar auf Dauer. Das Entscheidende ist, dass Sie es nicht dazu kommen lassen, Mr. Petrel. Entscheidend für Ihre Rückkehr zur Normalität. Habe ich mich deutlich ausgedrückt?«

»Ja«, sagte Francis. »Sich einfügen und an die Regeln halten.« Er wiederholte die Worte im Geist wie ein Mantra oder Gebet.
»Genau. Ausgezeichnet. Sehen Sie nicht, dass wir schon ein wenig Fortschritte gemacht haben? Nur Mut, Mr. Petrel. Und ziehen Sie Gewinn aus dem, was die Klinik zu bieten hat.« Der Arzt stand auf. Er nickte dem Pfleger zu. »Also, Mr. Moses. Sie können Mr. Petrel jetzt befreien. Und dann führen Sie ihn bitte durchs Wohnheim, besorgen Sie ihm was anzuziehen und zeigen Sie ihm den Veranstaltungsraum.«
»Ja, Sir«, kam die Antwort so zackig wie beim Militär.
Dr. Gulptilil watschelte durch die Tür der Isolierzelle hinaus, und der Pfleger machte sich daran, die Gurte der Zwangsjacke zu lösen und Francis aus den Ärmeln zu schälen, bis er ganz herausgeschlüpft war. Francis streckte sich linkisch und rieb sich die Arme, wie um seine Glieder wiederzubeleben, nachdem sie eng fixiert gewesen waren. Er stellte die Füße auf den Boden und schwankte, als er merkte, wie ihm schwindelig wurde. Der Pfleger musste das wohl bemerkt haben, denn eine riesige Hand packte ihn an der Schulter und hinderte ihn daran, nach vorn zu kippen. Francis fühlte sich ein wenig wie ein Kleinkind, das den ersten Schritt unternimmt, nur nicht mit demselben Gefühl von Stolz und Freude, sondern voller Furcht und Zweifel.
Er folgte Mr. Moses durch den Flur im vierten Stock des Amherst-Gebäudes. Ein halbes Dutzend Gummizellen von knapp zwei mal drei Metern lagen hintereinander in einer Reihe, jede mit einer Doppelschließvorrichtung und Guckfenstern zur Beobachtung. Er konnte nicht sagen, ob sie belegt waren oder nicht. Nur in einem Fall hörte er, nachdem sie im Vorbeigehen wohl Geräusche gemacht hatten, hinter einer verschlossenen Tür einen Schwall gedämpfter Obszönitäten,

die sich in einem langen, schrillen Schmerzensschrei auflösten. Eine Mischung aus Qual und Hass. Er beeilte sich, um mit dem Riesen Schritt zu halten, der von dem gespenstischen Lärm nicht im Mindesten aus der Fassung gebracht zu sein schien und der, während er durch eine Reihe Flügeltüren zu einer breiten Haupttreppe lief, in scherzhaftem Plauderton eindrucksvoll über die Raumaufteilung des Gebäudes und die gesamte Klinikanlage und ihre Geschichte sprach. Francis konnte sich nur vage daran erinnern, diese Stufen vor zwei Tagen heraufgekommen zu sein, als alles, was für ihn bis dahin sein Leben ausgemacht hatte, verschwunden war.

Der Grundriss des Gebäudes schien Francis in jeder Hinsicht so verrückt wie seine Bewohner. Die oberen Stockwerke beherbergten Büros, die an Abstellräume und Isolierzellen grenzten. Auf dem ersten und dem zweiten Geschoss befanden sich weitläufige, schlafsaalartige Räume voller einfacher Stahlrahmenbetten, hier und da mit einer verschließbaren Kiste unter dem Bett für die persönlichen Sachen. Innerhalb der Schlafsäle waren beengte Badezimmer und Duschen untergebracht, mit reihenweise Nischen, die, wie er auf den ersten Blick erkannte, wenig Intimsphäre boten. Beidseitig der Flure lagen weitere Badezimmer, deren Türen mit MÄNNER und FRAUEN gekennzeichnet waren. Der Anstand gebot es, dass die Frauen am Nordende des Flurs und die Männer am Südende untergebracht waren. Zwischen den beiden Trakten lag eine große Pflegestation. Sie wurde von Trennwänden aus Maschendraht und einer abgeschlossenen Stahltür gesichert. Francis sah, dass sämtliche Türen zwei, manchmal drei doppelte Schließriegel hatten, die alle von außen zu bedienen waren. War die Tür erst abgeschlossen, konnte man sie von innen unmöglich ohne einen Schlüssel öffnen.

Im Erdgeschoss war ein großer offener Bereich untergebracht, der, wie Francis erklärt wurde, als wichtigster Tagesraum diente, daneben eine Cafeteria und eine Küche, die groß genug war, die Bewohner von Amherst dreimal am Tag zu verköstigen. Es gab auch noch eine Reihe kleinerer Räume, die, wie er annahm, der Gruppentherapie dienten. Das Erdgeschoss war voll davon. Überall waren Fenster, die das Amherst mit Licht erfüllten, doch jedes Fenster war von außen mit einem Maschendrahtgitter versehen, so dass das Tageslicht, das in das Gebäude drang, bizarre Karomuster auf die glatten, gebohnerten Böden oder die strahlend weiß getünchten Wände warf. Im ganzen Gebäude befanden sich Türen, deren Anordnung willkürlich schien und die manchmal abgeschlossen waren, so dass Mr. Moses einen schweren Schlüsselbund von seinem Gürtel nehmen musste, dann wieder offen standen, so dass sie einfach ungehindert eintraten. Francis konnte nicht auf Anhieb erkennen, nach welchem Prinzip die Türen verschlossen wurden oder offen blieben.

Es war, wie er fand, ein höchst seltsames Gefängnis.

Sie waren eingesperrt, doch nicht inhaftiert. Eingeschränkt, doch nicht gefesselt.

Wie Mr. Moses und sein kleinerer Bruder, dem sie im Flur begegneten, waren sämtliche Schwestern, Pfleger und Aufseher weiß gekleidet. Gelegentlich kamen sie an einem Arzt oder Arzthelfer, Sozialarbeiter oder Psychologen vorbei. Diese Zivilisten trugen entweder Sportsakkos und Hosen oder Jeans. Fast ausnahmslos hatten sie braune Briefumschläge, Klemmbretter und braune Mappen unter dem Arm, und fast alle liefen sie offenbar mit einem klaren Ziel oder Zweck durch diese Korridore, als ob der Umstand, dass sie jeweils eine Aufgabe zu erfüllen hatten, sie von den übrigen Amherst-Bewohnern unterschied.

Francis' Mitpatienten bevölkerten die Flure. Die einen standen in Gruppen zusammen, während die anderen ostentativ alleine blieben. Viele beäugten ihn misstrauisch, als er an ihnen vorüberkam. Einige ignorierten ihn. Keiner begrüßte ihn mit einem Lächeln. Da er mit Mr. Moses' forschem Tempo Schritt halten musste, blieb ihm kaum Zeit, seine Umgebung zu begutachten. Und was er von den anderen zu sehen bekam, war eine bunte Mischung, eine zusammengewürfelte Schar von Leuten unterschiedlichen Alters und Körperbaus. Haare, die aus der Kopfhaut zu explodieren schienen, Bärte, die wie auf vergilbten Fotos aus dem neunzehnten Jahrhundert bis zur Brust herunterwucherten. Es war ein Ort der Widersprüche. Ringsum bohrten sich wilde Blicke in ihn und musterten ihn von oben bis unten, bis er sie hinter sich gelassen hatte. Andere Patienten dagegen senkten stumm die Augen oder drehten sich zur Wand, um jeden Kontakt zu meiden. Einzelne Worte und Unterhaltungsfetzen schwirrten ihm um die Ohren – manchmal an andere gerichtet, manchmal auch ins Selbstgespräch vertieft. An die Kleidung wurden nicht viel Gedanken verschwendet; einige Insassen trugen lose sitzende Klinik-Nachthemden und Pyjamas, einige normalere Straßenkleidung. Einige standen im Bade- oder Morgenmantel herum, andere in Jeans und Paisleyhemd. Es war alles ein wenig unpassend, aus den Fugen geraten, als ob die Farben sich unschlüssig wären, was womit harmonierte, oder die Größen einfach nicht stimmten, Hemden zu lose saßen, Hosen dafür zu eng oder zu kurz waren. Zwei verschiedene Socken. Gestreiftes zu Kariertem. Und allgegenwärtig dieser beißende Zigarettenrauch.

»Zu viele Leute auf einem Haufen«, sagte Mr. Moses, als sie zu einer Pflegestation kamen. »Haben vielleicht für zweihundert Betten gebaut. Aber stattdessen haben wir hier so um die dreihundert reingequetscht. Sollte meinen, dass sie sich wenigstens das irgendwie ausklamüsert hätten, aber nein, bis jetzt noch nicht.«

Francis antwortete nicht.

»Haben aber ein Bett für Sie«, fügte Mr. Moses hinzu. An der Pflegestation blieb er stehen. »Sie werden wieder topfit, keine Bange. Hallo, Ladies«, sagte er. Zwei Schwestern in Weiß drehten sich hinter dem Maschendraht zu ihm um. »Sie sehen ja allerliebst und reizend aus an diesem schönen Morgen.«

Eine war alt, mit ergrautem Haar und ziemlich faltigem, verhärmtem Gesicht, das sich dennoch zu einem Lächeln verzog. Die andere war eine stämmige Schwarze, weitaus jünger als ihre Kollegin, und sie schnaubte ihre Antwort wie jemand heraus, der schon zu oft nette Worte mit einem falschen Unterton gehört hatte. »Das Süßholzgeraspel schenken wir uns, sag mir lieber, was du diesmal brauchst.« Der Ton war gespielt barsch, und beide Frauen grinsten.

»Also bitte, Ladies, ich versuch doch nur, ein bisschen Glück und Freude in euer Leben zu bringen«, sagte er. »Was sonst?«

Die Schwestern lachten laut. »Schon einen einzigen Mann gesehen, der nich' irgendwas will?«, sagte die schwarze Schwester, woraufhin die Weiße schnell draufsetzte: »Schätzchen, so isses, so wahr mir Gott helfe.«

Mr. Moses musste ebenfalls lachen, während Francis auf einmal verlegen wurde und nicht wusste, was von ihm erwartet wurde. »Ladies, kann ich Ihnen Mr. Francis Petrel vorstellen, der 'ne Weile bei uns bleiben wird. Mr. C-Bird, diese nette junge Lady is' Miss Wright, und ihre reizende Kollegin hier, das is' Miss Winchell.« Er reichte ihnen ein Klemmbrett. »Der Doktor hat dem Jungen ein paar Mittelchen aufgeschrieben. Wie's aussieht, so ziemlich das Übliche.«

Er wandte sich an Francis und sagte: »Na, was denken Sie, Mr. C-Bird? Meinen Sie, der Doktor hat Ihnen vielleicht 'ne

Tasse Kaffee zum Frühstück und 'n nettes kaltes Bierchen zum Brathähnchen und Maisbrot zum Abendessen aufgeschrieben? Meinen Sie, das isses, was Sie kriegen?«

Francis musste ihn wohl erstaunt angesehen haben, denn der Pfleger beeilte sich, hinzuzufügen: »Nur 'n kleiner Scherz. Nix für ungut.«

Die Schwestern überflogen das Krankenblatt und legten es dann zusammen zu einem Stapel in eine Ecke ihres Schreibtischs. Die Ältere, Miss Winchell, griff unter eine Theke und zog einen kleinen, billigen Koffer aus einem Stoff mit Schottenmuster hervor. »Mr. Petrel, das hat Ihre Familie für Sie abgegeben.«

Sie reichte ihm das Gepäckstück durch die Öffnung im Maschendraht und sagte: »Ich hab's schon durchsucht.«

Francis nahm das Köfferchen und kämpfte gegen einen Tränenausbruch an. Er hatte es sofort wiedererkannt. Es war ein Weihnachtsgeschenk aus seiner Kindheit, und weil er eigentlich nie irgendwohin verreist war, hatte er es immer benutzt, um darin etwas Besonderes, etwas Außergewöhnliches aufzubewahren. Eine Art tragbares Geheimversteck für die Dinge, die er als Kind gesammelt hatte, denn jedes kleine Stück war in sich so etwas wie eine Reise. Ein Tannenzapfen, den er einmal im Herbst aufgelesen hatte; einen Satz Zinnsoldaten; ein Buch mit Kinderversen, das er nie in die Leihbücherei zurückgebracht hatte.

Ihm zitterten ein wenig die Hände, als er über die Kunstlederränder der Reisetasche strich, und er nahm den Griff in die Hand. Der Reißverschluss war offen, und er sah, dass alles, was er einmal darin aufbewahrt hatte, gegen Kleidung aus seinen Schubladen ausgewechselt worden war. Im selben Moment wusste er, dass seine ganze Sammlung ausgeleert und weggeworfen worden war. Es kam ihm vor, als hätten seine

Eltern das Wenige, das sie von seinem Leben besaßen, in dieses Gepäckstück gesteckt, um es ihm zukommen zu lassen und ihn wegzuschicken. Er merkte, wie seine Unterlippe zitterte, und er fühlte sich sehr allein.

Die Schwestern schoben ihm einen zweiten Stapel Sachen zu. Er bestand aus einer Garnitur Bettwäsche aus rauem Stoff, einer fadenscheinigen, verwaschen olivfarbenen Wolldecke aus Armeebeständen, einem Bademantel, wie er ähnliche schon an einigen Patienten gesehen hatte, und ein paar Pyjamas, wie er sie ebenfalls bereits ausgemacht hatte. Er legte die Sachen auf das Köfferchen und trug sein Gepäck vor der Brust.

Mr. Moses nickte. »Also, dann zeigen wir Ihnen mal Ihr Bett und sehen zu, dass wir Ihre Sachen verstaut kriegen. Was haben wir dann für Mr. C-Bird, Ladies?«

Wieder ging eine der Schwestern das Krankenblatt durch. »Mittagessen um zwölf. Dann hat er bis zu der Gruppensitzung um drei mit Mr. Evans in Raum 101 frei. Um sechzehn Uhr dreißig kommt er zur Freizeit wieder hierher. Abendessen um sechs. Medikamentenausgabe um sieben. Das wär's.«

»Alles klar, Mr. C-Bird?«

Francis nickte. Er traute seiner eigenen Stimme nicht. Er hörte tief in seinem Innern die Order, den Mund zu halten und sich zu fügen und auf der Hut zu sein. Er folgte Mr. Moses durch eine Tür in ein großes Zimmer mit dreißig bis vierzig Betten, die in Reihen aufgestellt waren. Mit einer Ausnahme, nicht weit von der Tür, waren alle Betten gemacht. Ein halbes Dutzend Männer lagen dort auf ihrem Bett und starrten, wenn sie nicht schliefen, zur Decke. Kaum einer warf einen flüchtigen Blick auf ihn, als er den Saal betrat.

Mr. Moses half ihm, das Bett zu machen und seine wenigen Sachen in einer Feldkiste zu verstauen. Auch den winzigen

Koffer konnte er darin verschwinden lassen. Es dauerte weniger als fünf Minuten, bis alles an Ort und Stelle war.

»Also, das hätten wir«, sagte Mr. Moses.

»Und was wird jetzt weiter mit mir?«, fragte Francis.

Der Pfleger lächelte etwas wehmütig. »Jetzt müssen Sie zusehen, C-Bird, dass es Ihnen besser geht.«

Francis nickte. »Und wie soll ich das machen?«

»Das ist die große Frage, C-Bird. Das müssen Sie selber rausfinden.«

»Was soll ich denn machen?«, fragte Francis.

Der Pfleger beugte sich zu ihm herunter. »Bleiben Sie einfach für sich. Hier kann es ab und zu ein bisschen ungemütlich werden. Sie müssen rauskriegen, mit wem Sie's sonst noch zu tun haben, und bei jedem den richtigen Abstand wahren. Versuchen Sie nicht zu schnell, mit jemand gut Freund zu werden, C-Bird. Halten Sie einfach den Mund und beachten Sie die Regeln. Wenn Sie mal Hilfe brauchen, kommen Sie zu mir oder zu meinem Bruder oder zu einer von den Schwestern, und wir versuchen, die Sache auf die Reihe zu kriegen.«

»Aber wie lauten denn die Regeln?«, wollte Francis wissen.

Der Hüne von Aufseher drehte sich um und zeigte auf ein Schild, das hoch oben an der Wand befestigt war.

IM SCHLAFSAAL RAUCHEN VERBOTEN
KEIN LÄRM
NACH EINUNDZWANZIG UHR
REDEN VERBOTEN
RESPEKTIEREN SIE DIE ANDEREN
RESPEKTIEREN SIE ANDERER LEUTE
EIGENTUM

Als er sich alles zweimal durchgelesen hatte, drehte Francis sich um. Er wusste nicht recht, wo er hingehen oder was er machen sollte. Er setzte sich auf die Bettkante.

Am anderen Ende des Raums stand einer der Männer, der mit dem Gesicht zur Decke dagelegen und sich schlafend gestellt hatte, abrupt auf. Er war sehr groß, gut einen Meter fünfundneunzig, mit eingefallener Brust und dünnen, knochigen Armen, die unter einem abgerissenen Sweatshirt mit einem Logo der New England Patriots hervorlugten, sowie Ofenröhren-Beinen, die aus einer mindestens fünfzehn Zentimeter zu kurzen limonengrünen OP-Hose herauslugten. Die Ärmel des Sweatshirts waren direkt unter der Schulter abgeschnitten. Er war wesentlich älter als Francis und trug das strähnige, graumelierte Haar in einem verfilzten Busch, der ihm bis zu den Schultern fiel. Plötzlich weiteten sich seine Augen wie in einer Mischung aus Angst und Wut. Jetzt hob der Mann eine aschgraue Hand und zeigte mit dem Finger auf Francis.

»Aufhören!«, brüllte er. »Sofort aufhören!«

Francis zuckte ein wenig zurück. »Womit aufhören?«

»Hör einfach auf! Ich seh's doch! Du kannst mich nicht für dumm verkaufen! Ich hab's in dem Moment gewusst, als du reingekommen bist! Hör auf damit!«

»Ich weiß ehrlich gesagt nicht, was ich mache«, antwortete Francis unterwürfig.

Inzwischen fuchtelte der Lange mit beiden Armen in der Luft herum, als müsse er Spinnweben aus dem Weg räumen. Mit jedem Schritt, den er näher kam, wurde seine Stimme lauter. »Aufhören! Aufhören! Ich durchschaue dich! Ich lass das nicht mit mir machen!«

Francis sah sich nach einem Versteck oder Fluchtweg um, doch er saß zwischen dem auf ihn zu wankenden Mann und der Rückwand des Schlafsaals in der Falle. Die wenigen

anderen Männer im Raum schliefen entweder noch oder kümmerten sich nicht um das, was passierte.
Mit jedem Schritt schien der Mann an schierer Körpergröße zu wachsen und wütender zu werden. »Ich merk das! Ich hab's sofort gemerkt! In dem Moment, als du reingekommen bist! Hör sofort auf damit!«
Francis war vor Verwirrung wie erstarrt. In seinem Innern schrien seine Stimmen in einem Wortschwall widersprüchlicher Ratschläge: *Lauf! Lauf! Der will uns was antun! Du musst dich verstecken!* Sein Kopf fuhr herum, und er überlegte verzweifelt, wie er dem Angriff des Mannes entgehen konnte. Er versuchte, seine Muskeln in den Griff zu bekommen und vom Bett aufzustehen, doch stattdessen sackte er immer mehr in sich zusammen.
»Wenn du nicht aufhörst, muss ich nachhelfen!«, brüllte der Mann. Er ging offenbar in Angriffsstellung.
Francis hob die Arme, um die Attacke abzuwehren.
Der Lange gurgelte irgendeinen Schlachtruf, während er seine eingesunkene Brust aufblähte und mit den Armen über dem Kopf herumwedelte. Er schien sich gerade mit einem Sprung auf Francis stürzen zu wollen, als eine andere Stimme scharf durch den Raum drang.
»Lanky! Jetzt hör aber auf!«
Der Lange zögerte und drehte sich zu der Stimme um.
»Hör sofort damit auf!«
Francis kauerte sich immer noch an die Wand hinter sich, und er konnte nicht sehen, wer geredet hatte, bis der Lange sich umwandte.
»Was soll das?«
»Aber er ist es«, sagte der Mann zu demjenigen, der in den Schlafsaal gekommen war. In dem Moment schien er geschrumpft zu sein.

»Nein, ist er nicht!«, kam die Antwort.

Und dann sah Francis, dass der Mann, der rasch auf sie zukam, derselbe war, dem er in den ersten Minuten in der Klinik begegnet war.

»Lass ihn in Ruhe!«

»Aber er ist es doch! Ich hab's sofort gewusst, als ich ihn sah!«

»Das hast du zu mir auch gesagt, als ich mich zum ersten Mal hab blicken lassen. Das sagst du zu jedem Neuen, der in die Klinik kommt.«

Das verunsicherte den Langen.

»Wirklich?«, fragte er.

»Ja.«

»Ich glaub trotzdem, dass er es ist«, sagte der Lange, doch seltsamerweise war der Zorn in seiner Stimme verpufft und Fragen beziehungsweise Zweifeln gewichen. »Ich bin mir ziemlich sicher«, fügte er hinzu. »Er könnte es auf jeden Fall sein, so viel steht mal fest.« Trotz der vollmundigen Behauptung war sein Ton höchst unsicher.

»Aber wieso?«, fragte der Mann. »Wieso bist du dir so sicher?«

»Es war nur, als er reinkam, da war es so offensichtlich, ich hab ihn beobachtet, und dann ...« Der Lange brach mitten im Satz ab. »Vielleicht liege ich ja falsch.«

»Ich glaube, du liegst wirklich falsch.«

»Meinst du wirklich?«

»Ja.«

Der andere kam näher. Er grinste und ging an dem Langen vorbei.

»Na, C-Bird, offenbar hast du dich schon eingelebt.«

Francis nickte.

Der Mann wandte sich an den Langen. »Lanky, das ist C-Bird. Hab ihn vor ein paar Tagen im Verwaltungsgebäude getroffen.

Wenn er derjenige ist, für den du ihn hältst, dann bin ich es auch, wie du neulich dachtest, als du mich das erste Mal zu Gesicht bekommen hast. Kannst dich drauf verlassen.«

»Wie kannst du dir da so sicher sein?«, wollte der Lange wissen.

»Na ja, ich hab ihn reinkommen sehen, und ich hab einen Blick auf sein Krankenblatt geworfen, und so viel kann ich dir sagen: Wenn er der Sohn Satans wäre, der hergeschickt wurde, um hier in der Klinik Schaden anzurichten, hätte es einen Vermerk gegeben, weil nämlich sonst alles drin stand. Wohnort. Familie. Adresse. Alter. Alles eben. Und nix von wegen Antichrist.«

»Satan ist der große Betrüger. Sein Sohn wär genauso schlau. Würd's wahrscheinlich schaffen, sich zu verstellen. Selbst vor Gulp-a-pill.«

»Tja, schon möglich. Aber da waren Polizisten bei mir, und die sind nun ganz bestimmt darin geschult, Satan zu erkennen. Die hätten Flugblätter und Handzettel und diese Bilder, so was, wie sie an den Wänden in der Post hängen haben, verstehst du? Ich möchte doch sehr bezweifeln, dass selbst Satan es geschafft hätte, zwei Polizisten reinzulegen.«

Der Lange hörte diesen Ausführungen aufmerksam zu. Dann drehte er sich zu Francis um.

»Tut mir leid. Offenbar hab ich mich geirrt. Mir ist jetzt klar, dass Sie nicht derjenige sind, auf den ich gefasst bin. Ich bitte vielmals um Entschuldigung. Gibt nun mal nichts anderes, als vor dem Bösen höllisch auf der Hut zu sein. Man muss ja so aufpassen, wissen Sie, tagein, tagaus, stündlich im Grunde genommen. Es ist ziemlich anstrengend, aber absolut notwendig …«

Endlich gelang es Francis, vom Bett zu krabbeln und aufzustehen. »Ja, natürlich«, sagte er. »Geht schon klar.«

Der Lange streckte die Hand aus und begrüßte Francis, indem er dessen Hand enthusiastisch schüttelte.
»Hoch erfreut, deine Bekanntschaft zu machen, C-Bird. Du bist großzügig. Und hast offensichtlich gute Manieren. Tut mir wirklich aufrichtig leid, wenn ich dir Angst gemacht hab.«
Jetzt erschien der Lange Francis weit weniger furchteinflößend. Er wirkte einfach nur alt, ein bisschen zerfleddert wie eine alte Nummer einer Zeitschrift, die schon zu lange auf dem Tisch herumgelegen hat.
Der Lange zuckte die Schultern. »Mich nennen sie alle Lanky«, sagte er. »Ich bin die meiste Zeit hier.«
Francis nickte. »Ich heiße ...«
Der andere Mann unterbrach ihn. »C-Bird. Hier drinnen scheint niemand seinen richtigen Namen zu verwenden.«
Lanky nickte heftig mit dem Kopf. »Fireman hat Recht, C-Bird. Nur Spitznamen und Abkürzungen und so was in der Art.«
Dann machte er auf dem Absatz kehrt, marschierte quer durch den Raum zurück und warf sich auf sein Bett, um wieder zur Decke zu starren.
»Er scheint mir kein schlechter Kerl zu sein, und ich glaube, in Wirklichkeit – ein ziemlich unpassender Begriff für diese nette Einrichtung hier – ist er ziemlich harmlos«, sagte Fireman. »Er hat kürzlich mit mir genau dasselbe gemacht, hat rumgebrüllt und mit dem Finger auf mich gezeigt und so getan, als wollte er mich verprügeln, um die Gesellschaft vor der Ankunft des Antichrist zu schützen oder auch vor dem Sohn Satans oder was weiß ich, vor wem. Vor irgendeinem seltsamen Dämon, der vielleicht aus Versehen hier landet. Das treibt er mit jedem, der hier reinkommt und den er nicht kennt. Und wenn man mal richtig drüber nachdenkt, ist es

nicht mal so sehr verrückt. Scheint doch eine gute Portion Schlechtigkeit auf der Welt zu geben, und ich nehme mal an, von nix kommt nix. Kann also nicht schaden, ein wachsames Auge zu haben, wie er sagt, selbst hier.«

»Jedenfalls danke«, sagte Francis. Er beruhigte sich allmählich, ein bisschen wie ein Kind, das dachte, es hätte sich verirrt, und dann auf einmal einen Orientierungspunkt wiedererkennt, mit dessen Hilfe es sich zurechtfindet. »Aber ich weiß immer noch nicht, wie du heißt …«

»Ich hab keinen Namen mehr«, sagte der Mann. Er sagte es mit einem zarten Anflug von Bedauern in seinem Tonfall, der rasch einem trockenen, süßsäuerlichen Grinsen wich, in das sich etwas Wehmut mischte.

»Wie kann man keinen Namen mehr haben?«, fragte Francis.

»Ich musste ihn aufgeben. Dem hab ich es nämlich zu verdanken, dass ich hier gelandet bin.«

Das ergab für Francis wenig Sinn. Der Mann schüttelte amüsiert den Kopf. »Tut mir leid. Die Leute haben angefangen, mich Fireman zu nennen, das war ich nämlich, bevor ich hier in die Klinik kam. Ich hab Feuer gelöscht.«

»Aber …«

»Na ja, früher haben mich meine Freunde Peter genannt. Also Peter the Fireman, das muss reichen, Francis C-Bird.«

»In Ordnung«, antwortete Francis.

»Ich denke, du merkst noch früh genug, dass diese Sitte hier mit den neuen Namen es ein bisschen leichter macht. Jetzt hast du Lanky kennen gelernt, ein Spitzname, dem wohl kaum jemand so gerecht werden kann wie er. Und du hast die Moses-Brüder kennen gelernt, nur dass alle sie Big Black und Little Black nennen, was nun auch wieder recht passend scheint. Und Gulp-a-pill, was viel leichter auszusprechen und außerdem seinem Verständnis von Behandlung entschieden

angemessener ist als sein richtiger Name. Und wem bist du noch über den Weg gelaufen?«
»Den Schwestern hinter dem Gitter, Miss ...«
»Ach so, Miss Wrong und Miss Watchful?«
»Wright und Winchell.«
»Richtig. Und es gibt noch andere Schwestern, zum Beispiel Schwester Mitchell alias Schwester Bitch-All und Schwester Smith, alias Schwester Bones, weil sie ein bisschen wie unser Lanky da aussieht, und unsere Short Blond, ziemlich hübsch. Dann wäre da noch dieser Psychologe namens Evans – Mr. Evil –, den du noch früh genug kennen lernst, weil er nämlich mehr oder weniger dieses Haus leitet. Und Gulp-a-pills widerwärtige Sekretärin namens Miss Lewis, die jemand in Miss Luscious umbenannt hat, was sie offenbar hasst, ohne dass sie was dagegen tun kann, weil ihr der Name so auf den Leib geschnitten ist wie die engen Pullover, die sie gerne trägt. Die kann einem offenbar ganz schön auf den Zeiger gehen. Ist vielleicht alles ziemlich verwirrend im Moment, aber in ein paar Tagen kriegst du das schon auf die Reihe.«
Francis sah sich hastig im Schlafsaal um und flüsterte: »Sind die Leute hier drinnen alle verrückt?«
Fireman schüttelte den Kopf. »Es ist eine Anstalt für Geisteskranke, C-Bird, aber deshalb ist nicht gleich jeder plemplem. Ein paar sind einfach nur alt und senil und wirken ein wenig wunderlich. Ein paar sind zurückgeblieben, also ein bisschen begriffsstutzig, aber weshalb sie hier gelandet sind, ist mir schleierhaft. Ein paar Typen scheinen einfach nur depressiv zu sein. Andere hören Stimmen. Hörst du Stimmen, C-Bird?«
Francis wusste nicht, was er darauf sagen sollte. Tief in seinem Innern schien die Frage eine Diskussion losgetreten zu haben; er hörte, wie plötzlich ein Wortwechsel im Gange war wie elektrischer Strom zwischen zwei Polen.

»Ich möchte lieber nicht darüber reden«, erwiderte Francis ausweichend.
Fireman nickte. »Gibt Dinge, die man am besten für sich behält.«
Er legte Francis einen Moment lang den Arm um die Schultern und manövrierte ihn zur Tür.
»Komm mit«, sagte er. »Ich zeig dir unser so genanntes Zuhause.«
»Hörst du Stimmen, Peter?«, fragte Francis.
Fireman schüttelte den Kopf. »Nein.«
»Wirklich nicht?«
»Nein. Wär eigentlich ganz schön, wenn ich es täte«, antwortete er. Er lächelte, während er sprach, nur ein Anflug um die Mundwinkel und auf eine Weise, die Francis recht bald als typisch für ihn erkannte und die viel über ihn sagte, gehörte er doch offenbar zu der Sorte Mensch, die das Traurige wie das Komische in Dingen sehen konnten, die für andere einfach nur Momente waren.
»Bist du verrückt?«, fragte Francis.
Wieder lächelte Fireman, diesmal lachte er sogar ein wenig. »Bist du verrückt, C-Bird?«
Francis holte tief Luft. »Kann sein«, sagte er. »Ich weiß es nicht.«
Fireman schüttelte den Kopf. »Ich glaube nicht, C-Bird. Schon, als ich dich das erste Mal sah, hab ich es nicht geglaubt. Jedenfalls nicht allzu verrückt. Vielleicht ein bisschen verrückt, aber was macht das schon?«
Francis nickte. Das beruhigte ihn. »Aber was ist mit dir?«, haktc cr nach.
Fireman zögerte, bevor er antwortete.
»Ich bin was viel Schlimmeres«, sagte er langsam. »Deshalb bin ich hier. Sie sollen rauskriegen, was mit mir nicht stimmt.«

»Was kann denn schlimmer sein, als verrückt zu sein?«, wollte Francis wissen.
Fireman hüstelte. »Na ja«, sagte er. »Kannst es ruhig erfahren. Würdest es sowieso früher oder später rauskriegen. Ich bringe Leute um.«
Und mit diesen Worten führte er Francis in den Klinikflur hinaus.

4

Und das war's dann wohl.
Big Black hatte mir geraten, keine Freundschaften zu schließen, vorsichtig zu sein, für mich zu bleiben und die Regeln zu beachten, und ich hab wirklich mein Bestes getan, alles zu befolgen, wozu er mir geraten hat, außer dieser ersten Mahnung. Und wenn ich jetzt zurückblicke, frage ich mich, ob er damit nicht auch Recht gehabt hatte. Doch Wahnsinn hat in Wahrheit auch mit den schlimmsten Formen von Einsamkeit zu tun, und ich war sowohl wahnsinnig als auch allein, und so kam mir, als Peter the Fireman mich beiseite nahm, seine Freundschaft auf dem allmählichen Abstieg in die Welt des Western State Hospital sehr willkommen, und ich fragte nicht nach, wie er das wohl meinte, dachte mir allerdings, dass ich es schon früh genug herausfinden würde, da in dieser Klinik jeder Geheimnisse hatte, doch nur wenige Geheimnisse tatsächlich welche blieben.
Meine jüngere Schwester drang einmal, lange nach meiner Entlassung, in mich, was das Schlimmste an meiner Zeit im Western State gewesen sei, und nach reiflicher Überlegung sagte ich: die Routine. Die Klinik existierte als ein System kleiner, zusammenhangsloser Momente, die einfach so verpufften und nur eingerichtet wurden, um von Montag zu Dienstag, von Dienstag zu Mittwoch zu kommen und so fort, und das Woche für

Woche, Monat für Monat. Alle hier waren auf Betreiben angeblich wohlmeinender Angehöriger für dreißig bis sechzig Tage eingewiesen worden oder aber nach einer formellen gerichtlichen Anhörung, bei der die Betroffenen oft nicht einmal selbst zugegen waren, auf Betreiben der kalten, ineffizienten Mühlen der Sozialämter. Doch wir lernten sehr schnell, dass diese Pseudofristen so illusorisch waren wie die Stimmen, die wir hörten, denn die Klinik konnte diese gerichtlichen Verfügungen immer wieder verlängern, solange sie zu der Einschätzung kam, dass man weiterhin für andere eine Bedrohung darstellte, worauf es, verrückt, wie wir jeweils waren, offenbar immer hinauszulaufen schien. Und so konnte aus einer dreißigtägigen Einweisung per Gerichtsbeschluss leicht ein zwanzigjähriger Aufenthalt werden. Ein geradliniger, steter Abstieg von der Psychose in die Altersdemenz. Kurz nach unserer Ankunft lernten wir alle, dass wir ein wenig wie eingelagerte Munition waren, die mit jedem Moment, den sie unbeachtet vor sich hinrostet, unberechenbarer wird.

Das Erste, was man im Western State Hospital durchschaute, war die größte Lüge von allen – dass in Wahrheit niemand einem half, gesund zu werden und wieder nach Hause zu kommen. Dabei wurde eine Menge gesagt und eine Menge getan, das angeblich dazu diente, einen wieder in die Gesellschaft zu integrieren, doch das war größtenteils nur leere Schau, so wie die gelegentlichen Entlassungsverhandlungen. Die Klinik war wie heißer Teer auf der Straße – man blieb darin kleben. Ein berühmter Dichter hat einmal gesagt, zu Hause sei dort, wo man immer willkommen ist. Das mochte für Poeten gelten, aber nicht für Verrückte. In der Klinik war man für die normale Welt aus dem Verkehr gezogen und weggesteckt. Wir waren allesamt von Medikamenten matt gesetzt, die die Sinne und die Stimmen trübten, die Halluzinationen aber nicht völlig verbannten, so dass lebhafte Wahnvorstellungen immer noch durch die Korridore widerhallten. Doch das eigentlich Infame an unserer Existenz war, wie schnell wir alle diese Wahnvorstellungen zu akzeptieren lernten. Nach ein paar Tagen in der Klinik machte es mir schon nichts mehr aus, wenn klein Napoleon an meinem Bett stand und voller Elan von Truppenbewegungen in Waterloo sprach und davon, wie er ganz Europa verändert hätte, wenn nur die britischen Spießer unter dem Angriff seiner Kavallerie zusammengebrochen oder Blücher unterwegs aufgehalten worden oder die alte Garde nicht unter einem Kartätschen- und Musketenhagel dahingeschwunden wäre. Ich war mir nie ganz sicher, ob Napoleon sich tatsächlich für den französischen Kaiser hielt, auch wenn er sich gelegentlich so benahm, oder ob er sich nur einfach an all diese Dinge klammerte, weil er ein kleiner Mann war, den man zusammen mit den Übrigen in eine Klapsmühle gesperrt hatte, und er mehr als irgendetwas sonst seinem Leben eine Bedeutung abringen wollte.

Das galt für uns alle. Es war unser größter Wunschtraum, etwas zu sein. Was uns zu schaffen machte, war die Aussichtslosigkeit, dieses Ziel zu erreichen, und so ersetzten wir es durch Selbstbetrug. Allein auf meinem Stockwerk gab es ein halbes Dutzend Jesusse oder Leute, die zumindest darauf bestanden, mit ihm direkt zu kommunizieren; einen Mohammed, der dreimal täglich in die Knie ging, um Richtung Mekka zu beten, auch wenn er sich oft in der Richtung irrte; ein paar George Washingtons und eine bunte Mischung anderer Präsidenten, von Lincoln und Jefferson bis hin zu LBJ und Tricky Dick, und eine ganze Reihe Leute wie der im Grunde harmlose, doch zuweilen furchterregende Lanky, die stets nach Zeichen des Satans oder seiner Lakaien Ausschau hielten. Es gab Kerle mit einer Keim-Obsession, die wegen der unsichtbaren Bakterien in der Luft in Angst und Schrecken lebten, andere, die glaubten, dass jeder Blitzstrahl bei einem Gewitter es unmittelbar auf sie abgesehen hätte, weshalb sie in den Ecken kauerten. Es gab Patienten, die nicht reden wollten und sich tagelang vollkommen in Schweigen hüllten, und andere, die ständig mit Obszönitäten um sich warfen. Manche wuschen sich zwanzig-, dreißigmal am Tag die Hände, andere wuschen sich nie. Wir waren eine Armee aus Zwängen und Obsessionen und verzweifelten Wahnvorstellungen. Einer der Männer, den ich recht bald mochte, hieß Newsman. Er wanderte wie ein moderner Ausrufer durch die Flure und spuckte Schlagzeilen aus, eine Enzyklopädie an Neuigkeiten. Wenigstens auf seine eigene, verrückte Art stellte er eine Verbindung zur Außenwelt dar und rief uns ins Gedächtnis, dass außerhalb der Klinikwände Dinge passierten. Und es gab sogar eine notorisch übergewichtige Frau, die Stunden damit zubrachte, im Tagesraum ein aggressives Pingpongspiel hinzulegen, die aber weit mehr Zeit darüber nachdachte, welche Konsequenzen es wohl für sie hatte, eine direkte Reinkarnation von Kleopatra zu sein. Es gab allerdings auch Zeiten, in denen sich Cleo nur für Elizabeth Taylor in der Filmrolle hielt. Irgendwie schaffte sie es, praktisch jede beliebige Zeile des Films zu zitieren, selbst Richard Burtons Text oder auch ein ganzes Shakespeare-Stück von vorn bis hinten, während sie mit energischen Schmetterbällen gegen einen imaginären Gegner punktete.

Wenn ich jetzt daran zurückdenke, erscheint es alles so absurd, dass ich meine, ich müsste laut darüber lachen. Aber das war es nicht. Es war ein Ort unsäglicher Qual. Für Leute, die nie verrückt gewesen sind, ist das einfach nicht nachvollziehbar. Wie weh jede Wahnvorstellung tut. Wie die Wirklichkeit außer Reichweite scheint. Eine Welt der Verzweiflung und Enttäuschung. Der Felsblock von Sisyphus hätte sehr gut in die Welt des Western State gepasst.

Ich ging zu meinen täglichen Gruppensitzungen bei Mr. Evans, den wir Mr. Evil nannten. Ein drahtiger Psychologe mit eingefallener Brust und herrischer Attitüde, der uns irgendwie signalisierte, dass er was Besseres sei, weil er abends nach Hause ging und wir nicht, was wir hassten, auch wenn es die offensichtlichste Art von Überlegenheit war. Bei diesen Sitzungen wurden wir dazu ermutigt, offen über die Dinge zu sprechen, deretwegen wir eingeliefert worden waren, und was wir nach unserer Entlassung zu tun gedächten.

Alle tischten Lügen auf. Wundervolle, hemmungslose, optimistische, sich verselbstständigende, enthusiastische Lügen.

Außer Peter the Fireman, der selten etwas beizutragen pflegte. Er saß neben mir und hörte sich höflich die phantastischen Märchen an, die ich oder jemand anders uns aus den Fingern sogen – wie wir uns eine geregelte Arbeit suchen, wieder zur Schule gehen oder vielleicht bei einem Aufbauprogramm mitwirken wollten, das womöglich anderen Betroffenen helfen könnte. Alle diese Lügen waren von dem einzigen, hoffnungslosen Gedanken beseelt: normal zu wirken. Oder wenigstens normal genug, um nach Hause gehen zu können.

Anfänglich fragte ich mich zuweilen, ob es nicht so etwas wie eine stille Übereinkunft zwischen den beiden Männern gab, denn Mr. Evil forderte Peter the Fireman niemals auf, etwas zur Diskussion beizutragen, selbst wenn sie einmal uns und unsere Probleme verließ und sich jüngsten Ereignissen wie dem Geiseldrama, den Unruhen in den Städten oder den ehrgeizigen Zielen der Red Sox für das kommende Jahr zuwandte – allesamt Themen, über die Fireman eine Menge wusste. Die beiden Männer verband irgendeine Heimtücke, doch der eine war Patient, der andere Psychologe, und zunächst einmal zeigten sie es nicht.

Auf eigentümliche Weise setzte sich bei mir der Eindruck fest, ich befände mich auf einer Expedition zu den entferntesten, trostlosesten Regionen der Erde, abgeschnitten von jeder Zivilisation, von allem Vertrauten, dabei, unaufhaltsam immer tiefer in ein unbekanntes Territorium vorzudringen, das man auf keiner Landkarte fand. Ein unwirtliches Territorium.

Das bald noch unwirtlicher werden sollte.

Die Wand zog mich selbst dann noch magisch an, als in der Küche das Telefon klingelte. Ich wusste, dass es eine meiner Schwestern war, die wissen wollte, wie es mir ging, worauf die Antwort lauten musste, wie immer, so, wie es mir vermutlich auch künftig immer gehen würde. Ich ließ es also klingeln.

Binnen weniger Wochen gab sich der letzte Rest des Winters verdrießlich geschlagen, und Francis lief auf der Suche nach Betätigung einen Klinikflur entlang. Zu seiner Rechten murmelte eine Frau eine Klage über verlorene Babys und wiegte sich vor und zurück, während sie die Arme so vor sich hielt, als ob sie darin etwas Wertvolles trüge. Vor Francis starrte ein Mann im Pyjama, mit faltiger Haut und einem wirren Schopf Silberhaar verloren auf eine weiße Wand, bis Little Black daherkam und ihn freundlich an den Schultern fasste, damit er von da an aus einem vergitterten Fenster starrte. Der Stellungswechsel mit der neuen Aussicht brachte den alten Mann zum Lächeln, und Little Black klopfte ihm aufmunternd auf den Arm, bevor er zu Francis herübergeschlendert kam.

»C-Bird, wie geht's denn heute so?«

»Ganz gut, Mr. Moses. Nur ein bisschen Langeweile.«

»Im Tagesraum sehen sie Seifenopern an.«

»Ich mach mir nicht viel aus solchen Sendungen.«

»Sie kommen nicht auf den Geschmack, C-Bird? Fängt damit an, dass man sich fragt, was wohl all diesen Leuten, denen alle möglichen, merkwürdigen Sachen unterkommen, als Nächstes passiert. 'ne Menge Verwicklungen und seltsame Wendungen und geheimnisvolle Sachen, weshalb die Leute das einschalten. Das interessiert Sie nicht?«

»Sollte es vermutlich, Mr. Moses, aber ich weiß nicht. Es kommt mir einfach nicht wirklich vor.«

»Na ja, gibt auch 'n paar Leute, die Karten spielen. Oder auch Brettspiele.«

Francis schüttelte den Kopf.

»Dann vielleicht ein Pingpongmatch mit Cleo?«

Francis lächelte und schüttelte weiter den Kopf. »Was, Mr. Moses, halten Sie mich wirklich für so verrückt, dass ich mir das antue?«

Darüber musste Little Black lauthals lachen. »Nein, C-Bird. Nicht mal Sie sind so verrückt«, erwiderte er.
»Kann ich einen Ausgangsschein bekommen?«, fragte Francis unvermittelt.
Little Black sah auf die Armbanduhr. »Gibt ein paar Leute, die heute Nachmittag rauswollen. Vielleicht, um an so einem schönen Tag ein paar Blumen zu pflanzen. Machen Sie einen kleinen Spaziergang. Schnappen Sie ein bisschen frische Luft. Gehen Sie zu Mr. Evans, vielleicht stellt der Ihnen einen aus. Ich hab nichts dagegen.«
Francis fand Mr. Evans mit Dr. Gulp-a-pill im Flur ins Gespräch vertieft. Die beiden Männer schienen sich lebhaft zu unterhalten, indem sie vor und zurück gestikulierten und sich dabei heftig stritten, doch es war ein seltsamer Streit, denn je hitziger er wurde, desto leiser und sanfter wurden ihre Stimmen, so dass die beiden Männer schließlich, als Francis in ihrer Nähe herumlungerte, sich nur noch wie zwei Schlangen anzischten. Dabei schienen sie alle anderen Leute im Flur zu vergessen, denn inzwischen hatten sich noch einige zu Francis gesellt, der von einem Fuß auf den anderen trat und auf eine günstige Gelegenheit wartete. Endlich hörte Francis Gulp-a-pill wütend sagen: »Jedenfalls können wir uns einen solchen Lapsus einfach nicht leisten, nicht einen Augenblick. Ich kann nur für Sie und die anderen hoffen, dass sie bald wieder auftauchen«, nur um sich von Mr. Evans sagen zu lassen: »Also, ganz offensichtlich wurden sie verlegt oder gestohlen, und dafür können Sie nicht mich verantwortlich machen. Wir suchen weiter, das ist alles, was ich sagen kann.«
Gulp-a-pill nickte, doch sein Gesicht war seltsam angespannt vor Wut. »Tun Sie das«, sagte er. »Und ich hoffe, sie finden sich, besser früher als später. Sorgen Sie dafür, dass der Sicherheitsdienst informiert ist, und lassen Sie sich von denen einen

neuen Satz Schlüssel machen. Dennoch ist das ein ernster Verstoß gegen die Regeln.« Und dann drehte sich der kleine Inder abrupt um und ging, ohne die anderen eines Blickes zu würdigen, davon. Nur an einem Mann, der sich an den Doktor angeschlichen hatte, kam er nicht vorbei, doch er erteilte ihm eine Abfuhr, bevor der den Mund aufmachen konnte. Mr. Evans wandte sich an die Übrigen und fragte ebenso irritiert: »Was ist? Was wollen Sie?«

Allein schon der Ton brachte eine Frau dazu, sich augenblicklich einen Seufzer abzuringen, und einen alten Mann, missbilligend den Kopf zu schütteln und, ins Selbstgespräch vertieft, den Flur entlangzustolpern, da eine Unterhaltung, in die nur er selbst verwickelt war, immer noch angenehmer schien als ein Verständigungsversuch mit dem wütenden Sozialarbeiter.

Francis dagegen blieb stehen. Die zur Vorsicht mahnenden Stimmen in seinem Kopf riefen: *Geh! Geh sofort!*, doch Francis blieb und kratzte nach einer Weile genug Mut zusammen, um zu sagen: »Ich hätte gerne einen Ausgangsschein. Mr. Moses geht heute Nachmittag mit einigen Leuten aufs Gelände raus, und ich würde gerne mitgehen. Er sagt, dass es ihm recht ist.«

»Sie wollen raus?«

»Ja, bitte.«

»Wieso wollen Sie raus, Petrel? Was reizt Sie denn so am ›Leben in freier Natur‹?« Francis hätte nicht sagen können, ob er sich direkt über ihn lustig machte oder nur über das Ansinnen, durch die Haustür des Amherst zu treten.

»Es ist ein schöner Tag. Irgendwie der erste schöne Tag seit langem. Die Sonne scheint, und es ist warm. Frische Luft.«

»Und Sie meinen, das ist besser als das, was sich Ihnen hier drinnen bietet?«

»Das hab ich nicht gesagt, Mr. Evans. Es ist einfach nur Frühling, und ich wollte gerne raus.«
Mr. Evil schüttelte den Kopf. »Ich glaube, Sie haben in Wahrheit vor zu türmen, Francis. Abzuhauen. Ich denke, Sie glauben, dass Sie sich verdrücken können, sobald Ihnen Little Black den Rücken kehrt, dass Sie den Efeu hochklettern und über die Mauer springen wollen, um dann den Hügel am College vorbeizulaufen, bevor jemand etwas von Ihrer Flucht bemerkt hat, und schließlich einen Bus zu nehmen, der Sie von hier wegbringt. Irgendeinen Bus, das ist Ihnen ganz egal, weil es überall besser ist als hier; das haben Sie, glaube ich, vor«, sagte er. Es lag ein scharfer, aggressiver Ton in seiner Stimme.
Francis antwortete sofort: »Nein, nein, nein, ich will nur in den Garten.«
»Das sagen Sie jetzt«, fuhr Mr. Evil fort, »aber woher soll ich wissen, dass Sie die Wahrheit sagen? Wie soll ich Ihnen trauen, C-Bird? Wie wollen Sie mich davon überzeugen, dass Sie die Wahrheit sagen?«
Francis wusste beim besten Willen nicht, was er antworten sollte. Er wusste nicht, wie er irgendjemandem beweisen sollte, dass ein Versprechen, das er macht, aufrichtig ist, außer dass er sich entsprechend verhält. »Ich will einfach nur rausgehen«, sagte Francis. »Ich bin noch nicht draußen gewesen, seit ich hier bin.«
»Und meinen Sie, dass Sie das Privileg, rauszugehen, verdienen? Was haben Sie denn getan, um es sich zu verdienen, Francis?«
»Ich weiß nicht«, sagte Francis. »Ich wusste nicht, dass ich es mir verdienen muss. Ich will einfach nur nach draußen.«
»Was sagen denn Ihre Stimmen dazu, C-Bird?«
Francis trat einen kleinen Schritt zurück, denn seine Stimmen brüllten alle von fern, aber dennoch laut und deutlich, er solle

so schnell wie möglich von dem Psychologen verschwinden, doch diesmal widersetzte er sich dem inneren Tumult und blieb bei seinem Anliegen. »Ich höre keine Stimmen, Mr. Evans. Ich wollte nur mal raus. Weiter nichts. Ich will nicht weglaufen. Ich will auch keinen Bus irgendwohin nehmen. Ich will nur frische Luft.«

Evans nickte, kniff aber zugleich verächtlich die Lippen zusammen. »Ich glaub Ihnen nicht«, sagte er, zog aber im selben Moment einen kleinen Block aus der Hemdtasche und schrieb ein paar Worte darauf. »Geben Sie das Mr. Moses«, sagte er. »Erlaubnis, nach draußen zu gehen, erteilt. Aber seien Sie pünktlich zu unserer Nachmittags-Gruppensitzung zurück.«

Francis fand Little Black, eine Zigarette rauchend, in der Nähe der Pflegestation, wo er mit dem diensthabenden Schwesternpaar flirtete. Schwester Wrong war da und eine jüngere Frau, eine neue Lernschwester – die Short Blond genannt wurde, weil sie im Gegensatz zu den Toupierfrisuren der beiden älteren Kolleginnen, die schon ein wenig mit den Hauterschlaffungen und Falten der mittleren Jahre zu kämpfen hatten, das Haar zu einer Pixie-Frisur kurz geschnitten hatte. Short Blond war jung und dünn und drahtig mit einer jungenhaften Statur unter der Schwesternkleidung. Sie hatte blasse, fast durchscheinende Haut, die unter der Deckenbeleuchtung ein wenig zu glühen schien, außerdem ein dünnes, wenig tragendes Stimmchen, das, wenn sie nervös war – was, soweit es die Patienten sagen konnten, recht häufig vorkam –, sich zu einem Flüstern verflüchtigte. Große, laute Gruppen machten ihr Angst, und wenn es zur Zeit der Medikamentenausgabe an der Pflegestation vor Leuten so wimmelte, hatte sie zu kämpfen. Das waren immer angespannte Zeiten, in denen sich die Leute drängelten und versuchten, an die Fensteröffnung im Maschendraht zu gelangen, wo die Pillen in kleinen Pappbechern bereitgehalten wurden, auf denen jeweils der Name des Patienten stand. Es fiel ihr nicht leicht, die Leute warten zu lassen und sie zur Ruhe zu bringen, und richtig schwierig wurde es für sie, wenn es zu Gedrängel und Geremmpel kam, was oft genug passierte. Allerdings erging es Short Blond auch nicht viel besser, wenn sie mit einem Patienten allein war und mit ihrem dünnen Stimmchen nicht gegen so viele Personen ankämpfen musste. Francis mochte sie, zum Teil, weil sie nicht viel älter war als er, vor allem aber, weil er ihre Stimme beruhigend fand und weil sie ihn an die seiner Mutter vor vielen Jahren erinnerte, als sie ihm Gutenachtgeschichten vorlas. Einen Moment lang versuchte er, sich ins Gedächtnis zu rufen, wann sie damit aufgehört hatte, denn die Erinnerung erschien ihm plötzlich entrückt, als hätte sie nichts mit seinem persönlichen Leben zu tun.

»Und haben Sie die schriftliche Erlaubnis, C-Bird?«, fragte Little Black.

»Hier.« Er händigte sie aus und sah im selben Augenblick Peter the Fireman den Flur entlangkommen. »Peter!«, rief Francis, »ich darf nach draußen. Willst du nicht auch zu Mr. Evil gehen und fragen, ob du mitkommen kannst?«

Peter the Fireman kam zügig herüber. Er lächelte, schüttelte aber den Kopf. »Ist nich' drin, C-Bird«, sagte er. »Gegen die Regeln.« Er sah zu Little Black hinüber, der zustimmend nickte.

»Tut mir leid«, sagte der Pfleger. »Fireman hat Recht. Er nicht.«

»Wieso nicht?«, wollte Francis wissen.

»Weil das«, sagte Fireman ruhig und langsam, »mein Arrangement hier ist. Nicht über die verschlossenen Türen hinaus.«

»Das verstehe ich nicht«, sagte Francis.

»Das gehört zu der gerichtlichen Verfügung, die mich hergebracht hat«, führte Fireman weiter aus. Es lag ein Anflug von Bedauern in seiner Stimme. »Neunzig Tage unter Beobachtung. Beurteilung. Psychologische Begutachtung. Tests, wo sie einem einen Tintenklecks hinhalten und man sagen muss, es sähe aus wie zwei Leute beim Sex. Gulp-a-pill und Mr. Evil stellen die Fragen, und ich antworte, und sie schreiben es sich auf, und irgendwann geht's ans Gericht zurück. Aber ich darf nicht durch die Tür raus. Alle hier sind irgendwie im Gefängnis, C-Bird. Meines ist nur ein bisschen strenger als deines.«

»Is keine so große Sache, C-Bird«, fügte Little Black hinzu. »Gibt 'ne Menge Leute hier drin, die nie rauskönnen. Kommt drauf an, was man gemacht hat, weshalb man hier reingekommen ist. Natürlich gibt's auch 'ne Menge Leute, die gar nicht rauswollen, obwohl sie könnten, wenn sie nur fragen würden. Sie fragen einfach nie.«

Francis verstand und verstand auch wieder nicht. Er sah zu Fireman hinüber. »Find's einfach nicht fair«, sagte er.

»Ich glaube nicht, dass irgendjemand an fair oder unfair gedacht hat, C-Bird. Aber ich hab zugestimmt, und so ist es nun mal. Ich bleib, wo ich bin. Treff mich zweimal die Woche mit Dr. Gulp-a-pill. Geh zu den Sitzungen mit Mr. Evil. Lass mich von ihnen beobachten. Deshalb muss ich mich unbedingt anständig benehmen und darauf achten, was ich sage, weil man nie weiß, was am Ende den Ausschlag gibt. Stimmt's nicht, Mr. Moses?«

Little Black nickte. Francis kam das alles seltsam abgehoben vor, als sprächen sie über jemand anderen und nicht über den Menschen, der vor ihm stand. »Wenn du so redest«, sagte er, »klingt es überhaupt nicht so, als wärst du verrückt.«

Bei der Bemerkung zuckte ein trockenes Lächeln um Peter the

Firemans Mund, bei dem er die Oberlippe auf einer Seite hochzog, so dass es ein bisschen schief, aber aufrichtig verwirrt aussah. »Ach du liebe Güte«, sagte er. »Das ist schlimm. Wirklich schlimm.« Er machte ein Geräusch, als ob er schluckte. »Dann muss ich noch besser aufpassen«, sagte er. »Es kommt nicht darauf an, dass ich geistesgestört bin.«
Für Francis ergab das keinen Sinn. Für einen Mann, der unter Beobachtung stand, wirkte Peter relativ unbekümmert, ganz im Gegensatz zu vielen der Paranoiden in der Klinik, die sich ständig einbildeten, beäugt zu werden, und sich dieser Kontrolle zu entziehen versuchten. Natürlich glaubten sie, es sei das FBI oder die CIA oder auch der KGB oder Außerirdische, die mit dem Observieren beauftragt waren, und so lag ihr Fall vollkommen anders. Francis sah zu, wie Fireman sich umdrehte und durch die Tür des Tagesraums verschwand, und ihm kam der Gedanke, dass selbst, wenn er pfiff oder seinen Schritten einen betonten Schwung verlieh, seine Wehmut über irgendetwas nur umso deutlicher zum Vorschein kam.

Die warme Sonne traf Francis ins Gesicht. Big Black hatte sich zu seinem Bruder gesellt, um zusammen mit ihm die Expedition zu leiten. Einer vorn, einer hinten, führten sie das Dutzend Patienten im Gänsemarsch über das Klinikgelände. Lanky war mitgekommen und murmelte, wachsam wie immer, etwas davon, ein Beobachtungsposten zu sein, und Cleo, die erst einmal einige Zeit damit verbrachte, auf den Boden zu starren und unter jeden Busch und jeden Strauch zu spähen, um, wie sie jedem, der ihr Verhalten bemerkte, erklärte, eine Viper zu entdecken. Francis vermutete, dass eine gewöhnliche Vipernatter den Schlangenpart im Programm überzeugend besetzen konnte, wenn sie auch für den Selbstmord nicht reichte. Es waren ein paar ältere Frauen dabei, die sehr langsam liefen, und ein paar ältere Männer sowie drei in mittleren Jahren, die allesamt in die farblose Kategorie von Leuten passten, die seit Jahren in die Klinikroutine eingegliedert waren. Sie trugen Gummischlappen oder Arbeitsstiefel – und Pyjamaoberteile unter ausgefransten, fadenscheinigen Wollpullovern oder Sweatshirts, von denen nichts so recht nach Stil und Größe zu passen schien, was in der Klinik die Regel war. Ein paar der Männer hatten einen düsteren, zornigen Gesichtsausdruck, als ob das warme Sonnenlicht, das ihnen die Wangen streichelte, sie innerlich in eine Wut versetzte, die sich jeder Logik entzog. Das war es, musste Francis unwillkürlich denken, was die Klinik zu einem Ort der Verunsicherung machte: Ein Tag, der zu entspanntem Lachen einlud, inspirierte stattdessen zu stillem Groll.

Die beiden Aufseher legten ein gemächliches Tempo vor, während sie durch das Klinikgelände zur Rückseite des Gebäudekomplexes liefen, wo sich ein kleiner Garten befand. Auf einem Picknicktisch, dessen verzogene und ramponierte Platte von einem rauen Winter kündete, standen einige Kästen mit Saatgut sowie ein roter Sandkasteneimer mit ein paar kleinen Spaten und Handschaufeln bereit. Sie hatten eine Gießkanne zur Verfügung sowie einen Gartenschlauch an einem Zapfhahn, der an einer einsamen Wasserleitung direkt aus der Erde lugte. Binnen Sekunden hatten Big Black und Little Black die Freiland-Gruppe dazu gebracht, auf Händen und Knien über das Stück Erde zu krabbeln und mit ihren kleinen Geräten den Boden für die Aussaat zu harken und umzugraben. Francis war kurze Zeit bei der Sache, dann sah er sich um. Hinter dem Garten lag noch ein Gelände, ein langgestrecktes Rechteck, das ein alter, vormals weiß gestrichener, doch über die Jahre zu einem stumpfen Grau verblasster Lattenzaun einfriedete. Dort kämpften sich Unkraut und wild wuchernde

Gräser büschelweise aus dem kargen Erdreich. Er vermutete, dass es eine Art Friedhof war, weil er zwei ausgewaschene Granit-Grabsteine erkennen konnte, beide ein wenig schief und krumm wie die ungerichteten Zähne in einem Kindermund. Hinter dem rückwärtigen Zaun stand eine Reihe Bäume, die zusammen eine natürliche Barriere bildeten und fast den Blick auf einen Maschendrahtzaun verstellten.
Dann schweifte sein Blick zum eigentlichen Klinikkomplex. Zu seiner Linken, teilweise hinter einem Wohnheim versteckt, befand sich das Kraftwerk mit einem Schornstein, aus dem eine dünne, weiße Rauchfahne in den blauen Himmel stieg. Unter der Erde führten zwischen den einzelnen Gebäuden Tunnel mit Heizungsrohren hindurch. Er konnte in ein paar Schuppen sehen, an deren Seiten Gerätschaften lehnten. Die übrigen Häuser waren austauschbare, efeubewachsene Backsteinbauten mit schiefergrauen Dächern. Die meisten waren für die Unterbringung von Patienten konzipiert, während eines in ein Wohnheim für Lernschwestern umfunktioniert und ein paar andere zu Doppelhäusern umgebaut worden waren, in denen ein paar der jüngeren Psychiater mit ihren Familien wohnten. Diese konnte man deutlich daran erkennen, dass vor den Fassaden verräterisches Kinderspielzeug verstreut lag und eines sogar einen Sandkasten hatte. In der Nähe des Verwaltungsgebäudes befand sich ein zusätzliches Sicherheitsgebäude, durch welches das Wachpersonal der Klinik ein und aus ging. Francis prägte sich ein, dass das Verwaltungsgebäude über einen Flügel mit einer Aula verfügte, die vermutlich zu Personalversammlungen und Vorträgen diente. Alles in allem jedoch war das Ensemble von einer deprimierenden Gleichförmigkeit. Es war schwer zu sagen, was genau das Planungskonzept vorgesehen hatte, denn die willkürliche Verteilung der Gebäude über die Fläche ließ keine rationale

Ordnung erkennen. Standen zwei nebeneinander, so war ein drittes deutlich abgewinkelt. Es wirkte wie lieblos hingeklatscht.
Die Vorderfront des Klinikgeländes war von einer hohen, roten Backsteinmauer mit einem reich verzierten, schmiedeeisernen Eingangstor gesichert. Er konnte daran kein Namensschild erkennen, doch er bezweifelte auch, dass es eines gab. Wer sich der Klinik näherte, vermutete er, der wusste bereits, um was für eine Art von Einrichtung es sich handelte, so dass es keines Schildes bedurfte.
Er starrte auf die Mauer und versuchte, ihre Maße zu schätzen. Er hielt sie für mindestens drei bis dreieinhalb Meter hoch. An den Seiten wurde die Mauer von einem Maschendrahtzaun fortgesetzt, der an vielen Stellen verrostet und oben mit Stacheldraht versehen war. Neben dem Garten gab es noch einen schwarz geteerten Sportplatz mit einem Basketballkorb am einen Ende und einem Volleyballnetz in der Mitte, die jedoch beide vom achtlosen Umgang oder Nichtgebrauch schwarz vor Dreck, verbogen und schadhaft waren. Er konnte sich nicht vorstellen, dass irgendjemand diese Geräte benutzte.
»Was schaust du, C-Bird?«, fragte Little Black.
»Die Klinik«, erwiderte Francis. »Hab gar nicht gewusst, wie groß die ist.«
»Ganz schön viele, *zu* viele hier«, sagte Little Black ruhig. »Jedes Heim zum Platzen voll. Die Betten dicht an dicht. Leute, die nix zu tun haben und nur in den Fluren rumhängen. Nicht genug Spiele. Nicht genug Therapie. Die Leute hier drinnen rücken einander zu dicht auf die Pelle, tut ihnen nicht gut.«
Francis blickte zu dem riesigen Tor hinüber, durch das er gekommen war. Es stand sperrangelweit offen.
»Nachts ist es abgeschlossen«, sagte Little Black und nahm damit seine Frage vorweg.

»Mr. Evans hat gedacht, ich wollte versuchen, wegzulaufen«, sagte Francis.

Little Black schüttelte den Kopf. »Die denken immer, die Leute hier hätten nix anderes im Sinn, aber sie tun es nicht«, sagte er. »Selbst Mr. Evil, der ist schon ein paar Jahre hier, sollte es allmählich wissen.«

»Wieso nicht?«, fragte Francis. »Wieso versuchen die Leute nicht, abzuhauen?«

Little Black seufzte. »Das können Sie sich selber beantworten, C-Bird. Hat nix mit Zäunen und nix mit abgeschlossenen Türen zu tun, auch wenn wir davon 'ne Menge haben. Gibt 'ne Menge Möglichkeiten, einen wegzusperren. Denken Sie mal drüber nach. Der sicherste Weg hat nix mit Pillen oder Schließriegeln zu tun, C-Bird. Der Trick ist, dass kaum einer hier wüsste, wohin er gehen soll. Wenn du nicht weißt, wo du hinsollst, bleibst du da. So einfach ist das.«

Damit drehte er sich um und versuchte, Cleo beim Aussäen zu helfen. Sie hatte die Furchen weder tief noch breit genug gegraben. Die Frustration stand ihr ins Gesicht geschrieben, bis Little Black sie daran erinnerte, dass Diener Blütenblätter auf ihren Weg gestreut hätten, als ihre Namensvetterin in Rom Einzug hielt. Das machte sie zunächst nachdenklich, dann inspirierte es sie, ihre Anstrengungen zu verdoppeln, bis sich Cleo schließlich mit wahrer Hingabe durch den steinigen Boden grub. Cleo war eine große, schwere Frau in grell bunten Kitteln, die sich um ihre Leibesfülle bauschten. Sie keuchte oft, rauchte zu viel und trug ihr dunkles Haar in zotteligen Wellen bis zur Schulter. Wenn sie lief, schwankte sie vor und zurück wie ein steuerloses Schiff, das bei starkem Wind und Wellengang vom Kurs abgetrieben wurde. Kaum bekam sie einen Tischtennisschläger zu fassen, war sie, das hatte Francis oft genug gesehen, wie umgewandelt und wurde, scheinbar

von Zauberhand, katzenhaft graziös und schnell, als hätte sie ihren schwerfälligen Körper für eine Weile abgelegt.
Über die Schulter warf er noch einen Blick zum Eingangstor und dann wieder auf seine Mitpatienten und begriff allmählich, was Little Black gerade gesagt hatte. Einer der älteren Männer hatte Probleme mit seinem kleinen Spaten; er zitterte heftig in seiner gelähmten Hand. Ein anderer war inzwischen nicht mehr bei der Sache und starrte zu einer krächzenden Krähe auf einem nahe gelegenen Baum hinauf.
Tief in seinem Innern hörte er eine seiner Stimmen missmutig Little Blacks Worte wiederholen, als wollte sie das Gesagte unterstreichen: *Niemand haut ab, weil keiner weiß, wo er hinsoll. Und du genauso wenig, Francis.*
Dann ein Chor der Zustimmung.
Einen Moment lang wirbelte Francis herum und kreiste wild mit dem Kopf. Denn just in dieser Sekunde, in der Sonne und der milden Frühlingsbrise, die Hände von der Gartenarbeit dreckverkrustet, sah er, was für eine Zukunft auf ihn wartete. Und das machte ihm mehr Angst als irgendetwas, das bis dahin geschehen war. Er erkannte, dass sein Leben mit einem glatten, dünnen Seil zu vergleichen war, an dem er sich festhalten musste. Es war das schlimmste Gefühl, das ihn je überfallen hatte. Er wusste, er war verrückt, und er wusste genauso sicher, dass er es nicht sein durfte. In diesem Augenblick merkte er, dass er etwas finden musste, das ihn in die Lage versetzte, normal zu sein. Oder normal zu erscheinen.
Francis atmete schwer ein. Das würde nicht einfach für ihn werden.
Und wie um das Problem zu unterstreichen, brach ein heftiger Streit zwischen seinen Stimmen aus und verbreitete einen Höllenlärm. Er versuchte, sie zu beruhigen, doch das war nicht so leicht. Es dauerte eine Weile, bis sie alle leiser wurden

und er aus dem, was sie sagten, schlau werden konnte. Francis blickte zu den anderen Patienten hinüber und sah, dass ein paar ihn aufmerksam beobachteten. Er musste wohl laut gemurmelt haben, während er versuchte, in das Stimmengewirr Ordnung zu bringen. Doch weder Big Black, noch sein Bruder schienen sein heftiges Ringen bemerkt zu haben.

Lanky schon. Er hatte zwei, drei Meter von ihm entfernt in der Erde gearbeitet und kam zu Francis herübergelaufen.

»Du schaffst das schon, C-Bird«, sagte er, wobei ihm die Stimme von einer Gefühlsaufwallung versagte, die abrupt ein wenig außer Kontrolle zu geraten schien. »Wir alle. Solange wir auf der Hut sind und die Augen offen halten. Müssen immer schön wachsam sein«, fuhr er fort. »Und keinen Moment den Rücken kehren. Es ist überall, und es kann jederzeit passieren. Wir müssen allzeit bereit sein. Wie Pfadfinder. Bereit sein, wenn es kommt.« Der Lange schien beunruhigter und verzweifelter als gewöhnlich.

Francis glaubte zu wissen, wovon Lanky sprach, verstand dann aber, dass es höchst wahrscheinlich mit einer satanischen Präsenz auf Erden zu tun hatte. Lanky hatte die seltsame Fähigkeit, von einem Moment auf den anderen von manisch zu beinahe sanftmütig zu wechseln. Eben noch bestand er nur aus seinen staksigen Gliedmaßen und bewegte sich wie eine Marionette, deren Strippen von unsichtbaren Kräften gezogen wurden, und dann wieder wirkte er geschrumpft und nicht bedrohlicher als ein Laternenpfosten. Francis nickte, nahm ein paar Samen aus einer Packung und drückte sie in die Erde.

Little Black stand auf und schüttelte seine weiße Aufseherkleidung sauber. »Okay, Leute«, sagte er fröhlich, »jetzt gießen wir hier noch mal überall drüber, und dann nichts wie zurück ins Haus.« Er sah C-Bird an und fragte: »C-Bird, was haben Sie gepflanzt?«

Francis sah auf die Saatgutpackung und sagte: »Rosen. Rote. Hübsch anzusehen, aber schwer zu handhaben. Die haben Dornen.« Dann stand er auf, stellte sich mit den anderen in einer Reihe auf und marschierte zum Wohnheim zurück. Er versuchte, so viel frische Luft einzuatmen, wie er konnte, da er fürchtete, dass dies für eine Weile reichen musste.

Wodurch auch immer Lanky an diesem Tag die Bodenhaftung verloren haben mochte, sein Zustand hielt bis in die Gruppensitzung am Nachmittag an. Wie immer trafen sie sich in einem der wenigen Aufenthaltsräume im Amherst, einem Zimmer, das ein wenig an ein Klassenzimmer erinnerte und in dem etwa zwanzig Klappstühle aus Metall in einem Kreis aufgestellt waren. Francis setzte sich gerne auf einen Platz, von dem aus er durch die Gitterstäbe aus dem Fenster sehen konnte, wenn die Unterhaltung ihn zu langweilen begann. Mr. Evil hatte die aktuelle Tageszeitung mitgebracht, um eine Diskussion über die neuesten Nachrichten anzuregen, doch das schien den Langen nur noch mehr zu irritieren. Er saß Francis und Peter the Fireman gegenüber und rutschte ständig auf seinem Sitz hin und her, während Mr. Evil sich an Newsman wandte, um die Schlagzeilen des Tages zu hören. Der Patient legte sich mit reichlich Pathos ins Zeug, indem er bei jeder neuen Meldung dramatisch die Stimme hob und senkte. Es gab wenig Gutes zu berichten. Das Geiseldrama im Iran ging erbarmungslos weiter. Eine Demonstration in San Francisco war in Gewalt ausgeartet, was zu einigen Festnahmen und zu Tränengaseinsätzen der mit Helmen geschützten Polizei führte. In Paris und Rom hatten antiamerikanische Demonstranten Fahnen und Strohpuppen von Onkel Sam verbrannt und anschließend in den Straßen Unruhe gestiftet. In London waren gegen ähnliche Protestmärsche Wasserwerfer zum

Einsatz gekommen. Der Dow-Jones-Index hatte eine Schlappe erlitten, und in einem Gefängnis in Arizona war es zu einer Revolte gekommen, die nicht ohne schwere Verletzungen bei den Insassen wie dem Wachpersonal niedergeschlagen werden konnte. In Boston stand die Polizei angesichts mehrerer Mordfälle im Lauf des zurückliegenden Jahres immer noch vor einem Rätsel. Dem Artikel zufolge gab es keine neuen Spuren in diesen Fällen, bei denen junge Frauen entführt und vergewaltigt und anschließend ermordet worden waren. Ein Autounfall auf der Route 91 bei Greenfield hatte zwei Menschenleben gefordert, und eine Umweltschutzgruppe hatte gegen ein großes örtliches Unternehmen wegen der Einleitung nicht geklärter Schlacken in den Connecticut River Strafanzeige erstattet.

Jedes Mal, wenn Newsman eine Pause einlegte, unternahm Mr. Evil einen neuen Versuch, über den einen oder anderen dieser Berichte zu diskutieren, die sich alle so entmutigend ähnlich waren. Lanky nickte heftig und fing zu murmeln an: »Da haben wir's! Genau das meine ich!« Es war ein wenig wie in einem Gottesdienst der Erweckungsbewegung. Evans ignorierte diese Bemerkungen und versuchte, die anderen Mitglieder der Gruppe in eine wechselseitige Diskussion zu verstricken.

Peter the Fireman allerdings wurde hellhörig. Abrupt drehte er sich zu Lanky um und fragte ihn direkt ins Gesicht: »Langer, was haben wir?«

Lankys Stimme zitterte, während er sprach. »Siehst du das denn nicht, Peter? Die Zeichen sind überall! Unruhen, Hass, Krieg, Totschlag …« Mit einer heftigen Bewegung drehte er sich zu Evans um und fragte ihn: »Steht nicht auch irgendwo was über eine Hungersnot in der Zeitung?«

Mr. Evil zögerte, und Newsman sagte freudig strahlend: »Sudan kämpft mit Missernte. Dürre und Hungersnot führen zu Flüchtlingsdrama. Die *New York Times.*«

»Hunderte von Toten?«, fragte Lanky.

»Aller Wahrscheinlichkeit nach, ja«, erwiderte Mr. Evans. »Vielleicht sogar mehr.«

Lanky nickte heftig, so dass sein Kopf wie ein Ball auf und ab schnellte. »Ich kenne die Bilder. Kleine Kinder mit aufgedunsenen Bäuchen und spindeldürren kleinen Beinen und eingesunkenen Augen mit einem hohlen, hoffnungslosen Blick. Und Krankheiten, die kommen immer mit dem Hunger. Man braucht die Johannes-Offenbarung nicht mal allzu gründlich zu lesen, um zu begreifen, was da läuft. Alles Zeichen.« Er lehnte sich auf seinem Stahl-Klappstuhl zurück, warf einen langen Blick aus dem vergitterten Fenster zum Klinikgelände, als prüfe er das letzte einfallende Tageslicht, und sagte: »Kein Zweifel, dass Satan hier weilt. Mitten unter uns. Seht euch doch nur an, was in der Welt passiert. Schlimme Nachrichten, wohin man blickt. Wer sonst könnte dahinterstecken?«

Damit verschränkte er die Arme vor der Brust. Er atmete plötzlich schwer, und auf seiner Stirn bildeten sich kleine Schweißperlen, als kostete es ihn jedes Mal eine gewaltige Anstrengung, einen neuen Gedanken, der ihm durch den Kopf geisterte, unter Kontrolle zu halten. Die übrigen Mitglieder der Gruppe, etwa ein Dutzend Patienten, saßen wie festgenagelt auf ihren Stühlen, keiner rührte sich, alle starrten sie den Langen an, der mit dem Ansturm der Ängste in seinem Innern kämpfte.

Mr. Evil merkte, was vor sich ging, und steuerte abrupt ein neues Thema an, das Lankys Obsession umschiffte. »Schauen wir mal in den Sportteil«, sagte er. Sein fröhlicher Ton war allzu leicht zu durchschauen und grenzte schon an Beleidigung. Doch Peter the Fireman ließ das nicht mit sich machen.

»Nein«, sagte er mit einer deutlichen Spur Verärgerung in der Stimme. »Nein. Ich will nicht über Baseball oder Basketball oder die lokalen Highschool-Teams sprechen. Ich denke, wir sollten über die Welt, in der wir leben, reden. Und da glaube ich nun mal, dass Lanky gar nicht mal so schief gewickelt ist. Alles, was sich da außerhalb dieser Türen abspielt, ist schrecklich. Hass und Mord und Totschlag. Wo kommt das her? Wer steckt dahinter? Wer gehört noch zu den Guten? Vielleicht liegt es nicht daran, dass Satan unter uns weilt, wie Lanky glaubt. Vielleicht liegt es einfach daran, dass wir alle schlechter geworden sind, und er braucht nicht mal da zu sein, weil wir die ganze Arbeit für ihn erledigen.«

Mr. Evans starrte Fireman durchdringend an. Seine Augen hatten sich verengt. »Sie haben da einen interessanten Standpunkt geäußert«, sagte er gedehnt, indem er jedes Wort kühl abwägte, bevor es ihm über die Lippen kam. »Aber Sie übertreiben. Wie dem auch sei, ich denke, diese Dinge haben nichts mit dem Sinn und Zweck dieser Gruppe zu tun. Wir sind hier zusammen, um Mittel und Wege zu ergründen, wie wir uns wieder in die Gesellschaft eingliedern können, und nicht, um nach Rechtfertigungen zu suchen, weshalb wir uns lieber vor ihr verstecken, auch wenn die Situation in der Welt da draußen nicht ganz so sein mag, wie wir sie gerne hätten. Außerdem halte ich es für wenig zweckdienlich, wenn wir unseren Wahnvorstellungen freien Lauf lassen oder ihnen Glauben schenken.« Die letzten Worte richteten sich gleichermaßen an Peter und Lanky.

Doch in der plötzlich eingekehrten Stille platzte Lanky mit zitternder Stimme heraus, den Tränen nahe: »Wenn wir an allem schuld sein sollen, was passiert, dann gibt es für keinen von uns Hoffnung. Nicht die geringste Hoffnung.«

Das sagte er mit derart ungehemmter Verzweiflung, dass

mehrere andere Teilnehmer an der Runde, die bis dahin geschwiegen hatten, gedämpfte Schreie von sich gaben. Ein alter Mann fing zu toben an, und eine Frau in rosa gerüschtem Morgenmantel, viel zu viel Mascara an den Augen und mit quastenverzierten weißen Häschenpantoffeln an den Füßen brach in Schluchzen aus. »Ach, ist das traurig«, sagte sie. »Ist das traurig.«

Francis beobachtete, wie der Psychologe versuchte, die Kontrolle über die Sitzung zurückzuerlangen. »Die Welt ist so, wie sie immer gewesen ist«, sagte er. »Uns interessiert hier nur die Rolle, die wir darin spielen.«

Es war das falsche Wort am falschen Platz, denn Lanky sprang auf. Plötzlich schwang er die Arme über dem Kopf, etwa so, wie er es bei seiner ersten Begegnung mit Francis getan hatte. »Aber das ist es ja gerade!«, schrie er und verschreckte damit ein paar der ängstlicheren Mitglieder der Gruppe. »Das Böse ist überall! Wir müssen einen Weg finden, es draußen zu halten. Wir müssen uns zusammenschließen. Komitees bilden. Wachtrupps. Wir müssen uns organisieren! Koordinieren! Einen Plan aufstellen. Verteidigungsmaßnahmen verstärken. Posten an den Mauern aufstellen. Wir müssen hart daran arbeiten, es aus der Klinik rauszuhalten!« Er holte tief Luft, drehte sich einmal um seine Achse und suchte mit sämtlichen Teilnehmern Augenkontakt.

Mehrere Patienten nickten zustimmend. Das ergab Sinn.

»Wir können das Böse draußen halten«, sagte Lanky. »Aber nur, wenn wir wachsam sind.« Und dann nahm er, während er von der Anstrengung, laut seine Meinung zu sagen, immer noch am ganzen Leib zitterte, wieder Platz, verschränkte die Arme vor der Brust und hüllte sich in Schweigen.

Mr. Evans funkelte Peter the Fireman an, als sei er an Lankys Ausbruch schuld. »Also«, sagte er langsam. »Peter. Sagen Sie doch mal, finden Sie, dass wir alle, um den Satan aus diesen vier Wänden zu halten, regelmäßig in die Kirche gehen sollten?«

Peter the Fireman spannte die Muskeln an.

»Nein«, sagte er gedehnt, »ich glaube nicht –«

»Sollten wir nicht beten? Den Gottesdienst besuchen. Unsere Ave-Marias und Vaterunser und vollkommene Reuebekenntnisse sprechen? Jeden Sonntag zur Kommunion gehen? Sollten wir nicht mehr oder weniger regelmäßig zur Beichte gehen?«

Peters Stimme wurde jetzt ganz ruhig und leise. »Diese Dinge helfen vielleicht, sich besser zu fühlen. Aber ich glaube nicht …«

Doch Mr. Evans unterbrach ihn zum zweiten Mal. »Oh, tut mir leid«, sagte er mit einem schneidenden Zynismus in jedem Wort. »Der Kirchgang und alle möglichen anderen Aktivitäten im Rahmen organisierter Religiosität wären ja ganz und gar unangemessen für Fireman, nicht wahr? Weil Fireman, nun ja, Sie haben ein Problem mit Kirchen, nicht wahr?«

Peter setzte sich auf seinem Stuhl zurecht. Francis bemerkte, wie im Hintergrund seiner Augen ein Zorn aufflackerte, den er noch nie gesehen hatte.

»Nicht mit Kirchen. Mit *einer* Kirche. Und ich hatte ein Problem, das ich aber gelöst habe, nicht wahr, Mr. Evans?«

Die beiden Männer starrten einander eine Sekunde lang an, bevor Evans sagte: »Ja, das haben Sie wohl. Und Sie sehen ja, wo das hingeführt hat.«

Beim Abendessen schienen die Dinge für Lanky schlimmer zu werden.

Es gab püriertes Huhn, das im Wesentlichen aus einer dicken, gräulichen Soße und wenig Huhn bestand, dazu Erbsen, bei denen jeder Anspruch, sich Gemüse zu nennen, längst in der

Hitze des Herdes zerkocht war; dazu harte Backkartoffeln mit der Konsistenz von unaufgetauter Tiefkühlkost, nur dass sie heiß wie glühende Kohlen waren, die gerade aus einem Feuer geholt worden waren. Der Lange saß allein an einem Ecktisch, während sich die anderen Bewohner an die anderen Tische drängten und versuchten, einen Bogen um ihn zu machen. Zu Beginn des Essens hatten zwei oder drei von ihnen versucht, ihm Gesellschaft zu leisten, doch Lanky hatte sie wütend weggewedelt und dabei wie ein alter Hund geknurrt, den man bei seinem Schläfchen stört.

Das übliche Stimmengewirr war gedämpft, das Klappern mit den Tabletts und dem Geschirr entsprechend leiser als sonst. Ein paar Tische waren für die älteren, senileren Patienten reserviert, die Hilfe brauchten, doch selbst die eilfertige Routine des Fütterns oder die Hilfe für die katatonischen Fälle, die einfach nur geradeaus starrten und kaum merkten, dass ihnen jemand das Essen zwischen die Zähne schob, schien irgendwie still und gedämpft. Von seinem Platz aus sah Francis, während er unglücklich seine geschmacklose Mahlzeit kaute, dass sämtliche Pfleger im Speisesaal Lanky verstohlene Blicke zuwarfen und versuchten, ihn im Auge zu behalten, während sie sich um die anderen kümmerten. Einmal tauchte Gulp-a-pill kurz auf und beobachtete Lanky eine Weile aufmerksam, bevor er hastig mit Evans sprach. Bevor er ging, schrieb Gulp-a-pill ein Rezept, das er einer Schwester reichte.

Lanky war sich der besonderen Aufmerksamkeit, die er auf sich zog, offenbar nicht bewusst.

Er war lebhaft ins Selbstgespräch mit einigem Für und Wider vertieft und verrührte dabei das Essen auf seinem Teller zu einer zähen Masse. Er nahm einen Schluck Wasser, gestikulierte ein-, zweimal wild, indem er mit dem knöchernen Zeigefinger in die Luft vor ihm stieß, als wäre es jemandes Brust und

als gälte es, einen alles entscheidenden Standpunkt zu verdeutlichen. Dann senkte er wieder genauso schnell den Kopf und starrte auf sein Essen, um erneut vor sich hinzuglotzen.
Sie waren bereits beim Dessert – Würfel aus limonengrüner Götterspeise –, als Lanky aufsah und wohl plötzlich merkte, wo er war. Mit einem erstaunten Ausdruck im Gesicht wirbelte er auf seinem Stuhl herum. Sein drahtiges graues Haar, das ihm gewöhnlich in schmierigen Kringeln bis zu den Schultern fiel, wirkte jetzt wie elektrisch geladen – wie bei einer Cartoonfigur der Sonntagszeitung, die den Finger in die Steckdose hält, nur dass dies hier kein Witz war und niemand darüber lachte. Seine Augen waren wie bei dem ersten Zusammenstoß mit Francis wild und angstverzerrt, nur viel leidenschaftlicher und schlimmer. Francis sah, wie sein Blick durch den Raum huschte und dann bei Short Blond Halt machte, die nicht weit von Lanky weg war und gerade einer alten Frau mit ihrem Essen half, indem sie jedes schleimige Stück Hühnchen in kleine Happen schnitt und ihr anschließend wie bei einem Kleinkind auf dem Hochstuhl an die Lippen führte.
Lanky sprang so heftig auf, dass der Stuhl klappernd zu Boden fiel, und hob in ein und derselben Bewegung seinen dürren Finger, um ihn der jungen Lernschwester entgegenzustrecken.
»Du!«, rief er wütend.
Short Blond sah verwirrt von ihrer Arbeit auf. Einen Moment lang zeigte sie auf sich und formte mit den Lippen: »Ich?« Sie rührte sich nicht vom Fleck. Francis nahm an, dass ihre bislang vermutlich kurze Ausbildung der Grund dafür war. Jeder alte Hase der Klinik hätte wesentlich schneller reagiert.
»Du!«, schrie er wieder. »Du musst es sein!«
Am entgegengesetzten Ende des Saals sprangen Little Black und sein Bruder auf und bahnten sich hastig ihren Weg durch

den Raum. Doch die Tischreihen und Stühle und die vielen Patienten machten die Strecke zum Hindernislauf, und sie kamen nicht schnell genug voran. Short Blond stand auf und starrte Lanky an, der jetzt mit ausgestrecktem Finger und großen Schritten näher kam. Sie wich ein wenig zurück und tastete sich rückwärts zur Wand.

»Du bist es, ich weiß es!«, brüllte er. »Du bist die Neue, die nicht überprüft worden ist! Du bist es, du musst es sein! Das Böse! Böse! Wir haben ihr Tür und Tor geöffnet! Hau ab! Hau ab! Alle aufpassen! Keiner weiß, was sie anrichten kann!«

Seine verzweifelten Warnungen vermittelten den anderen Patienten den Eindruck, als habe Short Blond eine ansteckende Krankheit oder könne jeden Moment explodieren. Im ganzen Speisesaal zuckten die Leute ängstlich zusammen.

Short Blond trat den Rückzug zur nächsten Wand an und hielt die Hand in die Höhe. Francis sah den Anflug von Panik in ihren Augen, als der alte Mann unaufhaltsam näher kam und dabei die Arme schwang.

Er fing an, die anderen Patienten wegzuscheuchen, wobei seine Stimme immer lauter und wütender wurde. »Keine Sorge! Ich beschütze uns!«

Big Black schob jetzt Tische und Stühle beiseite, und Little Black sprang einfach über einen Patienten, der aus irgendeinem Grund auf die Knie gesunken war. Francis sah auch, wie Mr. Evil in ihre Richtung lief und sich außerdem Schwester Wrong und eine zweite Kollegin durch das Gewühl der Patienten drängten, die alle ineinander verknäult waren und nicht wussten, ob sie flüchten oder zusehen sollten.

»Du bist es!«, brüllte Lanky, als er bei der Lernschwester angekommen war und sich bedrohlich über ihr auftürmte.

»Bin ich nicht!«, schrie Short Blond mit ihrer hohen, schrillen Stimme.

»Und ob!«, brüllte Lanky zurück.
»Lanky! Schluss damit!«, fuhr Little Black ihn an. Big Black war inzwischen dicht herangekommen, und sein Gesicht war zu einer Obsidian-Maske der Entschlossenheit erstarrt.
»Nein, bin ich nicht, bin ich nicht!«, beteuerte Short Blond keuchend, indem sie an der Wand nach unten rutschte.
Und dann herrschte, nachdem Big Black und Mr. Evil immer noch einige Meter vom Ziel entfernt waren, einen Moment lang Stille. Lanky richtete sich auf und streckte sich der Decke entgegen, als wollte er sich im nächsten Moment auf Short Bond stürzen. Da hörte Francis Peter the Fireman aus der Nähe, er wusste nicht genau, woher, brüllen: »Nicht, Lanky! Hör sofort auf damit!«
Und zu Francis' Verwunderung gehorchte der Lange.
Er sah zu Short Blond hinunter, und ein fragender Ausdruck zog über sein Gesicht, fast so, als sähe er Testergebnisse aus einer Versuchsreihe, die nicht genau das zeigten, was der Wissenschaftler erwartet hatte. Er legte den Kopf mit einem neugierigen Gesichtsausdruck schief. Viel ruhiger, sah er auf Short Blond herab und fragte sie beinahe höflich: »Sind Sie sicher?«
»Ja, ja, ja«, sagte sie mit erstickter Stimme, »ganz bestimmt!«
Er starrte sie aus nächster Nähe an. »Das verwirrt mich jetzt aber«, sagte er traurig, und die immensen Energien verpufften. Eben noch war er als der große Rächer zum Angriff angetreten und dann im Bruchteil einer Sekunde zu einem Kind geschrumpft und von Zweifeln erschüttert.
In diesem Moment hatte Big Black Lanky erreicht. Mit einem rauen Griff packte er den Langen an den Armen und bog sie ihm hinter den Rücken. »Was, zum Teufel, soll das werden?«, fragte er wütend. Little Black war nur eine Schrittlänge hinter ihm, und er trat in die Lücke zwischen dem Patienten und der

Lernschwester. »Zurück!«, wies er sie an, und sie gehorchte augenblicklich, da Big Black Lanky mit einem Ruck nach hinten zog.

»Vielleicht hab ich mich ja getäuscht«, sagte Lanky und schüttelte den Kopf. »Es schien anfangs so klar. Dann nicht mehr. Auf einmal nicht mehr. Bin mir einfach nicht sicher.«

Der Lange wandte sich zu dem Hünen um, indem er seinen straußenartigen Hals verrenkte. In seiner Stimme klangen Zweifel und Trauer. »Ich hab gedacht, sie muss es sein, wissen Sie. Sie ist die Neueste. Sie ist erst seit Kurzem da. Auf jeden Fall schon mal ein Neuling. Und wir müssen aufpassen, dass wir das Böse nicht hier reinlassen. Wir müssen immer wachsam sein. Tut mir leid«, sagte er zu Short Blond, die sich gerade hochrappelte und versuchte, wieder Haltung anzunehmen. »Ich war mir so sicher.« Noch einmal sah er sie mit zusammengekniffenen Augen eindringlich an.

»Bin mir einfach immer noch nicht sicher«, sagte er steif. »Wäre nämlich gut möglich. Sie könnte mich anlügen. Satans Helfer sind ausgekochte Lügner. Sie sind Betrüger, jeder von ihnen. Fällt ihnen leicht, unschuldig auszusehen, obwohl sie es in Wahrheit nicht sind.«

Jetzt waren Zorn und Zweifel aus seiner Stimme verschwunden.

Während Short Blond sich von der Gruppe entfernte, ließ sie Lanky in Big Blacks festem Griff nicht aus den Augen. Evans hatte es endlich geschafft, den Raum zu durchqueren und das Knäuel Menschen zu erreichen. »Sorgen Sie dafür, dass er heute Nacht ein Sedativum kriegt«, sagte er zu Little Black. »Fünfzig Milligramm Nembutal IV, zur üblichen Medikamentenausgabe. Vielleicht sollten wir ihn für diese Nacht zusätzlich in Isolation nehmen.«

Lanky schielte immer noch zu Short Blond hinüber, als er das

Wort Isolation hörte. Er wirbelte zu Mr. Evil herum und schüttelte heftig den Kopf »Nein, nein, ich bin okay, wirklich, ich, ich hab eigentlich nur meine Pflicht getan, ehrlich. Ich mach keine Probleme, ganz bestimmt nicht ...« Ihm versagte die Stimme.

»Schauen wir mal«, sagte Evans, »wie er auf das Sedativum reagiert.«

»Mir geht's gut«, beteuerte Lanky. »Ganz bestimmt. Ich mach Ihnen keine Scherereien. Nicht im Geringsten. Bitte stecken Sie mich nicht in die Isolierzelle.«

Evans drehte sich zu Short Blond um. »Sie können eine Pause machen«, sagte er. Doch die zarte Lernschwester schüttelte den Kopf.

»Geht schon«, sagte sie tapfer, bevor sie zu der älteren Frau im Rollstuhl zurückkehrte, um sie zu füttern. Francis entging nicht, dass Lanky immer noch in Short Blonds Richtung starrte, einen Ausdruck in seinem Blick, den er sich mit Unsicherheit erklärte, der aber, wie er im Nachhinein dachte, genauso gut von manch anderen Emotionen herrühren mochte.

An diesem Abend drängelte sich die übliche Schar maulend zur Medikamentenausgabe an der Pflegestation. Short Blond stand hinter dem Maschendraht und half bei der Verteilung der Pillen, während jedoch die älteren und erfahreneren Schwestern bei den Verabreichungen für diese Nacht den Ton angaben. Ein paar Stimmen beschwerten sich, und ein Mann fing zu weinen an, als ein anderer ihn beiseite stieß, doch ansonsten kam es Francis so vor, als hätte der Ausbruch beim Abendessen den meisten Amherst-Bewohnern, wenn schon nicht die Sprache verschlagen, so aber doch entschieden gedämpft. Ihm kam der Gedanke, dass es in der Klinik entscheidend um Gleichgewicht ging: Medikamente glichen die Wahnvorstellungen aus; Alter und räumliche Beschränkung

zügelten die Energien und Ideen. Alle hier akzeptierten eine gewisse Routine, dachte er, die den Bewegungsspielraum klaren Grenzen und Regeln unterwarf. Selbst das sporadische Gerangel und Gezeter wie etwa bei der abendlichen Pillenausgabe war Teil eines ausgeklügelten, verrückten Menuetts, so festgelegt wie jeder Schritt bei einem Tanz der Renaissance.
Er sah, wie Lanky in Begleitung von Big Black den Bereich vor der Pflegestation betrat. Der Lange schüttelte den Kopf, und Francis hörte ihn jammern: »Mir geht's gut, mir geht's gut. Ich brauch kein extra Beruhigungsmittel ...«
Doch in Big Blacks Gesicht war der typische Nur-mit-der-Ruhe-Ausdruck verschwunden, und Francis hörte, wie er ruhig sagte: »Lanky, du bist jetzt ganz brav und machst keinen Aufstand, weil sonst müssen wir dich nämlich über Nacht in die Jacke und in die Isolierzelle stecken, und das willst du doch nicht. Also lass die Luft ab, krempel deinen Ärmel hoch und sträub dich nicht gegen was, das nicht zu ändern ist.«
Lanky nickte und zeigte sich gefügig, auch wenn Francis sah, dass er immer noch Short Blond, die am hinteren Ende der Pflegestation arbeitete, misstrauisch beäugte. Francis konnte deutlich erkennen, dass Lankys Verdacht gegen die junge Schwester, womöglich ein Kind des Satans zu sein, weder durch Pillen noch Argumente ausgeräumt worden war. Der lange Kerl schien vor Sorge von Kopf bis Fuß zu zittern. Doch er wehrte sich nicht gegen Schwester Bones, die mit einer aus der Spitze tropfenden Subkutaninjektion kam, seinen Arm mit Alkohol abwischte und die Nadel ungelenk in Lankys Haut stieß. Francis vermutete, dass es wehtat, doch Lanky zeigte keinerlei Unbehagen. Vielmehr warf er einen letzten, langen Blick auf Short Blond, bevor er sich von Big Black in den Schlafsaal zurückführen ließ.

5

Draußen vor meinem Apartment herrschte um diese Zeit am Abend dichter Verkehr. Ich hörte die Dieselgeräusche von schweren Lkws, das gelegentliche Plärren einer Autohupe und das beständige Surren von Rädern auf dem Pflaster. Im Sommer zieht die Nacht langsam herauf, sie schleicht sich ein wie ein niederträchtiger Gedanke bei einem glücklichen Anlass. Fleckige Schatten legen sich zuerst über die schmalen Straßen, um weiter durch die Gärten und über die Bürgersteige zu kriechen, die Häuserfassaden hinauf, um wie Schlangen durch die Fenster zu gleiten; oder sie setzen sich im Geäst der Bäume fest, bis am Ende die Dunkelheit von allem Besitz ergreift. Geisteskrankheit, musste ich oft denken, war ein wenig wie die Nacht, weil sie sich im Lauf der Jahre auf so unterschiedliche Weise meiner Gefühle und Vorstellungskraft bemächtigte – zuweilen schroff und schnell, dann wieder langsam und subtil, so dass ich kaum merkte, dass sie mich erfasste.

Ich überlegte: Hatte ich je eine dunklere Nacht erlebt als diese eine im Western State Hospital? Oder eine derart wahnerfüllte Nacht?

Ich ging zum Spülbecken, füllte ein Glas mit Wasser, trank einen großen Schluck und dachte: Ich hab den Gestank ausgelassen. Es war eine Mischung aus menschlichen Exkrementen und unverdünnten Reinigungsmit-

teln. Der Gestank von Urin gegen den von Desinfektionsmitteln. Wie Babys konnten viele alte und senile Patienten ihren Stuhlgang nicht kontrollieren, so dass es in der ganzen Klinik nach ihren Missgeschicken roch. Um das Problem zu bewältigen, gab es in jedem Flur wenigstens zwei Abstellräume mit Lappen, Mopps und Eimer nebst schärfsten chemischen Reinigungsmitteln. Manchmal kam es einem so vor, als würde ständig jemand irgendwo den Boden schrubben. Die Laugen waren äußerst konzentriert, so dass sie einem in den Augen brannten, wenn man den Blick zum Linoleumboden senkte, und man schwer Luft bekam, als ob einem etwas die Lunge zudrückte.

Es war schwer vorherzusagen, wann diese Malheurs passieren würden. In einer normalen Welt konnte man vermutlich mehr oder weniger regelmäßig die Stress und Angst einflößenden Situationen identifizieren, die bei einem sehr alten Menschen den Kontrollverlust herbeiführen mochten, und etwas unternehmen, um diese Vorfälle zu reduzieren. Dazu bedurfte es einer gewissen Logik, eines gewissen Einfühlungsvermögens, einer gewissen Planung und Vorausschau. Keine große Sache. In der Klinik jedoch, wo all die Stresssituationen, die Knall auf Fall in den Fluren entstehen konnten, sich jeder Planung entzogen und aus so vielen Zufallsgedanken entstanden, war Vorhersehbarkeit und Prävention ein Ding der Unmöglichkeit.

Und so hatten wir stattdessen Eimer und Kraftreiniger.

Und wegen der Häufigkeit, mit der Schwestern und Aufseher sich genötigt sahen, zu diesen Dingen zu greifen, waren die Vorratsräume nur selten abgeschlossen. Natürlich hätten sie es sein sollen, doch wie so viele

Dinge im Western State Hospital wurden die Vorschriften auf eine wahndiktierte Durchführbarkeit zurechtgestutzt.

Was ist mir noch aus dieser Nacht in Erinnerung geblieben? Hat es geregnet? Herrschte Wind? Woran ich mich stattdessen erinnere, sind die Geräusche.

Allein ins Amherst waren fast dreihundert Patienten gepfercht, wohingegen es ursprünglich für etwa ein Drittel davon ausgelegt war. In jeder beliebigen Nacht mochten ein paar Leute in eine der Isolierzellen auf dem vierten Stock verlegt worden sein, wie es Lanky angedroht worden war. Die Betten waren eng zusammengerückt, so dass vielleicht zehn Zentimeter Platz zwischen den schlafenden Patienten waren. An einer Front des Schlafsaals befanden sich ein paar verdreckte und vergitterte Fenster, die für ein wenig Belüftung sorgten, wenngleich die Männer, die darunterlagen, sie häufig fest geschlossen hielten, weil sie sich vor dem, was vielleicht auf der anderen Seite war, ängstigten.

Die Nacht war eine Symphonie der Trostlosigkeit. Schnarchen, Husten, gurgelnde Geräusche mischten sich in die Albträume der Patienten. Die Leute redeten im Schlaf mit abwesenden Freunden und Angehörigen, mit Göttern, die ihre Gebete nicht erhörten, mit Dämonen, die sie quälten. Ständig weinte und schluchzte sich irgendjemand durch die dunkelsten Stunden. Jeder schlief, keiner kam zur Ruhe.

Wir waren mit der ganzen Verlassenheit eingesperrt, die Menschen im Dunkeln beschleicht.

Vielleicht hielt mich ja das Mondlicht, das diese Nacht durch die Gitter einströmte, in einem Zustand zwischen Wachen und Schlafen. Vielleicht war ich wegen des Vorfalls am Tag immer noch beunruhigt. Vielleicht lag es auch an meinen rastlosen Stimmen. Ich habe oft darüber nachgedacht, denn ich bin mir immer noch nicht sicher, was mich die gesamten dunklen Stunden hindurch in diesem eigentümlichen Zustand zwischen erhöhter Aufmerksamkeit und Bewusstlosigkeit hielt. Peter the Fireman stöhnte im Schlaf und warf sich auf der Pritsche neben mir anfallartig hin und her. Die Nacht war schwer für ihn; am Tag war er in der Lage, ein Maß an Vernunft aufrechtzuerhalten, das in der Klinik fehl am Platz schien. Doch bei Nacht nagte etwas unablässig an ihm. Und während ich zwischen diesen Stadien meiner Ruhelosigkeit wechselte, sah ich, daran erinnere ich mich genau, wie sich Lanky ein paar Betten weiter aufsetzte und durch den Raum nach draußen starrte. Ich weiß noch, wie ich dachte, dass das Beruhigungsmittel, das sie ihm gegeben hatten, nicht die gewünschte Wirkung zeigte, denn er hätte auf jeden Fall in einen dunklen, traumlosen, arzneimittelinduzierten Schlaf sinken müssen. Stattdessen machten die Impulse, die ihn zuvor so elektrisch geladen hatten, die Wirkung des Sedativums zunichte, und so saß er auf seinem Bett, murmelte vor sich hin und gestikulierte mit den Händen wie ein Dirigent, der das Orchester einfach nicht dazu brachte, die Symphonie im richtigen Tempo zu spielen.

So habe ich ihn aus dieser Nacht, in der ich selbst von einem Bewusstseinszustand in den anderen glitt, in Erinnerung behalten, bis zu dem Augenblick, als eine Hand an meiner Schulter rüttelte. Das war der Moment, dachte ich. Genau da fängst du an.

Und so nahm ich den Stift und schrieb:

Francis fiel immer wieder in einen unruhigen Schlaf, bis er von einem hartnäckigen Rütteln abrupt aus einer anderen unruhigen Welt zurückgeholt und augenblicklich daran erinnert wurde, wo er war. Er zwinkerte ein paarmal mit den Augen, doch bevor sie sich an das Dunkel gewöhnt hatten, hörte er Lanky leise, aber energisch und voll kindlicher Freude flüstern: »Wir sind in Sicherheit, C-Bird. Wir sind in Sicherheit!«

Francis fiel immer wieder in einen unruhigen Schlaf, bis er von einem hartnäckigen Rütteln abrupt aus einer anderen unruhigen Welt zurückgeholt und augenblicklich daran erinnert wurde, wo er war. Er zwinkerte ein paarmal mit den Augen, doch bevor sie sich an das Dunkel gewöhnt hatten, hörte er Lanky leise, aber energisch und voll kindlicher Begeisterung flüstern: »Wir sind in Sicherheit, C-Bird. Wir sind in Sicherheit!«

Der Lange hockte wie ein Dinosaurier auf seiner Bettkante. Im Mondlicht, das in den Schlafsaal drang, sah Francis eine unbändige Freude und Erleichterung im Gesicht des Mannes.
»Wovor in Sicherheit, Lanky?«, fragte Francis, auch wenn er im selben Moment, als er die Frage stellte, die Antwort, wie er merkte, bereits wusste.
»Vor dem Bösen«, erklärte Lanky. Er legte die Arme liebevoll um seinen eigenen Körper. In einer zweiten Bewegung hob er dann die Hand und hielt sie vors Gesicht, schmiegte die Stirn hinein, als könnte der Druck seiner Ballen und Finger einen Teil der Gedanken und Vorstellungen zurückdrängen, die ihn in ihrem Eifer bestürmten.
Als Lanky die Hand wieder sinken ließ, hatte Francis den Eindruck, als ob sie einen Abdruck hinterließe, beinahe wie Ruß.

In dem fahlen Licht, das in den Schlafsaal einfiel, war das nur schwer zu erkennen. Lanky musste ebenfalls etwas gefühlt haben, denn er sah plötzlich mit einem fragenden Blick auf seine Finger.

Francis saß jetzt kerzengerade auf dem Bett. »Lanky!«, flüsterte er. »Was ist passiert?«

Bevor der Lange antworten konnte, hörte Francis einen zischenden Laut. Es war Peter the Fireman, der aufgewacht war, seine Beine über die Bettkante geschwungen hatte und sich zu ihnen herüberbeugte. »Lanky, jetzt sag schon! Was ist los?«, drang Peter in den Langen ein, auch wenn er so leise wie möglich sprach. »Aber sei still. Weck keinen von den anderen auf.«

Der Lange nickte ein wenig. Doch die Worte sprudelten voller Glück aus ihm heraus. Eine Woge der Erleichterung. »Es war eine Vision, Peter. Es muss ein Engel gewesen sein, der direkt zu mir gesandt worden ist. C-Bird, diese Vision ist direkt an meine Seite gekommen, hier drinnen, um mir zu sagen …«

»Dir was zu sagen?«, fragte Francis ruhig.

»Mir zu sagen, dass ich Recht hatte. Die ganze Zeit. Das Böse hatte versucht, uns hierher zu folgen, C-Bird. Das Böse war hier in der Klinik direkt vor unserer Nase. Aber dieses Böse wurde ausgelöscht, und jetzt sind wir in Sicherheit.«

Er atmete langsam aus und fügte dann hinzu: »Gott sei Dank.«

Francis wusste nicht recht, was er mit dieser Auskunft anfangen sollte, doch Peter kam herüber und setzte sich neben den Langen. »Diese Vision – sie ist hier reingekommen? In diesen Raum?«, hakte er nach.

»Bis an mein Bett. Wir haben uns wie Brüder umarmt.«

»Die Vision hat dich berührt?«

»Ja, sie war so real wie du und ich, Peter. Ich konnte sie so lebendig spüren, wie ich es bin. Als ob unsere Herzen im Ein-

klang schlügen. Nur dass es zugleich wie von Zauberhand war, C-Bird.«
Peter the Fireman nickte. Dann streckte er langsam die Hand aus und berührte Lankys Stirn, wo immer noch Rußspuren waren. Eine Sekunde lang rieb Peter die Finger aneinander.
»Hast du gesehen, wie die Vision durch die Tür gekommen ist, oder ist sie von irgendwo oben heruntergefallen?«, fragte er gedehnt und zeigte dabei zuerst auf den Eingang und dann zur Decke.
Lanky schüttelte den Kopf. »Nein, sie war einfach da, ganz plötzlich, direkt an meinem Bett. Sie schien irgendwie in Licht getaucht, wie direkt vom Himmel. Aber ich konnte ihr Gesicht nicht recht sehen. Fast, als wäre es vermummt. Es muss ein Engel gewesen sein«, sagte er. »C-Bird, denk doch mal. Ein Engel, hier drinnen. Hier in diesem Raum. In unserer Klinik. Der uns beschützt und hilft.«
Francis sagte nichts, doch Peter the Fireman nickte, während er selbst den Kopf ein wenig senkte. Er hob die Finger an die Nase und schnüffelte heftig. Er schien von dem, was er roch, erschrocken und sog heftig den Atem ein. Einen Moment lang hielt Fireman inne und sah sich im Zimmer um. Dann sprach er leise und unmissverständlich mit aller Autorität, wie ein Kommandeur gegenüber seinen Soldaten kurz vor den feindlichen Linien, wo die Gefahr in jedem Schatten lauert.
»Lanky, geh in dein Bett zurück und warte, bis C-Bird und ich zurückkommen. Sprich mit niemandem. Absolutes Schweigen, verstanden?«
Lanky wollte etwas sagen, überlegte es sich aber. »Okay«, sagte er langsam. »Aber wir sind in Sicherheit. Alle in Sicherheit. Meinst du nicht, die anderen wollen das wissen?«
»Lass uns erst jeden Zweifel ausräumen, bevor wir ihnen Hoffnung machen«, sagte Peter nur. Das leuchtete offenbar

ein, denn Lanky nickte erneut. Er stand auf und tastete sich zu seinem Bett zurück. Dort angekommen, drehte er sich noch einmal um und hielt seinen Zeigefinger an die Lippen, das universale Zeichen für Schweigen. Peter schien über ihn zu lächeln, dann flüsterte er: »C-Bird, komm mit, sofort. Und verhalte dich ruhig!« Jedes seiner Worte zeugte von einer unbestimmten Anspannung, die Francis nicht ganz ergründen konnte.

Ohne sich noch einmal umzusehen, machte sich Peter the Fireman daran, sich behutsam zwischen den Betten der schlafenden Männer hindurchzumanövrieren. Er schlich an der Toilette vorbei, wo ein bisschen kaltes Licht unter der Schwelle hervorschimmerte, und steuerte auf die einzige Tür des Raumes zu. Ein paar der Schlafenden bewegten sich, einer erhob sich halb, als sie an ihm vorüberkamen, doch Peter sagte nur: »Psst!«, und sie arbeiteten sich weiter voran, während der Mann sich mit einem leisen Stöhnen von einer Seite auf die andere warf, bis er wieder schlief.

Als er die Tür erreichte, sah er zurück und merkte, dass Lanky erneut mit verschränkten Beinen auf seinem Bett saß und winkte, bevor er sich schlafen legte.

Als Peter the Fireman nach dem Türknauf griff, war Francis an seiner Seite. »Die ist abgeschlossen«, sagte Francis. »Sie schließen jede Nacht ab.«

»Heute Nacht«, sagte Peter langsam, »ist sie nicht abgeschlossen.« Und dann griff er zum Beweis für die Behauptung nach dem Knauf und drehte ihn. Die Tür ging mit einem leisen schleifenden Geräusch auf. »Komm schon, C-Bird«, sagte er.

Der Flur war für die Nacht abgedunkelt, so dass nur wenige schwache Lampen kleine schimmernde Lichtkegel auf den Boden warfen. Francis erschrak über die Stille. Gewöhnlich quollen die Flure des Amherst von Leuten über, die saßen, standen, liefen, rauchten, Selbstgespräche führten oder mit Leuten plauderten, die nirgends zu sehen waren, oder sogar auch mal miteinander. Die Flure waren wie die Lebensadern der Klinik, indem sie unablässig Blut und Energie in jedes lebenswichtige Organ transportierten. Noch nie hatte er sie leer gesehen. Das Gefühl, allein im Flur zu sein, war beunruhigend. Fireman schien das jedoch nicht anzufechten. Er starrte vor sich in die Mitte des Korridors, wo die Pflegestation von einer einzigen, verblassten Schreibtischlampe beleuchtet wurde – ein kleiner gelber Kreis. Von ihrer Warte aus schien die Station leer zu sein.

Peter machte einen einzigen Schritt nach vorn und starrte zu Boden. Er fiel auf ein Knie und berührte vorsichtig einen dunklen Farbfleck, wie er es ganz ähnlich mit dem Rußfleck auf Lankys Gesicht getan hatte. Wieder hob er den Finger an die Nase. Dann zeigte er, ohne ein Wort zu sagen, mit dem Finger auf etwas. Francis war sich nicht ganz sicher, was genau er sehen sollte, doch er achtete auf alles, was Peter the Fireman tat. Zusammen schlichen sie weiter Richtung Pflegestation, hielten aber auf halbem Weg gegenüber einem der Abstellräume inne.

Francis spähte durch das schwache Licht und sah, dass tatsächlich niemand in der Station war. Das verwirrte ihn, weil er sich immer eingebildet hatte, sie sei rund um die Uhr von mindestens einer Person besetzt. Fireman dagegen starrte auf den Boden vor der Tür zur Abstellkammer. Er zeigte auf einen großen Klecks auf dem Linoleum.

»Was ist das?«, fragte Francis.

Peter the Fireman seufzte. »Mehr Ärger, als du je erlebt hast«, sagte er. »Francis, was sich auch immer hinter dieser Tür verbirgt, nicht schreien! Vor allem nicht hysterisch kreischen!

Beiß dir einfach auf die Zunge und sag nichts. Und fass auch nichts an. Kannst du das mir zuliebe tun, C-Bird?«
Francis hauchte ein Ja heraus, was ihm Mühe bereitete. Er fühlte, wie ihm das Blut in der Brust pulsierte, in den Ohren dröhnte und ihn von oben bis unten mit Adrenalin voll pumpte. In dieser Sekunde merkte er, dass er kein einziges Wort von seinen Stimmen gehört hatte, die ganze Zeit schon, seit Lanky ihn wach gerüttelt hatte.
Peter schlich zur Abstellkammertür. Er zog sein T-Shirt aus der Pyjamahose und bedeckte seine Hand mit dem losen Ende, als er nach der Türklinke griff. Dann machte er die Tür langsam auf.
Der Raum klaffte stockdunkel vor ihren Augen. Peter trat vorsichtig vor und griff nach einem Lichtschalter an der Innenwand.
Das unvermittelt grelle Licht war wie ein Schwertstreich für ihn.
Für den Bruchteil einer Sekunde war Francis wie geblendet. Er hörte, wie Peter the Fireman mit erstickter Stimme eine einzige, grobe Obszönität ausstieß.
Francis beugte sich vor und sah an Peter vorbei in die Abstellkammer. Und dann blieb ihm die Luft weg, denn der Schock und die Angst schlugen ihm wie ein Hurrikan ins Gesicht. Bei dem, was er vor Augen hatte, machte er unwillkürlich einen Satz zurück und hatte das Gefühl, als wäre jeder Atemzug heiß wie Dampf. Er versuchte, etwas zu sagen, aber selbst ein »Oh, mein Gott ...« kam nur als ein tiefes, zusammenhangloses Stöhnen heraus. Auf dem Boden in der Mitte der Abstellkammer lag Short Blond.
Oder die Person, die einmal Short Blond gewesen war.
Sie war fast nackt, die Schwesternuniform war ihr offenbar mit Gewalt vom Leib gerissen und in eine Ecke geworfen

worden. Ihre Wäsche hatte sie zwar noch an, doch heruntergezogen, so dass ihre Brüste und ihr Geschlecht entblößt waren. Sie lag zusammengekauert auf der Seite, fast in embryonaler Haltung eingerollt, nur dass ein Bein hochgezogen und das andere ausgestreckt war. Unter Kopf und Brust hatte sich ein See aus dunklem rotbraunem Blut gesammelt. Ihre teigig weiße Haut war von roten Rinnsalen bedeckt. Ein Arm war stark abgewinkelt unter ihren Körper geschoben, der andere so, als wolle sie jemandem in der Ferne zuwinken, über dem Kopf in einer Lache Blut ausgestreckt. Ihr Haar war verklebt, fast noch nass, und größere Hautpartien glitzerten eigentümlich, so dass sie das grelle Licht der Lampe reflektierten. Ein in der Nähe abgestellter Eimer mit Putzzeug war umgefallen, und ihnen stieg ein Gestank nach Reinigungs- und Desinfektionsmitteln in die Nase. Peter the Fireman beugte sich zu der Leiche hinab, um den Puls zu fühlen, zuckte aber zurück, als er und Francis sahen, dass Short Blond die Kehle aufgeschlitzt worden war – eine große, klaffende, rot-schwarze Wunde, aus der binnen Sekunden das Leben herausgesickert sein musste. Peter the Fireman trat in den Flur neben Francis zurück. Er holte tief Luft, atmete dann langsam aus und pfiff ganz leise, als sie durch die zusammengebissenen Zähne entwich.

»Sieh genau hin, C-Bird«, sagte er vorsichtig. »Sieh dir alles ganz genau an. Versuch, dir alles zu merken, was du hier vor dir siehst. Kannst du das für mich tun? Das zweite Augenpaar sein, das hier alles aufnimmt und genauestens registriert?«

Francis nickte langsam. Sein Blick folgte Peter, der nun wieder in die Abstellkammer ging und wortlos auf die Einzelheiten zeigte. Zuerst auf die Schnittwunde, die ihren Hals so grausam entstellte, dann auf den umgekippten Eimer und die aufgeschlitzten, weggeworfenen Kleider. Er wies auf eine Art Visier aus Blut auf Short Blonds Stirn, parallele Linien, die zu den

Augen heruntergetropft waren. Francis konnte sich nicht vorstellen, wie sie dahingekommen waren. Peter verweilte einen Moment bei diesen Malen, bevor er sich langsam in dem engen Raum weiterbewegte und mit dem Zeigefinger auf jeden Quadranten, auf jedes Element der Szene wies, so dass er an einen Lehrer erinnerte, der ungeduldig mit dem Zeigestock an die Wandtafel hämmert, um die Aufmerksamkeit seiner begriffsstutzigen Schüler zu erringen. Francis verfolgte alles und speicherte es wie der Gehilfe eines Fotografen in seinem Gedächtnis ab.

Am längsten zeigte Peter auf Short Blonds ausgestreckte Hand. Francis sah auf einmal, dass die Spitzen von vier Fingern augenscheinlich fehlten, als hätte sie jemand abgeschnitten und entfernt. Er starrte auf die Verstümmelung und merkte, wie er in kurzen, krampfartigen Zügen atmete.

»Was siehst du, C-Bird?«, fragte Peter schließlich.

Francis starrte auf die Tote. »Ich sehe Short Blond«, sagte er. »Der arme Lanky. Der arme, arme Lanky. Er muss wirklich gedacht haben, er hätte das Böse ausgelöscht.«

»Du meinst, das war Lanky?«, fragte Peter und schüttelte den Kopf. »Sieh genauer hin«, wiederholte Peter the Fireman. »Und dann sag mir, was du siehst.«

Francis starrte wie hypnotisiert auf die Leiche am Boden. Beim Gesicht der Frau blieb er haften und war beinahe überwältigt von einer Mischung aus Angst, Aufregung und einer diffusen Leere. Ihm wurde bewusst, dass er noch nie einen Toten gesehen hatte, jedenfalls nicht aus der Nähe. Zwar erinnerte er sich, wie er als Kind auf die Beerdigung einer Großtante gegangen war und wie seine Mutter ihn fest bei der Hand genommen hatte, um ihn an dem offenen Sarg vorbeizumanövrieren, während sie ihm unentwegt zuflüsterte, er solle nichts sagen und nichts tun und sich nur anständig benehmen, denn sie hatte irgendwie Angst, Francis würde durch irgendein unangemessenes Verhalten die allgemeine Aufmerksamkeit auf sich lenken. Doch das hatte er nicht getan, noch hatte er die aufgebahrte Großtante sehen können. Das Einzige, woran er sich erinnerte, war dieses weiße Porzellanprofil, von dem er, während er vorbeigezerrt wurde, nur einen flüchtigen Blick erhaschte wie von etwas, das man bei rasender Fahrt durch das Autofenster sieht. Dies hier war nicht dasselbe. Was er von Short Blond sah, war ganz anders. Es war, wie ihm klar wurde, das allerschlimmste Sterben. »Ich sehe den Tod«, hauchte Francis.

Peter the Fireman nickte. »Allerdings«, sagte er. »Den Tod. Und einen entsetzlichen noch dazu. Aber weißt du, was ich noch sehe?« Er sprach langsam, als ob er innerlich jedes Wort auf die Waagschale legte.

»Was?«, fragte Francis neugierig.

»Ich sehe eine Botschaft«, antwortete Fireman.

Dann fügte er in einem vernichtend traurigen Ton hinzu, »Und, Francis, das Böse wurde nicht ausgelöscht. Es ist direkt hier unter uns und so lebendig wie du und ich.« Dann trat er in den Flur zurück und fügte ruhig hinzu: »Und jetzt müssen wir Hilfe holen.«

6

Manchmal träume ich von dem, was ich gesehen habe. Manchmal wird mir dann bewusst, dass ich nicht mehr träume, sondern hellwach bin und es sich um eine Erinnerung handelt, die wie ein Fossil aus meiner Vergangenheit mit allen dreidimensionalen Linien in mein Gedächtnis eingeschlossen ist. Vor meinem geistigen Auge sehe ich Short Blond immer noch wie ein gerahmtes Bild vor mir liegen, wie auf einem dieser Fotos, die noch in derselben Nacht von der Polizei gemacht wurden. Doch ich gehe davon aus, dass die Polizeifotos nicht annähernd so präzise waren wie das Bild in meinem Kopf. Ich habe ihre Gestalt ein wenig wie das Gemälde eines zweitrangigen Renaissance-Malers im Blick, eine lebhafte, wenn auch journalistisch nicht ganz korrekte Vision vom Märtyrertod einer Heiligen.

Folgendes ist mir in Erinnerung geblieben … Ihre Haut war weiß wie Porzellan und vollkommen rein, ihr Gesicht drückte eine selige Ruhe aus. Hätte nur noch ein leuchtender Heiligenschein um ihren Kopf gefehlt. Der Tod kaum mehr als eine Unannehmlichkeit auf dem unausweichlichen, köstlichen, glorreichen Weg in den Himmel. Natürlich war es in Wirklichkeit (ein Wort, das ich nur noch möglichst selten benutze) nichts dergleichen. Ihre Haut war vom herausquellenden Blut verschmiert, ihre Kleider zerrissen, der Schlitz in ihrer

Kehle klaffte wie ein spöttisches Grinsen, und ihr Gesicht war fassungslos verzerrt, ihre Augen vor Schock geweitet. Eine Fratze des Todes. Die schlimmste Art von Mord. Als ich in jener Nacht aus der Abstellkammer auf den Flur zurücktrat, packten mich eine Reihe verstörender Ängste. Einem Akt der Gewalt so nahe zu kommen fühlte sich an, als würde einem plötzlich das Herz mit Schmirgelpapier abgerieben.

Zu ihren Lebzeiten hatte ich sie kaum gekannt. Tot sollte ich sie viel besser kennen lernen.

Als Peter the Fireman sich von der Leiche und alldem Blut und all den großen und kleinen Spuren des Mordes abwandte, hatte ich keine Ahnung, was gleich passieren würde. Er musste eine weitaus genauere Vorstellung davon haben, da er mich noch einmal ermahnte, nichts anzufassen, die Hände in den Hosentaschen und meine Meinung für mich zu behalten.

»C-Bird«, sagte er. »Nicht lange, und die Leute fangen an, Fragen zu stellen. Wirklich gemeine Fragen. Und diese Fragen stellen sie möglicherweise auf eine ganz üble Art und Weise. Sie mögen behaupten, es ginge ihnen nur um Informationen, aber verlass dich drauf, sie wollen niemandem helfen außer sich selbst. Beschränke dich auf kurze, sachliche Antworten und rücke nicht mit irgendetwas raus, das über das hinausgeht, was du diese Nacht gehört und gesehen hast. Hast du verstanden?«

»Ja«, sagte ich, auch wenn ich kaum wusste, wozu ich mich bereit erklärte. »Armer Lanky«, wiederholte ich noch einmal.

Peter the Fireman nickte. »Der arme Lanky hat Recht. Aber nicht aus den Gründen, an die du jetzt denkst.

Jetzt wird er das Böse aus nächster Nähe zu sehen kriegen. Wir alle vielleicht.«

Wir beide gingen den Flur entlang bis zu der unbesetzten Pflegestation. Unsere nackten Füße machten beim Laufen ein leises klatschendes Geräusch. Die Eingangstür aus Maschendraht, die normalerweise abgeschlossen gewesen wäre, stand weit offen. Ein paar Papiere lagen auf dem Boden verstreut, mochten aber einfach vom Tisch geflattert sein, als sich jemand zu schnell bewegte. Oder sie waren bei einem kurzen Kampf heruntergeschoben worden. Schwer zu sagen. Es gab noch zwei weitere Hinweise darauf, dass hier etwas passiert war: Das sonst verschlossene Arzneischränkchen mit den Medikamenten war aufgerissen, ein paar Plastik-Pillendosen lagen auf dem Boden verstreut, und das kompakte schwarze Telefon der Pflegestation lag neben der Gabel. Peter zeigte auf diese Besonderheiten, so wie er es zuvor in der Abstellkammer getan hatte. Dann griff er nach dem Hörer, um ihn aufzulegen und ihn mit einem Freizeichen sofort wieder abzuheben. Er drückte die Null, die ihn mit dem Sicherheitsdienst der Klinik verband.

»Spreche ich mit dem Sicherheitsdienst? Im Amherst hat es einen Vorfall gegeben«, sagte er kurz und bündig. »Besser, Sie kommen sofort rüber.« Dann legte er abrupt auf und wartete, bis das Freizeichen ertönte. Diesmal drückte er die Notrufnummer. Eine Sekunde später sagte er ruhig, »Guten Abend. Ich möchte Ihnen melden, dass es im Amherst-Gebäude der Nervenheilanstalt Western State in der Nähe der Pflegestation auf dem ersten Stock einen Mord gegeben hat.« Er schwieg einen Moment und fügte hinzu: »Nein, ich nenne Ihnen

nicht meinen Namen. Ich habe Ihnen lediglich alles mitgeteilt, was Sie in diesem Moment wissen müssen: die Art des Vorfalls und den Ort. Das Übrige müsste nur allzu offensichtlich sein, wenn Sie hier eintreffen. Sie werden die Spurensuche, Ermittler und das Büro des Bezirks-Coroners einschalten müssen. Ich vermute auch, dass Eile geboten ist.« Dann legte er auf. Er drehte sich zu mir um und sagte mit einem leicht lakonischen Unterton und vielleicht einer Spur mehr als nur Interesse: »Gleich wird's hier wirklich spannend.«
So weit erinnere ich mich. An meine Wand schrieb ich:

Francis hatte keine Ahnung, welches Chaos über ihn hereinbrechen würde wie ein gewaltiger Donnerschlag, der sich an einem schwülen Sommertag entlud …

Francis hatte keine Ahnung, welches Chaos über ihn hereinbrechen würde wie ein gewaltiger Donnerschlag, der sich an einem schwülen Sommertag entlud. Am dichtesten war er bis dahin mit einem Verbrechen in Berührung gekommen, als er sich unglücklicherweise selbst in eine schlimme Lage gebracht hatte – als seine Stimmen ihn anschrien, als seine Welt auf dem Kopf stand und er ausflippte und seine Eltern, seine Schwestern und am Ende sich selbst mit dem Küchenmesser bedrohte, was ihn schließlich in die Anstalt brachte. Er versuchte, darüber nachzudenken, was er gesehen hatte und was es bedeutete, doch es kam ihm so vor, als entzöge es sich dem logischen Denken und gehörte zu den Auswirkungen des Schocks. Er wurde sich bewusst, dass tief in seinem Kopf seine Stimmen in gedämpftem, doch nervösem Ton mit ihm redeten, nur angsterfüllte Worte. Einen Moment lang sah er sich mit wilden Blicken um und fragte sich, ob er einfach wieder ins Bett gehen und dort warten sollte, doch dann kam er nicht vom Fleck. Die Muskeln schienen ihren Dienst zu versagen, und er fühlte sich wie jemand, der von einer starken Strömung erfasst und hilflos mitgerissen wurde. Er und Peter warteten an der Pflegestation, und binnen Sekunden hörte er deutlich eilige Schritte und Schlüssel in der Eingangstür. Die Tür flog auf, und zwei Leute vom Sicherheitsdienst stürmten herein. Sie hatten beide Taschenlampen und lange schwarze Schlagstöcke dabei. Sie trugen beide dieselbe graue Arbeitskleidung, deren Farbe eher an Nebel erinnerte. So wie sie einen Moment lang im Eingang standen, schienen die beiden Männer im blassen Licht des Klinikflurs unterzugehen.

»Wieso sind Sie nicht im Schlafsaal?«, fragte die erste Wache und schwang dabei den Knüppel. »Sie dürfen nicht raus«, fügte der Mann unnötigerweise hinzu. Dann fragte er: »Wo ist die diensthabende Schwester?«

Der andere war zur Verstärkung aufgerückt und jederzeit bereit, Francis und Peter the Fireman zu attackieren, sollten sie sich als Bedrohung erweisen. »Haben Sie den Sicherheitsdienst angerufen?«, fragte er barsch. Und dann wiederholte er die Frage seines Kollegen: »Wo ist die diensthabende Schwester?«

Peter zeigte einfach mit dem Daumen über die Schulter Richtung Abstellkammer. »Da drüben«, sagte er.

Die erste Wache, ein korpulenter Mann mit soldatisch kurz geschorenem Haar und einem Nacken, der sich in fetten Wülsten über den viel zu engen Kragen wölbte, zeigte mit seinem Schlagstock auf Francis und Peter. »Keiner von euch rührt sich, verstanden?« Damit drehte er sich zu seinem Partner um und sagte: »Wenn einer von den Jungs hier auch nur einen Finger krumm macht, gibst du's ihnen.« Der Angesprochene, ein drahtiger, bantam-gewichtiger Mann mit einem schiefen Grinsen holte eine Dose Tränengas aus seinem Mehrzweckgürtel, und der Dicke entfernte sich mit einem angestrengten Keuchen eilig durch den Flur. Er hielt eine breitstrahlige Taschenlampe in der Linken und den Schlagstock in der Rechten. Der Lichtkegel markierte dabei im dämmergrauen Korridor wechselnde Ausschnitte. Francis beobachtete, wie der Mann nicht dieselbe Umsicht wie Peter walten ließ und die Tür zur Abstellkammer mit einem einzigen Griff aufriss.

Einen Moment lang stand er wie erstarrt da, und dann sagte er mit einem krächzenden Laut: »Oh mein Gott!« Sekunden, nachdem der Lichtstrahl die Leiche der Schwester erfasst hatte, wirbelte er zurück. Dann sprang er fast genauso schnell wieder vor. Von der Stelle aus, an der sie standen, konnten sie sehen, wie der Mann seine Hand auf Short Blonds Schulter legte und die Leiche so drehte, dass er versuchen konnte, ihren Puls zu fühlen.

»Lassen Sie das besser«, sagte Peter ruhig. »Sie verändern den Leichenfundort.«

Der kleinere Sicherheitsmann war blass geworden, obwohl er das ganze Ausmaß des unerbittlichen Sterbens dort in der Abstellkammer noch gar nicht gesehen hatte. Seine Stimme war schrill vor Schock, und er brüllte: »Haltet gefälligst das Maul, ihr scheiß Irren! Maul halten!«

Der bullige Mann schlurfte zurück und wandte sich mit einem irren Blick an Francis und Peter the Fireman. Er murmelte Obszönitäten. »Dass sich keiner von der Stelle rührt! Rührt euch, verdammt noch mal, nicht von der Stelle!«, sagte er außer sich. Er kam auf sie zu und rutschte in einer der Blutlachen aus, um die Peter so achtsam herumgegangen war.

Dann kam er zurückgerannt, packte Francis am Arm, riss ihn

herum und stieß ihm wie wahnsinnig das Gesicht gegen das Drahtgitter der Pflegestation. Im selben Atemzug schlug er brutal mit dem Stock von hinten gegen Francis' Beine, so dass er nach vorn taumelte und auf die Knie fiel. Hinter den Augen fühlte Francis eine Explosion wie von weißem Phosphor, und er schnappte heftig nach Luft, die aber voller Nadeln war. Einen Moment lang drehte sich alles im Kreis, und er dachte schon, er würde ohnmächtig. Doch als er wieder atmen konnte, ebbte die Wucht des Schlags ab und hinterließ nur noch ein pochendes Hämatom in seiner Erinnerung. Der kleinere Wächter folgte unverzüglich dem Beispiel des anderen, indem er Peter the Fireman herumwirbelte und ihm mit dem Stock ins Rückgrat schlug, was die gleiche Wirkung hatte, so dass er keuchend auf die Knie sackte. Im nächsten Moment lagen sie, die Hände in Handschellen, flach auf dem Boden. Francis roch die beißenden Scheuermittel am Linoleum. »Scheiß Irre«, wiederholte der Wachmann. Dann stürmte er in die Pflegestation und wählte eine Nummer. Er wartete eine Sekunde, bis sich jemand meldete, und sagte: »Doktor, hier spricht Maxwell vom Sicherheitsdienst. Wir haben ein gewaltiges Problem im Amherst. Sie kommen besser direkt rüber.« Er zögerte einen Moment und fügte, offenbar in Beantwortung einer Frage, hinzu: »Zwei Insassen haben eine Schwester ermordet.«

»Hey!«, sagte Francis, »das waren wir nicht.« Doch der Kleinere setzte seinem Protest mit einem kräftigen Tritt in den Oberschenkel ein Ende. Francis biss sich auf die Zunge und nagte an der Lippe. Er war herumgewirbelt worden und konnte daher Peter the Fireman nicht sehen. Er wollte sich in seine Richtung drehen, andererseits aber nicht noch einmal getreten werden, und so hielt er seine Position, während er hörte, wie draußen eine Sirene in der Dunkelheit heulte und

mit jeder Sekunde lauter wurde. Als sie vor dem Amherst-Gebäude zum Stehen kam, dröhnte sie noch einmal auf und verebbte dann wie ein böser Gedanke.
»Wer hat denn die Cops gerufen?«, fragte der Kleinere.
»Wir«, sagte Peter.
»Jesses Maria«, erwiderte der Mann und trat Francis erneut. Er zielte mit dem Fuß und zog ihn für einen dritten Treffer zurück, und Francis wappnete sich innerlich gegen den Schmerz, doch der Wachmann brachte es nicht zu Ende.
»Hey, was fällt euch eigentlich ein!«
Es klang keineswegs wie eine Frage, sondern wie ein Befehl, nicht der Anflug von einer Erkundigung, sondern ein einziger fordernder Ton. Francis brachte es fertig, den Kopf ein wenig zu drehen, so dass er sah, wie Napoleon und ein paar andere die Tür zum Schlafsaal aufstießen und zögernd im Eingang zum Korridor standen, unsicher, ob sie herauskommen durften. Der Sirenenlärm musste alle aufgeweckt haben, wurde Francis klar. Im selben Moment wurde der Hauptlichtschalter angeknipst, und im Flur herrschte plötzlich gleißendes Licht. Von der Südseite des Gebäudes hörte Francis auf einmal hohe, wimmernde Schreie, und jemand hämmerte gegen die abgeschlossene Tür zum Schlafsaal der Frauen. Die Stahlplatten und Riegelschlösser hielten, doch der Lärm klang wie eine große Pauke, die den Flur entlanghallte.
»Gottverdammt!«, brüllte der Mann mit dem Soldatenschnitt. »Du da!« Er streckte Napoleon und den anderen furchtsamen, doch neugierigen Gestalten, die aus dem Schlafsaal gekommen waren, seinen Schlagstock entgegen. »Alle wieder rein! Auf der Stelle!« Er rannte auf sie zu, indem er wie ein Verkehrspolizist mit dem Arm die Richtung wies und zugleich mit dem Schlagstock in der Luft herumfuchtelte. Francis beobachtete, wie die Männer ängstlich den Rückzug

antraten und der Wachman sich gegen die Tür warf, sie zuhielt und wieder fest verschloss. Er drehte sich um und rutschte wieder aus, nachdem er in eine der Blutlachen getreten war, die den Flur verunstalteten. Das Trommeln an der Tür der Frauen wurde immer heftiger, und Francis hörte zwei andere Stimmen, die aus der Richtung hinter seinem Kopf kamen.

»Was, zum Teufel, ist hier los?«

»Was wollen Sie?«

Er drehte sich noch einmal um und sah, wie hinter dem am Boden ausgestreckten Peter zwei uniformierte Polizisten erschienen. Einer der Männer griff nach seiner Waffe, indem er sie zwar nicht zog, jedoch nervös die Halfterlasche aufschnappen ließ.

»Uns ist ein Mord gemeldet worden«, sagte einer der Uniformierten in die Runde. Dann sah er vermutlich, bevor jemand etwas sagen konnte, etwas von dem Blut im Flur, denn er trat vor und ging an der Pflegestation vorbei zu der Abstellkammertür. Francis folgte ihm mit den Blicken und sah, wie der Mann davor stehen blieb. Im Unterschied zu den Anstaltswächtern sagte der Polizist jedoch nichts. Er starrte einfach nur hinein und unterschied sich in diesem Moment kaum von den vielen Klinikinsassen, die einfach ins Weite starrten und dort sahen, was immer sie sehen wollten oder unbedingt sehen mussten, und nicht, was sie tatsächlich vor Augen hatten.

Von dem Moment an ging alles schnell und langsam zugleich. Es kam Francis so vor, als wäre der weitere Verlauf der Nacht irgendwie der Zeit entglitten und der ordnungsgemäße Fortgang der dunklen Stunden nach Mitternacht aus den Fugen geraten. Es dauerte nicht lange, und er wurde von der Stelle, an der inzwischen die Spurensuche am Tatort die Arbeit aufnahm und Fotografen reihenweise ihre Aufnahmen schossen, weiter den Flur entlang aus dem Weg geschafft und in ein Behandlungszimmer geschleppt. Bei jedem Blitzlichtgewitter war es wie ein Wetterleuchten am fernen Horizont, dem die Schreie und der Aufruhr der in den Schlafsälen eingeschlossenen Patienten wie ein heftiger Donner folgte. Zuerst wurde er ohne Umschweife von dem kleineren Wächter auf einen Stuhl geknallt und allein gelassen. Nach ein paar Minuten dann kamen zwei Ermittler in Zivil und Dr. Gulptilil zu ihm herein. Er war immer noch im Schlafanzug, die Hände waren mit Handschellen hinter dem Rücken gefesselt, und er saß auf dem harten hölzernen Schreibtischstuhl. Francis nahm an, dass Peter the Fireman sich unter ähnlichen Umständen im Nachbarzimmer befand, doch man konnte es nicht wissen. Er wünschte sich, er müsste sich nicht allein den Polizisten stellen.

Die beiden Ermittler trugen verknitterte, schlecht sitzende Anzüge. Sie hatten die Haare kurz geschnitten und harte Züge ums Kinn, und keiner der beiden Männer ließ in den Augen oder der Art, wie er sprach, auch nur die geringste Milde erkennen. Sie waren etwa gleich groß und ähnlich gebaut, und Francis kam der Gedanke, dass er sie wahrscheinlich verwechseln würde, falls er sie je wiedersah. Er hörte nicht hin, als sie ihre Namen nannten, da er hilfesuchend zu Dr. Gulptilil hinübersah. Der Doktor hockte jedoch an die Wand gelehnt und sagte nichts mehr, nachdem er Francis ermahnt hatte, den Detectives die Wahrheit zu sagen. Einer der Polizisten schlich sich zu dem Arzt hinüber und lehnte sich neben ihm an die Wand, während der andere auf einem Schreibtisch vor Francis saß. Ein Bein schwang beinahe keck in der Luft, wobei er jedoch dafür sorgte, dass sein schwarzes Halfter mit der stahlblauen Pistole am Gürtel zu sehen war. Der Mann hatte ein leicht schiefes Lächeln, wodurch fast alles, was er sagte, unehrlich wirkte.

»Also, Mr. Petrel«, fragte der Detective, »wieso waren Sie, nachdem das Licht ausgeschaltet war, noch draußen im Flur?«
Francis zögerte und erinnerte sich an das, was ihm Peter the Fireman eingeschärft hatte, und begann zu erzählen, wie ihn Lanky geweckt hatte und er Peter in den Flur hinaus gefolgt war, wo sie dann Short Blonds Leiche entdeckten. Der Detective nickte zuerst, schüttelte dann aber den Kopf.
»Dieser Schlafsaal ist abgeschlossen, Mr. Petrel. Er ist jede Nacht abgeschlossen.« Der Detective sah verstohlen zu Dr. Gulptilil hinüber, der energisch nickte.
»Heute Nacht war er nicht abgeschlossen.«
»Ich weiß nicht so recht, ob ich Ihnen das glauben kann.«
Francis wusste nicht, wie er reagieren sollte.
Der Polizist legte eine Pause ein und wartete, bis das Schweigen in die hintersten Winkel des Zimmers gekrochen war, so dass Francis ziemlich nervös wurde. »Sagen Sie, Mr. Petrel. Was dagegen, wenn ich Francis zu Ihnen sage?«
Francis schüttelte den Kopf.
»Also, Franny, Sie sind ein junger Typ. Vor heute Nacht schon mal Sex mit einer Frau gehabt?«
Francis taumelte auf dem Stuhl zurück. »Heute Nacht?«, fragte er.
»Klar«, fuhr der Detective fort. »Ich meine, bevor Sie heute Nacht Sex mit der Schwester hatten. Hatten Sie je eine Beziehung mit einem Mädchen?«
Francis war aufrichtig verwirrt. Stimmen donnerten ihm in den Ohren und brüllten alle möglichen widersprüchlichen Botschaften. Er sah zu Dr. Gulptilil hinüber und versuchte festzustellen, ob er etwas von dem Tumult mitbekam, der in seinem Innern tobte. Doch der Arzt hatte sich in den Schatten zurückgezogen, und Francis konnte kaum sein Gesicht erkennen.

»Nein«, sagte Francis zu zögerlich, um überzeugend zu klingen.
»Nein, was? Noch nie? Ein gutaussehender Typ wie Sie? Das muss ziemlich frustrierend gewesen sein. Besonders, wenn Sie sich Körbe eingefangen haben, möchte ich wetten. Und diese Schwester, die war nicht allzu viel älter als Sie, oder? Muss Sie ziemlich wütend gemacht haben, als sie Ihnen eine Abfuhr erteilte.«
»Nein«, sagte Francis. »Das stimmt nicht.«
»Sie hat Ihnen also keinen Korb gegeben?«
»Nein, nein, nein«, sagte Francis.
»Wollen Sie damit sagen, sie hätte zugestimmt, mit Ihnen Sex zu haben, und sich dann selber umgebracht?«
»Nein«, wiederholte er. »Das stimmt von vorn bis hinten nicht.«
»Aha. Sicher doch.« Der Detective warf seinem Kollegen einen Blick zu. »Dann hat sie sich also geweigert, mit Ihnen Sex zu haben, und daraufhin haben Sie sie getötet? Ist es so gelaufen?«
»Nein, da liegen Sie schon wieder falsch.«
»Franny, jetzt bin ich allmählich ziemlich verwirrt. Sie sagen, Sie sind durch eine abgeschlossene Tür in den Flur raus, wo Sie nichts zu suchen hatten, und wir haben eine vergewaltigte und tote Lernschwester, und Sie sind nur mal eben zufällig vorbeigekommen? Also, das ergibt keinen Sinn. Meinen Sie nicht, Sie könnten uns in der Sache ein bisschen weiterhelfen?«
»Ich weiß nicht«, erwiderte Francis.
»Was wissen Sie nicht? Wie Sie uns helfen sollen? Wie wär's, wenn Sie mir einfach erzählen würden, was passiert ist, als die Schwester nein gesagt hat. Wie hart das für Sie gewesen ist. Dann haben wir alle Klarheit, und wir können noch heute Nacht mit der Sache zu Ende kommen.«

»Ja. Das heißt, nein«, sagte Francis.

»Und es gibt noch eine Version, wie ein Schuh draus wird: Wenn Sie und Ihr Kumpel sich zusammengetan und beschlossen haben, sich rauszustehlen und der Schwester einen kleinen nächtlichen Besuch abzustatten, und dann nicht alles so ganz nach Plan gelaufen ist. Hören Sie, Franny, seien Sie doch einfach ehrlich mit mir, okay? Können wir uns schlicht auf eine Sache einigen, ja?«

»Was meinen Sie?«, fragte Francis unsicher. Er hörte, wie brüchig seine Stimme klang.

»Sagen Sie mir einfach die Wahrheit, okay?«

Francis nickte.

»Gut«, sagte der Detective. Dann fuhr er in leisem, sanftem, verführerischem Ton fort, fast so, als sei Francis der Einzige, der jedes Wort hören konnte, als sprächen sie eine Sprache, die nur sie beide beherrschten. Der andere Polizist und Dr. Gulptilil schienen sich in dem kleinen Raum in Luft aufzulösen, während der Detective lockte und säuselte und den Anschein erweckte, als sei seine Sicht der Dinge die einzig mögliche Sicht. »Nun ja, ich kann mir eigentlich nur vorstellen, dass das Ganze ein unglücklicher Zufall war, wie? Vielleicht hat sie Ihnen und Ihrem Kumpel was vorgemacht. Vielleicht haben Sie beide erwartet, dass sie ein bisschen freundlicher sein würde, als sie es dann tatsächlich war. Ein kleines Missverständnis, weiter nichts. Sie haben gedacht, sie meint das und das, und sie hat gedacht, na ja, also, sie meinte was anderes. Und dann ist die Sache aus dem Ruder gelaufen, richtig? Also war es in Wirklichkeit alles ein unglücklicher Zufall, richtig? Und, hören Sie, Franny, niemand wird Ihnen deswegen allzu große Vorwürfe machen. Ich meine, immerhin wissen wir ja beide, wo Sie hier sind. Und immerhin sind Sie ja schon als ein bisschen verrückt diagnostiziert, also bewegt sich diese Sache mehr oder weniger in derselben Größenordnung, richtig? Lieg ich damit richtig, Franny?«

Francis holte tief Luft. »Nicht mal annäherungsweise«, sagte er in scharfem Ton. Einen Moment lang überlegte er, ob sein Widerstand gegen die Überredungskünste des Detectives nicht das Mutigste war, das er je im Leben getan hatte.

Der Detective schoss hoch und schüttelte den Kopf, bevor er seinem Kollegen einen Blick zuwarf. Der durchquerte den Raum, wie es schien, mit einem einzigen Schritt, schlug heftig mit der Faust auf den Tisch und beugte sich so abrupt zu Francis herunter, dass ihm, als der Mann losbrüllte, bei jedem Wort der Speichel ins Gesicht sprühte.

»Gottverdammt! Du dämlicher Irrer! Du hast sie umgebracht, und du kannst uns nicht verscheißern! Also hör endlich auf damit und sag uns die Wahrheit, oder ich polier dir die Eier!«

Francis zuckte zusammen und rutschte mit dem Stuhl zurück, um etwas Abstand zu gewinnen, doch der Detective packte ihn am Hemd und riss ihn nach vorn. Mit ein und demselben Griff rammte er Francis' Kopf auf die Tischplatte, so dass er mit einem heftigen Schlag auftraf und für einen Moment benommen war. Als er sich hochrappelte, schmeckte Francis Blut an den Lippen und fühlte, wie es ihm aus der Nase tropfte. Er schüttelte den Kopf und versuchte, wieder zur Besinnung zu kommen, als er von einer heimtückischen Ohrfeige mit der flachen Hand ins Trudeln kam. Der Schmerz durchzuckte seine Wange und stieg ihm in die Augen, während er fast im selben Moment das Gleichgewicht verlor und zu Boden fiel. Er fühlte sich schwindelig und desorientiert, und er wollte, dass ihm etwas oder jemand zu Hilfe kam. Der Detective packte ihn und zerrte ihn hoch, als wäre er ein Fliegengewicht, und stieß ihn wieder auf den Stuhl.

»Und jetzt, verflucht noch mal, sag uns die Wahrheit!« Er zog

die Hand zurück, um erneut auszuholen, hielt sie aber in der Luft, um die Antwort abzuwarten.
Die Schläge hatten offenbar seine Stimmen in ihm in alle Richtungen zerstreut. Sie schrien ihm aus den hintersten Winkeln Warnungen zu, die kaum zu hören und zu verstehen waren. Es war ein bisschen so, wie wenn man am hinteren Ende eines Zimmers steht, in dem es von wildfremden Menschen wimmelt, die sich in verschiedenen Sprachen unterhalten.
»Raus damit!«, forderte der Detective erneut.
Francis antwortete nicht. Stattdessen hielt er sich am Stuhlrahmen fest und wappnete sich für den nächsten Schlag. Der Detective holte mit der Hand aus und hielt mitten in der Bewegung inne. Er gab einen grunzenden, resignierenden Laut von sich und trat zurück. Der erste Detective trat vor.
»Franny, Franny«, sagte er besänftigend, »wieso bringen Sie meinen Freund hier so in Rage? Können Sie die Sache nicht einfach gleich heute Nacht bereinigen, so dass wir alle nach Hause und zu Bett gehen können? Damit alles wieder seinen normalen Gang gehen kann? Oder«, fuhr er mit einem Grinsen fort, »was hier bei euch als normal durchgeht.«
Er beugte sich vor und senkte verschwörerisch die Stimme.
»Wissen Sie, was in diesem Moment gerade nebenan passiert?«
Francis schüttelte den Kopf.
»Ihr Kumpel, der andere Typ, der heute Nacht mit von der Partie war, der liefert Sie ans Messer. So sieht das nämlich aus.«
»Mich ans Messer?«, fragte Francis nach.
»Er wälzt alles, was passiert ist, auf Sie ab. Er erzählt den anderen Detectives, das Ganze wäre Ihre Idee gewesen, und Sie hätten die Kleine vergewaltigt und auch ermordet, und er hätte nur zugesehen. Er behauptet auch, er hätte versucht,

Sie davon abzuhalten, aber Sie hätten nicht auf ihn gehört. Er schiebt diese ganze traurige Schweinerei Ihnen in die Schuhe.«

Francis dachte einen Moment darüber nach und schüttelte dann den Kopf. Die Behauptung des Detective erschien ihm so verrückt und unmöglich wie alles andere, das in dieser Nacht geschehen war, und er glaubte ihm nicht. Er leckte sich mit der Zunge über die Lippen. Er schmeckte nicht nur das Blut, sondern fühlte auch eine Schwellung. »Ich hab's Ihnen gesagt«, brachte er zaghaft heraus, »ich hab Ihnen alles gesagt, was ich weiß.«

Der erste Detective verzog das Gesicht, als wäre die Antwort nicht akzeptabel, nicht im Mindesten akzeptabel, und gab seinem wütenden Partner ein unauffälliges Zeichen mit der Hand. Der kam heran und beugte sich mit dem Gesicht so dicht über Francis, dass er ihm direkt in die Augen sah. Francis wich zurück und war auf den nächsten Schlag gefasst, dem er hilflos ausgeliefert war. Er fühlte sich so wehrlos, wie es nur ging und kniff die Augen zu.

Doch bevor ihn der Schlag traf, hörte er, wie die Tür aufging.

Die Unterbrechung sorgte dafür, dass alles, was von da an in dem kleinen Raum geschah, in Zeitlupe ablief. Francis sah einen uniformierten Polizisten im Türrahmen stehen, dann beugten sich beide Detectives zu ihm vor und redeten in gedämpftem Ton mit ihm. Schon bald wurde die Unterhaltung lebhaft, auch wenn sie weiterhin leise sprachen und Francis sie unmöglich verstehen konnte. Es dauerte nicht lange, und der erste Detective schüttelte den Kopf und seufzte angewidert, bevor er sich wieder Francis zuwandte. »Hey, Franny-Boy, lass hören: Der Typ, der Sie, wie Sie sagen, aufgeweckt hat, der Typ, von dem Sie uns zu Beginn unserer kleinen Plauderei erzählt haben, bevor Sie, wie Sie sagen, in den Flur rausgegangen sind, ist das derselbe Kerl, der beim Abendessen auf die Schwester losgegangen ist? Der vor so ziemlich aller Augen in diesem Bau über sie hergefallen ist?«

Francis nickte.

Der Detective verdrehte die Augen und bog resigniert den Kopf zurück.

»Mist«, sagte er. »Wir vergeuden hier nur unsere Zeit.« Er drehte sich zu Dr. Gulptilil um, der immer noch im Schatten lungerte, und fragte ihn wütend: »Wieso, zum Teufel, haben Sie uns davon nicht längst was gesagt? Ist hier vielleicht jeder vollkommen übergeschnappt?«

Gulp-a-pill schwieg.

»Vielleicht sonst noch was von entscheidender Bedeutung, Doc, das Sie uns vorenthalten haben?«

Gulp-a-pill schüttelte den Kopf.

»Klar doch«, sagte der Detective in sarkastischem Ton. Er zeigte auf Francis. »Nehmen Sie den mit.«

Francis wurde von einem Polizisten in Uniform in den Flur hinausgeschoben. Er schaute nach rechts und sah, dass aus dem angrenzenden Zimmer ein anderes Polizisten-Team mit Peter the Fireman kam, unter dessen rechtem Auge eine leuchtend rote Prellung prangte, dessen trotziges, zorniges Gesicht ansonsten jedoch nicht verhehlte, was er von dem ganzen Polizistenpack hielt. Francis wünschte sich, er könnte ebenso viel Selbstvertrauen zusammenkratzen. Der erste Detective packte Francis plötzlich am Arm und drehte ihn ein wenig herum, so dass er Lanky sah, der in Handschellen von zwei Beamten begleitet wurde. Hinter ihm, am anderen Ende des Flurs, hielten ein halbes Dutzend Leute vom Sicherheitsdienst der Anstalt sämtliche männlichen Patienten des Amherst-Gebäudes in Schach, so dass die Leute von der Spurensuche ungehindert die Abstellkammer fotografieren und abmessen konnten. Zwei Sanitäter bahnten sich durch die Horde der Beamten einen Weg, um einen schwarzen Leichensack auf einer weiß bezogenen Rollbahre herauszufahren, einer von denen, auf welcher Francis im State Western eingetroffen war.

Von den versammelten Insassen war ein kollektives Stöhnen zu hören, als sie den Leichensack sahen. Ein paar Männer fingen zu weinen an, und andere wandten sich ab, als bräuchten sie das, was sie nicht sehen konnten, auch nicht zu begreifen. Manche erstarrten bei dem Anblick, während der eine oder andere einfach weitermachte, was er bis dahin gemacht hatte, im Wesentlichen sich wenden und winden, herumtänzeln oder an die Wände starren. Francis hörte ihr Gemurmel. Die Frauen hatten sich beruhigt, doch als die Leiche hinausgefahren wurde, mussten sie etwas gespürt haben, denn das tiefe Trommeln setzte augenblicklich erneut ein, wie bei einem Begräbnis mit militärischen Ehren.

Francis sah sich zu Lanky um, dessen Blick vollkommen reglos auf der Leiche der Schwester gerichtet war, die langsam an ihm vorbeigerollt wurde. Im grellen Licht des Flurs sah Francis tiefe Bahnen rotbraunes Blut an dem bauschigen Nachthemd des Langen. »Ist das der Typ, der Sie aufgeweckt hat, Franny?«, fragte der erste Detective im autoritären Ton eines Mannes, der es gewöhnt ist, die Dinge im Griff zu haben.

Francis nickte.

»Und nachdem er Sie aufgeweckt hat, sind Sie in den Flur rausgegangen, wo Sie die Schwester bereits tot vorfanden, richtig? Und dann haben Sie den Sicherheitsdienst angerufen, richtig?«

Wieder nickte Francis. Der Detective warf den Polizisten neben Peter the Fireman einen Blick zu, die zur Bestätigung

nickten. Einer beantwortete die unausgesprochene Frage: »Dasselbe hat der hier auch gesagt.«
Lanky zitterte. Sein Gesicht war bleich, und seine Unterlippe bebte vor Angst. Er sah auf die Handschellen an seinen Gelenken herunter und faltete die Hände wie zum Gebet. Quer durch den Flur starrte er Francis und Peter an.
»C-Bird«, sagte er mit wackeliger Stimme und streckte ihnen wie ein Bittsteller im Gottesdienst die Hände entgegen. »Erzählt ihnen von dem Engel, der mitten in der Nacht gekommen ist und mir gesagt hat, dass das Böse jetzt überwunden ist. Dass wir jetzt in Sicherheit sind, sag ihnen das, C-Bird.« Seine Stimme nahm einen ratlosen, klagenden Ton an, als ob ihn jedes Wort, das er sagte, in noch tiefere Verzweiflung stürze.
Stattdessen herrschte der Detective Lanky plötzlich an, so dass er von der Wucht der Fragen, die wie spitze Pfeile auf ihn niederprasselten, in sich zusammensackte. »Wie kommt das Blut an dein Hemd, alter Mann? Wie kommt das Blut der Schwester an deine Hände?«
Lanky sah auf seine Finger und schüttelte den Kopf. »Ich weiß es nicht«, erwiderte er. »Vielleicht hat es der Engel mitgebracht?«
Noch während er Rede und Antwort stand, kam ein Uniformierter durch den Flur herüber und hielt eine kleine Plastiktüte in der Hand. Zuerst konnte Francis nicht sehen, was sie enthielt, doch als der Beamte näher kam, erkannte er die kleine, weiße Dreispitz-Haube, die Krankenschwestern häufig trugen. Nur dass diese hier verknittert und der Rand in derselben Farbe getränkt war wie die Flecken an Lankys Hemd. Der Uniformierte sagte: »Wie's aussieht, hat er versucht, ein Souvenir zu behalten. Das haben wir unter seiner Matratze gefunden.«

»Haben Sie auch das Messer gefunden?«, fragte der Detective den Polizisten.
Der schüttelte den Kopf.
»Was ist mit den Fingerspitzen?«
Wieder verneinte der Mann.
Der Detective überlegte einen Moment und sondierte die Situation, dann drehte er sich abrupt zu Lanky um, der sich – nach wie vor von Polizisten umringt, die allesamt kleiner waren als er, die in diesem Augenblick aber allesamt größer wirkten als er – mit dem Rücken an die Wand presste.
»Wie kommst du an diese Haube?«, herrschte der Detective Lanky an.
Der Lulatsch schüttelte den Kopf. »Ich weiß es nicht, ich weiß es doch nicht«, schrie er. »Ich hab sie nicht weggenommen.«
»Die war unter deiner Matratze. Wieso hast du sie da hingetan?«
»Hab ich doch gar nicht, hab ich doch gar nicht.«
»Ist auch egal«, erwiderte der Detective schulterzuckend. »Wir haben mehr als genug in der Hand. Jemand soll ihm seine Rechte vorlesen. Wir sehen zu, dass wir aus der Klapsmühle rauskommen.«
Die Polizisten schoben und schubsten Lanky den Flur entlang. Francis sah, wie die Panik gleich Blitzen Lanky der Länge nach durchzuckte. Er zappelte und wand sich, als stünde er unter Strom, als würde er gezwungen, über glühende Kohlen zu laufen. »Nein, bitte, ich hab nichts getan. Bitte! Mein Gott, das Böse, das Böse lauert überall, bitte schafft mich nicht fort, ich bin hier zu Hause, bitte!«
Während Lankys Verzweiflung noch durch die Flure hallte, merkte Francis, wie ihm die Handschellen abgenommen wurden. Er sah auf, und Lanky erhaschte seinen Blick. »C-Bird, Peter, helft mir doch!«, rief er ihnen nach. Francis konnte sich

nicht erinnern, in so wenigen Worten je so viel Qual gehört zu haben. »Sagt ihnen, dass es ein Engel war. Dass mitten in der Nacht ein Engel zu mir gekommen ist. Sagt es ihnen. Helft mir doch!«

Und dann wurde Lanky mit einem Stoß aus der Eingangstür des Amherst geschubst und von den letzten Stunden der Nacht verschluckt.

7

Vermutlich habe ich in der Nacht noch ein bisschen geschlafen, auch wenn ich mich nicht entsinnen kann, dass ich tatsächlich die Augen zugemacht habe.
Ich entsinne mich nicht einmal, dass ich noch geatmet habe.
Meine geschwollene Lippe tat weh, und selbst nachdem ich sie ein bischen abgespült hatte, schmeckte ich immer noch Blut, dort, wo der Polizist mich getroffen hatte. Von dem Schlag mit dem Knüppel des Sicherheitsmannes schmerzten mir die Beine, und von alldem, was ich gesehen hatte, drehte sich mir der Kopf. Es macht keinen Unterschied, wie viel Zeit seit jener Nacht vergangen ist, wie viele Tage, die sich zu Jahrzehnten summieren – ich fühle immer noch den Schmerz meiner Konfrontation mit der Polizei, die mich – wenn auch nur kurz – für den Mörder hielt. Als ich steif auf meiner Pritsche lag, fiel es mir schwer, Short Blond, die ich noch wenige Stunden davor lebendig gesehen hatte, mit der blutverschmierten Gestalt zu identifizieren, über der sie den Reißverschluss des Leichensacks zuzogen, um sie vermutlich wenig später auf dem kalten Stahltisch eines Pathologen loszuwerden, der mit dem Skalpell auf sie wartete. Bis heute kann ich beides nur schwer in Einklang bringen. Es war fast, als handelte es sich um zwei verschiedene Personen, als lägen Welten zwischen

ihnen, als hätten beide nicht das Geringste miteinander zu tun.

Ich erinnere mich ganz deutlich: Ich blieb reglos im Dunkeln liegen und fühlte den Druck jeder Sekunde, die verging, während ich keinen Moment vergaß, dass der ganze Schlafsaal unter Schock stehen musste. Die gewöhnlichen unruhigen Schlafgeräusche waren von einer rastlosen Nervosität und Anspannung verstärkt, die sich wie ein neuer Anstrich über die stickige Luft im Saal legte. Rings um mich warfen sich Leute unentwegt hin und her, woran auch die zusätzliche Ration Medikamente nichts änderte, die uns verabreicht wurde, bevor wir alle wieder durch die Tür geschoben wurden. Chemische Ruhe. Zumindest entsprach das der Vorstellung von Gulp-a-pill und Mr. Evil und dem übrigen Personal, doch gegen das Grauen, das jene Nacht in uns ausgelöst hatte, kamen nicht einmal Medikamente an. Und so warfen wir uns unruhig hin und her, stöhnten und grunzten, weinten und schluchzten, und unsere Nerven lagen blank. Alle fürchteten wir uns vor der restlichen Nacht und nicht minder vor dem, was der Morgen bringen würde.

Und einer fehlte. Nachdem Lanky so unerwartet aus unserer kleinen Irrenhausgemeinschaft gerissen worden war, ließ er einen Schatten zurück. Seit meinem Eintreffen im Amherst waren zwei von den wirklich alten und gebrechlichen Patienten eines so genannten natürlichen Todes gestorben, der wohl präziser auf Vernachlässigung oder völlige Verwahrlosung zurückzuführen war. Gelegentlich, und das grenzte schon an ein Wunder, wurde jemand, der noch einen Funken Leben in sich hatte, sogar entlassen. Wesentlich häufiger verlegte das

Sicherheitspersonal einen aufsässigen oder tobenden oder unkontrollierbaren Insassen unter lautem Geschrei in eine der Isolierzellen im vierten Stock. Doch üblicherweise kehrten sie nach ein paar Tagen mit erhöhter sedativer Dosis zurück, und ihre schlurfenden Bewegungen und ihr Zucken im Gesicht war ein wenig auffälliger als zuvor. Das Verschwinden aus unserer Mitte war also an sich nichts Ungewöhnliches, die Art und Weise jedoch, wie Lanky weggeschafft worden war, schon, und daher rührten auch unsere aufgewühlten Emotionen, als wir auf die ersten Lichtstrahlen warteten, die durch die Gitterstangen unserer Fenster drangen.

Ich machte mir zwei Schnitten mit überbackenem Käse, füllte ein nur leicht angeschmutztes Glas mit kaltem Leitungswasser und lehnte mich mit dem Rücken an die Arbeitsplatte, während ich aß. Nicht weit von der Stelle brannte eine vergessene Zigarette in einem überquellenden Aschenbecher, und ich betrachtete versunken die Rauchfahne, die in die verbrauchte Luft meiner Wohnung stieg.

Peter the Fireman rauchte auch.

Ich biss in mein Brot und spülte es mit einem Schluck Wasser hinunter. Als ich wieder ins Zimmer sah, stand er auf einmal da. Er griff nach meinem Zigarettenstummel und hob ihn an die Lippen. »Ach ja, in der Anstalt damals konnte man ohne Schuldgefühle rauchen«, sagte er mit dem Anflug eines verschmitzten Lächelns. »Ich meine, was war wohl schlimmer: Krebs zu riskieren oder verrückt zu sein?«

»Peter«, sagte ich lächelnd. »Ich hab dich seit Jahren nicht gesehen.«

»Hast du mich vermisst, C-Bird?«
Zur Antwort nickte ich.
Wie um sich zu entschuldigen, zuckte er die Schultern. »Du siehst gut aus, C-Bird. Ein bisschen dünn vielleicht, aber du bist kaum älter geworden.« Dann blies er zwei unbekümmerte Ringe in die Luft und sah sich langsam im Zimmer um. »Hier wohnst du also? Nicht schlecht. Läuft ganz gut, wie ich sehe.«
»Gut laufen ist ein bisschen übertrieben. Im Rahmen meiner Möglichkeiten vielleicht.«
»Stimmt. Das war das Besondere daran, verrückt zu sein, nicht wahr, C-Bird? Die Vorstellung, die wir uns von unseren Möglichkeiten machten, wurde völlig verdreht und manipuliert. Ganz normale Dinge – einen Job zu haben, eine Familie, an einem schönen Nachmittag zu einem Baseball-Spiel der Little League zu gehen –, das war praktisch nicht machbar. Also haben wir immer wieder das Skript geändert, stimmt's? Wir haben es einfach umgeschrieben, gestrichen und wieder überarbeitet.«
Ich grinste. »Ja, das stimmt. Schon ein eigenes Sofa zu haben ist eine Riesenerrungenschaft.«
Peter warf den Kopf zurück und lachte. »Ein Sofa und der Weg zur geistigen Normalität. Klingt wie einer von den Aufsätzen, an denen Mr. Evil immer für seinen Doktortitel herumlaboriert hat und die nie veröffentlicht worden sind.«
Peter sah sich weiter um. »Hast du Freunde?«
Ich schüttelte den Kopf. »Eigentlich nicht.«
»Hörst du immer noch Stimmen?«
»Manchmal ein bisschen. Es ist mehr wie ein Echo oder ein Flüstern. Die Medikamente, auf die ich gesetzt bin,

würgen den Lärm, den sie früher gemacht haben, ziemlich ab.«

»Können demnach nicht allzu schlecht sein«, sagte Peter mit einem Augenzwinkern, »sonst wär ich nicht hier.«

Da hatte er Recht.

Peter ging zur offenen Küchentür und betrachtete die beschriebene Wand. Er bewegte sich mit derselben athletischen Grazie wie früher, mit einer vollkommenen Körperbeherrschung, an die ich mich von den vielen Stunden, die wir zusammen durch die Stationsflure des Amherst geschlendert waren, genau erinnern konnte. Schlurfen oder Stolpern gab es bei Peter the Fireman nicht.

Er sah noch genauso aus wie vor zwanzig Jahren, nur dass er die Red-Sox-Baseballmütze, die er seinerzeit oft trug, jetzt in die Gesäßtasche seiner Jeans gestopft hatte. Doch er hatte immer noch langes, volles Haar, und sein Lächeln war genauso, wie ich es in Erinnerung hatte – als ob ihm vor einer Weile jemand einen Witz erzählt hätte, über den er sich immer noch amüsierte. »Wie geht's mit der Geschichte voran?«, fragte er.

»Mir kommt nach und nach alles wieder hoch.«

Er wollte etwas sagen, überlegte es sich jedoch anders und starrte auf die Wortspalten an der Wand. »Was hast du ihnen über mich erzählt?«, wollte er wissen.

»Nicht genug«, sagte ich. »Aber wahrscheinlich haben sie längst rausgekriegt, dass du überhaupt nie verrückt gewesen bist. Keine Stimmen. Keine Wahnvorstellungen. Keine bizarren Überzeugungen oder absurden Gedankenkonstrukte. Jedenfalls nicht verrückt wie Lanky oder Napoleon oder Cleo oder irgendeiner von den anderen. Oder auch nur wie ich, was das betrifft.«

Peter setzte ein süßsäuerliches Grinsen auf.
»Guter Katholik, große irische Familie, in zweiter Generation in Dorchester ansässig. Ein Dad, der samstagabends zu viel trank, und eine Mutter, die an die Demokraten und die Kraft des Gebets glaubte. Beamte, Grundschullehrer, Polizisten und Soldaten. Regelmäßiger Besuch der Sonntagsmesse, anschließend Katechismusunterricht. Ein Häufchen Messdiener. Die Mädchen lernten Stepptanz und sangen im Chor. Die Jungs gingen ins Gymnasium und spielten Football. Als es dann an den Wehrdienst ging, meldeten wir uns sofort. Zurückstellung wegen Studiums kam nicht infrage. Genauso wenig, geistesgestört zu werden. Jedenfalls nicht richtig. Nicht auf diese eindeutig nachzuweisende Art und Weise, die Gulp-a-pill so gefiel, wo er das, was mit dir nicht stimmte, im Diagnostischen und Statistischen Handbuch aufschlagen und genau nachlesen konnte, was für ein Behandlungsplan dagegen angesagt war. Nein, in meiner Familie mussten wir einfach nur ein bisschen eigen sein. Oder exzentrisch. Vielleicht auch ein wenig seltsam, von der Rolle, aus dem Tritt, nicht ganz dicht.«
»Du warst nicht mal besonders eigen, Peter«, sagte ich.
Er lachte, ein kurzes prustendes Lachen. »Ein Feuerwehrmann, der vorsätzlich Brandstiftung begeht? In der Kirche, in der er getauft wurde? Wie würdest du das denn nennen? Doch zumindest ein bisschen seltsam, oder? Etwas mehr als nur eigen, meinst du nicht?«
Ich antwortete nicht. Stattdessen sah ich ihm zu, wie er durch mein kleines Apartment wanderte. Selbst für den Fall, dass er nicht wirklich da war, tat es gut, Gesellschaft zu haben.

»Weißt du, was mir manchmal zu schaffen gemacht hat, C-Bird?«

»Was?«

»Es gab in meinem Leben so viele Momente, die mich in den Wahnsinn hätten treiben können. Ich meine, eindeutig, uneingeschränkt schreckliche Momente, die alle zusammen für einen richtig handfesten Wahnsinn mit Schaum vor dem Mund ausgereicht hätten. Kindheitsmomente. Kriegsmomente. Todesmomente. Wutmomente. Und dann bringt mich ausgerechnet die eine einleuchtendste und klarste Sache von der Welt in die Anstalt.«

Er schwieg und wandte sich wieder Richtung Wand. Dann fügte er leise hinzu: »Als ich gerade neun war, starb mein Bruder. Er war mir altersmäßig am nächsten, nur ein Jahr älter, irisch-katholische Zwillinge, wurde in der Familie darüber gewitzelt. Aber sein Haar war viel heller als meines, und seine Haut schien immer blass, als ob sie straffer gespannt wäre als meine. Und ich konnte rennen, springen, Sport treiben, den ganzen Tag draußen verbringen, doch er bekam kaum Luft. Asthma und Herzbeschwerden und dazu eine Niere, die's kaum tat. Gott wollte, dass er auf diese Weise was Besonderes war, haben sie mir zumindest gesagt. Weshalb Gott sich so entschieden hatte, war mir zu hoch. Da waren wir also, neun und zehn, und wir wussten beide, dass er sterben würde, und für uns machte das keinen Unterschied, wir haben trotzdem gelacht und unsere Witze gerissen und all die kleinen Geheimnisse geteilt, die Brüder nun mal miteinander teilen. An dem Tag, als sie ihn das letzte Mal ins Krankenhaus brachten, hat er mir gesagt, ich müsste jetzt der Junge für sie beide sein.

Ich wollte ihm unbedingt helfen. Ich hab zu meiner Mutter gesagt, dass Billy meine rechte Lunge und mein Herz bekommen sollte, und die Ärzte sollten mir dafür seines geben, und wir würden einfach für 'ne Weile die Rollen tauschen. Aber natürlich haben sie das nicht gemacht.«

Ich hörte Peter zu, ohne ihn zu unterbrechen, denn während er sprach, ging er näher an die Wand, auf die ich unsere Geschichte schrieb, doch er las nicht die Worte, die ich dorthin gekritzelt hatte, sondern steuerte seine eigenen bei. Er nahm einen Zug an seiner Zigarette und sprach dann langsam weiter.

»Hab ich dir mal, C-Bird, hab ich dir mal von dem Truppführer erzählt, den sie erschossen haben, damals in Vietnam?«

»Ja, Peter, hast du.«

»Die solltest du dazuschreiben. Das mit dem Truppführer und meinem Bruder, der jung gestorben ist. Ich glaube, das gehört beides zur selben Geschichte.«

»Dann muss ich ihnen aber auch von deinem Neffen und dem Brand erzählen.«

Er nickte. »Das war mir klar. Aber das ist noch nicht dran. Erzähl ihnen erst mal die Sache mit dem Truppführer. Weißt du, was mir von dem Tag damals am meisten im Gedächtnis haften geblieben ist? Dass es so verflucht heiß war. Nicht das, was du und ich oder sonst jemand, der in Neu-England groß geworden ist, unter heiß versteht. Wir kannten heiß wie an einem sehr heißen Augusttag, wenn wir zum Schwimmen zum Hafen runtergegangen sind. Doch das war eine entsetzliche, krank machende Hitze, an der man sich irgendwie vergiften konnte. Wir schlängelten uns im Gänsemarsch durch den Busch, und die Sonne stand hoch über uns. Der Rucksack auf meinem Rücken kam mir so schwer vor, als hätte ich alles und jedes, was ich nur irgendwann einmal brauchen würde, da reingepackt. Die Bösen hatten ihren Heckenschützen eine simple Strategie beigebracht, musst du wissen. Schieß auf den Typen an der Spitze und bring ihn zu Fall. Verwunde ihn, wenn du kannst. Ziel auf die Beine, nicht den Kopf. Sobald der Schuss ertönt, suchen alle anderen Deckung – mit Ausnahme des Sanitäters, weißt du, das war ich. Also, bei der Ausbildung haben sie uns immer eingebläut, wir sollten nicht so blöd sein und unser eigenes Leben riskieren, aber wir sind trotzdem immer hingelaufen. Und dann versuchte der Heckenschütze, den Sanitäter zu erwischen, weil er derjenige war, dem alle anderen was schuldeten, also kamen sie an diesem Punkt alle aus der Deckung, um den Sanitäter zu holen. Ein bemerkenswert einfacher Plan. Wie man sich mit einem einzigen Schuss die Möglichkeit verschafft, so viele zu töten. Das also haben sie an dem Tag gemacht, sie haben auf den Truppführer geschossen, und zwei andere Jungs haben mich festgehalten. Meine Dienstzeit war fast um, ich hatte nur noch zwei Wochen. Also haben wir, statt ihm zu helfen, gehorcht, was passiert, während er verblutet. Und so lautete dann auch der Bericht, der dem Hauptquartier vorgelegt wurde – ein unvermeidlicher Zwischenfall. Nur, dass das nicht stimmte. Sie hielten mich zurück, und ich versuchte, mich loszureißen, ich schimpfte, ich flehte sie an, aber die ganze Zeit wusste ich, dass ich, wenn ich nur ehrlich gewollt hätte, mich hätte losreißen können. Dass ich zu ihm hätte laufen können, wenn ich mich nur ein bisschen mehr ins Zeug gelegt hätte. Und genau das hab ich nicht getan. Diesen zusätzlichen Funken Entschlossenheit habe ich nicht aufgebracht. Stattdessen gab es also dieses kleine Affentheater, während ein Mann starb. Es war eine von diesen Situationen, in denen das, was richtig ist, fatale Folgen hat. Ich bin nicht hingegangen, und keiner hat mir Vorwürfe gemacht, und der Truppführer starb. Ich kannte ihn nicht mal besonders gut. Er gehörte erst seit knapp einem Monat zum Trupp. Ich meine, es war nicht so, dass ich tatenlos zuhörte, wie mein Freund starb, C-Bird. Er war einfach nur jemand, der da war, und dann schrie er um Hilfe und schrie immer weiter, bis er nicht mehr schreien konnte, denn da war er schon tot.«

»Er hätte es vielleicht auch nicht überlebt, selbst wenn du zu ihm gegangen wärst.«

Peter nickte mit einem Lächeln. »Klar, sicher. Das hab ich mir auch gesagt.«

Er seufzte. »Mein ganzes Leben lang hab ich Albträume von Leuten gehabt, die um Hilfe rufen. Und ich bin nicht hingegangen.«

»Aber du bist zur Feuerwehr gegangen …«

»Der einfachste Weg, Buße zu tun, C-Bird. Alle lieben den Feuerwehrmann.«

Peter verschwand langsam von meiner Seite. Der Vormittag war bereits fortgeschritten, als wir endlich die Chance bekamen, uns auszusprechen. Die Sonne strahlte in den Amherst-Bau und versetzte den immer noch starken Geruch nach einem gewaltsamen Tod in Bewegung. Die weißen Wände schienen vor Intensität zu glühen. Die Patienten drehten ihre schlurfenden, schleppenden Runden, doch ein wenig behutsamer an diesem Tag. Wir bewegten uns mit Bedacht, denn selbst in unserem gestörten Zustand wussten wir, dass etwas geschehen war und dass es nicht dabei bleiben würde. Ich sah mich um und fand meinen Bleistift.

Der Vormittag war bereits fortgeschritten, als Francis Gelegenheit hatte, mit Peter the Fireman zu reden. Durch die Fenster mit den Eisenstangen schien trügerisch strahlend die Frühlingssonne herein und brach sich grell in den Fluren, schimmerte gleißend auf den Böden, die von allen sichtbaren Zeichen des Mordes gereinigt waren. Doch immer noch hing ein Rest von Tod in der abgestandenen Luft der Klinik; Patienten liefen allein oder in Gruppen und vermieden dabei die Bereiche, an denen der Mord seine Spuren hinterlassen hatte. Niemand trat auf die Stellen, wo das Blut der Schwester Lachen gebildet hatte. Jeder machte einen großen Bogen um die Abstellkammer, als könnte durch die schiere Nähe zum Tatort etwas von dem Bösen auf einen abfärben. Die Stimmen waren gedämpft, die Gespräche einsilbiger als sonst. Die Patienten schlurften ein wenig langsamer durch die Flure, als hätte sich die Anstaltsabteilung in eine Kirche verwandelt. Selbst die Wahnvorstellungen, die so viele der Insassen befielen, waren offenbar verstummt, als seien sie vor einem viel handgreiflicheren und beängstigenderen Wahn ausnahmsweise in den Hintergrund getreten.

Peter dagegen hatte im Flur Stellung bezogen. Er hatte sich an die Wand gelehnt und starrte direkt auf die Abstellkammer. Immer wieder maß er mit den Augen den Abstand zwischen der Stelle, an der die Leiche der Schwester gefunden worden war, und derjenigen, an der sie zuerst überfallen worden war – in der drahtgittergeschützten Pflegestation mitten im Flur.

Francis ging langsam auf ihn zu. »Was hast du?«, fragte er ruhig.

Peter the Fireman schürzte die Lippen, als müsse er sich schwer konzentrieren. »Sag mal, C-Bird, kannst du irgendeine Logik in dem Ganzen erkennen?«

Francis wollte schon antworten, zögerte dann aber. Er lehnte sich neben Fireman an die Wand und blickte in dieselbe Richtung. Nach einer Weile sagte er: »Es ist, als ob man das letzte Kapitel in einem Buch zuerst gelesen hat.«

Peter lächelte und nickte. »Wie meinst du das?«

»Na ja«, sagte Francis langsam, »es ist, als ob es rückwärts abgespult würde. Nein, nicht rückwärts, eher wie ein Spiegel, als ob wir die Lösung erführen, aber nicht wüssten, wie wir drangekommen sind.«

»Sprich weiter, C-Bird.«

Francis spürte, wie ihn das, was er in der vergangenen Nacht gesehen hatte, mit einer Art lebendiger Energie erfüllte. In seinem Innern hörte er einen Chor der Zustimmung und Ermutigung. »Ein paar Dinge allerdings machen mir zu schaffen«, sagte er. »Ein paar Dinge, die ich nicht verstehe.«

»Sag mir, was«, bat Peter ihn.

»Na ja, Lanky schon mal. Wieso sollte er Short Blond umbringen wollen?«

»Er hat gedacht, sie wäre das personifizierte Böse. Er hat vorher im Speisesaal bereits versucht, sie anzufallen.«

»Ja, und dann haben sie ihm eine Spritze gegeben, die ihn eigentlich hätte zur Ruhe bringen müssen.«

»Was sie aber nicht getan hat.«

Francis schüttelte den Kopf. »Ich glaube schon, dass sie das hat. Nicht vollständig, aber doch so ziemlich. Als sie mir so ein Ding verpasst haben, da hab ich mich gefühlt, als hätten sie mir sämtliche Muskeln aufgeschlitzt, so dass ich kaum noch die Energie aufbrachte, die Augenlider zu heben und mich umzusehen. Selbst wenn sie Lanky nicht genug gegeben haben, hätte das, was er gekriegt hat, Wirkung zeigen müssen, glaube ich. Denn Short Blond umzubringen muss Kraft gekostet haben. Auch Willenskraft. Und mehr als das, nehme ich an.«

»Mehr?«

»Den Entschluss«, sagte Francis.

»Weiter«, sagte Peter und nickte dabei.

»Na ja, wie kommt Lanky aus dem Schlafsaal? Er war immer abgeschlossen. Und selbst wenn es ihm gelungen wäre, die Tür zum Schlafsaal aufzuschließen, wo sind die Schlüssel? Und wenn er schon rausgekommen ist, wieso sollte er dann Short Blond in die Abstellkammer mitnehmen? Ich meine, wie macht er das? Und wieso sollte er« – Francis zögerte und wählte seine Worte mit Bedacht – »sie überhaupt *tätlich angreifen*? Und so da liegen lassen, wie wir sie gefunden haben?«

»Er hatte ihr Blut an seinen Sachen. Ihre Haube war unter seiner Matratze«, sagte Peter mit der unerbittlichen Stichhaltigkeit einer polizeilichen Ermittlung.

Francis schüttelte den Kopf. »Das verstehe ich eben nicht. Die Haube hat er. Aber nicht das Messer, mit dem er sie umgebracht hat?«

Peter senkte die Stimme. »Wovon hat Lanky geredet, als er uns geweckt hat?«

»Er hat gesagt, ein Engel wäre an sein Bett gekommen und hätte ihn umarmt.«

Beide Männer schwiegen. Francis versuchte, sich vorzustellen, was es für ein Gefühl gewesen sein muss, als der Engel Lanky aus seinem nervösen Schlaf weckte. »Ich dachte, er hätte das erfunden. Ich dachte, das hätte er sich nur eingebildet.«

»Ich auch«, sagte Peter. »Aber jetzt bin ich mir nicht mehr so sicher.«

Wieder starrte er auf die Abstellkammer. Francis tat es ihm

gleich. Je länger er starrte, desto näher kam er dem entscheidenden Augenblick. Er hatte das Gefühl, als liefen die letzten Sekunden in Short Blonds Leben vor seinen Augen ab. Peter musste es bemerkt haben, denn auch er schien innerlich die Situation immer weiter einzugrenzen. »Ich will einfach nicht glauben, dass Lanky dazu fähig wäre«, sagte er. »Das sieht ihm ganz und gar nicht ähnlich. Selbst im schlimmsten Fall, und er war gestern besonders furchterregend, sieht ihm das hier immer noch nicht im Mindesten ähnlich. Lanky ist jemand, der mit den Händen rumfuchtelt und laut ist. Ich glaube nicht, dass er jemand ist, der tötet. Und schon gar nicht auf diese heimtückische, lautlose, meuchelmörderische Weise.«
»Er hat gesagt, das Böse muss vernichtet werden. Er hat es wirklich laut gesagt, vor versammelter Mannschaft.«
Peter nickte, doch sein Ton klang wenig überzeugt. »Glaubst du, er kann jemanden umbringen, C-Bird?«
»Ich weiß es nicht. Irgendwie, unter den entsprechenden Umständen, glaube ich, dass jeder zum Mörder werden kann.«
Über diese Antwort musste Peter lachen. »Also, du kennst mich«, sagte er. »Aber ich glaube, wir sollten jemand anderen kennen lernen.«
»Einen Killer?«
»Einen Engel«, sagte Peter.

Kurz vor der nachmittäglichen Gruppensitzung kam Napoleon auf Francis zu. Der kleine Mann hatte etwas Zögerliches an sich, das auf Unentschlossenheit und Zweifel hindeutete. Er stotterte ein bisschen, die Worte lagen ihm offenbar schon auf der Zunge, kamen ihm aber nicht über die Lippen, weil er Angst davor hatte, wie sie aufgenommen würden. Er hatte die seltsamste Sprachbehinderung, denn wenn er sich in Verbindung mit seinem Namensvetter in die Geschichte stürzte, drückte er sich bei weitem klarer und präziser aus. Für seine Zuhörer lag die Schwierigkeit darin, die beiden Elemente sauber voneinander zu trennen – die Gedanken, die um die zurückliegende Nacht kreisten, von Ereignissen vor über hundertfünfzig Jahren.

»C-Bird?«, fragte Napoleon charakteristisch nervös.

»Was gibt's, Nappy?«, erwiderte Francis. Sie hingen am Rand des Tagesraums herum, ohne so recht etwas zu tun, außer geduldig ihre Gedanken zu sortieren, so wie es die Insassen von Amherst oft zu tun pflegten.

»Etwas macht mir die ganze Zeit schwer zu schaffen«, sagte Napoleon.

»Allen macht etwas schwer zu schaffen«, erwiderte Francis. Napoleon strich sich über die Pausbacken.

»Weißt du, dass kein General als brillanter gilt als Bonaparte?«, sagte Napoleon. »Ich rede von Alexander dem Großen oder Julius Cäsar oder George Washington. Ich meine, er hat mit seinem brillanten Geist die Welt neu gestaltet.«

»Ja, ich weiß«, sagte Francis.

»Aber was ich nicht begreife, ist, wieso man sich bei einem Mann, den alle rundum als Genie betrachten, nur an seine Niederlagen erinnert.«

»Ich versteh nicht ganz«, sagte Francis.

»Die Niederlagen. Moskau. Trafalgar. Waterloo.«

»Ich weiß nicht, ob ich eine Antwort auf die Frage weiß, Nappy ...«, fing Francis an.

»Das macht mir ehrlich zu schaffen«, sagte Napoleon, »ich meine, wieso erinnert man sich immer an das, wo wir versagt haben? Wieso bedeuten Niederlagen und Rückzüge mehr als Siege? Meinst du, Gulp-a-pill und Mr. Evans reden je über den Fortschritt, den wir machen, in der Gruppe? Ich glaube nicht. Ich glaube, sie reden nur von den Rückschlägen und

Fehlern und all den kleinen Anzeichen dafür, dass wir nach wie vor hierher gehören, statt von den Anzeichen dafür, dass es uns besser geht und wir vielleicht doch allmählich nach Hause gehen sollten.«

Francis nickte. Da war etwas dran.

Doch der Kleine fuhr fort und überwand dabei seine stotternde Schüchternheit. »Ich meine, Napoleon hat mit seinen Siegen die Landkarte Europas völlig verändert. Daran sollte man sich erinnern. Es macht mich wirklich so wütend ...«

»Ich wüsste nicht, was du dagegen tun könntest«, fing Francis an, doch der Kleine fiel ihm ins Wort, beugte sich zu ihm vor und sprach mit gesenkter Stimme weiter.

»Es macht mich so wütend, wie Gulp-a-pill und Mr. Evil mich und all diese historischen Fakten behandeln, die so wichtig sind, dass ich letzte Nacht kaum schlafen konnte ...«

Jetzt hatte er Francis' volle Aufmerksamkeit.

»Du hast wach gelegen?«

»Ich lag wach, als ich hörte, wie jemand einen Schlüssel im Schloss drehte.«

»Hast du jemanden gesehen ...«

Napoleon schüttelte den Kopf. »Ich hab nur gehört, wie die Tür aufging, du weißt, mein Bett ist nicht weit davon weg, und ich hab die Augen fest zugekniffen, weil wir ja eigentlich schlafen sollten, und ich wollte nicht, dass jemand denkt, ich schlaf nicht und muss deshalb meine Medikamentendosis erhöht kriegen. Also hab ich so getan als ob.«

»Erzähl weiter«, drängte Francis.

Napoleon bog den Kopf zurück und versuchte zu rekonstruieren, was er mitbekommen hatte. »Ich hab gehört, wie jemand an meinem Bett vorbeigekommen ist. Und ein paar Minuten später wieder, nur diesmal in umgekehrter Richtung. Und dann hab ich gewartet, bis der Schlüssel sich wieder im

Schloss dreht, aber das hat er nicht. Und dann hab ich nach einer ganzen Weile ein bisschen geschaut, nur ein bisschen, und da hab ich dich und Fireman auf dem Weg nach draußen gesehen. Wir dürfen nachts nicht raus. Wir müssen im Bett liegen und fest schlafen, also hat es mir einen Schrecken eingejagt, als ihr vorbeigekommen seid, und ich hab versucht, wieder einzuschlafen, aber dann hab ich gehört, wie Lanky Selbstgespräche führte, und das hat mich wach gehalten, bis die Polizei kam und die Lichter angingen und wir die schrecklichen Dinge sehen konten, die passiert sind.«

»Dann hast du also diese andere Person nicht gesehen?«

»Nein, ich glaube nicht. Es war dunkel. Aber vielleicht hab ich trotzdem ein bisschen hingeguckt.«

»Und was hast du gesehen?«

»Einen Mann in Weiß. Weiter nichts.«

»Kannst du sagen, wie groß er war? Hast du sein Gesicht gesehen?«

Wieder schüttelte Napoleon den Kopf. »Mir kommt jeder groß vor, C-Bird. Und sein Gesicht hab ich nicht gesehen. Als er an meinem Bett vorbeikam, hab ich die Augen fest zugekniffen und meinen Kopf versteckt. An eines kann ich mich allerdings erinnern. Er schien zu schweben. Ganz in Weiß, und als ob er schwebte.«

Der Kleine holte tief Luft. »Auf dem Rückzug von Moskau waren ein paar von den Leichen derart gefroren, dass ihre Haut wie das Eis auf einem Teich aussah. Zwischen grau und weiß und durchscheinend. Wie Nebel. Daran musste ich denken.«

Francis ließ das Gehörte auf sich wirken und sah in dem Moment, dass Mr. Evil durch den Tagesraum schritt und Zeichen machte, dass ihre nachmittägliche Gruppensitzung beginnen sollte. Er sah auch, wie sich Big Black und Little

Black einen Weg zwischen den Patienten hindurchbahnten. Francis zuckte plötzlich zusammen, als er merkte, dass beide Männer ihre weißen Hosen und Pflegerjacken trugen.
Engel, dachte er.

Als er sich zur Gruppensitzung aufmachte, hatte Francis noch eine kurze Unterhaltung. Cleo verstellte ihm in einem jener Flure, die zu den Behandlungszimmern führten, den Weg. Bevor sie redete, wiegte sie sich vor und zurück, was ihn vage an eine Fähre erinnerte, die sich an ihren Liegeplatz im Hafen schmiegt.
»C-Bird«, sagte sie. »Glaubst du, Lanky hat das Short Blond angetan?«
Francis schüttelte zweifelnd den Kopf. »Ich kann mir nicht vorstellen, dass Lanky dazu fähig ist«, sagte er. »Etwas derart Schlimmes traue ich ihm nicht zu.«
Cleo atmete tief aus. Ihr ganzer Körper zitterte. »Ich hab ihn für einen anständigen Mann gehalten. Ein bisschen verrückt, wie wir alle, manchmal verwirrt, aber für einen anständigen Mann. Ich kann mir nicht vorstellen, dass er so etwas tut.«
»Er hatte Blut an seinem Nachthemd. Und er hatte Short Blond aus irgendeinem Grund auf dem Kieker, er dachte, sie wäre das Böse, und das hat ihm Angst gemacht, Cleo. Wenn wir Angst haben, tun wir Dinge, die man eigentlich nicht von uns erwarten würde. Wir alle. Ich möchte sogar wetten, dass mehr oder weniger alle hier, als sie Angst hatten, irgendwas angestellt haben, und deshalb sind sie hier.«
Cleo nickte. »Aber Lanky kam mir anders vor.« Dann schüttelte sie den Kopf. »Nein, das stimmt nicht. Er war wohl genau so. Und wir sind alle anders, das wollte ich sagen. Draußen war er anders, aber hier drinnen war er wie die Übrigen,

und das, was passiert ist, das war wie etwas von draußen, das hier drinnen passiert.«
»Von draußen?«
»Du weißt schon, Blödmann. Draußen, wie dahinter, jenseits von hier.« Cleo machte eine ausholende Bewegung mit dem Arm, um die Welt jenseits der Anstaltsmauern zu umreißen. Das leuchtete Francis in gewisser Weise ein, und er brachte ein zartes Lächeln zustande. »Ich glaube, ich verstehe, worauf du hinauswillst«, sagte er.
Cleo beugte sich vor. »Gestern Nacht ist im Schlafsaal der Mädels was passiert. Ich hab's bisher noch keinem gesagt.«
»Was denn?«
»Ich war wach. Konnte nicht schlafen. Hab versucht, den ganzen Text zum Stück durchzugehen, aber es klappte nicht, obwohl es normalerweise geht. Normalerweise verdrehe ich spätestens bei Anthonys Monolog im zweiten Akt die Augen und schnarche sanft und süß wie ein Baby, nur dass ich nicht weiß, ob ein Baby schnarcht, ich weiß überhaupt nicht, ob Babys schnarchen, weil mich nie eine an ihres rangelassen hat, diese gemeinen Mistkerle – aber das ist eine andere Geschichte.«
»Du konntest also auch nicht schlafen.«
»Alle anderen schon.«
»Und?«
»Ich hab gesehen, wie die Tür aufging und eine Gestalt hereinkam. Ich hatte nicht gehört, wie sich der Schlüssel im Schloss gedreht hat, mein Bett steht auf der anderen Seite, direkt an den Fenstern, und letzte Nacht schien mir der Mond direkt auf den Kopf. Wusstest du, dass die Leute früher geglaubt haben, man würde als Verrückter aufstehen, wenn einem nachts der Mond auf die Stirn geschienen hatte? Daher kommt das Wort *lunatic*. Vielleicht stimmt es ja, C-Bird. Ich schlaf die ganze Zeit unter dem Mond, und ich werde immer verrückter,

und keiner will mich mehr haben. Ich hab nirgends jemanden, der mit mir redet, deshalb haben sie mich hier reingesteckt. Ganz allein. Ohne dass mich irgendwer besuchen kommt. Das ist doch nicht fair, oder. Ich meine, irgendwer, egal, woher, sollte mich besuchen kommen. Ich meine, was macht das denn schon für Mühe? Arschlöcher. Diese verdammten Arschlöcher.«

»Aber letzte Nacht ist jemand in den Schlafraum gekommen?«

»Seltsam, ja.« Cleo schüttelte sich ein wenig und zitterte. »Es kommt sonst nie jemand bei Nacht rein. Aber letzte Nacht schon. Und er ist ein paar Sekunden geblieben, und dann ging die Tür wieder zu, und diesmal hab ich ganz genau hingehorcht und gehört, wie sich der Schlüssel im Schloss drehte.«

»Glaubst du, dass jemand, der in der Nähe der Tür schlief, denjenigen gesehen hat?«, wollte Francis wissen.

Cleo verzog das Gesicht und schüttelte den Kopf. »Ich hab mich schon umgehört. Diskret, weißt du. Nein, die meisten haben geschlafen. Kommt von den Medikamenten, weißt du. Hauen den Stärksten um.«

Dann wurde sie auf einmal rot, und Francis sah, wie ihr Tränen in die Augen schossen. »Ich *mochte* Short Blond«, sagte sie. »Sie war immer so freundlich zu mir. Manchmal hat sie ein paar Verse mit mir zusammen rezitiert, zum Beispiel Mark Antons Rolle übernommen, oder auch den Chor. Und ich hab auch Lanky gemocht. Er war ein Gentleman. Hat die Tür aufgehalten und die Damen zuerst zum Abendessen reingelassen. Hat für uns alle das Tischgebet gesprochen. Nannte mich immer Miss Cleo, so höflich und nett. Und ihm lag wirklich immer unser aller Wohl am Herzen. Das Böse draußen halten. Das machte doch Sinn.«

Sie tupfte sich mit einem Taschentuch die Augen ab und schnäuzte sich. »Armer Lanky. Er hatte die ganze Zeit Recht, und jetzt schau dir das an. Wir müssen ihm irgendwie helfen, denn immerhin wollte er nur uns allen helfen. Die Arschlöcher. Die hundsgemeinen gemeinen Arschlöcher.«

Dann packte sie Francis am Arm und ließ sich von ihm zur Gruppensitzung geleiten.

Mr. Evil stellte bereits im Behandlungszimmer Metall-Klappstühle in einem Kreis auf. Er machte Francis Zeichen, ein paar vom Stapel unter dem Fenster zu holen. Francis ließ also Cleos Arm los und durchquerte den Raum, während Cleo sich behutsam auf einem der Sitze niederließ. Er packte sich zwei Stühle und war gerade im Begriff, sich umzudrehen und sie in die Mitte zu tragen, als etwas, das draußen vor sich ging, seine Aufmerksamkeit auf sich zog. Von seinem Standort aus konnte er den Haupteingang überblicken, das große Eisentor, das offen stand, und die Zufahrt, die bis zum Verwaltungsgebäude hinüberführte. Ein großer schwarzer Wagen fuhr gerade vor. Das war für sich genommen nicht allzu außergewöhnlich; den ganzen Tag über trafen Autos und Krankenwagen ein. Doch an diesem hier war irgendetwas Besonderes, so dass es ihn neugierig machte, auch wenn er nicht recht sagen konnte, was an diesem hier anders war. Er signalisierte, wie Francis schien, äußerste Dringlichkeit.

Francis beobachtete, wie der Wagen zitternd zum Halten kam. Kaum stand er, stieg eine große, dunkelhäutige Frau in einem langen, hellbraunen Regenmantel mit schwarzer Aktentasche aus, die zu ihren schulterlangen Haaren passte. Die Frau blieb stehen, wie um sich einen Überblick über das gesamte Anstaltsgelände zu verschaffen, dann wandte sie sich der Eingangstreppe zu und stieg mit einer Entschlossenheit die Stufen hinauf, die ihm wie ein zielgenauer Pfeil erschien.

8

Nur langsam und widerwillig ließen sie sich alle wieder in geregelte Bahnen zurückführen. Nicht dass sie sich plötzlich wie Rüpel oder gar Störenfriede benommen hätten wie Schulkinder, die aufgefordert werden, sich einem langweiligen Unterrichtsstoff zu widmen. Nein, wie Francis im Stillen registrierte, war die Gruppe vielmehr rastlos und nervös. Sie hatten alle zu wenig Schlaf und zu viele Medikamente bekommen, in die sich das Übermaß an Aufregung und ein beträchtliches Maß an Ungewissheit mischte. Eine ältere Frau, die ihr langes, graugesträhntes Haar in wirren Wellen trug, brach immer wieder in Tränen aus, die sie sich hastig mit dem Ärmel wegwischte, um anschließend den Kopf zu schütteln, zu versichern, es ginge schon wieder, und kurz darauf erneut heftig zu schluchzen. Einer der Männer im mittleren Alter, ein ehemaliger Fischkuttermatrose mit festem Blick und einer eintätowierten nackten Frau auf dem Unterarm, warf verstohlen besorgte Blicke in die Runde und drehte sich ständig auf dem Stuhl herum, so dass er die Tür hinter sich im Blick behielt, als ob dort jemand lautlos ins Zimmer schleichen könnte. Und dann die Leute, die stärker stotterten als sonst. Leute, die gereizt auf der Stuhlkante hockten, um jeden Moment loszuschnauzen. Die Weinerlichen unter ihnen ließen ihren Gefühlen tränenreichen Lauf, während die Schweigsamen sich noch mehr in ihre Sprachlosigkeit flüchteten.

Selbst Peter the Fireman, dessen Ruhe gewöhnlich die Sitzungen beherrschte, hatte Mühe, still zu sitzen, und zündete sich mehr als einmal eine Zigarette an, mit der er um den Stuhlkreis lief. Er erinnerte Francis an einen Boxer kurz vor Kampfbeginn, der im Ring die Muskeln lockert und gegen seinen unsichtbaren Kontrahenten ausholt, während der echte Gegner in der Ecke gegenüber wartet.

Als alter Hase in einer Nervenheilanstalt wäre Francis nicht entgangen, dass der Paranoia-Pegel bei einigen seiner Mitpatienten deutlich gestiegen war. Er war bis dahin noch unartikuliert, doch wie ein Wasserkessel kurz vor dem Siedepunkt. Wie ein übler Geruch an einem heißen Nachmittag war die Spannung deutlich zu spüren. Francis' eigene Stimmen in seinem Kopf verlangten nach Gehör, und es bedurfte der üblichen beträchtlichen Willenskraft, sie zur Ruhe zu bringen. Er spürte, wie sich die Muskeln in Armen und Bauch verhärteten, als könnten sie die mentalen Sehnen unterstützen, die er spannte, um seine Einbildungskraft zu zügeln.

»Ich denke, wir sollten die Ereignisse der letzten Nacht ansprechen«, sagte Mr. Evans bedächtig. Er trug eine Lesebrille, die er ein Stück herunterrutschen ließ, um über ihren Rand hinweg jedem Patienten pfeilschnelle Blicke zuzuwerfen. Evans, musste Francis denken, gehörte zu jenen Menschen, die eine scheinbar klare, ehrliche Bemerkung machten – in diesem Fall über die Notwendigkeit, über genau das zu sprechen, was allen im Kopf herumging –, dabei aber so aussahen, als meinten sie etwas vollkommen anderes. »Das scheint doch jeden hier zu beschäftigen.«

Einer der Männer in der Gruppe zog sich augenblicklich das Hemd über den Kopf und presste die Hände an die Ohren. Auf den anderen Stühlen entstand Unruhe. Niemand sagte etwas, und die Stille, die sich über die Gruppe legte, schien Francis so gespannt wie ein Segel in einer starken Böe –

unsichtbar. Nach einer Weile brach er das Schweigen mit der Frage: »Wo ist Lanky? Wo haben sie ihn hingeschafft? Was haben sie mit ihm gemacht?«

Mr. Evans schien erleichtert darüber, dass die ersten Fragen so leicht zu beantworten waren. Er lehnte sich auf seinem Metallstuhl zurück und erwiderte: »Lanky wurde ins Bezirksgefängnis verbracht. Dort sitzt er unter Bewachung in einer Isolierzelle. Dr. Gulptilil war heute Morgen dort, um ihn zu sehen und dafür zu sorgen, dass er die richtigen Medikamente in der richtigen Dosierung bekommt. Es geht ihm gut. Er ist ein wenig ruhiger, als er es vor dem« – er hielt inne – »*Vorfall* war.«

Die Versammlung brauchte eine Weile, um diese Auskunft zu verarbeiten.

Dann platzte Cleo mit der nächsten Frage heraus. »Wieso bringen sie ihn nicht wieder zurück? Er gehört hierher, nicht in irgendein Gefängnis hinter Gitter, ohne einen Sonnenstrahl und wahrscheinlich zusammen mit einem Haufen Krimineller. Arschlöcher. Vergewaltiger und Diebe, möchte ich wetten. Und dann der arme Lanky. In der Hand der Polizei. Die faschistischen Arschlöcher.«

»Weil er eines Verbrechens beschuldigt wird«, warf der Psychologe hastig ein. Francis fand es merkwürdig, wie er den Begriff Mord vermied.

»Aber eines verstehe ich nicht«, sagte Peter the Fireman so leise, dass sich alle im Raum zu ihm umdrehten. »Lanky ist eindeutig geistesgestört. Wir haben alle gesehen, wie er mit sich kämpfte, wie nennen Sie das immer so schön ...«

»Dekompensieren«, sagte Mr. Evans steif.

»Ein richtiges Dumpfbacken-Wort«, schnaubte Cleo wütend. »Einfach nur ein echt blödes, vollkommen nutzloses, verdammtes Arschloch von einem Wort.«

»Richtig«, fuhr Peter fort und sprach schneller. »Er war tatsächlich kurz vor einem entscheidenden Moment. Ich meine, wir konnten es alle sehen, den ganzen Tag lang wurde es immer schlimmer, und niemand hat etwas unternommen, um ihm zu helfen. Also ist er explodiert. Und immerhin war er wegen all seiner Probleme bereits hier in der Anstalt, wieso also sollten sie ihn unter Anklage stellen? Ich meine, trifft es nicht auf ihn besser als auf jeden anderen zu, dass er nicht wusste, was er tat?«

Evans nickte, biss sich aber, bevor er antwortete, auch auf die Lippe. »Das ist eine Entscheidung, die wir dem Distriktstaatsanwalt überlassen müssen. Bis dahin bleibt Lanky, wo er ist …«

»Also, ich finde, sie sollten ihn hierher zurückbringen, wo er Freunde hat«, sagte Cleo verärgert. »Wir sind jetzt alles, was er hat. Außer uns hat er keine Familie.«

Allgemeines zustimmendes Gemurmel.

»Gibt es denn nicht irgendetwas, das wir tun können?«, fragte die Frau mit dem wilden Haar.

Auch diese Bemerkung stieß auf zustimmendes Gemurmel.

»Also«, sagte Mr. Evil in kaum überzeugendem Ton, »ich glaube, wir sollten uns alle weiter auf die Probleme konzentrieren, deretwegen wir hier sind. Indem wir uns um Besserung bemühen, können wir vielleicht indirekt auch Lanky helfen.«

Cleo schnaubte empört. »Verdammtes Wischiwaschi-Gelaber«, sagte sie. »Idiotische Arschlöcher.« Francis war nicht ganz klar, auf wen genau sich Cleos Bemerkung bezog, doch ihrer Wortwahl hatte er nichts hinzuzufügen. Cleo besaß die Fähigkeit der wahren Herrscherin, eine Sache auf den Punkt zu bringen, und dies auf beeindruckend herablassende, wahrhaft kaiserliche Manier. Obszönitäten machten die

Runde. Nicht lange, und der Raum war von unbändigem Lärm erfüllt.
Mr. Evil hielt, deutlich genervt, die Hand in die Höhe. »Dieses aufgebrachte Gerede tut weder Lanky noch irgendeinem von uns gut«, sagte er. »Hören wir also damit auf.«
Mit der flachen Hand machte er einen verächtlichen Schlussstrich in die Luft. An diese Geste des Psychologen hatte sich Francis bereits gewöhnt, eine Geste, die nur einmal mehr unterstrich, dass *er* normal war und daher das Sagen hatte. Und wie gewöhnlich zeigte sie die gewünschte einschüchternde Wirkung; die Anwesenden lehnten sich brummelnd auf den Stahlsitzen zurück, und der kurze Anflug von Rebellion verflüchtigte sich in der abgestandenen Luft. Francis sah jedoch, dass Peter the Fireman diesen Wechsel nicht mitvollzogen hatte, sondern mit gerunzelter Stirn und vor der Brust verschränkten Armen seinen eigenen Gedankengängen folgte.
»Ich finde, es gibt hier viel zu wenig aufgebrachtes Gerede«, sagte er schließlich, nicht laut, doch in sehr bewusst gewählten Worten. »Und ich kann beim besten Willen nicht erkennen, wie das Lanky weiterhelfen soll. Wer weiß denn schon, was ihm zum gegenwärtigen Zeitpunkt helfen würde oder auch nicht? Ich finde, wir sollten sogar noch lauter protestieren.«
Mr. Evil schnellte auf seinem Sitz herum. »Und Sie wissen es, ja?«, sagte er.
Die beiden Männer starrten sich einen Augenblick lang an, und Francis sah, dass beide kurz vor dem Anschlag waren, und zwar nicht nur, was die verbale Auseinandersetzung betraf. Doch der Moment verging so schnell, wie er gekommen war, da Mr. Evil sich abwandte und sagte: »Sie sollten Ihre Meinung für sich behalten. Wo sie am besten aufgehoben ist.«
Es war eine geringschätzige Äußerung, die alle erstarren ließ.

Francis beobachtete, wie Peter the Fireman überlegte, ob er etwas entgegnen sollte, doch in diesem kurzen Moment des Zögerns waren Geräusche von der Tür zu hören.

Als die Tür aufging, flogen alle Köpfe herum. Big Black schob gemächlich seine gewaltige Körpermasse herein. Einen Moment lang füllte er den Türrahmen aus, so dass niemand sehen konnte, was dahinter war. Dann folgte ihm die Frau herein, die Francis vor der Sitzung im Hof gesehen hatte. Dahinter kam Gulp-a-pill und schließlich Little Black. Die beiden Pfleger bezogen gleichsam Wachposten links und rechts von der Tür.

»Mr. Evans«, sagte Dr. Gulptilil hastig. »Tut mir unendlich leid, Ihre Sitzung zu unterbrechen …«

»Schon in Ordnung«, erwiderte Mr. Evil. »Wir wollten sowieso gerade zum Ende kommen.«

Francis drängte sich der radikale Gedanke auf, dass sie eher gerade richtig anfangen, statt zum Ende kommen wollten. Doch er hörte dem Wortwechsel der Therapeuten gar nicht richtig zu, denn seine ganze Aufmerksamkeit galt der Frau, die genau zwischen den Moses-Brüdern stand.

Francis sah, so kam es ihm vor, viele Dinge auf einmal: Sie war schlank und außergewöhnlich groß, vielleicht an die eins neunzig, und er schätzte ihr Alter auf plus minus dreißig. Ihre Haut war von einem hellen Kakaobraun, ein bisschen so wie die Eichenblätter, die sich im Herbst zuerst verfärbten, und die Form ihrer Augen hatte etwas Orientalisches. Ihr Haar fiel ihr mit seidig schwarzem Glanz bis über die Schultern. Unter ihrem offenen hellbraunen Trenchcoat trug sie ein blaues Kostüm. Um den Griff einer ledernen Aktentasche lagen lange, zarte Finger, und sie schaute mit einer Entschlossenheit durch den Raum, die den erregtesten Patienten augenblicklich zur Ruhe gebracht hätte. Beinahe kam es ihm so vor, als brächte ihre bloße Gegenwart die Wahnvorstellungen zum Schweigen, die jeden Stuhl in der Runde belagerten.

Zuerst fand Francis, dass sie die schönste Frau war, die er je gesehen hatte, doch dann wandte sie ein wenig den Kopf, und er sah, dass die linke Hälfte ihres Gesichts von einer langen, weißen Narbe entstellt war, die ihre Augenbraue spaltete, über ihr Auge sprang, dann in einer gezackten Linie die Wange herunter verlief und in der Kinnpartie endete. Die Narbe hatte dieselbe Wirkung wie ein Hypnotiseur; er konnte den Blick nicht von dieser Zickzacklinie wenden, die ihr Gesicht in zwei Teile spaltete. Einen Moment lang schien es ihm fast, als betrachtete er das Werk eines geistesgestörten Künstlers, der sich – von der Vollendung dessen, was er geschaffen hatte, schier überwältigt – in einem Anfall von Wahnsinn ein Palettenmesser geschnappt und sein Bildnis brutal wieder zerstört hatte.

Die Frau trat vor. »Wer sind die beiden Männer, die die Leiche der Schwester gefunden haben?«, fragte sie. Ihre Stimme war von einer Heiserkeit, die Francis durch und durch ging.

»Peter, Francis«, sagte Dr. Gulptilil kurz angebunden. »Diese junge Frau hier ist den ganzen Weg von Boston hierher gefahren, um Ihnen ein paar Fragen zu stellen. Würden Sie uns bitte ins Büro begleiten, damit sie sich ausführlich mit Ihnen unterhalten kann?«

Francis stand auf und wurde sich erst in diesem Moment bewusst, dass Peter the Fireman die Frau ebenso unverwandt anstarrte wie er selbst. »Ich kenne Sie«, sagte er leise. Noch während er die Worte hörte, sah Francis, wie die Frau sich Peter the Fireman zuwandte und in einem Moment des Wiedererkennens die Stirn runzelte. Doch fast genauso schnell zeigte die vernarbte Schönheit wieder ihren undurchdringlichen Gesichtsausdruck.

Die beiden Männer verließen die Runde.
»Passt auf«, sagte Cleo unvermittelt. Und dann zitierte sie wieder aus ihrem Lieblingsstück: »Der klare Tag ist hin, im Dunkel bleiben wir …« Es herrschte kurze Stille im Raum, dann fügte sie mit ihrer rauen, rauchigen Stimme hinzu: »Nehmt euch vor den Arschlöchern in Acht. Die meinen's nie gut mit euch.«

Ich trat von der Wohnzimmerwand und den dort versammelten Wörtern zurück und dachte: Da. Das ist es. Wir waren alle da, wo wir hingehörten. Der Tod ist, glaube ich, zuweilen wie eine algebraische Gleichung, eine endlose Reihe von X-Faktoren und Y-Werten, die so lange multipliziert und dividiert und addiert und subtrahiert werden, bis man zu einer einfachen, wenn auch schrecklichen Lösung kommt. Null. Und sobald man dieses Ergebnis hatte, stimmte die Formel.
Als ich in die Anstalt eingewiesen wurde, war ich einundzwanzig und noch nie verliebt gewesen. Ich hatte noch nie ein Mädchen geküsst oder ihre weiche Haut unter meinen Fingerspitzen gespürt. Sie waren mir ein Buch mit sieben Siegeln, Bergspitzen, so unerreichbar wie Zurechnungsfähigkeit. Nichtsdestotrotz beflügelten sie meine Phantasie: Es gab so viele Geheimnisse: die Rundung einer Brust, das Lächeln um die Mundwinkel, das Rückgrat, wenn es sich in sinnlicher Leidenschaft krümmt. Ich wusste nichts und stellte mir alles vor.
So vieles ist in meinem verrückten Leben außerhalb meiner Reichweite geblieben. Vermutlich hätte ich eigentlich damit rechnen müssen, der exotischsten Frau zu verfallen, die ich je zu Gesicht bekam. Und wahrscheinlich hätte ich auch begreifen müssen, dass der kurze, zuckende Blick zwischen Peter the Fireman und Lucy

Kyoto Jones Bände sprach und auf eine viel tiefere Beziehung schließen ließ, als sie beide zu erkennen gaben. Doch ich war jung, und ich sah nur, dass urplötzlich die außergewöhnlichste Person in mein Leben getreten war, die ich je zu Gesicht bekommen hatte. Sie schien ein wenig zu glühen wie die Lavalampen, die Hippies und Studenten so liebten, eine sich fortwährend verändernde Form, die auf und nieder schwebte.

Lucy Kyoto Jones war der Spross eines schwarzamerikanischen Soldaten und einer japanisch-amerikanischen Frau. Ihren zweiten Vornamen verdankte sie der Stadt, in der ihre Mutter geboren war. Daher rührten die mandelförmigen Augen und die kakaofarbene Haut. Von dem Stanford-Abschluss und dem Jurastudium in Harvard erfuhr ich erst später.

Auch was die Narbe in ihrem Gesicht betraf, erfuhr ich erst später, was es damit auf sich hatte, denn mit dem Menschen, der sie dort hinterlassen und ihr auch die zweite, nicht so offensichtliche Narbe tief in ihrem Innern zugefügt hatte, begann ihr Weg, der sie ins State Western Hospital führte, wo sie Fragen stellte, die sich schon bald größter Unbeliebtheit erfreuten.

Zu den Dingen, die ich in meinen verrücktesten Jahren lernte, gehörte der seltsame Sachverhalt, dass man sich in einem Raum mit vier Wänden und vergitterten Fenstern und mit Schlössern an den Türen inmitten von anderen Irren befinden oder sogar ganz allein in eine Isolierzelle gesteckt werden konnte, ohne sich tatsächlich in diesem Raum zu befinden. Der eigentliche Raum, in dem man sich aufhielt, setzte sich aus Erinnerungen, menschlichen Beziehungen, Ereignissen und allen möglichen unsichtbaren Kräften zusammen. Zuweilen auch aus Wahnvorstellungen, Halluzinationen und sogar Wünschen. Zuweilen aus Träumen und Hoffnungen oder Ambitionen. Das war das Entscheidende: Immer zu wissen, wo die eigentlichen Wände waren.

Und dies war der Fall, als wir damals in Gulp-a-pills Büro zusammensaßen.

Ich schaute aus dem Wohnungsfenster und sah, dass es spät geworden war. Das Tageslicht war der undurchdringlichen Nacht der Kleinstadt gewichen. Ich habe mehrere Uhren in meinem Apartment, die ich ausnahmslos meinen Schwestern verdanke, welche aus mir bislang unerfindlichen Gründen zu glauben scheinen, es bestünde für mich die unablässige, dringende Notwendigkeit, stets und ständig zu wissen, wie spät es ist. Diese Worte hier sind im Moment die einzige Zeitangabe, die ich brauche, musste ich unwillkürlich denken, und so legte ich eine Pause ein, rauchte eine Zigarette und sammelte dann sämtliche Uhren in der Wohnung ein, zog den Stecker heraus oder entfernte die Batterien, so dass sie alle zum Stillstand kamen. Ich stellte fest, dass sie alle mehr oder weniger zum gleichen Zeitpunkt anhielten – zehn nach zehn, elf nach zehn, dreizehn nach zehn. Anschließend nahm ich jede Uhr in die Hand und verstellte sowohl den kleinen wie auch den großen Zeiger, so dass nicht der leisteste Anschein einer zeitlichen Folgerichtigkeit aufrechterhalten blieb. Jede wurde in einem anderen Moment angehalten. Nachdem ich damit fertig war, musste ich laut lachen. Mir war, als hätte ich mir die Zeit vorgeknöpft und mich von ihren Zwängen befreit.

Ich entsinne mich, wie Lucy vorgebeugt dagesessen und zuerst Peter, dann mich mit einem vernichtenden Blick angesehen hatte, mit dem nicht zu spaßen war. Vermutlich wollte sie anfänglich mit ihrer Zielstrebigkeit Eindruck auf uns machen. Vielleicht hatte sie auch gedacht, so ginge man eben mit Verrückten um – mit Härte, mehr oder weniger wie bei einem widerspenstigen Welpen. »Ich möchte ganz genau wissen«, forderte sie, »was Sie letzte Nacht gesehen haben.«

Peter the Fireman zögerte mit seiner Antwort.
»Vielleicht wollen Sie uns zuerst sagen, Miss Jones, wieso Sie sich für unsere Beobachtungen interessieren? Immerhin haben wir beide vor der hiesigen Polizei Aussagen gemacht.«
»Wieso ich mich für den Fall interessiere?«, sagte sie knapp. »Kurz nachdem die Leiche gefunden wurde, habe ich von einigen Einzelheiten in Verbindung mit diesem Fall Kenntnis bekommen, und nach ein, zwei Anrufen bei der hiesigen Polizei erschien es mir angezeigt, sie persönlich zu überprüfen.«
»Aber das heißt nichts«, erwiderte Peter nun seinerseits mit einer geringschätzigen Geste. Er lehnte sich auf seinem Stuhl zu der jungen Frau vor. »Sie wollen wissen, was wir gesehen haben, aber sowohl C-Bird als auch ich lecken uns noch die Wunden von unserem ersten Zusammentreffen mit dem Anstalts-Sicherheitsdienst wie auch der hiesigen Mordkommission. Vermutlich müssen wir uns beide glücklich schätzen, nicht in irgendeine Isolierzelle im Distriktgefängnis gesteckt worden zu sein, nachdem wir zunächst einmal irrtümlich eines Schwerverbrechens beschuldigt wurden. Bevor wir uns also bereit erklären, Ihnen zu helfen, wäre es eigentlich ganz nett, wenn Sie uns noch einmal erzählen würden, woher Ihr lebhaftes Interesse rührt – und zwar ein bisschen genauer, wenn ich bitten darf.«
Dr. Gulptilil machte ein leicht schockiertes Gesicht, als ob es

eindeutig gegen die Regeln verstieße, dass ein Patient einen Normalen befragte. »Peter«, sagte er steif, »Miss Jones ist Staatsanwältin in Suffolk County, und ich glaube, sie sollte hier die Fragen stellen.«
Der Fireman nickte. »Ich wusste, dass ich Sie schon mal gesehen habe«, sagte er ruhig zu der jungen Frau. »In einem Gerichtssaal vermutlich.«
Sie sah ihn eine Weile schweigend an, bevor sie sagte: »Ich habe an einigen Verhandlungstagen Ihnen gegenüber gesessen. Ich habe Ihre Zeugenaussage im Anderson-Brandstiftungsprozess vor vielleicht zwei Jahren verfolgt. Damals war ich noch Assessorin, zuständig für leichte Vergehen und Trunkenheit am Steuer. Sie wollten, dass einige von uns bei Ihrem Kreuzverhör dabei sind.«
Peter lächelte. »Soweit ich mich erinnere, hab ich mich ganz wacker geschlagen«, sagte er. »Ich war es, der rausfand, wo die Fackel den Brand in Gang gesetzt hatte. War ziemlich clever, wissen Sie. Eine Steckdose im Lagerhaus so anzubringen, dass sie sich ganz in der Nähe von leicht entflammbarem Material befindet, so dass ihr eigenes Produkt das Feuer anheizt. Das erforderte einige Planung. Aber das macht ja gerade einen guten Brandstifter aus: die Planung. Darin liegt ja großenteils der Reiz für diese Leute: im Aufbau des Feuers. So kommen die guten eben davon.«
»Und deshalb sollten wir zuhören«, sagte Lucy. »Weil sie dachten, Sie wären drauf und dran, der beste Brandstiftungsspezialist bei der Polizei von Boston zu werden. Aber so ist es nicht gelaufen, oder?«
»Oh«, sagte Peter und lächelte ein wenig breiter, als steckte in Lucys Bemerkung ein Witz, der Francis entgangen war. »Man könnte sagen, es ist doch ganz gut gelaufen. Das hängt wirklich nur davon ab, von welcher Warte aus man die Dinge sieht.

So was wie Gerechtigkeit und Recht und Unrecht und all das. Aber Sie sind nun wirklich nicht wegen meiner Geschichte hier, nicht wahr, Miss Jones?«

»Nein. Ich komme wegen des Mordes an der Lernschwester.«

Peter starrte Lucy Jones an. Er warf Francis einen Blick zu, dann Big Black und Little Black, die im Hintergrund standen, und schließlich Gulp-a-pill, der ein bisschen nervös auf seinem Sessel hinter dem Schreibtisch saß. »Also, wieso«, sagte Peter langsam, während er sich wieder an Francis wandte, »wieso, C-Bird, lässt wohl eine Staatsanwältin aus Boston alles stehen und liegen, woran sie gerade arbeitet, und kommt bis zum Western State Hospital rausgefahren, um zwei Irre über ein Tötungsdelikt zu befragen, das zufällig weit außerhalb ihres Zuständigkeitsbereichs liegt und bei dem bereits ein Mann verhaftet und angeklagt ist? Etwas an diesem Mord muss ihr Interesse geweckt haben, C-Bird, aber was? Was kann Miss Jones dazu gebracht haben, so eilig hier rauszufahren und um ein Gespräch mit zwei Verrückten zu bitten?«

Francis sah zu Miss Jones hinüber, die Peter the Fireman in einer Mischung aus Faszination und Wiedererkennen betrachtete, aus der sich Francis keinen rechten Reim machen konnte. Es vergingen einige Sekunden, die endlos schienen, bis sie sich mit einem zarten Grinsen, das in ihrem Gesicht leicht schräg in die Richtung ihrer Narbe verlief, zu Francis umdrehte und ihn fragte: »Also, Mr. Petrel … fällt Ihnen zu der Frage etwas ein?«

Francis dachte einen Moment lang nach. Er führte sich noch einmal das Bild vor Augen, wie sie Short Blond gefunden hatten. Dann sagte er: »Die Leiche.«

Lucy lächelte. »In der Tat. Mr. Petrel … darf ich Sie Francis nennen?«

Francis nickte.

»Was ist also mit der Leiche?«
»Es war etwas Außergewöhnliches daran.«
»Etwas an der Leiche könnte in der Tat außergewöhnlich gewesen sein«, fuhr Miss Jones fort. Sie sah wieder Peter the Fireman an. »Wollen Sie hier weitermachen?«
»Nein«, sagte Peter und verschränkte die Arme vor der Brust. »C-Bird macht das schon. Lassen Sie ihn ausreden.«
Sie sah Francis an. »Also ...?«
Francis lehnte sich erst zurück, neigte sich dann aber ebenso schnell wieder nach vorn, während er darüber nachdachte, worauf sie hinauswollte. Bilder von Short Blond bestürmten ihn, immer und immer wieder, die Art und Weise, wie ihre Leiche im Tod verdreht war und wie ihre Kleider beiseite geworfen waren. Er merkte, dass dies alles ein Rätsel war und dass die schöne Frau, die ihm gegenübersaß, ein Teil davon war. »Die fehlenden Glieder an ihrer Hand«, platzte Francis heraus.
Lucy nickte und beugte sich vor. »Erzählen Sie mir von der Hand«, sagte sie. »Wie kam sie Ihnen vor?«
Plötzlich mischte sich Dr. Gulptilil ein. »Die Polizei hat Fotos gemacht, Miss Jones. Zweifellos haben Sie Zugang dazu. Ich sehe nicht ganz, was ...« Doch sein Einwand verpuffte, und die Frau forderte Francis mit einer Geste auf, fortzufahren.
»Sie sahen so aus, als hätte jemand, der Mörder, sie entfernt«, sagte Francis.
Lucy nickte. »Und können Sie mir wohl sagen, wieso der Mann, der dieses Mordes beschuldigt wird, wie heißt er noch gleich ...«
»Lanky«, sagte Peter the Fireman. Seine Stimme klang jetzt tiefer und fester.
»Ja ... wieso dieser Lanky, den Sie beide kannten, so etwas getan haben sollte?«

»Nein, dazu fällt mir nichts ein.«
»Sie können sich demnach nicht erklären, wieso er die junge Frau auf diese Weise gezeichnet haben sollte? Nichts, was er vielleicht vorher gesagt hat? Oder wie er sich benommen hat? Wie ich gehört habe, war er ziemlich erregt ...«
»Nein«, sagte Francis. »Nichts an dem, wie Short Blond gestorben ist, passt zu dem, was ich von Lanky weiß.«
»Verstehe«, sagte Lucy und nickte. »Würden Sie dieser Einschätzung zustimmen, Doktor?« Sie wandte sich Dr. Gulptilil zu.
»Keineswegs!«, sagte er mit Nachdruck. »Der Mann hat sich eine Weile vor dem Mord höchst auffällig benommen, hochgradig erregt. Und er hatte im Lauf des Tages bereits einmal versucht, sie anzugreifen. Er hat in der Vergangenheit bei zahlreichen Gelegenheiten andere bedroht, er neigt zu Handgreiflichkeiten und hat in seinem erregten Zustand allmählich die Grenze der Selbstbeherrschung überschritten, genauso, wie das Personal es hatte kommen sehen.«
»Dann stimmen Sie also der Einschätzung dieser Herren nicht zu?«
»Nein. Außerdem hat die Polizei anschließend Beweismaterial in oder unter seinem Bett gefunden. Und die Blutflecken an seinem Nachthemd gehören nachgewiesenermaßen zu der ermordeten Schwester.«
»Ich bin mit diesen Details vertraut«, sagte sie kalt. Lucy Jones wandte sich wieder an Francis. »Könnten wir wohl noch einmal auf die fehlenden Fingerspitzen zurückkommen, Francis?«, fragte sie bedeutend freundlicher. »Könnten Sie mir wohl genau beschreiben, was Sie gesehen haben?«
»Vier Glieder, vermutlich abgeschnitten. Ihre Hand lag in einer Blutlache.«
Francis hob seine eigene Hand und hielt sie sich vors Gesicht,

als könne er auf diese Weise sehen, wie es wäre, wenn ihm die Fingerspitzen abgetrennt würden.
»Falls Lanky, Ihr Freund, das getan hat …«
Peter unterbrach sie. »Er mag zu einigem fähig gewesen sein. Aber dazu nicht. Und schon gar nicht zu Vergewaltigung.«
»Woher wollen Sie das wissen?«, warf Dr. Gulptilil verärgert ein. »Das ist eine reine Vermutung. Und ich habe schon dieselbe Art von Verstümmelung gesehen, und ich kann Ihnen versichern, dass sie auf vielfältige Art und Weise entstanden sein kann. Sogar durch Unfall. Die Vorstellung, dass Lanky irgendwie nicht dazu fähig sein sollte, ihr in die Hand zu schneiden, oder dass dies vermeintlich auf andere Weise geschehen sei, ist pure Spekulation! Ich sehe, worauf Sie hinauswollen, Miss Jones, und ich glaube, die Implikationen sind sowohl irrig als auch abträglich für die gesamte Anstalt!«
»Tatsächlich?«, sagte Lucy und drehte sich noch einmal zu dem Psychiater um. Das eine Wort bedurfte keiner Erläuterung. Sie schwieg und sah wieder die beiden Patienten ihr gegenüber an. Sie wollte gerade eine weitere Frage stellen, doch Peter war schneller als sie.
»Weißt du, C-Bird«, sagte er zu Francis, starrte dabei aber unverwandt Lucy Jones an, »im Moment kommt mir der starke Verdacht, dass die junge Staatsanwältin hier andere Leichen gesehen hat, die der von Short Blond sehr ähnlich sind. Und dass jeder dieser anderen Leichen eine oder mehr Fingerspitzen an der Hand fehlen, genau wie bei Short Blond. Im Moment laufen meine Vermutungen darauf hinaus.«
Lucy Jones lächelte, doch diesem Lächeln fehlte jeder Humor. Es war, dachte Francis, diese Art von Lächeln, unter dem man alle möglichen Gefühle versteckt. »Ziemlich heiß, Peter«, sagte sie.
Peter kniff die Augen noch weiter zu und lehnte sich zurück,

als müsse er sich stark konzentrieren, bevor er langsam weitersprach. Wieder richtete er seine Worte an Francis, obwohl sie in Wahrheit der Frau ihm gegenüber galten. »C-Bird, ich vermute außerdem, dass unsere Besucherin hier irgendwie damit betraut ist, den Mann zu finden, der bei diesen anderen Frauen die Fingerspitzen abgeschnitten hat. Und deshalb ist sie schnurstracks hier rausgekommen und wollte unbedingt mit uns sprechen. Und weißt du was, C-Bird?«

»Was, Peter?«, fragte Francis, auch wenn er die Antwort schon kannte.

»Ich möchte wetten, dass Miss Jones des Nachts, in den frühen Morgenstunden, in der vollständigen Dunkelheit ihres Zimmers drüben in Boston allein unter ihrer zerwühlten, nass geschwitzten Bettdecke liegt und Albträume von jeder einzelnen dieser Verstümmelungen hat und davon, was sie zu bedeuten hat.«

Francis sagte nichts, sondern betrachtete Lucy Jones, die langsam nickte.

9

Ich trat von der Wand zurück und ließ meinen Stift zu Boden fallen.
Vom Stress der Erinnerung drehte sich mir der Magen um. Meine Kehle fühlte sich trocken an, und ich merkte, wie mein Herz raste. Ich wandte mich von den Wörtern ab, die auf dem schmutzig weißen Anstrich vor mir dahintrieben, und ging in das kleine Badezimmer des Apartments. Ich drehte den Heißwasserhahn auf und danach auch die Dusche, so dass sich der Raum mit schwülfeuchter Wärme füllte. Die Hitze hüllte mich ein, und meine Umgebung löste sich in Nebel auf. So ähnlich hatte ich den Moment in Gulp-a-pills Büro in Erinnerung, als die wahre Situation Gestalt annahm. Der Raum füllte sich mit Dampf, und ich merkte, wie mir, als hätte ich einen Asthmaanfall, die Luft wegblieb, genau wie an jenem Tag. Ich betrachtete mein Spiegelbild. In der Hitze war alles konturlos in Nebel getaucht. Es war nicht mehr so leicht zu sagen, ob ich so war, wie ich jetzt war – in fortgeschrittenem Alter, mit gelichtetem Haar und den ersten Falten, oder wie ich damals war, als ich noch meine Jugend und meine Probleme hatte, beides unentwirrbar miteinander verflochten, die Haut so straff und die Muskeln so angespannt wie meine Vorstellungskraft. Hinter diesem Spiegelbild von mir befanden sich die Regale, auf denen ordentlich aufge-

reiht meine Medikamente standen. Meine Hände fühlten sich wie gelähmt an, doch was noch schlimmer war, es erhob sich in mir ein grollendes, erdbebenartiges Zittern, als käme es da drinnen zu einer großen seismischen Verschiebung. Ich wusste, dass ich ein paar Tabletten schlucken sollte, um mich zu beruhigen, um meine Emotionen wieder in den Griff zu bekommen, all die Kräfte zu beschwichtigen, die mir unter der Haut auflauerten. Ich merkte, wie der Wahnsinn versuchte, über mein Denken die Oberhand zu gewinnen: Wie Fingernägel, die an einem Hang nach Halt suchen, wie ein Bergsteiger, der merkt, dass er das Gleichgewicht verliert und der einen Moment lang schwankt und sehr wohl weiß, dass ein unsicherer Tritt seinen Fall bedeutet und er, wenn er nicht irgendetwas zu fassen bekommt, in ewiges Vergessen stürzt.

Ich atmete die überhitzte Luft aus. Mein Hirn war versengt.

Ich konnte Lucy Jones' Stimme förmlich hören, als sie sich zu Peter und mir vorbeugte.

»... Ein Albtraum ist etwas, aus dem man aufwacht, Peter«, hatte sie gesagt. »Aber Gedanken und Vorstellungen, die nicht zusammen mit der Angst verschwinden, sind ungleich schlimmer.«

Peter nickte zustimmend. »Mir sind diese Wachmomente bestens vertraut«, sagte er sehr ruhig in einem steifen, förmlichen Ton, der seltsamerweise zwischen ihnen eine Brücke zu schlagen schien.

Dr. Gulptilil setzte den Gedanken, die sich im Raum verdichteten, ein Ende. »Also hören Sie«, sagte er in einer energisch aufdringlichen Art, »ich bin keineswegs damit einverstanden,

in welche Richtung diese Unterhaltung sich entwickelt, Miss Jones. Sie suggerieren hier etwas, das kaum vorstellbar ist.«
Lucy Jones wandte sich zu dem Psychiater um. »Was suggeriere ich denn Ihrer Meinung nach?«, fragte sie.
Francis überlegte: Da spricht die Staatsanwältin aus ihr. Statt zu leugnen oder zu protestieren oder sich sonst irgendwie herauszulavieren, drehte sie den Spieß einfach um. Und Gulp-a-pill, der kein Dummkopf war, auch wenn er oft so wirkte, musste das ebenfalls begriffen haben, da diese Gesprächstechnik seinem Berufszweig auch nicht ganz unbekannt war. Er wand sich unbehaglich, bevor er antwortete. Er war auf der Hut, ein Gutteil der Gereiztheit war aus seiner Stimme verschwunden, so dass der salbungsvolle, leicht anglisierte Ton des psychiatrischen Anstaltsdirektors sich wieder volle Geltung verschaffte. »Ich glaube, Miss Jones, dass Sie gewisse Umstände bei diesem Fall, die Ihren Wünschen zuwiderlaufen, einfach nicht zur Kenntnis nehmen wollen. Es hat einen tragischen Todesfall gegeben. Die zuständigen Behörden wurden unverzüglich eingeschaltet. Der Tatort wurde professionell untersucht, Zeugen eingehend befragt, Beweismittel sichergestellt, eine Verhaftung vorgenommen. Das alles geschah in der üblichen Vorgehensweise und nach den geltenden Regeln. Mir scheint, dass es an der Zeit wäre, die Wahrheitsfindung nunmehr dem gerichtlichen Verfahren anheimzustellen.«
Lucy nickte und wägte ihre Antwort ab.
»Doktor, sagen Ihnen die Namen Frederick Abberline und Sir Robert Anderson etwas?«
Gulp-a-pill zögerte, während er überlegte. Francis sah förmlich, wie er in seinem Gedächtnis wühlte, doch zu keinem Ergebnis kam. Diese Art Niederlage war Dr. Gulptilil offenbar zuwider. Er war ein Mann, der sich entschieden keine Blößen

gab, wie geringfügig auch immer. Er blickte finster drein, schürzte dann die Lippen, rutschte auf seinem Sitz hin und her, räusperte sich ein- oder zweimal und gab sich schließlich mit einem Kopfschütteln geschlagen. »Nein, tut mir leid. Diese beiden Namen sagen mir nichts. Und was, bitte schön, könnten sie zu unserer Diskussion beitragen?«

Lucy antwortete nicht direkt auf diese Frage, sondern sagte stattdessen: »Vielleicht sind Sie mit ihrem Zeitgenossen vertrauter. Einem Herrn namens Jack the Ripper?«

Gulptilil kniff die Augen zu. »Selbstverständlich. Er spielt in den Fußnoten zu einer Reihe medizinischer und psychiatrischer Texte eine gewisse Rolle, in erster Linie wegen der unleugbaren Brutalität und Verruchtheit seiner Verbrechen. Die anderen beiden Namen ...«

»Abberline war der Ermittler, der mit den Whitechapel-Morden 1888 betraut war. Anderson war sein Vorgesetzter. Sind Sie mit dem damaligen Geschehen überhaupt vertraut?«

Der Arzt zuckte die Schultern. »Jedes Kind weiß mehr oder weniger, wer Jack the Ripper ist. Es gibt Reime und Lieder, die, glaube ich, wieder zu Romanen und Verfilmungen geführt haben.«

Lucy nahm ihre Ausführungen wieder auf. »Die Verbrechen beherrschten die Schlagzeilen. Verbreiteten Angst und Schrecken unter der Bevölkerung. Wurden zu so etwas wie dem Prototyp, an dem bis heute viele ähnliche Verbrechen gemessen werden, obwohl sie sich auf ein klar begrenztes Umfeld und eine spezifische Gruppe seitens der Opfer beschränkten. Die Angst, die sie auslösten, stand tatsächlich in keinem vernünftigen Verhältnis zu ihrer tatsächlichen Auswirkung, und dasselbe lässt sich zu ihrer Nachwirkung in der Geschichte sagen. Wie Sie wohl wissen, kann man heute in London eine Bustour zu sämtlichen Tatorten machen. Und es gibt nach wie vor Diskussionsrunden, in denen die Verbrechen weiter untersucht werden. Man nennt diese Leute Ripperologen. Fast hundert Jahre danach verfallen die Menschen immer noch dieser morbiden Faszination, wollen sie immer noch wissen, wer der Mann in Wahrheit war …«

»Und dieser kleine Nachhilfeunterricht in Geschichte soll was genau bezwecken, Miss Jones? Sie bringen ein Argument vor, aber ich glaube, Sie wissen selbst nicht so recht, welches.«

Lucy ließ sich von dieser negativen Reaktion nicht aus der Fassung bringen.

»Wissen Sie, was Kriminologen an Jack the Ripper schon immer fasziniert hat, Doktor?«

»Nein.«

»So plötzlich, wie die Verbrechen anfingen, hörten sie auch wieder auf.«

»Ach ja?«

»Als hätte man eine Schleuse der Gewalt geöffnet und dann wieder geschlossen. Zack! Einfach so.«

»Interessant, aber …«

»Sagen Sie, Doktor, finden Menschen, die von ihrer sexuellen Triebhaftigkeit beherrscht werden – vor allem, wenn sie diese Triebhaftigkeit in Verbrechen, in scheußlichen, immer brutaleren Verbrechen kolossalen Ausmaßes ausleben –, finden diese Menschen in ihren Taten volle Befriedigung und hören dann plötzlich damit auf?«

»Ich bin kein forensischer Psychiater, Miss Jones«, sagte er nachdrücklich.

»Doktor, Ihrer Erfahrung nach …«

Gulptilil schüttelte den Kopf. »Ich denke, Miss Jones«, sagte er mit einem schlauen Unterton, »wir beide wissen nur zu gut, dass die Antwort auf Ihre Frage nein lautet. Das sind Verbrechen, die kein Ende finden. Ein psychopathischer Mörder kommt nicht irgendwann zu einem Abschluss seiner Taten. Zumindest nicht innerlich, auch wenn in der Literatur Fälle verzeichnet sind, wo sich der eine oder andere von ihnen aufgrund extremer Schuldgefühle das Leben genommen hat. Doch das scheint leider eine Minderheit zu sein. Nein, ganz allgemein gesprochen werden Wiederholungstäter durch äußere Umstände daran gehindert, weiter zu morden.«

»Ja, wie wahr. Anderson und, wie wir vermuten, auch Abberline, verfolgten privat die Theorie, dass es nur dreierlei Gründe dafür geben konnte, wieso Jack the Ripper in London zu morden aufhörte. Vielleicht war der Killer nach Amerika ausgewandert – unwahrscheinlich, aber immerhin möglich –, auch wenn keine vergleichbaren Morde in den Staaten belegt sind. Die zweite These: Er war gestorben, entweder von eigener Hand oder von der eines anderen – was auch nicht allzu wahrscheinlich war. Selbst in Viktorianischer Zeit war Selbstmord nicht besonders häufig, und wir müssten darauf spekulieren, dass den Ripper seine eigene teuflische Bosheit quälte, und darauf deutet nichts hin. Bleibt eine dritte und weitaus realistischere Erklärung.«

»Die wäre?«

»Dass der Mann, der als Jack the Ripper bekannt war, in Wahrheit in eine Nervenheilanstalt eingesperrt wurde. Und da er nicht in der Lage war, sich aus dem Tollhaus wieder rauszureden, wurde er für immer von den dicken Mauern verschlungen.«

Lucy hielt inne, bevor sie fragte: »Wie dick sind die Mauern hier, Doktor?«

Gulp-a-pill reagierte schnell und sprang auf. Sein Gesicht war wutverzerrt. »Was Sie da andeuten, Miss Jones, ist ungeheuerlich! Unmöglich! Dass irgendein Jack the Ripper von heute jetzt hier in dieser Anstalt sitzt!«

»Wo könnte er sich besser verstecken?«, fragte sie ruhig.
Gulp-a-pill rang um Haltung. »Die Vorstellung, dass ein Mörder, selbst ein schlauer, in der Lage sein sollte, seine wahren Gefühle vor dem gesamten geschulten Personal zu verbergen, ist einfach absurd! Vielleicht war das im neunzehnten Jahrhundert möglich, als die Psychologie noch in den Kinderschuhen steckte. Aber doch nicht heute! Das würde eine beinahe ständige Willensanstrengung bedeuten, eine Raffinesse und Menschenkenntnis, die die Fähigkeiten irgendeines der Patienten hier bei weitem übersteigt. Was Sie da andeuten, ist schlichtweg unmöglich.« Letzteres sagte er mit großem Nachdruck, der seine eigenen Ängste überspielen sollte.
Lucy wollte etwas sagen, überlegte es sich aber anders. Stattdessen griff sie nach unten und holte ihre Aktentasche hervor. Sie stöberte einen Moment darin und wandte sich dann zu Francis um. »Wie hatten Sie die ermordete Lernschwester genannt?«, fragte sie ruhig.
»Short Blond«, sagte Francis. Lucy Jones nickte.
»Ja, das erscheint mir treffend. Ihr Haar war kurz geschnitten ...«
Während sie sprach, zog sie, wie tief in Gedanken versunken, einen braunen Briefumschlag aus der Tasche. Sie machte ihn auf und holte eine Reihe großer Farbfotos im Format zwanzig mal fünfundzwanzig hervor. Sie warf einen Blick darauf, blätterte sie auf dem Schoß durch, griff dann eines heraus und warf es vor Gulp-a-pill auf den Tisch.
»Vor achtzehn Monaten«, sagte sie, während die Aufnahme über die Platte rutschte.
Sie zog eine zweite aus dem Stapel. »Vor vierzehn Monaten.«
Dann flatterte ihm die dritte entgegen. »Vor zehn Monaten.«
Francis reckte sich vor und sah, dass es sich ausnahmslos um junge Frauen handelte. Er sah auch glänzend rote Blutbahnen,

die sich bei jeder um die Kehle bildeten. Er sah die heruntergerissenen und neu geordneten Kleider. Er sah Augen, die nichts als blankes Entsetzen zeigten. Sie waren alle Short Blond, und Short Blond war jede von ihnen. Sie waren verschieden und doch gleich. Francis sah genauer hin, als drei weitere Fotos über die Tischplatte rutschten. Das waren Großaufnahmen jeweils von der rechten Hand der Opfer. Und dann sah er es: Bei der ersten fehlte ein Fingerglied; bei der zweiten waren es zwei; bei der dritten drei.

Er riss sich von dem Anblick los und schaute zu Lucy Jones. Die hatte die Augen zusammengekniffen, ihr Gesicht war starr. Eine Sekunde lang hatte Francis das Gefühl, sie sei glühend heiß und eiskalt in einem.

Sie atmete langsam und sagte ruhig und entschlossen: »Ich werde diesen Mann finden, Doktor.«

Gulp-a-pill starrte hilflos auf die Fotos. Francis sah, dass er versuchte, das Ausmaß der Krise einzuschätzen. Nach einer Weile streckte er die Hand aus, nahm alle Bilder vom Tisch und legte sie wie ein Falschspieler zusammen, als hätte er sie vorher gut durchgemischt, obwohl er genau wusste, wo sich das Pikass befand. Er ordnete sie zu einem Stapel und klopfte damit senkrecht auf den Tisch, um eine gerade Kante zu bekommen. Dann händigte er ihn Lucy aus. »Ja«, sagte er gedehnt, »ich glaube, das werden Sie. Oder zumindest alles daransetzen.«

Francis hatte das Gefühl, dass Gulp-a-pill kein einziges Wort von dem meinte, was er sagte. Und dann dachte er noch einmal nach. Vielleicht meinte Gulptilil das eine oder andere von dem, was er sagte, ernst und anderes nicht. Es war ziemlich knifflig, herauszufinden, was wozu gehörte.

Der Arzt setzte sich und trommelte einen Moment lang mit den Fingern auf den Tisch. Er sah zu der jungen Staatsanwältin hinüber und zog die buschigen schwarzen Augenbrauen hoch, als ahnte er, was als Nächstes kam.

»Ich brauche Ihre Unterstützung«, sagte Lucy schließlich.

Dr. Gulptilil zuckte die Schultern. »Selbstverständlich, das liegt auf der Hand. Meine Hilfe und die Hilfe anderer, gewiss. Doch trotz der starken Übereinstimmung zwischen dem Todesfall, den wir hier hatten, und den Fällen, die Sie uns so spektakulär vor Augen geführt haben, glaube ich, dass Sie sich in Wahrheit irren. Ich bin davon überzegt, dass unsere Lernschwester auf tragische Weise von dem Patienten angegriffen wurde, der sich derzeit in Haft befindet und des Verbrechens angeklagt ist. Doch im Interesse der Gerechtigkeit werde ich Ihnen selbstverständlich mit allen mir zu Gebote stehenden Mitteln helfen, und sei es auch nur zu Ihrer Beruhigung.«

Wieder fiel Francis auf, dass der Arzt ein bestimmtes Wort sagte und etwas anderes meinte.

»Ich werde so lange hier bleiben, bis ich ein paar Antworten habe«, sagte Lucy.

Dr. Gulptilil nickte langsam. Er rang sich ein säuerliches Lächeln ab. »Auf Antworten verstehen wir uns hier vielleicht nicht allzu gut«, sagte er langsam. »Fragen haben wir mehr als genug. Doch Lösungen finden sich weitaus schwerer. Und ganz bestimmt nicht mit der juristischen Präzision, die Ihnen vorschwebt, Miss Jones. Gleichwohl«, fuhr er fort, »halten wir uns zu Ihrer Verfügung, so weit es in unserer Macht steht.«

»Um die Ermittlungen angemessen durchführen zu können«, sagte Lucy mit Nachdruck, »werde ich, wie Sie richtig sagten, auf Hilfe angewiesen sein. Und ich brauche Zutritt.«

»Ich darf Sie nochmals daran erinnern, dass dies hier eine Nervenheilanstalt ist, Miss Jones«, warf der Arzt hastig ein. »Unsere Aufgaben hier sind vollkommen anderer Natur als

die Ihren, und könnten mit den Ihren in Konflikt geraten. Es wäre nicht zu verantworten, wenn Ihre Anwesenheit die Abläufe in dieser Einrichtung durcheinander brächte. Noch dürfen Sie sich mit Ihrem Anliegen der Patientengemeinschaft aufdrängen, so dass der labile Zustand einer Reihe von Menschen, die wir behandeln, dadurch noch verschlimmert wird.«
Der Doktor schwieg und fuhr dann in einem selbstsicheren Singsangton fort: »Wir werden Ihnen die Krankenberichte zugänglich machen, so weit Sie Einsicht wünschen. Doch was die Stationen betrifft und die Befragung potenzieller Zeugen oder Verdächtiger – nun, da sind uns die Hände gebunden. Immerhin stehen wir Tag für Tag Menschen bei, die mit ernsten und oftmals erdrückenden Leiden geschlagen sind. Unsere Aufgabe ist therapeutischer, nicht investigativer Natur. Wir haben hier niemanden, der über die Art Fachkenntnis verfügt, die Sie benötigen werden …«
»Das ist nicht wahr«, sagte Peter the Fireman leise vor sich hin. Bei seinen Worten horchten alle auf, und das folgende Schweigen erfüllte den Raum mit einer trügerischen Ruhe. Mit ruhiger, fester Stimme fügte er hinzu: »Ich schon.«

Teil zwei

Eine Welt der Geschichten

10

Meine Hand war so verkrampft und wund wie meine ganze Existenz. Ich hielt den Bleistiftstummel so fest, als wäre er eine Art Rettungsleine, die mich mit der Zurechnungsfähigkeit verband. Oder auch mit der Unzurechnungsfähigkeit. Es fiel mir immer schwerer, das eine vom anderen zu unterscheiden. Die Worte, die ich an die Wände ringsum geschrieben hatte, flimmerten mir vor den Augen wie die Hitzeschwaden an einem heißen Sommertag über einer geteerten Straße. Manchmal dachte ich an die Anstalt als eine Art Parallel-Universum, vollkommen für sich; wir alle kreisten darin in dem Sog von unsichtbaren und doch geballten Kräften der Gravitation als kleine Planeten durchs All – jeder auf seiner Bahn und dennoch in wechselseitiger Abhängigkeit miteinander verbunden, doch jeder für sich. Mir kam der Gedanke, dass überall dort, wo man Menschen aus egal welchem Grund zusammenbringt – in einem Gefängnis, in einer Armee oder bei einem Profi-Basketballspiel, in einer Versammlung des Lion's Club, einer Hollywood-Filmpremiere, einer Gewerkschaftsveranstaltung oder einer Sitzung der Schulbehörde –, ein gemeinsamer Zweck dahintersteckt, ein Bindeglied. Doch das galt weit weniger für uns, denn das Einzige, was uns wirklich verband, war der merkwürdige Wunsch, anders zu sein, als wir waren, und für viele von uns war das ein unerreichbarer Traum. Für diejenigen, die schon seit Jahren im Klinikgemäuer ihr Dasein fristeten, hatte diese Alternative vermutlich sogar bereits ihren Reiz verloren. Viele von uns hatten Angst vor der Welt da draußen und ihren Rätseln, und dies so sehr, dass wir uns lieber den Gefahren stellten, die im Innern der Anstaltsmauern lauerten. Wir waren allesamt Inseln mit unseren eigenen Geschichten, an einem zunehmend unsicheren Ort zusammengewürfelt.

Bei einer von vielen Gelegenheiten, wenn es schlichtweg nichts zu tun gab, außer darauf zu warten, dass etwas geschieht, was selten war, stand ich mit Big Black einfach so im Flur herum, und er erzählte mir, dass die heranwachsenden Kinder des Klinikpersonals, das auf dem Gelände wohnte, bei ihren Wochenend-Rendezvous ein Ritual entwickelt hatten; sie gingen zu Fuß zum Campus des nahe gelegenen College hinunter, um von dort aus mitgenommen oder auch zurückgebracht zu werden. Und wenn sie danach gefragt wurden, sagten sie, ihre Eltern gehörten zum Personal – wobei sie aber Richtung College deuteten und nicht den Berg hinauf, wo wir alle unsere Tage und Nächte fristeten. Es war, als fürchteten sie, sich unsere Krankheiten einzufangen. Wer wollte schon so sein wie wir? Wer wollte schon mit unserer Welt in Verbindung gebracht werden?

Bei der Antwort darauf bekam ich eine Gänsehaut: Nur einer.

Der Engel.

Ich schnappte nach Luft, atmete tief ein, dann aus und stieß die heiße Luft durch die Zähne aus. Seit vielen Jahren ließ ich zum ersten Mal wieder den Gedanken an ihn zu. Ich sah mir an, was ich bis dahin geschrieben

hatte, und begriff, dass ich nicht all diese Geschichten schreiben konnte, ohne auch seine zu erzählen, und das machte mir schwer zu schaffen. Eine alte Nervosität und eine uralte Angst beschlich meine Gedanken.
Und damit betrat er den Raum.
Nicht so wie ein Nachbar oder Freund oder auch nur ein ungebetener Gast, vielleicht mit einem Klopfen an der Tür und einer bemüht freundlichen Begrüßung, sondern wie ein Gespenst. Es ging nicht die Tür mit einem Knarren auf, es wurde auch kein Stuhl herangezogen, und wir stellten uns einander nicht vor. Und dennoch war er da. Ich fuhr herum, erst in die eine, dann in die andere Richtung und versuchte, ihn irgendwo in der reglosen Luft zu entdecken, doch ich konnte es nicht. Er besaß die Farbe des Windes. Plötzlich erhoben sich Stimmen in mir, Stimmen, die ich seit Monaten nicht gehört hatte, die verstummt zu sein schienen, fingen plötzlich an, mir Warnungen zuzurufen, die mir in den Ohren und im Kopf widerhallten. Doch es schien mir fast, als riefen sie mir ihre Botschaft in einer Fremdsprache zu; ich verstand mich nicht mehr darauf, ihnen zuzuhören. Ich hatte das schreckliche Gefühl, dass etwas schwer Fassbares, doch ungeheuer Wichtiges auf einmal aus den Fugen geriet und die Gefahr greifbar nahe war. So nahe, das ich ihren Atem im Nacken spürte.

Im Büro herrschte einen Moment lang Schweigen. Durch die geschlossene Tür drang plötzlich das Rattern der Schreibmaschine. Irgendwo in der Tiefe des Verwaltungsgebäudes stieß ein verstörter Patient ein langes, klagendes Geheul aus, unversöhnlich in seiner Intensität, das jedoch verhallte wie das ferne Jaulen eines Hundes. Peter the Fireman rutschte auf die vordere Stuhlkante wie ein eifriges Kind, das die Frage des Lehrers beantworten kann.

»Das ist richtig«, sagte Lucy Jones ruhig.

Diese Worte schienen die zufällige Stille aufzuladen.

Als ausgebildeter Psychiater wusste Dr. Gulptilil eine gewisse taktische Raffinesse durchaus zu schätzen, vielleicht sogar über medizinische Erwägungen hinaus.

Wie so viele für die Psyche zuständigen Ärzte besaß er die unheimliche Fähigkeit, zurückzutreten und den Moment von einer emotional unbeteiligten Warte aus zu betrachten, so als stünde er auf einem Wachtturm und starrte von dort oben auf einen Gefängnishof hinunter. Seitlich von ihm sah er eine junge Frau, die energisch eine Auffassung und eine Vorgehensweise vertrat, die mit seiner eigenen unvereinbar war. Sie hatte Narben im Gesicht, die vor Hitze zu glühen schienen. Ihm gegenüber beäugte er denjenigen seiner Patienten, der viel weniger gestört war als sämtliche anderen Patienten in der Klinik und zugleich weitaus hoffnungsloser, möglicherweise mit der Ausnahme des Mannes, den die junge Frau so eifrig jagte – falls er denn wirklich existierte, woran Dr. Gulptilil ernste Zweifel hegte. Ihm kam der Gedanke, dass sich diese beiden leicht entflammbaren Charaktere noch als Problem erweisen könnten. Er betrachtete auch Francis und kam zu dem Schluss, dass er leicht von der Energie der anderen beiden mitgerissen werden könnte, eine nicht eben wünschenswerte Aussicht.

Dr. Gulptilil räusperte sich mehrmals hintereinander und rutschte auf seinem Stuhl hin und her. Er sah an praktisch allen Ecken und Enden Ärger voraus. Ärger besaß eine explosive Kraft, deren Bekämpfung er einen großen Teil seiner Zeit und Mühe widmete. Er hätte nicht sagen können, dass er seine Tätigkeit als Chefarzt einer Nervenheilanstalt sonderlich genoss, doch ihm war Pflichtgefühl in die Wiege gelegt, und stetige, zuverlässige Arbeit hatte für ihn einen quasi religiösen Stellenwert; schließlich flossen im Staatsdienst viele Vorzüge zusammen, die für ihn Vorrang besaßen, nicht zuletzt ein wöchentlicher Gehaltsscheck und die entsprechenden Beihilfen, dazu keines der beträchtlichen Risiken, die eine eigene Niederlassung und Praxiseröffnung mit sich gebracht hätten, bei der er auf einen ausreichenden Zustrom von Neurotikern in seinem Umkreis hätte hoffen müssen, um die ersten Termine zu machen.

Er wollte sich gerade einschalten, als sein Blick auf ein Bild in der Ecke seines Schreibtischs fiel. Es war ein Atelierfoto von seiner Frau und ihrer beider Kinder, einem Sohn in der Grundschule und einer Tochter, die eben vierzehn geworden war. Auf dem Bild, das vor weniger als einem Jahr aufgenommen war, hatte seine Tochter Haare, die ihr in einer großen, schwarzen Welle über die Schulter bis halb zur Taille fielen. In ihrer heimischen Tradition war dies ein Zeichen der Schönheit, egal, wie fern der Heimat sie auch leben mochten. Als sie klein war, saß er oft einfach nur da und sah dabei zu, wie ihre Mutter den Kamm durch die schimmernde Kaskade zog. Das war vorbei. In einem Anflug von Rebellion hatte sich die Tochter vor einer Woche zu einem Friseur um die Ecke geschlichen und ihre Haare auf Pagenkopf-Länge schneiden lassen, womit sie sich neben der Familientradition auch über die gerade herrschende Mode hinwegsetzte. Seine Frau hatte zwei Tage lang nur geweint, und er war gezwungen gewesen, eine strenge Predigt zu halten, die größtenteils auf taube Ohren stieß, sowie eine nachhaltige Strafe zu verhängen, die sie zwei Monate lang von allen außerschulischen Aktivitäten ausschloss und ihre Telefonate auf Hausaufgaben beschränkte, was einen Wutausbruch nach sich zog und ein, zwei Kraftausdrücke, die er nie und nimmer in ihrem Wortschatz vermutet hätte. Er zuckte zusammen, als ihm bewusst wurde, dass alle Opfer die Haare kurz trugen. Jungenhaft kurz. Und sie waren alle auffällig schlank, so als gäben sie ihre Weiblichkeit nur widerstrebend zu. Ihre Tochter war nicht viel anders, immer noch ziemlich kantig und knochig, mit nur einer leisen Andeutung von Kurven. Seine Hand zitterte ein wenig, als er an dieses Detail denken musste. Auch ging ihr, wie er sehr wohl wusste, jeder Versuch von ihm, ihren Bewegungsspielraum auf dem Klinikgelände einzuschränken, gegen den Strich. Bei dieser Vorstellung biss er sich einen Moment auf die Unterlippe. Angst, drängte sich ihm der Gedanke auf, hat bei einem Psychiater nichts zu suchen; sie gehört zu den Patienten. Angst ist irrational, und sie besetzt parasitenhaft das Ungewisse. In seinem Beruf ging es um gesicherte Erkenntnisse und die Beobachtung aller möglichen Situationen sowie die laufende Umsetzung dieser Erfahrungswerte. Er versuchte, die Gedankenverbindung zu unterdrücken, doch sie ließ sich nur widerstrebend verdrängen.

»Miss Jones«, sagte er steif, »was genau haben Sie vor?«

Lucy atmete tief ein, bevor sie antwortete, um ihre Gedanken mit der Präzision eines Maschinengewehrs zu formulieren. »Ich habe vor, den Mann zu entlarven, der, wie ich glaube, alle diese Verbrechen begangen hat. Dies sind die Morde in drei verschiedenen gerichtlichen Zuständigkeitsbereichen im Ostteil des Bundesstaats – gefolgt von dem Mord, der sich hier ereignet hat. Ich glaube, dass der Killer, trotz der Verhaftung, die vorgenommen wurde, noch frei herumläuft. Um dies zu beweisen, brauche ich Zugang zu Ihren Patientenakten und die Möglichkeit, in den Stationen Befragungen durchzuführen. Außerdem« – an dieser Stelle schlich sich zum ersten Mal ein unsicherer Unterton in ihre Stimme ein – »brauche ich jemanden, der mir dabei hilft, dieses Individuum von innen her zu entlarven.« Sie sah zu Francis hinüber. »Ich bin nämlich davon überzeugt, dass dieses Individuum mit meinem Erscheinen gerechnet hat. Und ich vermute, dass sich sein Verhalten, wenn er weiß, dass ich hier gegen ihn ermittle, ändern wird. Ich brauche jemanden, der das registriert.«

»Was genau wollen Sie damit sagen – er hätte damit gerechnet?«, wollte Dr. Gulp-a-pill wissen.

»Ich denke, dass der Mann, der die junge Lernschwester getötet hat, es auf diese Weise getan hat, weil er zweierlei wusste: Dass er es leicht einem anderen in die Schuhe schieben konnte, diesem unglückseligen Burschen, den Sie Lanky nennen, und dass ziemlich sicher jemand wie ich trotzdem nach ihm suchen würde.«

»Ich fürchte, ich versteh nicht ganz ...«

»Er musste wissen, dass es diejenigen, die wegen seiner anderen Verbrechen ermitteln, auch hierher treiben würde.«

Diese Enthüllung führte zu einer erneuten kleinen Schweigepause im Raum.

Lucy fixierte Francis und Peter the Fireman mit einem distanzierten, prüfenden Blick. Sie musste einräumen, dass sie es für ihr Vorhaben weiß Gott schlechter als mit diesen beiden Kandidaten hätte treffen können, auch wenn sie bei dem einen wegen seiner Widersprüchlichkeit und bei dem anderen wegen seiner Zerbrechlichkeit Bedenken hatte. Sie warf auch einen Blick auf die beiden Moses-Brüder. Big Black und Little Black standen im hinteren Teil des Zimmers bereit. Sie vermutete, dass sie auch diese in ihren Plan einbeziehen konnte, auch wenn sie sich nicht sicher war, ob sie die Pfleger so unter Kontrolle haben würde wie die Patienten.

Dr. Gulptilil schüttelte den Kopf. »Sie schreiben diesem Burschen – von dessen Existenz ich immer noch nicht überzeugt bin – eine kriminelle Raffinesse zu, die meines Erachtens über das, womit wir hier zu rechnen haben, weit hinausgeht. Wieso locken Verbrecher, wenn sie mit einem Verbrechen davonkommen wollen, einen Ermittler auf ihre Fährte? Damit erhöhen sie doch ihr Risiko, verhaftet und vor Gericht gestellt zu werden.«

»Weil das Töten für diesen Kerl nur einen kleinen Teil des Abenteuers ausmacht. Jedenfalls geht mein Verdacht in diese Richtung.«

Lucy fügte dieser Erklärung nichts hinzu, weil sie nicht gefragt werden wollte, worin die anderen Elemente dessen bestanden, was sie als »das Abenteuer« bezeichnete.

Francis spürte, dass die Unterhaltung an diesem Punkt plötzlich einen anderen Tiefgang erreicht hatte. Er fühltc dic starken Energieströme im Raum und hatte für einen Moment das Gefühl, als zöge es ihn in zu tiefes Wasser hinaus. Er streckte unwillkürlich die Zehen aus wie ein Schwimmer in der Brandung, der danach tastet, wo er noch stehen kann.

Er wusste, dass Gulp-a-pill die Staatsanwältin genauso wenig hier haben wollte wie den Unbekannten, den sie in die Enge zu treiben hoffte. Die Klinik war, egal, wie verrückt sie alle sein mochten, immer noch eine bürokratische Einrichtung, anfällig für Bürohengste und Besserwisser auf sämtlichen Etagen des Staatsapparats. Niemand, der den stümperhaften Machenschaften der Legislative seinen Lebensunterhalt verdankt, wünscht sich etwas, das auf irgendeine Art und Weise und in irgendeiner Form den sprichwörtlichen Staub aufwirbelt. Francis sah, wie der Arzt auf seinem Stuhl herumrutschte und versuchte, sich einen Weg durch das, wie er nur ahnen konnte, dornige politische Gestrüpp zu bahnen. Falls Lucy Jones damit richtig lag, wer sich in der Klinik versteckte, und Gulptilil ihr den Zugriff auf die Klinikakten verweigerte, dann öffnete er allen möglichen Desastern Tür und Tor – zumal für den Fall, dass es dem Killer beliebte, noch einmal zu morden, und die Presse davon Wind bekam.

Francis konnte sich ein Lächeln nicht verkneifen. Er war froh, nicht in der Haut des medizinischen Leiters zu stecken. Während Dr. Gulptilil in den heiklen Abgrund starrte, der sich vor ihm auftat, wandte sich Francis Peter the Fireman zu. Er schien angespannt, wie unter Strom. Als wäre er an etwas angeschlossen, und jemand knipste den Schalter an. Als er das Wort ergriff, sprach er mit leiser, fester Stimme und eigentümlicher Intensität.

»Dr. Gulptilil«, sagte Peter langsam, »falls Sie tun, was Miss Jones vorschlägt, und sie daraufhin diesen Mann findet, können Sie praktisch die ganzen Lorbeeren allein ernten. Falls sie und wir, die wir ihr helfen, versagen, wird Sie höchst wahrscheinlich niemand dafür zur Rechenschaft ziehen, weil sie sich das Versagen selber zuzuschreiben haben wird. Alle Kritik trifft dann sie und diese Verrückten, die versucht haben, ihr zu helfen.«

Nachdem er diese Einschätzung gründlich erwogen hatte, nickte der Doktor endlich.

»Was Sie sagen, Peter« – er hüstelte ein-, zweimal, während er sprach –, »ist vermutlich wahr. Es ist vielleicht nicht ganz fair, aber es ist dennoch wahr.«

Er blickte in die Runde. »Folgendes werde ich Ihnen zugestehen«, sagte er langsam, doch mit wachsender Zuversicht. »Miss Jones, selbstverständlich bekommen Sie Zugang zu allen nötigen Akten, solange Sie darüber vollkommene Vertraulichkeit wahren. Außerdem können Sie aus jeder Gruppe, die Sie für verdächtig halten, jemanden herauspicken und befragen. Entweder ich selbst oder Mr. Evans muss bei jeder Ihrer Befragungen dabei sein. Das ist nur fair. Die Patienten –

auch diejenigen, die Sie dieser Verbrechen verdächtigen – haben gewisse Rechte. Und sollte jemand Einwände dagegen haben, mit Ihnen zu reden, werde ich ihn nicht dazu zwingen. Oder ich werde ihm umgekehrt empfehlen, einen Rechtsbeistand hinzuzuziehen. Jedwede medizinische Entscheidungen, die sich aus Ihren Unterhaltungen ergeben sollten, liegen allein im Ermessen des Personals. Ist das fair?«

»Natürlich, Doktor«, erwiderte Lucy, vielleicht eine Spur zu schnell.

»*Und*«, fuhr der Arzt fort, »ich möchte Ihnen nahe legen, sich zügig an die Arbeit zu machen. Während viele unserer Patienten, sogar die Mehrheit von ihnen, chronisch krank sind und ohne jahrelange Therapie nur geringe Aussichten haben, irgendwann entlassen zu werden, können wir von den Übrigen immerhin eine beträchtliche Anzahl stabilisieren und medikamentös versorgen, so dass sie nach Hause und zu ihren Familien entlassen werden können. Es ist mir völlig unmöglich, zu sagen, welcher Kategorie Ihr Verdächtiger zuzurechnen ist, auch wenn ich vielleicht gewisse Vermutungen hegen mag.«

Wieder nickte Lucy zur Bestätigung.

»Mit anderen Worten«, sagte der Arzt, »wir können nicht sagen, ob er auch nur einen Moment länger hier sein wird, jetzt, nachdem Sie auf der Bildfläche erschienen sind. Genauso wenig werde ich die Entlassung von Patienten hinauszögern, die dafür infrage kommen, nur weil Sie sich in der Klinik auf die Suche nach Ihrem Unbekannten begeben haben. Verstehen Sie? Die Alltagsabläufe in dieser Einrichtung dulden keinerlei Beeinträchtigung.«

Wieder sah Lucy so aus, als wollte sie etwas sagen, doch sie biss sich auf die Lippen.

»Was nun die Inanspruchnahme anderer Patienten bei Ihren« – er warf einen eindringlichen Blick auf Peter the Fireman und dann auf Francis – »Nachforschungen betrifft, so habe ich keine Handhabe, diese Vorgehensweise offiziell zu dulden, selbst wenn mir ihr Nutzen einleuchtet. Inoffiziell werde ich Sie allerdings nicht daran hindern, in dieser Hinsicht zu tun, was Sie für richtig halten. Ich werde mich Ihnen nicht in den Weg stellen. Allerdings kann ich diesen Patienten keinen Sonderstatus oder irgendwelche Befugnisse einräumen, verstehen Sie? Noch dürfen diese Patienten den Turnus ihrer eigenen Behandlung in irgendeiner Weise stören.«

Dabei warf er zunächst Fireman und, nachdem er geendet hatte, Francis einem eindringlichen Blick zu. »Diese beiden Herren«, sagte er, »haben, müssen Sie wissen, hier in der Klinik einen unterschiedlichen Status. Auch sind die Umstände, die sie hierher brachten, keineswegs vergleichbar, noch die Leitlinien hinsichtlich ihres Aufenthalts hier. Falls sie die beiden zu Rate ziehen wollen, könnte Ihnen das einige Schwierigkeiten bereiten.« Lucy winkte mit der Hand, wie um etwas dazu zu sagen, überlegte es sich aber anders. Als sie schließlich antwortete, unterstrich ihr förmlicher Ton den offiziellen Charakter der Übereinkunft. »Selbstverständlich. Das leuchtet mir vollkommen ein.«

Nochmals herrschte kurzes Schweigen, bevor Lucy fortfuhr: »Es versteht sich wohl von selbst, dass der Grund für meine Anwesenheit sowie meine Absichten und Vorgehensweise vertraulich zu behandeln sind.«

»Natürlich. Oder glauben Sie, ich gebe die Devise aus, dass möglicherweise ein heimtückischer Mörder nach wie vor in unserer Einrichtung herumläuft?«, sagte Gulptilil energisch. »Das würde zweifellos eine Panik auslösen und uns in einigen Fällen bei der Behandlung um Jahre zurückwerfen. Sie müssen Ihre Ermittlungen so unauffällig wie möglich anstellen, obwohl Gerüchte und Spekulationen, wie ich fürchte, sofort die Runde machen werden. Dafür wird schon Ihre bloße Anwesenheit in den Stationen sorgen. Ihre Fragen werden manche Patienten verunsichern. Das ist unvermeidlich. Und auf jeden Fall müssen einige Mitglieder des Personals in gewissem Umfang unterrichtet sein. Leider ist auch das unvermeidlich, und wie sich diese Maßnahme auf Ihre Untersuchung auswirken wird, vermag ich nicht vorherzusagen. Dennoch wünsche ich Ihnen viel Erfolg. Außerdem werde ich Ihnen eines der Behandlungszimmer im Amherst-Gebäude, also nicht weit vom Tatort, für die von Ihnen für nötig erachteten Gespräche zur Verfügung stellen. Dazu müssen Sie im Vorfeld einer Patientenbefragung lediglich mich oder Mr. Evans von der Pflegestation aus rufen lassen. Ist das akzeptabel?«

Lucy nickte. »Das leuchtet ein.« Dann fügte sie hinzu: »Danke, Doktor. Ich kann Ihre Bedenken vollkommen nachvollziehen und werde alles daransetzen, eine gewisse Diskretion zu wahren.« Sie hielt inne, als sie klar erkannte, dass früher oder später die gesamte Klinik – oder zumindest alle mit einem ausreichenden Realitätsbezug – begreifen würden, aus welchem Grund sie da war. Und das, wurde ihr bewusst, würde ihre Arbeit umso dringlicher machen. »Ich glaube, es wird auch nötig oder zumindest praktisch sein, dass ich für diesen Zeitraum hier in der Klinik wohne.«

Der Arzt dachte einen Moment darüber nach. Eine Sekunde lang zeigte sich ein ziemlich niederträchtiges Lächeln um seine Mundwinkel, das er jedoch sofort wieder verbannte. Francis vermutete, dass er es als Einziger gesehen hatte. »Natürlich«, sagte Dr. Gulp-a-pill. »Im Schlaftrakt der Lernschwestern ist ein Zimmer frei.«

Francis registrierte, dass der Doktor nicht ausdrücklich zu erwähnen brauchte, wer die letzte Bewohnerin dieses Zimmers gewesen war.

Als sie zurückkamen, erwartete sie Newsman im Flur des Amherst-Gebäudes. Er lächelte ihnen entgegen. »Lehrer von Holyoke erwägen neues Gewerkschaftsabkommen«, ratterte er herunter, »*Springfield Union News*, Seite B eins. Hallo, C-Bird, wo treibst du dich rum? Sox vor Wochenendserie gegen Yankees mit Pitcher-Problemen, *Boston Globe*, Seite D eins. Wirst du dich mit Mr. Evil treffen? Der hat nämlich überall nach dir gesucht, und er schien nicht eben glücklich. Wer ist diese Freundin von dir? Sie ist sehr hübsch, und ich würde sie gerne kennen lernen.«

Damit winkte Newsman Lucy Jones mit einem zarten, schüchternen Grinsen zu und schlug die Zeitung auf, die er sich unter den Arm geklemmt hatte, um anschließend ein wenig wie ein Betrunkener den Flur entlangzulaufen, während er in das Blatt starrte und sich mit Feuereifer daranmachte, jedes Wort, das er las, auswendig zu lernen. Er kam an zwei Männern vorbei, einer alt, einer in mittleren Jahren, die beide weite Anstaltspyjamas trugen und im vergangenen Jahrzehnt wohl weder Kamm noch Haarbürste angefasst hatten. Beide standen in etwas über einem Meter Abstand mitten im Korridor und redeten leise. Sie schienen in eine Unterhaltung vertieft, bis man bei näherem Hinsehen erkannte, dass jeder von ihnen mit niemandem sprach und gewiss nicht mit seinem Gegenüber aus Fleisch und Blut, dessen Anwesenheit ihnen vollkommen entging.

Francis dachte einen Moment lang, dass Leute wie diese zwei gleichsam zum festen Inventar der Klinik gehörten, so wie Möbel, Wände und Türen. Cleo nannte die katatonischen Fälle *Katos*, was, wie Francis fand, so gut wie jeder andere Begriff auf sie passte. Er sah, wie eine Frau, die zielstrebig den Flur entlangkam, abrupt stehen blieb. Dann weiterlief. Dann stehen blieb. Dann weiterlief. Plötzlich kicherte sie und ging schließlich in ihrem wallenden, rosa Seersucker-Morgenrock ihres Weges.

»Es ist hier vielleicht nicht ganz so, wie Sie es sich vorgestellt haben«, hörte er Peter the Fireman sagen.

Lucy machte große Augen.

»Wissen Sie viel über Geisteskrankheit?«, fragte Peter.

Sie schüttelte den Kopf.

»Keine verrückte Tante Martha oder ein schizophrener Onkel Fred in Ihrer Familie? Kein seltsamer Cousin Timmy, der gerne kleine Tiere quält? Oder Nachbarn, die Selbstgespräche führen oder der festen Überzeugung sind, der Präsident sei ein Außerirdischer?«

Peters Fragen schienen Lucy zu entspannen. Sie schüttelte den Kopf. »Ich hab wohl einfach Glück gehabt«, sagte sie.

»Also, C-Bird kann Ihnen alles erklären, was Sie über Verrücktsein wissen sollten«, sagte Peter lachend. »Er ist inzwischen Experte, stimmt's, C-Bird?«

Francis wusste nicht recht, was er darauf sagen sollte, also nickte er stumm. Er sah, wie über das Gesicht der Staatsanwältin ein paar unkontrollierte Emotionen huschten, und er musste unwillkürlich denken, dass es eine Sache war, mit bestimmten Ideen und Vermutungen und Verdachtsmomenten in eine Einrichtung wie das Western State zu platzen, und eine ganz andere, sie in die Tat umzusetzen. Sie sah wie jemand aus, der mit einer Mischung aus Zweifel und Zuversicht am Fuß eines Berggipfels steht.

»Also«, sagte Peter. »Wo fangen wir an, Miss Jones?«

»Genau hier«, sagte sie, »am Tatort. Ich muss mir von der Stelle, an der der Mord geschehen ist, einen Eindruck verschaffen. Und dann muss ich mich mit der Klinik als Gebäude vertraut machen.«

»Also eine Führung?«, fragte Francis.

»Zwei Führungen«, entgegnete Peter. »Eine, um all das hier zu inspizieren« – wobei er auf das Haus wies –, »und eine zweite, um das hier zu untersuchen« – wobei er sich an die Schläfe tippte.

Little Black und sein Bruder hatten sie vom Verwaltungsgebäude zum Amherst zurückbegleitet, die drei jedoch danach allein gelassen, um sich ihrerseits mit den Schwestern in der Pflegestation zu besprechen. Anschließend war Big Black in eines der angrenzenden Behandlungszimmer verschwunden. Little Black kam lächelnd auf die Gruppe zu.

»Das Ganze«, sagte er nicht unfreundlich, »ist eine verdammt ungewöhnliche Situation.« Lucy erwiderte nichts, und Francis versuchte, im hageren Gesicht des Schwarzen abzulesen, was er wirklich von dem hielt, was hier gespielt wurde. Das war, zumindest anfangs, unmöglich. »Mein Bruder ist da rein, um in Ihrem neuen Büro Ordnung zu schaffen, Miss Jones. Und ich hab die Schwestern informiert, dass Sie für ein paar Tage hier sein werden, mindestens. Eine von ihnen wird Sie später in das Wohnheim der Lernschwestern rüberführen. Und ich geh mal stark davon aus, dass ziemlich genau in diesem Moment Mr. Evans höchstpersönlich eine lange und unglückliche Unterhaltung mit dem Chefarzt führt und dass er dann ziemlich bald auch mit Ihnen ein Wörtchen reden will.«

»Mr. Evans ist der leitende Psychologe?«

»Vom Amherst, ja, Ma'am.«

»Und Sie glauben, er wird über meine Anwesenheit nicht gerade glücklich sein?« Sie sagte das mit einem zarten, verschmitzten Lächeln.

»Nein, wohl eher nicht, Ma'am«, erwiderte Little Black. »Sie müssen verstehen, wie die Dinge hier laufen.«

»Nämlich?«

»Na ja, das können Peter und C-Bird Ihnen ebenso gut erklären wie ich, aber, um es kurz zu machen: Hier geht's in der Klinik darum, dass alles möglichst wie geschmiert abläuft. Alles, was anders ist, außer der Reihe, na ja, das macht die Leute eben nervös.«

»Die Patienten?«

»Ja, die Patienten. Und wenn es die Patienten nervös macht, dann auch das Personal, und das wiederum macht die Verwaltung nervös. Alle. Die Verrückten. Die Alten. Die Jungen. Die Normalen. Und ich glaube nicht, dass Sie dafür sorgen werden, dass alles wie geschmiert läuft, Miss Jones. Nee, ich glaube eher, dass Sie das genaue Gegenteil davon tun werden.«

Das sagte Little Black mit einem breiten Grinsen, als fände er das alles sehr amüsant. Lucy Jones entging das nicht, weshalb sie die Schultern zuckte und fragte: »Und Sie? Und Ihr ziemlich großer Bruder? Wie stehen Sie beide dazu?«

Zuerst brach Little Black in ein kurzes Gelächter aus. »Nur weil er groß ist und ich klein bin, muss das nicht heißen, dass wir nicht im Großen und Ganzen derselben Meinung sind. Nein, Ma'am. Wie du denkst, ist nich' dasselbe, wie du aussiehst.« Er wies auf die Gruppen von Patienten, die sich durch den Flur bewegten, und Lucy Jones verstand, was er sagte. Dann holte der Aufseher kurz Luft und betrachtete die Staatsanwältin mit einem eindringlichen Blick. Als er antwortete, senkte er die Stimme, so dass er nur von der kleinen Gruppe zu hören war. »Vielleicht sind wir beide der Meinung, dass hier etwas passiert ist, das nicht hätte passieren dürfen, und dass wir auch ein bisschen mit schuld daran sind, dass es dazu gekommen ist, und das schmeckt uns ganz und gar nicht, Miss Jones. Wenn also ein paar Leute hier Federn lassen, dann finden wir das gar nicht mal so übel.«

»Danke«, sagte Lucy.

»Bedanken Sie sich lieber nicht zu früh«, entgegnete Little Black. »Sie dürfen nicht vergessen, dass am Ende, wenn alles vorbei ist, ich und mein Bruder, die Schwestern und die Ärzte und die meisten Patienten, wenn auch nicht alle, also, dass wir dann immer noch hier sein werden und Sie nicht. Also danken Sie besser jetzt noch keinem. Und außerdem hängt 'ne Menge davon ab, wer genau hier Federn lassen muss, falls Sie verstehen, was ich meine.«

Lucy nickte. »Ich werd's im Hinterkopf behalten«, sagte sie. Sie sah auf und sprach im Flüsterton weiter: »Und ich vermute mal stark, dass das da vorn Mr. Evans ist?«

Francis schnellte herum und sah Mr. Evil zügig in ihre Richtung schreiten. Seine Körpersprache drückte ein herzliches Willkommmen aus – ein Lächeln, die abgewinkelten Arme. Doch Francis traute dem Kerl keine Sekunde lang.

»Miss Jones«, sagte Evans eifrig, »darf ich mich vorstellen.« Es folgte ein höflicher Händedruck.

»Hat Dr. Gulptilil Sie über den Grund meiner Anwesenheit unterrichtet?«, wollte Lucy wissen.

»Er hat mir erklärt, Sie hegten den Verdacht, dass vielleicht der Falsche wegen des Mordes an der jungen Schwester verhaftet worden ist, ein Verdacht, den ich irgendwo lächerlich finde. Nichtsdestotrotz sind Sie nun mal hier. Er hat mir gesagt, es gehe um so etwas wie weiterführende Ermittlungen.«

Lucy betrachtete den Psychologen eingehend und war sich dessen wohl bewusst, dass seine Antwort durchaus nicht der ganzen Wahrheit gerecht wurde, aber doch immerhin in groben Zügen. »Dann kann ich also auf Ihre Hilfe zählen?«, fragte sie.

»Aber gewiss.«

»Danke«, sagte sie.

»Ich habe mir gedacht, dass Sie vielleicht mit einer Durchsicht der Patientenakten im Amherst beginnen wollen? Wir könnten uns gleich dranmachen. Wir haben noch Zeit bis zum Abendessen und den Aktivitäten danach.«

»Zuerst würde ich gerne einen Rundgang machen«, sagte sie.

»Das kann ich sofort einrichten«, erwiderte er.

»Ich hatte gehofft, dass mich die beiden Patienten hier herumführen könnten.«

Mr. Evil schüttelte den Kopf. »Das halte ich für keine besonders gute Idee.«

Sie antwortete nicht.

»Na ja«, brach er das kurze Schweigen, »Peter und Francis sind im Moment leider auf dieses Stockwerk beschränkt. Und der Zugang nach draußen ist derzeit für alle Patienten, unabhängig von ihrem Status, begrenzt, bis sich die Aufregung wegen des Mordes und der Verhaftung von Lanky gelegt hat. Und was die Dinge noch komplizierter macht, also, ich sag's wirklich nur ungern, aber Ihre Awesenheit hier in dieser Station zieht die kleine Krise, die wir momentan haben, noch weiter in die Länge. Wir haben daher auf absehbare Zeit eine erhöhte Sicherheitsstufe. Durchaus vergleichbar einer Ausgangssperre im Gefängnis, Miss Jones. Unsere Version davon. Der Bewegungsspielraum im Klinikbereich ist eingeschränkt, bis wir die betroffenen Patienten wieder völlig stabilisiert haben.«

Lucy wollte etwas erwidern, ließ es aber sein. Schließlich fragte sie: »Nun ja, bestimmt können sie mir aber den Tatort zeigen, und dieses Geschoss, und mir erzählen, was sie gesehen und gemacht haben, genauso, wie sie es der Polizei beschrieben haben. Das, hoffe ich, strapaziert Ihre Vorschriften nicht allzu sehr? Und dann können entweder Sie oder einer der Moses-Brüder mich vielleicht durch das übrige Gebäude begleiten sowie zu den sonstigen Stationen?«

»Selbstverständlich«, sagte Mr. Evil. »Zuerst eine kurze Führung und dann eine lange. Ich werde das arrangieren.«
Lucy drehte sich wieder zu Peter und Francis um. »Gehen wir einfach diese Nacht noch einmal durch«, sagte sie.
»C-Bird«, sagte Peter und trat Mr. Evil in den Weg, »nach Ihnen.«
Der Tatort in der Abstellkammer war blank geschrubbt, und als Lucy die Tür aufmachte, schlug ihnen der Gestank von frisch aufgetragenen Desinfektionsmitteln entgegen, und Francis schien es, als habe sich das Böse, das ihm im Gedächtnis haftete, gänzlich daraus verflüchtigt. Es war, als sei ein Ort der teuflischen Qual zur Normalität zurückgekehrt und nunmehr vollkommen gut. Auf dem Regal waren Reinigungsmittel, Wischmopps, Eimer, Ersatzglühbirnen, Besen, Wäschestapel ordentlich eingeräumt. Der Boden glänzte unter dem Licht der Deckenlampe, doch nirgends mehr von Short Blonds Blut. Francis war ein wenig verblüfft, wie sauber und normal alles wirkte, und einen Moment lang fand er die Idee, den Raum wieder in eine gewöhnliche Besenkammer zu verwandeln, nicht minder obszön als die Tat, die sich darin abgespielt hatte.
Lucy ging in die Knie und strich mit dem Finger über die Stelle, wo das Opfer reglos liegen geblieben war, als könnte sie, so kam es Francis vor, indem sie den kühlen Linoleumboden fühlte, irgendwie mit dem Leben in Verbindung treten, das dort ausgesickert war.
»Hier ist sie also gestorben?«, fragte Lucy und sah Peter an. Er bückte sich neben ihr nieder und antwortete leise in vertraulichem Ton.
»Ja. Aber ich denke, da war sie schon bewusstlos.«
»Wie kommen Sie darauf?«
»Weil die Sachen, die ihre Leiche umgaben, nicht erkennen

ließen, dass hier ein Kampf stattgefunden hatte. Ich glaube, die Flaschen mit den Reinigungsmitteln wurden über sie gekippt, um den Tatort zu verstellen und einen falschen Eindruck hinsichtlich dessen zu erwecken, was tatsächlich stattgefunden hatte.«

»Wieso sollte er Reinigungsmittel über ihr ausschütten?«

»Um Spuren zu vernichten, die er eventuell hinterlassen hatte.«

Lucy nickte. »Das leuchtet ein.«

Peter betrachtete Lucy von der Seite und rieb sich, als er sah, dass sie schwieg, das Kinn, stand auf und schüttelte leicht den Kopf. »Die anderen Fälle, denen Sie nachgehen, wie sah da der Tatort aus?«

Lucy lächelte, auch wenn es ein freudloses Lächeln war. »Gute Frage«, sagte sie. »Starker Regen«, fuhr sie ruhig fort. »Gewitter. Jeder dieser Morde ereignete sich im Freien und bei Regen. Soweit sich das mit einiger Sicherheit sagen lässt, geschahen die Morde an einem Ort, und die Leiche wurde anschließend an eine andere, versteckte, aber ungeschützte Stelle geschafft. Vermutlich vorher ausgesucht. Sehr schwierig für die Spurensuche. Das Wetter hat praktisch sämtliche physischen Spuren ausgelöscht. Jedenfalls soweit ich gehört habe.«

Peter sah sich noch einmal in der Kammer um und trat zurück. »Hier hat er seinen eigenen Regen produziert.«

Lucy kam ebenfalls heraus. Sie blickte zur Pflegestation hinüber. »Falls demnach ein Kampf stattgefunden hat …«

»Dann dort drüben.«

Lucy schaute mehrmals in beide Richtungen. »Aber was ist mit dem Lärm?«, fragte sie.

Francis hatte bis dahin nichts gesagt. Doch bei dieser Frage wandte sich Peter an ihn. »Sag du's ihr, C-Bird.«

Francis wurde, so plötzlich angesprochen, rot, und sein erster Gedanke war, dass er nicht die geringste Ahnung hatte, was ihm auch schon auf der Zunge lag, als er sich besann. Stattdessen dachte er noch einmal über die Frage nach, hatte die Antwort vor Augen und sagte: »Zweierlei, Miss Jones. Erstens sind sämtliche Wände stark isoliert, und sämtliche Türen sind aus Stahl, weshalb sie nicht sonderlich geräuschdurchlässig sind. Hier in der Klinik gibt es eine Menge Geräusche, doch wir hören sie nur gedämpft. Aber was noch wichtiger ist: Was sollte es nützen, um Hilfe zu schreien?«

Tief in seinem Innern hörte er das Rumoren seiner eigenen Stimmen. *Sag's ihr!*, riefen sie. *Sag ihr, wie das ist!*

Er fuhr fort. »Die ganze Zeit schreien irgendwelche Leute. Sie haben Albträume. Sie haben Angst. Sie sehen und hören Dinge oder fühlen sie vielleicht auch nur. Ich nehme mal an, jeder hier hat sich an den Lärm gewöhnt, der von der Anspannung kommt. Wenn also jemand ›Hilfe!‹ brüllen würde« – er hielt inne, bevor er den Gedanken zu Ende führte –, »dann wäre das von all den anderen Hilferufen kaum zu unterscheiden. Und wenn jemand einfach nur ›Mord!‹ rufen oder schlicht schreien würde, dann wäre daran nichts Ungewöhnliches. Und es kommt grundsätzlich nie jemand, Miss Jones. Egal, wie viel Angst man hat oder wie unerträglich es für einen wird. Hier drinnen müssen Sie mit Ihren Albträumen allein fertig werden.«

Sie sah ihn an, und in dieser Sekunde wusste sie, dass er aus eigener Erfahrung sprach. Sie lächelte den jungen Mann an und merkte, dass er sich, ein wenig nervös und eifrig bemüht, hilfreich zu sein, die Hände rieb, und plötzlich wurde ihr klar, dass es im Western State Hospital außer der Angst, die sie hergeführt hatte, alle möglichen Arten von Ängsten geben musste. Sie wusste nicht, ob sie sich mit allen vertraut machen sollte. »Francis«, sagte sie, »Sie scheinen eine poetische Ader zu haben. Trotzdem muss es schwer für Sie sein.«

Die Stimmen, die in den letzten Tagen so schweigsam gewesen waren, erhoben jetzt hinter Francis' Augen ein wahres Gebrüll. Um sie zur Ruhe zu bringen, sagte er: »Es wäre vermutlich hilfreich, Miss Jones, sich klar zu machen, dass wir, obwohl wir alle hier zusammengewürfelt worden sind, in Wahrheit alle allein sind. Mehr als irgendwo sonst, nehme ich an.« Eigentlich hatte er sagen wollen: *Mehr als irgendwo sonst auf der ganzen Welt.*

Lucy betrachtete ihn mit einem eindringlichen Blick. Eines war ihr klar geworden: Wenn irgendwo draußen jemand um Hilfe rief, dann war derjenige, der es hörte, verpflichtet zu handeln. Eine schlichte Sache des Anstands, dachte sie. Im Western State Hospital dagegen rief die ganze Zeit jemand um Hilfe, denn jeder hatte sie bitter nötig. Und so gehörte es, egal, wie verzweifelt und herzzerreißend die Schreie klingen mochten, zur Alltagsroutine, sie zu ignorieren.

Einen Teil der Klaustrophobie, die sie in dieser Sekunde überkam, schüttelte sie ab. Sie drehte sich zu Peter um und sah, dass er mit verschränkten Armen und einem Grinsen auf den Lippen neben ihr stand. »Ich glaube«, sagte er, »Sie sollten den Schlafsaal sehen, wo wir alle lagen, als es passierte.«

Und damit führte er sie den Flur entlang und blieb nur hier und dort stehen, um ihr die Stellen zu zeigen, wo sich Blutlachen befunden hatten. Doch auch die waren bereits getilgt worden.

»Die Polizei«, sagte er ruhig, »dachte, diese Blutflecken seien die Spur, die Lanky hinterlassen hat. Und sie wurden alle verwischt, weil der Idiot vom Sicherheitsdienst in einer Lache ausgerutscht ist und das Blut überall hingetragen hat.«

»Und wonach sahen diese Spuren für Sie aus?«, fragte Lucy.

»Für mich waren sie auch eine Spur, aber eine, die zu ihm hinführte, nicht eine, die er hinterlassen hat.«

»Er hatte ihr Blut an seiner Nachtwäsche.«
»Der Engel hat ihn umarmt.«
»Der Engel?«
»So hat er ihn genannt. Der Engel, der an sein Bett gekommen ist, um ihm zu sagen, das Böse sei vernichtet.«
»Sie meinen ...«
»Was ich meine, Miss Jones, ist ziemlich offensichtlich.«
Er öffnete die Tür zum Schlafsaal, und sie gingen hinein. Francis zeigte ihr, wo sich sein Bett befand, und Peter the Fireman tat es ihm gleich. Sie zeigten ihr auch Lankys Bett, von dem nicht nur die Wäsche, sondern auch die Matratze entfernt worden war, so dass nur noch der Stahlrahmen mit den Metallfedern übrig blieb. Die kleine Feldkiste, die er für seine spärlichen Kleider und wenigen Habseligkeiten gehabt hatte, war ebenfalls verschwunden, so dass von Lankys bescheidenem Leben im Schlafsaal nicht viel mehr als ein Skelett übrig war. Francis sah, wie Lucy mit den Augen die Entfernungen abschätzte, auch die zwischen den Betten, sowie den Weg zur Eingangstür und den zur angrenzenden Toilette. Einen Moment lang brachte es ihn ein wenig in Verlegenheit, ihr zu zeigen, wo sie wohnten. Ihm wurde schmerzlich bewusst, wie wenig Privatsphäre sie genossen und wie viel von ihrer menschlichen Würde ihnen in diesem überfüllten Raum genommen wurde. Es machte ihn wütend und verlegen, der Staatsanwältin dabei zuzusehen, wie sie die Örtlichkeit in Augenschein nahm.
Wie immer lagen ein paar der Männer auf ihrem Bett und starrten zur Decke. Einer von ihnen war in eine leise, doch eindringliche Diskussion mit sich selbst vertieft. Ein anderer bemerkte sie und drehte sich auf die Seite, um ihr zuzusehen. Andere, gänzlich in ihre Gedanken vertieft, ignorierten sie einfach. Doch Francis sah, wie Napoleon sich erhob, einen

grunzenden Laut von sich gab und seine Leibesfülle so schnell wie möglich durch den Saal bewegte.
Er lief geradewegs auf Lucy zu, um sich mit einer etwas missglückten schwungvollen Geste vor ihr zu verbeugen. »Wir bekommen so selten Besuch aus der Welt«, sagte er. »Besonders solch schönen. Seien Sie willkommen.«
»Danke«, erwiderte sie.
»Werden Sie von diesen beiden Herren angemessen unterrichtet?«, fragte er.
Lucy lächelte. »Ja, bis jetzt waren sie ziemlich zuvorkommend.«
Napoleon wirkte ein wenig deprimiert. »Aha«, sagte er, »das freut mich zu hören. Aber bitte zögern Sie nicht, zu fragen, falls Sie sonst noch etwas benötigen.« Einen Moment lang fuchtelte er mit den Händen herum und klopfte sich an die Klinikkleidung. »Ich hab offenbar meine Visitenkarten nicht dabei«, sagte er. »Sie studieren nicht zufällig Geschichte?«
Lucy zuckte die Schultern. »Nicht speziell. Obwohl ich während des Grundstudiums ein paar Kurse zur europäischen Geschichte belegt habe.«
Napoleons Augenbrauen schnellten in die Höhe. »Und wo mag das gewesen sein?«
»In Stanford«, erwiderte Lucy Jones.
»Dann sollte Ihnen klar sein«, sagte Napoleon und machte mit einem Arm eine ausladende Geste, während er den anderen plötzlich an die Seite drückte, »dass gewaltige Kräfte im Spiel sind. Die Welt ist in der Schwebe. Augenblicke erstarren in der Zeit, während ungeheure Verwerfungen die Menschheit erschüttern. Die Geschichte hält den Atem an; Götter ringen auf dem Feld der Ehre. Wir leben in Zeiten kolossaler Umbrüche. Ich schaudere bei dem Gedanken, was das alles zu bedeuten hat.«

»Man tut, was man kann, jeder auf seine Weise«, erwiderte Lucy.
»Natürlich«, antwortete Napoleon und verneigte sich tief. »Wir tun alle, wozu wir berufen sind. Wir alle spielen unsere Rolle auf der großen Weltenbühne. Der kleine Mann kann groß werden. Der unscheinbare Augenblick wird schicksalsträchtig. Die kleinste Entscheidung kann große Entwicklungen in Gang setzen.«
Dann beugte er sich vor und flüsterte: »Wird die Nacht hereinbrechen? Oder werden die Preußen rechtzeitig eintreffen, um den Eisernen Herzog zu befreien?«
»Ich glaube«, sagte Lucy zuversichtlich, »dass Blücher rechtzeitig erscheint.«
»Ja«, sagte Napoleon fast mit einem Augenzwinkern. »In Waterloo war es so. Aber heute auch?«
Er lächelte geheimnisvoll, winkte Peter und Francis noch einmal kurz zu, drehte sich um und ging.
Peter, das typische süßsäuerliche Grinsen um die Mundwinkel, zuckte erleichtert die Schultern und sagte Francis ins Ohr: »Ich wette, Mr. Evil hat jedes Wort mit angehört, und Nappy kriegt heute Abend seine Dosis erhöht!« Zum Schein flüsterte er, sprach aber laut genug, dass Lucy Jones und, wie Francis vermutete, auch Mr. Evans es hören konnte, der ihnen in einigem Abstand nachgekommen war.
»Er scheint recht freundlich zu sein«, sagte Lucy. »Und harmlos.«
Mr. Evil trat dazu. »Ihre Einschätzung ist korrekt, Miss Jones«, bestätigte er mit Nachdruck. »Und das gilt für beinahe jeden hier. Meistens fügen sie nur sich selbst Schaden zu. Uns Betreuern stellt sich das Problem, herauszufinden, wer von ihnen potenziell gewalttätig ist. Wer von ihnen dieses Potenzial in sich trägt. Manchmal müssen wir danach Ausschau halten.«

»Und aus dem gleichen Grund bin auch ich hergekommen«, erwiderte sie.
»Natürlich«, sagte Mr. Evans, wähend er zu Peter the Fireman hinüberschielte, »bei einigen fällt die Antwort leicht.«
Die beiden Männer funkelten sich wie immer an. Dann streckte Mr. Evil die Hand aus und fasste Lucy Jones wie ein Kavalier der alten Schule behutsam am Arm, was jedoch unter den gegebenen Umständen etwas ganz anderes zu bedeuten hatte.
»Wenn Sie gestatten, Miss Jones«, sagte er, »würde ich Ihnen jetzt gerne die übrige Klinik zeigen, auch wenn sie größtenteils nicht viel anders aussieht als dieser Teil hier. Am Nachmittag stehen Gruppensitzungen und andere Aktivitäten auf dem Programm, dann das Abendessen und noch einiges andere, das getan werden muss.«
Eine Sekunde lang sah es so aus, als wollte Lucy sich dem Griff des Psychologen entziehen. Dann nickte sie und antwortete: »Das wäre nett.« Doch bevor sie ging, drehte sie sich zu Francis und Peter the Fireman um und sagte: »Ich hätte später noch einige Fragen an Sie. Oder vielleicht auch morgen früh. Ist Ihnen das recht?«
Francis und Peter nickten beide.
»Ich bin nicht sicher, ob die beiden Ihnen von allzu großer Hilfe sein können«, sagte Mr. Evans und schüttelte den Kopf.
»Vielleicht können sie es, vielleicht auch nicht«, sagte Lucy Jones. »Das werden wir sehen. Eines jedenfalls steht fest, Mr. Evans.«
»Und das wäre?«, fragte er.
»Im Moment sind sie die Einzigen, die ich nicht verdächtige.«

Francis fand an diesem Abend keinen Schlaf. Das Schnarchen und Wimmern, die übliche nächtliche Hintergrundmusik, machte ihn nervös. Oder zumindest nahm er das an, bis er sich auf den Rücken legte, mit offenen Augen an die Decke starrte und begriff, dass ihn nicht die vertraute Geräuschkulisse störte, sondern all das, was während des Tages geschehen war. Seine eigenen Stimmen waren ruhig, doch voller Fragen, und er hätte gern gewusst, ob er in der Lage war, das zu tun, was von ihm erwartet wurde. Er hatte sich nie für jemanden gehalten, der einen Blick fürs Detail besaß, dem Worte und Taten eine versteckte Bedeutung enthüllten, so wie bei Peter und zweifellos auch Lucy Jones. In seinen Augen hatten die beiden ihre Vorstellungen und Gedanken im Griff, worauf er selbst nur hoffen konnte. Seine eigenen Assoziationen waren zufällig und wechselten wie ein Karnickel ständig die Richtung, schlugen Haken, wurden von Kräften verschoben, die er nicht recht verstand.

Francis seufzte und drehte sich halb im Bett herum. Erst da merkte er, das er nicht der Einzige war, der nicht schlafen konnte. Nicht weit von ihm entfernt saß Peter the Fireman, die Arme auf den angewinkelten Knien verschränkt, an die Wand gelehnt und blickte quer durch den Raum. Francis sah, dass Peter unverwandt auf die Fensterreihe ihm gegenüber starrte – durch die Kreuzschraffur der Gitter und das Milchglas hindurch in das matte Mondlicht und die tintenschwarze Nacht. Francis wollte etwas sagen, doch dann beherrschte er sich, denn er ahnte, dass der knisternde Strom, der Peter in dieser Nacht den Schlaf raubte, viel zu mächtig war, um ihn zu unterbrechen.

11

Ich spürte förmlich, wie der Engel jedes Wort von mir las, doch die Stille wurde nicht gestört. Wenn man verrückt ist, dann wirkt sich Stille zuweilen wie ein Nebel aus, der normale, alltägliche Dinge – einen gewohnten Anblick, ein vertrautes Geräusch – verschleiert, so dass alles ein wenig verformt und mysteriös erscheint. So wie eine viel befahrene Straße urplötzlich nach rechts abzubiegen scheint, weil der Nebel bei Nacht die Scheinwerfer so seltsam bricht, während der Verstand einem zubrüllt, dass es geradeaus weitergeht. Der Wahnsinn ist diesem Moment des Zweifels vergleichbar, in dem ich nicht weiß, ob ich meinen Augen oder meiner Erinnerung trauen soll, weil beide zu denselben heimtückischen Irrtümern fähig sind. Ich fühlte den Schweiß auf meiner Stirn, und ich schüttelte mich wie ein nasser Hund von oben bis unten, um mich von dem klammen, verzweifelten Gefühl zu befreien, das der Engel in meine Wohnung hereingetragen hatte.

»Hau ab!«, sagte ich und spürte, wie mich urplötzlich der Mut gänzlich verließ. »Hau ab! Ich hab einmal mit dir gekämpft!«, brüllte ich. »Einmal sollte genügen!«

Mir zitterten die Hände, und ich wollte nach Peter the Fireman rufen. Aber ich wusste, dass er zu weit weg und ich auf mich allein gestellt war, und so ballte ich die Fäuste, um das Zittern zu verbergen.

Als ich gerade tief Luft holte, hörte ich, wie es an meiner Wohnungstür klopfte. Das Geräusch, das wie ein Trommelfeuer klang, platzte in das eingebildete Geschehen hinein, und als ich aufstand, drehte sich meine Umgebung sekundenlang vor meinen Augen, bis ich das Gleichgewicht wiedererlangte. Mit wenigen Schritten durchquerte ich das Zimmer und ging an die Tür.
Eine weitere Salve.
Ich hörte eine Stimme: »Mr. Petrel! Mr. Petrel? Alles in Ordnung da drinnen?«
Ich lehnte die Stirn an die Holztür. Sie fühlte sich kühl an, als fieberte ich und sie bestünde aus Eis. Hastig ging ich den Katalog der Stimmen durch, die ich kannte. Eine meiner Schwestern hätte ich auf der Stelle erkannt. Meine Eltern konnte ich ausschließen, da sie mich noch nie zu Hause besucht hatten.
»Mr. Petrel! Bitte antworten Sie! Alles in Ordnung?«
Ich lächelte. Ich hörte ein zartes H vor dem O.
Mein Nachbar auf der anderen Seite des Flurs ist Ramon Santiago, der bei der städtischen Müllabfuhr arbeitet. Er hat eine Frau, Rosalita, und ein hübsches kleines Töchterchen namens Esperanza, offenbar ein überaus lernbegieriges Geschöpf, das von ihrem Thron aus, dem Arm ihrer Mutter, mit dem konzentrierten Blick eines College-Professors auf ihre Umgebung herabsieht.
»Mr. Petrel?«
»Mir fehlt nichts, Mr. Santiago, danke.«
»Ganz bestimmt?« Wir redeten durch die geschlossene Tür, und ich fühlte, dass er nur Zentimeter von mir entfernt war, direkt auf der anderen Seite. »Sie sollten bitte aufmachen. Ich möchte mich nur davon überzeugen, dass alles in Ordnung ist.«

Mr. Santiago klopfte wieder, und diesmal griff ich nach dem Riegel des Schlosses und zog die Tür einen Spalt breit auf. Unsere Blicke trafen sich, und er sah mich prüfend an.

»Wir haben Schreie gehört«, sagte er. »Es klang, als ob es jeden Moment eine Schlägerei geben würde.«

»Nein«, sagte ich. »Ich bin allein.«

»Ich hab Sie reden hören. Als hätten Sie mit jemandem Streit. Sind Sie wirklich sicher, dass Ihnen nichts fehlt?«

Ramon Santiago war ein kleinwüchsiger Mann, doch nachdem er bereits einige Jahre lang in der frühmorgendlichen Stadt schwere Mülltonnen gehoben hatte, waren seine Arme und Schultern auffallend muskulös. Er wäre für jeden ein ernst zu nehmender Gegner gewesen und musste, wie ich vermutete, selten einmal handgreiflich werden, um sich Gehör zu verschaffen.

»Nein danke, mir geht's wirklich gut.«

»Sie sehen aber nicht so aus, Mr. Petrel. Ist Ihnen schlecht?«

»Hab nur in letzter Zeit ein bisschen viel Stress gehabt. Und ein paar Mahlzeiten ausgelassen.«

»Soll ich jemanden anrufen? Eine von Ihren Schwestern vielleicht?«

Ich schüttelte den Kopf. »Mr. Santiago, bitte, meine Schwestern kann ich jetzt am wenigsten gebrauchen.«

Er lächelte mich verständnisvoll an. »Ich weiß. Verwandtschaft. Manchmal können die einen in den Wahnsinn treiben.« Kaum waren die Worte heraus, senkte er verlegen den Blick, als ob er mich gerade beleidigt hätte.

Ich lachte. »Nein, nein, Sie haben ja Recht. Das können sie wirklich. Und in meinem Fall ist es ihnen zweifellos gelungen. Und ich vermute mal, das wird ihnen wieder gelingen, früher oder später. Aber im Moment ist alles in Ordnung.«

Er musterte mich weiter mit einem zweifelnden Blick.

»Trotzdem, Mann, haben Sie mir einen ganz schönen Schrecken eingejagt. Sie nehmen doch Ihre Pillen regelmäßig?«

Ich zuckte die Schultern. »Ja«, log ich. Ich sah, dass er mir nicht glaubte. Er schaute mich weiterhin forschend an und fixierte mein Gesicht, als suchte er jede Runzel, jede Falte nach erkennbaren Symptomen ab, als sei meine Krankheit an einem Hautausschlag oder einer Gelbsucht zu erkennen. Ohne den Blick abzuwenden, warf er ein paar Worte auf Spanisch über die Schulter, und ich sah seine Frau und ihr kleines Kind in der Wohnungstür gegenüber stehen. Rosalita wirkte ein wenig verängstigt, und sie hob die Hand, um mir zaghaft zuzuwinken. Auch das Kind erwiderte mein Lächeln. Dann wechselte Mr. Santiago wieder ins Englische.

»Rosie«, sagte er in forderndem, wenn auch nicht ärgerlichem Ton, »geh und bring Mr. Petrel auf einem Pappteller was von dem Reis mit Huhn, das wir zum Abendessen haben. Er sieht so aus, als könnte er mal 'ne anständige warme Mahlzeit brauchen.«

Ich sah, wie sie nickte, mir ebenfalls ein zartes Lächeln zuwarf und in ihrer Wohnung verschwand. »Das ist sehr nett von Ihnen, wäre aber wirklich nicht nötig gewesen …«

»Kein Problem. Arroz con pollo. *Da, wo ich herkomme, Mr. Petrel, hilft das so ziemlich gegen alles und jedes. Bist du krank, kriegst du Reis mit Huhn. Wirst du gefeuert, kriegst du Reis mit Huhn. Bricht dir jemand das Herz?«*

»... Reis mit Huhn«, brachte ich den Satz für ihn zu Ende.

»Sie haben's hundert Prozent getroffen.« Wir mussten beide grinsen.

Rosie kam nach wenigen Sekunden mit einem Pappteller zurück, auf dem sich dampfendes Hühnchen mit lockerem gelbem Reis türmte. Sie lief damit über den Flur, und ich nahm ihn ihr ab, wobei ich kaum merklich ihre Hand streifte und mir bewusst wurde, dass ich schon lange keine menschliche Berührung mehr gefühlt hatte. »Das wäre wirklich nicht ...«, fing ich an, doch beide Santiagos schüttelten den Kopf.

»Und Sie sind sicher, dass ich Ihnen niemanden rufen soll? Wenn nicht Ihre Familie, dann vielleicht jemanden vom Sozialamt? Oder einen Freund?«

»Hab nicht mehr allzu viele Freunde, Mr. Santiago.«

»Also, es gibt mehr Leute, denen Sie am Herzen liegen, als Sie denken«, sagte er. Ich schüttelte wieder den Kopf.

»Dann irgendjemand anders?«

»Nein, wirklich nicht.«

»Und Sie sind ganz sicher, dass Sie nicht von jemandem belästigt wurden? Ich hab laute Stimmen gehört. Klang für mich wie kurz vor 'ner Prügelei.«

Ich lächelte, weil ich in Wahrheit tatsächlich von jemandem belästigt worden war. Nur, dass es ihn nicht wirklich gab. Ich öffnete die Tür weit und ließ ihn hereinschauen. »Ganz allein, Ehrenwort«, sagte ich. Doch ich sah, wie sein Blick quer durch die Wohnung schnellte und an den Worten hängen blieb, die ich auf die Wand kritzelte. In dem Moment dachte ich, er würde etwas sagen, doch er schwieg. Er streckte die Hand aus und legte sie mir auf die Schulter.

»Wenn Sie Hilfe brauchen, Mr. Petrel, brauchen Sie nur bei mir zu klopfen. Jederzeit. Tag und Nacht. Verstanden?«

»Danke, Mr. Santiago«, sagte ich und nickte. »Und danke für das Essen.«

Ich schloss die Tür und holte tief Luft, indem ich das Aroma des Essens einsog. Plötzlich kam es mir so vor, als hätte ich seit Tagen nichts gegessen, auch wenn ich mich an überbackenen Käse erinnerte. Aber wann war das gewesen? In einer Schublade fand ich eine Gabel und stieß sie in Rosalitas Spezialität. Ich war gespannt, ob arroz con pollo, *das bei so vielen geistigen Leiden half, mich von meinem heilen konnte. Zu meiner Verwunderung schien mir jeder Bissen frische Kräfte zu verleihen, und während ich kaute, sah ich, welchen Fortschritt ich an der Wand gemacht hatte. Geschichtskolumnen.*

Und ich merkte, dass ich wieder allein war.

Er würde wiederkommen. Daran zweifelte ich nicht. Er lauerte, diffus, in irgendeinem Winkel außerhalb meiner Reichweite und entzog sich meinem Bewusstein. Wich mir aus. Wich der Familie Santiago aus. Dem arroz con pollo. *Versteckte sich vor meinem Gedächtnis. Doch im Moment hatte ich zu meiner großen Erleichterung nichts weiter als Hühnchen, Reis und Wörter. Und ich musste unwillkürlich denken: Das ganze Gefasel in Gulp-a-pills Büro über Vertraulichkeit war nichts als aufgeblasenes leeres Gerede gewesen.*

Es dauerte nicht lange, bis alle Patienten und sämtliches Personal Lucy Jones' Anwesenheit im Amherst-Gebäude zur Kenntnis genommen hatten. Es lag nicht nur an der Art, wie sie sich kleidete, in weiten, dunklen Hosen und Pullover, die lederne Aktentasche in der Hand, dass sie zum legeren Klinikalltag in auffälligem Gegensatz stand, oder an ihrer Größe und Körperhaltung oder der charakteristischen Narbe in ihrem Gesicht, dass sie anders war. Es war vielmehr die Art, wie ihre Absätze auf dem Linoleumboden klickten und sie durch die Flure lief, mit einem derart wachsamen Blick, dass man meinen konnte, sie überprüfte alles und jeden und sei unablässig auf der Suche nach einem verräterischen Zeichen, das ihr weiterhalf. Es war eine Geistesgegenwart, die nichts mit Paranoia, Wahnvorstellungen oder Stimmen zu tun hatte. Selbst die Katos, die in den Ecken lungerten oder an die Wand gelehnt herumstanden, oder die senilen, an den Rollstuhl gefesselten Alten, die alle ihren eigenen Tagträumen nachzuhängen schienen, oder die geistig Zurückgebliebenen, die stumpf auf alles starrten, was um sie her geschah, schienen auf eigentümliche Weise wahrzunehmen, dass Lucy von Kräften getrieben wurde, die mindestens so mächtig waren wie diejenigen, mit denen sie alle zu kämpfen hatten, nur dass ihre irgendwie angemessener waren – in stärkerem Bezug zur Welt. Und so folgten die Patienten ihr, sobald sie an ihnen vorübereilte, mit den Blicken, und wenn sie auch nicht in ihren Selbstgesprächen innehielten oder das Zittern ihrer Hände aufhörte, so schenkten sie ihr eine Aufmerksamkeit, die sich ihrer Krankheit widersetzte. Selbst bei den Mahlzeiten, die sie zusammen mit den Patienten und dem Personal in der Cafeteria einnahm, wo sie wie jeder andere für einen Teller mit dem undefinierbaren Kantinenfraß Schlange stand, war sie jemand von draußen. Sie zog es vor, an einem Ecktisch zu sitzen, von wo aus sie die anderen im Raum sehen konnte, mit dem Rücken zu einer lindgrün gestrichenen Schlackensteinwand.

Gelegentlich gesellte sich jemand zu ihr – entweder Mr. Evil, der sich für alles, was sie tat, brennend zu interessieren schien, oder Big Black und Little Black, bei denen sich jedes Gespräch früher oder später um Sport zu drehen schien. Manchmal setzte sich auch jemand vom Pflegepersonal zu ihr, doch neben deren schlichter weißer Tracht und der spitzen Haube stach sie noch mehr von der Klinikroutine ab. Und wenn sie sich mit einem ihrer Tischnachbarn unterhielt, schien sie ständig Seitenblicke durch den Raum zu werfen, was Francis ein wenig an einen Feldadler erinnerte, der auf Luftströmungen hoch über ihnen schwebte und herunterspähte, um zwischen den vertrockneten braunen Stängeln des Neu-England-Frühlings die kleinste Bewegung auszumachen und seine Beute zu sondieren.

Von den Patienten setzte sich keiner zu ihr, anfangs nicht einmal Francis oder Peter the Fireman. Das war Peters Idee. Er hatte zu ihr gesagt, es sei nicht sinnvoll, allzu viele Leute wissen zu lassen, dass sie mit ihr zusammenarbeiteten, auch wenn die Leute nicht lange brauchten, um das selber herauszufinden. Und so ignorierten Francis und Peter sie in den ersten Tagen im Speisesaal.

Cleo allerdings nicht.

Als Lucy ihr Tablett zur Rückgabe trug, ging die füllige Patientin direkt auf sie zu.

»Ich weiß, wieso Sie hier sind!«, sagte Cleo. Sie war laut und absichtlich vorwurfsvoll, und ohne das übliche Geklapper von Geschirr und Tabletts hätte sie mit ihrem Ton die allgemeine Aufmerksamkeit auf sich gelenkt.

»Ach tatsächlich?«, erwiderte Lucy ruhig. Sie ging an Cleo vorbei und fing an, Essensreste von einem robusten weißen Teller in einen Abfallbehälter zu kratzen.

»Allerdings«, fuhr Cleo in sachlichem Tonfall fort. »Das ist nicht schwer zu raten.«

»Meinen Sie?«

»Ja«, sagte Cleo, nunmehr mit der typischen Theatralik und dem Draufgängertum, das Wahnsinn manchmal mit sich brachte, so dass es die gewöhnlichen Hemmschwellen durchbrach.
»Dann sollten Sie mir vielleicht erzählen, was Sie denken.«
»Aha! Natürlich. Sie meinen, Ägypten an sich reißen!«
»Ägypten?«
»Ägypten«, sagte Cleo mit einer ausladenden Geste, die den ganzen Saal einschloss und in der auch ein gewisser Tadel darüber steckte, wie Lucy Jones das Offensichtliche entgehen konnte. »Mein Ägypten. Und als Nächstes wollen Sie sich zweifellos auch an Mark Anton und an Cäsar heranmachen.«
Cleo räusperte sich laut, verschränkte für einen Moment die Arme, so dass sie Lucy wie ein Fels den Weg verstellte, und endete mit ihrem in beinahe jeder Lebenslage passenden Spruch: »Die Arschlöcher. Die verdammten Arschlöcher.«
Lucy Jones sah sie etwas verwirrt an und schüttelte den Kopf. »Nein, da liegen Sie entschieden daneben. Ägypten ist bei Ihnen sicher aufgehoben. Ich würde mir niemals anmaßen, jemandem eine solche Krone streitig zu machen, nicht um alles in der Welt.«
Cleo stützte die Hände in die Hüften und starrte Lucy an. »Wieso sollte ich Ihnen glauben?«, fragte sie.
»Ich kann Ihnen nur mein Wort darauf geben.«
Die schwere Frau zögerte, kratzte sich dann in dem wirren Haarknäuel mitten auf ihrem Kopf. »Sind Sie ein Mensch von Ehrbarkeit und Anstand?«, fragte sie abrupt.
»Das sagt man mir jedenfalls nach«, erwiderte Lucy.
»Gulp-a-pill und Mr. Evil würden dasselbe sagen, aber ich traue ihnen nicht.«
»Ich auch nicht«, sagte Lucy ruhig und beugte sich ein wenig vor. »Da sind wir uns jedenfalls einig.«

»Wenn Sie also nicht gekommen sind, um Ägypten zu erobern, weshalb dann?«, fragte Cleo und stützte wieder die Hände in die Hüften, während sie in einen aggressiv intuitiven Tonfall wechselte.
»Ich glaube, es gibt einen Verräter in Ihrem Reich«, sagte Lucy gedehnt.
»Welche Art von Verräter?«
»Die übelste Sorte.«
Cleo nickte. »Das hat mit Lankys Verhaftung zu tun und dem Mord an Short Blond, nicht wahr?«
»Ja«, erwiderte Lucy.
»Ich hab ihn gesehen«, sagte Cleo. »Nicht gut, aber ich habe ihn gesehen. In der Nacht.«
»Wen? Wen haben Sie gesehen?«, hakte Lucy nach und neigte sich, plötzlich ganz bei der Sache, unwillkürlich vor.
Cleo schenkte ihr ein vielsagendes, katzenhaftes Lächeln, dann zuckte sie die Schultern. »Wenn Sie meine Hilfe brauchen«, sagte sie, nunmehr ganz Majestät, in herablassendem Ton, »dann sollten Sie ein förmliches Ersuchen an mich richten, zur rechten Zeit und am rechten Ort.«
Damit trat Cleo zurück und machte, nachdem sie sich genüsslich und in übertriebener Manier eine Zigarette angezündet hatte, mit zufriedener Miene auf dem Absatz kehrt. Lucy schien nicht recht zu wissen, was sie tun sollte; sie trat einen Schritt in ihre Richtung, doch nur, um von Peter the Fireman abgefangen zu werden, der in diesem Moment sein Tablett zur Rückgabetheke gebracht hatte, obwohl Francis sehen konnte, dass er sein Essen kaum angerührt hatte. Er kratzte seinen Teller leer und schob seine Utensilien in die Geschirrabgabe. Während er noch damit beschäftgt war, hörte Francis, wie er zu Lucy sagte: »Das stimmt. Sie hat in der Nacht tatsächlich den Engel gesehen. Sie hat uns erzählt, er sei in den Frauen-

schlafsaal gekommen, hätte eine Weile dagestanden, sei dann wieder hinausgegangen und hätte die Tür von außen abgeschlossen.«

Lucy Jones nickte. »Merkwürdiges Verhalten«, sagte sie, auch wenn selbst ihr klar sein musste, dass sich eine solche Feststellung in einer Nervenheilanstalt erübrigte, einem Ort, an dem sämtliche Verhaltensweisen bestenfalls bizarr und schlimmstenfalls wahrhaft entsetzlich waren. Sie warf einen Blick auf Francis, der ebenfalls aufgestanden war und sich zu ihnen gesellte. »C-Bird, sagen Sie, wieso sollte jemand, der gerade ein Gewaltverbrechen verübt und sich die größte Mühe gegeben hat, seine Spuren zu verwischen, und der außerdem gerade jemand anderem die Schuld dafür in die Schuhe geschoben hat, ein Mann, der das dringende Bedürfnis haben muss, zu verschwinden und sich zu verstecken, einen Raum voller Frauen betreten, von denen nur die eine oder andere aufzuwachen braucht, um ihn zu erkennen?«

Francis schüttelte den Kopf. Er überlegte: Würden sie ihn tatsächlich erkennen? Er hörte, wie mehrere Stimmen in seinem Innern danach drängten, die Frage zu beantworten, doch er ignorierte sie und sah Lucy in die Augen. Sie zuckte die Schultern.

»Ein Rätsel«, sagte Lucy. »Aber eines, auf das ich früher oder später eine Antwort brauche. Glauben Sie, dass ich sie von Ihnen bekommen kann, Francis?«

Er nickte.

Sie lachte leise. »C-Bird traut sich was zu. Das gefällt mir«, sagte sie.

Und dann nahm sie ihn mit in den Flur.

Sie wollte gerade noch etwas sagen, doch Peter hielt die Hand hoch. »C-Bird, lass sonst niemanden wissen, was Cleo gesehen hat.« Dann wandte er sich an Lucy Jones. »Als Francis

das erste Mal mit ihr redete und sie erwähnte, dass der Mann, nach dem wir suchen, in den Schlafsaal der Frauen gekommen ist, war sie nicht in der Lage, eine annähernd brauchbare, stimmige Beschreibung vom Engel zu liefern. Alle waren ziemlich verstört. Vielleicht ist ihr inzwischen, nachdem sie ein bisschen Zeit hatte, über diese Nacht nachzudenken, irgendetwas Wichtiges eingefallen. Sie mag Francis. Ich denke, es wäre klug, dass er noch mal zu ihr geht und mit ihr über die Ereignisse in der Nacht redet. Das hätte den zusätzlichen Vorteil, dass wir keine unnötige Aufmerksamkeit auf sie lenken, denn sobald Sie Cleo selbst befragen, werden die Leute begreifen, dass sie mit der ganzen Sache was zu tun hat.«
Lucy dachte einen Moment über Peters Vorschlag nach und nickte. »Das leuchtet ein. Francis, können Sie das in die Hand nehmen und dann zu mir kommen?«
»Ja«, sagte Francis, auch wenn er sich seiner Sache keineswegs sicher war, egal, was Lucy gerade über sein Selbstvertrauen geäußert hatte. Er konnte sich nicht entsinnen, jemals einem anderen Menschen Fragen gestellt zu haben, um ihm Informationen aus der Nase zu ziehen.
In dem Moment schlenderte Newsman an ihnen vorbei, blieb in ein, zwei Metern Abstand von ihnen stehen, vollführte eine ballettreife Pirouette auf dem polierten Boden, so dass seine Schuhe quietschten, und sagte dann, »*Union-News*: Markteinbruch nach schlechten Wirtschaftsprognosen.« Er wirbelte elegant zurück, dann erneut herum und drehte schließlich ab, um, die Zeitung wie ein Segel vor sich ausgebreitet, den Flur entlang davonzugleiten.
»Wenn ich noch mal mit Cleo rede«, sagte Francis, »was machst du dann so lange, Peter?«
»Was ich mache? Die Frage sollte eher lauten, ›Was hätte ich gerne?‹ Ich hätte es gerne, C-Bird, dass Miss Jones hinsichtlich

der Unterlagen, die sie mitgebracht hat, ein bisschen mitteilsamer wäre.«

Zuerst antwortete Lucy nicht, und Peter wandte sich direkt an sie. »Es würde uns helfen, ein bisschen mehr über die Einzelheiten zu erfahren, die Sie herausgebracht haben, wenn wir Ihnen hier behilflich sein sollen.«

Wieder schien sie zu zögern. »Wieso glauben Sie –«, fing sie an, nur um von Peter unterbrochen zu werden. Er lächelte auf diese charakteristisch lässige Art, was, für Francis zumindest, bedeutete, dass ihm etwas Amüsantes und Ungewöhnliches in den Sinn gekommen war.

»Sie haben die Akten aus denselben Gründen mitgebracht, die ich an Ihrer Stelle im Auge gehabt hätte. Weil Sie sich auf Schritt und Tritt von den Gemeinsamkeiten überzeugen müssen. Und weil Ihnen, Miss Jones, irgendwo auch noch ein Chef im Nacken sitzt, der bald Ergebnisse sehen will. Wahrscheinlich ein Boss, dem schnell die Sicherungen durchbrennen und dessen Auffassung davon, wie seine jungen Mitarbeiter ihre Zeit am effizientesten nutzen, von übertriebenen politischen Rücksichten bestimmt ist. Demnach steht auf unserer Geschäftsordnung die Aufgabe ganz obenan, die Parallelen zwischen den Details dieser früheren Morde und dem hier in der Klinik aufzuzeigen. Ich finde daher, dass ich Einsicht in diese Akten bekommen sollte.«

Lucy holte tief Luft. »Interessanterweise hat mich Mr. Evans heute Morgen um dasselbe gebeten, und zwar mehr oder weniger mit derselben Begründung.«

»Große Geister denken gleich«, sagte Peter mit unverhülltem Sarkasmus.

»Ich habe sein Ansinnen zurückgewiesen.«

Peter zögerte, bevor er sagte: »Und zwar, weil Sie sich bis jetzt nicht sicher sind, ob Sie ihm trauen können.«

Auch das war amüsant, und er schien bei den letzten Worten zu lachen.
Lucy lächelte. »Mehr oder weniger genau das, was ich gerade der Dame gesagt habe, die Ihr Cleo nennt.«
»Aber C-Bird und ich, na ja, wir gehören nicht in dieselbe Schublade, oder?«
»Nein, gehören Sie nicht. Zwei Unschuldslämmer. Aber wenn ich Ihnen diese ...«
»Werden Sie Mr. Evans ärgern. Sein Pech.«
Wieder ließ sich Lucy mit ihrer Antwort Zeit, und diesmal lag Neugier in ihrer Stimme. »Peter«, sagte sie langsam, »ist es Ihnen eigentlich ganz und gar egal, wem Sie auf die Zehen treten? Besonders, wenn es dabei um jemanden geht, dessen Auffassung über Ihre gegenwätige Geistesverfassung für Ihre eigene Zukunft so entscheidend sein kann ...«
Peter schien jeden Moment loslachen zu wollen, und er strich sich mit der Hand durchs Haar, zuckte die Schultern und schüttelte mit demselben schiefen Grinsen den Kopf. »Kurz und bündig lautet die Antwot auf Ihre Frage: Ja. Es ist mir ziemlich egal, wem ich auf die Zehen trete. Evans hasst mich, und was immer ich sage oder tue, er wird mich nur noch mehr dafür hassen, und das hat nicht allzu viel damit zu tun, wer ich bin, sondern damit, was ich getan habe. Also hege ich keine allzu großen Hoffnungen, dass er seine Meinung ändert. Und er ist in dem Wir-hassen-Peter-Club hier drinnen nicht allein, er ist nur der offensichtlichste und, man könnte sagen, der widerwärtigste Vertreter. Ich kann tun, was ich will, daran wird sich nichts ändern. Wieso soll ich mir also um ihn Gedanken machen?«
Lucy musste auch ein wenig lächeln. Dadurch verzog sich die Narbe in ihrem Gesicht, und Francis kam plötzlich der Gedanke, dass das Seltsamste an einem derart gravieren-

den Makel war, dass er ihre übrige Schönheit nur noch unterstrich.
»Ich protestiere zu viel?«, fragte Peter und grinste immer noch.
»Was wird noch gleich den Iren nachgesagt?«
»Eine Menge. Aber vor allem, dass wir uns gerne selber reden hören. Das ist das abgedroschenste Klischee, aber leider eines, das auf jahrhundertelanger Erfahrung basiert.«
»In Ordnung«, sagte Lucy. »Francis, wie wär's, wenn Sie jetzt zu Miss Cleo gehen würden, während Peter mich in mein kleines Büro begleitet?«
Francis schwieg, und so fragte Lucy nach: »Falls Sie nichts dagegen haben.«
Er nickte, um sein Einverständnis anzuzeigen. Es war ein seltsames Gefühl, dachte er. Er wollte ihr tatsächlich helfen, denn jedes Mal, wenn er sie ansah, fand er sie noch schöner als davor. Aber er war ein bisschen eifersüchtig darauf, dass Peter sie begleiten durfte, während er sich auf Cleo stürzen musste. Seine Stimmen, nach wie vor gedämpft, rumorten in ihm. Doch er ignorierte den Lärm und eilte nach kurzer Überlegung den Flur entlang Richtung Tagesraum, wo er Cleo hinter dem Pingpongtisch in ihrer gewohnten Ecke vermutete, um das eine oder andere Opfer für ein Spiel zu finden.

Francis hatte sich nicht getäuscht. Cleo stand an ihrem angestammten Platz und hatte bereits Beute gemacht – drei andere Patienten am anderen Ende des Tischs, die sie mit Schlägern bewaffnet und jeweils an ihren Posten platziert hatte, wo sie reagieren sollten, falls ihr Ball dort auftraf. Außerdem demonstrierte sie jedem von ihnen, wie sie in die Knie gehen, den Schläger halten und vor einer Aktion ihr Gewicht auf die Fußballen verlagern mussten. Es war, wie Francis sah, eine kleine

Spezialklinik, wo man das Spiel zu spielen lernte, und, wie er stark vermutete, von vornherein zum Scheitern verurteilt. Es handelte sich durchweg um ältere Männer mit strähnigem grauem Haar und schlaffer Haut mit braunen Altersflecken. Er sah, wie jeder von ihnen unglücklich versuchte, sich auf das zu konzentrieren, was sie ihnen erklärte, und wie sie mit ihren Aufgaben haderten. Diese bescheidenen Herausforderungen türmten sich kurz vor Spielbeginn wie unüberwindliche Hindernisse vor ihnen auf, und er sah auch, dass sie, je näher Cleos Eröffnungssalve rückte, umso weniger der Herausforderung gewachsen waren, wie gut sie ihre Schüler auch unterrichtet haben mochte.

Cleo wiederholte dreimal, »Kann's losgehen?«, und sah jedem von ihnen in die Augen, während sie sich auf den Aufschlag vorbereitete.

Jeder ihrer Gegner nickte widerstrebend.

Mit einer flinken Bewegung aus dem Handgelenk heraus warf Cleo den Ball senkrecht in die Luft. Dann schnellte ihr Schläger mit schlangenhafter Geschmeidigkeit vor und beförderte ihn quer über den Tisch, so dass er laut klickte, übers Netz hüpfte, dahinter auf die Platte traf und genau zwischen zwei Gegnern hindurchsauste, ohne dass einer von ihnen sich auch nur einen Hauch von der Stelle rührte.

Francis rechnete damit, dass Cleo jetzt explodierte. Sie lief rot an, und ihre Oberlippe zog sich wütend zurück. Doch genauso schnell, wie der Zorn aufwallte, war er wieder verflogen. Einer der Gegner hob den kleinen weißen Ball auf und warf ihn Cleo über den Tisch hinweg zu. Sie legte ihn auf der grünen Platte unter ihrem eigenen Schläger ab.

»Danke für das Spiel.« Sie seufzte, und die Wut, die ihr ins Gesicht geschrieben stand, wechselte zu Resignation. »Wir arbeiten später noch ein bisschen an unserer Beinarbeit.«

Die drei Gegner waren allesamt sichtlich erleichtert und begaben sich in unterschiedliche Ecken im Aufenthaltsraum.
Der Tagesraum war wie immer voll und wimmelte von einer bizarren Mischung aus Aktivitäten. Es war ein offener, heller Raum, in dem eine Reihe vergitterter Fenster die Sonne und eine gelegentliche milde Brise hereinließ. Die glänzend weiß gestrichenen Wände schienen das Licht und die Energie im Zimmer einzufangen und zu reflektieren. Patienten in unterschiedlichster Kleidung, von den allgegenwärtigen weiten Morgenmänteln und Pantoffeln bis zu Jeans und Mänteln, vertrieben sich die Zeit. Quer im Raum waren billige rote und grüne Ledersofas und abgewetzte Sessel verteilt, auf denen sich Männer und Frauen trotz des Geräuschpegels still in eine Lektüre vertieften. Zumindest erweckten sie den Anschein, als ob sie lasen, wenn auch selten Seiten umgeblättert wurden. Auf robusten hölzernen Beistelltischen lagen alte Zeitschriften und zerfetzte Taschenbuch-Romane aus. In zwei Ecken standen Fernsehapparate, um die sich eine Unmenge Stammgäste scharte, die ihre Seifenopern in sich aufzusaugen schienen. Die Apparate machten sich gegenseitig Konkurrenz, da jeweils andere Kanäle eingeschaltet waren, als hätten die Figuren der einen Serie dem anderen Sender den Kampf angesagt. Dies war ein Zugeständnis an die beinahe täglichen Streitigkeiten zwischen den beiden Anhängergruppen.
Francis schaute sich weiter um und sah ein paar Patienten bei Brettspielen wie Monopoly oder Risiko oder bei Schach und Dame, während andere Karten spielten. Herz war der Favorit im Tagesraum. Poker wurde von Gulp-a-pill verboten, als allzu oft Zigaretten als Chips zum Einsatz kamen und einige Patienten sie zu horten begannen. Dabei handelte es sich um die weniger verrückten oder, wie Francis es sah, diejenigen, die bei ihrer Abschiebung in die Heilanstalt nicht sämtliche

Beziehungen zur Außenwelt an der Garderobe abgegeben hatten. Er zählte sich selbst zu dieser Gruppe, eine Einschätzung, die alle Stimmen, die er hörte, uneingeschränkt teilten. Und dann waren da natürlich noch die Katos, die einfach nur von A nach B und zurück wanderten und mit allen und keinem redeten. Einige tanzten. Einige schlurften. Einige liefen zügig hin und her. Doch jeder hatte seine eigene Gangart, während er von solch unzugänglichen Wahnvorstellungen getrieben wurde, dass Francis bestenfalls raten konnte, welcher Natur sie waren. Manchmal fühlte er sich auch auf dem Schwebebalken seines eigenen Lebens diesen Leuten näher als den Gesunden. In seinen Augen hatte sie das Schicksal zur Rolle des Verlierers verdammt.

Über ihnen allen hing ein dünner Schleier Zigarettenrauch. Francis hasste diesen Raum und mied ihn, wenn er konnte.

Es war ein Ort, an dem jeder ungehemmt seinen Gedanken freien Lauf ließ.

Cleo herrschte, wie konnte es anders sein, über den Pingpongtisch und seine unmittelbare Umgebung.

Ihre ungestüme Art und furchterregende Erscheinung schüchterten die meisten anderen Patienten ein, wovon sich auch Francis nicht ganz freisprechen konnte. Andererseits besaß sie für ihn eine Lebhaftigkeit, die er bei den meisten anderen vergeblich suchte und die er genoss, und er wusste, dass sie witzig sein konnte und nicht selten andere zum Lachen brachte, eine seltene, unschätzbare Gabe in der Klinik. Sie hatte ihn bald in einiger Entfernung erspäht und blickte ihm mit einem wilden Grinsen entgegen.

»C-Bird! Kommst du, um mich herauszufordern?«, fragte sie.

»Nur, wenn du mich zwingst«, erwiderte Francis.

»Dann bestehe ich drauf. Zwinge ich dich. Bitte …«

Er ging hin und nahm einen Schläger in die Hand. »Ich muss

mit dir darüber sprechen, was du in dieser Nacht gesehen hast.«

»In der Mordnacht? Schickt dich die Staatsanwältin vor?«

Er nickte.

»Es hat etwas mit diesem Verräter zu tun, den sie sucht?«

»Stimmt.«

Cleo schien einen Moment zu überlegen, dann hielt sie den kleinen, weißen Tischtennisball in die Höhe und betrachtete ihn aus der Nähe. »Weißt du, was«, sagte sie, »du kannst deine Fragen stellen, während wir spielen. Solange du den Ball zurückschlägst, beantworte ich deine Fragen. Nennen wir es ein Spiel im Spiel.«

»Ich weiß nicht …«, fing Francis an, doch Cleo tat seinen Protest mit einer nonchalanten Handbewegung ab.

»Es ist eine Herausforderung«, sagte sie.

Damit warf sie den Ball in die Luft und machte den Aufschlag. Francis beugte sich über den grünen Tisch und schlug den Ball zurück. Cleo nahm ihn spielend, und plötzlich erfüllte ein rhythmisches Pingpong den Raum, ein zügiges Wechselspiel.

»Hast du noch mal über das nachgedacht, was du in der Nacht gesehen hast?«, fragte Francis, während er zum nächsten Schlag ausholte.

»Natürlich«, erwiderte Cleo und nahm den Ball mühelos an. »Und je mehr ich darüber nachdenke, desto mehr fasziniert mich die Sache. Hier in Ägypten steht uns einiges ins Haus, nicht wahr, und Rom verfolgt seine eigenen Interessen, oder etwa nicht?«

»Inwiefern?«, hakte Francis nach und ächzte, auch wenn er den Ball nicht verschenkte.

»Was ich gesehen habe, dauerte nur ein paar Sekunden«, sagte Cleo, »aber ich denke, das Wenige, was ich gesehen habe, sprach Bände.«

»Erzähl weiter«, sagte Francis.
Cleo erwiderte den nächsten Schlag ein wenig schneller und stärker angeschnitten, so dass er ihn mit der Rückhand nehmen musste, was ihm zu seinem eigenen Staunen gelang. Er sah, wie Cleo seine Vorlage grinsend nahm und spielend parierte. »Dass er nach allem, was er getan hatte, es wagte, den Schlafsaal zu betreten«, sagte Cleo, »war für mich ein deutliches Zeichen dafür, dass es kaum etwas gibt, wovor er Angst hat, nicht wahr?«
»Ich kann dir nicht folgen«, sagte Francis.
»Und ob du das kannst«, erwiderte Cleo und machte diesmal eine einfache Vorlage mitten über die Platte. »Wir haben hier doch alle vor etwas Angst, C-Bird, oder etwa nicht? Entweder vor dem, was in uns selber steckt oder in den anderen oder vor dem, was draußen ist. Wir haben Angst vor Veränderungen. Wir haben Angst davor, zu stagnieren. Wir sind wie versteinert, wenn irgendetwas aus dem gewohnten Rahmen fällt. Bei jeder Veränderung in der Alltagsroutine verfallen wir in Panik. Jeder hier will anders sein, aber das erscheint uns bedrohlicher als irgendetwas sonst. Was sind wir also? Wir leben in einer Welt, die so gefährlich ist, dass wir ihr nicht gewachsen sind. Kannst du mir folgen?«
Alles, was Cleo gesagt hatte, räumte Francis ein, entsprach der Wahrheit. »Willst du damit sagen, dass wir Gefangene sind?«
»Häftlinge. Allerdings«, erwiderte sie. »In jeder Hinsicht gefangen: durch Mauern, Medikamente, unsere eigenen Gedanken.« Diesmal schlug sie den Ball ein wenig fester, doch so, dass er ihn noch erwischte. »Aber der Mann, den ich gesehen habe, also, der war es offenbar nicht. Oder falls doch, dann tickt er vollkommen anders als alle anderen hier, nicht wahr?«
Francis schlug den Ball ins Netz. Er kullerte zu ihm zurück.

»Der Punkt geht an mich«, sagte Cleo. »Du hast den Aufschlag.«

Francis schlug den Ball über die Platte, und wieder erfüllte das Klicken ihres Schlagabtauschs den Raum. »Er hatte keine Angst«, sagte Francis, »als er diese Tür zu eurem Schlafsaal öffnete …«

Cleo fing den Ball in der Luft auf und setzte dem Spiel ein Ende. Sie beugte sich über die Platte. »Er hat Schlüssel«, sagte sie ruhig. »Er hat Schlüssel wozu? Zu den Türen im Amherst? Oder darüber hinaus? Schlüssel zu den anderen Schlafsälen. Zu den Abstellräumen? Und was ist mit den Büros im Verwaltungsgebäude und den Personalunterkünften – passen seine Schlüssel auch zu den Türen? Kann er das Eingangstor öffnen, Francis? Kann er das Eingangstor öffnen und einfach hier rausmarschieren, so oft er will?«

Sie schlug erneut den Ball.

Er überlegte einen Moment, dann sagte er: »Die Schlüssel bedeuten Macht, nicht wahr?«

Klick, klick traf der Ball auf die Platte. »Zugang bedeutet immer Macht«, sagte Cleo in einem abschließenden Ton. »Die Schlüssel sagen eine Menge«, fügte sie hinzu. »Ich frage mich, wie er daran gekommen ist.«

»Und wieso ist er in euren Saal eingedrungen und hat riskiert, gesehen zu werden?«

Cleo antwortete ein paar Ballwechsel lang nicht. Schließlich sagte sie: »Vielleicht nur, weil er es konnte.«

Wieder dachte Francis darüber nach, bevor er fragte: »Bist du sicher, dass du ihn nicht wiedererkennen würdest, wenn du ihn plötzlich vor dir hättest? Hast du mal darüber nachgedacht, wie groß er wohl war, welche Statur er hatte? Irgendein besonderes Merkmal an ihm. Etwas, wonach man suchen kann …«

Cleo schüttelte den Kopf, hielt dann aber plötzlich inne. Sie holte tief Luft und schien sich auf das Spiel zu konzentrieren, indem sie mit jedem Schlag das Tempo steigerte, so dass der Ball über der Platte hin und her zischte. Francis war ein wenig erstaunt, dass er mit ihr Schritt halten und ihre Bälle zurückgeben konnte, indem er nach links und rechts sprang, zwischen Vor- und Rückhand wechselte und den Ball jedes Mal sauber traf. Cleo lächelte. Sie tänzelte von einer Seite zur anderen und bewegte sich trotz ihres Schwergewichts mit der Grazie einer Balletteuse. »Aber Francis, du und ich, wir beide müssen nicht sein Gesicht gesehen haben, um ihn wiederzuerkennen«, sagte sie nach kurzer Überlegung. »Wir müssen nur seine Haltung sehen. Hier drinnen, an diesem Ort, in unserem Zuhause, findet sie sich kein zweites Mal. Niemand sonst wird einen Blick haben wie er, nicht wahr, C-Bird? Denn wenn wir den erst entdecken«, sagte sie, »wissen wir genau, was wir vor uns haben. Stimmt's, oder hab ich Recht?«
Francis holte aus und traf den Ball ein bisschen fester. Er flog über die Platte und schoss fünf Zentimter übers Ziel hinaus. Mit einer pfeilschnellen Bewegung fing Cleo ihn in der Luft ab, bevor er durch das Zimmer hüpfte. »Halt, zu weit«, sagte sie. »Aber ein kühner Versuch, C-Bird.«
Francis überlegte: An einem Ort voller Ängste suchten sie nach dem Mann, der keine Angst kannte. In einer Ecke des Tagesraums erhob sich auf einmal ein mehrstimmiges Gebrüll. Er hörte Zorn heraus und schnellte herum. Ein lautes Schluchzen, gefolgt von einem zornigen, schrillen Schrei lähmte den Raum. Er legte den Schläger weg und trat von der Platte zurück.
»Du machst dich, C-Bird«, kicherte Cleo laut, so dass sie den eskalierenden Streit übertönte. »Wir sollten bald mal wieder spielen.«

Als Francis Lucys Büro errreichte, war er kaum dazu gekommen, über das Gehörte nachzudenken. Er fand sie hinter einem einfachen grauen Stahlschreibtisch an die Wand gelehnt. Sie hatte die Arme verschränkt und beobachtete Peter. Er saß da und hatte drei große, braune Aktenmappen aufgeschlagen vor sich. Außerdem waren eine ganze Reihe Hochglanz-Farbfotos im Format zwanzig mal fünfundzwanzig quer über den Tisch verteilt, daneben Leichenfundort-Skizzen in strengem Schwarzweiß, mit Pfeilen und Kreisen und Anmerkungen darauf sowie Formblätter mit den Details. Es gab Berichte aus den Büros der Coroners sowie Luftaufnahmen von den Schauplätzen. Als Francis den Raum betrat, sah Peter frustriert auf.

»Hi, Francis«, sagte er. »Hat's was gebracht?«

»Vielleicht ein bisschen«, erwiderte Francis. »Ich hab mit Cleo geredet.«

»Und konnte sie eine bessere Beschreibung liefern?«

Francis schüttelte den Kopf. Er zeigte auf den Haufen Fotos und Unterlagen. »Ziemlich viel, oder?«, sagte er. Er hatte noch nie den Papierkrieg gesehen, der gewöhnlich mit der Untersuchung eines Mordes einhergeht, und war beeindruckt.

»Viel Papier, das wenig aussagt«, sagte Peter. Lucy bestätigte sein Fazit mit einem Kopfnicken.

»Aber das besagt auch eine Menge«, fügte Peter hinzu. Lucy verzog das Gesicht zu einem trockenen Grinsen, als ob diese Feststellung so schmerzlich wie beunruhigend sei.

»Ich verstehe nicht«, sagte Francis.

»Also«, begann Peter zögernd, kam aber, während er weitersprach, schnell in Fahrt. »Wir haben es hier mit drei Verbrechen zu tun, die alle in verschiedenen Polizeidistrikten gemeldet wurden, vermutlich, weil die Leichen nach dem Tod woanders hingeschafft wurden, was dazu führt, dass keiner eindeutig für einen dieser Fälle zuständig ist, was immer zu einem bürokratischen Chaos führt, selbst wenn die Bundesstaatspolizei eingeschaltet wird. Und wir haben es mit Opfern zu tun, die in unterschiedlich fortgeschrittenem Verwesungszustand gefunden wurden und die noch dazu der Witterung ausgesetzt waren, so dass ein verlässliches gerichtsmedizinisches Gutachten mindestens schwierig, wenn nicht sogar unmöglich ist. Und wir haben es mit Verbrechen zu tun, die, so weit man aus den Berichten der Ermittler schließen kann, auf einer beliebigen Auswahl beruhen, zumindest kann man das für die Opfer sagen, denn zwischen den getöteten Frauen gibt es kaum oder keine Gemeinsamkeiten außer dem Körperbau, dem Haartyp und dem Alter. Kurzes Haar und sehr schlanke Figur. Eine war Kellnerin, einc College-Studentin und eine Sekretärin. Sie kannten sich nicht. Sie wohnten nicht in derselben Gegend. Sie hatten nichts, was sie miteinander verband, außer der unglückseligen Tatsache, dass jede von ihnen allein mit einem öffentlichen Verkehrsmittel nach Hause fuhr – du weißt schon, U-Bahn oder Bus – und dass jede von ihnen dann bis zu ihrer Wohnung durch mehrere dunkle Straßen laufen musste. So dass sie alle ausgesprochen exponiert waren.«

»Kein Kunststück«, sagte Lucy, »für einen geduldigen Mann, sie sich auszusuchen und ihnen aufzulauern.«

Peter zögerte einen Moment, als ob das, was Lucy sagte, bei ihm eine Frage aufgeworfen hätte. Francis merkte, dass irgendeine Idee mächtig in ihm rumorte, und er war nicht sicher, ob er sie in Worte fassen und laut aussprechen sollte. Nachdem eine Weile verstrichen war, lehnte Peter sich schließlich zurück und sagte: »Verschiedene Polizeidistrikte. Verschiedene Leichenfundorte. Verschiedene Dienststellen. Alle hier traut vereinigt …«

»Das ist richtig«, sagte Lucy mit Bedacht, als wählte sie auf einmal sorgfältig ihre Worte.

»Interessant«, erwiderte Peter. Dann beugte er sich wieder über seine Materialien auf dem Schreibtisch und sah noch einmal alles langsam durch. Nach einer Weile hielt er inne und hob die drei Fotos von den rechten Händen der Opfer hoch. Einen Moment lang starrte er auf die verstümmelten Finger. »Souvenirs«, sagte er knapp. »Das ist ein verdammter Klassiker.«

»Wie meinst du das?«, wollte Francis wissen.

»Studien zu Serienkillern«, sagte Lucy ruhig, »haben gezeigt, dass die meisten Serienkiller das Bedürfnis haben, etwas vom Opfer zu entfernen, so dass sie die Erfahrung später in der Erinnerung erneut durchleben können.«

»Entfernen?«

»Eine Haarsträhne. Ein Kleidungsstück. Einen Körperteil.«

Francis schauderte. Er fühlte sich in diesem Moment jung, jünger denn je, und fragte sich, wieso er so wenig von der Welt wusste, Peter und Lucy dagegen, die gerade mal acht, vielleicht auch zehn Jahre älter waren, so viel mehr wussten als er.

»Aber du hast eben gemeint, es besagt auch wieder eine Menge«, warf Francis ein. »Was denn, zum Beispiel?«

Peter sah Lucy an, so dass sich ihre Blicke einen Moment lang trafen. Francis beobachtete die junge Staatsanwältin genau und hatte das Gefühl, als hätte seine Frage eine Art Kluft überbrückt. Es gab Momente, so viel wusste er, wo eine bestimmte Wortverbindung Brücken bauen und Bezüge herstellen konnte, und er hatte das Gefühl, dass dies hier ein solcher Moment war.

»Was wir aus alldem entnehmen können, Francis«, sagte Peter an seinen Freund gewandt, während er weiterhin die junge Frau ansah, »ist, dass Lankys Engel sich darauf versteht,

Verbrechen auf eine Art und Weise zu begehen, die den Leuten, die ihn daran hindern wollen, unendliche Probleme bereitet. Das heißt, er verfügt über einige Intelligenz. Und über ein gehöriges Maß an Kenntnissen, zumindest, wenn es darum geht, zu töten. Im Grunde gibt es nur zwei Möglichkeiten, Verbrechen aufzuklären, C-Bird. Die erste und beste haben wir dann, wenn am Leichenfundort Indizien zu holen sind, die unausweichlich in eine Richtung weisen. Fingerabdrücke, Kleiderfasern, Blutspuren und Mordwaffen, die sichergestellt werden, vielleicht sogar Aussagen von Augenzeugen. Dann kann man diese Dinge mit eindeutigen Motiven in Beziehung setzen, wie Lebensversicherungen, Raub oder Streit zwischen entfremdeten Ehepartnern.«

»Und die andere Möglichkeit?«, fragte Francis.

»Wenn du einen Verdächtigen findest und es dir dann gelingt, ihn mit dem Verbrechen in Verbindung zu bringen.«

»Das klingt so, wie das Pferd vom Schwanz her aufzäumen.«

»Ist es auch«, bestätigte Lucy.

»Ist das schwieriger?«

Peter seufzte. »Schwierig? Ja. Das schon. Aber unmöglich? Nein.«

»Das ist gut«, sagte Francis. Er sah Lucy an. »Ich würde mir Sorgen machen, wenn das, was wir zu tun haben, unmöglich wäre.«

Peter prustete los. »Im Grunde, C-Bird, geht es darum, dass wir einfach auf anderem Weg herausfinden, wer der Engel ist. Wir stellen eine Liste mit potenziellen Tatverdächtigen zusammen und grenzen sie immer weiter ein, bis wir uns mehr oder weniger sicher sind, wer es ist. Oder zumindest nur noch ein paar Namen auf der Liste haben. Dann gleichen wir unsere Informationen zu jedem Verbrechen mit diesen Verdächtigen ab. Einer, davon bin ich überzeugt, wird ins Auge stechen.

Und sobald wir das sehen, ist es nicht mehr schwer, ihm nachzuweisen, dass er Zugang zu den Opfern hatte. Die Dinge werden sich zusammenfügen, wir wissen nur noch nicht, wie oder zu welchem Ergebnis. Aber irgendetwas in diesem ganzen Wust von Papieren und Berichten und Beweismaterial wird ihn überführen.«

Francis holte tief Luft. »Was meinst du mit ›auf anderem Weg‹?«, fragte er.

Peter grinste. »Also mein junger Freund, da liegt der Hase im Pfeffer. Das müssen wir erst noch rausfinden. Es gibt in dieser noblen Einrichtung hier jemanden, der nicht das ist, wofür ihn jeder hält. In seinem Innern lauert eine völlig andere Kategorie von Wahnsinn, C-Bird. Und er versteht es verdammt gut, ihn zu verstecken. Wir müssen einfach nur rausfinden, wer hier allen ein X für ein U vormacht.«

Francis sah Lucy an, die heftig mit dem Kopf nickte.

»Und das«, fügte sie langsam hinzu, »ist natürlich leichter gesagt als getan.«

12

Manchmal verwischen sich die Grenzen zwischen Traum und Wirklichkeit. Für mich tatsächlich nicht immer leicht zu sagen, was das eine und was das andere ist. Vermutlich soll ich deshalb so viele Medikamente nehmen, als könnte man der Realität chemisch auf die Sprünge helfen. Nimm genügend Milligramm von der einen oder der anderen Pille ein, und die Umrisse werden wieder scharf. Traurigerweise ist das wahr, und meistens bewirken die Arzneimittel ziemlich genau das, was sie sollen, neben all den anderen, weniger angenehmen Dingen. Und unterm Strich ist es vermutlich positiv. Kommt allerdings ganz darauf an, wie viel Wert man auf scharfe Umrisse legt.
Im Moment waren sie mir herzlich egal.
Ich schlief, ich weiß nicht mehr, wie viele Stunden, auf dem Wohnzimmerboden.
Ich hatte ein Kissen und eine Decke von meinem Bett geholt und mich dann neben all meinen Wörtern ausgestreckt, von denen ich mich fast so schwer trennen konnte, wie ein wachsamer Vater ein krankes Kind bei Nacht nicht allein lassen will. Der Boden war hart wie ein Brett, und als ich erwachte, beschwerten sich meine Glieder. Die erste Morgendämmerung drang in meine Wohnung wie ein Herold, der etwas Neues hinausposaunt, und ich machte mich vielleicht nicht mit gerade

frischer Kraft, aber doch immerhin weniger erschöpft an die Arbeit.
Einen Moment lang sah ich mich um und vergewisserte mich, dass ich allein war.
Der Engel war nicht weit, das wusste ich. Er war nicht geflohen. Das hätte nicht zu ihm gepasst. Auch hätte er sich nicht noch einmal hinter meiner Schulter versteckt. Meine Sinne waren trotz der paar Stunden Schlaf überspannt. Er war nicht weit. Er sah mir zu. Er wartete ab. Irgendwo in der Nähe. Doch das Zimmer war zumindest im Augenblick leer, und das erfüllte mich mit Erleichterung. Die einzigen Echos, die ich hörte, waren meine eigenen.
Ich schärfte mir ein, auf der Hut zu sein. Im Western State Hospital waren wir drei gegen einen gewesen. Und trotzdem war es damals ein gleicher Kampf. Doch jetzt, allein in meiner Wohnung, wusste ich nicht, ob ich es noch einmal mit ihm aufnehmen konnte.
Ich drehte mich zur Wand um. Ich erinnerte mich, wie ich Peter eine Frage stellte und er mir in beschwingtem Ton darauf antwortete: »Detektivarbeit bedeutet eine umsichtige, sorgfältige Untersuchung der Fakten. Kreatives Denken ist immer willkommen, aber nur in den Grenzen gesicherter Fakten.«
Ich lachte laut. Diesmal war die Ironie zu offensichtlich. »Aber das hat ja gerade nicht funktioniert, oder?« Vielleicht wäre es in der realen Welt da draußen, besonders heute mit DNA-Analysen und elektronischen Mikroskopen und den erheblich verbesserten gerichtsmedizinischen Techniken und wissenschaftlichen Neuerungen und anderen sensationellen Errungenschaften gar nicht so schwierig gewesen, den Engel zu finden. Vermutlich

sogar ganz einfach: Man gebe die richtigen Substanzen in ein Reagenzglas, ein bisschen hiervon und ein bisschen davon, jage sie durch ein Gas-Chronometer, wende ein wenig Weltraumtechnologie an, lese die Computeranzeige und finde unseren Mann. Doch damals im Western State Hospital hatten wir nichts von alledem. Wir hatten nichts weiter als uns.

Allein im Amherst-Gebäude gab es fast dreihundert männliche Patienten. Diese Zahl verdoppelte sich in den anderen Stationen, so dass wir in der gesamten Klinik auf zweitausendeinhundert kamen. Die Zahl der Frauen fiel ein wenig geringer aus; im Amherst betrug sie einhundertfünfundzwanzig und in der Anstalt insgesamt etwas über neunhundert. Mit Schwestern, Lernschwestern, Pflegern, Sicherheitspersonal, Psychologen und Psychiatern kamen wir *summa summarum* auf gut dreitausend Menschen. Es war nicht gerade eine große Welt, aber wohl eine beachtliche.

In den Tagen nach Lucy Jones' Ankunft betrachtete Francis die anderen Männer, die durch die Flure liefen, mit verändertem Interesse. Der Gedanke, dass einer von ihnen ein Killer war, beunruhigte ihn, und er ertappte sich dabei, wie er sich drehte und wendete, sobald einer ihm von hinten näher kam. Er wusste, dass das ebenso wie seine entsprechenden Ängste unvernünftig war. Doch es fiel ihm schwer, dieses Gefühl ständiger Angst zu überwinden.

Er verbrachte eine Menge Zeit damit, an einem dafür ungeeigneten Ort Augenkontakt zu suchen. Er war von allen möglichen Geisteskrankheiten in unterschiedlichen Stadien umgeben, und er hatte keine Ahnung, wie er seinen Blickwinkel ändern musste, um eine völlig anders geartete Krankheit als solche zu erkennen. Das Getöse all der Stimmen in seinem

Innern verstärkte seine Nervosität. Er fühlte sich ein bisschen so, als sei sein Körper mit elektrischen Impulsen aufgeladen, die alle auf der Suche nach einem ruhenden Pol planlos hin und her schossen. Er fand keine Ruhe und fühlte sich erschöpft.

Peter the Fireman schien nicht ganz so lahm gelegt. Je schlechter es ihm selbst ging, stellte Francis vielmehr fest, desto besser fühlte sich offenbar Peter. Seine Stimme hatte mehr Nachdruck, sein Schritt war beschleunigt, wenn er die Flure durchschritt. Etwas von der schwer zu fassenden Traurigkeit, die er bei seiner Ankunft im Western State Hospital an den Tag gelegt hatte, war von ihm gewichen, worum ihn Francis beneidete, denn er selber empfand nur Angst.

Doch die Zeit, die er mit Lucy und Peter in ihrem kleinen Büro verbrachte, genügte, um selbst die in den Griff zu bekommen. In diesem kleinen Raum beruhigten sich sogar seine Stimmen, und er konnte vergleichsweise mit innerer Ruhe auf das hören, was sie zu sagen hatten.

Punkt eins auf der Geschäftsordnung war, erklärte Lucy ihm, eine Methode zu finden, wie sie die Zahl der möglichen Verdächtigen eingrenzen konnten. Für sie war es nicht weiter schwer, sagte sie, die Krankenblätter jedes Patienten durchzugehen, um festzustellen, wer überhaupt dazu in der Lage gewesen wäre, die drei anderen Morde zu begehen, von denen sie glaubte, dass sie mit dem Mord an Short Blond in Verbindung standen. Folglich hatte sie noch drei weitere Daten. Jeder dieser Morde war wenige Tage oder Wochen vor dem jeweiligen Leichenfund verübt worden. Eindeutig war der überwältigende Teil der Klinikinsassen in dem fraglichen Zeitraum nicht draußen auf der Straße gewesen. Die langjährigen Patienten, besonders die älteren, ließen sich also einfach aus ihrer Untersuchung streichen.

Diese erste Klärung ihrer Vorgehensweise teilte sie weder Dr. Gulptilil noch Mr. Evans mit, obwohl Francis und Peter davon wussten. Als sie Mr. Evil um die entsprechenden Unterlagen zum Amherst-Bau bat, erzeugte sie einige Spannung.

»Selbstverständlich«, sagte er. »Ich habe die Hauptakten in den Schränken in meinem Büro. Sie können jederzeit kommen und sie dort einsehen.«

Lucy stand vor ihrem eigenen Büro. Es war früh am Nachmittag, und Mr. Evil war bereits zweimal an diesem Morgen vorbeigekommen und hatte laut angeklopft, um zu fragen, ob er irgendwie behilflich sein könne, und um Francis und Peter daran zu erinnern, dass ihre reguläre Gruppensitzung zur gewohnten Zeit stattfinden und ihre Anwesenheit erwartet würde.

»Jetzt ginge es«, sagte sie und betrat den Flur, doch Mr. Evil wünschte, etwas klarzustellen.

»Nur Sie«, sagte er steif. »Nicht die anderen beiden.«

»Sie helfen mir«, sagte sie. »Das wissen Sie doch.«

Mr. Evil nickte, wechselte jedoch nahtlos in ein energisches Kopfschütteln. »Ja, das mag schon sein«, sagte er bedächtig. »Das wird sich erweisen, Sie wissen, dass ich da meine Zweifel hege. Das gibt ihnen jedoch noch lange nicht das Recht, vertrauliche Akten der anderen Patienten einzusehen. Diese Unterlagen enthalten sensible persönliche Informationen, die aus Therapiegesprächen mit diesen Patienten gewonnen wurden, und ich kann nicht zulassen, dass diese Informationen anderen Patienten dieser kleinen Anstalt hier zur Kenntnis gelangen. Das wäre unethisch von mir und würde zudem gegen Bestimmungen im Datenschutzgesetz verstoßen. Das müsste Ihnen doch eigentlich klar sein, Miss Jones.«

Lucy schwieg und dachte über das, was er gesagt hatte, nach.

»Tut mir leid«, erwiderte sie langsam. »Natürlich haben Sie Recht. Ich hatte einfach nur angenommen, dass die besonderen Erfordernisse der Situation Ihnen einen gewissen Spielraum verschaffen würden.«

Er lächelte. »Natürlich. Und ich möchte Ihnen den größtmöglichen Spielraum bei Ihrer aussichtslosen Jagd zubilligen. Aber ich kann nicht das Gesetz übertreten, und es wäre auch nicht fair von Ihnen, mich oder einen der anderen Heimleiter darum zu bitten.« Mr. Evil trug langes braunes Haar zur Goldrandbrille, was ihm ein ungepflegtes Aussehen verlieh. Zum Ausgleich sah man ihn oft mit Krawatte und weißem Hemd, obwohl andererseits seine Schuhe immer abgenutzt waren.

Es war, musste Francis denken, ein bisschen so, als wollte er weder der Rebellion noch dem Status quo zugeordnet werden. Dass er sich zu keiner von beiden Fraktionen durchringen konnte, versetzte Mr. Evil in eine prekäre Lage.

»Richtig«, sagte sie. »Das möchte ich natürlich nicht.«

»Besonders, da ich bis jetzt noch keine stichhaltigen Beweise für Ihre Theorie bekommen habe, dass es die mythische Person, die Sie verfolgen, auch tatsächlich gibt.«

Zunächst antwortete sie darauf nicht, sondern lächelte nur.

»Und«, sagte sie, um das unangenehme Schweigen zwischen ihnen zu brechen, »und was genau schwebt Ihnen da vor?«

Evans lächelte ebenfalls, als ob er den kleinen Schlagabtausch genösse. Stoß. Parade. Attacke.

»Etwas, was über Mutmaßungen hinausgeht«, sagte er. »Vielleicht ein glaubwürdiger Zeuge, auch wenn mir im Moment noch schleierhaft ist, wo Sie den in einer Nervenheilanstalt hernehmen wollen.« Er sagte das mit einem kurzen Lachen, als wäre es ein Witz. »Oder vielleicht auch die Mordwaffe, die bislang noch nicht aufgetaucht ist. Etwas Konkretes. Etwas

Handgreifliches ...« Wieder schien er so tun zu wollen, als wäre die ganze Sache äußerst amüsant, zumindest für ihn. »Natürlich sind Begriffe wie konkret und handgreiflich nicht so leicht auf diese kleine Welt hier anwendbar, Miss Jones, wie Sie auch schon gemerkt haben dürften. Sie wissen so gut wie ich, Miss Jones, dass Geisteskranke statistisch gesehen eine viel, viel größere Gefahr für sich selbst darstellen als für andere.«

»Vielleicht ist derjenige, den ich suche, gar nicht im engeren Sinne das, was Sie unter geisteskrank verstehen«, sagte Lucy. »Eine ganz und gar andere Kategorie.«

»Nun ja«, erwiderte Evans, »das mag der Fall sein. Das ist sogar wahrscheinlich. Aber was wir hier in Fülle haben, ist die erstere Kategorie und nicht die letztere.«

Dabei wies er mit einem angedeuteten Kopfnicken und einer ausgreifenden Handbewegung in die Richtung seines Büros. »Wollen Sie immer noch die Akten einsehen?«, fragte er.

Lucy drehte sich zu Peter und Francis um. »Ich muss das machen. Wenigstens schon mal anfangen. Ich seh Sie dann nachher.«

Peter sah ärgerlich zu Mr. Evans hinüber, der es vermied, in seine Richtung zu blicken, sondern stattdessen Lucy Jones den Flur entlang begleitete und Patienten, die sich an ihn wenden wollten, mit einer brüsken Handbewegung abwies. Fast wie ein Mann, dachte Francis, der sich mit einer Machete einen Weg durch den Dschungel bahnt.

»Wär zu schön«, sagte Peter im Flüsterton, »wenn sich herausstellte, dass dieser Hurensohn der Kerl ist, den wir jagen. Das wär schon wirklich was Besonderes, dann hätte sich die ganze Zeit hier drinnen gelohnt.« Er brach in ein kurzes Gelächter aus. »Ach ja, C-Bird. So einfach wird's einem leider nicht gemacht. Und wie heißt es noch so schön: ›Hüte dich davor, zu bekommen, was du dir wünschst.‹« Doch während er noch sprach, starrte er weiterhin nach Mr. Evans. Er wartete ein Weilchen und fügte hinzu: »Ich rede mal mit Napoleon.« Peter seufzte. »Vielleicht kann er uns mit der Sicht des achtzehnten Jahrhunderts weiterhelfen.«

Francis wäre mitgekommen, doch er zögerte, als Peter mit zügigen Schritten Richtung Tagesraum eilte. In dem Moment sah er Big Black an die Flurwand gelehnt eine Zigarette rauchen. Seine weiße Uniform blendete im Licht, das durch die Fenster strömte. Aus irgendeinem Grund wirkte Big Blacks Haut in diesem Licht noch dunkler, und Francis sah, dass der Pfleger sie beobachtet hatte. Er ging hinüber, und der Hüne löste sich von der Wand, bevor er seine Zigarette auf den Boden warf.

»Schlechte Angewohnheit«, sagte Big Black. »Eine, die dich ungefähr genauso schnell ins Grab bringen kann wie alles andere hier. Vielleicht. Bin mir da nicht mehr so sicher, nach allem, was passiert ist. Aber fang nicht wie alle anderen auch noch damit an, C-Bird. 'ne Menge schlechte Angewohnheiten hier drinnen. Und man kann nicht viel dran machen. Versuche, schlechten Gewohnheiten aus dem Weg zu gehen, C-Bird, und früher oder später bist du draußen.«

Francis antwortete nicht. Stattdessen sah er zu, wie der Pfleger den Flur hinunterstarrte, einen Patienten ins Visier nahm, dann einen anderen, in Wahrheit aber offensichtlich mit seinen Gedanken woanders war.

Nach einer Weile fragte Francis: »Wieso hassen die beiden sich, Mr. Moses?«

Big Black beantwortete die Frage nicht direkt, sondern sagte nur: »Weißt du, da unten im Süden, wo ich geboren bin, da gab es manchmal diese alten Frauen, die vorher merkten, wenn sich das Wetter änderte. Sie wussten, wenn Stürme vom

Meer her drohten, und besonders zur Zeit der Hurrikans waren sie ständig unterwegs, atmeten die Luft ein, hatten kleine Zaubergesänge und -sprüche auf den Lippen oder warfen Knöchelchen und Muscheln auf ein Stück Tuch. Ein bisschen wie Hexerei, nehme ich mal an, und jetzt, wo ich ein aufgeklärter Mann bin und in einer modernen Welt lebe, C-Bird, bin ich nicht so dumm, an all diese Sprüche und magischen Beschwörungen zu glauben. Das Problem ist nur, dass sie immer Recht behielten. Stand ein Sturm bevor, wussten sie es lange vor allen anderen. Sie waren es, die den Leuten sagten, sie sollten das Vieh in den Stall treiben, das Dach auf dem Haus reparieren, vielleicht einen Vorrat Wasser in Flaschen füllen, nur für den Notfall, den niemand kommen sah. Der aber trotzdem eintraf. Ergibt keinen Sinn, wenn man drüber nachdenkt; ergibt aber Sinn, wenn man es lässt.«
Er lächelte und legte Francis die Hand auf die Schulter. »Was meinst du, C-Bird? Merkst du auch, dass ein Sturm im Anmarsch ist, wenn du dir die beiden anschaust und siehst, wie sie sich benehmen?«
»Ich versteh Sie immer noch nicht, Mr. Moses.«
Der Hüne schüttelte den Kopf. »Sagen wir's mal so: Evans, der hat einen Bruder. Und vielleicht hat das, was Peter angestellt hat, etwas mit dem Bruder zu tun. Und deshalb hat Evans, als Peter herkam, gleich dafür gesorgt, dass er für seine Beurteilung zuständig ist. Peter sollte von vornherein wissen: Egal, was Peter will, Evans wird dafür sorgen, dass er es nicht bekommt.«
»Aber das ist doch nicht fair«, sagte Francis.
»Hab ich auch nicht behauptet, C-Bird. Hab überhaupt nix davon gesagt, ob irgendwas fair ist oder nicht. Hab nur gesagt, dass das vielleicht zu dem Ärger gehört, der uns möglicherweise ins Haus steht, stimmt's?«

Big Black nahm seine Hand von Francis' Schulter und steckte sie in die Tasche. Dabei rasselte der Schlüsselbund an seinem Gürtel.

»Mr. Moses, diese Schlüssel – können Sie damit hier drinnen überall rein?«

Er nickte. »Hier drinnen. Aber auch in allen anderen Wohnheimen. Damit kann man auch die Schlösser zum Sicherheitsdienst aufschließen. Schlafsaaltüren. Damit kommt man sogar in die Isolierzellen. Du willst zum Haupteingang raus, Francis? Die hier zeigen dir, wo's langgeht.«

»Wer hat alles solche Schlüssel?«

»Pflegestationsleiter. Leute vom Sicherheitsdienst. Pfleger wie ich und mein Bruder. Hauptpersonal.«

»Wissen die zu jeder Tageszeit, wo sich die Schlüssel befinden?«

»Sollten sie zumindest. Aber wie bei allem hier, muss das, was sein sollte, und das, was ist, nicht immer ein und dasselbe sein.« Er lachte. »Jetzt fängst du allmählich an, Fragen zu stellen wie Miss Jones und Peter. Er weiß, wie man Fragen stellt. Du lernst es gerade.«

Francis quittierte das Kompliment mit einem Lächeln. »Ich frage mich«, sagte er, »ob sie rund um die Uhr genauen Aufschluss darüber haben, wo all diese Schlüssel sind.«

Big Black schüttelte den Kopf. »Die Frage hast du noch nicht ganz richtig gestellt, C-Bird. Versuch's noch mal.«

»Fehlen irgendwelche Schlüssel?«

»Ja, so muss die Frage lauten, nicht wahr? Ja. Es fehlen Schlüssel.«

»Und hat schon jemand danach gesucht?«

»Ja. Aber vielleicht ist Suchen nicht das richtige Wort. Die Leute haben an all den offensichtlichen Stellen nachgesehen und einfach aufgegeben, als sie sie nirgends fanden.«

»Und wer hat sie verloren?«
»Nun ja«, sagte Big Black mit einem Grinsen, »dabei handelt es sich doch wahrhaftig um unseren guten alten Mr. Evans.«
Der riesenhafte Aufseher brach wieder in Gelächter aus, und als er den Kopf zurückwarf, entdeckte er seinen kleineren Bruder, der auf sie zukam. »Hey«, rief er ihnen zu, »C-Bird begreift allmählich, wie der Hase läuft.«
Francis sah, wie die Schwestern hinter dem Maschendraht der Pflegestation aufsahen und lächelten, als wäre das ein Witz gewesen. Auch Little Black grinste, während er auf die beiden zuschlenderte. »Wissen Sie, was, Francis?«, sagte er.
»Was denn, Mr. Moses?«
»Also, wenn Sie kapieren, wie diese Welt hier funktioniert« – er wedelte mit dem Arm herum, um die ganze Station einzubeziehen –, »und es macht so richtig schön klick bei Ihnen – dann kapieren Sie auch die Welt da draußen, direkt hinter diesen Wänden – also, das kriegen Sie dann auch auf die Reihe. Wenn man Sie lässt.«
»Und was kann ich tun, damit man mich lässt, Mr. Moses?«
»Ist das nicht die Frage aller Fragen, kleiner Bruder? Das ist die große Frage, die sich hier drinnen jede Minute, jeden Tag einer stellt. Es gibt Möglichkeiten, C-Bird. Zumindest mehr als nur eine Möglichkeit. Aber dafür gibt's keine einfachen Rezepte. Tu dies. Tu das. Und schon lassen sie dich. Nee, so läuft das nicht. Sie müssen rausfinden, wie's bei Ihnen klappen könnte. Dann schaffen Sie's auch, C-Bird. Müssen nur die Augen offenhalten, damit Sie Ihre Chancen nicht verpassen. Da liegt der Hase im Pfeffer, nicht?«
Francis wusste nicht, was er sagen sollte, aber er war fest davon überzeugt, dass sich der ältere Bruder irrte. Und er glaubte nicht, dass er über irgendwelche Fähigkeiten verfügte,

irgendeine Welt, welche auch immer, zu verstehen. Tief drinnen rumorten ein paar von seinen Stimmen, und er versuchte, auf das, was sie sagten, zu hören, denn er vermutete stark, dass sie zu dem Thema ihre eigene Meinung hatten.
Doch als er sich konzentrierte, merkte er, wie beide Pfleger ihn beobachteten und ihm sein Innerstes im Gesicht ablasen, und einen Moment lang fühlte er sich nackt, als hätte man ihm die Kleider vom Leib gezerrt. Also lächelte er stattdessen so freundlich, wie er konnte, bevor er die beiden stehen ließ und den Flur entlangwanderte. Er beschleunigte seine Schritte im Takt zu all den Zweifeln, die in seinem Innern trommelten.

Lucy saß am Schreibtisch in Mr. Evans' Büro, während er einen von vier Aktenschränken durchstöberte, die an der Wand aufgestellt waren. Ihr Blick wurde von einem Foto auf der Ecke angezogen, einem Hochzeitsbild. Sie sah Evans, das Haar ein wenig kürzer geschnitten und glatter gekämmt, in einem blauen Nadelstreifenanzug, der aber nur seinen hageren Körperbau unterstrich, neben einer jungen Frau in einem weißen Kleid, das eine fortgeschrittene Schwangerschaft kaum verbergen konnte, mit einem Blumenkranz im gekräuselten braunen Haar. Sie standen inmitten einer Gruppe, die von sehr alt bis sehr jung reichte und, wie Lucy fand, dasselbe aufgesetzte Lächeln an den Tag legte. Im Kreis der Hochzeitsgesellschaft befand sich auch ein Mann in wallendem Priestergewand, dessen goldener Brokat das Blitzlicht einfing, und leicht verzögert erkannte Lucy, dass er fast das genaue Ebenbild des Psychologen war.
»Sie haben einen Zwillingsbruder?«, fragte sie.
Evans schaute auf, sah, dass sich Lucys Augen auf das Foto richteten, und drehte sich mit einem Haufen gelber Akten-

mappen im Arm zu ihr um. »Liegt in der Familie«, sagte er. »Meine Töchter sind auch Zwillinge.«

Lucy sah sich um, konnte aber kein Foto entdecken. Er sah ihren forschenden Blick und fügte hinzu: »Sie leben bei ihrer Mutter. Sagen wir einfach, wir machen eine etwas schwierige Phase durch.«

»Tut mir leid für Sie«, sagte sie und verkniff sich die Bemerkung, dass das nicht erklärte, wieso er kein Foto von ihnen an der Wand hatte.

Er zuckte die Schultern und knallte die Akten vor ihr auf den Schreibtisch. Sie schlugen dumpf auf.

»Wenn man als Zwilling groß wird, gewöhnt man sich an sämtliche Witze. Es sind immer dieselben, wissen Sie. Gleichen sich wie ein Ei dem andern. Woran kann man die unterscheiden? Denkt ihr zwei denn auch dasselbe? Wenn Sie in dem Bewusstsein aufwachsen, dass in dem Hochbett über Ihnen Ihr genauer Abklatsch liegt, dann prägt das Ihre Sicht der Dinge, Miss Jones, im guten wie im schlechten Sinn.«

»Sind Sie eineiige Zwillinge?«, fragte sie, letztlich nur, um das Gespräch in Gang zu halten, denn ein einziger Blick auf das Bild beantwortete die Frage.

Mr. Evans zögerte. Er kniff die Augen zusammen, und seine Worte nahmen einen eisigen Ton an. »Waren wir einmal. Jetzt nicht mehr.«

Sie sah ihn verständnislos an.

Evans hüstelte und fügte dann hinzu: »Wie wär's, wenn Sie Ihren neuen Freund und Ermittlerkollegen bitten würden, Ihnen diese Feststellung näher zu erklären? Der kann Ihnen darauf nämlich viel besser Auskunft geben als ich. Fragen Sie Peter the Fireman, den Burschen, der anfängt, Brände zu löschen, und schließlich welche legt.«

Sie wusste nicht, was sie sagen sollte, und zog statt einer Antwort die Akten zu sich heran. Mr. Evans nahm ihr gegenüber Platz, lehnte sich zurück, schlug die Beine übereinander und sah zu, was sie machte. Lucy mochte nicht, wie er sie anstarrte, seine Aufdringlichkeit bereitete ihr Unbehagen. »Hätten Sie vielleicht Lust, mir zu helfen?«, fragte sie abrupt. »Was mir vorschwebt, ist eigentlich nicht so schwierig. Zunächst einmal möchte ich einfach die Männer ausklammern, die hier in der Klinik waren, als die drei anderen Morde passiert sind. Das heißt, wenn sie hier waren …«

Er unterbrach sie. »Dann konnten sie nicht da draußen sein. Dazu müssen wir lediglich die Daten abgleichen.«

»Richtig«, sagte sie.

»Nur dass es dabei ein paar Dinge gibt, die das ein bisschen komplizieren.«

Sie schwieg einen Moment, dann fragte sie: »Und die wären?«

Evans rieb sich das Kinn, bevor er antwortete. »Es gibt einen kleinen Prozentsatz an Patienten, die auf freiwilliger Basis eingeliefert wurden. Die können Beurlaubung beantragen, zum Beispiel am Wochenende, in der Obhut von Angehörigen. Das wird sogar begrüßt. Es ist daher denkbar, dass jemand, der seiner Akte nach ein Vollzeit-Insasse der Anstalt ist, trotzdem eine gewisse Zeit außerhalb dieser Mauern verbracht hat. Natürlich unter Aufsicht. Das trifft allerdings nicht auf Patienten zu, die per Gerichtsbeschluss hergekommen sind. Und auch nicht auf diejenigen, die vom zuständigen Personal als eine Gefahr für sich selbst oder auch als gemeingefährlich eingestuft sind. Falls Sie aufgrund einer Gewalttat hier sind, dann bekommen Sie keinen Ausgang, nicht einmal für einen Familienbesuch. Es sei denn, ein zuständiger Mitarbeiter würde darin einen akzeptablen Bestandteil des Therapiekonzepts sehen. Das würde allerdings auch von den Medikamenten abhängen, die der Patient zu dem Zeitpunkt bekommt. Nimmt er Tabletten, kann jemand über Nacht nach Hause geschickt werden, aber nicht, wenn er Injektionen braucht. Verstehen Sie?«

»Ich denke schon.«

»Und«, fuhr Evans fort und kam, während er sprach, richtig in Fahrt, »es gibt Verhandlungen. Wir müssen unsere Fälle in regelmäßigen Abständen wie in einem gerichtlichen Verfahren vorstellen, in denen wir begründen, wieso jemand hierbehalten oder, in einigen Fällen, entlassen werden sollte. Dazu kommt ein Anwalt, der die Interessen der Öffentlichkeit vertritt, aus Springfield rauf, und wir haben auch einen Patientenanwalt, der zusammen mit Dr. Gulptilil und einem Kerl aus der psychiatrischen Abteilung des Gesundheitsamts im Gutachterausschuss sitzt. Ein bisschen so wie im Gefängnis ein Gremium, das über die Gewährung von Hafturlaub entscheidet. Diese Verfahren finden von Zeit zu Zeit statt und haben eine irrtumsanfällige Erfolgsbilanz.«

»Was verstehen Sie unter *irrtumsanfällig?*«

»Leute werden entlassen, weil sie als stabilisiert gelten, und dann kommen sie nach ein paar Monaten wieder, weil sie dekompensieren. In der Behandlung von Geisteskranken gibt es so etwas wie eine Drehtür. Oder auch Tretmühle.«

»Aber die Patienten, die Sie hier im Amherst-Gebäude haben …«

»Ich weiß nicht, ob wir derzeit irgendwelche Patienten haben, die – in sozialer wie psychischer Hinsicht – eine Beurlaubung vertragen würden. Wenn's hoch kommt, eine Hand voll vielleicht. Soviel ich weiß, sind bis auf Weiteres keine Verhandlungen vorgesehen. Ich müsste allerdings nachsehen. Was die anderen Gebäude betrifft, bin ich vollkommen überfragt. Das müssten Sie mit den entsprechenden Kollegen dort klären.«

»Ich denke, wir können die anderen Gebäude ausklammern«,

sagte Lucy kurz und bündig. »Schließlich wurde Short Blond hier ermordet, und ich hege die starke Vermutung, dass wir den Täter hier finden.«

Mr. Evans setzte ein unangenehmes Lächeln auf, als sei ihr der unfreiwillige Witz in ihrer Feststellung entgangen. »Wieso gehen Sie davon aus?«

Sie wollte etwas erwidern, überlegte es sich aber. »Ich dachte nur –«, fing sie nach einer Weile an, doch er fiel ihr ins Wort. »Falls unser großer Unbekannter so schlau ist, wie Sie meinen, dann würde ich mal davon ausgehen, dass es für ihn kein unüberwindliches Hindernis darstellt, spätabends von einem Gebäude zum anderen zu kommen.«

»Aber das Gelände wird doch vom Sicherheitsdienst patrouilliert. Würden die jemanden, der zwischen den Wohnheimen hin und her läuft, nicht entdecken?«

»Wir sind leider, wie so viele staatliche Einrichtungen, unterbesetzt. Und die Rundgänge des Wachdienstes finden in regelmäßigen Abständen statt, so dass man ihnen ohne allzu große Probleme ausweichen könnte, wenn man es darauf angelegt hat. Und es gibt noch andere Möglichkeiten, sich unbemerkt auf dem Gelände zu bewegen.«

Lucy zögerte wieder, als ihr eine Frage einfiel, die sich, wie sie merkte, unbedingt stellte, doch Mr. Evans nutzte die kurze Pause, um seine eigene Meinung dazu abzugeben. »Lanky«, sagte er mit einer knappen, nonchalanten Handbewegung, »Lanky hatte sowohl die Möglichkeit als auch die entsprechende Motivation, und er hatte am Ende das Blut des Opfers an seinen Sachen. Ich kann einfach nicht ganz nachvollziehen, wieso Sie so viel intensiver nach jemand anderem suchen. Ich will ja gerne einräumen, dass Lanky in vielerlei Hinsicht ein sympathischer Kerl ist. Aber er war gleichzeitig paranoid schizophren und wiederholt gewalttätig. Besonders gegenüber Frauen, die er oft als Werkzeuge des Satans betrachtete. Wenn Sie sich die Mühe machen würden, seine Akte noch mal zu lesen, die die Polizei bei seiner Verhaftung mitgenommen hat, dann würden Sie einen Eintrag von mir darin finden, wonach er möglicherweise überspielen konnte, dass seine Medikamente, die er täglich bekam, nicht hoch genug dosiert waren. Ich hatte sogar angeordnet, dass er in den kommenden Tagen intravenöse Injektionen bekäme, weil ich das Gefühl hatte, dass die oralen Verabreichungen nicht die gewünschte Wirkung zeigten.«

Wieder antwortete Lucy nicht. Sie wollte Mr. Evans sagen, dass ihrer Überzeugung nach allein schon die Verstümmelung der Hand Lanky entlastete. Doch sie behielt diese Einschätzung für sich.

Evans schob ihr die Akten hin. »Trotzdem können Sie«, sagte er, »wenn Sie die hier – und die tausend in den anderen Gebäuden dazu – durchgehen, eine Reihe Leute ausklammern. Ich denke, ich würde Zeiträume und Daten vernachlässigen und mich mehr auf die Diagnosen konzentrieren. Danach können Sie die geistig Zurückgebliebenen ausklammern. Genauso die katatonischen Fälle, die weder auf Medikamente noch auf Elektroschock-Therapie ansprechen, weil sie einfach physisch zu einer solchen Tat nicht fähig sind. Und dann auch die anderen Persönlichkeitsstörungen, die gegen das sprechen, wonach Sie suchen. Ich bin gerne bereit, Ihnen Fragen zu beantworten, die sich vielleicht daraus ergeben. Aber der knifflige Teil, na ja, der liegt bei Ihnen.«

Er lehnte sich zurück und sah ihr zu, wie sie das erste Dossier zu sich heranzog und aufschlug, um es sich anzusehen.

Da er nicht recht wusste, was er sonst machen sollte, lehnte sich Francis vor Mr. Evils Büro an die Wand. Es dauerte nicht lange, bis er Peter the Fireman den Flur herunterschlendern sah, um sich zu ihm zu gesellen. Peter lehnte sich ebenfalls mit dem Rücken an die Wand und starrte zu der Tür, die sie von Lucy und den Akten, über denen sie brütete, trennte. Er atmete langsam mit einem pfeifenden Geräusch aus.

»Hast du mit Napoleon geredet?«

»Er wollte Schach spielen. Also hab ich mich zu einer Partie breitschlagen lassen, und er hat mich in die Pfanne gehauen. Ist trotzdem ein lehrreiches Spiel für einen Ermittler.«

»Wieso?«

»Weil es unendlich viele Varianten für eine Gewinnstrategie gibt, man aber trotzdem bei den möglichen Zügen durch die spezifischen Regeln eingeschränkt ist, nach denen jede Figur übers Brett ziehen kann. Ein Springer darf so …« Er machte mit der Hand eine Bewegung nach vorn und zur Seite. »Ein Läufer darf dagegen so …« Er zeigte mit der flachen Hand in die Diagonale. »Spielst du Schach, C-Bird?«

Francis schüttelte den Kopf.

»Solltest du lernen.«

Während sie sich unterhielten, schlurfte ein stämmiger, untersetzter Mann, der im dritten Stock wohnte, heran und blieb ihnen gegenüber stehen. Er hatte einen Gesichtsausdruck, den Francis bei den vielen geistig Behinderten in der Anstalt leicht wiedererkannte. Es war eine Mischung aus Verständnislosigkeit und Wissbegier, als suchte der Mann eine Antwort auf etwas, wusste aber, dass er sie nicht verstehen konnte, weshalb er sich mehr oder weniger in einem Dauerzustand der Frustration befand. Es gab im Amherst und in der gesamten Western-State-Klinik Männer wie diesen hier, und jeden Tag aufs Neue machten sie Francis Angst, weil sie alles in allem überaus gutmütig waren, aber zu plötzlichen, unvorhersehbaren Wutanfällen neigten. Daher hatte er schnell begriffen, dass er um die

Zurückgebliebenen besser einen großen Bogen machte. Als Francis ihm einen Blick zuwarf, riss er die Augen auf und gab einen knurrenden Laut von sich, als ärgerte er sich darüber, dass so vieles von der Welt außerhalb seiner Reichweite lag. Es folgte eine Art kurzes Gurgeln, und er starrte Peter und Francis weiterhin unverwandt an.

Peter erwiderte seinen Blick ebenso unerbittlich. »Was gucken Sie so?«, fragte er.

Der Mann gurgelte einfach nur ein wenig lauter.

»Was wollen Sie?«, fragte Peter. Er löste sich von der Wand und straffte sich.

Der geistig Zurückgebliebene stieß einen langen Grunzlaut aus wie ein wildes Tier, das auf einen Rivalen losgeht. Mit eingezogenen Schultern kam er einen Schritt näher. Sein Gesicht verzerrte sich, und Francis hatte das Gefühl, dass die Beschränktheit seines Vorstellungsvermögens den Mann umso gefährlicher machte, da Zorn im Rahmen seiner dürftigen Möglichkeiten fast das Einzige war, was ihm zur Verfügung stand. Und es wäre unmöglich gewesen, festzustellen, woher er rührte. Er brach einfach in diesem Moment, an dieser Stelle aus ihm heraus. Der Mann ballte die Fäuste und stieß sie zwischen ihnen beiden wild in die Luft, als schlüge er auf eine Vision ein.

Peter machte noch einen Schritt auf ihn zu und blieb stehen. »Lass das besser, Kumpel«, sagte er.

Allem Anschein nach wollte der andere zum Angriff übergehen.

»Das ist es nicht wert«, wiederholte Peter. Doch während er sprach, wappnete er sich.

Der Behinderte kam noch einen einzigen Schritt auf sie beide zu, dann blieb er stehen. Während er seinem offenbar gewaltigen unterdrückten Zorn in Grunzlauten Luft machte, hob er plötzlich eine Faust und schlug sie sich an die Schläfe. Der Schlag hallte durch den Flur wider. Dann ließ er einen zweiten ebenso lauten hören. Neben seinem Ohr war ein kleines Rinnsal Blut zu sehen.

Weder Peter noch Francis rührten sich vom Fleck.

Der Mann stieß einen Schrei aus, der zugleich von Triumph und qualvoller Niederlage zeugte. Francis hätte nicht sagen können, ob das als Alarmsignal zu deuten war. Der Behinderte gab einen Seufzer von sich und richtete sich auf. Er sah Francis und Peter an und schüttelte den Kopf, als hätte er etwas im Auge. Urplötzlich zog er verständnislos die Augenbrauen zusammen, als sei ihm in diesem Moment eine entscheidende Frage ins Bewusstsein gedrungen und zugleich mit der Frage auch die Offenbarung gekommen, wie die Antwort lautete. Daraufhin verzog sich sein Mund halb zu einem Knurren, halb zu einem Lächeln – er drehte ab, schlurfte weiter durch den Flur und brabbelte vor sich hin.

Francis und Peter sahen ihm nach, wie er sich schwankend entfernte.

»Was sollte das Ganze?«, fragte Francis mit etwas wackliger Stimme.

Peter schüttelte den Kopf. »Nichts weiter«, erwiderte er leise. »Hier drinnen kann man eben nie wissen, stimmt's? Du kannst nicht sagen, wieso jemand explodiert. Großer Gott, C-Bird. Das ist der seltsamste Ort, an dem wir landen konnten. Unser Pech.«

Die beiden Männer lehnten sich mit dem Rücken an die Wand. Peter schien von der Beinahe-Attacke mitgenommen, als hätte sie ihm etwas klar gemacht. »Weißt du, C-Bird, als ich in Vietnam war, fand ich alles dort ziemlich bizarr. Die ganze verfluchte Zeit über standen uns unentwegt eigenartige Dinge bevor. Eigenartig und tödlich. Aber wenigstens waren sie noch irgendwie mit dem Verstand nachzuvollziehen. Ich meine, immerhin waren wir dort, um sie zu töten, und sie waren da, um uns zu töten. Hatte eine gewisse perverse Logik. Und als ich, nachdem ich wieder zu Hause war, zur Feuerwehr ging, also bei einem Brand, da weißt du manchmal, dass es ziemlich riskant wird. Wände stürzen ein, der Boden gibt nach. Überall Rauch und Flammen. Aber selbst da gibt es noch so was wie eine letzte kosmische Ordnung hinter allem. Feuer brennt nach bestimmten Mustern, wird von bestimmten Materialien angefacht, und wenn man weiß, was man tut, kann man gewöhnlich die richtigen Vorsichtsmaßnahmen treffen. Aber das hier ist was anderes. Es ist, als würde es unentwegt überall gleichzeitig brennen. Es ist, als wäre alles verdeckt und mit Sprengsätzen versehen.«

»Hättest du dich mit ihm geprügelt?«

»Wäre mir denn was anderes übrig geblieben?«

Er warf einen langen Blick auf die Patienten ringsum, die durchs Gebäude wandelten.

»Wie kann man hier drinnen überleben?«, fragte er.

Francis wusste die Antwort nicht. »Ich weiß nicht, ob das überhaupt vorgesehen ist«, flüsterte er.

Peter nickte und hatte plötzlich zu seinem süßsauren Grinsen zurückgefunden. »Das, mein junger, verrückter Freund, ist vielleicht die absolut treffendste Bemerkung, die ich je von dir gehört habe.«

13

Als Lucy aus Mr. Evans' Büro kam, hatte sie einen gelben Papierblock in der Hand und einen deutlich verstimmten Ausdruck im Gesicht. Eine lange, hastig hingekritzelte Namensliste bildete eine Spalte am Rand des obersten Blatts auf dem Block. Sie ging schnell, als ob eine böse Erkenntnis sie vorantrieb. Als sie Francis und Peter the Fireman entdeckte, die immer noch auf sie warteten, sah sie auf und kam mit einem kaum merklichen, reuigen Kopfschütteln auf sie zu.

»Ich hatte ziemlich naiv, wie sich zeigt, gedacht, dass wir hier einfach nur die Daten mit den Klinikakten abzugleichen hätten. Aber so einfach ist das nicht, vor allem, weil die Klinikakten das reinste Chaos sind und nicht einmal zentral geführt werden. 'ne Menge stumpfsinnige Arbeit. Verdammt.«

»Und Mr. Evils Hilfsbereitschaft hielt sich in Grenzen?«, sagte Peter schelmisch, und es war eher eine Feststellung als eine Frage.

»Allerdings. Ich denke, das ist eine treffende Einschätzung«, erwiderte Lucy.

»Nun ja«, sagte Peter, indem er einen leichten britischen Akzent nachäffte und damit fast wie Dr. Gulptilil klang, »ich bin schockiert. Einfach schockiert ...«

Lucy lief, ohne ihr Schritttempo oder das der Gedanken zu drosseln, die ihr durch den Kopf jagten, weiter.

»Was«, fragte Peter, »was haben Sie denn nun rausfinden können?«
»Dass ich zusätzlich zum Amherst auch noch alle anderen Wohnheime überprüfen muss. Und dass ich außerdem in den Akten nach jedem Patienten suchen muss, der vielleicht in dem besagten Zeitraum mal für ein Wochenende beurlaubt worden ist. Und um die Sache noch komplizierter zu machen, bin ich mir keineswegs sicher, ob es eine Art Zentralliste gibt, die mir die Sache ein bisschen leichter machen würde. Was ich habe, ist eine Liste mit den Namen in diesem Gebäude, die mehr oder weniger infrage kommen. Dreiundvierzig Namen.«
»Haben Sie welche aufgrund ihres Alters ausgeklammert?«, fragte Peter, nunmehr ohne den scherzhaften Ton.
Sie nickte. »Ja. Das war mein erster Gedanke. Bei den Oldies erübrigt es sich wohl, sie zu befragen.«
»Ich glaube«, sagte Peter langsam, während er sich mit der Rechten übers Kinn strich, als könnte die bloße Reibung irgendwelchen Ideen auf die Sprünge helfen, die in seinem Kopf feststeckten, »dass wir noch ein anderes wichtiges Element mit einbeziehen können.«
Lucy sah ihn an.
»Die Physis«, sagte Peter.
»Wie meinst du das?«, wollte Francis wissen.
»Ich meine, dass es eine gewisse Kraft kostet, das Verbrechen zu verüben, um das es hier geht. Er musste Short Blond überwältigen und sie anschließend in die Abstellkammer schleifen. In der Pflegestation gab es Anzeichen von einem Kampf, wir wissen also, dass es ihm nicht gelungen ist, sich einfach von hinten anzuschleichen und sie mit einem Glückstreffer ohnmächtig zu schlagen oder so. Ich nehme sogar an, dass er sich auf den Kampf gefreut hat.«

Lucy seufzte. »Stimmt. Je mehr er sie verprügelt hat, desto mehr hat es ihn erregt. Das würde in das Persönlichkeitsbild passen, das wir uns bis jetzt von ihm machen können.«
Francis erschauderte, und er hoffte, dass die anderen es nicht merkten. Es ging ihm gegen den Strich, so kalt und sachlich über Geschehnisse zu reden, die seiner Meinung nach an Grauen alle Vorstellungskraft sprengten. »Wir wissen also«, fuhr Peter fort, »dass wir nach jemandem suchen, der über eine gewisse Muskelkraft verfügt. Das schließt eine Reihe von Leuten hier drinnen von vornherein aus, weil ein Ort wie dieser hier, auch wenn Gulptilil das vermutlich bestreiten würde, nicht unbedingt die körperlich Kräftigen anzieht. Gibt nicht allzu viele Marathonläufer und Bodybuilder hier drinnen. Und außerdem sollten wir unseren Kandidaten-Pool auf eine bestimmte Altersspanne reduzieren. Danach bleibt uns, meine ich, keine andere Möglichkeit mehr, um die Liste zusammenzustreichen. Diagnose, ja. Bei wem ist eine Neigung zu Gewalttätigkeit dokumentiert? Wer leidet an einer Form von Geisteskrankheit, die letztlich bis zu Mord reichen könnte?«
»Genau das denke ich auch«, sagte Lucy. »Wir entwickeln ein Porträt des Mannes, den wir suchen, und unser Bild wird nach und nach Kontur gewinnen.« Dann wandte sie sich an Francis. »C-Bird, auf diesem Gebiet bin ich auf Ihre Hilfe angewiesen.«
Francis beugte sich eifrig zu ihr vor. »Was brauchen Sie?«
»Ich glaube, ich verstehe nichts von Wahnsinn«, sagte sie.
Francis musste wohl verwirrt aussehen, denn sie lächelte. »Oh, verstehen Sie mich nicht falsch. Ich verstehe den psychiatrischen Jargon und die Diagnosekriterien und Therapiepläne und all den Lehrbuchkram. Aber was ich nicht verstehe, ist, wie es sich von innen nach außen anfühlt. Ich glaube, dabei können Sie mir helfen. Ich muss wissen, wer diese Verbrechen

begangen haben könnte, zumal hieb- und stichfeste Beweise nur schwer zu haben sind.«

Francis war sich seiner Sache nicht sicher, doch er sagte: »Was immer Sie benötigen …«

Peter dagegen nickte, als sähe er etwas, das wohl auch für Lucy offensichtlich war, das Francis aber entging. »Das kann er, da bin ich sicher. Er ist ein Naturtalent. Ein angehender Lehrer. Stimmt doch, C-Bird?«

»Ich will's versuchen.« Tief in seinem Innern hörte er ein Rumoren, als hätten einige seiner Untermieter da drinnen einen Streit vom Zaun gebrochen, und endlich hörte er, wie eine Stimme forderte: *Sag's ihnen. Das ist schon in Ordnung. Sag ihnen, was du weißt.* Er zögerte nur eine Sekunde und sprach dann, als würden ihm die Worte von anderen Quellen eingegeben. »Eine Sache solltet ihr euch klar machen«, fing er langsam, vorsichtig an. Lucy und Peter sahen ihn beide an, als käme es ein wenig überraschend für sie, dass er etwas zu ihrem Gespräch beitrug.

»Und was?«, fragte Lucy.

Francis wies mit dem Kopf auf Peter. »Er hat sicher Recht, nehme ich an, wegen der Kraft, die er haben muss, und auch damit, dass es hier drinnen nicht allzu viele gibt, die so viel körperliche Kraft aufbieten können, um jemanden wie Short Blond zu bezwingen. Ich meine, das ist vermutlich einigermaßen logisch. Aber nicht ganz. Falls der Engel nämlich Stimmen hören würde, die ihm befehlen, Short Blond und diese anderen Frauen anzufallen – na ja, also, es stimmt nicht, dass er dann so stark sein muss, wie Peter gesagt hat. Wenn man das hört und die Stimmen einem sagen, man soll das und das tun – ich meine, wenn sie einen wirklich anbrüllen und darauf bestehen und nicht mit sich reden lassen –, also, dann ist alles andere, Schmerzen, Schwierigkeiten, der Kraftaufwand, all

das ist dann zweitrangig. Man tut einfach, was sie verlangen. Man überwindet alle Schwierigkeiten. Wenn eine Stimme einem dann sagt, man sollte einen Wagen hochheben oder einen Felsbrocken, egal, man würde es tun oder es zumindest versuchen, auch wenn es einen umbrächte. Es muss also nicht stimmen, dass der Engel, wie Peter sagt, ein starker Mann ist. Es kann immer noch fast jeder sein, weil er die nötige Kraft finden kann. Die Stimmen könnten ihm zeigen, wo.«
Er schwieg und hörte tief in seinem Innern ein Echo: *Richtig. Gut gemacht, Francis.*
Peter sah Francis eindringlich an und lächelte breit. Er boxte Francis kameradschaftlich auf den Arm.
Lucy lächelte ebenfalls, bevor sie einen langen Seufzer hören ließ. »Ich werd's mir merken, Francis. Danke. Sie könnten durchaus richtig liegen. Das zeigt nur, dass wir es hier nicht mit einer gewöhnlichen Ermittlung zu tun haben. Hier drinnen herrschen ein bisschen andere Regeln, nicht wahr?«
Francis war erleichtert und auch zufrieden darüber, dass er einen Beitrag hatte leisten können. Er zeigte auf seine Stirn. »Hier drinnen herrschen auch etwas andere Regeln«, sagte er.
Lucy legte ihm die Hand auf den Arm. »Ich behalt's im Auge.« Dann schüttelte sie den Kopf. »Da wäre noch etwas, das ihr zwei für mich rausfinden könntet.«
»Jederzeit«, erwiderte Peter.
»Evans sagt, es gäbe Möglichkeiten, sich nachts von einem Gebäude zum anderen zu begeben, ohne sich vom Sicherheitsdienst erwischen zu lassen. Ich könnte ihn natürlich fragen, was genau er damit meint, aber ich möchte ihn so wenig wie möglich in Anspruch nehmen …«
»Das leuchtet mir unmittelbar ein«, sagte Peter prompt. Vielleicht ein wenig zu prompt, denn er fing sich einen strengen Blick von Lucy ein.

»Trotzdem, ich dachte, ihr könnt das vielleicht aus Sicht der Patienten rausbekommen. Wer weiß, wie man von A nach B kommt oder umgekehrt? Und wie stellt man das an? Welche Risiken geht man ein? Und wer hätte ein Interesse daran?«
»Glauben Sie denn, der Engel ist von einem anderen Gebäude gekommen?«
»Ich möchte rausbekommen, ob er es konnte.«
Peter nickte wieder. »Wir sehen, was wir machen können«, sagte er nach einem kurzen Moment.
»Gut«, sagte Lucy in forschem, selbstsicherem Ton, »Ich geh dann mal zu Dr. Gulptilil, um die Daten und Zeiträume ein bisschen genauer zu erfahren. Und ich will ihn dazu bringen, dass er mich zu den anderen Stationen mitnimmt, so dass ich von jeder eine erste grobe Liste mitnehmen kann.«
»Die Männer, die als geistig zurückgeblieben diagnostiziert sind«, sagte Peter, »können Sie wahrscheinlich auch ausklammern. Das schränkt die Zahl weiter ein. Allerdings nur die schweren Fälle.«
Wieder nickte sie. »Leuchtet ein. Wie wär's, wenn wir uns vor dem Abendessen noch mal in meinem Büro treffen würden, um unsere Ergebnisse zu vergleichen?«
Sie drehte sich um und ging zügig den Flur entlang. Francis merkte, dass alle Patienten, die sich im selben Bereich aufhielten, unwillkürlich zurückzuckten und beiseite traten, wenn sie vorbeigerauscht kam.
Zuerst dachte er, die Leute hätten Angst vor Lucy, was er nicht nachvollziehen konnte, doch dann begriff er, dass das Ungewohnte an ihr ihnen Unbehagen einflößte. Lucy war normal, sie selbst waren es nicht. Es war wohl eher das, was sie repräsentierte, etwas Fremdartiges – ein Mensch mit einer Existenz, die über dieses Gemäuer hinausreichte. Und letztendlich, dachte er, verstörte ihr Anblick die Insassen, weil er

ihnen bewusst machte, wie wenig sicher sie sich in einer solchen Welt fühlen konnten.
Francis sah sich die Gesichter einiger Patienten an und begriff, dass es nur sehr wenig Menschen in diesem Gebäude gab, die die Unruhe, die Lucy in ihre Welt hereintrug, begrüßten. Im Western State Hospital klammerten sich Patienten wie Personal an die Routine, weil es das einzige Mittel war, all die Kräfte, die in jedem einzelnen Patienten tobten, in Schach zu halten. Das war der Grund, weshalb so viele Leute für so viele Jahre dort hängen blieben, denn man begriff sehr schnell, was einem gefährlich werden konnte. Er schüttelte den Kopf. Es war eine verkehrte Welt. Die Klinik war ein Ort voller Gefahren, ein Kessel, in dem unablässig Konflikte, Wut und Wahnsinn brodelten; irgendwie aber schien sie einem letztlich doch weniger gefährlich als die Welt da draußen. Lucy war diese Welt. Francis drehte sich um und sah, dass auch Peter the Fireman ihren Abgang beobachtete. Er konnte eine gewisse Frustration in Peters Gesicht erkennen. Die Frustration darüber, gefangen zu sein. Die beiden waren vom selben Schlag und gehörten woanders hin.
Er hätte nicht mit Bestimmtheit sagen können, ob er selbst ebenfalls zu dieser Kategorie gehörte.
Nach einer Weile drehte sich Peter um und schüttelte den Kopf. »Das wird eine harte Nuss, C-Bird«, sagte er.
»Wie meinst du das?«
»Na ja, Lucy glaubt, dass das alles doch nicht allzu schwierig sein kann. Etwas, womit sie uns beschäftigt und bei der Stange hält. Aber es ist ein bisschen mehr als das.«
Francis sah Peter an und forderte ihn stumm auf, weiterzureden.
»Sobald wir anfangen, Lucys Fragen zu stellen, hört irgendjemand, dass wir Nachforschungen anstellen. Es wird sich

herumsprechen und früher oder später auch jemandem zu Ohren kommen, der tatsächlich weiß, wie man nach Einbruch der Dunkelheit von einem Gebäude zum anderen gelangt, wenn wir alle eigentlich medikamentös ruhig gestellt hinter Schloss und Riegel schlafen sollen. Das ist derjenige, nach dem wir Ausschau halten. Das ist unvermeidlich. Und wir bieten ihm eine Angriffsfläche.«

Peter holte tief Luft und atmete langsam aus. »Denk mal einen Moment drüber nach«, sagte er fast flüsternd. »Wir leben alle in diesen eigenständigen Wohneinheiten, die sich über das gesamte Klinikgelände verteilen. Hier nehmen wir unsere Mahlzeiten ein. Hier gehen wir zu unseren Gruppensitzungen. Hier verbringen wir unsere Freizeit. Hier schlafen wir. Und in jedem Bau ist es das Gleiche. Kleine, in sich geschlossene Welten innerhalb einer größeren, in sich geschlossenen Welt. Mit sehr wenig Austausch zwischen jedem dieser Wohnheime. Ich meine, verdammt noch mal, dein Bruder könnte im Bau nebenan leben, und du wüsstest es nicht mal. Also, wieso sollte überhaupt irgendjemand sich zu einer anderen Station Zugang verschaffen wollen, die derjenigen, aus der er gerade abhaut, wie ein Ei dem anderen gleicht? Wir sind schließlich kein Haufen Gangster aus den Mietskasernen von South Boston, die ihr Lebenslänglich ohne Hafturlaub im Walpole-Gefängnis absitzen und sich überlegen, wie sie türmen können. Hier denkt keiner daran, auszubrechen, jedenfalls nach allem, was ich bis jetzt mitbekommen habe. Das einzige Interesse also, das jemand daran haben könnte, von diesem Gebäude zum nächsten zu gelangen, ist die Sache, die wir untersuchen. Und jedes Mal, wenn wir eine Frage stellen, die den Engel auf den Gedanken bringt, wir hätten wieder ein Mosaiksteinchen gefunden, das den Kreis der Verdächtigen einschränkt, na ja …«

Peter zögerte. »Ich weiß nicht, ob er je einen Mann getötet hat. Wahrscheinlich ausschließlich die Frauen, von denen wir wissen.« Den letzten Teil des Satzes flüsterte er kaum hörbar.

Big Black und Schwester Wrong veranstalteten an diesem Nachmittag anstelle von Mr. Evils gewohnter Gruppensitzung eine Malübung im Tagesraum. Es wurde nicht gesagt, wohin Mr. Evans verschwunden war, und auch Lucy hatte das Amherst verlassen. Jeder der Gruppe von einem Dutzend Leuten bekam große weiße Blätter dickes Baumwollpapier ausgehändigt, das sich rau anfühlte. Anschließend wurden sie lose im Kreis platziert und durften zwischen Wasserfarben und Malkreide wählen.

Peter schaute sich das ganze Unterfangen eher skeptisch an, doch für Francis war es eine willkommene Abwechslung von den Sitzungen, die dazu dienten, ihre Geisteskrankheit mit Mr. Evans' Normalität zu kontrastieren, was aus seiner Sicht inzwischen einziger Programmpunkt dieser Zusammenkünfte war. Cleo machte ein eifriges Gesicht, als hätte sie schon genau im Kopf, was sie skizzieren wollte, und Napoleon summte eine kleine Marschmusik vor sich hin, während er das leere Blatt auf seinem Schoß betrachtete und mit den Fingern die Kanten entlangstrich.

Schwester Wrong trat in die Mitte des Kreises. Sie behandelte sämtliche Patienten wie kleine Kinder, was Francis hasste. »Mr. Evans möchte gerne, dass Sie alle diese Zeit dazu nutzen, ein Selbstporträt anzufertigen«, sagte sie energisch. »Etwas, das ein bisschen davon verrät, wie Sie sich selber sehen.«

»Dann darf ich kein Bild von einem Baum zeichnen?«, fragte Cleo. Sie zeigte auf die Reihe Fenster im Tagesraum, die das Licht brachen und in der Nachmittagssonne glitzerten. Hinter dem Glas und dem Maschendraht sah Francis einen der

Bäume auf dem Klinikgelände in einer leichten Brise hin und her schaukeln und seine zartgrünen Blätter in der Frühlingsluft zittern.

»Es sei denn, Sie würden sich für einen Baum halten«, sagte Schwester Wrong so vorhersehbar, dass es geradezu peinlich war.

»Für einen Cleo-Baum?«, fragte Cleo zurück. Sie hob den stämmigen Arm und ließ die Muskeln wie ein Bodybuilder spielen. »Einen sehr starken Baum.«

Francis suchte sich eine kleine Palette Wasserfarben aus. Blau. Rot. Schwarz. Grün. Orange. Braun. Er hatte einen Pappbecher, den er auf den Boden neben seine Füße stellte. Nach einem letzten Blick auf Peter, der sich plötzlich über sein Blatt Papier beugte und emsig arbeitete, wandte sich Francis seiner eigenen leeren Fläche zu. Er tauchte seinen kleinen Pinsel in die Flüssigkeit, um die Spitze anzufeuchten, und dann in die schwarze Farbe. Er malte eine lange ovale Form und machte sich dann an die Aufgabe, sie mit den Gesichtszügen auszufüllen.

An der Rückseite des Tagesraums hatte sich ein Mann zur Wand gedreht, der wie ein Mensch beim Gebet fortwährend etwas vor sich hinmurmelte und nur alle paar Minuten einmal kurz innehielt, um einen Blick in Richtung der Gruppe zu werfen und sich sofort wieder in sein Selbstgespräch zu vertiefen. Francis bemerkte denselben zurückgebliebenen Mann, der sie zuvor bedroht hatte; er schlurfte durch den Raum, grunzte, starrte gelegentlich in ihre Richtung und schlug sich wiederholt mit der Faust in die Hand. Francis wandte sich erneut seiner Zeichnung zu und strich weiter sanft mit der Pinselspitze über das Papier, während er mit einer gewissen Befriedigung zusah, wie in der Mitte des Blatts eine Figur Gestalt annahm.

Francis arbeitete mit voller Konzentration. Er versuchte, sich ein Lächeln zu geben, doch es kam schief heraus, so dass es aussah, als würde die eine Hälfte seines Gesichts etwas genießen und die andere etwas bedauern. Die Augen starrten ihn konzentriert an, und er hatte das Gefühl, als könne er hinter sie schauen. Francis überlegte, ob der gemalte Francis nicht zu abfallende Schultern und insgesamt eine Körperhaltung hatte, die zu resigniert wirkte. Doch das war nicht so wichtig wie der Versuch, zu zeigen, dass der Francis auf dem Blatt Papier Gefühle, Träume und Wünsche hatte, dass er alle Emotionen kannte, die er mit der Außenwelt verband.

Er sah nicht auf, bis Schwester Wrong ankündigte, die Sitzung würde nur noch ein paar Minuten dauern.

Er schielte zur Seite und sah, dass Peter seinem eigenen Bild den letzten Feinschliff gab. Es stellte ein Paar Hände dar, und sie umklammerten Gitterstäbe, die vom oberen bis zum unteren Rand reichten. Es gab kein Gesicht, keinen Körper, nichts, das irgendwie eine Person vermittelt hätte. Nur die Finger, die sich um dicke Stangen aus tiefem Schwarz legten – dem beherrschenden Motiv auf dem Blatt.

Schwester Wrong nahm Francis sein Gemälde aus der Hand und sah es sich eine Weile an.

Big Black kam herüber und blickte über ihre Schulter auf das Bild. Er brach in ein Lächeln aus. »Verdammt, C-Bird«, sagte er. »Das ist eine tolle Arbeit. Der Junge hat ein Talent, von dem er noch keinem nix verraten hat.«

Die Schwester und der riesige Aufseher gingen weiter, um die Arbeiten der anderen Patienten einzusammeln, und Francis fand sich neben Napoleon wieder. »Nappy«, sagte er leise, »wie lange bist du schon hier?«

»In der Anstalt?«

»Ja. Und hier drinnen, im Amherst.« Er zeigte auf den Tagesraum. Napoleon musste offenbar einen Moment nachdenken, bevor er antwortete.

»Inzwischen zwei Jahre, C-Bird, vielleicht aber auch drei, ich bin mir nicht sicher. Eine lange Zeit«, fügte er traurig hinzu. »Eine wirklich lange Zeit. Man verliert das Zeitgefühl. Vielleicht wollen sie das ja. Ich bin nicht sicher.«

»Dann weißt du ziemlich gut Bescheid, wie hier so alles läuft, oder?«

Napoleon machte eine zarte, beinahe anmutige Verbeugung. »Eine Sachkenntnis, C-Bird, auf die ich gerne verzichten würde. Trotzdem hast du Recht.«

»Wenn ich von hier in eines der anderen Gebäude wollte, wie würde ich das anstellen?«

Napoleon wirkte von der Frage leicht verschreckt, denn er trat einen Schritt zurück und schüttelte den Kopf. Nervös öffnete er den Mund und stammelte seine Antwort: »Es gefällt dir nicht hier bei uns?«

Jetzt war es an Francis, den Kopf zu schütteln. »Nein. Ich meine, mitten in der Nacht. Nach der Medikamentenausgabe. Nachdem die Lichter aus sind. Angenommen, ich wollte zu einem der anderen Gebäude, ohne gesehen zu werden, wäre das möglich?«

Napoleon dachte über die Frage nach. »Ich glaube nicht«, sagte er langsam. »Wir sind ja immer eingesperrt.«

»Aber wenn ich nun nicht eingesperrt wäre …«

»Wir sind aber immer eingesperrt.«

»Aber nimm einfach mal an …«, wiederholte Francis, von der Reaktion des rundlichen Mannes ein wenig gereizt.

»Es geht um Short Blond, nicht wahr? Und um Lanky. Aber Lanky konnte nicht aus dem Schlafsaal. Außer in der Nacht, als Short Blond starb, als nicht abgeschlossen war. Ich hab noch nie gehört, dass bis dahin irgendwann mal die Tür nicht abgeschlossen gewesen war. Nein, du kannst nicht raus. Niemand. Ich hab auch noch nie gehört, dass irgendjemand das Bedürfnis dazu gehabt hätte.«

»Irgendjemand konnte es und hat es getan. Und er wollte es auch. Jemand hatte einen Satz Schlüssel.«

Napoleon sah ihn entsetzt an. »Ein Patient hat einen Satz Schlüssel«, flüsterte er. »Das hör ich zum ersten Mal.«

»Davon gehe ich aus«, sagte Francis.

»Das wäre nicht richtig, C-Bird. Wir dürfen keine Schlüssel haben.« Napoleon verlagerte sein Gewicht von einem Fuß auf den anderen, als wäre ihm der Boden unter seinen ausgefransten Hausschuhen auf einmal zu heiß. »Ich denke, wenn man erst mal rauskommt, ich meine, aus dem Gebäude, müsste es ziemlich leicht sein, an der Patrouille des Sicherheitsdienstes vorbeizukommen. Ich meine, die sind nicht gerade die Hellsten, oder? Und ich glaube, sie müssen an jeweils derselben Stelle die Uhr stechen, jede Nacht genau zur selben Zeit, also, ich denke, selbst jemand, der so verrückt ist wie wir, müsste es eigentlich schaffen, ihnen zu entwischen, mit ein bisschen Planung …« Er kicherte ein wenig und hätte angesichts seiner kühnen These, dass die Leute vom Wachdienst inkompetent seien, beinahe laut losgeprustet. Doch dann runzelte er die Stirn. »Aber da liegt nicht das eigentliche Problem, was, C-Bird?«

»Wo liegt es deiner Meinung nach denn?«, fragte Francis.

»Wieder reinzukommen. Selbst wenn du Schlüssel hast, also, der Haupteingang befindet sich direkt gegenüber der Pflegestation. Das ist in allen Stationen so, nicht wahr? Und selbst wenn die Schwester oder der diensthabende Pfleger gerade ein Nickerchen halten würde, würde er von dem Geräusch, wenn die Tür aufgeht, vermutlich aufwachen.«

»Was ist mit den Notausgängen an den Seiten des Gebäudes?«

»Ich glaube, die sind vergittert und vernagelt.«
Er schüttelte den Kopf. »Vermutlich ein Verstoß gegen die Brandschutzverordnung«, fügte er hinzu. »Wir sollten Peter fragen. Ich möchte wetten, er weiß das.«
»Vermutlich. Aber trotzdem, du meinst, selbst wenn du es wolltest, wäre es nicht möglich?«
»Vielleicht gibt es eine andere Möglichkeit. Nur dass ich in der ganzen Zeit, seit ich hier bin, noch von keiner gehört habe. Und genauso wenig hab ich je von einem gehört, der von einem Bau in den anderen gewollt hätte, C-Bird. Nicht ein Mal. Wieso auch, wenn wir alles, was wir uns wünschen und was wir brauchen und womit wir überhaupt etwas anfangen können, hier in diesem Bau direkt vor der Nase haben?«
Das war eine deprimierende Frage, fand Francis. Und es stimmte auch nicht, denn es gab jemanden unter ihnen, der andere Bedürfnisse hatte als die, von denen Napoleon sprach. Und das erste Mal wohl stellte sich Francis die Frage, was genau der Engel nötig hatte.

Peter entdeckte den Wartungsmonteur, als wir den Tagesraum verließen. Später habe ich mich gefragt, ob es einen Unterschied gemacht hätte, wenn wir gesehen hätten, was genau er dort zu tun hatte, doch wir waren auf dem Weg zu Lucy, und das hatte für uns immer absolute Priorität. Später brachte ich Stunden, vielleicht Tage damit zu, einfach über das Zusammenspiel von allem nachzudenken – als ob dieses oder jenes anders gelaufen wäre, falls einer von uns begriffen hätte, wie die Dinge zusammenhingen und wie wichtig diese Verbindungen waren. Zuweilen kann man Geisteskrankheit daran festmachen, dass sich jemand fixiert, dass er sich in eine einzige Idee verbohrt. Lankys Obsession mit dem Bösen. Peters Bedürfnis nach Absolution. Lucys Bedürfnis nach Gerechtigkeit. Die beiden waren natürlich nicht verrückt, jedenfalls nicht das, was ich darunter verstand, oder auch Gulp-a-pill oder meinetwegen auch Mr. Evil. Doch auf eigentümliche Weise können derart starke Bedürfnisse sich zu einer Form von Wahn auswachsen, mit dem einzigen Unterschied, dass sie nicht so leicht zu diagnostizieren sind wie meine Störung. Dennoch hätte der Anblick des Wartungsmannes, eines Burschen im mittleren Alter, mit Ringen unter den Augen, in seinem grauen Hemd und der passenden Hose dazu, den festen braunen Arbeitsstiefeln, dem dunklen, mit hellen Dreckssträhnen durchzogenen Haar und den schwarzen Ölflecken an den Sachen auf eine ganz eigentümliche, untergründige Weise unsere Aufmerksamkeit erregen müssen. Er hatte seinen Werkzeugkasten aus Holz in einer schmierigen Hand, und an seinem Gürtel hing ein schmuddeliger Lappen. Es klingelte ein bisschen bei jedem seiner Schritte, da seine Schlüssel an die gelbe Plastikfassung seiner Taschenlampe stießen, die ihm an einem Halter um die Taille baumelte. Er machte ein zufriedenes Gesicht, so wie jemand, der plötzlich das Ende einer langen, schmutzigen Aufgabe vor sich sieht, und Peter und ich hörten, wie er sich zu Big Black und Little Black umsah, sich eine Zigarette anzündete und sagte: »Dauert nicht mehr lange. Bin fast fertig. Verdammt, so ein Mistding«, bevor er in dem Abstellraum am anderen Ende des Flurs verschwand, in dem sie Short Blonds Leiche gefunden hatten.

Aus heutiger Sicht kommen mir so viele Dinge in den Sinn, die uns damals hätten zu denken geben müssen. Kleine Begebenheiten, die eigentlich große Ereignisse waren. Ein Wartungsmann. Ein geistig Behinderter. Ein verschwundener Verwaltungsangestellter. Ein Mann, der Selbstgespräche führt. Ein anderer, der auf seinem Stuhl zu schlafen schien. Eine Frau, die sich für die Reinkarnation einer ägyptischen Prinzessin aus dem Altertum hielt. Ich war jung, und ich hatte nicht begriffen, dass ein Verbrechen wie all die mechanischen Teile eines Getriebes funktionierte. Bolzen und Muttern, Schrauben und Stifte, die alle ineinander griffen und eine ganz eigene Dynamik erzeugten, ein Kräftespiel so wenig fassbar wie der Wind, der, an sich unsichtbar, dennoch Wirkung zeigt – an einem Stück Altpapier, das plötzlich auffliegt und über den Bürgersteig weht, oder an einem Zweig, den er zuerst in die eine, dann in die andere Richtung zerrt, oder auch an den fernen, dunklen Gewitterwolken, die über einen dräuenden Himmel jagen. Ich brauchte lange, um das zu erkennen.

Peter wusste es, und Lucy ebenso. Vielleicht war dies das Band zwischen ihnen, zumindest am Anfang. Sie waren wachsam und hielten unablässig Ausschau nach dem Engel. Doch im Nachhinein kam mir der Gedanke, dass das, was sie zusammenschweißte, etwas Komplexeres war: dass sie nämlich praktisch im selben Moment im Western State Hospital eintrafen, ohne im Grunde zu wissen, was sie brauchten. In beiden klaffte ein großes Loch, und der Engel füllte es für sie aus.

Ich saß im Schneidersitz mitten in meinem Wohnzimmer.

Die Welt um mich her war still und ruhig. Nicht einmal das gelegentliche Babygeschrei aus der Wohnung der Santiagos war zu hören. Außerhalb des Fensters war es

pechschwarz, die Nacht so undurchdringlich wie ein Bühnenvorhang. Ich lauschte auf den Verkehrslärm, doch selbst der war gedämpft. Kein Dieselgestotter von vorbeifahrenden Lkws. Ich sah auf meine Hände hinab und schätzte, dass es noch ein paar Stunden bis zum Tagesanbruch waren. Peter erzählte mir einmal, dass die meisten Menschen in dieser letzten nächtlichen Dunkelheit vor dem Morgengrauen starben.
Es war die Zeit des Engels.
Ich stand auf, nahm meinen Stift und fing zu zeichnen an. Binnen weniger Minuten hatte ich Peter vor mir, wie ich ihn in Erinnerung behalten hatte. Dann machte ich mich daran, Lucy neben ihm an die Wand zu bannen. Ich wollte ihre reine Schönheit wiedergeben, deshalb pfuschte ich ein wenig, als es darum ging, die Narbe in ihrem Gesicht zu zeichnen. Ich machte sie ein wenig kleiner, als sie eigentlich gewesen war. Nicht lange, und ich hatte sie bei mir im Zimmer, genau so, wie ich sie aus diesen ersten Tagen in Erinnerung hatte. Nicht so, wie wir später waren.

Lucy Jones sah keine Abkürzung, die sie dem Mann, den sie jagte, hätte näher bringen können. Zumindest nichts, was ins Auge gesprungen oder auf der Hand gelegen hätte wie eine Liste von Patienten, die zeitlich gesehen alle vier Morde hätten begehen können. Stattdessen ließ sie sich von Dr. Gulptilil von Gebäude zu Gebäude führen, um dort jeweils die Listen der männlichen Insassen durchzugehen. Sie sortierte alle aus, die an Altersdemenz litten, und unterzog sämtliche Patienten, die als schwer zurückgeblieben diagnostiziert waren, einer eingehenden Prüfung. Außerdem strich sie alle von ihrer wachsenden Liste, die seit mehr als fünf Jahren in der Klinik waren. Das war, wie sie zugeben musste, nur eine Spekulation ihrerseits. Doch sie ging einfach davon aus, dass jemand, der schon so viel Zeit in der Anstalt verbracht hatte, vermutlich so mit antipsychotischen Medikamenten voll gestopft und durch seine Geisteskrankheit so eingeschränkt war, dass er außerhalb der Klinik wohl kaum auch nur in annähernd effizienter Weise zurechtkommen konnte. Der Mann, den sie den Engel nannten, verfügte dabei an beiden Schauplätzen über einige Fähigkeiten. Je mehr sie darüber nachdachte, desto überzeugter war sie, dass sie jemanden finden musste, der sich draußen wie drinnen zurechtfand.

Mit Entsetzen stellte sie fest, dass sie das Personal nicht ausklammern konnte. Hier ergab sich das Problem, den medizinischen Direktor dazu zu bringen, ihr die Personalakten zu überlassen, und sie bezweifelte, dass er dazu bereit war, solange sie ihm nicht gewisse Verdachtsmomente lieferte, dass theoretisch eine Schwester oder ein Pfleger an dem Verbrechen beteiligt gewesen sein konnte. Während sie neben dem kleinen indischen Arzt herlief, hörte sie ihm nicht wirklich zu, als er sich über die Vorzüge einer stationären Behandlung in Anstalten für Geisteskranke ausließ; vielmehr überlegte sie, wie sie weiter vorgehen konnte.

Im späten Frühjahr herrscht in Neu-England eine abendliche Düsternis, als sei die Welt über den Wechsel von den nassen Wintermonaten zum Sommer unsicher. Warmer Wind aus südlichen Richtungen, der von höheren Luftströmungen Auftrieb bekommt, vermischt sich ständig mit Kaltluftströmen, die von Kanada herunterstürzen. Beide waren wie unerwünschte Immigranten, die nach einer neuen Heimat suchten. Ringsum nahm sie die Schatten wahr, die über das Klinikgelände krochen und unaufhaltsam jedes Heim erfassten. Sie fror und schwitzte zugleich, ein bisschen wie im Fieber, wenn man sich inmitten von Schweißausbrüchen die Decke bis unters Kinn hochzog.

Auf den Listen, die nach und nach zu jedem Gebäude entstanden, hatte sie über zweihundert mögliche Verdächtige stehen, und sie machte sich Sorgen über die etwa hundert Namen, die sie vielleicht zu schnell gestrichen hatte. Sie schätzte, dass sie unter dem Personal noch einmal fünfundzwanzig bis dreißig Verdächtige zusammenbekommen würde, doch sie war noch nicht bereit, in dieser Richtung weiterzuarbeiten, weil sie wusste, dass sie sich damit den Chefarzt verärgern würde, auf dessen Hilfe sie vorerst angewiesen war.

Als die beiden sich dem Amherst-Bau näherten, wurde ihr mit Schrecken bewusst, dass ihr von den Unterkünften, an denen sie vorbeigekommen waren, niemand nachgepfiffen oder gerufen hatte. Vielleicht hatte sie es auch nur überhört. Sie registrierte den Wandel und dachte unwillkürlich, wie schnell in der Welt der Klinik das Außergewöhnliche zur Routine wurde.

»Ich hab mich ein bisschen in die Literatur eingelesen, die es zu dem Typ Verdächtigen gibt, nach dem Sie suchen«, sagte Dr. Gulptilil, als sie gerade über den Innenhof liefen.

Ihre Schritte klickten auf dem schwarzen Asphalt des Gehwegs, und als Lucy aufsah, stellte sie fest, dass in dem Moment ein Mann vom Sicherheitsdienst die Eisengitter der Klinik für die Nacht zuschob.

»Es ist interessant, wie wenig Fachliteratur sich mit diesem mörderischen Phänomen befasst. Leider nur sehr wenige Untersuchungen. Es gibt derzeit seitens der Polizei ein paar Versuche, eine Art Persönlichkeitsprofil zu erstellen, aber ansonsten wurden die psychologischen Implikationen, die Diagnose und die Behandlungspläne für diese Kategorie weitgehend vernachlässigt. In Psychiaterkreisen, müssen Sie verstehen, Miss Jones, vergeuden wir nicht gerne unsere Zeit mit Psychopathen.«

»Und wieso nicht, Doktor?«

»Weil sie behandlungsresistent sind.«

»Grundsätzlich?«

»Ja, grundsätzlich. Jedenfalls der klassische Psychopath. Er spricht nicht auf Antipsychotika an, im Unterschied zum Schizophrenen, oder auch jemandem mit Persönlichkeitsspaltung oder einem Zwangsneurotiker, einem klinisch Depressiven oder allen anderen Krankheitsbildern, für die wir Medikamente entwickelt haben. Ach so, ja, das heißt natürlich nicht, dass der Psychopath keine deutlich unterscheidbaren Krankheitssymptome aufwiese. Ganz im Gegenteil. Doch ihr Mangel an Menschlichkeit, so kann man das wohl am besten umschreiben, verweist sie in eine völlig andere Kategorie, und zwar eine, die wir noch nicht gut verstehen. Sie trotzen jeder Therapie, Miss Jones. Sie sind unehrlich, manipulativ, oft auffällig großspurig und äußerst verführerisch. Sie folgen einzig ihren ungezügelten Impulsen, ohne sich im Mindesten um Konventionen oder Moralvorstellungen zu scheren. Beängstigend, muss ich wohl dazu sagen. Sehr verunsichernde Persönlichkeiten, wenn man mit ihnen in Berührung kommt. Der scharfsinnige Psychiater Hervey Cleckley hat ein interessantes Buch mit Fallstudien herausgegeben, das ich Ihnen gerne leihen will. Es ist vielleicht das Standardwerk schlechthin zu diesem Typus. Aber wahrlich keine angenehme Lektüre, Miss Jones, denn das Fazit, das darin gezogen wird, ist, dass wir kaum etwas tun können. Das heißt, aus klinischer Sicht.«

Lucy blieb vor dem Amherst-Gebäude stehen, und der kleine Arzt drehte sich voller Eifer zu ihr um und legte den Kopf ein wenig schief, wie um besser zu hören. Ein vereinzelter spitzer

Schrei gellte aus einem der angrenzenden Gebäude durch die Luft, doch beide ignorierten ihn.
»Wie viele Patienten wurden hier bei Ihnen als Psychopathen diagnostiziert?«, fragte sie unvermittelt.
Er schüttelte den Kopf. »Ah ja, auf die Frage war ich gefasst«, sagte er.
»Und die Antwort?«
»Jemand, der als Psychopath eingestuft ist, würde sich für die Therapien, die wir hier anbieten, nicht eignen. Auch langjährige Heimunterbringung oder eine langwierige Behandlung mit psychotropen Medikamenten würde diesen Leuten nicht helfen, nicht einmal die eine oder andere drastischere Behandlungsmethode wie Elektroschocktherapie, auf die wir gelegentlich zurückgreifen. Ebenso wenig kommt für sie eines der traditionelleren Konzepte infrage, etwa die Psychotherapie oder auch« – und dabei kicherte er leise in dieser typisch selbstgefälligen Art, die er oft an den Tag legte und die Lucy eindeutig iritierend fand – »die klassische Psychoanalyse. Nein, Miss Jones, ein Psychopath hat im Western State Hospital nichts verloren. Vielleicht gehören diese Kerle ins Gefängnis, zumindest sind sie dort am ehesten zu finden.«
Sie zögerte, bevor sie fragte: »Aber damit ist noch nicht gesagt, dass es hier keinen gibt, oder?«
Dr. Gulptilil lächelte wie die Cheshire-Katze, bevor er antwortete. »Es ist keiner hier, Miss Jones, der mit dieser eindeutigen und unmissverständlichen Diagnose bei uns eingeliefert wurde. Wir haben einige, bei denen möglicherweise eine gewisse psychopathische Tendenz zu beobachten ist, doch nur als Begleiterscheinung einer Primärerkrankung anderer Art.«
Ziemlich verärgert über die ausweichende Art des Doktors verzog Lucy das Gesicht.
Dr. Gulptilil hüstelte. »Aber, Miss Jones, für den Fall, dass Ihr

Besuch hier bei uns doch nicht, wie eine ganze Reihe von uns überzeugt sind, irregeleitet wäre und Sie mit Ihrer Vermutung richtig lägen, dann müsste es in der Tat einen Patienten mit einer klaren Fehldiagnose hier geben.«
Er hob die Hand, sperrte die Eingangstür zum Amherst mit einem Schlüssel auf und hielt ihr mit einer kleinen Verneigung und aufgesetzter Galanterie die Tür auf.

14

An diesem Abend kehrte Lucy spät in ihr kleines Zimmer im Stock des Lernschwesternheims zurück, Dunkelheit umgab sie. Es war eines der entlegeneren Gebäude auf dem Klinikgelände, das sich nicht weit vom Kraftwerk mit seinem ständigen Brummen und der ständigen Rauchwolke über dem Dach isoliert in eine verschattete Ecke am Rand des Friedhofs duckte. Es war, als trügen die zufällig in der Nähe begrabenen Toten dazu bei, die Geräusche rund um das Gebäude zu dämpfen. Es war ein strenges, quadratisches, dreigeschossiges und efeubewachsenes Backsteinhaus im georgianischen Stil mit einem eleganten dorischen Säulen-Portiko, das vor fünfzig Jahren umgebaut und dann in den späten Vierzigern sowie erneut in den frühen Sechzigern umfunktioniert worden war, so dass die letzten Überreste eines Stein gewordenen Traums von einer prächtigen, hochherrschaftlichen Villa in Höhenlage bloße Erinnerung waren. Lucy trug einen braunen Pappkarton in beiden Händen, bis zum Rand mit drei Dutzend Patientenakten voll gestopft, die sie nach recht vagen Kriterien aus ihrer immer wieder überarbeiteten Namensliste herausgesucht hatte. Zu dieser Sammlung gehörten auch die Krankenblätter von Peter the Fireman und Francis, die sie an sich genommen hatte, als Mr. Evans gerade einmal nicht mit seiner ganzen Aufmerksamkeit bei der Sache war. Die Unterlagen sollten endlich ihre Neugier darüber befriedigen, was ihre beiden Partner eigentlich in die Nervenheilanstalt verschlagen hatte.

Grundsätzlich hatte sie vor, sich erst einmal damit vertraut zu machen, was allgemein in den Dossiers verzeichnet war, und wenn sie erst einmal eine klare Vorstellung davon hatte, welche Informationen bereits vorhanden waren, würde sie die Patienten befragen. Im Moment sah sie darin die einzig sinnvolle Vorgehensweise. Es befanden sich keinerlei physische Indizien in ihrem Besitz – auch wenn sie wusste, dass es solche konkreten Beweise irgendwo gab. Ein Messer beziehungsweise ein anderer sehr scharfer Gegenstand wie etwa eine aus einem Löffel angefertigte Waffe oder ein Satz rasierklingenscharfer Taschenmesser, vermutete sie. Was es auch war, der Täter hatte es gut versteckt. Es musste auch noch weitere blutige Kleider geben, vielleicht auch einen Schuh, an dem immer noch das Blut der Krankenschwester klebte. Und irgendwo die vier fehlenden Fingerspitzen.

Sie hatte die Detectives angerufen, die Lanky verhaftet hatten, und sie danach gefragt. Ihre Kooperationsbereitschaft war gleich null gewesen. Einer von ihnen glaubte, er hätte sie abgeschnitten, um sie anschließend in der Toilette hinunterzuspülen. In ihren Augen viel Aufwand ohne erkennbaren Sinn und Zweck. Der andere erging sich in vagen Andeutungen, Lanky hätte sie sich vielleicht einverleibt. »Schließlich«, begründete der Detective seine kühne Theorie, »ist der Bursche nun mal total bekloppt.«

Sie legten, stellte Lucy fest, kein sonderliches Interesse an den Tag, irgendwelche anderen Möglichkeiten in Betracht zu ziehen. »Kommen Sie schon, Miss Jones«, hatte der erste Detective gesagt, »wir haben den Kerl, und genug für eine Anklage in der Hand, außer der Tatsache, dass wir es mit einem Irren zu tun haben.«

Der Karton mit den Akten war schwer, und sie balancierte ihn auf dem Knie, während sie die Seitentür zum Schlaftrakt öffnete. Bis jetzt hatte sie noch keinen klaren Anhaltspunkt für ein auffälliges Verhalten gefunden, das eine eingehendere Überprüfung nahe legte. In der Klinik war jeder auffällig. Es war eine Welt, in der die gewöhnlichen Gesetze der Vernunft außer Kraft gesetzt waren. Außerhalb der Anstalt hätte es irgendeinen Nachbarn gegeben, dem etwas Ungewöhnliches aufgefallen wäre. Oder einen Kollegen in einem Büro, dem etwas nicht ganz geheuer wäre. Vielleicht einen Angehörigen, der ein paar bohrende Zweifel hegte.

Das war hier nicht der Fall, sagte sie sich. Sie musste neue Wege beschreiten. Es ging darum, den Killer auszutricksen, der, wie sie glaubte, sich in der Klinik versteckt hielt. Bei dem Spiel traute sie sich einiges zu. Gar so schwierig, dachte sie, konnte es eigentlich nicht sein, einen Verrückten auszumanövrieren. Oder auch einen, der den Verrückten spielte. Blieb allerdings das Problem, stellte sie nüchtern fest, die Spielregeln zu definieren.

Waren die erst einmal bekannt, dachte sie, während sie sich langsam Schritt für Schritt die steile Treppe hochquälte und sich so erschöpft fühlte wie nach einer langen, schwächenden Krankheit, würde sie gewinnen. Man hatte ihr beigebracht, dass alle Ermittlungen letztlich auf ein und dasselbe hinausliefen – eine vorhersagbare Standardszene auf einer klar umrissenen Bühne. Das stimmte, wenn man bei einer steuerhinterziehenden Firma die Bücher überprüfte oder einen Bankräuber stellte, einen Kinderpornographen oder einen Betrüger. Ein Teilstück fügte sich zum anderen und dann zu einem dritten, bis alles oder zumindest ein genügend großes Stück des Puzzles sichtbar wurde. Gescheiterte Ermittlungen – die sie bis dato noch nicht mitzuverantworten hatte – gingen darauf zurück, dass zufälligerweise eines dieser Bindeglieder verborgen blieb oder absichtlich verdunkelt wurde und jemand daraus Kapital schlug. Sie atmete einmal kräftig durch und zuckte die Schultern. Es war von entscheidender Bedeutung, sagte sie sich, dass sie auf den Mann, den inzwischen alle den Engel nannten, so viel Druck ausübte, dass ihm Fehler unterliefen.

Er würde Fehler machen, sagte sie sich kalt.

Als Erstes musste sie die Akten nach kleineren Gewalttaten durchforsten. Sie hielt es für unmöglich, dass ein Mann, der solcher Morde fähig war, seine Aggressionsneigung vollkommen verbergen konnte, selbst wenn er in der Klinik lebte. Es muss irgendwelche Anzeichen geben, sagte sie sich. Einen Wutanfall. Eine Drohung. Einen Ausbruch. Sie musste nur darauf achten, dass sie es auch erkannte, sobald sie dergleichen vor Augen hatte. In der abgeschlossenen Welt der Nervenheilanstalt musste irgendjemand irgendetwas aufweisen, das nicht in das akzeptable Verhaltensschema passte.

Ebenso sicher war sie sich, dass sie, sobald sie anfing, Fragen zu stellen, auch die Antworten sehen würde. Lucy hatte ein gesundes Selbstvertrauen, wenn es darum ging, sich im Kreuzverhör zur Wahrheit durchzuarbeiten. In diesem Moment bedachte sie nicht den Unterschied zwischen der Befragung eines gesunden und derselben Befragung eines nachweislich geistesgestörten Menschen.

Das Treppenhaus erinnerte sie ein wenig an einige der Wohnheime in Harvard. Ihre Schritte hallten auf dem Beton der Stufen wider, und sie war sich ganz plötzlich bewusst, dass sie an einem einsamen Ort allein war. Die schrecklichen Erinnerungen durchzuckten sie wie ein Schlag, und sie hielt abrupt den Atem an. Dann ließ sie die warme Luft aus ihren Lungen entweichen, als könnte sie damit die Eisschicht auftauen, die seither ihre Gefühle überzogen hatte. Einen Moment lang sah sie sich in wilder Panik um und konnte den Gedanken: *das hab ich schon einmal durchgemacht,* nicht loswerden, um jedoch im nächsten Moment ihre Ängste abzuschütteln. Es gab keine Fenster, und kein Laut drang von draußen hier herein. Schon zum zweiten Mal an diesem Tag wurde sie von Geräuschen überrascht. Das erste Mal war es die plötzliche Erkenntnis, dass eine unablässige Kakophonie die Klinik erfüllte. Stöhnen, Schreien, Pfeifen und Gemurmel. Sie hatte sich recht schnell an den ständigen Lärmpegel gewöhnt. Sie blieb abrupt stehen.

Stille, wurde ihr bewusst, kann genauso beunruhigend sein wie ein Schrei.

Ringsum verstummten die Echos, und sie lauschte auf ihr eigenes raues Keuchen. Sie wartete, bis völlige Stille herrschte, dann lehnte sie sich über das schwarze Eisengeländer und sah nach unten und nach oben, um sicherzugehen, dass sie allein war. Sie konnte niemanden sehen. Das Treppenhaus war gut ausgeleuchtet, und es gab keine schattigen Winkel, in denen sich jemand verstecken konnte. Sie wartete noch eine Weile, um das Gefühl der Enge abzuschütteln, das sie plötzlich überkam. Ihr schien, als kämen die Wände kaum merklich auf sie zu. Es war kalt im Treppenhaus, was darauf schließen ließ, dass die Heizung im Schlaftrakt nicht bis hierher durchdrang, und sie zitterte und fand, dass das vollkommen fehl am Platz war, weil sie merkte, wie ihr der Schweiß über den Rücken rann.

Lucy schüttelte den Kopf, als könnte sie durch eine energische Bewegung dieses Gefühl besiegen. Sie führte ihre klammen Handflächen auf die Situation in der Anstalt und auf ihre Rolle hier zurück. Sie versicherte sich, dass ihr Status als einer der wenigen geistig normalen Menschen weit und breit zweifellos dazu angetan war, sie nervös zu machen, und dass einfach all die Eindrücke, die in den wenigen Tagen seit ihrer Ankunft

hier auf sie eingestürmt waren, sie in diesem Moment überwältigten.
Während sie ein zweites Mal tief durchatmete, schabte sie mit dem Fuß über den Boden und verursachte ein kratzendes Geräusch, wie um ein Gefühl der Normalität, der Selbstverständlichkeit in diesem Treppenhaus heraufzubeschwören.
Doch bei dem Geräusch, das sie machte, lief es ihr kalt den Rücken herunter.
Die Erinnerung brannte wie Säure.
Lucy schluckte schwer und rief sich ins Gedächtnis, dass sie es sich strikt zur Regel gemacht hatte, nicht bei dem zu verweilen, was ihr vor so vielen Jahren widerfahren war. Es brachte nichts, den Schmerz noch einmal zu durchleben, die Angst erneut zu spüren oder eine derart tiefe Verletzung noch einmal vor Augen zu haben. Sie erinnerte sich an das Mantra, das sie sich nach dem Angriff angewöhnt hatte: *Du bleibst nur so lange Opfer, wie du es zulässt.* Unwillkürlich wollte sie sich mit der Hand an die vernarbte Wange fassen, woran sie aber der Karton hinderte, den sie immer noch trug. Die Stelle, an der sie verletzt worden war, fühlte sich an, als ob die Narbe glühte, und sie spürte förmlich wieder, wie sich in der Notaufnahme die aufgetrennten Hautlappen unter der Naht des Chirurgen schlossen. Eine Schwester hatte sie leise beruhigt, und zwei Detectives, ein Mann und eine Frau, hatten hinter dem weißen, bodenlangen Vorhang gewartet, während die Ärzte sich zuerst der offensichtlichen blutenden Wunden annahmen und dann der schwereren inneren Verletzungen. Zum ersten Mal hörte sie damals den Begriff *rape kit* für das ganze Programm, das auf eine Vergewaltigung folgte, nicht aber zum letzten Mal; und binnen weniger Jahre wusste sie nicht nur aus persönlicher, sondern auch beruflicher Erfahrung, was es damit auf sich hatte. Sie atmete noch einmal tief durch.

Die schlimmste Nacht ihres Lebens hatte in einem Treppenhaus ganz ähnlich diesem hier angefangen. Doch so schnell sich dieser Gedanken einstellte, verbannte sie ihn auch wieder aus dem Kopf.

Ich bin allein, rief sie sich ins Gedächtnis. *Ich bin ganz und gar allein*.

Sie biss die Zähne zusammen und achtete auf jedes zusätzliche Geräusch, während sie mit der Schulter die Tür zum zweiten Stock des Wohnheims aufschob. Ihr Zimmer – vormals Short Blonds Zimmer – grenzte direkt ans Treppenhaus. Dr. Gulptilil hatte ihr einen Schlüssel dazu gegeben, und sie setzte den Karton ab, um ihn aus der Tasche zu ziehen.

Sie steckte ihn ins Schloss und hielt inne.

Ihre Tür war nicht geschlossen. Sie öffnete sich vier, fünf Zentimeter weit, so dass sie einen Streifen Dunkelheit sah.

Als stünde die Tür unter Strom, zuckte sie zurück und trat abrupt in den Flur.

Sie schaute nach links und rechts und beugte sich ein wenig vor, um jemanden zu sehen oder irgendeinen verräterischen Laut zu hören, der ihr sagte, dass jemand in der Nähe war. Doch ihre Augen schienen auf einmal blind und ihre Ohren taub. Sie fragte rasch ihre sämtlichen Sinne ab und bekam von allen warnende Rückmeldungen.

Lucy zögerte und wusste nicht, was sie machen sollte. In den drei Jahren, seit sie in der Staatsanwaltschaft des Suffolk County Sexualdelikte bearbeitete, war sie um einiges klüger geworden. Während sie schnell die Karriereleiter bis zur Position des *Assistant Chief* der Staatsanwaltschaft aufgestiegen war, hatte sie sich in einen Fall nach dem anderen gestürzt und unnachgiebig und minutiös die Einzelheiten aufbereitet. Die ständige Beschäftigung mit dem Verbrechen hatte in ihr eine Art täglichen Prüfmechanismus herausgebildet, der jede noch

so kleine Tätigkeit in ihrem Dasein an der inneren Messlatte abmaß: Ist das hier vielleicht der kleine Fehler, den jemand für sich ausnutzen kann?
Ganz allgemein gesprochen wusste sie zum Beispiel, dass sie nicht nachts allein über einen Parkplatz laufen oder die Haustür öffnen sollte, wenn es unerwartet klopfte. Es bedeutete auch, dass sie die Fenster geschlossen hielt und stets hellwach und auf der Hut war, und zuweilen, dass sie die Handfeuerwaffe, die sie mit Genehmigung der Staatsanwaltschaft besaß, tatsächlich bei sich trug. Es bedeutete ebenfalls, dass sie die naiven Fehler, die sie eines schrecklichen Abends als Jurastudentin gemacht hatte, nie wiederholte.
Sie biss sich auf die Unterlippe. Die Waffe war in einer Schatulle in ihrer Tasche in ihrem Zimmer weggeschlossen.
Wieder lauschte sie und versuchte, sich davon zu überzeugen, dass nichts Außergewöhnliches festzustellen war, während die irrationale Angst in ihr das Gegenteil nahe legte. Sie schob den Karton mit den Patientenakten sachte zur Seite. Die Stimme der Vorsicht gab keine Ruhe und ermahnte sie lautstark.
Sie ignorierte sie und fasste nach dem Türgriff.
Doch kaum hatte sie die Hand am Messingknauf, hielt sie inne.
Wäre das Metall glühend heiß gewesen, hätte sie es nicht gemerkt.
Sie atmete langsam aus und trat zurück.
Sie führte Selbstgespräche, als könnte sie, indem sie das Tempo ihrer Überlegungen drosselte, ihren Argumenten mehr Gewicht verleihen: *Die Tür war abgeschlossen, und jetzt ist sie offen. Was nun?*
Lucy trat ein zweites Mal zurück. Dann drehte sie sich abrupt um und lief eilig den Flur entlang. Sie suchte ihre Umgebung ab und spitzte die Ohren, lief schnell über den Teppich, der

das Geräusch ihrer Schritte dämpfte. Sämtliche anderen Räume auf dem Geschoss waren geschlossen und still. Sie erreichte heftig keuchend das Ende des Flurs und stürzte dann das Treppenhaus auf dieser Seite hinunter, so dass ihre Schuhe auf den Stufen einen Trommelwirbel verursachten. Das Treppenhaus entsprach genau demjenigen am anderen Ende, durch das eben erst jeder ihrer müden Schritte widergehallt hatte. Sie schob sich durch eine schwere Tür und hörte zum ersten Mal Stimmen. Zwei Stufen auf einmal nehmend, näherte sie sich den menschlichen Lauten, bis sie auf drei junge Frauen stieß, die am Vordereingang zum ersten Stock standen. Alle trugen weiße Schwesterntracht unter bunten Strickjacken, und als Lucy auf sie zustürzte, sahen sie erstaunt auf.

Lucy gestikulierte ein bisschen wild, rang nach Luft und sagte: »Entschuldigen Sie …«

Die drei Lernschwestern starrten sie an.

»Tut mir leid, so in Ihre Unterhaltung zu platzen«, sagte sie, »aber ich bin Lucy Jones, die Staatsanwältin, die hergeschickt wurde …«

»Wir wissen, wer Sie sind, Miss Jones, und weshalb Sie hier sind«, sagte eine der Schwestern. Sie war eine große schwarze Frau mit athletischen, breiten Schultern und dunklem Haar, das zu ihrer Hautfarbe passte. »Stimmt was nicht?«

Lucy nickte und atmete erst einmal durch, bevor sie antwortete: »Ich bin nicht sicher«, sagte sie. »Ich kam eben zurück und stellte fest, dass meine Zimmertür nicht abgeschlossen war. Ich bin sicher, dass ich sie heute Morgen abgeschlossen habe, als ich zum Amherst rübergegangen bin …«

»Das dürfte nicht sein«, sagte eine der anderen Schwestern. »Selbst wenn jemand vom Wartungsdienst oder vom Reinigungspersonal da reingegangen ist, muss er hinterher wieder abschließen. Das ist Vorschrift.«

»Tut mir leid«, sagte Lucy, »aber ich war allein da oben und ...«

Die große schwarze Schwester nickte verständnisvoll. »Wir sind alle ein bisschen schreckhaft im Moment, auch nach Lankys Verhaftung. So was gibt es in einer Klinik eigentlich nicht. Wie wär's, wenn wir drei mit Ihnen hochgehen und uns Ihr Zimmer zusammen ansehen?«

Niemand musste erläutern, was mit »so was« gemeint war.

Lucy seufzte. »Danke«, sagte sie. »Wirklich nett von Ihnen. Ich wäre Ihnen ausgesprochen dankbar.«

Die vier Frauen drehten sich um und liefen die Treppe hoch. Sie blieben dicht beieinander, ein wenig wie ein Schwarm Wasservögel, die am frühen Morgen über einen See paddeln. Die Schwestern redeten – klatschten, genauer gesagt – weiter über ein paar Ärzte in der Klinik und machten Witze über den Auftritt der letzten Anwaltsgruppe, die in dieser Woche zu einer Runde quasigerichtlicher Einweisungsanhörungen in der Anstalt eingetroffen waren. Lucy ging voran und lief zügig bis zur Tür.

»Ich weiß das wirklich zu schätzen«, wiederholte sie, und dann griff sie nach dem Knauf, drehte ihn und drückte.

Das Türschloss sperrte. Die Tür hatte ein wenig Spiel, ließ sich aber nicht öffnen.

Sie drückte erneut.

Die Schwestern sahen sie leicht befremdet an.

»Sie war offen«, sagte Lucy. »Sie war eindeutig offen.«

»Jetzt scheint sie abgeschlossen zu sein«, sagte die schwarze Schwester.

»Ich bin sicher, dass sie offen war. Ich hab die Hand auf den Knauf gelegt und den Schlüssel reingesteckt, und bevor ich ihn drehen konnte, ging die Tür einen Spalt auf«, sagte Lucy.

Ihre Stimme klang allerdings wenig überzeugend. Plötzlich überkamen sie Zweifel.
Es herrschte ein kurzes Schweigen, dann zog Lucy ihren Zimmerschlüssel aus der Tasche, steckte ihn ins Schloss und öffnete die Tür. Die drei Schwestern hielten sich dicht hinter ihr.
»Wie wär's, wenn wir kurz mit reingehen und nachschauen?«, sagte eine.
Lucy schob die Tür auf und trat in den Raum. Drinnen war es dunkel, und sie knipste die Deckenlampe an. Das kleine Zimmer erstrahlte im hellen Licht. Es war karg eingerichtet, eine mönchsartige Zelle mit kahlen Wänden, einer soliden Kommode, einem Einzelbett und einem kleinen, braunen Holzschreibtisch nebst Stuhl mit harter Rückenlehne. Ihr Koffer lag geöffnet mitten auf ihrem Bett auf einer roten Tagesdecke aus Cord, dem einzigen Farbtupfer im Raum. Alles andere war entweder eichenbraun oder weiß wie die Wände. Unter den Augen der drei Schwestern öffnete Lucy den schmalen Schrank an einer Wand und starrte in sein leeres Inneres. Dann ging sie zu dem engen Badezimmer hinüber und überprüfte die Duschkabine. Sie kniete sich sogar hin, um unters Bett zu sehen, obwohl alle drei sehen konnten, dass sich dort niemand versteckte.
Lucy stand auf, klopfte sich den Staub von den Sachen und drehte sich zu den drei Schwestern um. »Tut mir leid«, sagte sie. »Ich bin mir ganz sicher, dass die Tür geöffnet war, und ich hatte deutlich das Gefühl, als ob im Zimmer jemand auf mich wartete. Ich habe Ihnen Umstände gemacht und …«
Doch die drei Frauen schüttelten den Kopf. »Kein Grund, sich zu entschuldigen«, sagte die schwarze Schwester.
»Ich entschuldige mich auch nicht«, sagte Lucy unerschütterlich. »Die Tür war offen. Jetzt war sie abgeschlossen.«

Doch innerlich war sie sich nicht mehr sicher, ob das den Tatsachen entsprach.
Die anderen schwiegen, bis die schwarze Schwester die Schultern zuckte und langsam sagte: »Wie gesagt, wir sind alle im Moment ein bisschen schreckhaft, und es ist besser, auf Nummer sicher zu gehen.«
Die anderen murmelten zustimmend.
»Geht's wieder?«, fragte die Schwester.
»Ja, alles bestens. Ich weiß Ihre Hilfe zu schätzen«, sagte Lucy ein wenig steif.
»Also, wenn wir uns noch mal irgendwie nützlich machen können, melden Sie sich einfach bei einem von uns. Genieren Sie sich nicht. In Zeiten wie diesen verlässt man sich besser auf sein Gefühl.«
Was für Zeiten sie damit meinte, verstand sich von selbst.
Lucy schloss die Tür hinter den jungen Frauen ab und hörte sie den Flur zurückgehen. Sie war ein wenig peinlich berührt und lehnte sich mit dem Rücken an die Tür. Sie sah sich um und dachte: *Du hast dich nicht getäuscht. Jemand war hier. Jemand hat auf dich gewartet.*
Sie schielte zu ihrem Koffer hinüber. *Oder jemand hat sich umgesehen.* Sie ging zu ihrer bescheidenen Kleiderkollektion und ihren Toilettensachen, die sie mitgebracht hatte, und merkte in der Sekunde, dass etwas fehlte. Sie wusste nicht, was, doch sie wusste, dass etwas aus ihrem Zimmer entwendet worden war.

Das warst du, nicht wahr?
In dem Moment, genau dort, hast du versucht, Lucy etwas Wichtiges über dich mitzuteilen, und sie hat's nicht begriffen. Es war etwas Entscheidendes, und etwas Furchterregendes, weitaus furchterregender als das,

was sie empfand, als sie mit einem beruhigenden dumpfen Knall die Tür hinter sich schloss. Sie dachte immer noch wie ein gesunder Mensch, und das war ihr Verhängnis.

Peter the Fireman blickte durch den Schlafsaal und versuchte, die unmittelbar bevorstehende Aufgabe von den quälenden Erinnerungen zu trennen. Die Unentschlossenheit beeinträchtigte sein Denken, und in ihm krochen bittere Gefühle hoch, die ihn noch mehr lähmten. Er hielt sich für einen tatkräftigen Mann, und seine Zweifel bereiteten ihm Unbehagen. Er wusste, dass er einem spontanen Impuls gefolgt war, als er Lucy Jones seine und C-Birds Hilfe anbot, und er war sich immer noch sicher, dass er damit richtig gehandelt hatte. Doch in seinem Enthusiasmus hatte er die Möglichkeit zu scheitern nicht in seine Überlegungen einbezogen, und er zermarterte sich das Hirn, um einen Weg zu finden, wie sie ans Ziel kommen konnten. In welche Richtung er seine Gedanken auch lenkte, er sah sich überall Einschränkungen und Verboten gegenüber, und er konnte nicht erkennen, wie sie all diese Hürden nehmen sollten

In der Welt der Nervenheilanstalt hielt er sich selbst für den einzigen Pragmatiker.

Er seufzte. Es war bereits spätnachts, und er lehnte sich an die Wand, streckte die Beine auf dem Bett aus und horchte auf die Geräuschkulisse, die ihn umgab. Selbst die Nacht gewährte den Leuten keine Erholungspause von ihren Qualen. Die Menschen in der Klinik konnten ihren Problemen nicht entkommen, egal, wie viel Narkotika Gulp-a-pill ihnen verschrieb. Das war seiner Meinung nach das Heimtückische an Geisteskrankheiten; dass es so viel Willenskraft und gründliche Behandlung erforderte, bis man auch nur den Versuch erwägen konnte, eine Besserung herbeizuführen. Für die meisten war das eine übermenschliche Herausforderung, für andere ein Ding der Unmöglichkeit. Er hörte ein langes Stöhnen und drehte sich schon fast in die Richtung, aus der es kam, hielt dann aber inne, da er den Urheber erkannte. Es machte ihn manchmal traurig, wenn er sah und hörte, wie Francis sich im Schlaf herumwarf, weil er wusste, dass der junge Mann die Verletzungen, die in der Dunkelheit aus ihm herausbrachen, nicht verdiente.

Er glaubte nicht, dass er dasselbe für sich in Anspruch nehmen konnte.

Peter versuchte, sich zu entspannen, doch es gelang ihm nicht. Für einen Moment fragte er sich, ob, sobald er selbst die Augen schloss, sich ein ähnlicher Tumult in seinen Schlafgeräuschen Bahn brach. Der Unterschied zwischen ihm und all den anderen hier, einschließlich seines jungen Freundes, war allerdings, dass er schuldig war und die anderen wahrscheinlich nicht.

Unerklärlicherweise hatte er plötzlich den starken Geruch eines Brandbeschleunigers in der Nase. Die erste Schwade war eindeutig Benzin, die zweite Feuerzeugbenzin.

Vor Staunen schoss er in die Höhe und stürzte aus dem Bett, so stark war die Wahrnehmung. Sein erster Instinkt war, irgendwie Alarm zu schlagen, die Männer zu organisieren und rauszuschaffen, bevor das unvermeidliche Feuer ausbrach. Er sah es schon vor sich, wie sich die Flammen auf der Suche nach Nahrung rot und gelb durch das Bettzeug fraßen, die Wände hinaufzüngelten, über den Boden krochen. Er hörte förmlich das halb erstickte Röcheln, das unweigerlich folgen würde, sobald dicke Rauchschwaden über den Raum hereinbrachen. Die Tür war so wie jede Nacht abgeschlossen, und er hörte die Männer in Panik schreien, um Hilfe rufen, an die Wände

trommeln. Jeder Muskel in seinem Körper spannte sich an und entspannte sich ebenso schnell, als er tief einatmete und merkte, dass der Geruch, der ihm in die Nase stieg, genau so Einbildung war wie die Halluzinationen, die Francis oder Nappy plagten, oder auch die besonders schlimmen, die Lanky heimgesucht hatten.
Manchmal kam es ihm so vor, als hätte sein ganzes Leben unter dem Zeichen von Gerüchen gestanden. Bier- und Whiskey-Gerüche, die sein Vater verbreitete und die sich mit dem Gestank von getrocknetem Schweiß und Dreck von der Arbeit an der einen oder anderen Baustelle vermischten. Manchmal, wenn er irgendwelche schweren Maschinen repariert hatte, brachte sein Vater auch einen starken Dieselgeruch mit nach Hause, und wenn man seinen Kopf an der Brust des hünenhaften Mannes vergrub, atmete man den abgestandenen Geruch der vielen Zigaretten ein, die ihn schließlich das Leben kosteten. Seine Mutter dagegen roch stets nach der Kamille, mit der sie bei der vielen Wäsche, die sie in Heimarbeit übernahm, gegen die Laugen kämpfte. Zuweilen konnte er unter den Seifendüften, die sie liebte, noch einen Hauch Bleichmittel riechen. Sonntags roch sie, sauber geschrubbt, weitaus besser. Dann hatte sie, bevor sie im Sonntagsstaat zum Kirchgang aufbrach, einige Zeit mit Backen in der Küche zugebracht, so dass sich ein erdiger Brotgeruch mit der hartnäckigen Reinlichkeit vermengte, als wäre genau diese Kombination Gott wohlgefällig. Kirche verband er mit steifen Kleidern unter der weißgoldenen Robe des Messdieners und mit Weihrauch, der ihn manchmal zum Niesen brachte. So lebhaft war die Erinnerung an all diese Düfte, dass sie hier in der Klinik immer noch fast mit Händen zu greifen waren.
Der Krieg hatte eine ganze Welt neuer Gerüche eröffnet. Schwere Dschungelgerüche nach Vegetation und Hitze, nach

Kordit und weißem Phosphor der Feuergefechte. Feuchtkalter Geruch von Rauch und Napalm in der Ferne, der sich mit den klaustrophobischen Gerüchen des Gebüschs verband, in dem er sich verfing. Er gewöhnte sich an die Gerüche von Blut, Erbrochenem und Fäkalien, die sich so oft in das Sterben mischten. Und dann die exotischen Essensdüfte in den Dörfern, durch die sie kamen, und die gefährlichen Gerüche nach Sumpf und überfluteten Feldern, an denen sie sich vorbeimanövrierten. Dann gab es noch den beißenden, vertrauten Gestank von Marihuana bei ihrer Rückkehr in die Basislager und den beißenden Geruch von Reinigungsmittel für die Waffen, der einem in den Augen brannte. Es war ein Ort unbekannter und beunruhigender Gerüche.

Nach seiner Rückkehr hatte er gelernt, dass Feuer in all seinen Stadien und Erscheinungsformen Dutzende verschiedener Gerüche hatte. Holzfeuer unterschieden sich von chemischen Bränden, die wiederum wenig Ähnlichkeit mit dem Geruch des Feuers hatte, das Beton ausbrannte. Die ersten Funken, die ersten aufflackernden Flammen rochen anders als ein lodernder Brand, wenn er zum Höhepunkt kam, und wieder anders als ein knisterndes Feuer, das mächtig genug war, sich ungehindert weiterzufressen. Dies alles unterschied sich von den Ausdünstungen verkohlter Balken und verbogenen Metalls, nachdem die Flammen eingedämmt und bezwungen waren. Das war auch die Zeit, als er den unverwechselbaren Geruch der Erschöpfung kennen lernte, als ob müde Knochen einen eigenen Gestank produzierten. Als er mit der Ausbildung zum Brandstiftungsermittler begonnen hatte, gehörte zu den ersten Dingen, die sie ihm beibrachten, wie man seine Nase benutzte, da Benzin als Zündstoff für ein Feuer anders roch als Kerosin, und das wieder vollkommen anders als all die anderen Möglichkeiten, Verwüstungen anzurichten. Einige

Gerüche waren subtil, mit schwer zu definierenden Duftnoten, andere dagegen offensichtlich und amateurhaft, so dass man schon beim ersten Betreten der Trümmerreste darüber stolperte.

Als es Zeit war, seinen eigenen Brand zu legen, hatte er einfaches Benzin benutzt, das er an einer kaum eine Meile entfernten Tankstelle mit seiner eigenen Kreditkarte kaufte. Er wollte vermeiden, dass irgendjemand irgendwelche Zweifel haben konnte, wer für dieses spezielle Feuer verantwortlich war.

Im Halbdunkel des Schlafsaals schüttelte Peter the Fireman den Kopf, auch wenn er nicht recht wusste, was er damit verneinte. In jener Nacht hatte er seine mörderische Wut gezähmt und einfach alles, was er gelernt hatte – wie man die Brandursache vertuscht, wie man mit Vorsicht und Raffinesse zu Werke ging – unbeachtet gelassen. Er hatte eine derart deutliche Spur hinterlassen, dass selbst der unerfahrenste Ermittler ihn mühelos finden konnte. Er hatte das Feuer gelegt, war dann durch das Hauptschiff in die Sakristei gegangen, hatte, obwohl er glaubte, allein zu sein, warnend die Stimme erhoben. Erst als er hörte, wie sich das Feuer hinter ihm gierig weiter ausbreitete, war er stehen geblieben und hatte auf ein Buntglasfenster hochgestarrt, das vor Leben zu glühen schien, sobald sich das Feuer darin widerspiegelte. Er hatte sich so wie tausend Male zuvor bekreuzigt und war dann auf den Rasen vor der Kirche getreten, wo er gewartet hatte, bis das Feuer voll zum Ausbruch kam. Dann war er nach Hause gegangen und hatte in der Dunkelheit auf der Eingangstreppe zum Haus seiner Mutter auf das Eintreffen der Polizei gewartet. Er wusste, dass er gute Arbeit geleistet hatte, und er wusste auch, dass es selbst dem eifrigsten Leiter der Truppe nicht gelingen würde, den Brand rechtzeitig zu löschen.

Was er nicht gewusst hatte, war, dass der Priester, den er nur noch hassen konnte, sich in der Kirche befand. Auf einem Klappbett im Amtszimmer und nicht daheim im Bett, wo er, wäre es mit rechten Dingen und nach seiner sonstigen Gewohnheit zugegangen, unbedingt zu vermuten war. Er schlief in den Armen eines starken Narkotikums, das ihm zweifellos ein Arzt und Schäfchen der Gemeinde aus Sorge über das blasse, abgespannte Aussehen sowie den ängstlich nervösen Ton in den Predigten des guten Hirten verschrieben hatte. Wofür es wahrlich gute Gründe gab, wusste er doch nur zu gut, dass Peter the Fireman erfahren hatte, was er seinem kleinen Neffen angetan hatte, und wusste er doch ebenso gut, dass Peter in der ganzen Gemeinde der Einzige war, der deswegen etwas unternehmen würde. Das hatte Peter am meisten zu schaffen gemacht: Es gab so viele andere, an denen sich der Priester leicht hätte vergreifen können und die nicht mit jemandem verwandt waren, der dagegen Protest einlegen würde. Peter fragte sich, ob das Mittel, das den Priester tief schlafen ließ, während rund um ihn der Tod knisterte, dieselbe Substanz war, die Gulp-a-pill den Patienten in der Klinik so gerne verabreichte. Er nahm es an – eine Parallele, die er pikant und geradezu lachhaft ironisch fand.

»Was geschehen ist, lässt sich nicht ungeschehen machen«, sagte Peter flüsternd.

Dann warf er einen prüfenden Blick über die Betten, um zu sehen, ob er durch das Geräusch der Worte jemanden aufgeweckt hatte.

Er versuchte, die Augen zu schließen. Er wusste, er brauchte Schlaf, und machte sich dennoch keine Hoffnung, dass er ihm Erholung bringen würde.

Er platzte bald vor Frustration und schwang seine Füße über den Rand seines Betts. Peter befahl sich, ins Bad zu gehen, um einen Schluck Wasser zu trinken. Er rieb sich mit den Händen übers Gesicht, als könnte er einige seiner Erinnerungen wegwischen.

Und während er das tat, hatte er plötzlich das Gefühl, als würde er beobachtet.

Augenblicklich höchst alarmiert, richtete er sich abrupt auf und sah blitzschnell in alle Richtungen.

Die meisten Männer waren in Schatten gehüllt. Durch die Fenster schimmerte ein bisschen Licht in eine Zimmerecke. Er suchte die Reihen unruhiger Männer ab, konnte aber niemanden sehen, der wach war, und auch niemanden, der in seine Richtung sah. Er versuchte, das Gefühl zu negieren, doch vergeblich. Es breitete sich mit nervöser Energie in seinem Bauch aus, als ob seine sämtlichen Sinne – Sehen, Hören, Geruch, Geschmack und Tastsinn – ihm plötzlich Warnungen entgegenbrüllten. Er bot seine Willenskraft auf, sich zu beruhigen, weil er ernste Bedenken hatte, er wäre auf dem besten Weg, genauso paranoid zu werden wie all die Männer in diesem Saal, doch als er gerade etwas ruhiger wurde, erhaschte er aus dem Augenwinkel heraus eine winzige Bewegung.

Er fuhr in die Richtung herum und sah für den Bruchteil einer Sekunde ein Gesicht, das durch das kleine Guckfenster in der Eingangstür blickte. Ihre Blicke trafen sich, und dann verschwand das Gesicht ebenso schnell wieder, wie es aufgetaucht war.

Peter sprang auf und lief geduckt, so schnell er konnte, zwischen den schlafenden Männern hindurch zur Tür. Er drückte das eigene Gesicht an das dicke Glas und sah in den Flur hinaus. In beiden Richtungen konnte er nur ein, zwei Meter weit sehen, und dort war nichts als dunkle Leere.

Er legte die Hand auf den Türknauf und zog. Es war abgeschlossen.

Ihn überkam Zorn und Frustration. Er biss die Zähne zusammen und glaubte tief in seinem Innern, ihm sei es wohl für den Rest seines Lebens bestimmt, dass das, was er wirklich wollte, unerreichbar hinter einer verschlossenen Tür verborgen war. Das schwache Licht, die schattenhafte Dunkelheit, das dicke Glas hatten sich alle miteinander verschworen, ihm die Züge dieses Gesichts vorzuenthalten. Das Einzige, was er sich einprägen konnte, war der wilde Ausdruck in den Augen, die ihn beobachtet hatten. Dieser Blick war kompromisslos und böse gewesen, und zum ersten Mal kam ihm der Gedanke, dass Lanky vielleicht mit all seinen beschwörenden Worten und flehentlichen Bitten auf seltsame Weise Recht behalten hatte. Etwas Böses hatte sich ungebeten in die Klinik eingeschlichen, und Peter wusste, dass dieses Böse alles über ihn wusste. Er versuchte, sich einzureden, dass es ein Zeichen von Stärke war, dies zu begreifen. Doch er hegte den Verdacht, dass er sich da einen blauen Dunst vormachte.

15

Als es Mittag wurde, war ich erschöpft. Zu wenig Schlaf. Zu viele Bilder und Gedanken, die mir durch den Kopf zuckten und schwirrten.

Ich legte eine kleine Pause ein, indem ich allein im Schneidersitz auf dem Boden saß und eine Zigarette rauchte. Ich hatte das Gefühl, dass die Wogen der abgestandenen, drückenden Hitze aus dem Tal den Engel vertrieben hatten. Wie aus einem Schauerroman entsprungen, war er eine Ausgeburt der Nacht. Sämtliche Mittagsgeräusche, die vom geschäftigen, städtischen Leben der Menschen zeugten – das Motorklopfen eines Lasters oder Busses, die ferne Polizeisirene, ein dumpfer Aufprall, wenn der Zeitungsjunge sein Bündel auf den Bürgersteig wirft, laut schwatzende Schulkinder auf dem Nachhauseweg –, hatten sich alle verbündet, um ihn zu vertreiben. Wir wussten beide, dass ich in den stillen Stunden um Mitternacht viel anfälliger für ihn war. Die Nacht bringt Zweifel mit sich. Die Dunkelheit sät Ängste. Ich rechnete mit seiner Rückkehr, sobald die Sonne floh. Die Pille zur wirkungsvollen Bekämpfung von Einsamkeit und Isolation am Ende eines Tages muss erst noch erfunden werden. Doch vorerst war ich sicher oder zumindest so sicher, wie ich es realistischerweise erwarten durfte. Egal, wie viele Schlösser und Riegel ich an meiner Tür hatte, sie konnten meine schlimmsten Ängste nicht aussperren. Bei der Erkenntnis musste ich laut lachen.

Ich las den Text, der mir aus dem Stift geflossen war, noch einmal durch und dachte: Ich habe mir viel zu viele Freiheiten genommen. Peter the Fireman hatte mich am nächsten Morgen kurz nach dem Frühstück beiseite gezogen und mir zugeflüstert: »Ich hab jemanden gesehen. Im Guckfenster der Schlafsaaltür. Er hat reingestarrt, als ob er nach einem von uns suchte. Ich konnte nicht schlafen, und wie ich da in meinem Bett lag, hatte ich das Gefühl, dass mich jemand beobachtet. Als ich hochschaute, hab ich ihn gesehen.«

»Und hast du ihn erkannt?«, fragte ich.

»Keine Chance.« Peter hatte langsam den Kopf geschüttelt. »Nur eine Sekunde war er da, und dann, als ich aus dem Bett stürmte, war er verschwunden. Ich bin ans Fenster gegangen und habe rausgespäht, konnte aber niemand sehen.«

»Was ist mit der diensthabenden Schwester?«

»Die konnte ich auch nicht sehen.«

»Wo war sie denn?«

»Ich weiß nicht. Auf der Toilette? Vielleicht hat sie einen kleinen Spaziergang gemacht? Vielleicht war sie oben und hat mit der Kollegin dort geplaudert? Oder ist im Sessel eingeschlafen?«

»Was glaubst du?«, fragte ich und merkte, wie nervös meine Stimme plötzlich klang.

»Ich würde gerne annehmen, dass es eine Halluzination war. Davon haben wir hier drinnen ja weiß Gott genug.«

»War es eine?«

Peter hatte gelächelt und den Kopf geschüttelt. »Fehlanzeige.«

»Und was glaubst du, wer es war?«

Er lachte, ein freudloses Lachen, das nicht auf eine Pointe hoffen ließ. »C-Bird, du weißt genau, wer es meiner Meinung nach war.«

Ich hielt inne und holte tief Luft, während ich sämtliche Stimmen in mir abwürgte.

»Weshalb ist er deiner Meinung nach an die Tür gekommen?«

»Er wollte uns sehen.«

Daran erinnerte ich mich in allen Einzelheiten. Ich wusste noch genau, wo wir gerade waren und was wir anhatten. Peter trug seine Red-Sox-Kappe, leicht aus der Stirn zurückgeschoben. Ich entsinne mich sogar, was wir an diesem Morgen zum Frühstück aßen: Pfannkuchen, die nach Pappe schmeckten, in einen dicken, süßen Sirup getunkt, der mehr mit der Mixtur eines Lebensmittelchemikers zu tun hatte als mit einem Ahornbaum in Neu-England. Ich drückte meine Zigarette auf dem blanken Fußboden meiner Wohnung aus und kaute lieber meine Erinnerungen durch als das Essen, das ich zweifellos nötig hatte. Das hatte er tatsächlich zu mir gesagt. All die anderen Dinge waren mehr oder weniger Vermutungen. Ich hätte zum Beispiel nicht beschwören können, dass ihn die Nacht davor seine alte Schuld einholte und ihm den Schlaf raubte. Er sagte mir nicht direkt, dass er deshalb wach in seinem Bett lag und überhaupt merken konnte, dass er beobachtet wurde. Ich weiß nicht mal, ob ich damals einen Gedanken daran verschwendete. Erst jetzt, Jahre später, vermutete ich, dass es eigentlich nur das sein konnte. Es war nur allzu logisch, dass Peter sich im Dornengestrüpp seiner Erinnerungen verfangen hatte. Schon bald sollten alle diese

Dinge verschwimmen und verblassen, und so muss ich mir wohl oder übel, um seine Geschichte und Lucys und meine eigene zu erzählen, ein paar Freiheiten nehmen. Die Wahrheit ist eine unsichere Angelegenheit, und ich habe so meine Probleme damit. Wie jeder Verrückte. Deshalb kann es passieren, dass ich sie richtig wiedergebe und sie trotzdem verzerre. Vielleicht ist sie übertrieben. Vielleicht ist es nicht genau so passiert, wie ich es in Erinnerung habe. Vielleicht ist mein Gedächtnis auch von der jahrelangen Einnahme der Medikamente derart strapaziert und in Mitleidenschaft gezogen, dass ich die Wahrheit nie mehr zusammenbekomme.

Ich glaube, nur Dichter verklären den Wahn als eine Art befreiende Kraft, während das Gegenteil richtig ist. Jede Stimme, die ich hörte, die Angst, die mich quälte, der Zwang, dem ich erlag, die vielen Puzzleteile, die sich zu dem zusammenfügten, was mein trauriges Selbst ausmachte und als solches aus meinem Elternhaus verbannt wurde, um gefesselt ins Western State Hospital geschickt zu werden – nichts von alledem hatte irgendetwas mit Freiheit oder Befreiung oder sonst einer positiven Form von Einmaligkeit zu tun. Das Western State Hospital war einfach nur der Ort, an dem wir weggeschlossen wurden, während wir damit beschäftigt waren, unsere eigene, unsichtbare Isolierzelle um uns zu errichten.

Das galt weniger für Peter, da er nicht so irre wie wir Übrigen war.

Und auch nicht für den Engel.

Und auf eigentümliche Weise bildete Lucy die Brücke zwischen ihnen beiden.

Wir standen immer noch vor der Kantine und warteten

auf Lucy. Peter wirkte geistesabwesend, schien immer wieder in Gedanken durchzuspielen, was er in der vergangenen Nacht gesehen und erlebt hatte. Ich konnte förmlich zusehen, wie er jeden Bruchteil dieser wenigen Momente zwischen Daumen und Zeigefinger nahm, ans Licht hielt und bedächtig in alle Richtungen drehte wie ein Archäologe, der auf einen Fund gestoßen ist und behutsam den Staub wegpustet. Peter verhielt sich ganz ähnlich, wenn er etwas gesehen hatte; er schien zu hoffen, dass er seinen Gegenstand nur genau in den richtigen Blickwinkel rücken musste, um zu erkennen, was es war.

Während ich ihn betrachtete, drehte er sich zu mir um und sagte: »So viel zumindest wissen wir jetzt: Der Engel wohnt nicht im gleichen Schlafsaal wie wir. Er könnte oben in dem anderen Schlafsaal zu finden sein. Er könnte auch aus einem anderen Gebäude kommen, auch wenn ich bis jetzt noch nicht weiß, wie. Zumindest aber können wir unsere Zimmernachbarn ausklammern. Und wir wissen noch etwas. Er weiß inzwischen, dass wir beide mit der ganzen Sache zu tun haben, aber er kennt uns nicht, zumindest nicht gut genug, und so beobachtet er uns.«

Ich fuhr heftig im Flur herum.

Ein Kato lehnte an der Wand, die Augen an uns vorbei zur Decke gerichtet. Vielleicht hatte er Peter belauscht. Unmöglich zu sagen. Ein seniler alter Mann, dem die Anstaltspyjamahose heruntergerutscht war, wanderte an uns vorbei und sabberte ein wenig übers unrasierte Kinn, brummelte, wankte, als könnte er nicht verstecken, dass der Grund für seine Gehprobleme die Hose war, die ihm um die Knöchel hing. Und der plumpe zu-

rückgebliebene Mann, der uns bedroht hatte, schlurfte im Kielwasser des anderen vorbei, doch als er sich kurz zu uns umsah, waren seine Augen voller Furcht, und all der Ärger und die Aggression waren verflogen. Sie müssen seine Medikation geändert haben, dachte ich.

»Wie können wir rausbekommen, wer uns beobachtet?«, fragte ich. Ich sah nach rechts und links, und ich fühlte, wie mich ein Kälteschauer durchfuhr, wenn ich an die Möglichkeit dachte, dass jeder unter den mehreren Hundert Männern, die geistesabwesend vor sich hinzustarren schienen, mich in Wahrheit kritisch beäugen und versuchen mochte, mich zu taxieren.

Peter zuckte die Schultern. »Na ja, da liegt der Hase im Pfeffer. Wir suchen, aber der Engel beobachtet. Halt einfach die Augen auf. Es wird sich was ergeben.«

Ich schaute hoch und sah, wie Lucy Jones durch den Haupteingang ins Amherst kam. Sie blieb stehen, um mit einer der Schwestern zu reden, und ich sah, wie Big Black zu ihr hinüberschlenderte. Ich sah auch, wie sie ihm ein paar gelbbraune Aktenmappen reichte, die zuoberst auf einem überquellenden Karton lagen, den sie hereintrug und auf dem glänzenden Boden abstellte. Peter und ich wollten gerade zu ihr gehen, als wir von Newsman abgefangen wurden, der uns sah und uns entgegenhüpfte. Er hatte die Brille ein wenig schief auf der Nase, und ein Haarschopf ragte ihm wie eine Rakete aus dem Kopf. Sein Grinsen war so schief wie seine Körperhaltung.

»Schlechte Nachrichten, Peter«, sagte er, wenn auch immer noch mit einem Lächeln, als könnte das der Botschaft irgendwie den Stachel nehmen. »Es sind immer schlechte Nachrichten.«

Peter antwortete nicht, und Newsman sah ein wenig enttäuscht aus, als er den Kopf zur Seite neigte. »Okay«, sagte er langsam. Dann blickte er Richtung Lucy Jones und schien sich stark zu konzentrieren. Es sah fast so aus, als ginge der Akt des Erinnerns mit einer physischen Anstrengung einher. Nachdem er sich eine Weile ins Zeug gelegt hatte, brach er in ein Grinsen aus. »Boston Globe. Zwanzigster September 1977. Lokalnachrichten, Seite zwei B: Von der Verfolgten zur Verfolgerin; Harvard-Jura-Absolventin übernimmt Leitung der Sitte.«

Peter blieb stehen. Er wandte sich ruhig an Newsman. »Was hast du von dem Artikel noch in Erinnerung?«

Newsman zögerte wieder und überanstrengte sich fast, wie er mit aller Kraft in seinem Gedächtnis wühlte, bevor er zitierte: »Lucy K. Jones, achtundzwanzig, wurde nach drei Jahren Dienstzeit in den Abteilungen Verkehrsdelikte und Schwerverbrechen zur Leiterin der neu gegründeten Abteilung für Sexualdelikte der Staatsanwaltschaft Suffolk County ernannt, das gab heute ein Sprecher der Staatsanwaltschaft bekannt. Miss Jones, die 1974 an der juristischen Fakultät der Universität Harvard ihr Jurastudium abschloss, wird, wie der Sprecher weiter erklärte, mit sexuellen Delikten betraut sein und bei Tötungsdelikten in Tateinheit mit Vergewaltigungen eng mit der Mordkommission zusammenarbeiten.«

Newsman holte tief Luft und sprudelte weiter: »In einem Interview erklärte Miss Jones, sie sei für diese Position in besonderer Weise qualifiziert, da sie in ihrem ersten Jahr in Harvard selber Opfer eines Übergriffs geworden sei. Trotz zahlreicher Angebote von Kanzleien für Unternehmensrecht habe es sie gedrängt, zur Staatsanwaltschaft zu gehen, so Miss Jones, da der Mann, der sie angegriffen habe, nie gefasst worden sei. Ihre Auffassung von Sexualdelikten, erklärte sie weiter, fuße auf ihrem persönlichen Wissen um den schweren emotionalen Schaden, den das Opfer davontrage, sowie auf der Enttäuschung über ein Rechtssystem, das nur sehr unzureichend auf diese Art von Straftaten reagiere. Sie hoffe, so Miss Jones, eine beispielhafte Abteilung aufzubauen, die andere Staatsanwaltschaften auf bundesstaatlicher wie nationaler Ebene zur Nachahmung inspiriere …«

Newsman stockte, bevor er sagte: »Es gab auch ein Foto. Und noch etwas. Ich versuche, mich zu erinnern.«

Peter nickte. »Und kein zusätzliches Feature in der Rubrik Lifestyle in der nächsten Nummer oder so?«, fragte er ruhig.

Wieder durchforstete Newsman sein Gedächtnis. »Nein …«, sagte er langsam. Der kleinere Mann grinste und wanderte, wie er es immer tat, augenblicklich davon, um sich auf die Suche nach der Zeitung des betreffenden Tages zu machen. Peter sah ihm nach und drehte sich wieder zu mir um. »Also, das erklärt eine Sache und bietet einen Erklärungsansatz für andere Dinge, stimmt's, C-Bird?«

Ich war seiner Meinung, doch statt die Frage zu beantworten, sagte ich: »Was?«

»Na ja, zunächst mal die Narbe an ihrer Wange«, sagte Peter.

Die Narbe, natürlich.

Ich hätte der Narbe mehr Aufmerksamkeit schenken sollen.

Wie ich nun in meiner Wohnung saß und mir die unregelmäßige weiße Linie vor Augen führte, die über Lucy Jones' Gesicht lief, wiederholte ich denselben Fehler, den ich vor so vielen Jahren gemacht hatte. Ich sah den Makel in ihrer vollkommenen schönen Haut und fragte mich, wie es wohl ihr Leben verändert hatte. Ich dachte bei mir, dass ich sie gern ein einziges Mal berührt hätte.

Ich zündete mir noch eine Zigarette an. Scharfer Rauch stieg in Spiralen in die abgestandene Luft. Ich hätte wer weiß wie lange so sitzen bleiben und meinen Erinnerungen nachhängen können, hätte es nicht mehrmals hintereinander heftig an meiner Tür geklopft.

Erschrocken rappelte ich mich auf. Mein letzter Gedankengang riss ab und wich einem nervösen Gefühl. Ich lief zur Wohnungstür und hörte, wie jemand in scharfem Ton meinen Namen rief. »Francis!« Es folgte ein neuer Trommelwirbel gegen das dicke Holz. »Francis! Mach auf! Bist du da?«

Ich blieb stehen und dachte einen Moment über die seltsame Abfolge der Forderungen nach: Mach auf!, gefolgt von: Bist du da? Falsch herum.

Natürlich erkannte ich die Stimme. Ich wartete einen Moment, weil ich damit rechnete, binnen Sekunden eine weitere vertraute Stimme zu hören.

»Francis, bitte. Mach die Tür auf, damit wir dich sehen können ...«

Schwester eins und Schwester zwei. Megan, die schlank und anstrengend war wie ein Kind, sich aber, mit dem entsprechenden Temperament, zu einer Verteidigerin im Profi-Fußball mauserte, und Colleen, vergleichsweise eine halbe Portion und der schüchterne Typ, der Ängstlichkeit mit einer einfältigen Kannst-du-das-für-

mich-machen-weil-ich-nicht-weiß-wo-ich-anfangen-soll-Inkompetenz verband, und das in Bezug auf die einfachsten Dinge im Leben. Meine Geduld mit beiden war schnell erschöpft.

»Francis, wir wissen, dass du da drinnen bist, und ich möchte, dass du augenblicklich diese Tür aufmachst!«

Es folgte weiteres Hämmern an der Tür.

Ich lehnte die Stirn an das harte Holz, drehte mich um, so dass ich mich mit dem Rücken dagegen lehnte, als könnte ich auf diese Weise ihr Eintreten verhindern. Nach einer Weile drehte ich mich wieder um und fragte: »Was wollt ihr?«

Schwester eins: »Wir wollen, dass du aufmachst!«

Schwester zwei: »Wir wollen nur sehen, dass bei dir alles in Ordnung ist.«

Nicht schwer zu erraten.

»Mir geht's gut«, sagte ich, und die Lüge ging mir glatt über die Lippen. »Ich bin im Moment beschäftigt. Schaut später noch mal vorbei.«

»Francis, nimmst du deine Medikamente? Mach sofort auf!« Megans Stimme besaß die ganze Autorität eines Ausbilders bei den Marines an einem besonders heißen Tag auf Parris Island, und ungefähr genauso viel Geduld.

»Francis, wir machen uns Sorgen um dich!« Colleen sorgte sich vermutlich um jeden. Sie sorgte sich ständig um mich, um ihre eigene Familie, um die Alten und ihre Schwester, um Leute, über die sie morgens in der Zeitung las oder die sie in den Abendnachrichten sah, um den Bürgermeister und den Gouverneur und wahrscheinlich auch den Präsidenten und um die Nachbarn und die Familie ein Stück die Straße runter, die eine

schwere Zeit durchmachte. Sorgen entsprachen ihrem Lebensstil. Sie war die Schwester, die meinen alten und nachlässigen Eltern am nächsten stand, und das bereits von Kindesbeinen an, denn stets und ständig hatte sie sich um ihren Segen zu allem, was sie tat, und vermutlich auch zu allem, was sie dachte, bemüht.

»Wie gesagt«, erwiderte ich betont, ohne jedoch die Stimme zu erheben, »mir geht's gut. Ich bin nur beschäftigt.«

»Womit beschäftigt?«, fragte Megan.

»Einfach nur mit meinem eigenen Projekt«, sagte ich. Ich biss mir auf die Lippe. Das würde nicht funktionieren, dachte ich. Nicht einen Augenblick lang. Damit würden sie nur noch hartnäckiger am Ball bleiben, da ich zweifellos ihre Neugier weckte.

»Projekt? Was für ein Projekt? Hat dir dein Sozialarbeiter gesagt, du kannst an einem Projekt arbeiten? Francis, mach sofort auf! Wir sind den weiten Weg hierher gekommen, weil wir uns um dich Sorgen gemacht haben, und wenn du nicht aufmachst …«

Sie brauchte ihre Drohung nicht auszusprechen. Ich war nicht sicher, was sie tun würde, aber ich hegte den Verdacht, dass, egal, was es war, das Öffnen der Tür das geringere Übel darstellte. Ich öffnete die Tür etwa fünfzehn Zentimeter breit und stellte mich an den Spalt, um sie am Eintreten zu hindern, während ich die Hand an der Kante hatte, um sie jeden Moment zuzuschlagen.

»Seht ihr? Da bin ich, leibhaftig vor euch. Kein bisschen abgenutzt. Haar genauso wie gestern und genauso wie morgen vermutlich auch.«

Die beiden Damen inspizierten mich gründlich. Ich wünschte, ich hätte mich ein wenig zurechtgemacht, bevor ich an die Tür ging. Meine unrasierten Wangen, das zottelige, ungewaschene Haar und die nikotinverfärbten Fingernägel vermittelten vermutlich nicht ganz den gewünschten Eindruck. Ich versuchte, mein Hemd in den Hosenbund zu stopfen, merkte aber, dass ich sie damit erst auf mein zweifellos schlampiges Erscheinungsbild aufmerksam machte. Colleen schnappte ein wenig nach Luft, als sie mich sah. Ein schlechtes Zeichen. Unterdessen versuchte Megan, an mir vorbeizuspähen, und ich vermutete, dass sie die Schrift an den Wohnzimmerwänden sehen konnte. Sie wollte gerade den Mund aufmachen, überlegte es sich aber und unternahm einen neuen Anlauf.

»Nimmst du deine Medikamente?«

»Natürlich.«

»Nimmst du alle deine Medikamente?« Sie betonte jedes Wort, als spräche sie mit einem besonders begriffsstutzigen Kind.

»Ja.« Sie war die Art von Frau, bei der es einem leicht fiel, zu lügen. Ich hatte nicht einmal allzu große Schuldgefühle dabei.

»Ich weiß nicht, ob ich dir das abnehme, Francis.«

»Glaub, was du willst.«

Schlechte Antwort. Innerlich trat ich mir in den Hintern.

»Hörst du wieder Stimmen?«

»Nein, kein bisschen. Wie kommt ihr nur auf die verrückte Idee?«

»Machst du dir was zu essen? Kriegst du genügend Schlaf?« Das war Colleen. Etwas weniger penetrant, andererseits ein wenig genauer nachgefragt.

»Dreiviertelstunde tagsüber und gut acht Stunden in

der Nacht. Und Mrs. Santiago hat mir neulich einen ordentlichen Teller Reis mit Huhn spendiert.« Ich sprach mit Nachdruck.
»Was treibst du da drinnen?«, wollte Megan wissen.
»Ich mache in meinem Leben Inventur. Nichts Besonderes.«
Sie schüttelte den Kopf. Sie glaubte mir nicht, und reckte weiter den Kopf vor.
»Wieso willst du uns nicht reinlassen?«, fragte Colleen.
»Ich habe das Bedürfnis, allein zu sein.«
»Du hörst wieder Stimmen«, sagte Megan entschieden. »Das merke ich doch.«
Ich zögerte einen Moment und fragte dann: »Wie denn? Kannst du sie denn auch hören?«
Das brachte sie natürlich noch mehr in Fahrt.
»Du musst uns sofort reinlassen!«
Ich schüttelte den Kopf. »Ich möchte einfach, dass ihr mich in Ruhe lasst«, erwiderte ich. Colleen schien den Tränen nahe. »Ich möchte nur, dass ihr mich in Ruhe lasst. Weshalb seid ihr überhaupt gekommen?«
»Haben wir doch gesagt. Wir machen uns Sorgen um dich«, sagte Colleen.
»Wieso? Hat euch jemand gesagt, ihr müsstet euch um mich Sorgen machen?«
Die beiden Schwestern warfen sich einen verstohlenen Blick zu und wandten sich wieder an mich. »Nein«, sagte Megan und versuchte, ihren insistierenden Ton zu mäßigen. »Wir haben nur so lange nichts von dir gehört …«
Ich lächelte ihnen ins Gesicht. Irgendwie war es ganz nett, dass wir jetzt alle logen.
»Ich war beschäftigt. Falls Sie einen Termin machen

wollten, dann sollen Ihre Leute sich einen von meiner Sekretärin geben lassen, und ich versuche, Sie noch irgendwo vor dem Tag der Arbeit dazwischenzuschieben.«
Sie lachten nicht mal über meinen Witz. Ich war schon dabei, die Tür zuzumachen, doch Megan trat vor, legte ihre Hand dagegen und hielt sie einen Spalt breit auf.
»Was soll die Schrift da?«, fragte sie und zeigte mit dem Finger hinter mich. »Was schreibst du da?«
»Das ist ja wohl meine Sache, das geht dich nichts an«, sagte ich.
»Schreibst du über Vater und Mutter? Über uns? Das wäre nicht fair!«
Ich war ein wenig erstaunt. Meine Spontandiagnose lautete, dass sie paranoider war als ich. »Wie kommst du darauf«, sagte ich langsam, »dass du interessant genug für mich bist, um über dich zu schreiben?«
Und dann machte ich die Tür zu – vermutlich ein bisschen zu fest, denn der Knall hallte wie ein Schuss durch die ganze Wohnung.
Sie klopften erneut, doch ich ignorierte sie. Als ich kehrtmachte, hörte ich das vielfältige Gemurmel vertrauter Stimmen in mir, die mir zu meiner Tat gratulierten. Sie liebten es immer, wenn ich ein bisschen Auflehnung und Unabhängigkeit an den Tag legte. Doch ebenso schnell folgte ihnen ein fernes, dumpf hallendes spöttisches Lachen, das immer lauter wurde und die vertrauten Geräusche übertönte.
Es war ein bisschen wie das Krächzen einer Krähe, das unsichtbar mit einer kräftigen Böe über meinen Kopf hinwegschwebt. Ich schauderte und schrumpfte etwas zusammen, als könnte ich mich unter dieses Lachen ducken.

Ich wusste, wer es war. »Lach du nur!«, brüllte ich den Engel an. »Aber wer weiß denn sonst, was passiert ist?«

Francis nahm gegenüber von Lucys Schreibtisch Platz, während Peter an der Rückseite des kleinen Büros hin und her lief.
»Also«, sagte Fireman ein wenig ungeduldig, »Fräulein Staatsanwältin, was liegt an?«
Lucy wies auf einige der Akten. »Ich denke, es ist an der Zeit, dass wir uns ein paar Patienten vornehmen und mit ihnen reden. Diejenigen, bei denen eine gewalttätige Neigung aktenkundig ist.«
Peter nickte, schien aber ein wenig betroffen. »Zweifellos haben Sie, sobald Sie sich an die Lektüre gemacht haben, festgestellt, dass das auf so gut wie jeden hier zutrifft, außer den Senilen und Zurückgebliebenen, und selbst die haben möglicherweise irgendwelche Vermerke in dieser Richtung. Wir müssen eher Kriterien herausarbeiten, die jemanden disqualifizieren, Miss Jones ...«, fing er an, doch sie streckte ihm die offene Hand entgegen.
»Peter, nennen Sie mich von jetzt an bitte Lucy«, sagte sie. »Auf diese Weise brauche ich Sie auch nicht mehr beim Nachnamen anzureden – denn aus Ihrer Akte weiß ich, dass Sie Ihre Identität wenn schon nicht ganz verbergen, dann zumindest, nun ja, verschleiern wollen, hab ich Recht? Weil Sie in gewissen Kreisen des großen Commonwealth von Massachusetts ein wenig berüchtigt sind. Und ich weiß auch, dass Sie, als Sie hier eintrafen, Gulptilil ausdrücklich gesagt haben, Sie hätten keinen Namen mehr, ein Akt der Dissoziation, den er als den Wunsch interpretiert hat, nicht länger eine nicht näher genannte Schande über Ihre verzweigte Familie zu bringen.«
Peter hörte auf, im Zimmer herumzulaufen, und für eine Sekunde dachte Francis, er würde wütend werden. Eine seiner

Stimmen brüllte *Aufgepasst!*, und er hielt den Mund und beobachtete die beiden mit Argusaugen. Lucy grinste, als sei ihr sehr wohl bewusst, dass sie Peter in Verlegenheit gebracht hatte, und er sah so aus wie jemand, der nach einer schlagfertigen Antwort suchte. Einen Moment später lehnte er sich an die Wand zurück und lächelte auf eine Weise, die Lucys Lächeln durchaus ähnlich war.

»Okay, Lucy«, sagte er gedehnt. »Vorname geht in Ordnung. Aber eines wüsste ich gerne. Meinen Sie nicht, dass Befragungen von Patienten, bei denen Gewalttätigkeit vermerkt ist, in der Vergangenheit oder sogar das eine oder andere Mal, seit sie hier sind, sich letztlich als fruchtlos erweisen werden? Oder noch deutlicher gefragt, Lucy, wie viel Zeit haben Sie eigentlich? Wie viel Zeit sollten Sie sich Ihrer Meinung nach nehmen, bis Sie hier mit einer Antwort aufwarten können?«

Lucys Grinsen schwand augenblicklich. »Wieso fragen Sie?«

»Weil ich gerne wüsste, ob Ihr Vorgesetzter in Boston darüber im Bilde ist, womit Sie hier draußen zu kämpfen haben.«

Schweigen legte sich über den kleinen Raum. Francis verfolgte jede kleinste Regung seiner Gesprächspartner: den Blick in und hinter ihren Augen, wie sie die Arme und Schultern hielten und damit vielleicht auch nur ein wenig von dem abwichen, was sie sagten.

»Wieso meinen Sie, ich hätte nicht die volle Unterstützung meiner Dienststelle?«

»Und, haben Sie die?«, fragte Peter einfach.

Francis sah, dass Lucy erst so, dann so antworten wollte und sich schließlich für eine dritte Variante entschied.

»Ja und nein«, sagte sie langsam.

»Das klingt für mich wie zwei verschiedene Antworten.«

Sie nickte.

»Meine Anwesenheit hier ist vorerst nicht Teil der offiziellen

Prozessakte. Ich finde, das sollte sich ändern. Andere sind unentschieden. Oder genauer gesagt, nicht sicher, ob das in unsere Zuständigkeit fällt. Daher gab es, kaum dass wir von dem Mord an Short Blond hörten und ich sofort hier rauskommen wollte, eine kontroverse Debatte in meiner Dienststelle. Am Ende haben wir uns darauf geeinigt, dass sie mich ziehen lassen, aber nicht offiziell in ihrem Auftrag.«

»Ich gehe wohl recht in der Annahme, dass Gulptilil nicht ganz über diese Hintergründe informiert ist?«

»Da könnten Sie Recht haben, Peter.«

Er fing wieder an, vor der Rückwand auf und ab zu gehen, als könnte er durch Bewegung seine Gedanken in Schwung bringen. »Wie viel Zeit haben Sie, bevor die Anstaltsleitung die Nase voll hat – oder Ihre Dienststelle Sie zurückpfeift?«

»Nicht viel.«

Wieder schien Peter zu zögern und seine verschiedenen Überlegungen durchzuspielen. Peter sah Fakten und Details mit den Augen eines Bergführers, der Hindernisse als willkommene Herausforderungen begriff und einzelne Schritte als Leistungen zu würdigen verstand. »Also«, sagte Peter, als führte er auf einmal Selbstgespräche, »Lucy ist hier, weil sie davon überzeugt ist, dass ein bestimmter Krimineller ebenfalls hier ist, und sie ist entschlossen, ihn zu finden. Weil sie ein … besonderes Interesse daran hat. Richtig?«

Lucy nickte. »Richtig.« Jede Spur von Belustigung war aus ihrem Gesicht gewichen. »Ihre investigativen Fähigkeiten haben bis jetzt unter Ihrem Aufenthalt im Western State nicht gelitten.«

Er schüttelte den Kopf. »Oh, ich denke, schon«, sagte er. Was er nicht sagte, war, ob zum Besseren oder zum Schlechteren. »Und worin besteht nun wohl dieses spezielle Interesse?«

Nach einer langen Pause neigte Lucy den Kopf tiefer. »Peter, ich glaube, wir kennen uns einfach noch nicht gut genug, aber so viel kann ich sagen: Derjenige, der die anderen drei Morde begangen hat, hat meine persönliche Aufmerksamkeit auf sich gelenkt, indem er meine Dienststelle verhöhnte.«

»Verhöhnte?«

»Ja. Mit der Du-kriegst-mich-nicht-Masche.«

»Sie wollen nicht deutlicher werden?«

»Im Moment nicht. Das sind Einzelheiten, auf die wir zurückgreifen wollen, wenn es zur Anklageerhebung kommt. Daher ...«

Peter fiel ihr ins Wort. »Wollen Sie zwei Irren keine Einzelheiten verraten.«

Sie holte tief Luft. »Nicht mehr, als Sie verraten würden, wenn ich Sie danach fragte, wie Sie dieses Benzin quer durch die Kirche gegossen haben. Und wieso.«

Wieder schwiegen beide für einen Moment. Dann drehte sich Peter zu Francis um und sagte: »C-Bird, was verbindet all diese Verbrechen? Wozu diese Morde?«

Francis merkte, dass er einer Probe unterzogen wurde, und er ließ mit der Antwort nicht auf sich warten. »Schon mal das Äußere der Opfer. Alter und Isolation; sie alle fuhren regelmäßig allein mit öffentlichen Verkehrsmitteln. Sie waren jung, und sie hatten kurzes Haar und einen schlanken Körper. Sie wurden jeweils an einer Wind und Wetter ausgesetzten Stelle gefunden, die nicht der Tatort war, was die Sache für die Polizei komplizierter macht. Das hab ich von dir. Und sie wurden alle auf dieselbe Weise verstümmelt. Die fehlenden Finger, genau wie bei Short Blond.« Francis holte tief Luft. »Hab ich Recht?«

Lucy Jones nickte, und Peter the Fireman lächelte. »Haargenau«, sagte er. »Wir müssen ganz schön auf der Hut sein, Lucy, weil unser guter C-Bird hier ein weitaus besseres Gedächtnis für Details und für Beobachtungen hat, als ihm irgendjemand zutrauen würde.« Dann schwieg er, weil er über etwas nachzudenken schien. Wieder wollte er gerade etwas sagen und änderte im letzten Moment seine Meinung. »In Ordnung, Lucy. Sie mögen die eine oder andere Information, die uns weiterhelfen könnte, für sich behalten – fürs Erste. Was liegt also an?«

»Es muss eine Möglichkeit geben, diesen Mann zu finden«, sagte sie steif, doch auch ein wenig erleichtert, als hätte sie begriffen, dass Peter eigentlich ein, zwei weitere Fragen stellen wollte, die das Gespräch in eine andere Richtung gelenkt hätten. Francis war sich nicht sicher, ob in dem, was sie sagte, Dankbarkeit mitschwang, doch er sah, dass seine beiden Gesprächspartner einander mit einem durchdringenden Blick anschauten und sich stumm verständigten, und zwar auf etwas, das Francis in diesem Moment entging. Francis räumte diese Möglichkeit ein, doch etwas anderes entging ihm nicht: Peter und Lucy hatten sich jeweils in den Augen des anderen Respekt verschafft, und das sorgte aus Francis' Sicht dafür, dass sie ab jetzt auf gleicher Augenhöhe agierten. Peter war ein bisschen weniger der geistesgestörte Patient und Lucy ein bisschen weniger die Staatsanwältin, stattdessen waren sie von einem Moment zum anderen eher so etwas wie Partner.

»Das Problem ist nur«, sagte Peter und wog seine Worte sorgfältig ab, »dass er, glaube ich, seinerseits uns gefunden hat.«

16

Falls Lucy über das, was Peter da sagte, erstaunt war, dann zeigte sie es nicht sofort.

»Wie meinen Sie das?«, fragte sie.

»Ich vermute, dass der Engel bereits weiß, dass Sie hier sind, und höchstwahrscheinlich auch, weshalb. Ich glaube, man kann hier nicht so viel geheim halten, wie es wünschenswert wäre. Oder genauer gesagt, hier gilt eine andere Definition von dem, was ein Geheimnis ist. Ich nehme daher an, er weiß ganz genau, dass Sie ihn jagen, trotz Gulptilils und Evans' Vertraulichkeitszusagen. Was meinen Sie wohl, wie lange die sich an ihre Versprechen gehalten haben? Einen Tag? Vielleicht zwei? Ich möchte wetten, dass hier so ziemlich jeder, der davon wissen kann, tatsächlich davon weiß. Und ich vermute auch, dass der Engel irgendwie spitzgekriegt hat, dass C-Bird und ich Ihnen helfen.«

»Und wie genau kommen Sie zu diesem Schluss?«, fragte Lucy. Es lag eine Nüchternheit und ein Argwohn in ihrer Stimme, die Francis deutlich heraushörte, die Peter jedoch zu ignorieren schien.

»Na ja, in erster Linie ist es natürlich eine Mutmaßung«, sagte Peter. »Aber eins führt zum anderen ...«

»Na schön«, sagte Lucy, »Was ist das erste *eins*?«

Peter erzählte ihr zügig von der Erscheinung, die er in der letzten Nacht am Guckfenster erspäht hatte. Während er ihr beschrieb, was er gesehen hatte und wie er schnell zur Tür geschlichen war, um mehr zu sehen, schien er Lucy aufmerksam zu beobachten, um jede kleinste Reaktion von ihr zu registrieren. Er endete mit den Worten: »Wenn er demnach genug von uns weiß, um uns sehen zu wollen, dann weiß er auch von Ihnen. Schwer zu sagen, aber ... na, siehst du, ich wollte es wenigstens gesagt haben.« Er zuckte leicht mit den Schultern, doch in seinen Augen lag mehr Überzeugungskraft, als seine Körpersprache ausdrückte.

»Wann ist das letzte Nacht passiert?«, fragte Lucy.

»Spät. Weit nach Mitternacht.«

Peter beobachtete, wie sie zögerte. »Gibt es vielleicht etwas, das Sie uns mitteilen wollen?«

Wieder zögerte Lucy. Dann sagte sie: »Ich glaube, ich hatte letzte Nacht ebenfalls Besuch.«

Peter wippte alarmiert zurück. »Wie das?«

Lucy holte tief Luft und beschrieb dann, wie sie ins Wohnheim der Lernschwestern gegangen und ihre Tür nicht verschlossen war, beim zweiten Mal dann aber plötzlich doch. Auch wenn sie nicht sagen konnte, wer es gewesen war und was er gewollt hatte, auch wenn sie davon überzeugt war, dass seitdem etwas fehlte, wusste sie nicht, was. Alles schien an Ort und Stelle und unversehrt zu sein. Sie hatte sich die Zeit für eine Bestandsaufnahme ihres bescheidenen Reisegepäcks genommen und nicht feststellen können, dass etwas fehlte.

»Demnach«, sagte Lucy entschieden, »ist, soweit ich sehe, alles vollständig. Trotzdem werde ich das Gefühl nicht los, dass etwas fehlt.«

Peter nickte. »Vielleicht sollten Sie zur Sicherheit noch mal alles durchgehen. Ein Kleidungsstück wäre zum Beispiel eine nahe liegende Sache. Oder ein wenig subtiler« – er überlegte offenbar einen Moment lang angestrengt –, »etwas Haar aus Ihrem Kamm. Oder er hat sich Ihren Lippenstift geschnappt

und sich einmal damit über die Brust geschmiert. Oder sich Parfüm auf den Handrücken gesprüht. So was in der Art.«
Lucy schien von der Vorstellung betroffen, und sie rutschte auf ihrem Stuhl hin und her, als wäre ihr ein bisschen warm, doch bevor sie antwortete, schüttelte Francis ein paarmal energisch den Kopf. Peter drehte sich zu ihm um. »Was ist, C-Bird?«
Francis kam ins Stottern. »Ich glaube, da liegst du nicht ganz richtig, Peter«, sagte er bedächtig. »Er braucht nichts an sich zu nehmen. Weder Kleider noch Zahnbürste oder Haar oder Unterwäsche oder Parfüm oder sonst etwas, das Lucy mitgebracht hat, weil er ihr bereits etwas viel Größeres und viel Wichtigeres genommen hat. Sie hat es nur noch nicht richtig gemerkt. Vielleicht, weil sie es nicht merken will.«
Peter lächelte. »Und das wäre, Francis?«, fragte er langsam mit tiefer Stimme, der ein seltsames Vergnügen anzumerken war.
Francis' Stimme zitterte leicht, als er antwortete: »Er hat ihr die Privatsphäre genommen.«
Einen Augenblick lang schwiegen sie alle drei und ließen sich das Gesagte durch den Kopf gehen. »Und noch etwas«, fügte er vorsichtig hinzu.
»Was denn?«, wollte Lucy wissen. Ihr Gesicht war einen Hauch gerötet, und sie hatte angefangen, mit einem Bleistiftende auf die Schreibtischplatte zu klopfen.
»Vielleicht auch Ihre Sicherheit«, sagte Francis.
Das Schweigen lastete schwer auf dem kleinen Raum. Francis hatte das Gefühl, als hätte er mit dem, was er gesagt hatte, irgendeine Grenze übertreten. Peter und Lucy waren beide Ermittlerprofis und er nicht, und er war selbst überrascht, dass er die Stirn gehabt hatte, überhaupt etwas zu sagen, besonders etwas so Provozierendes. Eine seiner hartnäckigeren Stimmen brüllte aus der Tiefe: *Sei still! Halt den Mund! Rück*

nicht freiwillig mit so was raus! Halt dich im Hintergrund! Achte auf deine Sicherheit!

Er war sich nicht sicher, ob er auf diese Stimme hören sollte oder nicht. Nach einer Weile schüttelte Francis den Kopf und sagte: »Vielleicht lieg ich ja falsch damit. Es kam mir nur ganz plötzlich in den Sinn, und ich hab's nicht richtig zu Ende gedacht …«

Lucy hielt die Hand hoch. »Ich glaube, das war eine höchst treffende Bemerkung, C-Bird«, sagte sie in diesem akademischen Ton. »Und ich sollte sie mir gut merken. Aber was ist mit dem zweiten Besuch letzte Nacht an dem Fenster, wo er zu Ihnen und Peter reingeschaut hat? Was fällt Ihnen dazu ein?«

Francis warf Peter einen verstohlenen Blick zu und bekam ein Kopfschütteln und eine ermutigende Handbewegung zurück. »Er kann uns jederzeit sehen, Francis«, sagte Peter. »Im Tagesraum bei den Mahlzeiten oder sogar auf dem Weg zu und von den Gruppensitzungen. Verdammt, wir hängen ständig in den Fluren rum. Da könnte er uns in aller Ruhe beobachten. Tut er vermutlich auch. Wir merken es nur nicht. Wieso riskiert er, bei Nacht herumzuschleichen?«

»Wahrscheinlich hat er uns tagsüber beobachtet, Peter, da gebe ich dir Recht«, sagte Francis. »Aber das bedeutet ihm nicht dasselbe.«

»Warum?«

»Weil er während des Tages einfach nur einer von vielen Patienten ist.«

»Ja? Sicher. Aber …«

»Aber nachts ist er er selbst.«

Peter sprach zuerst, und es lag so etwas wie Bewunderung in seiner Stimme. »Jetzt ist es also raus«, sagte er mit einem leich-

ten Glucksen, »wie ich schon lange vermutet habe: C-Bird hat einen ungemein scharfen Blick.«
Francis zog ein wenig die Schultern hoch und lächelte bei dem Gedanken, dass ihm ein Kompliment gemacht worden war, eine Erfahrung, die in den einundzwanzig Jahren, die er nun schon lebte, vollkommen neu für ihn war, wie er in einem entfernten Winkel seines Bewusstseins registrierte. Kritik, Beschwerden und die ständige Erinnerung an seine fortgesetzte Unzulänglichkeit waren ihm dagegen bis zu diesem Moment überaus vertraut.
Peter lehnte sich zu ihm herüber und knuffte ihn in den Arm. »Du wirst mal einen tollen Cop abgeben, Francis«, sagte er. »Siehst dafür vielleicht ein bisschen ungewöhnlich aus, aber trotzdem, klasse Cop. Wir müssen dir natürlich noch einen gewissen irischen Akzent beibringen, und du brauchst einen größeren Bauch und dicke rote Bäckchen und einen Schlagstock, mit dem du herumfuchteln kannst, und eine Schwäche für Doughnuts. Nein, eine Sucht nach Doughnuts. Aber das wird schon, früher oder später.«
Dann sagte er, an Lucy gewandt: »Das bringt mich auf eine Idee.«
Auch sie lächelte, weil es, wie Francis fand, nicht eben schwer war, die Vorstellung vom gnadenlos mageren Francis als bulligem Streifenpolizisten komisch zu finden. »Eine Idee käme gerade recht, Peter«, gab sie zur Antwort. »Eine Idee käme genau im richtigen Moment.«
Peter sagte eine Weile nichts, fuchtelte aber einen Augenblick lang mit den Händen herum wie ein Dirigent vor dem Symphonieorchester oder vielleicht auch ein Mathematiker, der eine Formel mangels Wandtafel, an die er Zahlen und Gleichungen kritzeln könnte, erst einmal in der Luft ausprobiert. Dann zog er einen Stuhl heran, drehte ihn um und setzte sich

rittlings darauf, was, wie Francis fand, seiner Körperhaltung und seinen Ideen eine besondere Eindringlichkeit verlieh.
»Wir haben keine Indizien, richtig? Wir müssen es also anders angehen. Und wir haben keine Hilfe, besonders seitens der hiesigen Polizisten, die den Leichenfundort inspiziert und den Mord untersucht und schließlich Lanky verhaftet haben, richtig?«
»Richtig«, sagte Lucy. »Stimmt haargenau.«
»Und wir glauben trotz ihrer Beteuerungen nicht wirklich an die Hilfsbereitschaft von Gulp-a-pill und Mr. Evil, richtig?«
»Auch das ist richtig. Ich denke, es liegt auf der Hand, dass es ihnen bei ihren Überlegungen nur darum geht, sich möglichst wenig Probleme ins Haus holen.«
»Nur allzu wahr. Gehört nicht viel dazu, sich vorzustellen, wie die beiden in Gulp-a-pills Büro sitzen und ausknobeln, wie sie alles daransetzen können, ihren kostbaren Hintern da rauszuhalten. Und Miss Luscious macht sich dazu Notizen. Also haben wir im Moment nicht gerade viele Trümpfe in der Hand. Immerhin erst mal einen erfolgversprechenden Anfang.«
Peter sprudelte nur so vor Ideen. Francis sah, wie er geradezu unter Strom zu stehen schien.
»Was macht eine Ermittlung aus?«, fragte er rhetorisch und sah dabei Lucy ins Gesicht. »Ich hab Erfahrung damit, Sie haben Erfahrung damit. Wir gehen es gründlich und solide und unbeirrbar an. Sacken dieses Beweisstück ein oder jenes, tragen Steinchen für Steinchen zusammen, bis ein Bild vom Verbrechen entsteht. Jedes Detail wird vom Anfang bis zum Ende in einen rationalen Rahmen eingefügt, um eine Antwort zu liefern. Haben Sie es nicht auch so bei der Staatsanwaltschaft gelernt? Bis das geduldige Sammeln von beweiskräfti-

gen Fakten jeden anderen ausschließt und am Ende nur noch der Verdächtige übrig bleibt? Das sind die Regeln, oder?«

»Das wissen Sie so gut wie ich. Aber was genau wollen Sie damit sagen?«

»Woher wollen Sie wissen, dass der Engel das nicht ebenfalls weiß?«

»Okay, ja. Vermutlich. Und?«

»Demnach müssen wir alles auf den Kopf stellen.«

Lucy blickte etwas misstrauisch drein. Doch Francis begriff, worauf Peter hinauswollte.

»Er will damit sagen«, formulierte er mit Bedacht, »dass wir sämtliche Regeln über den Haufen werfen sollten.«

Peter nickte. »Wir haben es hier mit Irren zu tun, und wissen Sie, was sich als ganz und gar unmöglich erweisen wird, Lucy?«

Sie antwortete nicht.

»Unmöglich wird es sein, hier drinnen der Vernunft und der logischen Organisation der Außenwelt Geltung zu verschaffen. Dieser Ort ist irre, und wir brauchen eine Ermittlungsmethode, die diese Welt widerspiegelt, die hierher gehört und genau auf die Gegebenheiten zugeschnitten ist. Pass dich an die lokalen Gepflogenheiten an, könnte man sagen.«

»Und worin würde der erste Schritt bestehen?«, fragte Lucy. Es war deutlich, dass sie bereit war, zuzuhören, ohne sich jedoch gleich festzulegen.

»Genau, was Sie vorhatten«, sagte Peter. »Wir befragen Leute. Sie holen sie sich hierher. Sie fangen ganz normal und offiziell und nach Vorschrift an. Und dann machen Sie Druck. Sprechen unhaltbare Beschuldigungen aus. Verdrehen ihnen das Wort im Mund. Wenden ihre Paranoia gegen sie selbst. Machen Sie so viel Falsches und Unverantwortliches und Unerhörtes wie möglich. Bringen Sie alle durcheinander, so dass am

Ende alles hier auf dem Kopf steht. Je mehr wir den gewohnten Trott hier stören, desto weniger wird sich der Engel sicher fühlen.«

Lucy nickte. »Immerhin ein Plan. Vielleicht erst der Anfang, aber immerhin ein Plan. Auch wenn ich mir nicht vorstellen kann, dass Gulptilil da mitspielen wird.«

»Der kann uns mal«, sagte Peter. »Natürlich spielt er nicht mit. Aber das sollte Sie nicht anfechten.«

Sie schien einen Moment lang angestrengt nachzudenken, dann lachte sie. »Wieso nicht?« Sie drehte sich zu Francis um. »Sie werden Peter zu keiner Befragung zulassen, die ich durchführe. Aber bei Ihnen ist das was anderes, Francis. Ich glaube, Sie sollten dabei sein. Also Sie und Evans oder der mollige Doktor höchstselbst, denn er verlangt, dass einer von ihnen dabei ist, und er setzt nun mal die Regeln hier fest. Wir machen genügend Rauch und schauen mal, ob wir das Feuer entdecken.«

Natürlich sahen die anderen beiden nicht, was Francis sah, nämlich die Gefahren, die eine solche Vorgehensweise mit sich brachte. Doch er sagte nichts, brachte die nervösen, zweifelnden Stimmen in seinem Innern zum Schweigen und hielt sich einfach für den Weg, den sie einschlagen wollten, bereit.

Nach meiner Entlassung aus dem Western State Hospital und nachdem ich mich in meiner kleinen Stadt niedergelassen hatte, fuhr ich gelegentlich im Frühling zur Fischleiter rauf, um der Naturschutzbehörde beim Zählen der zurückkehrenden Lachse zu helfen, und dann kam es vor, dass ich die silbrig schimmernden Schatten der Fische entdeckte und mich fragte, ob sie wohl begriffen, dass sie ihre Rückkehr an den Ort, an dem sie aus dem Laich geschlüpft waren, um den Lebenszyklus in

Gang zu halten, das Leben kosten würde. Das Notizbuch in der Hand, zählte ich Fische und unterdrückte dabei das Bedürfnis, sie irgendwie zu warnen. Ich fragte mich, ob sie einen tief sitzenden, genetischen Impuls verspürten, der ihnen klar machte, dass ihre Heimkehr sie umbringen würde, oder ob sie sich blind täuschen ließen, weil der Paarungstrieb so stark war. Oder waren sie wie Soldaten mit einem unmöglichen und offensichtlich verhängnisvollen Befehl, die zu dem Schluss gelangen, dass ihr Opfer wichtiger ist als das Leben?

Manchmal zitterte mir die Hand, wenn ich auf meiner Strichliste Einträge machte. So viel Tod, der da an mir vorüberzog. Manchmal sehen wir die Dinge völlig falsch. Wo im großen, weiten Ozean alle möglichen Gefahren zu lauern scheinen, sind wir in Wahrheit sicher, und das, was uns bekannt und vertraut ist, wie unser Zuhause, stellt eine viel größere Bedrohung dar.

Das Licht verblasste um mich her, ich trat von der Wand zurück und ging ans Wohnzimmerfenster. Ich fühlte, wie sich der Raum hinter mir mit Erinnerungen füllte. Es herrschte eine abendliche Brise, nichts weiter als ein Hauch von Wärme. Wir werden alle von der Dunkelheit definiert, dachte ich. Bei Tageslicht kann jeder etwas x-Beliebiges darstellen. Doch bei Nacht, wenn die Welt ausgeschaltet ist, kommt unser wahres Selbst zum Vorschein.

Ich konnte nicht mehr sagen, ob ich erschöpft war oder nicht. Ich hob den Blick und betrachtete den Raum. Es war interessant, zu sehen, dass ich allein war, und zu wissen, dass ich es nicht bleiben würde. Früher oder später würden sie alle über mich hereinbrechen. Und der Engel würde wiederkommen. Ich schüttelte den Kopf.

Lucy, entsann ich mich plötzlich, hatte eine Liste von fast fünfundsiebzig Namen zusammengestellt. Das waren die Männer, die sie zu sehen wünschte.

Lucy stellte eine Liste mit etwa fünfundsiebzig Namen von Insassen aus dem gesamten Western State Hospital zusammen, die das Potenzial zum Töten zu haben schienen. Es handelte sich dabei um Männer, die alle schon einmal offene Feindseligkeit gegenüber Frauen gezeigt hatten, ob sie nun bei einem häuslichen Streit Schläge ausgeteilt oder sich auf verbale Drohungen beschränkt oder obsessive Verhaltensweisen an den Tag gelegt hatten, die sich auf eine Nachbarin oder ein weibliches Familienmitglied richteten und diese für ihre eigene Geisteskrankheit verantwortlich machten. Insgeheim hielt sie an der Überzeugung fest, dass die Morde letztlich auf Sexualverbrechen hinausliefen. Dagegen herrschte unter Juristen derzeit die Auffassung vor, dass alle Sexualdelikte in erster Linie Gewaltverbrechen waren und die sexuelle Befriedigung dabei allenfalls eine untergeordnete Rolle spielte. Sie sah nicht ein, dass sie alles, was sie von dem Moment an gelernt hatte, als sie selbst zum Opfer wurde, bis zu den Dutzenden von Gerichtsverhandlungen, bei denen sie dem einen oder anderen Angeklagten in die Augen gestarrt und dabei wie in einem Spiegel mehr oder weniger genau den Mann wiedererkannt hatte, der über sie hergefallen war, über den Haufen werfen sollte. Ihre Erfolgsquote an rechtskräftigen Verurteilungen war beispiellos, und sie ging trotz der Schwierigkeiten, die sie in der Nervenheilanstalt hatte, davon aus, dass sie auch dieses Mal Erfolg haben würde. Zuversicht war ihr Markenzeichen. Auf ihrem Weg über das Klinikgelände Richtung Verwaltungsgebäude fing sie im Geist schon an, ein Porträt des Mannes zu zeichnen, den sie jagte. Er war kräftig genug, um Short

Blond zu überwältigen, jung genug, um von einem mörderischen Trieb erfüllt zu sein, alt genug, um Fehler zu vermeiden. Sie neigte zu der Vermutung, dass der Mann sowohl über das praktische Wissen als auch die angeborene Intelligenz verfügte, die es erschwerten, diesen Typ Verbrecher zu stellen. In ihrem Kopf wirbelten all die Einzelheiten herum, und sie war fest davon überzeugt, dass sie in dem Moment, da sie dem richtigen Mann gegenüberstand, ihn augenblicklich erkennen würde.

Der Grund für ihren Optimismus war die Überzeugung, dass der Engel irgendwie erkannt werden wollte. Er war, vermutete sie, arrogant und hegte die Absicht, sie auf dem Gelände der Nervenheilanstalt intellektuell auszustechen.

Sie wusste das viel sicherer als Peter oder Francis oder auch sonst irgendjemand im Western State. Einige Wochen nach dem zweiten Mord hatte ihre Abteilung die beiden abgetrennten Fingerglieder auf die denkbar banalste Art und Weise erhalten – mit der täglichen Postzustellung. Der Täter hatte sie in eine gewöhnliche Plastiktüte und diese wiederum in einen braunen wattierten Umschlag gesteckt, wie man ihn in ganz Neu-England in jedem Bürowarengeschäft kaufen konnte. Die Adresse stand getippt auf einem Etikett und lautete schlicht: LEITERIN ABTEILUNG SEXUALDELIKTE.

Den grausigen menschlichen Überresten war ein einfacher Zettel beigefügt. Darauf stand in Druckbuchstaben die Frage: *Suchen Sie die vielleicht?* Und sonst nichts.

Als die blutigen Andenken an die Gerichtsmedizin weitergegeben wurden, war Lucy zunächst zuversichtlich gewesen. Die Bestätigung, dass sie zum zweiten Opfer gehörten und dass sie nach Todeseintritt entfernt worden waren, ließ nicht lange auf sich warten. Die Schrift auf dem Zettel wie auch auf dem Adressenetikett konnten einer elektrischen Schreibmaschine vom Typ Sears Modell 1132, Jahrgang 1975, zugeordnet werden. Der Poststempel auf der Sendung machte ihr noch mehr Hoffnung, da er auf die Hauptpoststelle in Süd-Boston zurückgeführt werden konnte. Mehr oder weniger so, wie Peter the Fireman es beschrieben hatte, waren Lucy und zwei Ermittler aus ihrer Dienststelle hartnäckig und gründlich jedem Sears-Modell 1132 nachgegangen, das in einem Zeitraum von sechs Monaten vor dem Mord in Massachusetts, New Hampshire, Rhode Island und Vermont verkauft worden war. Darüber hinaus hatten sie jeden Mitarbeiter des betreffenden Postamts befragt, um festzustellen, ob sich jemand daran erinnern konnte, die fragliche Sendung abgefertigt zu haben. Keine dieser Recherchen hatte so etwas wie einen brauchbaren Anhaltspunkt geliefert.

Die Leute von der Post hatten sich als wenig hilfreich erwiesen. Und falls eine Schreibmaschine per Scheck oder Kreditkarte gekauft worden war, dann war Sears in der Lage, das zurückzuverfolgen. Doch es handelte sich um ein preiswertes Modell, und über ein Viertel der im betreffenden Zeitfenster abgesetzten Maschinen waren bar bezahlt worden. Außerdem erfuhren die Ermittler, dass praktisch jeder der über fünfzig Einzelhändler in Neu-England ein neues Modell 1132 im Laden ausgestellt hatte, so dass die Kundschaft es ausprobieren konnte. Demnach war es ein Leichtes, an einem geschäftigen Samstagnachmittag ein Blatt in die Walze einzuspannen und zu tippen, was man wollte, ohne auch nur die geringste Aufmerksamkeit auf sich zu lenken, selbst seitens des Personals.

Lucy hatte gehofft, dass der Mann, der ihnen die Fingerspitzen geschickt hatte, dasselbe bezüglich des ersten oder des dritten Opfers tun würde, doch da lag sie falsch.

Es war die schlimmste Art, sie an der Nase herumzuführen, die sie sich nur denken konnte; die Botschaft lag nicht in den

Worten oder den Körperteilen, sondern in der Zustellung, die sie nicht zurückverfolgen konnten.

Eine beunruhigende Nebenwirkung bestand darin, dass sie gezwungen wurde, sich mit der Literatur zu Jack the Ripper zu befassen, der 1888 einem seiner Opfer, einer Prostituierten namens Catharine Eddowes alias Kate Kelly, ein Stück Niere herausgeschnitten und anschließend mit einer spöttischen, verschnörkelt unterschriebenen Notiz an die Londoner Polizei geschickt hatte. Dass der Mann, hinter dem sie her war, mit diesem berühmtesten aller Serienmordfälle vertraut war, machte sie nervös. Dieser vielsagende Umstand war eine Herausforderung an ihre Vorstellungskraft. Der Gedanke, dass sie jemanden mit einem Sinn für Geschichte jagte, gefiel ihr nicht, da dies einige Intelligenz voraussetzte. Die meisten Kriminellen, die sie eiskalt hinter Schloss und Riegel gebracht hatte, waren bemerkenswert einfältig gewesen. In der Abteilung für Sexualdelikte ging man im Allgemeinen davon aus, dass die Instinkte, die einen Mann zu einem solchen Verbrechen trieben, mit mangelnder Umsicht und Vergesslichkeit einhergingen. Diejenigen, die wahllos, aber mit einem gewissen Maß an Vorsatz und Planung zuschlugen, waren bedeutend schwerer zu finden.

Diese Mordfälle entzogen sich, wie sie einräumen musste, auf eigentümliche Weise einer klaren Zuordnung. Francis hatte Peters Frage nach der Verbindung zwischen den Morden richtig beantwortet. Doch sie konnte sich des Eindrucks nicht erwehren, dass es mit Haarfarbe, Frisur und Körperbau bei der Auswahl der Mordopfer nicht getan war, auch wenn sie wusste, dass sie sich mit dieser Befürchtung auf unsicheres Terrain begab.

Sie trottete auf einem der Gehwege zwischen den Klinikgebäuden entlang, während ihre Gedanken um den Mann kreisten, den Peter und Francis nur noch den Engel nannten. Von dem schönen Tag, dem Sonnenschein, der die neuen Triebe der Baumkronen in seine wärmenden Strahlen hüllte und besseres Wetter versprach, bemerkte sie nichts. Lucy Jones dachte in klaren Strukturen, ordnete Fakten verschiedenen Schubfächern zu und liebte es, jedem Detail nachzugehen, weshalb sie in diesem Moment für Licht und Wärme und das Sprießen und Gedeihen ringsum nichts übrig hatte, sondern sich in die Hindernisse verbiss, die sich vor ihr auftaten. Ihr ganzes erwachsenes Leben hindurch hatte sie sich an Regeln und Vorschriften und Gesetze gehalten. Was Peter ihr vorgeschlagen hatte, machte ihr Angst, auch wenn sie es sich nicht hatte anmerken lassen. Aber es entbehrte nicht einer gewissen Logik, wie sie sich eingestehen musste, weil sie nicht recht wusste, wie sie verfahren sollte. Es war, wie sie vermutete, ein Plan, der seine eigene Passion widerspiegelte und nicht einer rationalen Überlegung entsprang.

Doch Lucy verstand sich als Schachspielerin, und ihr fiel kein besserer Eröffnungszug ein. Sie ermahnte sich, ihre Unabhängigkeit und damit die Kontrolle über die Ereignisse zu wahren.

Wie sie so in Gedanken vertieft und mit gesenktem Kopf über das Klinikgelände lief, glaubte sie plötzlich, ihren Namen zu hören.

Ein einziges, langgezogenes, gepfiffenes »Luuuuuuuuuuuuccccyyyy …«, das mit einer milden Frühlingsbrise zu ihr herüberwehte und sich in den zahlreichen Bäumen auf dem Anstaltsgelände verfing. Sie blieb abrupt stehen und fuhr herum. Auf dem Weg hinter ihr war niemand zu sehen. Sie blickte nach rechts, nach links und nach vorn, während sie angestrengt horchte, doch der Laut war verstummt.

Sie versuchte, sich einzureden, dass sie sich geirrt hatte. Es

mochte sich um das halbe Dutzend andere Geräusche handeln, die sie, nervös und angespannt, wie sie war, missverstanden hatte, während es sich in Wahrheit nur um einen gewöhnlichen Schrei handelte, in dem sich die innere Qual eines Patienten entlud und der sich in nichts von dem Gebrüll unterschied, das der Wind tagtäglich hundertfach durch die Welt der Anstalt trug.
Doch dann gestand sie sich ein, dass sie sich etwas vormachte.
Es war ihr Name gewesen.
Sie drehte sich zum nächstgelegenen Gebäude um und starrte zu den Fenstern hoch. Sie sah, wie einige der Insassen ihren Blick vage erwiderten. Langsam drehte sie sich zu anderen Wohnheimen um. Amherst war weit weg. Williams, Princeton und Yale waren näher. Sie wirbelte herum und suchte die teilnahmslosen Ziegelbauten nach irgendwelchen verräterischen Zeichen ab. Doch sämtliche Gebäude schwiegen, als hätte ihre Aufmerksamkeit all die Ängste und Wahnvorstellungen, die so oft geräuschvoll aus den Häusern drangen, abrupt beendet.
Lucy blieb wie angewurzelt stehen. Nach einer Weile hörte sie einen Schwall Obszönitäten aus einem der Gebäude, gefolgt von ärgerlichen Stimmen und ein, zwei schrillen Schreien. Das war das Übliche, womit sie zu rechnen hatte, und mit jedem Laut sagte sie sich, dass sie sich das Ganze nur eingebildet hatte und sich somit allmählich in die Masse der Klinikinsassen einreihte. Sie kehrte sämtlichen Fenstern und Augenpaaren, die aus dem Dunkel jeden ihrer Schritte verfolgten oder auch nur in den azurblauen Himmel oder ins Leere starrten, den Rücken und ging zügig weiter.

17

Peter the Fireman stand mit einem Tablett in der Mitte des Speisesaals und verschaffte sich einen Überblick über das quirlige Treiben, das ihn umgab. Die Mahlzeiten waren in der Anstalt eine endlose Folge kleiner Scharmützel, in denen sich die großen Schlachten spiegelten, die jeder Patient mit sich selbst ausfocht. Kein Frühstück, Mittag- oder Abendessen verging, ohne dass irgendwo ein Streit ausbrach. Ärger gab es ebenso häufig wie dünnflüssiges Rührei oder faden Thunfischsalat.

Rechts von ihm entdeckte er einen älteren, senilen Mann, der manisch grinste und dem die Milch über das Kinn und die Brust lief, obwohl eine Lernschwester ihn fortwährend daran zu hindern suchte, sich zu ertränken; zu seiner Linken war zwischen zwei Frauen wegen einer Schale limonengrünem Wackelpudding ein Streit entbrannt. Wieso es nur eine Schale und zwei Anwärter darauf gab, war ein Dilemma, das Little Black geduldig zu klären versuchte, auch wenn beide Frauen, die mit ihrem wirren, zotteligen grauen Haar und ihrem blassrosa beziehungsweise hellblauen Morgenrock fast gleich aussahen, kurz davor schienen, handgreiflich zu werden. Keine von beiden war offenbar bereit, die zehn, zwanzig Schritte zum Kücheneingang zurückzulaufen und sich eine zweite Schüssel Pudding geben zu lassen. Ihre schrillen, gellenden Stimmen verschmolzen mit dem Geklapper von Geschirr und Besteck und dem schimmernden Dunstschleier, der aus der

Küche kam, wo die Mahlzeit zubereitet wurde. Eine Sekunde später rutschte einer der Frauen urplötzlich die Hand aus, und die Puddingschüssel fiel auf den Boden und zerbrach laut klirrend.

Peter ging zu seinem gewohnten Tisch in der Ecke, wo er immer mit dem Rücken zur Wand saß. Napoleon war bereits da, und Peter rechnete damit, dass Francis sich jeden Moment zu ihnen gesellen würde, auch wenn er nicht sicher war, wo sein junger Freund gerade steckte. Er setzte sich und betrachtete misstrauisch den Teller Nudelauflauf vor sich auf dem Tisch. Er hegte Zweifel über die Herkunft dieses Fraßes.

»Also, Nappy«, sagte Peter, während er in seinem Essen herumstocherte, »kannst du mir verraten, was ein Soldat der Großen Armee an einem schönen Tag wie diesem gegessen hätte?«

Napoleon hatte mit Feuereifer seinen Auflauf attackiert und sich die zähe Masse wie ein Kolbentriebwerk mit vollen Gabeln in den Mund geschaufelt. Peters Frage hemmte sein Tempo, und er hielt einen Moment inne, um darüber nachzudenken.

»Rinderpökelfleisch«, sagte er dann, »das bei den hygienischen Verhältnissen damals ziemlich gefährlich war. Oder gepökeltes Schweinefleisch. Und natürlich Brot. Das war ein Hauptnahrungsmittel, genauso wie Hartkäse, den man in einem Tornister bei sich hatte. Dazu Rotwein, glaube ich, oder Wasser aus der nächstbesten Quelle oder einem Fluss. Wenn sie sich etwas Essbares suchen mussten, was nicht selten war, griffen sie sich einfach auf einem nahe gelegenen Bauernhof ein Huhn oder eine Gans, die sie entweder am Spieß brieten oder auch kochten.«

»Und wenn sie in die Schlacht zu ziehen hatten? Vielleicht eine besondere Mahlzeit zu diesem Anlass?«

»Nein, höchstwahrscheinlich nicht. Sie schoben meistens Kohldampf und gelegentlich, wie in Russland, verhungerten sie auch. Der Nachschub für die Armee war immer ein Problem.«

Peter hielt ein undefinierbares Stück Fleisch, angeblich vom Huhn, vor sich hin und fragte sich, ob er von diesem Auflauf hier gestärkt in die Schlacht ziehen könnte.

»Mal ehrlich, Nappy, hältst du dich für verrückt?«, fragte er unvermittelt.

Der mollige Mann hielt wieder inne, so dass eine stattliche Portion triefender Nudeln etwa fünfzehn Zentimeter vor seinem Mund plötzlich in der Schwebe hing, während er seine Antwort abwog. Einen Moment später ließ er die Gabel auf den Teller sinken und seufzte. »Ich denke schon, Peter«, sagte er ein wenig traurig. »An manchen Tagen mehr, an anderen weniger.«

»Erzähl mir ein bisschen davon«, bat Peter.

Napoleon schüttelte den Kopf, und damit verließ ihn offenbar der letzte Rest seines gewohnten Enthusiasmus. »Die Medikamente kontrollieren die Wahnvorstellungen, weitgehend zumindest. Wie zum Beispiel heute. Ich weiß, dass ich nicht der Kaiser bin. Ich weiß nur viel über den Mann, der Kaiser war. Und darüber, wie man eine Armee befehligt. Und was 1812 passiert war. Heute bin ich nichts weiter als ein gewöhnlicher Historiker in der Provinzliga. Aber ich kann nicht sagen, wie es morgen ist. Vielleicht leg ich sie rein, wenn sie mir heute Abend meine Medizin geben. Du weißt schon, ich schieb sie mir unter die Zunge und spucke sie später aus. Es gibt ein paar recht effiziente Taschenspielertricks, die hier drinnen so ziemlich jeder schnell drauf hat. Oder vielleicht reicht die Dosis nicht ganz aus. Auch das kommt vor. Die Schwestern müssen so viele Tabletten auf einmal ausgeben, dass sie nicht ganz so sorgfältig darauf achten, wer was kriegt, wie sie vielleicht müssten. Und da haben wir dann den Salat: Es gehört nicht viel dazu, damit sich eine Wahnvorstellung einnistet und Blüten treibt.«

Peter überlegte einen Moment, bevor er fragte: »Fehlen sie dir?«

»Fehlt mir was?«

»Die Wahnvorstellungen. Geben sie dir das Gefühl, etwas Besonderes zu sein, so dass du dich, wenn sie weg sind, gewöhnlich fühlst?«

Er lächelte. »Ja, manchmal. Aber sie tun auch weh, und nicht nur, weil du siehst, wie sie deiner Umgebung Angst machen. Die Fixierung kann so stark werden, dass man damit nicht mehr fertig wird. Sie ist dann wie ein Gummi in deinem Kopf, das immer stärker gespannt wird. Du weißt, dass es zu einem Punkt kommt, wo es reißen muss, aber während du denkst, gleich platzt es und dein ganzes Inneres quillt über, dehnt es sich einfach noch ein kleines bisschen weiter. Du solltest C-Bird danach fragen, ich glaube, der versteht mehr davon.«

»Mach ich.« Wieder zögerte Peter, und in dem Moment sah er, wie Francis sich behutsam seinen Weg durch den Saal bahnte, um sich zu ihnen zu setzen. Der junge Mann bewegte sich ganz ähnlich, wie es Peter von der Patrouille in Vietnam in Erinnerung hatte, nie sicher, ob man beim nächsten Schritt auf eine Mine trat. Francis manövrierte sich zwischen Streitereien und Wutausbrüchen hindurch, wurde ein wenig nach rechts abgetrieben, dann aber von wütenden, halluzinierenden Patienten wieder nach links gedrängt. Er umschiffte die Untiefen der Senilen oder Zurückgebliebenen, um schließlich an ihrer beider Tisch zu landen, wo er sich mit einem befriedigten Grunzlaut auf seinen Stuhl fallen ließ.

Francis stieß mit der Gabel in die schnell erstarrende Pampe auf seinem Teller.
»Die wollen offenbar nicht, dass wir dick werden«, sagte er.
»Irgendwer hat behauptet, sie streuen Propaphenin übers Essen«, sagte Napoleon, indem er sich vorbeugte und in einen konspirativen Flüsterton wechselte. »Auf diese Weise können sie gewährleisten, dass sie uns alle ruhig gestellt und unter Kontrolle haben.«
Francis schielte zu den beiden Frauen hinüber, die – ihres Puddings beraubt – immer noch kreischten. »Na ja«, sagte er, »glaube ich eher nicht, scheint zumindest nicht allzu gut zu funktionieren.«
»C-Bird«, sagte Peter und wies unauffällig auf die beiden Streitenden, »wieso sind sie sich, deiner Meinung nach, so in die Wolle geraten?«
Francis sah auf, überlegte, zuckte die Schultern und antwortete: »Wackelpeter?«
Peter konnte sich ein Grinsen nicht verkneifen. Doch er schüttelte den Kopf. »Nein, das sehe ich nicht so. Eine Schüssel giftgrüner Pudding. Ich hätte nicht gedacht, dass man sich deswegen prügelt. Aber wieso Wackelpeter? Und wieso gerade jetzt?«
In dem Moment begriff Francis, worauf Peters Frage in Wahrheit zielte. Peter hatte eine besondere Art, weiter reichende Fragen in alltäglichere zu kleiden, eine Gabe, die Francis an ihm bewunderte, weil sie schon mal von der Fähigkeit zeugte, über die Mauern von Amherst hinauszublicken. »Es geht darum, etwas zu haben, Peter«, sagte er. »Es geht um etwas Handgreifliches, weil es hier drinnen so wenig gibt, das wir tatsächlich besitzen können. Es geht nicht um den Wackelpeter. Es geht darum, den Wackelpeter zu *haben*. Eine Schüssel Wackelpeter ist es nicht wert, sich in die Haare zu kriegen.

Aber etwas, das uns daran erinnert, wer wir sind und was wir sein könnten, das uns an die Welt erinnert, die uns irgendwann einmal wieder erwartet, wenn wir nur genügend kleine Dinge in den Griff bekommen können, die uns wieder zu menschlichen Wesen machen, also, deswegen kann man sich schon mal prügeln, oder?«

Peter schwieg und dachte über das, was Francis gesagt hatte, nach, bevor sie alle drei sahen, wie die beiden Frauen in Tränen ausbrachen.

Peter konnte die Augen nicht von dem Paar lassen, und Francis hatte das Gefühl, dass es den Fireman bis ins Mark treffen musste, weil er nicht hierher gehörte. Francis warf einen verstohlenen Blick auf Napoleon, der lächelnd mit den Schultern zuckte und sich genüsslich wieder seinem randvollen Teller widmete. Napoleon gehört hierher, dachte Francis. Ich gehöre hierher. Wir alle gehören hierher, außer Peter, und er muss tief in seinem Innern große Angst davor haben, allmählich wie wir zu werden, je länger er bleibt. Irgendwo in seinem Kopf hörte Francis zustimmendes Raunen.

Gulptilil blickte misstrauisch auf die Namensliste, die Lucy ihm auf den Tisch geknallt hatte. »Das sieht nach einem ziemlich breiten Querschnitt der gesamten Anstaltsbewohner aus, Miss Jones. Darf ich wohl fragen, nach welchen Kriterien Sie Ihre Auswahl unter den Patienten getroffen haben?« Mit dieser Frage klang er steif und wenig hilfsbereit, und sein trällernder Singsang zog seine prätenziöse Art vollends ins Lächerliche.

»Selbstverständlich«, erwiderte Lucy. »Da ich letztlich nicht nach psychologischen Kriterien gehen konnte, wie etwa bei einer signifikanten Krankheit, habe ich mich stattdessen an eine Vorgeschichte von Gewalt gegen Frauen gehalten. Alle

fünfundsiebzig Kandidaten hier haben etwas getan, was man als Feindseligkeit gegenüber dem anderen Geschlecht deuten kann. Einige zweifellos mehr als andere, jedenfalls erfüllen sie alle dieses Auswahlkriterium.« Lucys Sprechweise war nicht weniger geschraubt als die des Chefarztes, eine schauspielerische Gabe, die sie in ihren Jahren bei der Staatsanwaltschaft kultiviert hatte und die ihr bei offiziellen Gelegenheiten schon oft geholfen hatte. Der Bürokrat, der sich nicht von jemandem einschüchtern ließ, der seine Sprache besser als er selbst beherrschte, musste erst noch geboren werden.
Gulptilil sah erneut auf die Liste und ging die Namensspalten durch, und Lucy fragte sich, ob der Arzt wohl jedem ein Gesicht und ein Krankenblatt zuordnen konnte. Er erweckte den Anschein, doch sie hegte den Verdacht, dass sich sein Interesse an einer intimen Kenntnis seiner Schutzbefohlenen eher in Grenzen hielt.
»Ihre Feststellung trifft natürlich genauso auf den Herrn zu, der bereits wegen Mordes in Untersuchungshaft sitzt«, sagte er. »Gleichwohl werde ich Ihrer Bitte entsprechen, Miss Jones«, sagte er. »Auch wenn ich nicht verhehle, dass ich das Ganze für ein fruchtloses Unterfangen halte.«
»Irgendwo müssen wir ansetzen, Doktor.«
»Und irgendwo müssen wir ein Ende finden«, erwiderte er. »Und ich fürchte, das wird dann der Fall sein, wenn Sie sich von diesen Männern Informationen erhoffen. Ich könnte mir vorstellen, dass sich diese Befragungen für Sie als ziemlich frustrierend erweisen werden.«
Er setzte ein nicht eben überschwänglich freundliches Lächeln auf und fügte hinzu: »Nun ja, Miss Jones, ich gehe wohl nicht fehl in der Annahme, dass Sie diese Befragungen sofort in Angriff nehmen wollen? Ich werde mit Mr. Evans sprechen und vielleicht mit den Brüdern Moses, die gleich

damit anfangen können, die Patienten in Ihr Büro zu bringen. Auf diese Weise können wir uns zumindest direkt ein klares Bild davon machen, mit welchen Widrigkeiten wir hier zu kämpfen haben.«
Sie wusste, dass Dr. Gulptilil von der Unberechenbarkeit Geisteskranker sprach, doch seine Bemerkung ließ auch andere Interpretationen zu. Sie schenkte dem Chefarzt ein Lächeln und nickte zustimmend.

Als sie schließlich ins Amherst zurückkam, warteten Big Black und Little Black bereits im Flur des ersten Stocks in der Nähe der Pflegestation auf sie. Peter und Francis lehnten nicht weit von ihnen wie zwei gelangweilte Teenager an der Wand, die an einer Straßenecke herumlungerten und auf Zoff aus waren, auch wenn die wachsamen Blicke, mit denen Peter den Flur in beide Richtungen im Auge behielt und jeden Patienten ins Visier nahm, der an ihm vorbeischlenderte, seine lässige Haltung Lügen strafte. Sie konnte Mr. Evans nirgends entdecken, was ihr nur recht war, wenn sie daran dachte, mit welchem Anliegen sie herausrücken musste. Doch ihre erste Frage an die beiden Pfleger galt dem Psychologen.
»Wo bleibt Evans?«
Big Black grunzte. »Er ist auf dem Weg hierher. Kommt von einer Besprechung mit dem Hilfspersonal in einem der anderen Gebäude. Müsste jeden Moment hier sein. Der Big Doc hat angerufen, er sagt, wir sollen damit loslegen, ihnen die Leute zu bringen. Sie hätten eine Liste.«
»Das ist richtig.«
»Und wenn sie nun«, wandte Little Black ein, »nicht besonders scharf darauf sind, zu Ihnen zu kommen. Was sollen wir dann machen?«
»Lassen Sie ihnen keine Wahl. Falls sie allerdings in Panik

oder außer Kontrolle geraten, also, in dem Fall kann ich auch zu ihnen kommen.«
»Und wenn sie trotzdem nicht reden wollen?«
»Nehmen wir keine Probleme vorweg, okay?«
Big Black verdrehte ein wenig die Augen, sagte aber nichts, auch wenn Francis klar war, dass Big Blacks Präsenz in der Anstalt genau damit zu tun hatte. Sein Bruder stieß einen leisen Seufzer aus und sagte: »Versuchen wir's. Kann nicht versprechen, wie die Leute reagieren werden. Hatten so was noch nicht hier drinnen. Vielleicht gibt's ja keinen Ärger.«
»Wenn sie sich weigern, können wir's auch nicht ändern, dann müssen wir uns eben was anderes einfallen lassen«, sagte sie. Dann beugte sie sich nach vorn und senkte die Stimme. »Ich hab da eine Idee. Ich wollte fragen, ob Sie beide mir dabei helfen und die Sache vertraulich behandeln können.« Sie wartete, während die Brüder sich Seitenblicke zuwarfen. Little Black sprach für sie beide.
»Klingt fast so, als wollten Sie uns um einen Gefallen bitten, der uns in Schwierigkeiten bringen könnte.«
Wieder nickte Lucy. »Nicht allzu große Schwierigkeiten, hoffe ich mal.«
Little Black grinste übers ganze Gesicht, als hätte sie Witze gemacht. »Derjenige, der einen um was bitten will, denkt immer, dass es für den anderen keine große Sache ist. Aber trotzdem, Miss Jones, lassen Sie mal hören. Wir können nichts versprechen, aber wir sind ganz Ohr.«
»Statt dass Sie beide jeden einzeln herholen, möchte ich, dass nur einer von Ihnen geht.«
»Normalerweise sieht der Sicherheitsdienst vor, dass es bei einer Überstellung immer zwei Begleiter gibt. Einer links, einer rechts. Das ist Vorschrift.«
»Also, ich hatte mir das folgendermaßen gedacht«, sagte sie

und trat noch einen Schritt näher an die Männer heran, so dass nur diese kleine Gruppe sie hören konnte, was in der Klinik vermutlich ein bisschen übertrieben war und eher einem natürlichen Reflex auf die bescheidene kleine Verschwörung entsprach, die Lucy plante. »Ich bin nur verhalten optimistisch, dass bei diesen Befragungen etwas herauskommt, und ich werde mich in Wahrheit viel mehr auf Francis stützen, als ihm bewusst ist«, sagte sie langsam. Die anderen sahen kurz zu dem jungen Mann hinüber, der errötete, als hätte eine Lehrerin, in die er verliebt war, ihn vor der gesamten Klasse bevorzugt. »Aber wie Peter neulich schon sagte, kämpfen wir mit einem Mangel an Beweisen. Daran möchte ich, wenn möglich, etwas ändern.«

Jetzt hatte sie Big Blacks und Little Blacks ungeteilte Aufmerksamkeit. Auch Peter trat einen Schritt näher, so dass die kleine Gruppe sich noch enger zusammenschloss.

»Ich hatte mir das so gedacht«, fuhr Lucy fort. »Während ich mit diesen Patienten rede, wird ihr Wohnbereich gründlich durchsucht. Hat einer von Ihnen schon mal eine Schlafstelle und Stauraum gefilzt?«

Little Black nickte. »Sicher, Miss Jones. Gelegentlich, das gehört zu diesem ehrenwerten Job.«

Lucy warf Peter einen raschen Blick zu, der sich offenbar alle Mühe gab, den Mund zu halten.

»Und«, fügte sie langsam hinzu, »am allerliebsten wäre es mir, wenn Peter mit von der Partie wäre. In leitender Funktion sozusagen.«

Die beiden Pfleger sahen sich an, bevor Little Black sagte: »Peter hat ein Ausgangsverbots-Etikett an seiner Jacke, Miss Jones. Das heißt, er darf das Amherst-Gebäude nur unter besonderen Umständen verlassen. Und nur Dr. Gulptilil oder Evans können bestimmen, worin solche besonderen

Umstände bestehen. Evans hat ihn noch kein einziges Mal vor die Tür gelassen.«

»Heißt das, es besteht Fluchtgefahr?«, fragte sie wie bei einer Kautionsverhandlung vor einem Richter.

Little Black schüttelte den Kopf. »Evans hat's ihm in die Akte geschrieben. In Wahrheit wohl eher so was wie eine Bestrafung, weil es in Ihrem Teil dieses schönen Bundesstaates ein paar schwerwiegende Anklagen gegen ihn gibt. Peter ist aufgrund einer gerichtlichen Verfügung hier, damit sein Geisteszustand begutachtet wird, und dieses Ausgangsverbot ist vermutlich ein Teil der Begutachtung.«

»Lässt sich das irgendwie umgehen?«

»Alles lässt sich irgendwie umgehen, Miss Jones, wenn es wichtig genug ist.«

Peter war verstummt. Francis sah, dass er etwas loswerden wollte, es aber für ratsam hielt, sich nicht einzumischen. Francis registrierte, dass weder Big Black noch sein Bruder Lucy ihre Bitte abgeschlagen hatten.

»Wieso meinen Sie, dass Sie Peter dafür brauchen, Miss Jones? Wieso nicht einfach meinen Bruder oder mich?«, fragte Little Black ruhig.

»Aus mehreren Gründen«, sagte Lucy vielleicht eine Spur zu prompt. »Zum einen war Peter, wie Sie wissen, ein guter Ermittler, und er weiß genau, wie und wo er nach was suchen und wie er mit Beweismitteln umgehen muss. Und weil er dazu ausgebildet wurde, gerichtsmedizinisch verwertbares Beweismaterial zu finden, hoffe ich, dass er etwas entdeckt, was möglicherweise Ihnen oder Ihrem Bruder entgehen würde …«

Little Black schürzte die Lippen, eine kleine Geste, die die Richtigkeit des Gesagten zu bestätigen schien. Lucy fühlte sich ermuntert, fortzufahren. »Und ein weiterer Grund – ich weiß nicht recht, ob ich Sie oder Ihren Bruder bei der ganzen Sache einem unnötigen Risiko aussetzen soll. Wenn Sie zum Beispiel bei einer Durchsuchung etwas finden, dann sind Sie verpflichtet, es Gulptilil zu sagen, der von da an über das Beweisstück verfügt. Gut möglich, dass es dann verloren geht oder die Sache vermasselt wird. Falls dagegen Peter sozusagen etwas findet, na ja, dann ist er nur einer von vielen Verrückten in dieser Anstalt. Er kann es dort lassen, mich davon unterrichten, so dass wir uns einen richterlichen Durchsuchungsbefehl besorgen können. Immerhin hoffe ich, dass wir früher oder später so weit sind, die Polizei rufen und jemanden verhaften lassen zu können. Ich muss dafür sorgen, dass unsere ermittlerische Befugnis gewahrt bleibt, wie auch immer. Sie sehen, worauf ich hinauswill, meine Herren?«

Big Black lachte einmal laut auf, auch wenn Lucy eigentlich keinen Witz gemacht hatte, außer vielleicht, dass die Vorstellung von ermittlerischer Befugnis in einer Nervenheilanstalt an sich ein Witz war. Sein Bruder legte die Hand an den Kopf. »Mann, Miss Jones, ich glaube, bis das hier alles vorbei ist, bringen Sie uns in gewaltige Schwierigkeiten.«

Lucy antwortete nur mit einem Lächeln. Einem strahlenden Lächeln, bei dem ihre Zähne zu sehen waren, und einem einladenden Glitzern in den Augen, das den Spaß am verschwörerischen Plan nicht verhehlte. Francis entging dies alles nicht, und zum ersten Mal im Leben musste er denken, wie schwer es war, einer schönen Frau eine Bitte abzuschlagen, was vermutlich unfair war, aber nun mal den Tatsachen entsprach.

Die beiden Pfleger sahen sich an. Dann zuckte Little Black die Schultern und wandte sich wieder an Lucy Jones. »Wissen Sie was, Miss Jones? Mein Bruder und ich, wir werden tun, was wir können. Lassen Sie nur Evans oder Gulp-a-pill nichts davon wissen.« Er legte eine kleine, wirkungsvolle Pause ein.

»Peter, kommen Sie, wir drei müssen uns unterhalten, vielleicht kriegen wir die Sache geregelt. Ich hätte da eine Idee ...«

Peter the Fireman nickte.

»Wonach sollen wir überhaupt suchen?«, wollte Big Black wissen.

Peter schaltete sich ein. »Blutverschmierte Kleider oder Schuhe, zum Beispiel. Das wäre das Naheliegendste. Dann muss es irgendwo ein Messer geben oder auch eine selbstgebastelte Waffe. Egal was, es muss verdammt scharf sein, weil damit sowohl Fleisch als auch Knochen durchtrennt worden sind. Und der fehlende Schlüsselsatz, da unser Engel über die Möglichkeit verfügt, nach Belieben in verschlossene Räumlichkeiten einzudringen, und weil er vor Türen keinen besonderen Respekt zu haben scheint. Und was sonst noch darauf schließen lässt, dass der Betreffende Kenntnis von den näheren Umständen des Verbrechens hat, für das der arme Lanky in den Knast gewandert ist. Oder auch Dinge, die mit den anderen Morden in Verbindung stehen, für die sich Lucy interessiert und die in anderen Teilen des Bundesstaates passiert sind. Zum Beispiel Zeitungsausschnitte. Oder auch ein Kleidungsstück von einer dieser Frauen. Ich weiß nicht. Was ich weiß, ist, dass zumindest eine Sache immer noch fehlt, und es wäre hilfreich, sie zu finden«, sagte er. »Besser gesagt, Dinge.«

»Was genau?«, fragte Big Black.

»Vier abgetrennte Fingerspitzen«, sagte Peter kalt.

Francis rutschte in Lucys engem Büro unbehaglich auf seinem Stuhl herum und versuchte, dem starren Blick auszuweichen, mit dem Mr. Evans ihn durchbohrte. Es herrschte drückende Stille im Zimmer, als wäre die Heizung eingeschaltet, obwohl die Außentemperatur anstieg, so dass sich eine ungesund stickige Hitze entwickelte. Francis blickte verstohlen zu Lucy hinüber und sah, dass sie in eine Patientenakte vertieft war, in deren dicht mit handschriftlichen Notizen versehenen Seiten sie blätterte, während sie sich auf einem Block rechts von ihr Notizen machte.

»Er hat hier nichts zu suchen, Miss Jones. Ungeachtet der Hilfe, die Sie sich von ihm erhoffen, und ungeachtet der Erlaubnis von Dr. Gulptilil, halte ich es dennoch für höchst unangemessen, einen Patienten in diese Verfahrensweise einzubinden. Egal, welche Beobachtungen er zu dieser Untersuchung beisteuern mag, entbehren seine Einsichten zweifellos im Vergleich zu Hinweisen von mir oder irgendeinem Mitarbeiter in der Klinik der notwendigen Sachkenntnis und Bildungsgrundlage.« Evans' aufgeblasener Ton war nicht zu überhören, besonders, da dies eigentlich nicht sein Stil war. Normalerweise bevorzugte Mr. Evil einen irritierenden Sarkasmus, der den Abstand zwischen ihnen unterstrich. Francis vermutete, dass er immer bei Personalbesprechungen in diese großspurige Tonlage wechselte. Wichtig zu tun, wurde Francis klar, war nicht dasselbe, wie wichtig zu sein. In seinem Kopf signalisierte der übliche Chor Zustimmung.

Lucy sah auf und sagte nur: »Sehen wir mal, wie's läuft. Falls es Probleme macht, können wir es uns immer noch anders überlegen.« Damit versenkte sie sich wieder in die Akte.

Doch Evans gab sich nicht geschlagen. »Und wo ist unterdessen bitte der andere?«

»Peter?«, fragte Francis.

Wieder hob Lucy den Kopf. »Ich hab ihm eine Reihe niedere Tätigkeiten aufgetragen, die mit diesen Ermittlungen zu tun haben«, sagte sie. »Auch wenn wir nicht allzu bürokratisch vorgehen, gibt es trotzdem ziemlich öde, aber unvermeidliche Dinge zu erledigen. Bei seinem Background fand ich, dass er dafür wie geschaffen ist.«

Das schien Evans zu besänftigen, und Francis fand, dass das eine ziemlich clevere Antwort war. Er hoffte, dass er vielleicht, wenn er ein bisschen älter war, lernen würde, etwas zu sagen, das nicht ganz der Wahrheit entsprach, aber auch nicht gelogen war.

Wieder herrschte ein paar Sekunden lang unbehagliches Schweigen, dann klopfte es, und die Tür flog auf. Neben Big Black wirkte der Mann, der hereinkam und den Francis aus dem Schlafsaal oben kannte, wie ein Zwerg. »Das ist Mr. Griggs«, sagte Big Black mit einem Grinsen. »Auf der Liste. An oberster Stelle.« Mit seiner riesigen Hand schob er den Mann ins Zimmer und trat zurück, um mit dem Rücken zur Wand Position zu beziehen, so dass er mit verschränkten Armen zusehen und zuhören konnte.

Griggs machte einen großen Schritt in die Mitte des Zimmers, blieb dann aber plötzlich stehen. Lucy wies auf einen Stuhl, der so stand, dass sowohl Francis als auch Mr. Evil die Reaktionen des Mannes auf ihre Fragen verfolgen konnten. Er war ein drahtiger, muskulöser Mann in mittlerem Alter mit fortschreitender Glatze, langen Fingern und eingesunkener Brust sowie einem asthmatischen Keuchen, das seine Worte untermalte. Sein Blick schoss verstohlen im Zimmer umher, was entfernt an ein Eichhörnchen erinnerte, das den Kopf hebt, weil es irgendwo in der Ferne eine Gefahr wittert. Ein Eichhörnchen mit vergilbten, schiefen Zähnen und einer Neigung zur Nervosität. Er beäugte Lucy mit einem durchdringenden Blick, entspannte sich dann und streckte mit einem irritierten Gesichtsausdruck die Beine von sich.

»Was soll ich hier?«, fragte er.

Lucy reagierte prompt. »Wie Sie wohl wissen, haben sich nach dem Mord an der Lernschwester in diesem Gebäude in den letzten Wochen einige Fragen ergeben. Ich hoffte, Sie könnten etwas Licht in die Sache bringen.« Ihr Ton suggerierte routinierte Sachlichkeit, doch Francis sah an ihrer Körperhaltung und ihrem durchdringenden Blick, mit dem sie den Patienten fixierte, dass es einen Grund dafür gab, weshalb dieser Mann ihre erste Wahl war. Es musste etwas in seiner Akte geben, das sie in angespannte Erwartung versetzte.

»Ich weiß nix«, antwortete er. Dabei rutschte er auf seinem Stuhl herum und winkte mit der Hand. »Kann ich jetzt gehen?«

In der Akte, die vor ihr lag, konnte Lucy Worte wie *bipolar* und *Depression* in Verbindung mit *asoziale Neigungen* und *Zornbewältigungsprobleme* sehen. Griggs war, wie ihr schien, ein Bündel von Problemen. Außerdem hatte er in einer Bar eine Frau mit einer Rasierklinge attackiert, nachdem er ihr eine Reihe Drinks spendiert und sich bei seinen eindeutigen Avancen einen Korb eingefangen hatte. Danach war er auf die Polizisten losgegangen, die ihn verhaftet hatten, und wenige Tage nach seiner Einlieferung in die Nervenheilanstalt hatte er Short Blond und mehreren andere Schwestern in der Klinik mit unspezifischen, doch eindeutig drastischen Strafen gedroht, sobald sie ihn zur Einnahme der Medikamente bei der Nachtausgabe zu zwingen versuchten oder den Fernsehsender im Tagesraum wechselten oder ihn daran hindern wollten, andere Patienten zu belästigen, was er beinahe täglich tat. Jeder dieser Vorfälle war ordnungsgemäß in seiner Akte vermerkt. Außerdem war dieser Akte zu entnehmen, dass er seinem Pflichtverteidiger gegenüber behauptet hatte, undefinierbare Stimmen hätten ihn aufgefordert, besagte Frau zu schneiden, eine Aussage, die zu seiner Einweisung ins Western State statt ins örtliche Gefängnis geführt hatte. Ein zusätzlicher Eintrag in Gulptilils Handschrift stellte die Glaubwürdigkeit der Sache infrage. Er war, mit anderen Worten, ein

Mann voller Zorn und Lügen, was ihn in Lucys Augen zu einem guten Kandidaten machte.

Lucy lächelte. »Natürlich«, sagte sie. »Also, in der Mordnacht …«

Griggs fiel ihr ins Wort. »Hab ich oben geschlafen. Sanft und süß geschlummert. Ganz weggetreten von dem Scheiß, den sie uns geben.«

Lucy warf schweigend einen Blick auf den gelben Block, bevor sie den Patienten ansah.

»Sie haben an dem Abend die Medikamente verweigert. Das steht in Ihrer Akte.«

Er machte den Mund auf und wollte etwas sagen, überlegte es sich aber anders. »Wie Sie eigentlich wissen sollten, kommt man, wenn man sagt, man nimmt sie nicht, noch lange nicht damit durch. Das heißt lediglich, dass ein Schlägertyp wie der da« – er wedelte mit der Hand Richtung Big Black, und Francis konnte sich des Eindrucks nicht erwehren, dass er einen anderen Beinamen gewählt hätte, wenn der bullige Schwarze ihm nicht Angst eingeflößt hätte – »einen zwingt, sie zu nehmen. Also hab ich sie genommen, und ein paar Minuten später hab ich süß und selig geträumt.«

»Sie mochten die Lernschwester nicht, stimmt's?«

Griggs grinste. »Kann sie alle nicht ausstehen. Is kein Geheimnis.«

»Und wieso?«

»Die lieben es, uns herumzukommandieren. Zwingen uns, Sachen zu tun. Als wären wir der letzte Dreck.«

Griggs sprach von *ich* und *wir*, doch Francis glaubte, dass ihm jedes Wir-Gefühl vollkommen fremd war.

»Auf Frauen loszugehen, ist leichter, nicht wahr?«, fragte Lucy.

Der Patient zuckte die Schultern. »Meinen Sie, ich komm ge-

gen den da an?«, erwiderte er, erneut in Richtung Big Black weisend.
Lucy überhörte die Frage und beugte sich ein wenig vor. »Sie mögen Frauen nicht, stimmt's?«
Griggs knurrte leise und sprach mit tiefer, mühsam beherrschter Stimme. »Sie mag ich auch nicht sonderlich.«
»Sie mögen es, Frauen wehzutun, nicht wahr?«, fragte Lucy.
Er brach in ein keuchendes Gelächter aus, sagte aber nichts.
In gleichmütigem, kaltem Ton wechselte Lucy plötzlich das Thema. »Wo waren Sie im November?«, fragte sie. »Ungefähr vor sechzehn Monaten?«
»Heh?«
»Sie haben mich schon verstanden.«
»Das soll ich jetzt noch wissen?«
»Ist das ein Problem für Sie? Denn ich kann es mit absoluter Sicherheit rausfinden.«
Griggs rutschte auf seinem Stuhl herum, um Zeit zu schinden. Francis sah förmlich, wie es im Kopf des Mannes arbeitete, als versuchte er, durch einen Nebel hindurch eine Gefahr zu sehen. »Ich hab auf einer Baustelle in Springfield gearbeitet«, sagte er. »Auf Montage, an einer Brücke. Scheiß-Job.«
»Schon mal in Concord gewesen?«, fragte sie.
»Concord?«
»Ganz richtig.«
»Nee, ich war noch nie in Concord. Das liegt in einem ganz anderen Teil des Staates.«
»Und ich würde nicht bei einem entsprechenden Anruf von Ihrem Polier bei diesem Bautrupp erfahren, dass Sie zu einem Firmen-Lkw Zugang hatten, nein? Und ich würde auch nicht von ihm erfahren, dass er Sie in die Gegend von Boston geschickt hat?«
Griggs sah ein wenig verängstigt und verwirrt aus, ein mo-

mentaner Anflug des Zweifels. »Nein«, sagte er. »Diese leichten Jobs haben andere gekriegt. Ich durfte die Drecksarbeit machen.«
Plötzlich hatte Lucy die Leichenfundort-Fotos in der Hand. Francis sah, das es die vom zweiten Opfer waren. Sie stand auf, beugte sich über den Tisch und hielt sie Griggs unter die Nase.
»Sie erinnern sich?«, fragte sie scharf. »Sie erinnern sich, wie Sie das getan haben?«
»Nein«, sagte er, und es klang eher kleinlaut. »Wer ist das?«
»Sagen Sie's mir.«
»Nie gesehen.«
»Ich denke doch.«
»Nein.«
»Wissen Sie, dieser mobile Bautrupp, bei dem Sie waren, die haben Unterlagen, aus denen genau hervorgeht, wo wer an welchem Tag gewesen ist. Es ist also für mich ein Kinderspiel, zu beweisen, dass Sie in Concord gewesen sind. Genauso wie dieser Vermerk, dass Sie in der Nacht, in der die Schwester hier in diesem Gebäude getötet wurde, keine Medikamente bekommen haben. Nichts weiter als ein bisschen Papierkram, ein paar Lücken, die noch zu füllen sind. Also noch mal: Haben Sie das getan?«
Griggs schüttelte den Kopf.
»Wenn Sie könnten, dann würden Sie es tun, stimmt's?«
Er schüttelte erneut den Kopf.
»Sie lügen mich an.«
Griggs atmete tief ein, so dass er keuchend seine Lungen füllte. Als er wieder den Mund aufmachte, klang er vor mühsam gezügelter Wut fast schrill. »Ich hab das noch mit keinem Mädchen gemacht, das ich je nich' gesehen hab, und Sie lügen, wenn Sie meinen, ich wär das gewesen.«

»Was machen Sie denn mit Frauen, die Sie nicht leiden können?«

Er setzte ein widerliches Grinsen auf. »Ich schneide sie.«

Lucy lehnte sich zurück und nickte. »Wie die Lernschwester?«

Griggs schüttelte wieder den Kopf. Dann blickte er durch den Raum und schielte erst zu Evans, dann zu Francis hinüber. »Ich beantworte keine Fragen nich' mehr«, sagte er. »Wenn Sie mir was anhängen wollen, dann tun Sie, was Sie nich' lassen können.«

»Okay«, sagte Lucy. »Dann sind wir für heute fertig. Aber vielleicht unterhalten wir uns noch einmal.«

Griggs sagte nichts mehr und stand einfach auf. Er sammelte Speichel im Mund, und einen Moment lang dachte Francis, er würde Lucy Jones anspucken. Big Black musste dasselbe befürchtet haben, denn während Griggs einen Schritt auf sie zutrat, senkte sich die riesige Hand des Pflegers auf seine Schulter und griff wie ein Schraubstock zu.

»Sie sind hier fertig«, sagte Big Black ruhig. »Machen Sie besser nichts, was mich noch wütender macht, als ich vielleicht schon bin.«

Griggs schüttelte seinen Griff ab und drehte sich um. Francis hatte das deutliche Gefühl, dass er noch etwas sagen wollte, stattdessen aber nur ein wenig heftig den Stuhl zurückschob, so dass er ein kleines Stück über den Boden rutschte, und dann ging. Eine bescheidene Trotzreaktion.

Lucy ignorierte das und machte sich ein paar Notizen auf ihrem gelben Block. Auch Mr. Evans schrieb etwas in sein kleines Notizbuch, was Lucy nicht entging. »Also, er ist noch nicht ganz aus dem Schneider, nicht wahr?«, sagte Lucy. »Was schreiben Sie da?«

Francis hielt den Mund, während Evans aufschaute. Er konnte

sich einen selbstzufriedenen Gesichtsausdruck nicht ganz verkneifen. »Was *ich* schreibe?«, fragte er. »Na ja, als Erstes mal einen Vermerk, dass ich in den nächsten Tagen Griggs' Dosis hochsetzen muss. Er schien sich über Ihre Fragen ziemlich aufzuregen und könnte sich mit ziemlicher Wahrscheinlichkeit aggressiv verhalten, vermutlich gegenüber einem der verletzlicheren Patienten. Zum Beispiel gegenüber einer der alten Frauen. Oder vielleicht einer der Angestellten, das ist genauso wahrscheinlich. Ich muss also die Medikation kurzfristig hochsetzen und somit vermeiden, dass der Zorn sich entlädt.«

Lucy hielt inne. »Sie werden was?«

»Ihn für ungefähr eine Woche ruhig stellen. Vielleicht auch länger.«

Mr. Evil zögerte, bevor er im gleichen selbstgefälligen Ton fortfuhr: »Wissen Sie, ich hätte die Sache ein bisschen für Sie abkürzen können. Sie haben zwar Recht, dass sich Griggs am Abend des Mordes geweigert hat, seine Medikamente zu nehmen. Doch diese Weigerung hat dazu geführt, dass er etwas später eine intravenöse Injektion bekommen hat. Sehen Sie die zweite Anmerkung im Krankenblatt? Ich war dafür zuständig, und ich war selbst dabei. Wenn er also sagt, er habe geschlafen, als der Mord geschah, kann ich Ihnen versichern, dass er die Wahrheit sagt. Er war sediert.«

Wieder legte Evans eine Pause ein, bevor er fortfuhr: »Vielleicht gibt es noch andere, die Sie befragen wollen und bei denen ich mich im Vorfeld nützlich machen kann?«

Lucy schaute frustriert auf. Francis sah, dass sie es nicht nur hasste, ihre Zeit zu vergeuden, sondern dass ihr die ganze Situation in der Anstalt zu schaffen machte. Er vermutete, dass es schwierig für sie sein musste, da sie noch nie an einem solchen Ort gewesen war.

Er biss sich auf die Lippe und sagte nichts. In seinem Kopf

drehte sich alles, und unter dem Eindruck der eben abgeschlossenen Befragung bedrängten ihn schlimme Bilder. Selbst seine Stimmen verhielten sich ruhig, da Francis, während er dem anderen Patienten zugehört hatte, allmählich über einige Dinge Klarheit gewonnen hatte. Keine Halluzinationen, keine Wahnvorstellungen, sondern Dinge über den Mann, der da sprach. Er hatte Abgründe an Wut und Hass gesehen, er hatte in den Augen des Mannes ein höhnisches Vergnügen gesehen, als er das Foto der Toten betrachtete. Zugleich aber hatte er einen Mann mit einer großen, schrecklichen Schwäche in seinem Innern gesehen. Einen Mann, der gerne *wollte*, aber selten *handelte*. Nicht der Mann, nach dem sie suchten, da Griggs' Wut so offensichtlich war. Und in dieser Sekunde wusste Francis, dass am Engel kaum etwas offensichtlich war.

Genau zu dem Zeitpunkt, als Francis in dem kleinen Büro, wo Lucy, Mr. Evil und er die Befragung durchgeführt hatten, diese Erkenntnis hatte, schlossen Peter the Fireman und Little Black ihre Durchsuchung des bescheidenen Lebensraums ab, den der Patient Griggs für sich beanspruchen durfte. Peter hatte seine gewohnte Kluft abgelegt, auf seine abgewetzte Boston-Red-Sox-Kappe verzichtet und trug stattdessen die allgegenwärtige schneeweiße Hose und passende Jacke eines Anstaltspflegers. Die Uniform war Little Blacks Idee. In der Klinik war sie bei Licht betrachtet die perfekte Tarnung; man würde zweimal hinsehen müssen, um zu merken, dass derjenige, der sie trug, in Wahrheit kein Pfleger, sondern kein anderer als Peter war. In einer Welt der Halluzinationen würden Patienten an ihrer Wahrnehmung zweifeln. Die Verkleidung gab ihm, wie er hoffte, genug Deckung, um die Arbeit erledigen zu können, die Lucy ihm aufgetragen hatte. Zugleich wusste er, dass er, wenn er von Gulp-a-pill oder Mr. Evil oder sonst jemandem, der ihn gut genug kannte, erwischt wurde, augenblicklich in eine Isolierzelle geworfen würde, während Little Black eine gehörige Rüge würde einstecken müssen. Der drahtige Pfleger ließ sich deshalb keine grauen Haare wachsen, sondern gab das Motto aus: »Besondere Situationen verlangen nach besonderen Lösungen«, eine smarte Devise, die Peter ihm nicht zugetraut hätte. Außerdem wies Little Black darauf hin, dass er der örtliche Gewerkschaftsvertreter sei und sein bulliger Bruder der Gewerkschaftssekretär, was sie für den Fall, dass sie aufflogen, schützte.

Die Suche an sich war vollkommen fruchtlos verlaufen.

Es hatte nicht lange gedauert, um die persönlichen Sachen des Patienten durchzugehen, die er in einem nicht verschlossenen Koffer unter seinem Bett aufbewahrte. Peter hatte auch keine Mühe damit gehabt, Bettzeug und Matratze abzutasten, um irgendetwas zu finden, das den Mann mit dem Verbrechen in Verbindung brachte. Ebenso zügig hatte er sich durch den angrenzenden Bereich durchgearbeitet, um auch alle anderen Möglichkeiten zu prüfen, wo so etwas wie ein Messer versteckt sein konnte. Es war ein Leichtes, effiziente Arbeit zu leisten, da es nicht allzu viele Stellen im Umfeld des Mannes gab, die als Versteck infrage kamen.

Er stand auf und schüttelte den Kopf. Little Black gab ihm stumm Zeichen, sich zu dem verabredeten Treffpunkt mit seinem Bruder zurückzuziehen.

Peter nickte und machte einen Schritt nach vorn, drehte sich aber plötzlich um und blickte noch einmal prüfend durchs Zimmer.

Wie immer gab es ein paar Männer, die auf ihren Betten herumlagen und, während sie zur Decke starrten, irgendwelchen Tagträumen nachhingen, über deren Inhalt er höchstens Vermutungen anstellen konnte. Ein alter Mann schaukelte vor und zurück und weinte vor sich hin. Ein zweiter schien gerade einen Witz gehört zu haben, denn er hatte die Arme um seinen Oberkörper geschlungen und kicherte unkontrolliert. Ein anderer, der grobschlächtige Zurückgebliebene, dem er vorher in den Fluren begegnet war, saß am hinteren Ende des Schlafsaals auf seinem Bett und starrte ununterbrochen zu Boden. Einen Moment hob er den Kopf und starrte irgendwo ins Leere, wo er sich ausdruckslos in irgendetwas vertiefte, bis er den Blick wieder senkte. Peter hätte nicht sagen können, ob er in diesem Augenblick verstand, dass sie einen Bereich des Schlafraums durchsuchten. Es war unmöglich zu sagen, wie weit sein Begriffsvermögen reichte. Es konnte natürlich gut sein, dass der Mann in seiner Teilnahmslosigkeit ihre Aktivitäten einfach ignorierte. Doch genauso gut war es, wie Peter erkannte, möglich, dass der Mann irgendwie tief in seinem Innern, trotz der Abstumpfung durch seine Lebensumstände und der täglichen Medikationen, eine Verbindung zwischen dem Mann, der zu der Befragung abgeholt worden war, und der anschließenden Durchsuchung seines Schlafbereichs herstellen konnte. In diesem Fall wusste er nicht, ob diese Verbindung über diesen Raum hinausdringen würde oder nicht. Er fürchtete allerdings, dass es seine Aufgabe deutlich erschweren würde, wenn der Mann, den sie jagten, diesen Zusammenhang begriff. Falls die Leute in der Anstalt erfuhren, dass verschiedene Bereiche gefilzt wurden, dann konnte das nicht ganz ohne Wirkung bleiben. Auf den nächsten Schritt in seinen Schlussfolgerungen verzichtete Peter: Wenn der Engel erfuhr, was Peter da gerade machte, würde er etwas dagegen unternehmen.

Er blickte noch einmal zu der bunt zusammengewürfelten Gruppe Männer im Raum zurück und fragte sich, ob die

Neuigkeit in der Klinik schnell die Runde machen oder nicht aus diesem Schlafsaal herausdringen würde.
Neben ihm murmelte Little Black: »Also, Peter, ich denke, wir gehen dann mal.«
Er nickte und ging zusammen mit dem Pfleger zügig zur Tür hinaus.

18

Noch am selben Tag, vielleicht aber auch erst ein, zwei Tage später, auf jeden Fall aber noch während die endlose Reihe Geisteskranker in Lucys Büro aufmarschierte, wurde mir auf einmal bewusst, dass ich noch nie so richtig ein Teil von etwas gewesen war.
Als ich darüber nachdachte, stellte ich fest, dass es eine merkwürdige Sache war, aufzuwachsen und nach und nach am Rande mitzubekommen und vielleicht irgendwie zu begreifen, dass um einen herum alle möglichen Beziehungen geknüpft wurden und man selber für immer davon ausgeschlossen war. Für ein Kind ist es etwas Schreckliches, nicht dabei zu sein. Vielleicht das Schlimmste überhaupt.
Einmal wohnte ich in einer typischen Vorstadtstraße: eine Menge ein- und zweistöckige, weiß gestrichene, gutbürgerliche Häuser mit gepflegten grünen Vorgärten und vielleicht ein, zwei Staudenbeeten unter den Fenstern und einem Schwimmbecken hinter dem Haus. Der Schulbus kam zweimal zu unserem Block, um alle Kinder aufzunehmen. Am Nachmittag herrschte auf der Straße ein ständiges Kommen und Gehen, unablässiges Kindergeschrei. Unter der Woche kamen Jungen und Mädchen mit Jeans, die an den Knien ausgefranst waren, während dieselben Kinder sonntags wie aus dem Ei gepellt erschienen – die Jungen im blauen Blazer und

in steif gestärkten weißen Hemd mit Polyesterkrawatte und die Mädchen in rüschenbesetzten Kleidern. Dann verteilten wir uns alle mit unseren Eltern auf den Bänken der einen oder anderen benachbarten Kirche. Es war die für das westliche Massachusetts typische, mehrheitlich katholische Mischung, die sich die Zeit nahm, darüber zu diskutieren, ob es Sünde war, am Freitag Fleisch zu essen. Dazu eine Hand voll Episkopale und Baptisten und sogar ein paar jüdische Familien, die jedoch zur Synagoge ans andere Ende der Stadt fahren mussten.

Es war alles so erstaunlich, überwältigend, unendlich typisch. Typischer Block in einer typischen Straße, bewohnt von typischen Familien, die die Demokraten wählten und ein bisschen für die Kennedys schwärmten und an warmen Frühlingsabenden zu Kinderligaspielen gingen, weniger, um zuzusehen, als um zu plaudern. Typische Träume. Typische Ambitionen. In jeder Hinsicht typisch, von den ersten Morgenstunden bis in den späten Abend hinein. Typische Ängste, typische Interessen. Gespräche, die sich an die Normalität wie an einen roten Faden hielten. Selbst typische Geheimnisse hinter den typischen Fassaden. Ein Alkoholiker. Ein Mann, der seine Frau verprügelte. Ein heimlicher Homosexueller.

Alles typisch, die ganze Zeit.

Außer mir natürlich.

Über mich wurde hinter vorgehaltener Hand diskutiert, im selben Flüsterton, der gewöhnlich einer wirklich schockierenden Nachricht vorbehalten war, etwa, dass zwei Straßen weiter eine schwarze Familie eingezogen war oder dass der Bürgermeister mit einer Frau,

die ganz gewiss nicht seine Ehefrau war, beim Verlassen eines Motels gesehen worden war.
In all den Jahren wurde ich nicht mal zu einer einzigen Geburtstagsfeier eingeladen. Niemals zu einem Übernachtungsbesuch. Nicht ein einziges Mal zu einer spontanen Fahrt zu einem Eisbecher bei Friendly's auf den Rücksitz eines Kombis geschoben. Ich habe keinen einzigen spätabendlichen Anruf bekommen, um über die Schule oder Sport oder darüber zu klatschen, wer nach dem Tanzabend der siebten Klasse wen geküsst hatte. Ich habe nie in einem Team gespielt oder in einem Chor gesungen und bin nie in einer Kapelle mitmarschiert. Nie habe ich an einem Freitagabend im Herbst eine Fußballmannschaft angefeuert, und ich habe niemals schüchtern und verlegen einen schlecht sitzenden Smoking angezogen, um zum Jahresabschlussball zu gehen. Mein Leben war einmalig, weil all die kleinen Dinge fehlten, die jedermanns Normalität ausmachen.
Ich konnte nie sagen, was ich mehr hasste – die Welt, der ich entstammte, die mir aber verschlossen blieb, oder die einsame Welt, in der ich notgedrungen leben musste – Einwohnerzahl: eins, abgesehen von meinen Stimmen. So viele Jahre lang konnte ich hören, wie sie mich beim Namen riefen: Francis! Francis! Francis! Komm raus! *Es war ein bisschen so wie das, was an einem milden Juniabend von den Kindern in meinem Block zu erwarten gewesen wäre, wenn langsam das Licht verblasste und die Hitze des Tages noch bis weit in den Abend anhielt, doch dazu kam es nie. Vermutlich war es ihnen nicht einmal übel zu nehmen. Ich weiß nicht, ob ich gewollt hätte, dass jemand wie ich zum Spielen rauskommt. Und mit mir wurden auch die Stimmen älter, so dass ihr*

Ton sich änderte, als hielten sie mit jedem Jahr, das verging, Schritt.

Alle diese Gedanken mussten irgendwo aus der trüben Welt zwischen Schlafen und Wachen aufgestiegen sein, da ich plötzlich in meiner Wohnung die Augen aufschlug. Ich musste eine Weile, mit dem Rücken an das leere Stück Wand gelehnt, weggedöst sein. Es waren die Art von Gedanken, die meine Medikamente gewöhnlich unterdrückten. Ich hatte einen steifen Hals und erhob mich unsicher. Wieder war der Tag um mich her verblasst, und wieder war ich allein, wenn auch mit meinen Erinnerungen, meinen Geistern und dem vertrauten Gemurmel jener jahrelang unterdrückten Stimmen. Sie schienen alle ziemlich erfreut zu sein, wieder Einlass in meine Gedankenwelt zu finden. Fast sah es so aus, als erwachten sie neben mir, so wie es wohl bei einer Geliebten aus Fleisch und Blut sein musste. In meinem Innern verschafften sie sich Gehör wie eine übermütige Gruppe, die bei einer gut besuchten Auktion einfach drauflos bietet.

Ich reckte mich nervös und ging ans Fenster. Ich betrachtete die schleichenden Schatten, die sich auf die Stadt herabsenkten, so wie ich es schon Dutzende Male getan hatte, nur dass ich mich diesmal auf eine bestimmte dunkle Stelle hinter dem wuchtigen Ziegelbau mit dem Ersatzteillager ein Stück den Block hinunter konzentrierte. Ich sah zu, wie sich der Schatten an den Rändern ausdehnte, und fand es auf einmal unheimlich, dass jeder Schatten nur eine entfernte Ähnlichkeit mit dem Haus oder Baum oder dem zügig ausschreitenden Menschen hat, dem er seine Existenz verdankt. Er nimmt Formen an, die an seinen Schöpfer erinnern, bewahrt aber sein Eigenleben. Gleich, aber auch verschieden. Schatten, dachte ich, können mir eine Menge über meine Welt erzählen. Vielleicht war ich selber mehr Schatten als lebendig. Auf einmal sah ich aus dem Augenwinkel heraus, wie ein Streifenwagen langsam meinen Block entlangfuhr.

Und mich beflügelte die Vorstellung, dass er kam, um mich zu überwachen. Ich spürte förmlich, wie sich die beiden Augenpaare im dunklen Innenraum des Wagens nach oben richteten und wie Scheinwerfer über die Fassade des Wohnblocks schwenkten, bis sie sich direkt auf mein Fenster richteten. Ich warf mich zur Seite, damit sie mich nicht sahen.

An die Wand gekauert, machte ich mich ganz klein.

Sie waren da, um mich zu holen. Ich wusste es so sicher, wie die Nacht dem Tag folgt. Mein Blick tastete sich auf der Suche nach einem Versteck durch die Wohnung. Ich hielt den Atem an und hatte das Gefühl, als hallte jeder Herzschlag in meiner Brust wie ein Nebelhorn nach. Ich versuchte, mich noch fester an die Wand zu schmiegen, als böte sie mir Tarnung. Ich spürte, wie die Beamten draußen die Tür erreichten.

Doch dann geschah nichts.

Kein beharrliches Klopfen an der Tür.

Keine erhobenen Stimmen, die nur ein Wort brüllten: Polizei. Womit alles gesagt war.

Es herrschte vollkommene Stille, und nach einer Weile beugte ich mich ein Stück weit vor, hob den Kopf und schaute auf die leere Straße vor dem Haus.

Kein Auto. Keine Polizisten. Nur noch mehr Schatten.

Ich hielt einen Moment inne. War er überhaupt da gewesen?

Ich atmete langsam aus. Als ich mich wieder zur Wand umsah, redete ich mir gut zu, dass alles in Ordnung sei, dass es keinen Grund zur Sorge gebe, was mich nur daran erinnerte, dass ich mir genau das all die Jahre in der Anstalt einzureden versucht hatte.
Die Gesichter waren mir ins Gedächtnis eingebrannt, wenn mir auch manche Namen entfallen waren. Nach und nach hatte Lucy im Verlauf jenes Tages, einen nach dem anderen, die Männer hereingeholt, bei denen sie einige Züge des Profils zu erkennen glaubte, das in ihrem Kopf Gestalt annahm. Zornige Männer. Es war beinahe so etwas wie ein Schnellkurs über einen bestimmten Ausschnitt der Menschheit – jene Klientel, die die Klinik bevölkerte, ein Ausschnitt am Rande der Gesellschaft. Alle möglichen Geisteskrankheiten wurden in diesen Raum getrieben und auf den Stuhl vor ihrem Tisch gesetzt, manchmal mit einem kleinen Schubs vom Big Black, manchmal auch nur mit einer Handbewegung von Lucy oder einem Nicken von Mr. Evans.
Ich selbst schwieg und hörte zu.
Es war eine Parade des Unmöglichen. Einige der Männer wirkten verstohlen. Einige schienen verängstigt, machten sich ganz klein, während ihnen der Schweiß auf die Stirn trat und ihre Stimme zitterte, da jede noch so routinemäßig, wohlwollend oder nebensächlich gestellte Frage von Lucy sie fertig machte. Andere waren aggressiv, erhoben sofort die Stimme, brüllten in frisch entfachtem Zorn, schlugen mehr als einmal mit der Faust auf den Tisch und verbaten sich voller Empörung jede Unterstellung. Einigen wenigen hatte es die Sprache verschlagen, und sie starrten ausdruckslos durchs Zimmer, als sei jede Feststellung aus Lucys Mund, jede

Frage, die im Raum stand, etwas, das sich auf einer vollkommen anderen Daseinsebene abspielte, etwas, das in keiner Sprache, die sie beherrschten, einen Sinn ergab, so dass eine Antwort unmöglich war. Manche Männer antworteten mit Gestammel, andere phantasierten vor sich hin, wieder andere reagierten verärgert, ein paar verstört. Eine Reihe Männer starrten zur Decke, und wieder andere machten Strangulierungsbewegungen mit den Händen. Manche sahen sich die Fotos von den Leichen voller Entsetzen an, andere mit irritierender Faszination. Ein Mann bekannte sich augenblicklich zu der Tat: »Ich war's, ich war's«, immer und immer wieder, so dass Lucy keine Gelegenheit hatte, ihn nach ein paar Dingen zu fragen, die geklärt hätten, ob er wirklich der Täter war. Ein Mann sagte nichts, sondern grinste nur und schob sich die Hand in die Hose, um sich zu erregen, bis der ausgesprochen entmutigende Druck von Big Blacks kräftigem Griff auf seiner Schulter ihn zwang, damit aufzuhören. Die ganze Zeit über saß Mr. Evil an ihrer Seite und hatte jedes Mal, kaum dass der Patient zur Tür hinaus war, eine Erklärung dafür parat, wieso dieser oder jener Mann es aus diesem oder jenem Grund nicht gewesen sein konnte. Seine Argumente waren nicht ganz von der Hand zu weisen und nachvollziehbar; sie sollten helfen und Informationen liefern, während sie in Wahrheit nur hinderlich waren und Verwirrung stifteten. Ich kam zu dem Schluss, dass Mr. Evil nicht annähernd so gescheit war, wie er selbst dachte, noch so dumm, wie einige von uns glaubten. Eine, wenn ich daran zurückdenke, überaus gefährliche Kombination.

Und im Verlauf der vielen Befragungen geschah etwas

äußerst Seltsames mit mir: Ich fing an zu sehen. Mir war, als hätte ich deutlich vor Augen, wo jeder Schmerz seinen Ursprung hatte und wie all die angesammelten Schmerzen sich über die Jahre zum Wahnsinn verdichtet hatten.
Ich fühlte, wie mich Dunkelheit erfasste.
Jede Faser in mir schrie danach, aufzuspringen und aus dem Zimmer zu rennen, weil alles, was ich sah und hörte, schrecklich war. Ein Wissen, das mir nicht zustand, das ich nicht brauchte, das ich nicht speichern wollte. Doch ich rührte mich nicht vom Fleck, fühlte mich wie erstarrt.
Ich war in solchen Momenten von der gleichen Angst vor mir selbst erfüllt wie vor den harten Männern, die durch die Tür hereinkamen und die alle etwas Schreckliches getan hatten.
Ich war nicht wie sie und war es doch.

Als Peter the Fireman das erste Mal aus dem Amherst-Gebäude trat, war er beinahe überwältigt, und er musste sich am Geländer festhalten, um nicht zu stolpern. Strahlender Sonnenschein blendete ihn, eine warme Spätfrühlingsbrise zauste ihm das Haar, der Duft des Hibiskus, der am Rand der Gehwege blühte, stieg ihm in die Nase. Er blieb unsicher auf der obersten Stufe der Treppe stehen, die zur Seitentür führte – ein wenig trunken oder schwindelig, als hätte er sich innerhalb des Gebäudes wochenlang im Kreis gedreht und stünde zum ersten Mal still. Er hörte den Verkehr von der Straße hinter den Klinikmauern und sah seitlich von ihm im Vorgarten eines der Personalwohnhäuser Kinder spielen. Er horchte aufmerksam und hörte, wie irgendwo hinter den glücklichen Stimmen ein Radio spielte. Motown-Sound, dachte er. Etwas mit einem eingängig starken Beat und sirenenhaften Harmonien beim Refrain.

Peter wurde von Little Black und seinem stämmigen Bruder flankiert, doch der kleinere der beiden Pfleger flüsterte ihm warnend zu: »Peter, Sie müssen den Kopf gesenkt halten. Sorgen Sie dafür, dass Sie niemand zu Gesicht bekommt.«

Der Fireman trug wie die beiden Pfleger eine weiße Segeltuchhose und einen kurzen Laborkittel, auch wenn sie – im Unterschied zu seinen hohen leinenen Basketballschuhen – vorschriftsmäßige feste schwarze Schuhe an den Füßen hatten, eine Besonderheit, an der ihn jemand mit einem Blick für die Farce sofort erkannt hätte. Er nickte und beugte sich ein wenig vor, doch es fiel ihm schwer, allzu lange auf den Boden zu starren. Es war zu viele Wochen her, seit er das letzte Mal draußen gewesen war, und noch länger, seit er irgendwo entlanggelaufen war, ohne von Handschellen und seiner Vergangenheit eingeschnürt worden zu sein.

Rechter Hand sah er eine kleine bunt gemischte Gruppe Patienten bei der Gartenarbeit und drüben auf dem verrotteten, schwarz geteerten, ehemaligen Basketballplatz ein halbes Dutzend anderer Patienten, die einfach um die Überreste des Volleyballnetzes herumwanderten, während zwei weitere Pfleger rauchten und die schlurfenden Männer, die fast alle das Gesicht der warmen Nachmittagssonne entgegenstreckten, einigermaßen im Blick behielten. Eine drahtige Frau im mittleren Alter tanzte, indem sie mit den Armen weite Kreise beschrieb und erst nach rechts und dann nach links ausschritt, einen Walzer ohne Rhythmus und ohne Sinn und Zweck, doch so graziös wie an einem Königshof der Renaissance.

Sie hatten sich vorab auf eine systematische Arbeitsweise verständigt. Little Black hatte per Sprechanlage bei den anderen Hausverwaltungen angerufen, und sie würden das Gebäude jeweils durch den Nebeneingang betreten. Während dann Big Black die Testperson von Lucys Liste zum Amherst-Bau brachte, würden Peter und Little Black den Wohnbereich des Mannes filzen. Dies führte schon bald zu einer Aufgabenteilung, bei der Little Black Wache schob, falls irgendeine Schwester oder ein Pfleger im Anmarsch war und neugierig wurde, während Peter sich rasch durch die bescheidene Sammlung an Habseligkeiten wühlte, die der fragliche Mann besaß. Er war sehr gut darin, sich äußerst flink durch Kleider und Papiere und Bettzeug durchzuarbeiten und dabei alles nahezu so zu hinterlassen, wie er es vorgefunden hatte. Es war, das hatte er schon bei den ersten Durchsuchungen in seinem eigenen Gebäude begriffen, unmöglich, das, was er tat, vor allen geheim zu halten: Immer lauerte irgendein Patient in der Ecke oder hockte auf seinem Bett oder stand einfach an der gegenüberliegenden Wand, wo er ungestraft aus dem Fenster sehen oder den Raum überblicken konnte, ohne dass ihm von hinten Gefahr drohte. In der Klinik kannte die Paranoia keine Grenzen. Das Problem war nur, dass ein Mann, der sich in einer Nervenheilanstalt verdächtig benahm, nicht dasselbe war, wie einer, der das in der realen Welt draußen tat. Innerhalb des Western State Hospital war Paranoia die Regel und als solche ein allgemein akzeptierter Bestandteil des Klinikalltags, so selbstverständlich und vorhersehbar wie die Mahlzeiten, die Prügeleien und die Tränen.

Big Black sah, wie Peter in die Sonne schaute, und er lächelte. »An so 'nem schönen Tag«, sagte er ruhig, »könnte man glatt alles vergessen, stimmt's?«

Peter nickte.

»An so 'nem schönen Tag«, fuhr der Große fort, »ist es einfach nicht fair, krank zu sein.«

Überraschenderweise schaltete sich Little Black ein. »Wissen

Sie, Peter, eigentlich macht ein Tag wie dieser hier drinnen alles nur noch schlimmer. Jeder bekommt einen Geschmack davon, was ihm entgeht. Man riecht, wie die Welt da draußen weitergeht, als wäre sie direkt da hinter den Mauern. An 'nem kalten Tag dagegen, bei Wind und Wetter, da stehen alle einfach nur auf und bringen den Tag irgendwie rum. Kriegen es gar nicht richtig mit. Aber so'n schöner Tag macht es so ziemlich jedem schwer.«
Peter antwortete nicht, bis Big Black hinzufügte: »Wirklich schwer für Ihren kleinen Freund. C-Bird hat noch Hoffnungen und Träume. Für Leute wie ihn ist so ein Tag am schlimmsten, weil sie dann sehen, wie weit weg das alles für sie ist.«
»Er wird rauskommen«, sagte Peter. »Und zwar bald. Die können doch nicht allzu viel gegen ihn in der Hand haben.«
Big Black seufzte. »Ich wünschte, Sie hätten Recht. C-Bird, der hat 'ne Menge Ärger am Hals.«
»Francis?«, fragte Peter ungläubig. »Aber er ist harmlos. Das sieht doch jeder Idiot. Ich meine, er hat hier vermutlich überhaupt nichts zu suchen ...«
Little Black schüttelte den Kopf, als wollte er damit andeuten, dass Peter weder mit dem, was er sagte, richtig lag, noch sehen konnte, was sie sahen.
Doch er erwiderte nichts. Peter warf einen verstohlenen Blick auf den Haupteingang der Heilanstalt, mit seinem riesigen schmiedeeisernen Tor und der soliden Backsteinmauer. Im Gefängnis, überlegte er, war man immer auf Zeit eingesperrt. Die Tat bestimmte die Dauer. Es konnten ein oder auch zwei Jahre sein oder zwanzig oder dreißig, aber immer war es eine begrenzte Frist, selbst für die Lebenslänglichen, weil auch deren Gefangenschaft in Tagen, Wochen und Monaten gemessen wurde und irgendwann unausweichlich ein Gremium

über ein Gnadengesuch zu befinden hatte oder einen der Tod erwartete. Für die Nervenheilanstalt galt das nicht, weil der Aufenthalt dort von Prozessen abhängig war, die weitaus schwieriger nachvollziehbar und noch schwieriger in Gang zu setzen waren.

Big Black schien Peters Gedanken zu erraten, denn er schaltete sich wieder ein, und seine Stimme hatte immer noch diesen traurigen Unterton. »Selbst wenn er es schafft, eine Entlassungsverhandlung zu kriegen, hat er noch 'nen weiten Weg vor sich, bis sie ihn tatsächlich rauslassen.«

»Das ergibt doch überhaupt keinen Sinn«, sagte Peter. »Francis ist ein gescheiter Bursche und kann keiner Fliege was zuleide tun ...«

»Na klar«, warf Little Black ein, »und er hört immer noch Stimmen, trotz der Medikamente, und der Big Doc kann ihm nicht begreiflich machen, wieso er hier ist, und Mr. Evil kann ihn nicht ausstehen, auch wenn ich nicht kapiere, wieso. Das alles läuft darauf hinaus, Peter, dass Ihr Freund hier bleibt und dass sie keine Verhandlung für ihn ansetzen. Wie bei ein paar anderen auch. Und so sicher wie das Amen in der Kirche bei Ihnen.«

Peter wollte etwas antworten, biss sich aber auf die Lippen. Eine Weile liefen sie schweigend weiter, und er hoffte, dass die wohlige Wärme die Gedanken vertreiben würde, die die beiden Pfleger ausgelöst hatten und bei denen ihn fröstelte. Schließlich sagte er: »Sie irren sich. Sie irren sich beide. Er kommt raus. Geht nach Hause. Ich weiß es.«

»Bei ihm zu Hause will ihn keiner haben«, sagte Big Black.

»Anders als bei Ihnen«, fügte Little Black hinzu. »Alle reißen sich um Fireman. Egal, wo Sie mal enden, auf keinen Fall hier.«

»Klar doch«, sagte Peter bitter. »Wieder ab in den Knast, wo

ich hingehöre und zwanzig Jahre, wenn nicht lebenslänglich absitzen darf.«
Little Black zuckte die Schultern, als wollte er sagen, dass Peter schon wieder etwas vielleicht nicht ganz unlogisch, aber doch ziemlich falsch sah. Sie liefen noch ein paar Schritte in Richtung des Williams-Gebäudes.

»Kopf runter«, sagte Little Black, als sie den Seiteneingang erreichten.
Peter zog wieder den Kopf ein und senkte den Blick, so dass er auf den staubigen Weg starrte, den sie entlanggingen. Es war schwierig, dachte er, solange jeder Sonnenstrahl, der auf seinen Rücken traf, ihm zu Bewusstsein brachte, dass er woanders war, und jeder warme Windhauch, den er einatmete, an glücklichere Tage erinnerte. Er schritt energisch voran und ermahnte sich, dass es sinnlos war, an das zu denken, was er einmal gewesen und was er geworden war, und dass er sich nur darum kümmern sollte, was aus ihm werden würde. Aber das war alles andere als leicht, denn jedes Mal, wenn er Lucy ansah, hatte er ein Leben vor sich, das seines hätte sein können, das ihm aber entgangen war. Und nicht zum ersten Mal drängte sich ihm das Gefühl auf, dass jeder Schritt, den er machte, ihn einem schrecklichen Abgrund näher brachte, wo ihm schwindelig wurde und wo er taumelte und nur mit einem Griff an eisbedeckten Felsen das Gleichgewicht wahren konnte, während er an dünnen Seilen hing, die schnell zerrissen.

Der Mann ihr gegenüber lächelte ausdruckslos, sagte aber nichts.
Zum zweiten Mal fragte Lucy: »Erinnern Sie sich noch an die Lernschwester, die unter dem Spitznamen Short Blond bekannt war?«

Der Mann wiegte sich vor und zurück und stöhnte leicht. Es war weder ein zustimmendes noch ein verneinendes Stöhnen, sondern nur eine Art Empfangsbescheinigung. Zumindest hätte Francis den Laut als Stöhnen beschrieben, aber nur, weil ihm kein besseres Wort dafür einfiel, denn der Mann schien nicht das geringste Unbehagen zu empfinden, sei es wegen der Frage oder der steifen Rückenlehne oder der Staatsanwältin ihm gegenüber. Es war ein stämmiger, breitschultriger Mann mit kurz geschorenem Haar und irgendwie geweiteten Augen. In einem Mundwinkel sammelte sich ein wenig Speichel, und er wiegte sich zu einem Rhythmus, den nur er hören konnte.

»Werden Sie irgendeine meiner Fragen beantworten?«, fragte Lucy Jones, und dabei schlich sich ein frustrierter Ton in ihre Stimme ein.

Wieder blieb der Mann stumm, so dass nur das Knarren des Stuhls, auf dem er wippte, den Raum erfüllte. Francis sah sich die Hände des Mannes an, die groß und knochig waren, fast so verwittert wie die eines alten Mannes, was ganz und gar nicht passte, weil der schweigsame Mann wahrscheinlich kaum älter war als er selbst. Manchmal hatte Francis den Eindruck, dass die herkömmlichen Gesetze der Alterung in der Welt der Heilanstalt gleichsam verschoben waren. Junge Menschen sahen alt aus. Alte Menschen wirkten uralt. Männer und Frauen, die mit jedem Herzschlag vor Vitalität hätten sprühen sollen, schleppten sich dahin, als zog das Gewicht der Jahre an jedem ihrer Schritte, während andere, die schon fast mit dem Leben abgeschlossen hatten, kindliche Einfalt und Bedürfnisse an den Tag legten. Eine Sekunde lang blickte er auf seine eigenen Hände hinab, um sozusagen zu prüfen, ob sie altersgemäß waren. Dann betrachtete er wieder die des Hünen, die zu knorrigen, muskulösen Oberarmen und wuchtigen Unterarmen gehörten. Jede vorstehende Ader zeugte von mühsam gebändigter Kraft.

»Stimmt was nicht?«, fragte Lucy.

Der Mann gab noch einen tiefen Grunzlaut von sich, den Francis keiner ihm geläufigen Sprache zuordnen konnte, an deren Klang er sich aber im Tagesraum allmählich gewöhnt hatte. Es war ein Tierlaut, der etwas Einfaches wie Hunger oder Durst zum Ausdruck brachte und dem die Schärfe fehlte, die Wut verraten hätte.

Evans griff nach der Akte, die Lucy vor sich aufgeschlagen hielt, und überflog die Seiten, die darin abgeheftet waren. »Ich glaube, eine Befragung dieser Testperson wird nicht viel bringen«, sagte er mit unverhohlener Selbstzufriedenheit.

Lucy wirbelte ein wenig verärgert zu Mr. Evil herum. »Und wieso nicht?«

Er wies auf eine Ecke der Akte. »Die Diagnose lautet auf erhebliche geistige Retardation. Haben Sie das übersehen?«

»Was ich gesehen habe«, erwiderte Lucy kalt, »ist eine Vorgeschichte von Gewalttaten gegenüber Frauen. Einschließlich eines Vorfalls, bei dem er bei einem sexuellen Übergriff gegenüber einem wesentlich jüngeren Kind unterbrochen wurde, und einem zweiten Vorfall, bei dem er so zugeschlagen hat, dass die Frau ins Krankenhaus eingeliefert werden musste.«

Evans sah noch einmal auf die Akte. Er nickte. »Ja, ja«, sagte er hastig. »Das sehe ich auch. Aber was in einer Akte steht, gibt oft nicht genau das wieder, was tatsächlich stattgefunden hat. Im Fall dieses Mannes war das junge Mädchen die Nachbarstochter, die oft mit ihm gespielt und ihn geneckt und zweifellos selber Probleme hatte und deren Familie es vorzog, keine Anzeige zu erstatten. Und der andere Fall bezieht sich auf seine eigene Mutter, die er bei einer Auseinandersetzung um eine alltägliche Haushaltsarbeit geschubst hat, so dass sie mit dem

Kopf unglücklich an eine Tischkante stieß und ins Krankenhaus musste. Wohl eher ein Moment, in dem er seine Kräfte nicht richtig eingeschätzt hat. Ich glaube außerdem, dass ihm die ausgeprägte kriminelle Intelligenz abgeht, nach der Sie suchen, weil ja wohl – korrigieren Sie mich, wenn ich was falsch verstanden habe – Ihre Theorie zum Mord besagt, dass der Killer von beträchtlicher Cleverness ist.«

Lucy nahm die Akte wieder an sich und sah zu Big Black auf. »Ich denke, Sie können ihn in sein Wohnheim zurückbringen«, sagte sie. »Mr. Evans hat Recht.«

Big Black trat vor und fasste den Mann am Ellbogen, um ihn hochzuziehen. Der Mann lächelte, und Lucy sagte: »Danke, dass Sie sich die Zeit genommen haben«, wovon der Mann kein Wort zu verstehen schien, auch wenn er den Ton in dem sie gesprochen wurden, wohl begriff, denn er grinste und winkte ein wenig, bevor er gehorsam mit Big Black zur Tür hinausging. Das freundliche Lächeln war unerschütterlich.

Lucy lehnte sich auf ihrem Stuhl zurück und stieß einen Seufzer aus. »Mühselig, das Ganze«, sagte sie.

»Ich hatte von Anfang an meine Bedenken«, erwiderte Mr. Evans.

Francis sah, dass Lucy etwas sagen wollte, und in dem Moment hörte er, wie zwei, vielleicht auch drei seiner Stimmen alle auf einmal brüllten, *Sag's ihr! Mach schon und sag's ihr!* Und so lehnte er sich auf seinem eigenen Stuhl vor und machte zum ersten Mal seit Stunden den Mund auf.

»Schon okay, Lucy«, sagte er stockend, dann schneller: »Darum geht es eigentlich gar nicht.«

Mr. Evans schien augenblicklich wütend darüber, dass Francis überhaupt etwas gesagt hatte, als hätte er ihn unterbrochen, was nicht der Fall war. Lucy drehte sich zu Francis um. »Wie meinen Sie das?«

»Es geht nicht darum, was sie sagen«, erklärte Francis. »Ich meine, es ergibt keinen großen Sinn, egal, welche Fragen Sie ihnen stellen, zur Mordnacht oder wo sie gewesen sind oder ob sie Short Blond gekannt haben oder ob sie in der Vergangenheit schon mal gewalttätig waren. Egal, welche Fragen Sie ihnen zu dieser Nacht stellen oder auch zu ihrer Person, das ist nicht wirklich entscheidend. Was sie auch sagen, was sie auch hören, ist alles nicht das, worauf Sie wirklich achten sollten.«
Wie Francis sich hätte denken können, winkte Mr. Evans ab. »Sie meinen, dass nichts von dem, was sie sagen, zählt, C-Bird? Wenn dem so wäre, worin läge dann wohl der Sinn dieser kleinen Übung?«
Aus Angst, Mr. Evil zu widersprechen, wich Francis ein wenig auf seinem Stuhl zurück. Es gab Menschen, das wusste Francis, die Beleidigungen und Affronts schluckten, um es jemandem dann bei späterer Gelegenheit heimzuzahlen, und Evans war einer von ihnen.
»Worte«, sagte Francis langsam und ein wenig leise. »Worte haben hier wenig zu bedeuten. Wir werden eine andere Sprache sprechen müssen, um den Engel zu finden. Zu einer vollkommen anderen Kommunikationsform finden müssen, und einer von den Leuten, die durch diese Tür kommen, wird diese Sprache sprechen. Wir müssen es nur erkennen, wenn es so weit ist. Wir können es hier drinnen herausfinden«, fuhr er fort und wählte sorgsam seine Formulierung, »aber es wird nicht ganz unseren Erwartungen entsprechen.«
Evans schnaubte ein wenig und zog dann sein Notizbuch heraus, um auf einem linierten Blatt eine kleine Anmerkung zu machen. Lucy Jones wollte Francis gerade antworten, doch sie sah, was der Psychologe tat, und wandte sich stattdessen an ihn. »Was sollte das?«, fragte sie und zeigte auf das Notizbuch.

»Nichts Besonderes«, sagte er.
»Also«, beharrte sie, »irgendetwas muss es ja sein. Wohl kaum eine Notiz, dass Sie auf dem Nachhauseweg einen Viertelliter Milch besorgen wollen. Oder der Entschluss, sich um einen neuen Job zu bewerben. Eine Maxime, ein Wortspiel, ein Knittelvers. Es war was anderes. Was?«
»Eine Bemerkung über unseren jungen Freund hier«, erwiderte Evans ausdruckslos. »Eine Notiz für mich, dass Francis' Wahnvorstellungen immer noch offensichtlich sind. Wie das, was er gerade zu einer neuen Sprache gesagt hat, die wir entwickeln müssten, wohl hinlänglich bezeugt.«
Lucy, die augenblicklich wütend wurde, wollte ihm antworten, dass sie alles, was Francis gesagt hatte, verstanden hätte, doch dann beherrschte sie sich. Sie warf Francis einen kurzen Blick zu und sah, dass sich jedes Wort, das Mr. Evans gesagt hatte, in seine Ängste eingebrannt hatte. *Sag nichts*, befahl sie sich augenblicklich. *Du machst es nur noch schlimmer.*
Auch wenn sie sich kaum vorstellen konnte, wie die Situation für Francis noch schlimmer hätte sein können.
»Wen haben wir als Nächstes?«, fragte Lucy stattdessen.

»Hey, Fireman!«, sagte Little Black mit gesenkter Stimme, doch in drängendem Ton. »Sie müssen sich beeilen.« Er starrte auf seine Armbanduhr, sah auf und klopfte mit dem Zeigefinger auf das Zifferblatt. »Wir müssen los«, sagte er.
Peter fuhr mit den Händen durch das Bettzeug eines von Lucys potenziellen Verdächtigen und blickte ein wenig überrascht auf. »Weshalb so eilig?«, fragte er.
»Gulp-a-pill«, sagte Little Black hastig. »Gewöhnlich dreht er um diese Zeit seine Mittagsrunde, und ich muss Sie jetzt zum Amherst rüberbringen und aus diesen Klamotten rauskriegen, bevor er durch die Klinik spaziert und Sie erwischt,

wo Sie nichts zu suchen haben, in Sachen, die Sie nicht tragen sollten.«

Peter nickte. Er glitt mit den Händen unter die Bettkante und klopfte die Matratze darunter ab. Eine Sorge, die Peter hatte, war, dass es dem Engel gelungen war, ein Stück aus der Matratze zu schneiden und dann seine Waffe und seine Andenken darin zu verstecken. So, dachte Peter, hätte er es gemacht, falls er irgendwelche Gegenstände besäße, die er vor Pflegern und Schwestern oder vor allzu neugierigen Mitpatienten verstecken wollte.

Er entdeckte nichts und schüttelte den Kopf.

»Endlich fertig?«, fragte Little Black.

Peter bearbeitete weiter die Matratze und tastete jede Form und jeden Klumpen ab, um sicherzugehen, dass sie so war, wie sie sein sollte. Er sah, dass einige Patienten ihn immer noch von der gegenüberliegenden Zimmerseite aus beäugten. Einige von ihnen waren durch Little Blacks Anwesenheit eingeschüchtert, denn sie kauerten sich in eine Ecke und drückten sich an die Wand. Ein paar andere saßen geistesabwesend auf der Bettkante und blickten ins Leere, als ob die Welt, die sie bevölkerten, ganz woanders wäre.

»Ja, gleich«, brummte Peter, als der Pfleger erneut auf das Zifferblatt tippte.

Das Bett war sauber, dachte Peter. Nichts unmittelbar Verdächtiges. Blieb nur noch eine kurze Durchsuchung der persönlichen Sachen, die der Mann in einer Feldkiste unter dem Stahlrahmen des Bettes verstaut hatte. Peter zog sie hervor. Er ging die Sachen durch und fand nichts Verdächtigeres als ein paar Socken, die nach einer gründlichen Wäsche schrien. Er wollte gerade zurücktreten, als ihm etwas ins Auge stach.

Es war ein flaches, weißes T-Shirt, sorgsam unter den anderen Sachen zusammengefaltet. Es unterschied sich in nichts von der billigen Sorte, die in ganz Neu-England in Discountläden zu kaufen war und die während der kälteren Jahreszeit von vielen Insassen unter einem dickeren Winterhemd getragen wurde. Doch das war es nicht, was seine Aufmerksamkeit erregte.

Das Hemd hatte einen riesigen dunkelbraunen Fleck über der Brust.

Er hatte solche Flecken schon gesehen.

Bei seiner Ausbildung als Brandstiftungsermittler. Im Dschungel von Vietnam.

Peter hielt das Hemd eine Sekunde lang in der Hand und rieb den Stoff zwischen den Fingern, als könnte er mehr darüber sagen, wenn er es berührte. Little Black war ein, zwei Meter von ihm entfernt und sagte nun nachdrücklich: »Peter, wir müssen jetzt wirklich los. Ich bin nicht scharf drauf, was zu erklären, was ich nicht erklären will, und schon gar nicht gegenüber dem Big Doc, wenn ich es irgendwie vermeiden kann.«

»Mr. Moses«, sagte Peter langsam, »sehen Sie sich das an.«

Little Black trat ein Stück vor, so dass er sich über Peters Schulter lehnen konnte. Peter sagte nichts, doch er hörte, wie der Pfleger leise pfiff.

»Das da könnte Blut sein, Peter«, sagte er nach einer Weile. »Sieht jedenfalls so aus.«

»Würde ich auch sagen«, erwiderte Peter.

»Gehört das nicht zu den Sachen, nach denen wir suchen sollen?«, fragte Little Black.

»Allerdings«, antwortete Peter leise.

Dann faltete er das T-Shirt sorgsam wieder genauso zusammen, wie er es vorgefunden hatte, und legte es an die Stelle, an der es gelegen hatte. Er schob die Feldkiste unter das Bett und hoffte, dass er die richtige Position getroffen hatte. Dann stand er auf. »Gehen wir«, sagte er. Er blickte noch einmal zu der kleinen Schar von Männern am anderen Ende des Schlafsaals zurück, ohne dass er ihrem leeren Blick, mit dem sie zurückstarrten, hätte entnehmen können, ob sie etwas gemerkt hatten oder nicht.

19

Peter schlüpfte, kaum dass er durch die Tür des Amherst-Gebäudes geeilt war, aus der weißen Pflegeruniform. Little Black nahm ihm die weite Hose und lose sitzende Jacke ab, faltete sie zusammen und stopfte sie sich unter den Arm, während Peter sich ein Paar zerknitterte Jeans überzog. »Die verstecke ich«, sagte er, »bis wir sicher sind, dass Gulptilil mit seinen Runden fertig ist und wir uns wieder an die Arbeit machen können.«

Der Pfleger sah Peter eindringlich an und fügte dann hinzu: »Werden Sie Miss Jones erzählen, was Sie gesehen haben und wo?«

Peter nickte. »Sobald Mr. Evil nicht mehr bei ihr ist.«

Little Black verzog das Gesicht. »Er wird es rauskriegen. So oder so. Er kriegt immer alles raus. Früher oder später, der Mann scheint immer zu wissen, was hier gespielt wird.«

Peter fand diese Auskunft aufschlussreich, doch er gab keinen Kommentar dazu ab.

Für einen Moment schien Little Black unschlüssig. »Was machen wir also mit einem Mann, der ein T-Shirt voller Blutflecken versteckt, von denen wir annehmen, dass sie nicht von ihm stammen?«

»Ich denke, wir müssen den Mund halten und die Sache vorerst für uns behalten«, sagte er. »Zumindest, bis Miss Jones zu einem Entschluss gekommen ist, wie sie verfahren will. Ich denke, wir müssen sehr auf der Hut sein. Immerhin ist der

Kerl, dessen Bett wir gerade gefilzt haben, in diesem Moment da drinnen und redet mit ihr.«

»Und meinen Sie, dass sie bei der Befragung was über ihn rauskriegt?«

»Keine Ahnung. Wir müssen einfach auf der Hut sein.«

Little Black nickte. Peter merkte, dass der Pfleger sich über die Brisanz ihres Fundes im Klaren war. Ein einziges blutbeflecktes T-Shirt, das alle möglichen Probleme auslösen konnte. Peter fuhr sich mit der Hand durchs Haar, während er über die Situation nachdachte und begriff, dass er behutsam und aggressiv zugleich vorgehen musste. Seine erste Überlegung war praktischer Natur: Wie sollten sie den Mann, der in dem Bett schlief, unter dem er gerade seine Entdeckung gemacht hatte, von den anderen isolieren und weiter gegen ihn vorgehen? Es gab eine Menge zu tun, wurde ihm klar, da sie nun einen echten Verdächtigen hatten. Doch alles, was er in seiner Ausbildung gelernt hatte, gebot ihm, vorsichtig zu sein, auch wenn ihm das nicht gerade in die Wiege gelegt worden war. Er musste unwillkürlich lächeln, weil er sich demselben Dilemma gegenüber sah, mit dem er schon sein ganzes Leben zu kämpfen hatte – einem ausgewogenen Verhältnis zwischen kleinen Schritten und blindem Aktionismus. Er wusste sehr wohl, dass er wegen unüberlegten Handelns hier gelandet war.

Im Flur vor dem Büro, in dem Lucy ihre Befragungen durchführte, stand der größere der Moses-Brüder und bewachte einen Patienten, der an schierer Körpergröße, vielleicht auch an Kraft, dem Hünen durchaus ebenbürtig war, auch wenn er nicht zu erkennen gab, ob diese Kleinigkeit ihn irgendwie berührte. Der Mann wiegte sich vor und zurück wie ein Lkw, der mit den Rädern im Schlamm feststeckt und dessen Fahrer sämtliche Gänge durchprobiert, bis er einen gefunden hat, mit dem er von der Stelle kommt. Als Big Black seinen Bruder mit Peter kommen sah, schob er den Mann ein wenig nach vorn. »Wir müssen diesen Gentleman ins Williams zurückbringen«, sagte er, als sie nahe genug waren. Big Black wechselte mit seinem Bruder einen Blick und fügte hinzu: »Gulp-a-pill ist oben, macht seine Runde im dritten Stock.«

Peter brauchte keine Anweisung von den Pflegern, um zu wissen, was er zu tun hatte. »Ich warte einfach hier auf Miss Jones«, sagte er. Er stellte sich an die Wand und reckte sich, um den Mann, den Big Black begleitete, eingehend betrachten zu können. Er versuchte, ihm in die Augen zu sehen, seine Körperhaltung zu taxieren, seine Erscheinung in sich aufzunehmen, als könnte er ihm hinter die Stirn sehen. Einem Mann, der möglicherweise ein Killer war.

Als das Trio aus Patient und Pflegern an Peter vorbeiging, konnte er der Versuchung nicht widerstehen, dem Mann einen Gruß mit auf den Weg zu geben, wenn auch im Flüsterton, nur für seine Ohren bestimmt: »Hallo, Engel«, sagte er. »Ich weiß, wer du bist.«

Keiner der Moses-Brüder schien ihn zu hören.

Auch der Patient ließ keine Reaktion erkennen. Er schlurfte einfach weiter, trottete dicht hinter den Moses-Brüdern her, scheinbar ohne zu merken, dass er gerade angesprochen worden war. Er bewegte sich ein bisschen wie ein Mann in Handschellen und Fußketten, mit kurzen, abgehackten Schritten, obwohl eigentlich nichts seine Bewegungsfreiheit einschränkte.

Peter beobachtete, wie sein breiter Rücken durch den Haupteingang verschwand, bevor er sich selbst von der Wand abstieß und das Büro ansteuerte, in dem Lucy Jones auf ihn wartete. Er wusste nicht so recht, wie er mit dem, was geschehen war, umgehen sollte.

Doch bevor er das Büro erreicht hatte, erschien Lucy Jones, dicht gefolgt von Mr. Evil, der unverkennbar mit einigem Nachdruck auf sie einredete, und Francis, der ein Stück zurücklag, als wollte er sich von dem Psychologen distanzieren. Peter sah sofort, dass C-Bird etwas bedrückte, als ob ein Gedanke oder eine Idee ihn ein wenig hatte schrumpfen lassen. Doch da hob der junge Mann abrupt den Kopf, sah Peter in seine Richtung kommen und schien sich augenblicklich zu erholen. Während Francis auf Peter zuging, sah Peter, wie Gulptilil vom gegenüberliegenden Treppenhaus aus den Flur betrat und eine kleine Eskorte leitenden Klinikpersonals anführte. Viele Schreibblöcke und Stifte, handschriftliche Bemerkungen und Notizen. Peter sah auch, wie Cleo sich, die Zigarette im Mundwinkel, aus einem alten, unbequemen Stuhl hochhievte und dem Chefarzt den Weg versperrte. Wie ein Krieger aus dem Altertum, der die Tore seiner Stadt verteidigt, hielt sie tapfer die Stellung.
»Ach, Doktor!« Der Gruß fiel ziemlich lautstark aus. »Was beabsichtigen Sie gegen die unzureichenden Essensportionen bei den Mahlzeiten zu unternehmen? Ich kann mir nicht denken, dass das Parlament vorhatte, uns alle auszuhungern, als es diese Institution einrichtete. Ich habe Freunde, die wieder Freunde haben, die Leute ganz oben kennen, und die könnten durchaus den Gouverneur für die Zustände in psychiatrischen Einrichtungen interessieren ...«
Gulp-a-pill blieb stehen und wandte sich zu Cleo um. Auch Ärzte und Assistenzärzte, die ihn begleiteten, machten wie eine Tanzgruppe bei einer Broadway-Show Halt. »Ach, Cleo«, erwiderte der Doktor salbungsvoll, indem er sie nachahmte. »Mir sind keine Klagen zu Ohren gekommen, und ich höre auch zum ersten Mal, dass Sie sich beschwert haben. Aber ich denke, es wird nicht nötig sein, die gesamte Regierung des

Bundesstaats in die Angelegenheit einzuschalten. Ich werde mit dem Küchenpersonal reden und dafür sorgen, dass jeder zu den Mahlzeiten erhält, was er braucht.«

Doch Cleo kam erst richtig in Fahrt.

»Die Tischtennisschläger sind abgewetzt«, fügte sie hinzu und kam mit jedem Wort mehr in Schwung. »Sie müssen ersetzt werden. Die Bälle haben oft Risse, so dass sie nicht zu gebrauchen sind, und die Netze sind ausgefranst und werden nur noch mit Schnüren zusammengehalten. Die Platte hat Verwerfungen und ist uneben. Sagen Sie mir, Doktor, wie man mit einer minderwertigen Ausrüstung, die nicht mal dem Mindeststandard des Nationalen Tischtennis-Verbands entspricht, seine Spieltechnik verbessern soll?«

»Auch dazu muss ich sagen, dass mir keine Klagen zu Ohren gekommen sind. Ich werde das Freizeit-Budget überprüfen und sehen, ob für solche Anschaffungen Gelder zur Verfügung stehen.«

Während der eine oder andere sich damit zufrieden gegeben hätte, war Cleo noch lange nicht fertig. »In den Schlafsälen ist es nachts viel zu laut, um den Schlaf zu bekommen, den wir brauchen. Viel, viel zu laut. Schlaf ist für das allgemeine Wohlbefinden und den Genesungsprozess von zentraler Bedeutung. Der Gesundheitsminister empfiehlt mindestens acht Stunden Schlaf am Stück. Außerdem brauchen wir mehr Platz, viel mehr Platz. Da haben ja Todeskandidaten im Gefängnis mehr Bewegungsfreiheit als wir. Die Überbelegung ist außer Kontrolle geraten. Und wir brauchen mehr Klopapier in den Toiletten. Erheblich mehr. Und« – inzwischen war ihre Stimme ein einziger Wasserfall an Beschwerden – »wieso gibt es nicht mehr Pfleger, die uns nachts beistehen, wenn wir Albträume haben? Jede Nacht schreit jemand um Hilfe. Albträume, Albträume, Albträume. Man ruft und schreit und brüllt, und niemand kommt. Das ist nicht in Ordnung, das ist schlichtweg nicht in Ordnung, verflucht noch mal.«

»Wir leiden, wie viele andere staatliche Einrichtungen auch, unter Personalmangel, Cleo«, erwiderte der Arzt in herablassendem Ton. »Natürlich nehme ich Ihre Beschwerden und Anregungen zur Kenntnis, und ich will sehen, was sich machen lässt. Aber wenn die wenigen Mitarbeiter, die Nachtschicht arbeiten, auf jeden Schrei, den sie hören, reagieren sollten, wären sie binnen ein, zwei Nächten am Rand der Erschöpfung, Cleo. Ich denke, Albträume sind etwas, womit wir einfach von Zeit zu Zeit rechnen müssen, und wir müssen lernen, damit zu leben.«

»Das ist wohl kaum fair zu nennen. Trotz all der Medikamente, mit denen Ihr Arschlöcher uns voll stopft, sollte sich wohl auch was finden, womit die Leute einigermaßen ungestört schlafen können.« Während sie sprach, schien sich Cleo zu wahrhaft königlicher Statur aufzublähen und über sich hinauszuwachsen, eine Marie Antoinette des Amherst-Gebäudes.«

»Ich werde im Ärzte-Handbuch nachschlagen, ob es eine zusätzliche Medikation gibt«, log der Doktor. »Haben Sie sonst noch Anliegen auf dem Herzen?«

Cleo wirkte ein wenig nervös, ein wenig frustriert, doch dann wechselte plötzlich ihr Ausdruck, und sie wirkte gerissen. »Ja«, sagte sie energisch. »Ich wüsste gerne, was mit dem armen Lanky ist.« Und dann hob sie den Arm und wies auf Lucy, die geduldig dastand. »Und ich möchte wissen, ob sie schon den wahren Mörder gefunden hat!«

Die Worte hallten durch den Flur.

Gulptilil setzte ein schwaches Lächeln auf und antwortete ruhig: »Lanky steht immer noch unter Anklage, einen vorsätzlichen Mord begangen zu haben, und bleibt daher bis auf

Weiteres in Einzelhaft. Ich meine, ich hätte Ihnen das bereits erklärt. Er hatte eine Kautionsverhandlung, doch erwartungsgemäß wurde sie abgewiesen. Ihm wurde ein Pflichtverteidiger zugeteilt, und er bekommt weiterhin von hier aus seine Medikamente. Er befindet sich nach wie vor im Bezirksgefängnis, und weitere Gerichtsverfahren sind anhängig. Wie ich höre, ist er guten Mutes …«

»Das ist gelogen«, sagte Cleo wütend. »Lanky ist höchst wahrscheinlich sehr unglücklich, seit er von hier weggeschleppt wurde. Das hier ist sein Zuhause, so wie es ist, und wir sind seine Freunde, so wie wir sind. Er sollte unverzüglich wieder hierher gebracht werden!« Sie holte tief Luft und äffte dann sarkastisch die Worte des Arztes nach. »Das habe ich Ihnen schon mal gesagt. Wieso hören Sie nicht?«

»Und was Ihre andere Frage betrifft«, fuhr Gulptilil fort, indem er Cleos Vorwurf ignorierte, »da wenden Sie sich besser an Miss Jones. Doch sie ist natürlich keineswegs verpflichtet, irgendjemanden darüber zu unterrichten, wie weit sie glaubt, Fortschritte zu machen. Oder auch *nicht* zu machen.« Die letzten Worte betonte er.

Cleo trat zurück und murmelte etwas in sich hinein. Gulptilil löste sich von ihr und gab seiner kollegialen Gefolgschaft wie ein Pfadfinderführer bei einer Waldwanderung durch Handzeichen zu verstehen, man möge ihn weiter den Flur entlang begleiten. Doch er war nicht weit gekommen, als Cleo laut und fordernd und in anklagendem Ton herausplatzte: »Ich beobachte Sie, Gulptilil! Ich weiß genau, was hier vor sich geht! Sie mögen vielleicht andere Leute hier an der Nase herumführen, aber mich nicht!« Und dann fügte sie flüsternd, aber laut genug für die Ohren des Doktors, hinzu: »Ihr seid alle Arschlöcher.«

Der Chefarzt blieb stehen und wandte sich halb um, überlegte

es sich aber anders. Francis sah, wie sein Gesicht in dem vergeblichen Versuch, sein Unbehagen zu verbergen, erstarrte.
»Wir schweben alle in Gefahr, und ihr Scheißkerle unternehmt nichts dagegen!«, brüllte Cleo.
Dann bekam sie einen kleinen Lachanfall, nahm einen ausgiebigen Zug an ihrer Zigarette, kicherte in sich hinein und sackte wieder auf ihren Stuhl zurück, von wo aus sie dem Chefarzt nachsah, während sich ein zufriedenes Lächeln über ihr Gesicht legte. Wie einen Taktstock schwenkte sie die Zigarette in der Luft. Ein Dirigent, der mit den letzten verhallenden Klängen seines Orchesterarrangements zufrieden ist.
Francis fühlte sich von Cleos Wortschwall eigentümlich gestärkt. Er hatte den Eindruck, dass ihr Ausbruch keinem einzigen Patienten, der auf der Station herumwanderte, entgangen war. Ob es irgendeinem von ihnen irgendetwas bedeutete, konnte Francis nicht sagen, doch er lächelte innerlich angesichts ihrer bescheidenen Rebellion und wünschte sich, zu ebenso viel Selbstbewusstsein und der gleichen Aufsässigkeit fähig zu sein.
Cleo musste ihrerseits Francis' Gedanken erraten haben, denn sie blies kunstvoll einen großen Rauchring in die abgestandene Luft des Korridors und sah zu, wie er sich verflüchtigte, bevor sie Francis zuwinkte.
Peter, der sich neben Francis geschlichen hatte, musste das Gleiche gedacht haben, denn er flüsterte: »Wenn die Revolution kommt, geht Cleo auf die Barrikaden. Was sag ich, sie führt die Rebellion vermutlich an, und sie ist kräftig genug, um selbst eine Barrikade zu sein.«
»Was für eine Revolution?«, wollte Francis wissen.
»Nimm nicht alles so wörtlich, C-Bird«, sagte Peter lachend. »Denk symbolisch.«
»Das mag für die Königin von Ägypten ein Leichtes sein«,

erwiderte Francis. »Bei mir wäre ich mir da nicht so sicher.«
Die beiden Männer grinsten.
Gulptilil dagegen, der das Ganze immer noch nicht komisch fand, kam auf sie zu. »Ach, Peter und Francis«, sagte er und verfiel wieder in seinen charakteristischen Singsang, nur dass er diesmal nicht den höflichen Plauderton signalisierte. »Mein Ermittlerteam. Und wie kommen Sie voran?«, fragte er.
»Langsam, aber sicher«, sagte Peter. »So würde ich es beschreiben. Aber eigentlich liegt es bei Miss Jones, unsere Fortschritte zu beurteilen.«
»Selbstverständlich. Sie beurteilt eine Art von Fortschritt, während wir anderen hier uns um eine ganz andere Art Fortschritt bemühen, nicht wahr?«
Peter zögerte, bevor er nickte.
»Zweifelsohne tun wir das«, sagte Gulptilil. »Und insofern trifft es sich gut, dass ich Sie sehe. Ich muss Sie beide heute Nachmittag in meinem Büro sprechen. Francis, es wird Zeit, dass Sie und ich uns mal über Ihre weitere Anpassung unterhalten. Und, Peter, Sie bekommen heute Nachmittag wichtigen Besuch. Die Moses-Brüder werden unterrichtet, sobald er eintrifft, und sie werden Sie ins Verwaltungsgebäude bringen.«
Der birnenförmige Chefarzt zog eine Augenbraue hoch, als wartete er neugierig auf die Reaktion der beiden Männer. Eine irritierende halbe Minute lang beobachtete er ihre Gesichter und ging dann schließlich ein paar Schritte weiter, um sich an Lucy zu wenden. »Miss Jones, einen recht schönen Tag. Und sind Sie bei Ihrem schwierigen Unterfangen schon ein Stück weitergekommen?«
»Ich habe bereits eine ganze Reihe möglicher Verdächtiger ausschließen können.«
»Und das ist für Sie, darf ich wohl annehmen, ein achtbarer Erfolg?«

Sie sparte sich eine Antwort.
»Nun ja«, fuhr Gulptilil fort, »bitte bleiben Sie dran. Je eher wir zu gesicherten Erkenntnissen kommen, desto besser für alle, denke ich. Und Mr. Evans konnte Ihnen bei Ihren Ermittlungen von Hilfe sein?«
»Selbstverständlich«, erwiderte Lucy prompt.
Gulptilil drehte sich daraufhin zu Mr. Evans um. »Sie halten mich doch ebenfalls auf dem Laufenden, wie die Dinge vorankommen und so weit es die Umstände erlauben?«
»Selbstverständlich«, sagte Evans. Für Francis sah das alles nach ein bisschen bürokratischem Rollenspiel aus. Er war sich sicher, dass Evans Gulp-a-pill auf Schritt und Tritt über alles und jedes informierte, und er ging davon aus, dass dies auch für Lucy Jones ein offenes Geheimnis war.
Der Chefarzt seufzte und lief dann weiter den Flur entlang, um schließlich durch den Haupteingang das Gebäude zu verlassen. Wenig später wandte sich Evans an Lucy Jones und sagte: »Also, ich denke, wir legen hier eine Pause ein, ich hab noch einigen Papierkram zu erledigen.« Auch er verließ zügig das Gebäude.
Francis hörte, wie jemand im Tagesraum laut auflachte. Schrill und spöttisch schallte es durch den Amherst-Bau. Doch als er sich danach umdrehte, hörte es auf und verflüchtigte sich in der Mittagssonne, die durch die vergitterten Fenster strömte.
Peter löste sich von der Wand und flüsterte Francis zu: »Komm mit«, bevor er zu Lucy hinüberging. Im selben Moment blieb Fireman, von etwas ganz anderem gefangen genommen als Cleo und ihren Forderungen oder seinem Vergnügen an Gulptilils Verlegenheit, abrupt stehen. Francis sah, wie sich Peters Gesicht versteinerte. Er nahm Lucy Jones beim Ellbogen, drehte sie herum und sagte: »Ich hab etwas entdeckt, was Sie wissen müssen.«

Wortlos nickte sie, nachdem sie, wie es Francis schien, den Ausdruck in Peters Gesicht abgeschätzt hatte. Zu dritt kehrten sie in das kleine Büro zurück.

»Dieser letzte Mann«, sagte Peter, während sie sich an den Tisch setzten, »was für einen Eindruck hat er bei Ihrem Gespräch auf Sie gemacht?«

Lucy zog eine Augenbraue hoch. »Kurz gesagt, keinen«, erwiderte sie und wandte sich an Francis. »Trifft es das, Francis?«

Er nickte, und sie fuhr fort: »Der Mann besitzt zwar die physische Kraft und das jugendliche Alter, um einige von den Dingen zu tun, um die es hier geht, aber er ist schwer retardiert. Er war zu keiner nennenswerten Kommunikation in der Lage und hat die meiste Zeit nur dagesessen und zu fast allem, was ich gesagt habe, nur äußerst dümmlich gegrinst, und Evans war der Meinung, wir sollten ihn streichen. Der Bursche, nach dem wir suchen, hat einigen Grips im Kopf. Zumindest genug, um seine Verbrechen zu planen und sich nicht erwischen zu lassen.«

Peter sah sie ein wenig überrascht an und sagte: »Evans fand, der Mann kommt als Verdächtiger nicht infrage?«

»Das hat er gesagt«, bestätigte Lucy.

»Also, das ist merkwürdig, weil ich unter seinen Sachen ein blutbeflecktes T-Shirt gefunden habe.«

Lucy fuhr auf ihrem Stuhl zurück und sagte erst einmal gar nichts.

Francis beobachtete, wie sie die Neuigkeit verarbeitete, und bemerkte auch, wie vorsichtig sie auf einmal wurde. Seine eigene Phantasie wurde von der Nachricht beflügelt. Er beugte sich vor und fragte, »Peter, kannst du beschreiben, was du gefunden hast? Wie kannst du dir sicher sein, dass es das war, was du sagst?«

Peter brauchte nicht lange, um den beiden seinen Fund genau zu beschreiben.
»Und Sie sind sich ganz sicher, dass es Blut ist?«, fragte Lucy schließlich nach.
»So sicher, wie ich sein kann, solange wir keine Labortests haben.«
»Gestern gab's Spaghetti zum Abendessen. Vielleicht hat der Bursche Probleme, mit Besteck umzugehen. Vielleicht hat er sich mit Soße voll gekleckert …«
»So ein Fleck war das nicht. Er war ein rötliches Braun und völlig verschmiert. Nicht so, als ob jemand versucht hätte, es mit einem feuchten Lappen abzuwischen. Nein, das hier war etwas, das jemand genau so belassen wollte.«
»Wie ein Andenken?«, fragte Lucy gedehnt. »Wir suchen nach jemandem, der gerne Andenken aufhebt.«
»Mein Eindruck war«, gab Peter zur Antwort, »dass das hier mehr oder weniger die Wirkung wie ein Schnappschuss hatte. Ich meine, für den Mörder. Sie wissen schon, eine Familie fährt in Urlaub, und hinterher lassen sie ihre Fotos entwickeln, und sie sitzen rum und sehen sich die Dias von der Reise an und sind im Geist noch mal dort. Meine Vermutung ist, dass dem Engel dieses T-Shirt eine ähnliche Faszination und Befriedigung vermittelt. Er kann es hochhalten, berühren und in seinen Erinnerungen schwelgen. Ich denke mal, dass die Erinnerung an den Moment wahrscheinlich fast genauso überwältigend ist wie der Moment selbst«, fasste Peter zusammen.
Francis hörte das Getöse seiner Stimmen. Widersprüchliche Meinungen, Ratschläge, Befürchtungen und unruhige Gefühle. Er brauchte nicht lange, bis er Peter mit einem Kopfnicken Recht gab. Doch Lucy fragte er: »Gab es bei den anderen Morden irgendwelche Hinweise darauf, dass den Opfern außer den Fingerspitzen noch etwas abgenommen wurde?«

Lucy, die gerade Peter etwas sagen wollte, wandte sich Francis zu. Sie schüttelte den Kopf. »Unseres Wissens nicht. Es fehlten keine Kleidungsstücke, dem Inventar nach, das wir aufgestellt haben. Das heißt aber nicht, dass wir es mit Sicherheit ausschließen können.«
Francis machte etwas zu schaffen, doch er konnte nicht sagen, was, und auch seine Stimmen konnten sich nicht entscheiden. Sie waren nur das Echo widersprüchlicher Vermutungen, und er tat sein Bestes, sie auszuklammern, um sich konzentrieren zu können.
Lucy klopfte nervös mit ihrem Stift auf der Schreibtischplatte herum. Sie drehte sich zu Peter um und fragte: »Haben Sie sonst noch etwas Verdächtiges gefunden?«
»Nein.«
»Die Fingerspitzen?«
»Nein. Und auch kein Messer. Oder die Schlüssel.«
Sie lehnte sich zurück, doch jetzt meldete sich Francis zu Wort.
»Ich glaube«, sagte er bedächtig, »das, was ich eben gesagt habe, stimmt nach wie vor.« Er war selbst überrascht, wie entschieden er das sagte. »Bevor du zurückgekommen bist, Peter. Als Evans noch hier war.« Er fühlte sich ein wenig so, wie wenn er sich selbst reden hörte, aber gleichsam einen anderen Francis, nicht den, als den er sich kannte, sondern einen Francis, der er eines Tages sein wollte. »Als ich gesagt habe, dass wir die Sprache des Engels aufdecken müssen.«
Peter sah Francis fasziniert an, und Lucy beugte sich gespannt vor. Einen Moment zögerte Francis, ignorierte den aufkeimenden Zweifel und sagte: »Ich frage mich, ob das hier nicht die erste Verständigungslektion ist.« Die anderen schwiegen, und er fügte hinzu: »Wir müssen rausbekommen, was er uns sagen will und wieso.«

Einen Augenblick lang fragte sich Lucy, ob ihre Jagd auf einen Killer in der Heilanstalt sie selbst in den Wahnsinn trieb. Doch für sie war Wahnsinn eine Nebenwirkung von Frustration und kein organisches Leiden. Das war eine gewagte Theorie, wie sie merkte, und mit einem gewissen geistigen Kraftakt verwarf sie die Idee. Sie hatte Peter und Francis zum Mittagessen geschickt, während sie selbst versuchte, einen Plan für ihr weiteres Vorgehen zu entwickeln. Allein in ihrem kleinen Büro breitete sie das Krankenblatt des Patienten, den sie am Vormittag befragt hatte, vor sich aus. Das eine oder andere musste doch einen Sinn ergeben, dachte sie. Irgendeine Verbindung musste sich doch zeigen. Der eine oder andere Schritt sollte sich doch als folgerichtig erweisen.

Sie schüttelte den Kopf, als könnte sie damit das Gefühl der Widersprüchlichkeit abschütteln, das sie befiel. Jetzt hatte sie einen Namen und ein Beweisstück. Sie hatte schon mit weitaus weniger Material erfolgreiche Verfahren angestrengt. Dennoch war ihr nicht wohl bei der Sache. Die Akte, die sie vor sich hatte, hätte irgendetwas Überzeugendes enthalten müssen, doch das Gegenteil traf zu. Ein schwer zurückgebliebener Mann, der nicht einmal die einfachsten Fragen beantworten konnte, der sie angestarrt hatte, als verstünde er nichts von dem, was sie ihn fragte, hatte etwas in seinem Besitz, das nur der Mörder besitzen konnte. Das passte nicht zusammen.

Ihr erster Impuls war, Peter noch einmal hinzuschicken und ihn zu bitten, das Hemd aus der Kiste unter dem Bett des Mannes zu holen. Jedes kompetente Gerichtslabor wäre in der Lage, die Blutflecken mit Short Blonds Blut abzugleichen. Möglicherweise befanden sich auch Haare oder Faserreste auf dem Stoff, und eine mikroskopische Untersuchung konnte weitere Verbindungen zwischen dem Opfer und dem Täter zutage fördern. Das Problem dabei wäre nur, dass sie es widerrechtlich konfiszieren würden, so dass es bei einer Verhandlung nicht zugelassen werden konnte. Und dann war da noch der seltsame Umstand, dass die anderen Gegenstände, nach denen sie suchten, fehlten. Auch das leuchtete ihr nicht ein.

Lucy verfügte über eine beachtliche Konzentrationsfähigkeit. Bei ihrem kurzen, kometenhaften Aufstieg in der Staatsanwaltschaft hatte sie sich durch die Gabe hervorgetan, die Verbrechen, die sie untersuchte, beinahe so deutlich und folgerichtig wie einen Film vor sich abspulen zu sehen. Auf ihrer geistigen Leinwand konnte sie Details zusammenfügen, so dass sie früher oder später den gesamten Tathergang vor Augen hatte. Das machte ihren Erfolg aus. Wenn Lucy den Gerichtssaal betrat, verstand sie sogar besser als der Angeklagte selbst, wie und weshalb er die Tat begangen hatte. Diese Eigenschaft zeichnete sie aus. Doch in der Heilanstalt kam sie ins Trudeln. Es war einfach nicht dasselbe wie die kriminelle Welt, die sie gewohnt war.

Lucy stöhnte frustriert. Zum hundertsten Mal starrte sie auf die Patientenakte und wollte sie schon zuschlagen, als es zögerlich an der Tür klopfte. Sie sah hoch, und die Tür ging auf.

Francis streckte den Kopf herein.

»Hallo, Lucy«, sagte er. »Darf ich Sie einen Moment stören?«

»C-Bird, kommen Sie rein«, sagte sie. »Ich dachte, Sie wären beim Essen.«

»War ich auch, das heißt, bin ich noch. Aber auf dem Weg zum Speisesaal ist mir was eingefallen, und Peter meinte, ich sollte sofort zu Ihnen zurückgehen und es Ihnen sagen.«

»Und worum geht es?«, fragte Lucy und lud den jungen Mann mit einer Geste ein, hereinzukommen und Platz zu nehmen. Das tat Francis auf eine linkische, umständliche Art und Weise, die verriet, dass er einerseits begierig war, etwas loszuwerden, und zugleich davor zurückschreckte.

»Der retardierte Mann«, sagte Francis langsam, »der sah ganz und gar nicht nach der Person aus, die wir suchen. Ich meine, ein paar von den anderen Kerlen, die hier drinnen waren und die wir von der Liste gestrichen haben, schienen, zumindest rein äußerlich, viel geeignetere Kandidaten zu sein. Zumindest Kandidaten, wie wir sie uns vorstellen.«

Lucy nickte. »Das hab ich auch gedacht. Aber dieser Bursche – wie kommt er an das T-Shirt?«

Francis überfiel ein leichter Schauder, bevor er antwortete. »Weil jemand wollte, dass wir es finden. Und jemand wollte, dass wir diesen Mann finden. Jemand wusste, dass wir diese Befragungen und Durchsuchungen veranstalten, und er hat zwischen diesen beiden Vorgehensweisen eine Verbindung hergestellt. Also hat er vorausgesehen, was wir tun würden, und das Hemd als Köder ausgelegt.«

Lucy zog scharf die Luft ein. Das ergab durchaus Sinn. »Aber wieso sollte jemand uns auf die Spur dieses Mannes führen?«

»Das kann ich noch nicht sagen«, erwiderte Francis. »Dazu fällt mir im Moment nichts ein.«

»Ich meine«, fuhr Lucy fort, »wenn man jemandem ein Verbrechen unterschieben will, das man selber begangen hat, wäre es doch viel logischer, es einem unterzuschieben, dessen ganze Verhaltensweise den Verdacht rechtfertigt. Wie könnte das Benehmen dieses Mannes aber unser Interesse wecken?«

»Das ist mir klar«, sagte Francis, »aber dieser Mann ist anders. Er kommt, denke ich, am allerwenigsten für das Verbrechen infrage. Bei dem redet man gegen eine Wand. Es muss demnach einen anderen Grund geben, wieso die Wahl auf ihn fiel.«

Er sprang plötzlich auf und wirkte höchst beunruhigt, als

hätte es in seiner unmittelbaren Nähe einen lauten Knall gegeben. »Lucy«, sagte er bedächtig, »es gibt etwas an dem Mann, das uns etwas sagen soll. Wir müssen nur erkennen, was es ist.«

Lucy schnappte sich die Akte des Patienten und hielt sie in die Höhe. »Meinen Sie, es gibt etwas hier drin, was uns weiterhelfen könnte?«, fragte sie.

Francis nickte. »Möglich. Durchaus möglich. Ich weiß nicht, was in so einem Krankenblatt steht.«

Sie schob es ihm hin. »Versuchen Sie, da was zu entdecken, denn ich weiß nicht mehr weiter.«

Francis griff sich die Mappe. Er hatte noch nie eine Krankenakte in Händen gehabt, und einen Moment lang hatte er das Gefühl, etwas Verbotenes zu tun, indem er in das Leben eines anderen Patienten Einblick nahm. Das, was sämtliche Patienten voneinander wussten, war so sehr von der Anstalt und von der Alltagsroutine beherrscht, dass man gar nicht sehr lange eingesperrt sein musste, um zu vergessen, dass die anderen Patienten ebenfalls einmal ein Leben außerhalb dieser Mauern gehabt hatten. Die Anstalt nahm ihnen all das, was sonst noch zu ihnen gehörte – ihre Vergangenheit, ihre Familie, ihre Zukunft. Francis wurde bewusst, dass es irgendwo eine Akte über ihn und eine über Peter gab und dass sie alle möglichen Informationen enthielten, die in diesem Moment schrecklich weit weg schienen, als wäre dies alles in einer anderen Existenz geschehen, in einer anderen Zeit – und einem anderen Francis.

Er brütete über der Akte des retardierten Mannes.

Sie war in knappem, farblosem Klinikjargon geschrieben und in vier Sparten aufgeteilt. Die erste beschrieb das familiäre und soziale Umfeld, die zweite klinische Fakten wie Größe, Gewicht, Blutdruck und dergleichen, die dritte den Behandlungsplan, mit der Auflistung verschiedener Medikamente, die ihm verschrieben wurden, und die vierte die Prognose. Letztere umfasste nur drei Wörter: Geschlossene. Langzeitverwahrung wahrscheinlich.

Es gab auch ein Diagramm, dem zu entnehmen war, dass der Zurückgebliebene mehr als einmal für ein Wochenende bei seiner Familie beurlaubt worden war.

Francis las von einem Mann, der in einer Kleinstadt nicht weit von Boston aufgewachsen war und der erst ein Jahr vor seiner Einweisung wieder ins westliche Massachusetts zurückgezogen war. Er war Anfang dreißig und hatte eine Schwester und zwei Brüder, die bei Tests alle als normal abgeschnitten hatten und offenbar ein stinknormales Tretmühlendasein führten. Zum ersten Mal war er in der Grundschule als geistig zurückgeblieben diagnostiziert worden und hatte dann sein Leben lang an irgendwelchen Förderprogrammen teilgenommen. Doch kein Programm hatte ihm je etwas gebracht.

Francis wippte auf seinem Sitz zurück und brauchte nicht lange, um eine Situation vor Augen zu haben, die so tödlich einfach und ausweglos war wie ein Schubfach, aus dem man nicht mehr herauskam. Eltern, die nicht jünger wurden. Ein nie erwachsen gewordener Sohn, der mit jedem Jahr größer und kräftiger und unkontrollierbarer wurde. Ein Sohn, der nicht in der Lage war, seine Impulse oder seinen Zorn zu verstehen und zu zügeln. Dessen sexuelles Interesse erwachte. Der stark war. Geschwister, die sich aus dem Staub machen wollten, und zwar so schnell wie möglich und so weit weg wie möglich, wenn sie nur nicht helfen mussten.

In jedem Wort konnte er ein bisschen von sich selbst erkennen. Anders, aber dennoch dasselbe.

Francis las die Akte einmal durch, dann ein drittes Mal, während er sich die ganze Zeit bewusst war, dass Lucy sein Ge-

sicht genau studierte und jede Reaktion registrierte, mit der er die Worte auf der aufgeschlagenen Seite absorbierte.
Nach einer Weile biss er sich auf die Lippe. Er fühlte, wie seine Hände ein wenig zitterten. Er merkte, wie sich alles um ihn drehte, als würden sich die Zeilen auf dem Papier mit seinen Gedanken verschwören und ihm Schwindel bereiten. Er fühlte eine drohende Gefahr auf sich zukommen, und er atmete scharf ein, schob seinen Stuhl energisch zurück und reichte die Akte wieder Lucy.
»Und, sind Ihnen irgendwelche Ideen gekommen, Francis?«, fragte sie.
»Nichts Besonderes«, sagte er.
»Nichts, was Ihnen ins Auge springt?«
Er schüttelte den Kopf. Doch sie sah, dass es gelogen war. Francis waren sehr wohl Ideen gekommen, daran hegte sie keinen Zweifel. Er wollte ihr nur nicht sagen, welche.

Ich versuchte, mich zu erinnern: Was machte mir am meisten Angst?
Das war einer der Momente, damals in Lucys Büro. Ich fing an, Dinge zu sehen. Keine Halluzinationen wie diejenigen, die mir in den Ohren dröhnten und durch den Kopf hallten. Die waren mir vertraut, und wenn ich sie auch lästig und schwierig fand und sie ein entscheidender Hinweis auf meine Geistesgestörtheit waren, so war ich doch an sie und ihre Forderungen und Ängste und all die Dinge gewöhnt, um die sie mich jederzeit bitten konnten. Immerhin hatten sie mich seit meiner Kindheit begleitet. Doch was mir in dem Moment Angst einjagte, waren die Dinge, die ich über den Engel sah. Wer er sein mochte. Wie er denken mochte. Für Peter und Lucy war es nicht dasselbe. Sie verstanden, dass

der Engel ein Gegner war. Ein Krimineller. Eine Zielperson. Jemand, der sich vor ihnen versteckte und den sie aufzuspüren hatten. Sie hatten schon vorher Leute gejagt, sich an sie herangepirscht und sie vor Gericht gebracht, so dass ihre Bestrebungen in einem anderen Zusammenhang standen als das, was mich plötzlich bedrängte. In jenen Augenblicken sah ich den Engel zum ersten Mal als jemanden wie mich. Nur viel schlimmer. Er hatte Fußspuren hinterlassen, und zum ersten Mal glaubte ich, dass ich fähig wäre, sie zurückzuverfolgen. Meine eigenen Füße auf den von ihm ausgetretenen Pfad zu setzen, war etwas, gegen das sich alles in mir sträubte. Es war falsch. Aber möglich.

Ich wollte fliehen. Ein ganzer Chor in mir sang laut, dass hier nichts Gutes im Gange war. Meine Stimmen waren ein Chor, der mich zur Selbsterhaltung mahnte, mir dringend riet, hier rauszukommen, abzuhauen, mich zu verstecken und in Sicherheit zu bringen.

Aber wie? Die Anstalt war abgeschlossen. Die Mauern waren hoch. Die Tore stark. Und meine eigene Krankheit hinderte mich an der Flucht.

Wie konnte ich den einzigen beiden Menschen den Rücken kehren, die mir jemals gezeigt hatten, dass ich etwas taugte?

»Du hast Recht, Francis. Das hättest du nicht tun können.«

Ich hatte mich in eine Ecke des Wohnzimmers verkrochen und an die Wand gekauert und starrte zu meinen Worten hinüber, als ich Peter reden hörte. Ich war unendlich erleichtert und drehte mich nach ihm um.

»Peter?«, antwortete ich. »Du bist zurück?«

»Ich war gar nicht weg. Ich war die ganze Zeit hier.«

»Der Engel war hier. Ich hab ihn gespürt.«

»Er kommt wieder. Er ist nah, Francis. Er wird noch näher kommen.«

»Er tut das, was er damals getan hat.«

»Ich weiß, C-Bird. Aber diesmal bist du gewappnet. Ich weiß, dass du es bist.«

»Hilf mir, Peter«, flüsterte ich. Ich fühlte, wie mir die Tränen in den Augen brannten.

»Ach, C-Bird, diesmal ist es dein Kampf.«

»Ich hab Angst, Peter.«

»Natürlich hast du Angst«, sagte er in diesem sachlich nüchternen Ton, den er zuweilen anschlug, aber immer unvoreingenommen. »Aber das heißt nicht, dass es hoffnungslos ist. Es heißt nur, dass du auf der Hut sein musst. Genau wie das letzte Mal. Daran hat sich nichts geändert. Beim ersten Mal war deine Vorsicht der Schwachpunkt, oder?«

Ich blieb in meiner Ecke, während meine Blicke durchs Zimmer huschten. Er musste mich gesehen haben, denn als ich ihn erspähte, wie er mir gegenüber an der Wand lehnte, winkte er mir kaum merklich mit der Hand zu und brach in das gewohnte Grinsen aus. Ich sah, dass er einen leuchtend orangefarbenen Overall trug, der jedoch vom langen Gebrauch verblasst und zerrissen und zerschlissen und dreckverschmiert war. Er hielt einen glänzenden Silberhelm in den Händen, und sein Gesicht war von Ruß und Asche und Schweiß verschmiert. Er musste gesehen haben, wie ich ihn anstarrte, denn er lachte ein wenig, winkte mit der Hand und schüttelte den Kopf.

»Entschuldige meine Erscheinung, C-Bird.«

Ich fand, dass er ein wenig älter aussah, als ich ihn in

Erinnerung hatte, und hinter seinem Grinsen sah ich einige Kerben, die Verletzungen und harte Erfahrungen eingegraben hatten. »Alles in Ordnung, Peter?«, fragte ich.

»Klar, Francis. Ist nur, dass ich 'ne Menge durchgemacht hab. So wie du. Wir tragen immer die Klamotten, in die uns das Schicksal steckt, stimmt's, C-Bird?«

Er drehte sich zur Wand um und las die Schriftspalten von oben nach unten. Er nickte zustimmend. »Du kommst gut voran«, sagte er.

»Ich weiß nicht«, antwortete ich. »Mit jedem Wort, das ich hinschreibe, scheint der Raum dunkler zu werden.«

Peter seufzte, als wollte er sagen, er hätte das geahnt. »Wir haben schon eine Menge Dunkelheit gesehen, was, Francis? Und einiges davon zusammen. Das schreibst du auf. Vergiss nur nicht, dass du dort nicht allein warst, wir waren bei dir und sind es jetzt auch. Wirst du das bitte nicht vergessen, C-Bird?«

»Ich werd's versuchen.«

»An dem Tag wurde die Sache ein bisschen kompliziert, nicht wahr?«

»Ja, für uns beide. Und dadurch auch für Lucy.«

»Lass nichts aus, Francis«, sagte er.

Ich blickte zur Wand hinüber und sah, wo ich aufgehört hatte. Als ich mich wieder zu Peter umdrehte, war er verschwunden.

20

Von Peter kam der Vorschlag, dass Lucy parallel in zwei Richtungen weiterarbeiten sollte. Zum einen musste sie, wie er betonte, unbedingt weiter Patienten befragen. Auf gar keinen Fall durfte irgendjemand unter den Patienten oder den Mitarbeitern erfahren, dass sie ein Beweisstück entdeckt hatten, da keiner von ihnen vorerst eine klare Vorstellung davon hatte, was das zu bedeuten hatte und in welche Richtung es wies. Falls es doch durchsickerte, würde die Situation außer Kontrolle geraten. Dies gehörte nun einmal zu den besonderen Gesetzen, die in der labilen Welt der Heilanstalt herrschten, erklärte er ihr. Es sei nicht abzusehen, wie viel Unruhe, ja sogar Panik, eine solche Nachricht unter den leicht beeinflussbaren Klinikinsassen auslösen könnte. Dies bedeutete unter anderem, dass das blutige T-Shirt dort zu bleiben hatte, wo es war, und dass keine Institution von außen eingeschaltet werden durfte, schon gar nicht die örtlichen Polizisten, die Lanky verhaftet hatten, selbst wenn dies das Risiko einschloss, das T-Shirt im Lauf ihrer Ermittlungsarbeit als Beweisstück zu verlieren. Und die Leute im Amherst, fügte er hinzu, gewöhnten sich allmählich an den stetigen Strom von Patienten, die, von Big Black geführt, aus den anderen Gebäuden herüberkamen, um von Lucy befragt zu werden, und vielleicht gäbe es eine Möglichkeit, diese Routine zu ihrem Vorteil zu nutzen. Peters zweiter Vorschlag war ein wenig schwerer umzusetzen.

»Wir müssen dafür sorgen«, sagte er in ruhigem Ton zu Lucy, »dass wir den großen Kerl und seine Sachen hier ins Amherst rüberbekommen. Und zwar möglichst unauffällig.«

Lucy stimmte ihm zu. Sie stand, zusammen mit Peter und Francis, wie der Fels in der stetigen frühnachmittäglichen Brandung von Patienten, die zur Gruppentherapie oder zu handwerklichen Kursen überall im Gebäude unterwegs waren. Der gewöhnliche Zigarettendunst hing in der reglosen Luft, und das Getrappel von Füßen wurde von vielstimmigem Gemurmel untermalt. »Okay«, sagte Lucy. »Ich denke, das könnte nützlich sein. Es lohnt sich, ihn im Auge zu behalten. Und was sonst noch?«

»Ich weiß nicht, jedenfalls nicht genau«, erwiderte Peter. »Er ist der einzige Verdächtige, den wir haben, und C-Bird hier glaubt nicht mal, dass er der richtige Verdächtige ist, und ich glaube, ich schließe mich seiner Meinung an. Aber wir müssen trotzdem rausfinden, wie er sich in das gesamte Bild einfügt. Und die einzige Möglichkeit …«

»… besteht darin, ihn in der Nähe zu haben. Ja. Das ist absolut logisch«, sagte sie. Dann zog sie eine Augenbraue hoch, als ob ihr gerade eine Idee gekommen wäre. »Ich glaube, ich weiß, was ich tun werde. Lasst mich ein paar Vorkehrungen treffen.«

»Aber unauffällig«, sagte Peter. »Dass ja keiner dahinterkommt …«

Sie lächelte. »Peter, ich schaff das schon. Für eine Staatsanwältin geht es immer darum, etwas genau so hinzubiegen, wie man es haben will.« Doch wie um die Ironie zu unterstreichen, die in der Bemerkung lag, fügte sie hinzu: »Mehr oder weniger.«

Als Lucy aufschaute, sah sie die Moses-Brüder den Flur entlangkommen. Sie nickte ihnen zu. »Meine Herren, ich denke, es kann weitergehen. Ob ich wohl mal kurz unter vier Augen mit Ihnen sprechen könnte, bevor Mr. Evans zurückkommt, egal, wo er im Moment sein mag?«

»Er ist gerade bei einer Besprechung mit dem Big Doc«, sagte Little Black vorsichtig. Er wandte sich zu Peter um und machte eine Handbewegung, die einer stummen Frage gleichkam. Peter nickte.

»Ich hab ihr davon erzählt«, sagte er. »Weiß sonst noch jemand …«

»Ich hab's meinem Bruder gesagt«, antwortete Little Black. »Aber das war's auch schon.«

Big Black kam etwas näher heran. »Ich kann nich' sehen, wie diese Dumpfbacke der Kerl sein sollte, den wir suchen«, sagte er gleichmütig. »Ich meine, der Bursche kann ja kaum ohne Hilfe essen. Sitzt am liebsten rum und spielt mit Puppen. Oder hockt vor der Glotze. Den kann ich mir nicht als Mörder vorstellen, es sei denn, man bringt ihn so in Rage, dass ihm einfach die Hand ausrutscht. Der Junge hat Kraft. Mehr, als er weiß.«

»Francis meinte ungefähr dasselbe«, sagte Peter.

»C-Bird hat 'nen guten Riecher«, erwiderte Big Black.

»Also vorerst erfährt niemand was von der Sache, okay?«, warf Lucy ein. »Versuchen wir's zumindest.«

Little Black zuckte die Schultern, verdrehte aber die Augen, als wollte er sagen, dass in der Anstalt jeder früher oder später die Geheimnisse aus der Vergangenheit ihrer Mitbewohner erfuhr und dass es noch aussichtsloser war, etwas aus der Gegenwart geheim zu halten.

»Wir werden's versuchen«, sagte er. »Noch etwas. C-Bird, Gulp-a-pill will Sie jetzt sehen.«

Zugleich wandte sich der größere Bruder zu Peter um. »Demnach sind Sie wohl ein bisschen später dran.«

Peter sah sie neugierig an. »Was meinen Sie …«, fing er an, doch die Pfleger schüttelten beide den Kopf.
»Keine Spekulationen«, sagte Little Black. »Vorerst.«

Während sich sein Bruder durch den Haupteingang des Amherst mit Francis zu Dr. Gulptilils Büro auf den Weg machte, folgte Little Black Peter und Lucy in das Befragungszimmer. Die Staatsanwältin steuerte sofort die Schachtel mit den Patientenakten an, die sie eingesammelt hatte, und holte die des retardierten Hünen heraus, die zuoberst lag. Dann ging sie zügig ihre handschriftliche Liste der potenziellen Verdächtigen durch, bis sie einen fand, von dem sie annahm, dass er für ihren Plan taugte. Sie schob Little Black die Akte hin und sagte: »Das ist der Mann, mit dem ich als Nächstes sprechen möchte.«
Er sah sich die Akte an und nickte. »Ich kenn den Typ. Mistkerl, bei dem gleich die Sicherung durchknallt«, sagte er. Dann stammelte er verlegen, »Sehen Sie mir meine rüde Sprache nach, Miss Jones. Hab nur ein-, zweimal ziemlich Ärger mit dem Kerl gehabt. Er ist als einer der üblen Burschen hier drinnen bekannt.«
»Umso besser«, sagte sie, »für das, was mir vorschwebt.«
Little Black sah sie fragend an, und Peter ließ sich grinsend auf seinen Stuhl plumpsen. »Miss Jones scheint da eine Idee zu haben«, sagte er.
Lucy nahm einen Stift und rollte ihn zwischen den Fingern, während sie die Akte des Patienten studierte. Der fragliche Mann war aus der Anstalt nicht wegzudenken, nachdem er aufgrund einer ganzen Reihe von Anklagen wegen leichter Körperverletzung, Raubüberfällen und Einbrüchen den größten Teil seines Lebens entweder im Knast oder in verschiedenen Heilanstalten verbracht hatte, Letzteres, weil er über

auditive Halluzinationen und manische Tobsuchtsanfälle geklagt hatte. Vermutlich waren beide teils erfunden, teils wahr. In jedem Fall stimmte es natürlich, dass er psychopathische, manipulative Neigungen besaß, die für ihr Vorhaben perfekt passten. Und einen explosiven Zorn.
»Auf welche Weise hat sich der Kerl hervorgetan?«, fragte sie Little Black.
»Er ist einfach einer von denen, die immer die Grenzen austesten wollen. Sie verstehen, was ich meine? Sagen Sie ihm, er soll nach links gehen, dann geht er nach rechts. Sagen Sie ihm, er soll hierher kommen, dann geht er dorthin. Versuchen Sie, ihn ein bisschen vorwärts zu schieben, schreit er gleich und behauptet, Sie hätten ihn geschlagen, und reicht schriftlich Beschwerde beim Big Doc ein. Geht auch den anderen Patienten gerne auf die Nerven. Irgendeinen schikaniert er immer. Ich glaube, er bestielt die Leute hinter ihrem Rücken. Alles in allem ein ziemlich mieses Exemplar von Mensch, wenn Sie mich fragen.«
»Also, dann seien Sie doch so nett und bringen Sie ihn her. Woll'n doch mal sehen, ob wir ihn nicht dazu kriegen, genau das zu tun, was ich von ihm will.«
Mehr wollte sie vorerst nicht erklären, auch wenn ihr nicht entging, wie Peter jedes ihrer Worte einsog und sich auf einmal entspannt auf seinem Stuhl zurücklehnte, als wäre, wenn auch etwas verspätet, der Groschen gefallen. Lucy vermutete, dass es tatsächlich so war und dass sie noch oft Grund haben würde, diese Fähigkeit an ihm zu bewundern. Und als sie ein bisschen genauer darüber nachdachte, wurde ihr bewusst, dass sie schon eine Reihe Qualitäten an Peter entdeckt hatte, die sie zu bewundern anfing. Das machte sie umso neugieriger zu erfahren, weshalb er die Tat begangen hatte, die ihn hierher gebracht hatte.

Kaum hatte Big Black Francis hereingeführt, nahm Miss Luscious Francis in Empfang und schleuste ihn in die Chefarztpraxis.
Wie immer machte die Sekretärin eine abweisende Miene, als wollte sie damit zum Ausdruck bringen, dass ihr jede Störung in der sorgsam ausgearbeiteten und mit eiserner Disziplin aufrecht erhaltenen Alltagsroutine zuwider war. Sie reichte Big Black eine Nachricht, der zufolge er seinen Bruder im Williams treffen sollte, und sagte, während sie Francis ungeduldig durch die Tür zum Chefarzt schob: »Sie sind spät dran. Sie müssen sich beeilen.«
Gulp-a-pill stand an seinem Fenster und starrte über einen der quadratischen Plätze hinaus. Es schien, als könnte er sich einen Moment lang nicht von dem lösen, was er dort draußen sah. Francis ließ sich in einem Sessel gegenüber dem Schreibtisch des Arztes nieder und versuchte, durch dasselbe Fenster auszumachen, was den Doktor so faszinierte. Ihm wurde bewusst, dass die Fenster hier die einzigen waren, durch die er, seit er in der Anstalt war, einen von Gittern freien Blick nach draußen hatte. Das ließ die Welt viel freundlicher erscheinen, als sie war.
Der Arzt drehte sich abrupt um. »Schöner Tag, Francis, was meinen Sie? Jetzt haben wir richtig Frühling.«
»Manchmal ist es da, wo wir immer sind, nicht leicht, den Wechsel der Jahreszeiten überhaupt mitzubekommen«, erwiderte Francis. »Die Fenster sind ziemlich verschmiert. Ich möchte wetten, dass es die Laune der Leute heben könnte, wenn die Fenster mal geputzt würden.«
Gulptilil nickte. »Das ist ein ausgezeichneter Vorschlag, Francis, und noch dazu einer, der eine Menge Einfühlungsvermögen zeigt. Ich werde es der Hausverwaltung weitergeben und sehen, ob sie nicht ein bisschen Fensterschrubben in ihren

Dienstplan aufnehmen können, auch wenn ich befürchte, dass sie jetzt schon überlastet sind.«

Er setzte sich in seinen Sessel, sammelte sich und lehnte sich vor, indem er die Ellbogen auf die Tischplatte stützte und die Unterarme hob, um das Kinn auf die gefalteten Hände zu legen. »Also, Francis, wissen Sie, was für einen Tag wir heute haben?«

Francis antwortete prompt. »Freitag.«

»Und woher wissen Sie das so genau?«

»Thunfisch und Makkaroni zum Mittagessen. Wie jeden Freitag.«

»Ja, und wissen Sie auch, wieso?«

»Mit Rücksicht auf die katholischen Patienten, nehme ich an«, antwortete Francis. »Es gibt immer noch Leute, für die es wichtig ist, freitags Fisch zu essen. Meine Familie tut das auch. Sonntags zur Messe, freitags Fisch auf den Tisch. Entspricht der natürlichen Ordnung.«

»Und Sie?«

»Ich glaube nicht, dass ich so religiös eingestellt bin«, sagte Francis.

Gulptilil fand das bemerkenswert, vertiefte das Thema aber nicht weiter. »Und wissen Sie auch das heutige Datum?«, fragte er.

Francis schüttelte den Kopf. »Ich glaube, wir haben den fünften oder sechsten Mai«, sagte er. »Tut mir leid. In der Anstalt verliert man das Gefühl für die einzelnen Tage. Gewöhnlich lasse ich mich von Newsman über die neuesten Ereignisse auf dem Laufenden halten, aber ich hab ihn heute noch nicht gesehen.«

»Wir haben den fünften. Können Sie sich das bitte mir zuliebe merken?«

»Ja.«

»Und erinnern Sie sich, wer der Präsident der Vereinigten Staaten ist?«
»Carter.«
Gulptilil lächelte, während sein Kinn weiter auf seinen Fingerspitzen thronte. »Und so habe ich mich«, sagte der Chefarzt, als sei das Folgende eine logische Weiterführung der bisherigen Unterhaltung, »mit Mr. Evans getroffen, der mir berichtet, Sie hätten zwar einige Fortschritte gemacht, was Ihre Sozialisierung und Ihre Einsicht in Ihre Krankheit wie auch ihre Auswirkung auf Sie selbst und Ihnen nahe stehende Personen betrifft, hörten aber seiner Meinung nach trotz Ihrer derzeitigen Medikamentendosis nach wie vor Stimmen von Personen, die nicht anwesend sind, Stimmen, die Sie drängen, auf eine bestimmte Weise zu handeln, und hätten immer noch Wahnvorstellungen bezüglich bestimmter Ereignisse.«
Francis antwortete nicht, da er keine Frage heraushören konnte. In seinem Kopf ging heftiges Geflüster hin und her, doch leise, kaum zu hören, als hätten sie alle Angst, der Chefarzt könnte sie ebenfalls hören, wenn sie lauter redeten.
»Sagen Sie, Francis«, fuhr Gulptilil fort, »halten Sie Mr. Evans' Einschätzung für richtig?«
»Schwer zu beantworten«, sagte Francis. Er rutschte ein wenig unbehaglich in seinem Sessel hin und her, denn er war sich nur allzu sehr bewusst, dass jedes Wort von ihm, jede Veränderung in seinem Tonfall, jede kleine Eigenart der vorgefassten Meinung des Doktors Nahrung geben könnte. »Ich denke, Mr. Evans hält jede Äußerung eines Patienten, die von seiner eigenen Auffassung abweicht, automatisch für eine Wahnvorstellung, daher ist es schwer, darauf eine Antwort zu finden.«
Der Chefarzt lächelte und lehnte sich schließlich zurück. »Das ist eine stichhaltige, wohldurchdachte Feststellung, Francis. Sehr gut.«

Eine Sekunde lang wollte sich Francis entspannen, doch dann wurde ihm schnell wieder bewusst, dass er dem Doktor nicht trauen konnte, schon gar nicht einem Kompliment, das für ihn abfiel. Tief in seinem Innern ertönte zustimmendes Gemurmel. Immer wenn seine Stimmen einer Meinung mit ihm waren, stärkte das Francis' Selbstvertrauen.
»Aber Mr. Evans ist immerhin Fachmann, Francis, deshalb sollten wir das, was er sagt, nicht vorschnell verwerfen. Sagen Sie, wie ist das Leben im Amherst so? Kommen Sie mit den anderen Patienten aus? Mit dem Personal? Freuen Sie sich auf Mr. Evans' Gruppentherapie? Und sagen Sie mir eines, Francis, glauben Sie, dass Sie einer Beurlaubung ein Stück näher sind? Hat sich Ihr Aufenthalt hier bis jetzt, sagen wir, als *vorteilhaft* erwiesen?«
Der Arzt neigte sich ein wenig vor, eine Bewegung, die Francis an einen Raubvogel erinnerte. Die Fragen, die im Raum standen, waren ein Minenfeld, und er musste bei den Antworten sehr auf der Hut sein. »Das Wohnheim ist in Ordnung, Doktor, wenn auch überfüllt, und ich glaube, ich komme mit allen aus, mehr oder weniger. Es ist manchmal schwer, den Nutzen von Mr. Evans' Gruppentherapie zu sehen, auch wenn es immer hilfreich ist, wenn die Diskussionen sich um aktuelle Ereignisse drehen, weil ich manchmal die Sorge habe, dass wir hier in der Anstalt zu abgeschottet sind und dass die Welt da draußen weiter ihren Lauf nimmt, ohne dass wir daran teilhaben. Und ich würde sehr gerne nach Hause gehen, Doktor, aber ich weiß nicht recht, was ich Ihnen und meiner Familie beweisen muss, damit Sie es mir erlauben.«
»Von Ihrer Familie«, sagte der Doktor steif, »hat es bis jetzt niemand für nötig oder für wert erachtet, Sie mal zu besuchen, soviel ich weiß?«
Francis verstärkte augenblicklich den Panzer der Selbstkon-

trolle, bevor seine Emotionen über ihn hereinbrechen konnten. »Bisher nicht, Doktor.«
»Ein Anruf vielleicht? Der eine oder andere Brief?«
»Nein.«
»Das muss Ihnen zu schaffen machen, nicht wahr, Francis?«
Er holte tief Luft. »Ja«, sagte er.
»Aber Sie fühlen sich nicht im Stich gelassen?«
Francis war nicht sicher, wie die richtige Antwort auf diese Frage lautete, also sagte er: »Geht schon.«
Gulptilil lächelte, kein amüsiertes Lächeln, sondern das einer Schlange. »Und es geht schon, weil Sie immer noch Stimmen hören, die Sie bereits seit so vielen Jahren begleiten?«
»Nein«, log Francis. »Die sind durch die medikamentöse Behandlung beseitigt.«
»Aber Sie geben zu, dass Sie sie früher gehört haben?«
In seinem Kopf hallte es *nein, nein, nein, sag nichts, verheimliche uns, Francis!*
»Ich bin mir nicht sicher, worauf Sie hinauswollen, Doktor«, antwortete er. Keine Sekunde lang machte er sich Hoffnungen, der Arzt würde es dabei bewenden lassen.
Gulptilil schwieg eine Weile, so dass die Stille über ihnen schwebte, als erwartete er, dass Francis noch etwas hinzufügen würde, was er nicht tat.
»Sagen Sie, Francis. Glauben Sie, dass ein Mörder in der Klinik frei herumläuft?«
Francis schnappte nach Luft. Mit dieser Frage hatte er nicht gerechnet, und fairerweise musste er zugeben, dass er mit keiner der Fragen des Arztes gerechnet hatte. Für einen Moment huschte sein Blick durch den Raum, als suchte er nach einem Ausweg. Sein Herz klopfte wie wild, und sämtliche Stimmen waren verstummt, da sie alle sehr wohl wussten, dass sich in der Frage des Arztes alle möglichen wichtigen Überlegungen

verbargen und er keine Ahnung hatte, wie die richtige Antwort lautete. Er sah, wie Gulptilil erwartungsvoll eine Augenbraue hochzog, und Francis war klar, dass Zögern das Dümmste war, was er machen konnte.
»Ja«, sagte er gedehnt.
»Sie glauben nicht, dass es sich dabei um eine Wahnvorstellung handelt, eine paranoide obendrein?«
»Nein«, sagte er und strengte sich vergeblich an, nicht unsicher zu klingen.
Sein Gegenüber nickte. »Und wieso glauben Sie das?«, fragte er.
»Miss Jones scheint davon überzeugt zu sein. Peter ebenso. Und ich glaube nicht, dass Lanky ...«
Gulptilil hielt die Hand hoch. »Die Diskussion hatten wir bereits. Sagen Sie mir, welche Erkenntnisse es bei den, äh, Ermittlungen gibt, die darauf schließen lassen, dass Sie auf der richtigen Fährte sind.«
Francis wollte sich in seinem Sessel winden, wagte es aber nicht. »Miss Jones ist noch dabei, potenzielle Verdächtige zu befragen«, sagte er. »Ich glaube nicht, dass sie schon bei irgendeinem Patienten zu einem Schluss gekommen ist, außer dass sie eine Reihe von ihnen streichen kann. Mr. Evans hat ihr dabei geholfen.«
Gulptilil schwieg und wog die Antwort ab. »Sie würden es mir doch sagen, oder, Francis?«
»Ihnen was sagen, Doktor?«
»Wenn sie zu konkreten Ergebnissen gekommen wäre.«
»Ich weiß nicht recht ...«
»Es wäre, zumindest für mich, ein Zeichen dafür, dass Sie ein deutlich klareres Realitätsverständnis haben. Es würde darauf hinweisen, dass Sie Fortschritte machen, denke ich, wenn Sie in der Lage wären, Aussagen in dieser Angelegenheit zu

machen. Und wer weiß, wohin das führen könnte, Francis! Sich der Wirklichkeit zu stellen, also, das ist ein wichtiger Schritt auf dem Weg zur Genesung. Ein sehr wichtiger Schritt auf einem sehr wichtigen Weg. Und dieser Weg würde alle möglichen Veränderungen mit sich bringen. Vielleicht einen Besuch bei Ihrer Familie. Vielleicht eine Beurlaubung für ein Wochenende. Und dann vielleicht noch größere Freiheiten. Ein Weg beachtlicher Möglichkeiten, Francis.«

Der Arzt beugte sich zu Francis vor, der schwieg.

»Habe ich mich deutlich ausgedrückt?«, fragte er.

Francis nickte.

»Gut. Dann werden wir uns die Zeit nehmen, in den nächsten Tagen noch einmal über diese Dinge zu sprechen, Francis. Und sollte es Ihnen selber wichtig erscheinen, mit mir zu reden, über die eine oder andere Beobachtung, die Sie gemacht haben, also, meine Tür steht Ihnen jederzeit offen. Ich werde mir immer Zeit für Sie nehmen. Egal, wann, verstehen Sie?«

»Ja, ich denke schon.«

»Ich freue mich über Ihre Fortschritte, Francis. Und darüber, dass wir dieses Gespräch geführt haben.«

Wieder blieb Francis stumm.

Der Doktor wies zur Tür. »Ich denke, für den Augenblick sind wir fertig, Francis, und ich muss mich auf ziemlich wichtigen Besuch vorbereiten. Sie finden sicher allein hinaus. Meine Sekretärin wird jemanden rufen, der Sie ins Amherst hinüberbringt.«

Francis hievte sich aus dem Sessel und machte ein paar zögerliche Schritte Richtung Tür, als ihn Dr. Gulptilils Stimme zurückrief. »Ach, Francis, eh ich's vergesse. Können Sie mir sagen, welchen Tag wir heute haben?«

»Freitag.«

»Und das Datum?«
»Den fünften Mai.«
»Ausgezeichnet. Und den Namen unseres ehrenwerten Präsidenten?«
»Carter.«
»Sehr gut, Francis. Ich hoffe, wir haben recht bald wieder Gelegenheit, unsere Unterhaltung fortzuführen.«
Und damit fand Francis allein hinaus. Er wagte nicht, noch einmal einen Blick über die Schulter zu werfen, um zu sehen, ob der Arzt ihn beobachtete. Doch er fühlte förmlich, wie sich ihm seine Augen in den Rücken bohrten, genau an der Stelle, wo Hals und Schädel zusammentrafen. *Nichts wie raus hier!*, hörte er tief in seinem Kopf, und er folgte der Aufforderung nur allzu gerne.

Der Mann, der Lucy gegenüber saß, war drahtig und klein, mit dem Körperbau eines Profi-Jockeys. Er hatte ein schiefes Grinsen, das sich, wenn Lucys Gefühl sie nicht täuschte, in dieselbe Richtung neigte wie seine vorgezogenen Schultern, was dem ganzen Kerl ein asymmetrisches Aussehen verlieh. Sein strähniges schwarzes Haar fiel ihm wirr ums Gesicht, und seine blauen Augen glühten mit einer Intensität, die etwas Beunruhigendes hatte. Jeder dritte Atemzug des Mannes klang wie ein asthmatisches Keuchen, was ihn nicht daran hinderte, sich eine Zigarette nach der anderen anzuzünden, so dass sein Gesicht im Qualm verschwand. Evans hustete ein-, zweimal, und Big Black zog sich in eine Ecke des Büros zurück, nicht zu weit, nicht zu nah. Big Black, kam es Lucy in den Sinn, hatte einen sicheren Instinkt für Entfernungen, der ihm fast automatisch die richtige Distanz für jeden einzelnen Patienten diktierte.
Sie sah auf die Akte, die vor ihr lag. »Mr. Harris«, sagte sie.

»Ich wüsste gerne, ob Sie irgendeine von denen hier wiedererkennen.«
Damit knallte sie vor dem Mann die Fotos von den Leichen auf den Tisch.
Er nahm jedes in die Hand und ließ sich ein paar Minuten zu viel Zeit, sie eingehend zu betrachten. Dann schüttelte er den Kopf. »Ermordete«, sagte er mit einem gewissen Nachdruck auf der zweiten Silbe. »Tot und einfach liegen lassen, wie's aussieht. Nix für mich.«
»Das beantwortet nicht meine Frage.«
»Nein, die kenn ich nicht.« Sein schiefes Grinsen wurde noch ein wenig breiter. »Und meinen Sie wirklich, ich tät das zugeben, wenn ich es gewesen wär?«
Lucy überhörte die Bemerkung. »Sie haben ein ziemlich langes Strafregister an Gewalttaten«, sagte sie.
»Eine Schlägerei in 'ner Bar ist noch lange kein Mord.«
Sie sah ihn eindringlich an.
»Und Trunkenheit am Steuer auch nich'. Oder einen Kerl zusammenzuschlagen, der meint, er kann mich beleidigen.«
»Schauen Sie sich das dritte Bild genau an«, sagte sie betont. »Sehen Sie das Datum unter dem Foto?«
»Ja.«
»Können Sie mir sagen, wo Sie zu der Zeit waren?«
»Ich war hier.«
»Nein, waren Sie nicht. Bitte lügen Sie mich nicht an.«
Harris veränderte nervös seine Haltung. »Dann war ich eben wegen irgend so 'ne getürkten Anklagen, mit denen sie mir gerne kommen, in Walpole.«
»Nein, waren Sie nicht. Nochmals: Lügen Sie mich nicht an.«
Harris rutschte wieder auf seinem Stuhl herum. »Ich war unten am Cape. Hatte da für 'ne Dachdeckerfirma 'nen Auftrag zu erledigen.«

Lucy sah auf die Akte. »Seltsame Zeit, oder? Sie sind irgendwo auf einem Dach und behaupten, Stimmen zu hören, und zur selben Zeit wird im Verlauf weniger Stunden in allen möglichen Häusern nur wenige Blocks von Ihrer Arbeitsstelle entfernt eingebrochen.«

»Hat mir nie jemand angehängt.«

»Weil Sie die dazu gebracht haben, Sie in die Klapse zu befördern.«

Er lächelte wieder und entblößte sein unregelmäßiges Gebiss. Ein windiger, widerwärtiger Bursche, dachte Lucy. Aber nicht der Mann, hinter dem sie her war. Sie merkte, wie Evans neben ihr unruhig wurde.

»Dann haben Sie also«, sagte sie betont, »nichts mit einem dieser Fälle zu tun?«

»Das sehn Sie richtig, Lady«, sagte Harris. »Kann ich jetzt gehen?«

»Ja«, sagte Lucy, um in dem Moment, als Harris aufstehen wollte, hinzuzufügen: »Sobald Sie mir erklärt haben, wieso ein anderer Patient uns erzählt, Sie hätten sich gebrüstet, diese Morde begangen zu haben.«

»Was?«, sagte Harris und seine Stimme klang augenblicklich eine Oktave höher. »Jemand sagt, ich hätte was?«

»Sie haben mich schon verstanden. Erklären Sie mir also bitte schön, wieso Sie in Ihrem Wohnheim – Williams, nicht wahr? –, warum Sie dort damit prahlen.«

»Ich hab so was nich' gesagt! Sie müssen total verrückt sein!«

»Das hier ist ein verrückter Ort«, sagte Lucy betont. »Sagen Sie mir, wieso.«

»Hab ich nich' gesagt. Wer behauptet so was?«

»Ich bin nicht befugt, die Informationsquelle zu nennen.«

»Wer?«

»Sie haben offenbar Dinge behauptet, die in dem Wohnheim,

in dem Sie leben, gehört wurden. Sie waren indiskret, um es einmal vorsichtig auszudrücken. Ich möchte, dass Sie mir das erklären.«

»Wann hat …«

Lucy lächelte. »Noch nicht lange her. Diese Information haben wir erst kürzlich erhalten. Sie bestreiten also, so etwas gesagt zu haben?«

»Ja! Das ist verrückt! Wieso sollte ich mich mit so was brüsten? Ich hab keine Ahnung, was das Ganze soll, Lady, aber bis jetzt hab ich noch keinen umgelegt. Das ist doch beknackt, macht doch keinen Sinn …«

»Und Sie meinen, alles hier drinnen müsste Sinn ergeben?«

»Irgendwer lügt Sie an. Und irgendwer will, dass ich auf die Nase falle.«

Lucy nickte langsam. »Ich werde das in Betracht ziehen«, sagte sie. »In Ordnung. Sie können gehen. Allerdings müssen wir uns vielleicht noch mal unterhalten.«

Harris sprang wie von der Tarantel gestochen von seinem Stuhl auf und trat einen Schritt auf Lucy zu, was Big Black veranlasste, sich aus seiner Ecke herauszuwinden. Als das Federgewicht dies bemerkte, blieb er stehen. »Verdammter Mistkerl«, sagte er. Und dann machte er auf dem Absatz kehrt und verließ, nicht ohne seine Kippe mit dem Absatz auszutreten, den Raum.

Evans hatte einen hochroten Kopf. »Haben Sie auch nur die geringste Ahnung, in was für Probleme Sie uns mit diesen Fragen bringen können?«, fragte er schroff. Er zeigte auf die Akte und pochte mit dem Finger auf Harris' Diagnose. »Sehen Sie, was da steht, genau da. Explosiv. Zornbewältigungsprobleme. Und Sie provozieren ihn mit einem Haufen völlig abwegiger Fragen, von denen Sie genau wissen, dass sie ihn nur in Rage bringen können. Ich wette, Harris landet, bevor der Tag zu Ende ist, in einer Isolierzelle, und ich bin dafür verantwortlich, dass er sediert wird. Verdammt! Das war einfach verantwortungslos, Miss Jones. Und falls Sie vorhaben, mit Fragen fortzufahren, die in den Stationen nur für ein heilloses Durcheinander sorgen können, dann sehe ich mich gezwungen, darüber mit Dr. Gulptilil zu reden!«

»Tut mir leid«, sagte Lucy. »War wohl gedankenlos von mir. Bei den nächsten Befragungen werde ich umsichtiger vorgehen.«

»Ich brauche eine Pause«, sagte Evans, erhob sich ärgerlich und stürmte aus dem Zimmer.

Lucy dagegen überkam ein Gefühl der Befriedigung.

Auch sie stand auf und ging in den Flur. Peter wartete bereits mit einem mühsam beherrschten Grinsen, als hätte er alles verstanden, was in seiner Abwesenheit vorgefallen war. Mit einer kleinen Verneigung gab er ihr zu verstehen, dass er genug gesehen und gehört hatte und den Trick bewunderte. Doch er hatte keine Gelegenheit, etwas zu ihr zu sagen, da in diesem Moment Big Black hinter dem Gitter der Pflegestation hervortrat und einen Satz Handschellen und Fußfesseln in der Hand hielt. Das Rasseln der Ketten hallte durch den Flur. Mehr als ein Patient, der gerade in der Nähe herumschlenderte, sah den Pfleger und das, was er in Händen hielt, und wie aufgeschreckte Hühner stoben sie so schnell sie konnten aus dem Weg.

Peter dagegen blieb stocksteif stehen und wartete.

Wenige Meter entfernt stand Cleo auf, so dass ihr mächtiger Leib wie ein orkangepeitschtes Schiff hin und her wogte.

Lucy sah Big Black auf Peter zukommen, hörte, wie er eine Entschuldigung flüsterte und dann die Schellen um seine Hand- und Fußgelenke zuschnappen ließ. Sie hielt den Mund. Doch als die letzte Fessel einrastete, brüllte Cleo laut: »Diese

Arschlöcher! Diese verdammten Arschlöcher! Lass dir nicht gefallen, dass sie dich mitnehmen, Peter! Wir brauchen dich!«

Schlagartig herrschte Stille im Flur.

»Zur Hölle mit denen«, heulte Cleo auf, »wir *brauchen* dich!«

Lucy sah, dass Peters Gesicht verschlossen und all seine grinsende Sorglosigkeit verflogen war. Er hob die Hände, wie um zu testen, wie weit die Fesseln seine Bewegungsfreiheit einschränkten, und sie glaubte zu sehen, wie ihn eine gewaltige Agonie ergriff, bevor er sich umdrehte und sich von Big Black abführen ließ – ein wildes Tier, dem nicht zu trauen war.

21

Peter bewegte sich vorsichtig und in dem charakteristisch hoppelnden Gang, den die Ketten zwischen den Hand- und Fußschellen erzwangen, an der Seite von Big Black den Krankenhausweg entlang. Den großen Pfleger schien dieser Auftrag in Verlegenheit zu bringen, und er schwieg. Er hatte sich einmal bei Peter entschuldigt, als sie aus dem Amherst-Gebäude traten, und von da an den Mund gehalten. Doch er ging schnell, wodurch sich Peter gezwungen sah, mitzuhalten und dabei den Kopf zu senken, die Augen auf den schwarzen Asphalt zu richten und sich auf seine Bewegungen zu konzentrieren, damit er nicht stolperte und fiel.

Peter fühlte die warme Abendsonne im Nacken und schaffte es, ein paarmal kurz den Kopf zu heben, um die letzten Strahlen zu sehen, die noch einmal die Häuserzeilen streiften, bevor der Tag zu Ende ging. Es lag eine frische Brise in der Luft, eine vertraute Mahnung des Neu-England-Frühlings, sich nicht voreilig auf Sommertemperaturen einzustellen. An einigen Stellen glänzte der weiße Anstrich an den Fensterrahmen, so dass die vergitterten Scheiben wie Augen unter den langen Wimpern ihrer schweren Lider hervor seinen Gang über den Innenhof verfolgten. Die Handschellen an seinen Gelenken gruben sich ihm schmerzhaft ins Fleisch, und er merkte, dass die übersprudelnde Lebensfreude, die ihn bei seinem ersten heimlichen Ausflug in Begleitung der beiden Moses-Brüder auf der Suche nach dem Engel ergriffen hatte, die unbändige

Freude, die ihn mit der Erinnerung an alle möglichen Düfte und anderen Sinneswahrnehmungen überflutet hatte, jetzt einem hoffnungslosen Gefühl von Gefangenschaft gewichen war. Er wusste nicht, zu was für einem Treffen er gebracht werden sollte, doch er nahm an, dass es wichtig war.

Diese Vermutung erhärtete sich beim Anblick zweier schwarzer Cadillac-Limousinen, die in der halbkreisförmigen Auffahrt vor dem Verwaltungsgebäude parkten. Sie waren spiegelblank poliert.

»Was geht hier vor?«, flüsterte Peter Big Black zu.

Der Pfleger schüttelte den Kopf. »Sie haben mir nur gesagt, ich soll die Fesseln holen und Sie ganz schnell rüberbringen. Damit wissen Sie so viel wie ich.«

»Also nichts«, sagte Peter, und der Große nickte.

Er wankte hinter Big Black die Treppe hoch und schlurfte durch die Diele zu Gulptilils Büro hinüber. Miss Luscious wartete hinter ihrem Sekretärinnenschreibtisch, und Peter sah, dass ihr gewohnt grimmiges Gesicht einem unbehaglichen Ausdruck wich und dass sie ihre wie immer hautenge Bluse unter einer locker fallenden Strickjacke verbarg. »Schnell«, sagte sie. »Sie warten schon eine Weile.« Wer *sie* waren, verriet sie nicht.

Die Ketten machten ihre eigene rasselnde Musik, als er weiterhastete und Big Black ihm die Tür aufhielt. Peter stolperte hinein.

Als Ersten sah er Gulptilil hinter seinem Schreibtisch. Bei Peters Eintreten stand der Chefarzt auf. Wie gewöhnlich befand sich ein leerer Sessel vor dem Tisch. Es waren noch drei weitere Männer anwesend, die alle den schwarzen Anzug und weißen Kragen der Geistlichen trugen. Zwei der Männer sah Peter zum ersten Mal, doch das dritte Gesicht kannte jeder Katholik in Boston. Der Kardinal saß seitlich vom Schreibtisch genau in der Mitte einer Couch an der Wand. Er hatte die

Beine übereinander geschlagen und schien entspannt. Einer der anderen Priester saß neben ihm und hielt eine braune Ledermappe und einen gelben Schreibblock in der einen Hand und in der anderen einen großen schwarzen Füllfederhalter, mit dem er nervös herumfuchtelte. Der dritte Priester saß direkt neben dem Chefarzt hinter seinem Schreibtisch. Er hatte einen Stapel Papiere vor sich liegen.

»Ah, Mr. Moses, danke. Wenn Sie bitte so nett sind, Peter die Fesseln abzunehmen.«

Der Pfleger brauchte einen Moment, bis er damit fertig war, dann trat er zurück und sah den Doktor fragend an, der ihn mit einer Handbewegung entließ. »Warten Sie doch bitte draußen auf uns, bis wir Sie rufen, Mr. Moses, ja? Ich bin zuversichtlich, dass wir während dieses Treffens hier keine weiteren Sicherheitsvorkehrungen treffen müssen.« Er sah zu Peter hinüber und fügte hinzu: »Wir sind schließlich alle Gentlemen, nicht wahr?«

Peter sagte nichts. Seine Gefühle in diesem Moment hatten nicht allzu viel mit einem Gentleman zu tun.

Ohne ein Wort wandte Big Black sich um und ließ Peter stehen. Gulptilil wies auf den Sessel. »Nehmen Sie Platz, Peter«, sagte er. »Diese Herren würden Ihnen gerne ein paar Fragen stellen.«

Peter nickte, ließ sich schwer in den Sessel fallen und wartete ab. Er versuchte, zuversichtlich zu erscheinen, doch er wusste, dass es ihm nicht gelingen würde. Er fühlte eine Woge widerstreitender Emotionen, von blankem Hass bis zu neugieriger Erwartung, und er ermahnte sich, kurz und bündig zu antworten. »Ich erkenne den Kardinal wieder«, sagte Peter und sah dabei dem Chefarzt ins Gesicht. »Ich hab sein Foto schon oft gesehen. Die anderen beiden Herren kenne ich leider nicht. Ob sie wohl Namen haben?«

Gulptilil nickte. »Pater Callahan ist der persönliche Sekretär des Kardinals«, sagte Gulptilil und wies dabei auf den Mann neben dem Würdenträger. Es war ein Mann in mittleren Jahren mit Stirnglatze, einer dicken Brille, die er dicht vor den Augen trug, und Wurstfingern, mit denen er seinen Füllfederhalter hielt, um damit auf seinem Schreibblock herumzutrommeln. Er nickte Peter zu, ohne jedoch aufzustehen und ihm die Hand zu schütteln. »Und der andere Herr ist Pater Grozdik, der einige Fragen an Sie hat.«

Peter nickte. Der Priester mit dem polnischen Namen war bedeutend jünger, wahrscheinlich etwa in Peters Alter. Er war schlank, athletisch und gut über eins achtzig groß. Sein schwarzer Anzug schien ihm auf die schmale Taille maßgeschneidert, und seine ganze Erscheinung war von einer trägen, katzenhaften Grazie. Sein schwarzes Haar trug er lang, jedoch aus dem Gesicht gekämmt, und seine durchdringenden blauen Augen fixierten Peter, seit er den Raum betreten hatte, ohne mit der Wimper zu zucken. Auch er erhob sich nicht oder reichte ihm die Hand oder tat sonst etwas, um ihn zu begrüßen, sondern lehnte sich nur in einer unheimlich raubtierhaften Bewegung vor. Peter erwiderte den Blick des Mannes und sagte: »Ich vermute doch, dass Pater Grozdik auch einen Titel hat. Vielleicht darf ich den erfahren.«

»Ich gehöre zur Rechtsabteilung der Erzdiözese«, sagte er. Der Priester hatte eine ausdruckslose, monotone Stimme, die wenig preisgab.

»Falls Pater Grozdiks Fragen juristischer Natur sind, sollte vielleicht mein Anwalt hier sein?«, sagte Peter. Er formulierte dies gezielt als Frage, um der Antwort des Priesters vielleicht etwas zu entnehmen.

»Wir hatten alle gehofft, dass Sie bereit wären, sich inoffiziell mit uns zu treffen«, antwortete der Priester.

»Das hängt natürlich davon ab, was Sie wissen wollen«, sagte Peter. »Besonders, wenn ich sehe, dass Pater Callahan da drüben sich bereits Notizen macht.«

Der ältere Priester hielt mitten im Schreiben inne. Er wechselte einen Blick mit dem jüngeren Kollegen, der ihm zunickte. Der Kardinal blieb reglos auf dem Sofa sitzen und ließ Peter nicht aus den Augen.

»Haben Sie etwas dagegen?«, fragte Pater Grozdik. »Es könnte zu einem späteren Zeitpunkt wichtig sein, dass dieses Treffen protokolliert wird. Das dient genauso Ihrem wie unserem Schutz. Und sollten wir zu keinem Ergebnis kommen, können wir uns immer noch darauf einigen, das Protokoll zu zerreißen. Falls Sie aber Bedenken haben …« Er führte den Satz nicht zu Ende.

»Vorerst nicht, später vielleicht«, sagte Peter.

»Gut. Dann können wir also anfangen.«

»Ich bitte darum«, sagte Peter steif.

Pater Grozdik starrte auf seine Papiere und ließ sich Zeit, bevor er weitersprach. Peter erkannte sofort, dass der Mann eine Ausbildung in Befragungstechniken genossen hatte. Das war seiner Art zu entnehmen, wie er seine Gedanken ordnete, bevor er auch nur den Mund aufmachte. Peter tippte aufs Militär und sah eine schlichte Aufeinanderfolge: Highschool-Abschluss an St Ignatius, dann Grundstudium am Boston College. Dann ins Ausbildungscorps für Reserveoffiziere, dann ein obligatorischer Übersee-Einsatz bei der Militärpolizei, Rückkehr an die juristische Fakultät des BC und dann eine solide jesuitische Ausbildung und die steile Karriereleiter in der Erzdiözese hinauf. In seiner Jugend hatte er einige Männer vom Schlage Pater Grozdiks gekannt, die aufgrund ihres Intellekts und ihrer Ambitionen auf der Wunschliste der Kirche ganz oben standen. Das Einzige, was nicht so recht ins

Bild passte, dachte Peter, war der polnische Name. Nicht irisch, was er interessant fand. Doch in dem Moment wurde ihm bewusst, dass er selbst irischer Katholik war so wie der Kardinal und der Sekretär des Kardinals, und so steckte eine verkappte Botschaft in dem Umstand, dass sie ihm jemanden von anderer ethnischer Herkunft vorsetzten. Er hätte nicht sagen können, welchen Vorteil die drei Priester daraus zu ziehen hofften. Er nahm an, dass er das über kurz oder lang erfahren würde.

»Also, Peter«, fing der Priester an, »... ist es Ihnen Recht, wenn ich Sie Peter nenne? Ich würde mich freuen, wenn dieses Treffen nicht allzu förmlich verlaufen müsste.«

»Aber gern, Pater«, sagte Peter und nickte. Das war clever, dachte er. Jeder andere hier besaß die Autorität und den Status eines Erwachsenen. Er hatte nur einen Vornamen. Genauso hatte er es schon mit mehr als einem Brandstifter gemacht, den er zu befragen hatte.

»Also, Peter«, fing der Priester noch einmal an, »Sie sind hier in der Klinik, um sich einer Beurteilung Ihres Geisteszustands zu unterziehen, und zwar gemäß Gerichtsbeschluss bei gleichzeitiger Aussetzung des Verfahrens gegen Sie, ist es nicht so?«

»Ja. Die sollen rausbekommen, ob ich verrückt bin. Zu verrückt, um vor Gericht zu stehen.«

»Das wird wohl daran liegen, dass viele, die Sie kennen, den Eindruck haben, dass das, was Sie getan haben, tja, was – sagen wir mal –, Ihnen wesensfremd war? Ist das eine faire Darstellung?«

»Ein Feuerwehrmann, der einen Brand legt. Ein guter katholischer Junge, der eine Kirche niederbrennt. Sicher. ›Wesensfremd‹ geht klar.«

»Und, sind Sie verrückt, Peter?«

»Nein. Aber das würden wahrscheinlich die meisten hier auf die Frage antworten, so viel also zu meiner unmaßgeblichen Meinung.«
»Und zu welchem Schluss ist Ihrer Meinung nach das Klinikpersonal bislang gekommen?«
»Ich vermute mal, sie sind noch dabei, sich einen Eindruck zu verschaffen, Pater, neigen aber mehr oder weniger zu derselben Auffassung wie ich. Natürlich werden sie es in ein bisschen Fachjargon verpacken. Sie werden sagen, ich hätte Wut aufgestaut. Ich sei neurotisch. Zwanghaft. Vielleicht sogar asozial. Dabei hätte ich aber durchaus gewusst, was ich tat, womit erwiesen wäre, dass ich juristisch gesehen mehr oder weniger schuldfähig bin, richtig, Pater? Das haben sie Ihnen in der Juristischen Fakultät am BC zweifellos beigebracht?«
Pater Grozdik lächelte und rutschte in seinem Sessel hin und her, bevor er humorlos antwortete: »Ja. Gut geraten, Peter. Oder haben Sie den Jahrgangsring gesehen?« Er hielt die Hand hoch und ließ einen großen goldenen Ring im Licht aufblitzen, das durchs Fenster hereinströmte. Peter wurde bewusst, dass der Priester sich so platziert hatte, dass der Kardinal seine Reaktionen auf die Fragen sehen konnte, ohne dass Peter sich zum Kardinal umdrehen und beobachten konnte, wie der den Schlagabtausch aufnahm.
»Schon merkwürdig, Peter, nicht wahr?«, fragte Pater Grozdik in nach wie vor ausdruckslosem, kaltem Ton.
»Merkwürdig, Pater?«
»Vielleicht trifft ›merkwürdig‹ es nicht ganz, Peter. Vielleicht sollte ich besser von einer ›intellektuellen Herausforderung‹ sprechen, wenn ich an das Dilemma denke, in dem Sie stecken. Haben Sie sich intensiv mit Psychologie befasst, Peter? Oder mit Philosophie vielleicht?«
»Nein. Ich hab Töten studiert. Bei der Armee. Wie man tötet

und wie man Leute davor rettet, getötet zu werden. Und nach meiner Heimkehr hab ich Brände studiert. Wie man sie löscht. Und wie man sie legt. Erstaunlicherweise fand ich diese beiden Studiengänge nicht allzu verschieden voneinander.«
Pater Grozdik lächelte und nickte. »Ja. Peter the Fireman. So werden Sie doch genannt, nicht wahr? Aber Ihnen ist zweifellos klar, dass eine Reihe von Aspekten Ihrer Situation keine einfachen Deutungen zulassen.«
»Ja«, sagte Peter, »das ist mir klar.«
Der Priester lehnte sich vor. »Denken Sie viel über das Böse nach, Peter?«
»Das Böse, Pater?«
»Ja. Das Wirken von Kräften in dieser Welt, die sich am adäquatesten mit dem Begriff des Bösen beschreiben lassen.«
Peter zögerte und nickte dann. »Ja. Ich hab eine Menge Zeit damit zugebracht, darüber nachzudenken. Wenn man gewesen ist, wo ich war, kann man nicht umhin, zu bemerken, dass das Böse seinen Platz in der Welt hat.«
»Ja. Krieg und Zerstörung. Zweifellos sind das Schauplätze, wo das Böse sich austobt. Das interessiert Sie doch? Auf intellektueller Ebene vielleicht?«
Peter zuckte die Schultern, um hinsichtlich dieser Fragen eine gewisse Nonchalance an den Tag zu legen, auch wenn er innerlich seine ganze Konzentrationsfähigkeit zusammennehmen musste. Er wusste nicht, in welche Richtung der Priester das Gespräch lenken wollte, doch er war auf der Hut. Er hielt den Mund.
Pater Grozdik zögerte einen Moment, bevor er fragte, »Sagen Sie, Peter, was Sie getan haben … betrachten Sie das als böse?«
Peter ließ sich ebenfalls Zeit, bevor er erwiderte: »Soll das ein Geständnis werden, Pater? Ich meine, die Art von Geständnis, die gewöhnlich nach einer Rechtsbelehrung verlangt. An eine

Beichte hatten Sie doch wohl eher nicht gedacht, da ich mir relativ sicher bin, dass noch so viele Vaterunser und Ave Marias und schweren Bußen das, was ich getan habe, nicht angemessen sühnen könnten.«

Pater Grozdik brachte weder ein Lächeln zustande, noch schien er von Peters Antwort sonderlich beunruhigt. Ein bedächtiger Mann, sehr kalt und direkt, dachte Peter, was im Gegensatz zur hinterhältigen Art seiner Fragen stand. Ein gefährlicher Mann und ein schwieriger Gegner, wie Peter glaubte. Das Problem war nur, dass er nicht sicher wusste, ob der Priester ein Gegner war. Höchstwahrscheinlich schon. Doch das erklärte nicht, wieso er da war. »Nein, Peter«, sagte der Priester monoton. »Weder Geständnis noch Beichte. In einer Hinsicht kann ich Sie beruhigen ...« Er sagte das auf eine Art, die, wie Peter sehr wohl merkte, in Wahrheit das Gegenteil bewirken sollte. »Nichts, was Sie heute hier sagen, wird vor Gericht gegen Sie verwendet werden.«

»Dann vielleicht vor einem höheren Gericht?«, erwiderte Peter in leicht spöttischem Ton.

Der Priester schluckte den Köder nicht.

»Wir stehen alle mal vor dem höchsten Richterstuhl, nicht wahr?«

»Das wird sich zeigen, nicht wahr?«

»So wie die Antworten auf so viele Mysterien. Aber das Böse, Peter ...«

»In Ordnung, Pater«, sagte Peter. »Dann lautet die Antwort auf Ihre erste Frage, ja. Ich glaube, dass vieles von dem, was ich getan habe, böse ist. Wenn man es von einer bestimmten Warte, nämlich der Warte der Kirche, betrachtet, scheint die Sache offensichtlich. Deshalb bin ich hier, und deshalb werde ich für den Rest meines Lebens hinter Gitter gehen. Den größten Teil meines Lebens zumindest.«

Pater Grozdik schien diese Feststellung abzuwägen, bevor er sagte: »Aber ich hege den Verdacht, Peter, dass Sie mir nicht die Wahrheit sagen. Dass Sie, tief in Ihrem Innern, nicht wirklich glauben, etwas Böses getan zu haben. Oder dass Sie glauben, Sie hätten, als Sie den Brand legten, beabsichtigt, sozusagen den Teufel mit dem Beelzebub auszutreiben. Vielleicht kommt das der Wahrheit näher.«

Peter sparte sich eine Antwort darauf. Es lag drückendes Schweigen im Raum.

Der Priester beugte sich ein Stück vor. »Könnte man nicht fairerweise sagen, dass Sie geglaubt haben, Ihre Handlungsweise sei aus einer bestimmten moralischen Sicht falsch. Aber aus einer anderen richtig?«

Peter merkte, wie er unter den Achseln und im Nacken zu schwitzen begann.

»Ich bin nicht sicher, ob ich darüber reden möchte«, sagte er.

Der Priester senkte den Kopf und sah einige Papiere durch, die er rasch durchblätterte, bis er gefunden hatte, was er suchte, und es kurz überprüfte, um Peter mit einer weiteren Frage zu konfrontieren. »Erinnern Sie sich an das Erste, was Sie der Polizei gesagt haben, als sie am Haus Ihrer Mutter eintraf? Und, wie ich vielleicht hinzufügen sollte, Sie dort auf der Treppe mit dem Benzinkanister und den Streichhölzern in der Hand sitzen sah?«

»Eigentlich hab ich ein Feuerzeug benutzt.«

»Natürlich. Ich muss mich berichtigen. Und was haben Sie ihnen gesagt?«

»Wie's aussieht, haben Sie den Polizeibericht vor sich.«

»Erinnern Sie sich, wie Sie sagten: ›Jetzt sind wir quitt‹, bevor Sie sich verhaften ließen?«

»Ja.«

»Vielleicht könnten Sie mir das erklären.«

»Pater Grozdik«, sagte Peter geradeheraus. »Ich vermute einmal, Sie wären nicht hier, wenn Sie die Antwort auf diese Frage nicht bereits wüssten.«
Der Priester schien dem Kardinal einen Seitenblick zuzuwerfen, doch Peter konnte nicht sehen, was der Kardinal tat. Er tippte auf eine unauffällige Geste mit der Hand oder ein kurzes Kopfnicken. Es war nur ein Moment, doch von da an änderte sich die Situation.
»Stimmt, Peter. Glaube ich zumindest. Dann sagen Sie mir nur eines: Der Priester, der in den Flammen umgekommen ist, haben Sie den gekannt?«
»Pater Conolly? Nein. Ich war ihm nie begegnet. Ich wusste nicht mal allzu viel über ihn. Außer natürlich eine gewisse Kleinigkeit. Ich fürchte, dass mein Kirchgang nach meiner Rückkehr aus Vietnam, sagen wir, nicht eben regelmäßig war. Wissen Sie, Pater, man sieht eine Menge Grausamkeit und sinnloses Sterben, und dann fragt man sich auf einmal, wo Gott ist. Nicht einfach, keine Glaubenskrise zu bekommen, oder wie immer Sie das nennen wollen.«
»Also haben Sie eine Kirche niedergebrannt und einen Priester gleich mit …«
»Ich wusste nicht, dass er da drinnen war«, sagte Peter. »Genauso wenig hab ich gemerkt, dass noch andere in der Kirche waren. Ich dachte, sie stünde leer. Ich hab laut gerufen und an einige Türen geklopft. Einfach ein unglücklicher Zufall, nehme ich mal an. Wie gesagt, ich dachte, sie stünde leer.«
»War sie aber nun mal nicht. Und ehrlich gesagt, Peter, fällt es mir schwer, Ihnen das abzunehmen. Wie kräftig haben Sie denn geklopft? Wie laut haben Sie gerufen? Ein Mann stirbt, drei Männer werden verletzt und sind fürs Leben gezeichnet.«
»Ja. Und sobald mein kurzer Aufenthalt hier in der Klinik zu Ende ist, geh ich in den Knast.«

»Und Sie sagen, Sie kannten den Priester nicht …«
»Aber, Pater, ich wusste etwas *über* ihn.«
»Und was wollen Sie damit sagen?«
»Was soll ich Ihnen darüber wohl erzählen, Pater? Vielleicht sollten Sie nicht mich fragen, sondern meinen Neffen. Den Messdiener. Und vielleicht ein paar von seinen Freunden …«
Pater Grozdik unterbrach Peter mitten im Satz, indem er die Hand hochhielt. »Wir haben mit einer Reihe von Gemeindemitgliedern gesprochen. Nach dem Brand haben wir eine Menge Informationen gesammelt.«
»Nun ja, dann wissen Sie wohl auch, dass weit weniger Tränen über Pater Conollys tragischen Tod vergossen werden, als mein Neffe und ein paar von seinen Freunden schon vergossen haben und noch vergießen werden.«
»Also fühlten Sie sich berufen …«
Jetzt wallte Zorn in Peter auf, ein vertrautes, wenn auch lange unterdrücktes Gefühl, aber nicht viel anders als in dem Moment, als er sich anhören musste, wie sein Neffe ihm mit zitternder Stimme beschrieb, was ihm zugestoßen war. »Niemand hätte etwas unternommen. Das wusste ich, Pater, so sicher wie das Amen in der Kirche. Mit absoluter Gewissheit. Ich hab also getan, was ich glaubte tun zu müssen, weil ich wusste, dass niemand sonst etwas unternehmen würde. Gewiss nicht Sie und der Kardinal da drüben. Und die Polizei? Keine Chance. Sie fragen nach dem Bösen, Pater. Nun ja, zumindest gibt es ein bisschen weniger Böses auf dieser Welt, seit ich diesen Brand gelegt habe. Gut möglich, dass es unter dem Strich falsch gewesen ist. Vielleicht aber auch nicht. Also, zur Hölle mit Ihnen, Pater, es ist mir nämlich egal. Ich werde jetzt gehen. Und wenn diese Ärzte hier kapiert haben, dass ich nicht verrückt bin, dann können sie mich in den Knast stecken und den Schlüssel wegwerfen, und alles ist wieder im Lot,

nicht wahr? Vollkommen im Lot, Pater. Ein Mann stirbt. Der Mann, der ihn auf dem Gewissen hat, wandert in den Knast. Ende der Vorstellung. Alle gehen glücklich und zufrieden nach Hause.«
Pater Grozdik hörte Peter zu und sagte dann sehr ruhig: »Vielleicht müssen Sie ja nicht ins Gefängnis, Peter.«

Ich hab mich oft gefragt, was wirklich in Peter vorgegangen ist, als er diese Worte hörte. Hoffnung? Hochstimmung? Oder vielleicht Angst? Er hat es mir nicht gesagt, auch wenn er mir noch am selben Abend die ganze Unterhaltung mit den drei Priestern in allen Einzelheiten wiedergegeben hat. Ich glaube, er hat es mir überlassen, das herauszufinen, denn das entsprach seinem Stil. Eine Erkenntnis, zu der man nicht selbst gekommen war, taugte in seinen Augen nichts. Deshalb schüttelte er, als ich ihn danach fragte, nur den Kopf und sagte: »C-Bird, was meinst du?«
Peter war in die Klinik eingewiesen worden, um sich einer Beurteilung seines Geisteszustands zu unterziehen, obwohl er wusste, dass letztlich nur das Urteil zählte, zu dem er selbst in seinem tiefsten Innern gelangte. Die Ermordung von Short Blond und das Erscheinen von Lucy Jones hatten in ihm die Hoffnung geweckt, er könne einen weiteren Ausgleich schaffen. Die Konflikte und Emotionen, die Peter nach allem, was er gehört und getan hatte, mit sich ausfocht, glichen einer Achterbahnfahrt, und sein ganzes Leben war seither von der fixen Idee beherrscht, wie er seine Fehler ausgleichen, wie er einer schlechten eine gute Tat entgegensetzen konnte. Nur so durfte er hoffen, abends einschlafen zu können und morgens wieder aufzuwachen, um sich sofort er-

neut mit Feuereifer an seine Wiedergutmachungsarbeit zu begeben. So wurde er beständig von dem Wunsch getrieben, seinen Seelenfrieden wiederzufinden, um doch jedes Mal festzustellen, dass eben der für ihn in unerreichbarer Ferne lag. Und als ich später darüber nachdachte, kam ich zu dem Schluss, dass ihn seine Albträume nicht nur im Schlaf verfolgten.

Für mich war es alles so viel einfacher.

Ich wollte nichts weiter als nach Hause. Mein Problem hatte weniger mit den Stimmen zu tun, die ich hörte, als vielmehr mit dem, was ich sehen konnte. Der Engel war keine Halluzination so wie die Stimmen. Er war aus Fleisch und Blut und voller Zorn, und ich fing an, das alles zu sehen. Es war wie ein Küstenstreifen, der plötzlich aus dem Nebel auftaucht, und ich trieb geradewegs auf ihn zu. Ich versuchte, Peter davon zu erzählen, doch ich konnte es nicht. Ich weiß nicht, wieso. Es war, als würde es etwas über mich selbst preisgeben, das ich nicht preisgeben wollte, und so behielt ich es für mich. Vorerst jedenfalls.

»Ich bin nicht sicher, ob ich Ihnen folgen kann, Pater«, sagte Peter und hielt den Aufruhr seiner Gefühle unter Kontrolle.

»Die Erzdiözese macht sich um diesen Vorfall ernste Gedanken, Peter.«

Peter antwortete nicht sofort, obwohl ihm ein paar sarkastische Bemerkungen auf der Zunge lagen. Pater Grozdik spähte zu Peter hinüber und versuchte, aus seiner Körperhaltung und dem Ausdruck in seinen Augen eine Antwort abzulesen. Peter hatte plötzlich das Gefühl, den härtesten Poker seines Lebens zu spielen.

»Ernste Gedanken, Pater?«

»Ja, allerdings. Wir wollen in der gegebenen Situation das Richtige tun, Peter.«
Der Priester taxierte weiterhin Peters Reaktionen.
»Das Richtige tun ...«, wiederholte Peter langsam.
»Es ist eine komplizierte Situation, mit vielen widersprüchlichen Aspekten.«
»Ich weiß nicht, ob ich Ihnen da zustimmen kann, Pater. Ein Mann hat Dinge getan, die, nun ja, schändlich sind. Er genoss höchstwahrscheinlich so etwas wie Immunität und musste daher nicht befürchten, für das, was er getan hatte, zur Rechenschaft gezogen zu werden. Und so habe ich, hitzköpfig, wie ich bin, in meiner berechtigten Empörung es auf mich genommen, etwas zu unternehmen. Ganz auf mich gestellt. Eine Ein-Mann-Bürgerwehr, könnte man es vielleicht nennen, Pater. Es wurden Verbrechen begangen. Sie haben ihren Preis gefordert. Und jetzt bin ich bereit, meine Strafe zu verbüßen.«
»Ich glaube, das Ganze ist weitaus subtiler, Peter.«
»Glauben Sie, was Sie wollen.«
»Vielleicht darf ich Sie einmal Folgendes fragen: Hat Sie irgendjemand darum gebeten, das zu tun?«
»Nein, es war mein eigener Entschluss. Nicht einmal mein Neffe hat es vorgeschlagen, und er ist derjenige, der die Narben davonträgt.«
»Und glauben Sie, dass er durch das, was Sie getan haben, wieder heil wird?«
Peter schüttelte den Kopf. »Nein. Was mich traurig macht.«
»Natürlich«, sagte Pater Grozdik prompt. »Und haben Sie hinterher irgendjemandem gesagt, wieso Sie das getan haben?«
»Zum Beispiel den Polizisten, die mich verhaftet haben?«
»Genau.«

»Nein.«
»Und hier in der Klinik, haben Sie da irgendjemandem die Gründe für Ihre Taten genannt?«
Peter dachte einen Moment lang angestrengt nach, bevor er sagte: »Nein. Obwohl es nahe liegt, dass ein paar Leute sich einen Reim darauf machen. Vielleicht nicht im Detail, aber trotzdem. Verrückte sehen die Dinge manchmal sehr scharf, Pater. Schärfer als der Mann auf der Straße.«
Pater Grozdik beugte sich auf seinem Sessel ein wenig vor. Peter hatte den Eindruck, als beobachtete er einen Raubvogel, der unter sich ein überfahrenes, totes Tier erspäht.
»Sie haben in Übersee eine Menge Kampfhandlungen gesehen, nicht wahr?«
»Ich habe einige gesehen.«
»Ihrer Militärakte ist zu entnehmen, dass Sie fast Ihre gesamte Militärzeit in Kampfgebieten verbracht haben. Und dass Sie bei mehr als einer Gelegenheit für Ihre Handlungsweise ausgezeichnet wurden. Und dann noch ein Purple Heart, für ernste Verwundung im Gefecht.«
»Das ist richtig.«
»Und Sie haben Menschen sterben sehen?«
»Ich war Sanitäter. Selbstverständlich.«
»Und wie genau sind sie gestorben? Mehr als einmal in Ihren Armen, möchte ich wetten.«
»Die Wette würden Sie gewinnen, Pater.«
»Sie sind also zurückgekehrt und glauben, das Ganze hätte keine Auswirkung auf Sie gehabt. Emotional, meine ich?«
»Das habe ich nicht behauptet.«
»Sagt Ihnen eine Krankheit namens posttraumatische Belastungsstörungen etwas, Peter?«
»Nein.«
»Dr. Gulptilil könnte es Ihnen erklären. Früher hat man das

einfach als Frontkoller bezeichnet, aber heute gibt es diese klinischer klingende Bezeichnung.«

»Wollen Sie auf etwas Bestimmtes hinaus?«

»Dieses Trauma kann Leute dazu bringen – sollen wir uns auf den Terminus von eben einigen? –, wesensfremd zu handeln. Besonders, wenn sie plötzlich unter erheblichen Stress geraten.«

»Ich hab getan, was ich getan habe. Ende der Geschichte.«

»Nein, Peter«, sagte Pater Grozdik und schüttelte den Kopf. »Anfang der Geschichte.«

Beide Männer schwiegen eine Weile. Der Priester schien zu hoffen, dass Peter etwas sagen, das Gespräch vorantreiben würde, aber er war nicht bereit, das zu tun.

»Peter, hat irgendjemand Sie darüber unterrichtet, was seit Ihrer Festnahme passiert ist?«

»In welcher Hinsicht, Pater?«

»Die Kirche, die Sie niedergebrannt haben, wurde vollständig abgerissen. Der Schutt weggeräumt und der Boden vorbereitet. Es wurde Geld gespendet. Viel Geld. Eine außergewöhnliche Welle der Großzügigkeit. Die Gemeinde ist zusammengerückt. Es wurden Pläne entworfen. An derselben Stelle soll eine größere, weitaus schönere Kirche entstehen, eine Kirche, von der wirklich Glorie und Rechtschaffenheit ausgehen. Es wurde ein Stipendienfonds in Pater Conollys Namen eingerichtet. Es ist sogar ein Jugendzentrum im Gespräch, das in die Pläne eingebettet werden soll, in seinem Gedenken natürlich.«

Peter öffnete unwillkürlich ein wenig den Mund. Er war sprachlos.

»Die Flut an Liebe und Zuneigung ist wahrlich denkwürdig.«

»Ich weiß nicht, was ich sagen soll.«

»Gottes Wege sind unergründlich, nicht wahr, Peter?«

»Ich bin mir nicht so sicher, dass Gott mit alldem viel zu tun hat, Pater. Mir wäre ein bisschen wohler bei der Sache, wenn wir Ihn da raushalten könnten. Was ist es also, was Sie mir sagen wollen?«

»Ich will Ihnen sagen, Peter, dass viel Gutes auf den Weg gebracht ist. Sozusagen aus der Asche neu entsteht. Der Asche, die Sie hinterlassen haben.«

Das ist es also, erkannte Peter. Deshalb saß der Kardinal da drüben auf dem Sofa und beobachtete jede Geste, die Peter machte. Die Wahrheit über Pater Conolly und seine Vorliebe für Ministranten wog bedeutend weniger schwer als der reichlich sprudelnde Spendenstrom. Peter drehte sich in seinem Sessel um und sah den Kardinal an.

Der nickte ihm zu und sprach zum ersten Mal. »Viel Gutes, Peter«, sagte er, »doch das alles könnte gefährdet sein.«

Das leuchtete Peter unmittelbar ein. Jugendzentren wurden nicht nach Kinderschändern benannt.

Und der Mensch, der all das gefährdete, war er.

Peter wandte sich wieder zu Pater Grozdik um. »Sie werden mich jetzt um etwas bitten, nicht wahr, Pater?«

»Nicht direkt, Peter.«

»Worum geht es dann?«

Pater Grozdik verzog die Lippen zu einem süßsäuerlichen Lächeln, und Peter merkte sofort, dass er die falsche Frage auf die falsche Art gestellt hatte, weil Peter damit impliziert hatte, dass er tun würde, was der Priester von ihm wollte. »Ach, Peter«, sagte Pater Grozdik langsam, aber mit einer Kälte, die sogar den Feuerwehrmann überraschte. »Was wir wollen … was wir alle wollen – die Klinik, Ihre Familie, die Kirche –, ist, dass es Ihnen besser geht.«

»Besser?«

»Dazu würden wir gerne beitragen.«

»Beitragen?«

»Ja. Es gibt eine Klinik, eine Einrichtung, die in der Erforschung und der Behandlung von posttraumatischem Stress führend ist. Wir glauben, die Kirche glaubt, und sogar Ihre Familie, dass Sie dort viel besser aufgehoben wären als hier im Western State Hospital.«
»Meine Familie?«
»Ja. Sie scheint sehr daran interessiert zu sein, dass Sie diese Hilfe bekommen.«
Peter fragte sich, welche Versprechungen ihnen gemacht worden waren. Oder womit man ihnen gedroht hatte. Für einen Moment war er wütend und rutschte in seinem Sessel herum, doch die Wut wechselte abrupt zu Trauer, als ihm bewusst wurde, dass er für sie nichts hatte ausrichten können, schon gar nicht für seinen geschändeten Neffen. Er wollte all das sagen, hielt sich aber zurück und vergrub diese Gedanken tief in seinem Innern.
Stattdessen fragte er: »Und wo ist diese Einrichtung?«
»In Oregon. Sie können innerhalb von Tagen dorthin überstellt werden.«
»Oregon?«
»Ja, ein ziemlich schöner Teil von Oregon, hat man mir glaubhaft versichert.«
»Und die Anklage gegen mich?«
»Ein erfolgreicher Abschluss der Behandlung würde dazu führen, dass die Anklage fallen gelassen würde.«
Peter dachte angestrengt nach und fragte schließlich: »Und was tue ich im Gegenzug?«
Pater Grozdik lehnte sich wieder nach vorn. Peter hatte den Eindruck, dass der Priester sich schon lange vor seinem Eintreffen im Western State genau zurechtgelegt hatte, wie er auf diese Frage antworten würde. Sehr langsam sagte Pater Grozdik mit tiefer, klarer Stimme: »Wir würden erwarten,

dass Sie nichts tun und absolut nichts sagen, weder heute noch zu irgendeinem künftigen Zeitpunkt, was den ungewöhnlichen Enthusiasmus, der diese großartige, wunderbare Entwicklung in Gang hält, zunichte machen könnte.«

Diese Worte jagten ihm einen Schauer über den Rücken. Ein Ansturm aus Eis und Feuer in seinem Innern, Zorn und Kälte. Nur mit größter Mühe gelang es ihm, sich zu beherrschen.

»Und Sie sagen, Sie hätten das tatsächlich mit meiner Familie besprochen?«, fragte er ausdruckslos.

»Meinen Sie nicht auch, dass Ihre Rückkehr hier in diesem Bundesstaat ihnen großes Leid zufügen würde, indem es sie an so vieles erinnerte und schwierige Zeiten wieder aufleben ließe? Meinen Sie nicht, dass es für Peter the Fireman viel besser wäre, einen neuen Anfang zu machen, ganz weit weg? Meinen Sie nicht, dass Sie Ihrer Familie die Chance schuldig sind, ebenso mit ihrem Leben fertig zu werden und sich nicht ständig an diese schrecklichen und entsetzlichen Ereignisse erinnern zu müssen?«

Peter sagte nichts.

Pater Grozdik schob die Papiere auf dem Schreibtisch hin und her.

Dann sagte er: »Sie können ein Leben haben, Peter. Aber wir brauchen Ihre Zustimmung. Und zwar recht bald, denn dieses Angebot lässt sich vielleicht nur in nächster Zukunft realisieren. Vielerorts haben viele Leute erhebliche Opfer gebracht und schwierige Vereinbarungen getroffen, damit Ihnen dieses Angebot unterbreitet werden kann, Peter.«

Peter hatte eine trockene Kehle. Als er schließlich sprach, klangen die Worte rau: »Recht bald, sagen Sie. Meinen Sie Minuten? Tage? Eine Woche, einen Monat oder ein Jahr?«

Pater Grozdik lächelte wieder. »Wir möchten, dass Sie innerhalb von Tagen in den Genuss dieser angemessenen Behand-

lung kommen, Peter. Wieso nicht gleich die Hindernisse ausräumen, die Ihrem Wohlergehen im Wege stehen?«
Auf diese Frage wurde offenbar keine Antwort erwartet.
Er stand auf. »Sie werden Dr. Gulptilil Ihre Entscheidung recht bald mitteilen müssen, Peter. Natürlich verlangen wir nicht von Ihnen, sie auf der Stelle zu treffen. Ich bin sicher, Sie müssen über vieles nachdenken. Aber es ist ein gutes Angebot, Peter, ein Angebot, das eine schreckliche Verkettung von Ereignissen zum Guten wenden würde.«
Auch Peter stand auf. Er spähte zu Dr. Gulptilil hinüber. Der rundliche indische Arzt hatte während des ganzen Gesprächs den Mund gehalten. Jetzt wies er auf die Tür und sagte: »Peter, Sie können Mr. Moses jetzt bitten, Sie zum Amherst zurückzubegleiten. Vielleicht kann er das diesmal ohne die Fesseln machen.«
Peter trat einen Schritt zurück, und der Doktor fügte hinzu: »Ach, Peter, wenn Sie zu der Entscheidung gelangen, die in dieser Sache ganz offensichtlich die einzig richtige ist, geben Sie einfach Mr. Evans Bescheid, dass Sie mit mir sprechen wollen, und dann erledigen wir den nötigen Papierkram für Ihre Verlegung.«
Pater Grozdik, der neben dem Arzt hinter dem Tisch stand, schien sich anzuspannen. Er schüttelte den Kopf. »Vielleicht, Doktor«, sagte er vorsichtig, »lässt es sich einrichten, dass Peter in dieser Angelegenheit nur mit Ihnen persönlich zu tun hat. Insbesondere denke ich, dass Mr. Evans, Ihr Kollege, in keiner Art und Weise, sagen wir, *involviert* werden sollte.«
Gulp-a-pill sah den Priester mit einem so seltsamen Blick an, dass der zur Erklärung hinzufügte: »Sein Bruder, Doktor, war einer der Männer, die in dem vergeblichen Versuch in die Kirche gerannt sind, Pater Conolly zu retten, und sich dabei schwere Verletzungen zugezogen haben. Evans' Bruder

befindet sich immer noch in einer langwierigen und äußerst schmerzhaften Behandlung seiner Verbrennungen, die er sich in jener tragischen Nacht zugezogen hat. Ich fürchte, Ihr Kollege könnte einigen Groll gegen Peter hegen.«
Peter zögerte, dachte über ein, zwei, vielleicht ein Dutzend Antworten nach, sprach aber keine aus. Er nickte dem Kardinal zu, der ohne ein Lächeln zurücknickte. Sein hochrotes, nervös angespanntes Gesicht sagte Peter allerdings, dass der fromme Mann sich auf einem äußerst schmalen Grat bewegte.

Der Flur im Erdgeschoss des Amherst-Gebäudes wimmelte von Patienten. In der Eingangshalle herrschte ein reges Stimmengewirr von Menschen, die miteinander oder mit sich selber redeten. Nur wenn etwas passierte, das die Routine sprengte, wurden die Leute auf einmal ganz still oder gaben unartikulierte Laute von sich, die fast wie Sprache klangen. Jede Veränderung war grundsätzlich gefährlich, dachte Francis. Es machte ihm Angst, dass er sich schon so an das Dasein im Western State gewöhnt hatte. Ein gesunder Mensch, dachte er, kann sich an Veränderungen anpassen und begrüßt Originalität. Er nahm sich fest vor, jede Abwechslung aufzugreifen, die sich ihm bot, um gegen die Abhängigkeit von der Routine anzukämpfen. Selbst seine Stimmen signalisierten ihre Zustimmung, als könnten auch sie die Gefahr sehen, zu einem der vielen Gesichter im Flur zu verkommen.
Doch als er sich das gerade einschärfte, trat plötzlich Stille ein. Der Lärm verebbte wie eine zurückweichende Welle am Meer. Als Francis aufschaute, sah er den Grund: Little Black führte drei Männer durch den Flur zum Schlafsaal im ersten Stock. Francis erkannte den bulligen retardierten Mann wieder, der mit Leichtigkeit eine Feldkiste in beiden Armen trug und sich eine große Raggedy-Andy-Puppe unter die Achsel

geklemmt hatte. Der Mann hatte eine Prellung an der Stirn und eine leicht geschwollene Lippe, zeigte dabei aber ein schiefes Grinsen, das er jedem schenkte, der seinen Blick erwiderte. Während er hinter Little Black hertrottete, gab er zur Begrüßung brummende Geräusche von sich.

Der zweite Mann war ein Fliegengewicht und bedeutend älter, mit Brille und dünnem, schütterem weißem Haar. Er schien leichtfüßig wie ein Tänzer zu sein, und Francis sah ihn durch den Korridor trippeln, als seien die Menschen dort Teil eines Balletts. Der dritte Mann starrte stumpfsinnig vor sich hin; er war irgendwo zwischen Jugend und mittlerem Alter, hatte breite Schultern sowie insgesamt einen stämmigen Körperbau und dunkles Haar. Er schleppte sich vorwärts, als koste es ihn Kraft, mit dem Retardierten und dem Tänzer Schritt zu halten. Ein Kato, dachte Francis erst. Oder zumindest nicht weit davon entfernt. Doch bei genauerem Hinsehen erkannte er, wie die Augen des Mannes verstohlen die Schar Patienten inspizierte, die sich vor Little Blacks Prozession wie die Wellen am Bug eines Schiffes teilte. Francis bemerkte, wie der Mann die Augen zusammenkniff, als missfiele ihm, was er sah, und wie ein Hund die Zähne fletschte. Francis korrigierte augenblicklich seine Einschätzung und wusste, dass er einen Mann vor sich hatte, um den man besser einen großen Bogen machte. Dieser Mann trug einen braunen Pappkarton mit seinem dürftigen Eigentum bei sich.

Francis beobachtete, wie Lucy aus dem Büro trat und stehen blieb, um der Gruppe auf dem Weg zum Schlafsaal nachzusehen. Francis entging nicht, wie Little Black ihr kaum merklich zunickte, als wollte er ihr signalisieren, dass ihr Störmanöver, das sie in Gang gesetzt hatte, nach Wunsch verlief. Ein Störmanöver, das den Umzug mehrerer Männer aus einem Schlafsaal in einen anderen notwendig gemacht hatte.

Lucy kam zu Francis herüber und flüsterte ihm rasch etwas zu. »C-Bird, hängen Sie sich dran und sehen Sie zu, dass unser Bursche ein Bett bekommt, wo Sie und Peter ihn im Auge behalten können.«

Francis nickte, wollte sagen, dass der retardierte Mann das falsche Beobachtungsobjekt war, tat es aber nicht. Stattdessen löste sich Francis von der Wand und kam den Flur entlang, der in diesem Moment vom ersten emsigen Tuscheln widerhallte.

Francis entdeckte Cleo, die abwartend in der Nähe der Pflegestation stand und jeden der Männer fixierte, der an ihr vorüberkam. Francis sah, wie es in der breiten Frau arbeitete, wie sie mit der einen Hand auf die drei Ankömmlinge wies und dabei die Stirn furchte. Es kam ihm so vor, als nähme sie Maß. Plötzlich brüllte sie: »Ihr seid hier nicht willkommen! Keiner von euch!«

Doch nicht einer der Männer drehte sich um oder kam aus dem Tritt oder zeigte sonst irgendwie, dass er Cleo verstanden hatte.

Sie räusperte sich vernehmlich und machte eine verächtliche Handbewegung. Francis eilte an ihr vorbei, um den zügig marschierenden Pfleger einzuholen.

Als er den Schlafsaal betrat, sah er, dass der Retardierte in Lankys altem Bett untergebracht worden war, während die beiden anderen Männer Schlafstellen nicht weit von der Wand entfernt bekamen. Er beobachtete, wie Little Black das Bettenmachen und Verstauen der Habseligkeiten überwachte und die Männer dann zu einem kurzen Rundgang mitnahm, der darin bestand, ihnen Bad und Toilette zu zeigen wie auch das Plakat mit den Anstaltsregeln, die, wie Francis vermutete, dieselben wie in ihrem alten Schlafsaal waren, und sie zu informieren, dass es in wenigen Minuten Abendessen gab. Dann zuckte Little Black die Schultern und lief zur Tür, wo er kurz stehen blieb und zu Francis sagte: »Richten Sie Miss Jones aus, dass es drüben im Williams eine verdammte Schlägerei gegeben hat. Der Bursche, dem sie auf den Sack gegangen ist, der ist direkt auf den Großen da losgegangen. Haben 'ne Reihe Pfleger gebraucht, um sie zu trennen, und die anderen zwei sind irgendwie zufällig mit reingeraten. Der andere Halunke wandert für ein paar Tage in die Isolierzelle. Kriegt wahrscheinlich erst mal ordentlich was reingejubelt, damit sein Arsch auf Grundeis geht. Sagen Sie ihr, es wäre ziemlich genau so gelaufen, wie sie sich das vorgestellt hatte, nur dass jetzt im Williams drüben alle ziemlich überspannt und aufgeregt sind und es wohl ein paar Tage dauern wird, bis alles wieder zur Ruhe kommt.«

Dann eilte Little Black durch die Tür und ließ ihn mit den drei Neuen allein.

Francis sah zu, wie der große Retardierte sich auf die Bettkante setzte und seine Puppe umarmte. Dann fing er an, sich grinsend vor und zurück zu wiegen, als nähme er langsam seine neue Umgebung in Augenschein. Der Tänzer vollführte eine kleine Drehung und ging zu dem vergitterten Fenster hinüber, um für den Rest des Nachmittags einfach hinauszustarren.

Doch der Dritte, der Stämmige, schien, kaum dass er Francis entdeckte, sich innerlich anzuspannen. Einen Moment lang zuckte er zurück. Dann stand er auf und zeigte vorwurfsvoll auf Francis, während er rasch um die Betten herum auf ihn zukam und dicht vor Francis stehen blieb. Er zischte ihm vor Wut ins Gesicht. »Du bist das bestimmt«, sagte der Mann im Flüsterton, in dem jedoch ein wütendes Grollen mitschwang. »Du bist das bestimmt, du bist der Kerl, der nach mir sucht, stimmt's?« Francis antwortete nicht, sondern drückte sich eng an die Wand. Der Mann hob die Faust und hielt sie Francis unters Kinn. Seine Augen blitzten vor Zorn, der jedoch zu dem Klang seiner Stimme im Widerspruch stand, bei der sich jedes Wort wie das warnende Klappern einer Schlange anhörte.

»Weil ich derjenige bin, den ihr sucht.« Er schnitt die Worte förmlich aus der Luft.

Dann jagte er an Francis vorbei zur Tür hinaus in den Gang.

22

Aber ich wusste es, nicht wahr?
Vielleicht nicht gleich in dem Moment, aber doch schon ziemlich bald. Zuerst fühlte ich mich von dem Geständnis, das er mir ins Gesicht geschleudert hatte, überrumpelt. Ich zitterte innerlich, und sämtliche Stimmen brüllten ihre Warnungen und Befürchtungen – widersprüchliche Impulse, ihm zu folgen oder sich lieber zu verstecken, vor allem aber, auf das zu achten, was ich begriff. Nämlich, dass das Ganze natürlich keinen Sinn ergab. Wieso sollte der Engel einfach so auf mich zumarschieren und sich zu erkennen geben, nachdem er alles getan hatte, um zu verheimlichen, wer er war? Und falls der Stämmige in Wahrheit nicht der Engel war, wieso hatte er das dann behauptet?
In einem Aufruhr von Fragen und Konflikten, holte ich tief Luft, beruhigte meine Nerven und stürmte aus dem Schlafsaal, wo ich den Tänzer und den Bulligen zurückließ, in den Flur hinaus, um dem Stämmigen zu folgen. Ich sah ihm zu, wie er sich mit einer übertriebenen Geste eine Zigarette anzündete, dann aufblickte und sich die neue Umgebung anschaute, in die er verlegt worden war. Mir wurde bewusst, dass die Landschaft jeder Wohneinheit verschieden war. Vielleicht glichen sie sich architektonisch, hatten die gleichen Flure und Büros, Tagesräume, Cafeterien, Schlafgelegenheiten, Abstell-

räume, Treppenhäuser, Isolierzellen im Obergeschoss, die alle mehr oder weniger der gleichen Anordnung folgten und nur geringfügig voneinander abwichen. Doch das war nicht das eigentliche Terrain jeder Wohneinheit. In Wahrheit wurden ihre Konturen und ihre Topographie von all den Varianten an Geisteskrankheit geprägt, die sie beherbergten. Und das war es, was der Mann abzuschätzen versuchte. Ich fing noch einen Blick von ihm auf, und das genügte, um zu wissen, dass er jemand war, der jeden Moment explodieren konnte. Ein Mann, der die Raserei, die in seinem Blut mit der täglichen Dosis Haldol oder Prolixin im Widerstreit lag, kaum unter Kontrolle hatte. Unsere Körper waren ein Schlachtfeld, auf dem sich die gegnerischen Armeen der Psychose und der Narkotika bekämpften, ein Guerillakrieg um die Vorherrschaft, und der Stämmige schien darin genauso verwickelt wie wir alle.

Ich hatte das Gefühl, der Engel nicht.

Ich sah, wie sich der Stämmige an einem älteren senilen Mann, einem dünnen, kränklichen Typ, vorbeidrängelte, so dass dieser stolperte und, den Tränen nahe, fast zu Boden stürzte. Der Stämmige lief zügig weiter den Flur entlang und hielt nur einmal kurz an, um zwei Frauen finster anzublicken, die sich in einer Ecke wiegten und zwei Babypuppen in ihren Armen Schlaflieder vorsangen. Als ihm ein verlotterter Kato mit wild zerzaustem Haar in flatterndem Pyjama und langem, wallendem Morgenmantel harmlos schlendernd in die Quere kam, brüllte er den ausdruckslos dreinschauenden Mann an, er solle Platz machen, und lief noch schneller weiter, als ob er mit den Füßen den Takt seiner Aggressionen halten wollte. Und mit jedem Schritt, musste ich denken, entfernte er sich weiter von dem Mann, den wir suchten. Ich glaube, ich kann nicht recht sagen, wieso, aber ich wusste es mit Sicherheit, während ich ihm den Flur entlang folgte. Ich sah es leibhaftig vor mir, wie der Stämmige, kaum dass im Williams der von Lucy arrangierte Streit ausbrach, sich augenblicklich in das Handgemenge stürzte, um Schläge auszuteilen, weshalb er anschließend ins Amherst verlegt wurde. Er war der Typ, der sich nie einfach zurücklehnen konnte, um zu sehen, wie sich ein Konflikt entwickelte, der sich nie in die Ecke duckte oder an der Wand Zuflucht nahm. Jeder Kampf, egal, worum es ging oder wie er ausgebrochen war und wer gegen wen antrat, setzte ihn unter Strom, so dass er aufsprang und die Fäuste schwang. Er liebte einfach den Kampf, weil er darin all die Impulse ausagieren konnte, die ihn peinigten und die sich in der genüsslichen Wut eines Schlagabtauschs entluden. Und wenn er dann blutverschmiert wieder auf die Beine kam, erlaubte es sein Wahnsinn nicht, über das, was er getan hatte, nachzudenken.

Teil seiner Krankheit war es, wie ich erkannte, stets und ständig auf sich aufmerksam zu machen.

Aber wieso sollte er mir ins Gesicht sagen: »Ich bin der Mann, den ihr sucht?«

Ich stand in meiner Wohnung und lehnte den Kopf an die Wand, so dass ich mit der Stirn die Wörter berührte, die ich geschrieben hatte, während ich, in meine Erinnerungen vertieft, innehielt. Der Druck hinter meiner Schläfe erinnerte mich ein wenig an eine kalte Kompresse auf der Haut, die ich als Kind gegen Fieber bekam. Ich schloss die Augen und hoffte, ein bisschen zur Ruhe zu kommen.

Doch ein Flüstern vibrierte in der Luft.
»Du hast doch wohl nicht geglaubt, ich würde es dir so leicht machen?«
Ich drehte mich nicht um. Ich wusste, dass der Engel da war und auch wieder nicht.
»Nein«, sagte ich laut. »Ich habe nicht gedacht, dass du es mir so leicht machen würdest. Aber ich hab ein bisschen Zeit gebraucht, um die Wahrheit zu begreifen.«

Lucy sah, wie Francis aus dem Schlafsaal kam und einem Mann nachlief, und zwar nicht demjenigen, auf den sie ihn angesetzt hatte. Sie merkte, dass Francis blass aussah, und sie hatte den Eindruck, dass er zu konzentriert war, um den Di-si-do-Squaredance-Schritt zu registrieren, mit dem die anderen zügig zum Abendessen trabten. Sie machte einen Schritt in seine Richtung, blieb dann aber stehen und folgte dem Instinkt, dass C-Bird vermutlich recht gut wusste, was er tat.
Als die beiden Männer in den Tagesraum liefen, verlor Lucy sie aus den Augen. Sie wollte gerade denselben Raum ansteuern, als sie Mr. Evans durch den Flur auf sie zustürmen sah. Er hatte den wilden Blick eines Hundes, dem jemand den halb abgenagten Knochen weggenommen hat.
»Na denn«, sagte er wütend, »da können Sie ja wirklich stolz auf sich sein. Ich habe einen Pfleger mit einem gebrochenen Handgelenk in der Notaufnahme, und ich musste drei Patienten vom Williams verlegen und einen vierten für mindestens vierundzwanzig Stunden in die Zwangsjacke und die Isolierzelle stecken. Eine Wohneinheit steht kopf, und einer der verlegten Patienten ist wahrscheinlich ziemlich gefährdet, weil er sich nach Jahren auf eine neue Umgebung einstellen muss. Und das ohne eigenes Verschulden. Er wurde rein zufällig in den Kampf verwickelt, wurde aber urplötzlich bedroht.

Verdammt! Ich hoffe, Ihnen ist klar, was für ein gefährlicher Rückschlag das ist, besonders für Patienten, die ihre Situation zu akzeptieren gelernt haben und sich auf einmal mit einem neuen Wohnheim konfrontiert sehen.«
Lucy sah ihn kalt an. »Sie meinen, ich hab das alles arrangiert?«
»Allerdings«, sagte Evans.
»Dann muss ich viel gerissener sein, als ich dachte«, antwortete sie sarkastisch.
Mr. Evans schnaubte, und sein Gesicht lief rot an. Das Gesicht eines Mannes, dachte Lucy, der es nicht gerne sieht, wie die sorgsam ausbalancierte Welt, die seiner Kontrolle untersteht, irgendwie aus den Fugen gerät. Er wollte ihr eine scharfe Antwort geben, fasste sich aber auf eine beunruhigende Art von einem Moment auf den anderen und sprach in beherrschtem Ton weiter.
»Nach meiner Erinnerung«, sagte Mr. Evans langsam, »war Ihre Arbeit hier in dieser Heilanstalt an die Bedingung geknüpft, die normalen Abläufe nicht zu stören. Wenn ich mich recht entsinne, haben Sie sich damit einverstanden erklärt, sich im Hintergrund zu halten und die Behandlungspläne nicht durcheinander zu bringen.«
Lucy antwortete nicht. Doch die Botschaft kam an.
»So hatte ich das verstanden, aber korrigieren Sie mich, falls ich mich irre.«
»Nein, Sie irren sich nicht«, sagte sie, »tut mir leid, soll nicht wieder vorkommen.« Sie wusste, dass sie es nicht so meinte.
»Ich glaube, was ich sehe«, sagte er. »Und ich nehme an, Sie wollen morgen weiter Patienten befragen.«
»Ja.«
»Nun ja, wir werden sehen«, sagte er. Damit machte Mr. Evans auf dem Absatz kehrt und lief Richtung Eingangstür,

während die kaum verhüllte Drohung im Raum stand. Als er Big Black mit Peter the Fireman kommen sah, blieb er stehen. Der Psychologe registrierte augenblicklich, dass Peter nicht wie auf dem Hinweg Fesseln trug. »Hey!«, rief er und winkte Big Black und Peter heran. »Warten Sie mal!«
Der große Pfleger blieb stehen und drehte sich zu dem Leiter des Wohnheims um. Auch Peter wartete.
»Wieso trägt er keine Fesseln?«, fragte Mr. Evans wütend. »Dieser Mann hat keine Erlaubnis, die Wohneinheit ohne Hand- und Fußschellen zu verlassen. Das ist Vorschrift!«
Big Black schüttelte den Kopf. »Dr. Gulptilil hat gesagt, das ginge in Ordnung.«
»Was?«
»Dr. Gulptilil …«, wiederholte Big Black, nur um unterbrochen zu werden.
»Das glaub ich nicht. Dieser Mann steht unter gerichtlicher Aufsicht und wegen schwerer Körperverletzung und fahrlässiger Tötung unter Anklage. Wir haben eine Verantwortung …«
»Er hat es so gesagt.«
»Na schön, ich werde das überprüfen. Und zwar auf der Stelle.« Evans wirbelte herum und ließ die beiden Männer im Korridor stehen, während er zur Haupttür lief, wo er mit seinen Schlüsseln herumfuchtelte, fluchte, als er den falschen Schlüssel ins Schloss gesteckt hatte, und noch lauter fluchte, als der zweite auch nicht funktionierte, so dass er sich geschlagen gab, durch den Flur zu seinem Büro stürmte und die Patienten aus dem Weg scheuchte.

Francis lief hinter dem Stämmigen weiter, der sich rücksichtslos seinen Weg durch das Amherst bahnte. Es lag etwas in der Art, wie er den Kopf ein wenig zur Seite neigte, die weißen

Zähne bleckte, die Schultern nach vorn schob und die über und über tätowierten Arme schwang, was den anderen Patienten deutlich signalisierte, ihm links und rechts aus dem Weg zu gehen. Der bedrohliche Zug eines Raubtiers durchs Amherst. Der Stämmige warf wie ein Landvermesser vor einer Bauparzelle einen langen, prüfenden Blick in den Tagesraum. Die wenigen Patienten, die noch dort waren, drückten sich in die Ecken oder vergruben sich hinter alten Zeitschriften, um Augenkontakt zu vermeiden. Dem Stämmigen schien das zu gefallen, als freute er sich darüber, dass er leichtes Spiel haben würde, seinen Status auch hier zu behaupten, und so stellte er sich mitten in den Raum.

Bis zu diesem Zeitpunkt, schien er nicht bemerkt zu haben, dass Francis ihm folgte.

»Also«, sagte er laut, »ich bin jetzt hier. Versucht ja nicht, mich zu verscheißern.«

Die Äußerung kam Francis ein wenig lächerlich vor. Und vielleicht auch feige. Sein Publikum bestand nur aus alten und gebrechlichen Menschen oder solchen, die sich in ihrer eigenen, fernen Welt verloren. Weit und breit war niemand zu sehen, der sich gegen den Stämmigen hätte erheben können.

Ungeachtet seiner Stimmen, die ihn zur Vorsicht mahnten, machte Francis ein paar Schritte auf den Stämmigen zu, der seine Anwesenheit erst jetzt bemerkte.

»Du!«, sagte er laut. »Ich dachte, mit dir wär' ich fertig.«

»Ich möchte wissen, wie Sie das eben gemeint haben«, sagte Francis vorsichtig.

»Wie ich das gemeint habe?« Der Mann äffte Francis mit einem singenden Tonfall nach. »Wie ich das gemeint habe? Ich hab's so gemeint, wie ich es gesagt habe, und wie ich es gesagt habe, so hab ich es gemeint. Basta.«

»Ich versteh das nicht«, sagte Francis ein wenig übereifrig.

»Als Sie gesagt haben: ›Ich bin der Mann, nach dem du suchst‹, was wollten Sie damit sagen?«
Der Mann wieherte lauthals los. »Ist doch wohl ziemlich klar, oder?«
»Nein«, sagte Francis vorsichtig und schüttelte den Kopf. »Ist es nicht. Was meinen Sie denn, nach wem ich suche?«
Der Stämmige grinste. »Du suchst nach 'nem richtig ekelhaften Scheißkerl, ist doch wohl so. Und du hast ihn gefunden. Was? Meinst du, ich kann nicht richtig eklig werden?«
Er machte einen Schritt auf Francis zu, ballte die Hände zu Fäusten, neigte sich an der Taille ein bisschen vor und spannte seinen Körper wie den Abzug einer Pistole an.
»Woher wussten Sie, dass ich nach Ihnen suche?«, fragte Francis beharrlich und wich, all den zur Flucht drängenden Stimmen in seinem Innern zum Trotz, nicht von der Stelle.
»Das weiß doch jeder. Du und der andere Kerl und die Lady von auswärts. Das weiß doch wirklich jeder«, sagte der Stämmige.
Es gibt keine Geheimnisse, dachte Francis. Doch im selben Moment sollte er begreifen, dass er hier irrte.
»Wer hat Ihnen das gesagt?«, fragte Francis plötzlich.
»Was?«
»Von wem wissen Sie das?«
»Was meinst du, zum Teufel?«
»Wer hat Ihnen gesagt, dass ich nach jemandem suche?«, sagte Francis mit Nachdruck und kam jetzt erst richtig in Fahrt. Etwas, das sich von den gewohnten Stimmen vollkommen unterschied, trieb ihn an und zwang ihn, Fragen zu äußern, die mit jedem Wort die Gefahr erhöhten, der er sich aussetzte. »Wer hat Ihnen gesagt, Sie sollen nach mir Ausschau halten? Wer hat Ihnen gesagt, wie ich aussehe? Wer hat Ihnen gesagt, wer ich bin, von wem wissen Sie meinen Namen? Von wem?«

Der Stämmige hob eine Hand und hielt sie Francis direkt unters Kinn. Dann berührte er ihn wie zur Warnung mit den Fingerknöcheln. »Das ist meine Sache«, sagte er. »Geht dich nix an. Mit wem ich rede, was ich mache, das ist meine Sache.«
Francis sah, wie sich die Augen des Stämmigen etwas weiteten, als sei ihm auf einmal eine Idee gekommen. Francis konnte praktisch zusehen, wie sich in der Phantasie seines Gegenübers alle möglichen Ingredienzien zusammenbrauten, und irgendwo in dieser explosiven Mischung steckte eine Information, an die er kommen wollte.
Francis blieb beharrlich. »Natürlich ist das Ihre Sache«, sagte er und wechselte in einen bedächtigen Ton, für den Fall, dass das weiterhalf. »Aber vielleicht geht es mich ja doch auch ein bisschen was an. Ich möchte nur wissen, wer Ihnen gesagt hat, Sie sollen mich ausfindig machen und mir sagen, was Sie da eben gesagt haben.«
»Niemand«, log der Stämmige.
»Doch«, konterte Francis. Die Mann ließ die Hand unter Francis' Kinn sinken, und Francis sah funkensprühende Angst in den Augen des Mannes, die sich hinter dem Zorn verbarg. Es erinnerte ihn auf einmal an Lanky, wie er sich auf Short Blond fixiert hatte oder vorher auf Francis selbst. Ein einziger Gedanke, der den Mann vollkommen gefangen nahm, eine einzige, überwältigende Empfindung, die, einmal losgelassen, aus irgendeiner tief verborgenen Nische hervorschoss, in die selbst die wirkungsvollsten Medikamente kaum vorzudringen vermochten.
»Ist meine Sache«, beharrte der Stämmige.
»Der Mann, der Ihnen das gesagt hat, das könnte der Mann sein, nach dem ich suche«, sagte Francis.
Der Stämmige schüttelte den Kopf. »Du kannst mich mal«, sagte er. »Ich denk nicht dran, dir zu helfen.«

Einen Moment lang stand Francis dem Stämmigen direkt gegenüber und war – so dicht davor, etwas herauszufinden, das für ihn derart wichtig war – nicht bereit, zu weichen, denn diese Antwort betraf etwas Konkretes, das er Lucy Jones anbieten konnte. Und im selben Moment sah er den Bewegungsapparat des Stämmigen aktiver werden, so dass Ärger, Frustration und all die anderen Schrecken des ganz normalen Wahnsinns ineinander griffen, und in diesem vulkanischen Moment erkannte Francis plötzlich, dass er es ein bisschen zu weit getrieben hatte. Er machte einen Schritt zurück, doch der Stämmige folgte ihm.

»Mir passen deine Fragen nicht«, sagte der Mann mit einem kalten Grollen.

»In Ordnung, ich hab auch keine mehr«, antwortete Francis und versuchte, den Rückzug anzutreten.

»Mir passen deine Fragen und deine Visage nicht. Wieso bist du mir hierher gefolgt? Was soll ich dir sagen? Was hast du mit mir vor?«

Jede dieser Fragen hörte sich wie ein Hammerschlag an. Francis sah nach rechts und links und versuchte einen Fluchtweg, ein Versteck auszumachen, aber es gab weder das eine noch das andere. Die wenigen Menschen im Tagesraum hatten sich in die Ecken verdrückt oder starrten die Wände beziehungsweise die Decke an, irgendetwas, das ihnen dabei half, sich weit weg zu wünschen. Der Stämmige stieß Francis die Faust gegen die Brust, so dass er einen großen Schritt zurückmachte und aus dem Gleichgewicht kam. »Ich glaub, es passt mir nicht, wenn du mir zu nahe kommst«, sagte er. »Ich glaub, mir passt überhaupt nichts an dir.« Er schlug noch einmal zu, diesmal fester.

»In Ordnung«, sagte Francis und hielt die Hand in die Höhe. »Ich lass Sie in Ruhe.«

Der Stämmige baute sich vor Francis auf, sein ganzer Körper straffte und dehnte sich. »Ja, gut so«, knurrte er, »und ich sorg dafür, dass du es dir nicht anders überlegst.«
Francis sah die Faust auf sich zukommen und schaffte es, den Unterarm so weit hochzuheben, dass die Wucht des Schlags ein wenig abgeschwächt wurde, bevor er auf seine Wange traf. Für einen Augenblick sah er Sterne, und er schnellte zurück, um sich auf den Beinen zu halten, stolperte aber über einen Stuhl. Dadurch ging der zweite Hieb des Stämmigen ins Leere und sein linker Haken schoss direkt über Francis' Nase vorbei, doch nahe genug, dass er die Hitze spürte. Francis warf sich erneut zurück und schleuderte dabei den Stuhl krachend über den Boden, während der Stämmige vorwärts sprang und diesmal einen weiteren wilden Treffer landete, der Francis an der Schulter erwischte. Der Mann hatte ein vor Wut rotes Gesicht, und er zielte nicht exakt. Francis fiel nach hinten und schlug so hart auf dem Boden auf, dass ihm die Luft wegblieb, und der Stämmige sprang ihm rittlings auf die Brust, so dass er drohend über ihm hockte. Francis gelang es, die Arme frei zu bekommen, und er versuchte, sich mit wirkungslosen Schlägen zu wehren.
»Ich bring dich um!«, schrie der Mann. »Ich bring dich um!«
Francis krümmte sich, wand sich nach links und rechts, tat sein Bestes, um die Schläge abzuwehren, und nahm dabei nur am Rande wahr, dass er nicht wirklich schlimm getroffen wurde, während der Stämmige, wenn er sich auch nur den Bruchteil einer Sekunde Zeit genommen hätte, den Vorteil seiner Position richtig zu nutzen, doppelt so gefährlich hätte sein können.
»Aufhören!«, rief Francis vergeblich.
In dem schmalen Spalt zwischen seinen Armen sah Francis, wie sich der Stämmige ein wenig erhob und sammelte, als

würde ihm in dem Moment bewusst, dass er gezielter attackieren musste. Er war immer noch puterrot, doch urplötzlich stand ihm zielgerichtete Überlegung ins Gesicht geschrieben, als ob der ganze aufgestaute Zorn sich in einem einzigen kräftigen Schlag kanalisierte. Francis schloss die Augen, brüllte ein letztes, hilfloses Mal: »Aufhören!« und erkannte, dass er jeden Moment schwer getroffen würde. Er zuckte zurück, wusste nicht mehr, welche Worte er brüllte, damit der Mann aufhörte, wusste nur, dass sie angesichts der geballten Wut, die sich gegen ihn entlud, von keinerlei Bedeutung waren.
»Ich bring dich um!«, wiederholte der Stämmige.
Francis hegte wenig Zweifel daran, dass er damit Ernst machen wollte.
Der Stämmige stieß einen einzigen, kehligen Schrei aus, und Francis versuchte, den Kopf abzuwenden, doch von einer Sekunde auf die andere hatte sich das Blatt gewendet. Eine Kraft wie ein gewaltiger Wirbelwind fuhr zwischen sie und prallte heftig auf Fleisch und Knochen. Fäuste, Muskeln, Schläge und Schreie verschlangen sich ineinander, als Francis plötzlich merkte, dass seine Brust von dem Gewicht des Stämmigen befreit wurde. Er drehte sich zur Seite, rollte sich ein Stück weg, kroch dann zur Wand und sah, dass der Stämmige und Peter ein Knäuel bildeten. Peter hielt den Mann mit den Beinen umklammert und hatte es geschafft, eines seiner Handgelenke zu packen. Worte gingen in einem wilden Gebrüll unter, und die beiden drehten sich wie ein Kreisel auf dem Boden. Francis sah, wie auch Peters Gesicht starr vor wütender Entschlossenheit war, als er dem Stämmigen den Arm bis kurz, bevor er brechen würde, verdrehte. Und im selben Moment blitzten zwei weitere Geschosse in Francis' Gesichtsfeld, als sich nämlich die Moses-Brüder in das Kampfgetümmel warfen. Für einen Augenblick gab es ein Konzert aus wildem Geschrei und

Wutgebrüll, dann erwischte Big Black den anderen Arm des Stämmigen, während er zugleich seinen eigenen gewaltigen Unterarm auf den Kehlkopf des Mannes presste und ihm damit die Luft abdrückte. Im selben Moment zog Little Black Peter fort und schleuderte ihn linkisch gegen ein Sofa.
Der Stämmige keuchte Obszönitäten und Schimpfwörter heraus, würgte und brachte spuckend über die Lippen: »Scheiß Nigger-Schlägertypen! Lasst mich los! Lasst mich los! Ich hab nix gemacht!«
Peter rutschte zurück, so dass er mit dem Rücken am Sofa lehnte und die Beine vor sich ausgestreckt hatte. Little Black ließ ihn los und sprang zu seinem Bruder. Zusammen drehten sie den Stämmigen gekonnt herum, so dass er, die Hände fest am Boden, unter ihnen war, während die Beine noch eine Weile um sich traten und dann auch zur Ruhe kamen.
»Halten Sie ihn fest«, hörte Francis Evans neben sich sagen, der, eine Spritze in der Hand, im Türrahmen stand. »Halten Sie ihn einfach nur!«, wiederholte Mr. Evil, nahm einen alkoholgetränkten Gazelappen in die andere Hand und ging auf die beiden Pfleger sowie den hysterischen Stämmigen zu, der sich jetzt wieder zu wehren versuchte und wütend brüllte: »Leck mich! Leck mich! Leck mich!«
Mr. Evil desinfizierte ein Stück Haut und stieß dem Mann mit einer einzigen, geübten Bewegung die Nadel in den Arm. »Leck mich!«, schrie der Mann noch einmal, doch zum letzten Mal.
Das Sedativum wirkte schnell. Francis war nicht sicher, wie viele Minuten es dauerte, weil sein Zeitgefühl von der Angst und dem Adrenalin außer Kraft gesetzt worden war. Jedenfalls dauerte es nicht lange, bis der Stämmige sich entspannte. Francis sah, wie sich seine Augen verdrehten und er in einen Dämmerzustand fiel. Die Moses-Brüder entspannten sich

ebenfalls. Sie lösten ihren festen Griff und traten von dem am Boden liegenden Mann zurück.

»Wir brauchen eine Tragbahre, um ihn in die Isolierzelle zu schaffen«, sagte Mr. Evil. »Er tritt gleich ganz weg.« Dabei wies er auf Little Black, der nickte.

Der Mann stöhnte, zuckte, und seine Füße bewegten sich wie bei einem Hund, der vom Laufen träumt. Evans schüttelte den Kopf.

»Schöne Bescherung«, sagte er. Er blickte auf und sah Peter the Fireman immer noch keuchend auf dem Boden sitzen und sich die Hand reiben, an der rote Bissspuren zu erkennen waren. »Sie auch«, sagte Evans steif.

»Ich auch was?«, fragte Peter.

»Isolation. Vierundzwanzig Stunden.«

»Was? Ich hab nichts weiter getan, als diesen Mistkerl von C-Bird runterzuholen.«

Little Black war mit einer Klapptragbahre und einer Schwester zurückgekehrt. Er ging zum Stämmigen hinüber und machte sich daran, den ruhig gestellten Patienten in eine Zwangsjacke zu stecken. Er sah zu Peter auf und schüttelte kaum merklich den Kopf.

»Was hätte ich denn tun sollen? Zusehen, wie der Kerl aus C-Bird Hackfleisch macht?«

»Isolation. Vierundzwanzig Stunden«, wiederholte Evans.

»Ich werde nicht …«, fing Peter an.

Evans zog die Augenbrauen hoch. »Oder was? Wollen Sie mir drohen?«

Peter holte tief Luft. »Nein. Ich erhebe nur Einspruch.«

»Sie kennen die Regeln für Prügeleien.«

»Er hat sich geprügelt. Ich hab versucht, ihn zu bändigen.«

Evans stand vor Peter und schüttelte den Kopf. »Eine faszinierende Unterscheidung. Isolation. Vierundzwanzig Stunden. Gehen Sie freiwillig, oder soll ich nachhelfen?« Er hielt Peter die Spritze hin. Francis wusste, dass Evans nur darauf wartete, dass Peter die falsche Wahl traf.

Peter schien mühsam seinen aufwallenden Ärger in den Griff zu bekommen, und Francis sah, wie er die Zähne zusammenbiss. »In Ordnung«, sagte er. »Was immer Sie sagen. Isolation. Nach Ihnen.«

Damit rappelte er sich hoch und folgte gehorsam den Moses-Brüdern, die den Stämmigen auf die Tragbahre verfrachtet hatten und ihn zur Tür hinausschafften.

Evans drehte sich zu Francis um. »Sie haben eine Prellung an der Wange«, sagte er. »Eine Schwester soll sich das mal ansehen.«

Dann verließ auch er zügig den Tagesraum, ohne Lucy eines Blickes zu würdigen, die an der Tür Stellung bezogen hatte und den Moment nutzte, um Francis einen fragenden Blick zuzuwerfen.

Einige Stunden später saß Lucy allein im Dunkeln in ihrem kleinen Zimmer im Schwesternwohnheim und versuchte, Fortschritte bei ihren Ermittlungen auszumachen. Sie konnte nicht einschlafen und hatte sich im Bett aufgesetzt und an die Wand gelehnt. Sie versuchte, in ihrer Umgebung vertraute Formen zu erkennen. Ihre Augen gewöhnten sich rasch an die Dunkelheit, und sie konnte bald die Umrisse ihres Schreibtischs sehen, des kleinen Tischchens, der Kommode, des Nachtschränkchens und der Lampe. Sie konzentrierte sich weiter und erkannte ihre Kleider, die sie achtlos auf den harten Holzstuhl geworfen hatte, als sie ins Zimmer gekommen war und sich ausgezogen hatte.

Es war, dachte sie, ein Symbol für das, was sie durchlebte. Es gab vertraute Dinge, die dennoch im Dunkel der Anstaltswelt verhüllt, verzerrt oder verschlossen blieben. Sie musste Mittel und Wege finden, Indizien, Verdächtige und Theorien zu erhellen, doch sie sah nicht recht, wie.

Sie lehnte den Kopf zurück und konnte das Gefühl nicht loswerden, dass sie zu diesem gehörigen Durcheinander einiges beigetragen hatte. Gleichzeitig aber glaubte sie, auch wenn sie immer noch nichts Konkretes in der Hand hatte, mehr denn je daran, dass sie dem, was sie hergeführt hatte, gefährlich nahe gekommen war.

Sie versuchte, sich den Mann, den sie jagte, vorzustellen, merkte aber bald, dass er genau wie die Gegenstände in ihrem Raum konturlos und vage blieb. Die Welt der Heilanstalt ließ eben keine einfachen Schlussfolgerungen zu. Sie rief sich Dutzende Augenblicke ins Gedächtnis, in denen sie einem Tatverdächtigen gegenübergesessen hatte, sei es im Verhörzimmer einer Polizeistation oder später vor Gericht: Ihr entging kein Detail: die Runzeln an den Händen des Mannes, der verstohlene Ausdruck in seinen Augen, seine Kopfhaltung, all die Dinge, die sich zum Porträt eines Menschen zusammenfügten, der sich klar und deutlich in ein Schema von Schuld und Verbrechen einordnen ließ. Wenn sie Lucy gegenübersaßen, schien es immer so *offensichtlich*. Den Männern, die sie nach ihrer Verhaftung oder auf der Anklagebank vor sich gehabt hatte, waren ihre Taten wie billige Klamotten schon von weitem anzusehen. Irrtum ausgeschlossen.

Während sie weiter ins nächtliche Dunkel starrte, sagte sie sich, dass sie kreativer denken musste, um Ecken, subtiler. In ihrer bisherigen Berufserfahrung hatte es, kaum dass sie die Beute vor Augen hatte, praktisch keine Zweifel mehr gegeben. Diese Welt hier was das genaue Gegenteil. Es gab nichts als Zweifel. Und vielleicht, dachte sie mit einem Schauder, der nicht vom geöffneten Fenster rührte, hatte sie dem Mann, den

sie jagte, sogar schon gegenübergesessen. Doch hier genoss er den Heimvorteil.
Sie hob die Hand ans Gesicht und berührte ihre Narbe. Ihr Angreifer war der Inbegriff von Anonymität gewesen. Das Gesicht hatte unter einer Skimütze gesteckt, so dass sie nur seine dunklen Augen sehen konnte. Er trug dunkle Lederhandschuhe, Jeans und einen Allerweltsparka, wie man sie in jedem Laden für Freizeitkleidung kaufen konnte. Dazu Nike-Laufschuhe. Die wenigen Worte hatte er mit kehliger und rauer Stimme gesprochen, um einen Akzent zu verbergen. Und er brauchte nichts zu sagen, erinnerte sie sich. Er ließ das glänzende Jagdmesser, mit dem er ihr das Gesicht aufschlitzte, sprechen.
Darüber hatte sie immer wieder nachgegrübelt. In ihrer späteren Verarbeitung des Geschehenen war sie immer wieder bei diesem Umstand hängen geblieben, denn sie hatte dabei ein seltsames Gefühl gehabt, als ob der Überfall weniger auf die Vergewaltigung gezielt hätte als auf die Verunstaltung ihres Gesichts.
Lucy lehnte sich zurück und ließ ein-, zweimal den Kopf von der Wand abprallen, als könnten diese leichten Stöße gegen den Hinterkopf ihr Denkvermögen fördern, eine Idee lockern, die irgendwo in ihrem Unterbewusstsein feststeckte. Manchmal fragte sie sich, wieso sich, seit sie in jenem Treppenhaus des Wohnheims überfallen worden war, ihr ganzes Leben verändert hatte. Wie lange hatte es gedauert? Drei Minuten? Fünf Minuten insgesamt, von der ersten schrecklichen Wahrnehmung, dass sie jemand packte, bis seine Schritte verhallten?
Bestimmt nicht länger. Und von da an war nichts mehr so wie vorher gewesen.
Sie strich mit den Fingerkuppen über die Ränder der Narbe.

Sie waren flacher geworden, hatten sich im Lauf der Jahre sogar fast wieder an ihre Hautfarbe angeglichen.
Sie fragte sich, ob sie je wieder lieben würde. Sie bezweifelte es.
Es lief nicht einfach darauf hinaus, dass sie wegen der Tat eines Mannes alle Männer hasste. Oder nicht in der Lage war, die Unterschiede zwischen denen, die sie kennen gelernt hatte, und ihrem Peiniger zu sehen. Es war eher so, als wäre etwas in ihrem Innern erloschen und vereist. Sie wusste, dass der Mann, der sie überfallen hatte, die Motivation hinter vielem war, das sie in ihrem Leben unternommen hatte, und dass sie jedes Mal, wenn sie vor Gericht mit dem Finger auf einen bleichen Angeklagten zeigte, scheibchenweise Vergeltung auch für sich selbst übte. Doch sie bezweifelte, dass das Loch in ihr sich je wieder füllen ließ.
An dieser Stelle wanderten ihre Gedanken zu Peter the Fireman. Zu sehr wie ich, dachte sie. Das deprimierte und beunruhigte sie, weshalb sie nicht richtig würdigen konnte, dass sie beide auf ähnliche Weise beschädigt waren, obwohl sie das eigentlich miteinander verband. Stattdessen stellte sie sich ihn in der Isolierzelle vor. In der Klinik war sie das, was einer Gefängniszelle am nächsten kam, und in mancherlei Hinsicht schlimmer. Sie diente nur dem einzigen Zweck, jeden Gedanken an draußen, der sich dem Patienten aufdrängen mochte, auszuschalten. Graue, mit einer Polsterung bezogene Wände. Das Bett im Boden verankert. Eine dünne Matratze und eine fadenscheinige Decke. Kein Kissen. Keine Schnürsenkel. Kein Gürtel. Eine Toilette mit wenig Wasser darin, damit sich jemand nicht auf solch traurige Weise ertränkte. Sie wusste nicht, ob sie Peter in eine Zwangsjacke stecken würden. Das wäre die Regel, und sie vermutete stark, dass Mr. Evil für die Einhaltung dieser Regel sorgen würde. Einen Moment

lang fragte sie sich, wie Peter es überhaupt fertig brachte, bei klarem Verstand zu bleiben, wo er fast gänzlich von Wahnsinn umgeben war. Vermutlich kostete es gewaltige Willenskraft, sich ständig daran zu erinnern, dass man nicht hierher gehörte.

Das musste qualvoll sein. In dieser Hinsicht, wurde ihr bewusst, waren sie sich noch ähnlicher.

Lucy holte tief Luft und ermahnte sich, dass sie unbedingt einschlafen musste, denn am Morgen sollte sie ausgeruht sein. Etwas hatte Francis dazu gebracht, den stämmigen Mann zu konfrontieren, und sie wusste nicht, was, vermutete aber, dass es wichtig war. Sie lächelte. Francis war eine größere Hilfe, als sie sich hatte träumen lassen.

Sie machte die Augen zu, und als sie das eine Dunkel gegen das andere tauschte, hörte sie plötzlich ein seltsames Geräusch, ein vertrautes, aber doch beunruhigendes Geräusch. Sie öffnete die Augen und erkannte, dass es tappende Schritte auf dem Teppichboden des Flurs vor ihrem Zimmer waren. Sie atmete langsam aus und registrierte, dass sich ihr Herzschlag beschleunigt hatte, was, wie sie sich sofort sagte, eine Fehlreaktion war. Schritte waren im Schwesternwohnheim nichts Ungewöhnliches. Schließlich wurde der Bereitschaftsdienst in mehreren Schichten rund um die Uhr geleistet, so dass die Schlafenszeiten im Wohnheim unregelmäßig waren.

Doch während sie lauschte, glaubte sie zu hören, wie die Schritte vor ihrer Tür Halt machten.

Sie erstarrte in ihrem Bett und drehte den Kopf in die Richtung des schwachen, doch eindeutigen Geräuschs.

Sie sagte sich, dass sie sich täuschte, doch dann glaubte sie zu hören, wie der Knauf ihrer Tür sich langsam drehte.

Lucy drehte sich augenblicklich zum Nachttisch um und schaffte es geräuschvoll, die Nachttischlampe zu ertasten. Das

Zimmer war strahlend hell, und sie blinzelte ein paarmal, bis sich ihre Augen an die Helligkeit gewöhnt hatten. Mit fast derselben Bewegung warf sie sich aus dem Bett und stieß, als sie durchs Zimmer lief, gegen einen Abfalleimer aus Metall, der scheppernd über den Boden rutschte. Die Tür hatte einen Riegel, und sie sah, dass er sich nicht bewegt hatte. Sie lief zu der Massivholztür und presste das Ohr daran.

Sie hörte nichts.

Sie horchte angestrengt auf irgendetwas Verräterisches; etwas, das ihr sagte, dass jemand da draußen stand oder auch wegrannte, dass sie allein war oder auch nicht.

Die Stille zerrte genauso an ihren Nerven wie vorher die Geräusche.

Sie wartete.

Sie ließ Sekunden verstreichen.

Eine Minute. Vielleicht zwei.

Durchs geöffnete Fenster in ihrem Rücken hörte sie plötzlich unten Stimmen vorbeikommen. Jemand lachte, jemand anders stimmte ein.

Sie drehte sich wieder zur Tür um, packte den Riegel und riss mit einer heftigen Bewegung die Tür auf.

Der Flur war leer.

Sie trat hinaus und sah nach rechts und links.

Sie war allein.

Lucy holte noch einmal tief Luft und wartete, bis sich ihr heftig klopfendes Herz beruhigt hatte. Sie schüttelte den Kopf. *Du warst die ganze Zeit allein*, sagte sie sich. *Du lässt das alles zu nah an dich heran.*

Die Klinik war ein Ort unbekannter Extreme, und ständig von so viel Geisteskrankheit und seltsamem Benehmen umgeben zu sein machte sie schreckhaft. Falls sie etwas zu befürchten hatte, dann weit weniger, als derjenige, der das eben

vielleicht gewesen war, von ihr zu befürchten hatte. Diese tollkühne Drohgebärde beruhigte sie.
Sie kehrte in das Zimmer zurück, das einmal Short Blond bewohnt hatte, verriegelte die Tür von innen und lehnte den Holzstuhl gegen die Tür. Nicht so sehr als zusätzliche Barriere, denn das hätte wohl kaum etwas gebracht. Doch in dieser Stellung würde er, falls die Tür aufging, umfallen. Sie nahm den Abfalleimer und stellte ihn obendrauf und krönte den improvisierten Turm mit ihrem Koffer. Sie ging davon aus, dass sie rechtzeitig geweckt würde, wenn dieses Frühwarnsystem losging, egal, wie tief sie schlief.

23

»Warst du das?«

»Das war niemals ich. Das war ich schon immer.«

»Du bist ein ziemliches Risiko eingegangen«, argumentierte ich steif. »Du hättest auf Nummer sicher gehen können, bist du aber nicht, was ein Fehler war. Ich hab es nicht gleich erkannt, aber irgendwann war es mir klar.«

»Du hast einiges nicht erkannt, C-Bird.«

»Du bist nicht hier«, sagte ich langsam in einem Ton, der nicht sehr überzeugend klang. »Du bist nur eine Erinnerung.«

»Ich bin nicht nur hier«, zischte der Engel, »sondern ich bin diesmal wegen dir gekommen.«

Ich wirbelte herum, als könnte ich die Stimme stellen, die mich bedrängte. Doch er war wie ein Schatten, der von einer dunklen Zimmerecke in die andere huschte, fast zum Greifen nah. Ich packte nach ihm und erwischte einen Aschenbecher, der von Kippen und zerdrückten Zigarettenfiltern überquoll, und warf ihn, so fest ich konnte, nach der Gestalt. Sein Gelächter vermischte sich mit dem Klirren splitternden Glases, als der Aschenbecher an der Wand zerbarst. Ich drehte mich nach rechts, dann nach links, um ihn auf Trab zu bringen, doch der Engel war zu schnell für mich. Ich brüllte ihn an, er solle stehen bleiben. Ich hätte keine Angst vor ihm, er solle gefälligst mit fairen Mitteln kämpfen, was alles in allem an ein weinendes Kind erinnerte, das auf dem Spielplatz einen Rüpel zur Rede stellt. Es wurde mit jedem Moment schlimmer, mit jeder Sekunde fühlte ich mich kleiner und hilfloser. Wütend hob ich den Holzschemel auf und warf ihn mit Schwung durchs Zimmer. Er krachte gegen den Türrahmen, schlug einen Splitter lackiertes Holz heraus und fiel mit einem dumpfen Aufprall zu Boden.

Mit jeder Sekunde, die verging, war ich der Verzweiflung näher. Ich öffnete die Augen und suchte im Zimmer nach Peter, der vielleicht helfen konnte, doch er war nicht da. In der Hoffnung, dass mir jemand von damals beistehen und an meiner Seite kämpfen würde, versuchte ich, mir Lucy ins Gedächtnis zu rufen, und Big Black und Little Black oder sonst jemanden aus der Anstalt.

Ich war allein, und meine Einsamkeit war wie ein Schlag in die Magengrube.

Einen Moment lang kam ich mir ganz verloren vor, doch dann auf einmal hörte ich wie durch den Nebelschleier des früheren und des künftigen Wahns hindurch ein Geräusch, das mir deplatziert erschien. Ein beharrliches Hämmern, das, nun ja, irgendwie nicht passend war. Nicht völlig unpassend, aber anders. Ich brauchte ein Weilchen, um mich zu orientieren und zu begreifen, was es war. Jemand stand vor meiner Wohnungstür.

Der Engel blies mir noch einmal seinen eiskalten Atem in den Nacken.

Das Klopfen ging weiter. Es wurde heftiger, wie wenn man die Lautstärke aufdreht.

Behutsam näherte ich mich dem Lärm.
»Wer ist da?«, fragte ich. Ich war mir nicht mehr sicher, ob der Krach aus der Welt dort draußen realer war als die Stimme des Engels oder auch Peters beruhigende Anwesenheit, wenn er zufällig mal vorbeischaute. Alles vermengte sich zu einem verwirrenden Einheitsbrei.
»Francis Petrel?«
»Wer ist da?«, wiederholte ich.
»Mr. Klein vom Wellness Center.«
Der Name schien mir vage vertraut. Er kam irgendwie von fern wie eine Kindheitserinnerung, nicht etwas aus der Gegenwart. Ich beugte den Kopf zur Wohnungstür vor und versuchte, ein Gesicht mit dem Namen zu verbinden, und allmählich begannen die Züge in meinem Kopf Gestalt anzunehmen. Ein schlanker Mann mit schütterem Haar, dicker Brille und leichtem Lispeln, der, je weiter der Nachmittag fortgeschritten war und je müder er wurde oder je weniger Fortschritte einer seiner Patienten zu machen schien, sich nervös über das Kinn strich. Ich konnte nicht sagen, ob er wirklich da war. Ich konnte nicht sagen, dass ich ihn wirklich hörte. Ich wusste nur, dass irgendwo ein Mr. Klein tatsächlich existierte, dass wir beide uns in seiner zu hellen, spartanisch eingerichteten Praxis schon oft unterhalten hatten, weshalb ich nicht ganz ausschließen konnte, dass er es wirklich war.
»Was wollen Sie?«, fragte ich energisch, während ich reglos an der Tür stehen blieb.
»Sie haben Ihre letzten Therapie-Termine versäumt. Wir machen uns Sorgen um Sie.«
»Meine Therapie-Termine versäumt?«
»Ja, und Sie nehmen Medikamente, die eine regelmäßi-

ge ärztliche Überwachung erfordern. Von denen Sie außerdem vermutlich Nachschub benötigen. Machen Sie bitte auf?«
»Wieso sind Sie hergekommen?«
»Wie gesagt«, fuhr Mr. Klein fort. »Sie müssen regelmäßig in der Klinik erscheinen. Sie haben einige Termine versäumt. Bis jetzt haben Sie Ihre Termine noch nie versäumt. Seit Ihrer Entlassung aus dem Western State. Es gibt Leute, die sich um Sie sorgen.«
Ich schüttelte den Kopf. Ich wusste genug, um nicht zu öffnen.
»Mir geht's gut«, log ich. »Lassen Sie mich bitte in Ruhe.«
»Sie klingen aber gar nicht gut, Francis. Eher so, als stünden Sie unter Stress. Als ich die Treppe hochkam, hab ich aus Ihrer Wohnung Geschrei gehört. Es klang, als wäre da eine Rauferei im Gange. Ist jemand da drinnen bei Ihnen?«
»Nein«, sagte ich. Das entsprach nicht ganz der Wahrheit, war aber auch nicht ganz gelogen.
»Wie wär's, wenn Sie die Tür aufmachen würden, damit wir ein bisschen besser reden können?«
»Nein.«
»Francis, Sie haben keinen Grund, Angst zu haben.«
Ich hatte jeden Grund, Angst zu haben. »Lassen Sie mich in Ruhe. Ich brauche Ihre Hilfe nicht.«
»Wenn ich Sie in Ruhe lasse, versprechen Sie mir dann, von sich aus in die Klinik zu kommen?«
»Wann?«
»Heute. Spätestens morgen.«
»Vielleicht.«
»Das ist kein richtiges Versprechen, Francis.«

»Ich will's versuchen.«

»Sie müssen mir Ihr Wort geben, dass Sie heute oder morgen in die Klinik kommen und sich gründlich untersuchen lassen.«

»Sonst?«

»Francis«, sagte er in geduldigem Ton, »erübrigt sich die Frage nicht?«

Wieder legte ich den Kopf an die Tür und schlug ein-, zweimal mit der Stirn dagegen, als könnte ich so Gedanken und Ängste verjagen. »Sonst schicken Sie mich in die Anstalt zurück«, sagte ich vorsichtig. Und sehr leise.

»Was? Ich kann Sie nicht hören.«

»Ich will nicht zurück«, redete ich weiter. »Ich habe es dort gehasst. Ich wäre beinahe draufgegangen. Ich will nicht in die Anstalt zurück.«

»Francis, die Anstalt wurde geschlossen. Für immer. Sie werden niemals dahin zurückmüssen. Niemand muss dahin zurück.«

»Ich kann einfach nicht zurück.«

»Francis, wieso machen Sie die Tür nicht auf?«

»Sie sind nicht wirklich da«, sagte ich. »Ich bilde Sie mir nur wie so vieles ein.«

Mr. Klein zögerte und sagte dann: »Francis, Ihre Schwestern machen sich Sorgen um Sie. Wie wär's, wenn Sie gleich jetzt mit mir in die Klinik kämen?«

»Es gibt die Klinik nicht wirklich.«

»Oh doch. Und das wissen Sie auch. Sie waren schon viele Male da.«

»Gehen Sie.«

»Dann versprechen Sie mir, dass Sie von sich aus kommen.«

Ich holte tief Luft. »In Ordnung, versprochen.«
»Sagen Sie es«, beharrte Mr. Klein.
»Ich verspreche, dass ich in die Klinik komme.«
»Wann?«
»Heute oder morgen.«
»Hab ich Ihr Wort darauf?«
»Ja.«
Ich spürte, wie Mr. Klein dort hinter der Tür zögerte, als versuchte er zu entscheiden, ob er mir trauen konnte. Nach kurzem Schweigen sagte er endlich: »Na schön. Akzeptiert. Aber enttäuschen Sie mich nicht, Francis.«
»Nein.«
»Falls Sie mich enttäuschen, komme ich wieder.«
Das hörte sich wie eine Drohung an. Ich seufzte tief.
»Ich werde da sein«, sagte ich.
Ich horchte auf seine Schritte, die sich langsam den Flur entlang entfernten.
Gut, sagte ich mir und schlurfte zu meiner Schrift an der Wand zurück.
Ich verscheuchte Mr. Klein zusammen mit Hunger, Durst, Müdigkeit und allem anderen aus meinem Gedächtnis, um mich wieder ganz meiner Geschichte widmen zu können.

Es war weit nach Mitternacht, und Francis fühlte sich inmitten der schweren Atem- und unregelmäßigen Schnarchgeräusche des Amherst-Schlafsaals allein. Er schwebte gerade in jenem Zustand zwischen Wachen und Träumen, in dem die Welt um ihn her verschwamm, als hätte sich ihre Verankerung in der Realität gelöst, so dass sie von Strömungen hin und her geworfen wurde, die für ihn unsichtbar waren.

Er machte sich Sorgen um Peter, der auf Mr. Evils Anweisung hin in einer Gummizelle saß und nicht nur mit der Zwangsjacke, sondern auch mit allen möglichen Ängsten zu kämpfen hatte. Francis erinnerte sich an seine eigenen Stunden in der Isolation und schauderte. Gefesselt und allein, hatten sie ihn in Panik versetzt. Er vermutete, dass es für Peter genauso schlimm war, besonders, da er nicht einmal den zweifelhaften Vorteil hatte, unter Drogen zu stehen. Peter hatte Francis oft erzählt, dass er sich nicht vor dem Gefängnis fürchtete, doch irgendwie konnte man, vermutete Francis, die Welt eines Gefängnisses, wie schlimm sie auch sei, nicht mit der Isolierzelle im Western State vergleichen. In den Isolierzellen verbrachte man sozusagen jede Sekunde mit den Geistern unsäglicher Qual.

Eigentlich, dachte er, können wir von Glück sagen, dass wir alle verrückt sind, denn wenn wir es noch nicht wären, würde ein Ort wie dieser schnell dafür sorgen.

Francis spürte, wie ihn die Verzweiflung gleich einem Pfeil traf, und er begriff auch, dass Peters Realitätssinn ihm auf die eine oder andere Weise zur Entlassung aus der Anstalt verhelfen würde. Gleichzeitig wusste er, wie schwer es für ihn sein würde, auf dem glatten, abschüssigen Hang seiner Phantasie jemals genügend sicheren Halt zu finden, damit Gulptilil oder Evans oder sonst jemand im Western State ihn gehen ließ. Selbst wenn er tatsächlich damit anfing, Gulptilil oder Evans oder sonst jemanden hier über Lucy Jones und ihre Ermittlungsfortschritte auf dem Laufenden zu halten, so wie es sich der Doktor wünschte, bezweifelte er sehr, dass es ihn davon erlösen würde, jede Nacht Männer in ihrer Qual stöhnen zu hören, wenn sie von schrecklichen Dingen träumten.

All dessen überdrüssig, was ihn im Schlaf beschlich, und im ständigen Kampf mit alldem, was ihn im Wachen umgab,

betete Francis, dass er vor dem Morgengrauen noch ein paar Stunden schlafen konnte.
Rechts von ihm, ein paar Betten entfernt, hörte er, wie sich jemand in einem Albtraum heftig hin und her warf. Er hielt die Augen geschlossen, als könnte er sich so gegen die Angst abschotten, die die Träume eines anderen Patienten erfüllten. Nach einer Weile wurde es leiser, und er kniff die Lider zusammen und murmelte etwas vor sich hin oder lauschte auf eine Stimme, die ihm sagte: *schlaf jetzt endlich*.
Doch der nächste Laut, den er hörte, war etwas Unbekanntes. Ein schabendes Geräusch. Gefolgt von einem Zischen.
Dann eine Stimme, gefolgt von einer Hand, die sich plötzlich auf seine Augen legte.
»Lass die Augen zu, Francis. Hör einfach zu, aber lass die Augen geschlossen.«
Francis schnappte nach Luft. Schnell eingeatmete heiße Luft. Sein erster Instinkt war zu schreien, doch er biss die Zähne zusammen. Sein Körper zuckte, und er wollte hochschnellen, stellte aber fest, dass er ziemlich fest ins Kissen gedrückt wurde. Er wollte nach dem Handgelenk des Engels greifen, doch dessen Stimme hielt ihn davon ab.
»Nicht bewegen, Francis. Nicht die Augen aufmachen, bis ich es dir sage. Ich weiß, dass du wach bist. Ich weiß, dass du jedes Wort hören kannst, das ich sage, aber warte auf mein Zeichen.«
Francis lag stocksteif im Bett. Er fühlte, dass jenseits der Dunkelheit hinter seinen Augenlidern jemand sich über ihn beugte – der Inbegriff von Dunkelheit und Schrecken.
»Du weißt, wer hier ist, nicht wahr, Francis?«
Er nickte langsam.
»Francis, falls du dich bewegst, bist du tot. Falls du die Augen aufmachst, bist du tot. Falls du zu schreien versuchst, bist du

tot. Verstehst du diese kleine Unterhaltung, die wir heute Nacht führen?« Die Stimme des Engels war leise, kaum mehr als ein Flüstern, doch sie trommelte wie Fäuste auf ihn ein. Er wagte nicht, sich zu bewegen, obwohl seine eigenen Stimmen ihm zubrüllten, wegzurennen und zu fliehen, und während er so in einem Tumult der völligen Konfusion reglos dalag, löste sich die Hand über seinen Augen ganz plötzlich in Luft auf und wurde von etwas viel Schlimmerem ersetzt.

»Fühlst du das, Francis?«, wollte der Engel wissen.

Es war etwas Kaltes an seiner Wange. Ein flacher, eisiger Druck. Er bewegte sich nicht.

»Weißt du, was das ist, Francis?«

»Eine Klinge«, flüsterte Francis.

Für einen Moment herrschte Schweigen, dann fuhr die leise, entsetzliche Stimme fort: »Du weißt, was das für ein Messer ist, Francis?«

Er nickte wieder, verstand die Frage jedoch nicht ganz.

»Was weißt du, Francis?«

Er schluckte schwer. Seine Kehle war trocken. Er fühlte, wie die Klinge sich fester auf sein Gesicht drückte, und er wagte nicht, sich zu bewegen, weil er dachte, dass sie ihm dann in die Haut schneiden würde. Er hielt zwar die Augen geschlossen, versuchte aber, die Größe des Unsichtbaren neben ihm abzuschätzen. »Ich weiß, dass es scharf ist«, sagte Francis schwach.

»Aber wie scharf?«

Francis konnte wegen seiner ausgetrockneten Kehle nichts erwidern. Stattdessen stöhnte er ein wenig.

»Dann will ich die Frage selber beantworten«, sagte der Engel in einem Ton, der kaum mehr als ein Flüstern war, doch mit einem Echo, das in Francis lauter als ein Schrei widerhallte. »Es ist so scharf wie ein sauberes Rasiermesser, so dass es dir, wenn du dich auch nur um Haaresbreite bewegst, das Fleisch aufschlitzt. Und es ist auch stabil, Francis, stabil genug, um dir leicht durch Haut und Muskel und sogar Knochen zu schneiden. Aber das weißt du ja, nicht wahr, Francis, denn du weißt ja schon, wo dieses Messer verschiedentlich zum Einsatz kam?«

»Ja«, krächzte Francis.

»Meinst du, Short Blond begriff, was dieses Messer zu bedeuten hatte, als es ihr in die Kehle schnitt?«

Francis wusste nicht, was der Mann meinte, also schwieg er nur.

Er hörte ein kurzes, gleitendes Lachen.

»Denk über die Frage nach, Francis. Ich hätte gerne eine Antwort.«

Francis kniff weiter fest die Augen zusammen. Einen Moment lang glaubte er, dass die Stimme wirklich nur ein Albtraum war und dass das alles nicht wirklich mit ihm passierte, doch noch während ihm dieser Wunsch im Kopf herumschwirrte, schien sich der Druck der Klinge an seiner Wange zu verstärken. In einer Welt voller Halluzinationen war dieses Gefühl scharf und real.

»Ich weiß nicht«, würgte Francis heraus.

»Du bringst nicht genügend Phantasie auf, Francis. Hier drinnen ist das doch so ziemlich alles, was wir haben, nicht wahr? Phantasie. Sie mag auf einmalige, schreckliche Weise von uns Besitz ergreifen, uns zwingen, scheußliche, mörderische Dinge zu tun, aber sie ist das Einzige, was wir wirklich besitzen, nicht wahr?«

Francis musste dem zustimmen. Er hätte genickt, hätte er nicht Angst gehabt, dass die kleinste Bewegung sein Gesicht wie Lucys für immer mit einer Narbe zeichnen würde, und so blieb er so starr liegen, wie er konnte, wagte kaum, zu atmen,

und bezwang seine Muskeln, die vor Angst zucken wollten.
»Ja«, flüsterte er, fast ohne die Lippen zu bewegen.
»Begreifst du, wie viel *Phantasie* ich habe, Francis?«
Wieder kamen seine Worte, egal, was er alles hatte sagen wollen, als bloßes Krächzen heraus.
»Was also wusste Short Blond, Francis? Kannte sie nur Schmerz oder vielleicht etwas viel Tieferes, Schrecklicheres? Das Gefühl des Messers, das ihr ins Fleisch schnitt, und das Blut, das aus ihr herausströmte – konnte sie das alles erfassen und bewusst erkennen, dass es ihr eigenes Leben war, das da verebbte, wusste sie um ihre Hilflosigkeit, die sie so erbärmlich machte?«
»Ich weiß nicht«, sagte Francis.
»Und du, Francis? Fühlst du, wie nahe du dem Tod bist?«
Francis konnte nicht antworten.
Hinter seinen geschlossenen Augen konnte er nur eine rote Wand des Schreckens sehen.
»Merkst du, wie dein eigenes Leben an einem sehr dünnen Faden hängt, Francis?«
»Ja«, sagte Francis, ohne zu wissen, woher er die Kraft aufbrachte, auch nur dieses eine Wort auszusprechen.
»Ist dir klar, dass ich dir in zehn Sekunden das Leben nehmen kann? Oder vielleicht in dreißig Sekunden, vielleicht warte ich auch eine ganze Minute, je nachdem, wie lange ich den Moment auskosten will. Vielleicht ist das heute auch nicht die richtige Nacht. Vielleicht passt mir morgen besser ins Programm. Oder nächste Woche. Oder nächstes Jahr. Wann auch immer ich es will, Francis. Du bist jede Nacht hier in diesem Bett, in dieser Anstalt, und du wirst niemals wissen, wann ich vielleicht wiederkomme, nicht wahr? Oder vielleicht sollte ich es doch jetzt erledigen und mir das bisschen Mühe ersparen …«

Die flache Seite der Klinge drehte sich, und eine Sekunde lang berührte die Schneide seine Haut, dann wieder die flache Seite. »Dein Leben gehört mir«, fuhr der Engel fort, »um es dir zu nehmen, wann immer es mir gefällt.«
»Was wollen Sie?«, fragte Francis. Er merkte, wie ihm hinter den zugekniffenen Lidern die Tränen in die Augen stiegen und seine Panik hervorbrach, so dass seine Hände zitterten und die Beine vor Entsetzen zuckten.
»Was ich will?« Der Mann lachte, ein zischendes Geräusch. »Für heute Nacht habe ich, was ich will, und ich bin ein gutes Stück näher daran, alles zu bekommen, was ich will. Viel näher.«
Francis fühlte, wie der Engel sein Gesicht zu seinem herunterneigte, so dass ihrer beider Lippen wie bei Liebenden nur noch wenige Zentimeter voneinander entfernt waren.
»Ich bin alldem näher gekommen, was mir wichtig ist. So nahe, dass ich dir immer auf den Fersen bin. Ich bin wie ein Duft, der dir anhaftet, den nur ein Hund riechen kann. Ich bin wie die Antwort auf ein Rätsel, das für Leute deines Schlags einfach ein bisschen zu kompliziert ist.«
»Was soll ich denn machen?«, fragte Francis fast in flehentlichem Ton, als wünschte er sich irgendeine Aufgabe oder Tätigkeit, die ihn von der Gegenwart des Engels erlöste.
»Gar nichts, Francis, außer, dich an unsere kleine Unterhaltung zu erinnern, wenn du deinen täglichen Geschäften nachgehst«, erwiderte der Engel.
Es herrschte ein Moment Stille, dann fuhr er fort: »Du kannst bis zehn zählen und dann die Augen aufmachen, Francis. Denk an das, was ich dir gesagt habe. Ach, und übrigens« – der Engel schien beinahe ausgelassen zu sein – »hab ich ein kleines Geschenk für deinen Freund Fireman und diese verdammte Staatsanwältin dagelassen.«

»Was?«
Der Engel beugte sich noch tiefer herab, so dass Francis tatsächlich seinen Atem an der Haut fühlte. »Ich lasse gerne eine Botschaft zurück. Manchmal steckt sie in dem, was ich mir nehme. Aber diesmal steckt sie in dem, was ich dalasse.«
Damit verschwand der Druck auf seiner Wange ganz plötzlich, und er spürte, wie sich der Mann von seinem Bett erhob. Francis hielt weiter den Atem an und begann zu zählen. Langsam, von eins bis zehn, bevor er die Augen öffnete.
Seine Augen brauchten noch ein paar Sekunden, um sich an die Dunkelheit zu gewöhnen, doch dann hob er den Kopf und wandte sich zur Schlafsaaltür um.
Eine Sekunde lang war der Engel umrisshaft, leuchtend, geradezu strahlend zu sehen. Er hatte sich umgedreht und sah Francis an, doch Francis war unfähig, irgendwelche Gesichtszüge zu erkennen, außer einem Augenpaar, das sich in ihn hineinzubrennen schien, und eine glitzernd weiße Aura, die ihn wie ein Licht aus einer anderen Welt einhüllte. Dann verschwand die Vision, die Tür schlug dumpf zu, es folgte das unverkennbare Geräusch des Schlüssels im Schloss, das, wie es Francis schien, alle Hoffnungen und Möglichkeiten auszuschließen schien.
Er zitterte, sein ganzer Körper bebte unkontrollierbar, als wäre er nach dem Eintauchen in eisiges Wasser unterkühlt. Er blieb im Bett, stürzte durch eine Finsternis blanker Panik, die sich in ihm festgesetzt hatte und die sich ungezügelt in seinem ganzen Körper ausbreitete, so dass er sich fragte, ob er sich bewegen könnte, wenn die Morgendämmerung den Raum erfüllte. Seine eigenen Stimmen blieben stumm, als fürchteten sie, dass Francis plötzlich am Rand einer abgründigen Angst taumelte und, falls er den Halt verlor und stürzte, nie mehr wieder herausklettern könnte.

Die ganze Nacht hindurch lag Francis da, ohne zu schlafen oder sich zu rühren.

Sein Atem kam in kurzen, flachen Stößen. Er fühlte, wie seine Finger zuckten.

Er tat nichts weiter, als auf die Geräusche um sich herum zu lauschen und auf das Pochen in seiner Brust. Als es dämmerte, war er sich plötzlich nicht sicher, ob er seine Glieder zwingen konnte, sich zu rühren, war sich nicht einmal sicher, ob er seine Augen dazu bringen konnte, nicht länger an die Schlafsaaldecke zu starren und dabei nichts als den blanken Terror zu sehen, der an sein Bett gekommen war. Er merkte, wie in seinem Kopf die Emotionen umhertaumelten und, außer Rand und Band geraten, zufällig gegen Seitenwände stolperten, ausrutschten und tobten.

Er war sich nicht mehr sicher, ob er die Fähigkeit besaß, sie einzudämmen und irgendwie wieder in den Griff zu bekommen, und einen Moment lang dachte er, dass er in dieser Nacht tatsächlich gestorben war, dass der Engel ihm tatsächlich wie bei Short Blond die Kehle durchgeschnitten hatte und dass er alles, was er von da an dachte und hörte und sah, nur träumte – eine bloße Einbildung, die in die letzten Sekunden seines Lebens eindrangen und dass in Wahrheit die Welt um ihn her vollkommen dunkel war und die Nacht über ihn hereinbrach und mit jedem Herzschlag sein Blut aus ihm heraussickerte.

»Also, Leute«, hörte er eine Stimme von der Tür. »Dann mal raus aus den Federn. Das Frühstück wartet.« Es war Big Black, der die Schlafsaalbewohner auf die übliche Weise weckte.

Um ihn herum wachten die Leute stöhnend und ächzend auf und ließen all die unruhigen Träume und Albträume hinter sich, die sie geplagt hat, ohne zu ahnen, dass ein realer, atmender Albtraum unter ihnen gewesen war.

Francis blieb starr liegen, als klebte er am Bett. Seine Glieder weigerten sich, seinen Befehlen zu gehorchen.
Ein paar Männer starrten im Vorüberstolpern auf ihn hinab.
Er hörte, wie Napoleon sagte: »Komm schon, Francis, es gibt gleich Frühstück.« Doch als der Mollige den Ausdruck in Francis' Gesicht wahrnahm, verstummte er mitten im Satz.
»Francis?«, fragte er, »C-Bird, fehlt dir was?«
Wieder kämpfte Francis mit sich. In seinem Innern regten sich inzwischen seine Stimmen. Sie flehten, sie bettelten, sie mahnten ihn immer wieder: *Steh auf, Francis! Komm schon, Francis! Hoch mit dir! Stell deine Füße auf den Boden und wach auf! Francis, bitte, steh auf!*
Er wusste nicht, ob er die Kraft besaß. Er wusste nicht, ob er je wieder die Kraft besitzen würde.
»C-Bird? Was ist los?« Er hörte, wie Napoleons Stimme zunehmend alarmiert klang, nahezu flehentlich.
Er antwortete nicht, sondern starrte nur weiter an die Decke und glaubte die ganze Zeit immer fester, dass er im Sterben lag. Oder bereits tot war, so dass alles, was er hörte, nur der letzte Widerhall des Lebens war, der seine letzten Herzschläge begleitete.
»Mr. Moses, kommen Sie! Wir brauchen Hilfe!« Napoleon schien plötzlich den Tränen nahe.
Francis merkte, wie er sich plötzlich in zwei entgegengesetzte Richtungen drehte. Eine, die ihn niederwarf, und eine, die ihn unerbittlich in die Höhe trieb. Sie kämpften in seinem Innern.
Big Black war rasch an seiner Seite. Francis hörte, wie er den übrigen Amherst-Bewohnern befahl, in den Flur hinauszugehen. Er beugte sich über Francis, sah ihm tief in die Augen und murmelte ein Feuerwerk an Obszönitäten. »Komm schon, gottverdammt, Francis, steh auf! Was ist los?«
»Helfen Sie ihm«, bettelte Napoleon.

»Versuch ich ja«, antwortete Big Black. Er klatschte dicht vor Francis' Gesicht einmal kräftig in die Hände, um eine Reaktion auszulösen. Er packte Francis bei der Schulter und schüttelte ihn, doch Francis blieb wie erstarrt auf seinem Bett liegen.

Francis hatte den Eindruck, dass es ihm die Sprache verschlagen hatte. Er bezweifelte, dass er noch reden konnte. Er hatte das Gefühl, als legte sich eine dünne Eisschicht über sein Innenleben wie über einen winterlichen Teich.

Das Stimmengewirr verdoppelte seine Befehle, bedrängte ihn flehentlich zu reagieren.

Der einzige Gedanke, der durch Francis' Angst hindurchdrang, war die Vorstellung, dass er, wenn er sich nicht bewegte, ganz gewiss bald tot sein musste, dass der Albtraum wahr würde. Es war, als ob die beiden miteinander verschmolzen wären. So wie Tag und Nacht nicht mehr zu trennen waren, so galt dasselbe für Wachen und Träumen.

Er taumelte erneut am Rand des Bewusstseins: Während ein Teil von ihm drängte, sich vollkommen abzuschotten, den Rückzug anzutreten und sich vor dem Leben in Sicherheit zu bringen, flehte ein anderer ihn an, dem Sirenengesang der leeren, toten Welt nicht zu erliegen, der ihn magisch lockte.

Nicht sterben, Francis!

Zuerst dachte er, das hätte eine seiner vertrauten Stimmen zu ihm gesagt. Doch dann merkte er in dieser Sekunde, dass es von ihm selber kam.

Und so nahm Francis seine ganze Kraft zusammen, die ihm noch geblieben war, und krächzte ein paar Worte, obwohl er eben noch befürchtete, es hätte ihm für immer die Sprache verschlagen.

»Er war hier ...«, sagte Francis, und es klang wie die letzten

Worte eines Sterbenden, nur dass ganz im Gegensatz dazu der bloße Klang seiner Stimme ihm Kraft zu verleihen schien.
»Wer?«, fragte Big Black.
»Der Engel. Er hat mit mir geredet.«
Der Pfleger pendelte einmal zurück und wieder vor.
»Hat er dich verletzt?«
»Nein. Doch, ich bin mir nicht sicher«, sagte Francis. Jedes Wort verlieh ihm mehr Kraft. Er fühlte sich wie ein Mann, dessen Fieber plötzlich fiel.
»Kannst du aufstehen?«, fragte Big Black.
»Ich will's versuchen«, erwiderte Francis. Indem Big Black ihn stützte und Napoleon ihm die Hände entgegenstreckte, um ihn eventuell aufzufangen, rappelte Francis sich hoch und schwang die Beine über die Bettkante. Sein Kopf fühlte sich einen Moment lang blutleer an, und ihm wurde schwindelig. Dann stand er auf.
»Gut so«, flüsterte Big Black. »Du stehst offenbar unter Schock.«
Francis antwortete nicht. Die Diagnose lag auf der Hand.
»Wird's wieder, C-Bird?«
»Ich hoffe.«
»Behalten wir die Sache für uns, okay? Sprich mit Miss Jones und Peter, wenn er aus der Zelle kommt.«
Francis nickte. Er merkte, dass der riesige schwarze Pfleger begriff, wie nahe er daran gewesen war, nie wieder aus diesem Bett herauszukommen oder in eines dieser schwarzen Löcher zu stürzen, die von den katatonischen Patienten bevölkert wurden, die auf eine nur für sie existierende Welt starrten. Er machte einen unsicheren Schritt nach vorn, dann einen zweiten und fühlte, wie das Blut seinen Körper durchströmte und wie die Gefahr eines schlimmeren Wahnsinns als dem bereits vorhandenen von ihm abfiel. Er spürte, wie sein Herz und alle

anderen Muskeln noch funktionierten. Seine Stimmen jubelten und zeigten sich bei jeder Bewegung höchst befriedigt. Er atmete langsam aus wie ein Mensch, der nur knapp einem herabstürzenden Felsbrocken ausweichen konnte. Dann lächelte er und brachte es schon wieder zu einem Anflug von seinem gewohnten Grinsen.

»Okay«, sagte Francis zu Napoleon und hielt sich immer noch an Big Blacks wuchtigem Unterarm fest. »Ich denke, ich könnte was zu essen vertragen.«

Beide Männer nickten und traten einen Schritt nach vorn. Nur Napoleon blieb stehen.

»Wer ist das?«, fragte er abrupt.

Francis und Big Black drehten sich um und folgten Napoleons Blickrichtung.

Sie sahen es beide im selben Moment. Noch jemand war an diesem Morgen nicht aufgestanden. Nachdem Napoleon alle Aufmerksamkeit auf Francis gelenkt hatte, war er bis dahin niemandem aufgefallen. Der Mann lag reglos da, ein unförmiger Klotz auf einem Metallbett.

»Verflucht noch mal«, sagte der Riese, und es klang, mehr als irgendetwas sonst, verärgert.

Francis lief ein paar Schritte auf ihn zu und sah, wer es war.

»Hey«, sagte Big Black laut, doch es kam keine Reaktion.

Francis holte tief Luft und bahnte sich zwischen den eng nebeneinander stehenden Betten einen Weg durch den Schlafsaal zu dem ausgestreckten Mann.

Es war der Tänzer. Der ältere Mann, der tags zuvor ins Amherst verlegt worden war. Der Bettnachbar des Zurückgebliebenen.

Francis sah auf die starren Glieder des Mannes hinunter. Vorbei mit den fließenden, anmutigen Bewegungen zur Musik, die nur er hören konnte, dachte Francis unwillkürlich.

Das Gesicht des Tänzers war wie gefroren, fast wie Porzellan. Seine Haut war weiß, wie für die Bühne geschminkt, seine Augen weit geöffnet, ebenso sein Mund.
Er sah erstaunt aus, vielleicht auch wie unter Schock oder vom plötzlichen Tod, der ihn diese Nacht heimsuchte, in Panik versetzt.

24

Peter the Fireman saß wie ein junger, ungeduldiger Buddha, der auf die Erleuchtung wartet, mit verschränkten Beinen auf dem Stahlbett in der Isolierzelle. Er hatte in der Nacht wenig geschlafen, auch wenn die Polsterung an den Wänden und der Decke die meisten Geräusche der Station erstickt hatten, bis auf den gelegentlichen schrillen Schrei oder das zusammenhangslose wütende Gebrüll aus einer der anderen Zellen links und rechts von ihm. Diese sporadischen Schreie bedeuteten ihm so viel wie Tierlaute, die nach Einbruch der Dunkelheit durch einen Wald hallen. Irgendwann im Verlauf dieser langen Nacht hatte sich Peter gefragt, ob diese Schreie, die er hörte, real waren oder von längst toten Patienten stammten und wie akustische Signalfeuer in den Äther ausgesandt wurden, um dort in alle Ewigkeit im Dunkel nachzuhallen, ohne je irgendwo anzukommen. Er fühlte sich wie von Gespenstern verfolgt.

Als durch das kleine Guckloch in der Tür langsam das Tageslicht in die Zelle sickerte, grübelte Peter darüber nach, in welchem Dilemma er sich befand. Er hegte keinen Zweifel, dass das Angebot des Kardinals aufrichtig gemeint war, auch wenn das die Sache nicht ganz traf, da seine Situation wenig mit Aufrichtigkeit zu tun hatte. Das Angebot lief schlicht darauf hinaus, zu verschwinden, alle greifbaren Aspekte seines Lebens hinter sich zu lassen und in ein neues Dasein abzutauchen. Von da an würden sein Zuhause, seine Familie und seine Vergangenheit nur noch in seiner Erinnerung weiterleben. Hatte er das Angebot erst einmal akzeptiert, gab es kein Zurück. Wer er war und was er getan hatte und die Gründe dafür – das alles sollte im kollektiven Gedächtnis der Erzdiözese Boston getilgt werden, um durch etwas Neues und Strahlendes ersetzt zu werden, dessen glänzende Türme in den Himmel ragten. In seiner eigenen Familie wäre er danach der Bruder, über dessen Todesumstände Stillschweigen gewahrt wurde, oder der Onkel, der fortgegangen war, um nie wiederzukehren, und im Verlauf der Jahre würde seine Familie an den Mythos glauben, an dem die Kirche fleißig mitstrickte, und von dem, was er wirklich gewesen war, würde nicht viel übrig bleiben.

Er führte sich die Alternativen vor Augen: Gefängnis; MCI Bridgewater; Hochsicherheitstrakt, Einzelhaft und Prügel. Und das wohl so ziemlich für den Rest seines Lebens, weil das beträchtliche Gewicht, mit dem die Erzdiözese im Moment auf die Staatsanwaltschaft Druck ausübte, damit sie ihn nach Oregon ziehen ließ, für den Fall, dass er den Plan ablehnte, in die andere Richtung umschlagen und dann umso schwerer auf ihm lasten würde. Er wusste, dass es keine weiteren Deals geben würde.

Peter hörte das laute Knallen einer Gefängnistür und das Zischen beim hydraulischen Schließen der Türen. Er musste unwillkürlich lächeln, weil er überlegte, dass diese Vorstellung den Halluzinationen seines Freundes C-Bird ein wenig nahe kam, nur dass diese hier unverkennbar seine war.

Einen Moment lang musste er an den armen Lanky denken, der in seiner Angst und seiner Wahnvorstellung das letzte bisschen Leben, das die Anstalt ihm zu bieten hatte, schwinden sah und deshalb Peter und Francis um Hilfe angefleht hatte. In dieser Sekunde wünschte er sich, dass Lucy jene Schreie hätte hören können. Es schien ihm, dass ihn sein ganzes Leben lang Menschen um Hilfe gebeten hatten und dass jedes Mal, wenn er versuchte, ihnen beizustehen, egal, wie lauter seine Absichten waren, immer etwas schief gegangen war.

Peter hörte irgendwelche Geräusche aus dem Flur hinter der verriegelten Tür seiner Isolierzelle und dann das dumpfe Krachen einer anderen Tür, die zuerst geöffnet und dann zugeschlagen wurde. Er konnte das Angebot des Kardinals nicht ausschlagen. Und er konnte Francis und Lucy nicht allein dem Engel aussetzen.

Er begriff, dass er, egal wie, die Ermittlungen vorantreiben musste, und zwar so schnell wie möglich. Er hatte nicht länger die Zeit auf seiner Seite.

Peter starrte auf die verschlossene Tür, als erwarte er, dass sie jemand genau in dieser Sekunde öffnete. Doch es war nichts zu hören, nicht einmal aus dem ruhelosen Flur dahinter, also blieb er sitzen und versuchte, seine Ungeduld im Zaum zu halten, indem er sich ins Bewusstsein rief, dass seine jetzige Situation sein ganzes Leben widerspiegelte. Wo auch immer er gewesen war, kam es ihm so vor, als hemmte eine verschlossene Tür seine Bewegungsfreiheit.

Und während er immer tiefer in eine Schlucht zwischen den Steilwänden aus Widersprüchen stürzte und nicht wusste, ob er je in der Lage sein würde, daran wieder hochzuklettern, wartete er darauf, dass ihn jemand abholte.

»Allem Anschein nach ist ein Verbrechen auszuschließen«, sagte der Chefarzt steif, beinahe offiziell.

Dr. Gulptilil stand nicht weit von der Leiche des Tänzers entfernt, die immer noch porzellanweiß und todesstarr auf dem Feldbett lag. Er war in Begleitung von Mr. Evil sowie zwei Psychiatern und einem Psychologen von den anderen

Wohnheimen. Einer der Männer fungierte, wie Francis erfahren hatte, zugleich als Anstaltspathologe, und dieser beugte sich über den Tänzer und sah ihn sich genau an. Dieser Arzt war schlank und hochgewachsen, mit einer habichtartigen Nase und dicken Brillengläsern sowie der nervösen Angewohnheit, sich jedes Mal, bevor er etwas sagte, zu räuspern und, ob er nun zustimmte oder nicht, mit dem Kopf zu nicken, so dass sein etwas ungepflegter schwarzer Haarschopf auf und nieder wippte. Er hatte ein Klemmbrett mit einem Formblatt darauf in der Hand und machte sich, während Gulp-a-pill sprach, zügig Notizen.

»Keine Anzeichen von Schlägen«, sagte Gulptilil. »Keine äußere Anzeichen von Traumata. Keine erkennbaren Wunden.«

»Plötzliches Herzversagen«, sagte der geierhafte Doktor und wackelte dabei heftig mit dem Kopf. »Ich sehe gerade in seinem Krankenblatt, dass er in den letzten Monaten wegen eines Herzleidens behandelt wurde.«

Lucy Jones stand hinter den Ärzten.

»Sehen Sie sich seine Hände an«, sagte sie unvermittelt. »Die Nägel sind blutig und eingerissen. Das könnten Verteidigungsverletzungen sein.«

Alle drei Ärzte drehten sich zu ihr um, doch Mr. Evil unterzog sich der Mühe, ihr zu antworten. »Wie Sie sehr wohl wissen, wurde er gestern in eine Schlägerei verwickelt. Eigentlich sah er nur zu, als zwei Männer ihn plötzlich rammten. Von sich aus hätte er nicht mitgemacht, aber er hat sich gewehrt, um sich aus dem Handgemenge zu befreien. Ich vermute, dabei hat er sich die Nägel eingerissen.«

»Dasselbe würden Sie wohl auch zu den Kratzern an seinen Unterarmen sagen?«

»Ja.«

»Und dazu, wie das Laken und die Decke um sein Gesicht zerknüllt sind?«

»Ein Herzinfarkt kann sehr schnell und sehr schmerzhaft kommen, und er könnte sich einen Moment lang gewunden haben, bevor er ihm erlag.«

Die Ärzte stimmten alle murmelnd zu. Gulp-a-pill drehte sich zu Lucy um.

»Miss Jones«, sagte er langsam und geduldig, was nur unterstrich, wie ungeduldig er in Wahrheit war. »Der Tod ist in der Klinik leider nichts Ungewöhnliches. Dieser bemitleidenswerte Herr war älter und lebte bereits seit vielen Jahren hier. Er hatte schon einen Infarkt hinter sich, und ich hege kaum Zweifel, dass der psychische Stress seines Umzugs vom Williams ins Amherst in den letzten Tagen, zusammen mit der Prügelei, in die er ohne eigene Schuld verwickelt wurde, wie auch die schwächende Wirkung einer nicht unbeträchtlichen Medikamentendosis über die Jahre sich alle verschworen hatten, sein kardiovaskuläres System weiter zu schwächen. Ein völlig normaler und keineswegs außergewöhnlicher Tod, hier im Western State. Trotzdem vielen Dank für Ihren Hinweis …«

Er legte eine Pause ein, die ihr zeigen sollte, dass er ihr in Wahrheit für gar nichts dankte, und fuhr dann fort: »Aber suchen Sie nicht nach jemandem, der ein Messer benutzt und in irgendwie ritualistischer Art und Weise die Hände seiner Opfer entstellt und seine Angriffe Ihres Wissens auf junge Frauen beschränkt?«

»Ja«, erwiderte Lucy. »Da haben Sie Recht.«

»Demnach fügt sich dieser Tod nicht in das Schema ein, für das Sie sich interessieren?«

»Auch da haben Sie Recht, Doktor.«

»Wären Sie dann wohl so gut, uns diesen Todesfall routinemäßig behandeln zu lassen?«

»Sie wollen keine Experten von auswärts hinzuziehen?«
Gulptilil seufzte, womit er einmal mehr nur mühsam seine gereizte Stimmung verbergen konnte. »Was meinen Sie: Wird ein Neurochirurg jedes Mal die Polizei rufen, wenn ein Patient während der Operation stirbt? Dies hier ist eine vergleichbare Situation, Miss Jones. Wir reichen einen Bericht bei der zuständigen Behörde ein. Wir halten eine Personalbesprechung zu dem jeweiligen Todesfall ab. Und, falls bekannt, setzen wir uns mit den nächsten Angehörigen in Verbindung. In Fällen, bei denen gravierende Zweifel bestehen, veranlassen wir eine Autopsie. In anderen Fällen verzichten wir darauf. Und nicht selten, Miss Jones, sind wir sozusagen die einzige Familie, die ein bedauernswerter Patient hat, und so begleiten wir unseren Toten direkt bis ins Grab.«
Er zuckte die Schultern. Es sollte eine gleichgültige Geste sein, nach Lucy Jones' Eindruck jedoch nur seinen Ärger kaschieren.
In der Tür hatten sich Patienten versammelt, die versuchten, einen Blick in den Schlafsaal zu erhaschen. Gulptilil sah Mr. Evil an. »Ich denke, das grenzt schon an Morbidität, Mr. Evans. Schaffen wir diese Leute raus und bringen den Mann in die Leichenhalle.«
»Doktor …«, fing Lucy noch einmal an, doch er schnitt ihr das Wort ab und wandte sich stattdessen an Mr. Evil.
»Sagen Sie, Mr. Evans, ist letzte Nacht irgendjemand in dieser Station wach geworden und hat eine tätliche Auseinandersetzung beobachtet? Oder waren Schreie und Schläge zu hören, laute Flüche und Verwünschungen? All das, was normalerweise mit einem Konflikt dieser Art einhergeht?«
»Nein, Doktor«, antwortete Evans. »Absolut nichts dergleichen.«
»Ein Kampf auf Leben und Tod vielleicht?«

»Nein.«
Gulptilil drehte sich zu Lucy um. »Zweifellos wäre im Fall eines Mordes irgendjemand in diesem Raum aufgewacht und hätte irgendetwas gesehen oder gehört. Da dem aber nicht so ist ...«
Francis machte einen halben Schritt vor und wollte schon etwas sagen, bremste sich aber.
Er sah zu Big Black hinüber, der kaum merklich den Kopf schüttelte. Der Rat des großen Pflegers war richtig, erkannte Francis. Falls er beschrieb, was er gehört hatte, falls er beschrieb, was für eine unheimliche Präsenz an seinem eigenen Bett gelauert hatte, dann wäre das von Ärzten, die schnell zu einer solchen Annahme neigen, höchst wahrscheinlich nur als eine von seinen Halluzinationen abgetan worden. Ich habe etwas gehört – aber sonst niemand. Ich habe etwas gefühlt – aber sonst ist es keinem aufgefallen. Ich weiß, dass es einen Mord gegeben hat – da bist du der Einzige. Francis begriff sofort die Aussichtslosigkeit seiner Situation. Man hätte seine Beteuerung zur Kenntnis genommen und in seiner Akte als ein weiteres Anzeichen dafür notiert, wie weit er von einer deutlichen Genesung und somit dem ersten Ausgang entfernt war.
Francis hielt den Atem an. In der Anstalt war die Anwesenheit des Engels nach wie vor weder real noch Illusion. Er wusste, dass der Engel das verstand. Kein Wunder, dachte Francis unter dem Beifall seiner Stimmen, dass der Killer sich so sicher fühlte. Er kann sich alles erlauben.
Die Frage ist nur, sagte Francis sich, *was er sich erlauben will.*
Also biss er sich auf die Lippen und starrte stattdessen den Tänzer an. Womit wurde er umgebracht? Kein Blut. Keine Würgemale. Nur eine Totenmaske, die ihm in die Züge einge-

graben war. Vermutlich ein Kissen, das ihm aufs Gesicht gedrückt wurde. Stille Panik. Ein stummer Tod. Einen Moment lang hatte er sich wohl hin und her geworfen, bevor er besinnungslos wurde.

War es das, was ich letzte Nacht gehört habe?, fragte sich Francis. Er dachte angestrengt nach: Ja. Ich hab bei dem Geräusch einfach nicht die Augen aufgemacht.

Das Messer, mit dem Short Blond getötet worden war, das hatte er diesmal für ihn reserviert. Doch die Botschaft auf dem anderen Bett war für sie alle bestimmt. Francis merkte, wie seine Muskeln zuckten. Er war immer noch dabei, einen klaren Kopf zu bekommen und zu verstehen, wie nahe er in dieser Nacht entweder dem richtigen Tod oder aber einem tieferen Wahnsinn gewesen war. Es war, dachte er, als ob beides Hand in Hand ginge, eine passende Kombination unangenehmer Alternativen.

»Ich hasse diese Art von Todesfällen«, sagte Gulptilil beiläufig zu Mr. Evans. »Sie bringen alle aus der Fassung. Sorgen Sie dafür, dass bei allen, die sich über Gebühr auf diesen Vorfall fixieren, die Medikamente hochgesetzt werden«, sagte der Chefarzt und warf einen Seitenblick Richtung Francis. »Ich möchte nicht, dass Patienten über den Tod dieses Mannes nachgrübeln, besonders, wenn bei ihnen noch diese Woche eine Entlassungsverhandlung anberaumt ist.«

»Ich verstehe«, sagte Evans.

Francis dagegen horchte auf. Er war nicht sicher, ob der Tod des Tänzers für seine Mitbewohner mehr als nur eine Kuriosität darstellte. Er wusste lediglich, dass die Neuigkeit, dass es in dieser Woche Verhandlungen geben würde, auf viele Patienten eine dramatische Wirkung haben musste. Irgendjemand kam vielleicht raus, und die Hoffnung war im Western State die Vorstufe zum Wahnsinn.

Er warf einen letzten Seitenblick auf den Tänzer und empfand eine eigentümlich tiefe Traurigkeit. Da haben wir einen Mann, der unerwarteterweise erlöst worden ist, dachte Francis.
Doch mitten in diesem Wechselbad aus Angst und Trauer erkannte Francis noch etwas anderes: ein Nebeneinander von Ereignissen, das er nicht recht benennen konnte und das einen kalten Verdacht in ihm aufsteigen ließ, der ihm zu schaffen machte.
Eine Bahre wurde in den Schlafsaal gerollt, um die Leiche des Tänzers wegzuschaffen. Gulptilil und Mr. Evil sahen zu, wie der Tote aus seinem Bett gehoben und unter ein schmuddelig weißes Laken gelegt wurde. Lucy schüttelte nur den Kopf, als sie mit ansehen musste, wie ein Tatort so mir nichts, dir nichts zerstört wurde.
Gulptilil drehte sich um und entdeckte, als er hinter der Leiche hertrottete, Francis. Er blieb stehen und sagte: »Ach, Mr. Petrel. Ich denke, wir sollten uns vielleicht bald wieder unterhalten.«
Francis ahnte, was der Arzt von ihm wollte. Er nickte, weil er nicht wusste, wie er sonst reagieren sollte. Doch dann hob Francis in einem fliegenden Wechsel, so dass dem Arzt der Mund offen stand, die Arme über den Kopf und drehte langsam Pirouetten, indem er Füße und Hände so graziös bewegte, wie er konnte, um bewusst den Tanz des Toten zur Musik zu imitieren, die außer ihm niemand hören konnte.
Gulptilil versuchte, ihn zu unterbrechen, und fragte ihn: »Mr. Petrel, alles in Ordnung mit Ihnen?«, was Francis so unfassbar dümmlich fand, dass er einfach tanzend aus dem Blickfeld des Doktors verschwand.

Bei ihrer regulär anberaumten Gruppensitzung an diesem Tag wandte sich das Gespräch dem Raumfahrtprogramm zu.

Newsman hatte in den letzten Tagen seine Schlagzeilen heruntergerasselt, doch viele der Patienten im Western State bezweifelten, ob die Mondspaziergänge tatsächlich stattgefunden hatten. Besonders Cleo war ziemlich aufsässig gewesen, hatte über Vertuschungsmanöver der Regierung gegrollt und über unbekannte Gefahren aus dem Jenseits, wobei sie einen Moment kicherte und im nächsten mürrisch und schweigsam wurde. Ihre Stimmungsschwankungen waren offenbar für jeden außer Mr. Evil offensichtlich, der die meisten äußeren Anzeichen der Geisteskrankheit einfach übersah. So verhielt er sich gewöhnlich. Er hörte am liebsten zu, machte sich Notizen, und wenn der Patient später zur Medikamentenausgabe kam, stellte er fest, dass seine Dosis verändert worden war. Dies hatte eine lähmende Wirkung auf die Unterhaltung, da für jeden in der Anstalt die Tagesdosis an Medikamenten ein Glied in der Kette war, die ihn an die Klinik fesselte.
Der Tod des Tänzers wurde nicht erwähnt, auch wenn alle daran dachten. Short Blonds Ermordung hatte alle fasziniert und erschreckt, doch dass der Tänzer so plötzlich starb, erinnerte sie alle an ihre eigene Sterblichkeit, was ihnen eine ganz andere Angst bereitete. Mehr als einmal brachen Patienten, die in dem losen Kreis zusammensaßen, in ein spontanes Lachen oder ein ersticktes Schluchzen aus, das nichts mit dem Gesprächsverlauf zu tun hatte, sondern aus der einen oder anderen heimlichen Überlegung hervorbrach.
Francis hatte das Gefühl, dass Mr. Evil ihn besonders eindringlich im Auge hatte. Er führte das auf sein bizarres Verhalten am Morgen zurück.
»Und was ist mit Ihnen, Francis?«, fragte Evans plötzlich und stupste ihn dabei.
»Verzeihung, was ist mit mir weswegen?«, fragte Francis zurück.

»Was halten Sie von Astronauten?«
Er überlegte einen Moment und schüttelte dann den Kopf. »Kann ich mir schwer vorstellen«, antwortete er.
»Was ist schwer vorzustellen?«
»So weit weg zu sein, nur mit Computer und Funk verbunden zu sein. Noch niemand ist so weit weg gewesen. Das ist interessant. Ich meine nicht nur, dass man so auf Gedeih und Verderb von der Ausrüstung abhängig ist, ich meine, dass es noch nie ein vergleichbares Abenteuer gegeben hat.«
Mr. Evil nickte. »Was ist mit Forschern in Afrika oder am Nordpol?«
»Sie waren den Elementen ausgesetzt, auch dem Unbekannten. Aber Astronauten haben es mit was ganz anderem zu tun.«
»Womit?«
»Mythen«, sagte Francis. Er sah sich zu den anderen um und fragte dann: »Wo ist Peter?«
Mr. Evil rutschte auf seinem Stuhl herum. »Noch in Isolation«, sagte er. »Aber er müsste bald raus sein. Kommen wir wieder zu den Astronauten zurück.«
»Die existieren nicht«, sagte Cleo. »Peter schon.« Dann schüttelte sie den Kopf. »Vielleicht auch nicht«, sagte sie. »Vielleicht ist das alles auch nur ein Traum, und wir wachen jeden Moment daraus auf.«
Daraufhin brach zwischen Cleo und Napoleon und einigen anderen ein Streit über die Frage aus, was wirklich existierte und was nicht, und darüber, ob etwas, das an einem anderen, für uns unsichtbaren Ort stattfand, tatsächlich passierte. Darüber fing die Gruppe an, aus Protest zu schnauben und aufgeregt mit den Händen zu wedeln, ein Schlagabtausch, den Evans eine Zeit lang schweigend zuließ. Einen Augenblick lang hörte Francis zu, weil er irgendwie das Gefühl hatte, dass

es zwischen seiner Situation in der Klinik und Männern auf dem Weg ins All eine gewisse Ähnlichkeit gab. Sie trieben einsam umher, so wie er.
Er glaubte, sich von dem Schock der letzten Nacht erholt zu haben, doch er glaubte kaum, dass er schon in der Lage war, der nächsten Nacht ins Auge zu sehen.
In Gedanken ging er all die Worte durch, die der Engel gesagt hatte, doch es fiel Francis schwer, sich mit der Präzision daran zu erinnern, die er für nötig hielt. Angst, erkannte er, verzerrt die Dinge. Es ist so, als ob man sich in einem Spiegelkabinett befände. Das Bild ist gewellt, verschwommen, verzerrt.
Einen Augenblick lang sagte er sich: Hör auf, den Engel sehen zu wollen. Fang an, mit den Augen des Engels zu sehen.
Tief in seinem Innern warnten ihn einige Stimmen laut: *Hör auf! Lass die Finger davon!*
Francis wechselte unbehaglich die Stellung. Die Stimmen hätten ihn nicht gewarnt, hätten sie nicht etwas Wichtiges und Gefährliches gesehen. Er schüttelte ein wenig den Kopf, als wollte er sich wieder in die Gruppe einklinken, die sich weiterstritt, und er sah die anderen an, als Napoleon gerade sagte: »Wozu soll es überhaupt gut sein, ins All vorzudringen …« Und er sah auch, wie Cleo ihn mit einem fragenden, beinahe respektvollen Blick musterte. Indem sie Napoleon einfach ignorierte, was den Molligen in Rage brachte, beugte sie sich ruhig zu Francis vor: »C-Bird hat was gesehen, nicht wahr?« Dann kicherte sie los, lachte über einen Witz, den nur sie verstand. In dem Moment betrat Peter den Raum.
Er winkte sofort der Gruppe zu und verneigte sich tief vor seinen Mitpatienten, wie ein Lakai des Königs an einem Hof im sechzehnten Jahrhundert. Dann schnappte er sich einen Stahlklappstuhl und zog ihn in den Kreis.

»Kein bisschen angeschlagen«, sagte er, um der Frage zuvorzukommen.
»Peter scheint die Isolation zu mögen«, sagte Cleo.
»Da schnarcht wenigstens keiner«, antwortete Peter, was mit allgemeinem Grinsen und Kichern quittiert wurde.
»Wir haben über Astronauten gesprochen«, sagte Mr. Evil. »Ich würde die Diskussion gerne in der Zeit, die uns noch bleibt, zum Abschluss bringen.«
»Sicher«, sagte Peter. »Wollte nicht stören.«
»Gut, sehr schön. Möchte noch jemand etwas hinzufügen?« Mr. Evil wandte sich von Peter ab und sah in die versammelte Patientenrunde, wo er nur auf Schweigen stieß.
Evans ließ ein paar Sekunden verstreichen. »Irgendjemand?«
Wieder schwieg die eben noch so laut schnatternde Gruppe. Francis fand, dass ihnen das durchaus ähnlich sah; dass ihnen manchmal die Worte nur so heraussprudelten, um dann plötzlich zu versiegen, während alle mit fast religiöser Inbrunst Nabelschau betrieben. Solche Stimmungsschwankungen waren an der Tagesordnung.
»Na, kommen Sie schon«, sagte Evans, dem der Frust allmählich anzuhören war. »Wir waren doch eben, bevor wir unterbrochen wurden, so angeregt bei der Sache. Wer macht den Anfang? Cleo?«
Sie schüttelte den Kopf.
»Newsman?«
Ausnahmsweise einmal hatte er keine Schlagzeile auf Lager.
»Francis?«
Francis antwortete nicht.
»Sagen Sie was«, sagte Evans steif.
Francis wusste nicht, was er sagen sollte, und er sah, wie Evans zunehmend verärgert auf seinem Stuhl herumrutschte. Es ging, dachte Francis, um Kontrolle. Mr. Evil wollte alles im

Wohnheim unter seiner Kontrolle haben, und wieder einmal hatte Peter diese seine Macht gebrochen. Mehr als jeder Patient, wie starrsinnig er in seinem Wahn auch sein mochte, hatte Mister Evans das Bedürfnis, im Innern des Amherst-Gebäudes über jeden Moment zu bestimmen.

»Sagen Sie etwas«, wiederholte Evans noch eisiger. Das war ein Befehl.

In Francis' Kopf arbeitete es mächtig bei dem Versuch, herauszubekommen, was Mr. Evil hören wollte, doch als Antwort platzte er nur mit dem Fazit heraus: »Ich werde nie ins All fliegen.«

Evans zuckte die Schultern und schnaubte: »Na ja, sicher nicht ...«, als wäre das, was Francis gesagt hatte, das Idiotischste, was er je gehört hatte.

Doch Peter, der ihnen zugehört und sie beobachtet hatte, beugte sich vor. »Wieso nicht?«, fragte er.

Francis drehte sich zu Firemans Stimme um. Peter grinste. »Wieso nicht?«, fragte er noch einmal.

Evans schien aus dem Konzept gebracht. »Wir ermuntern hier zu keinen Hirngespinsten, Peter«, schnauzte er.

Doch Peter, frisch aus der Gummizelle, ignorierte ihn. »Wieso nicht, Francis?«, fragte er zum dritten Mal.

Francis wies mit einer wedelnden Handbewegung auf die Klinikumgebung.

»Aber C-Bird«, fuhr Peter fort und kam mit jedem Wort mehr in Fahrt, »wieso könntest du kein Astronaut sein? Du bist jung, du bist fit, du bist clever. Du siehst Dinge, die anderen vielleicht entgehen. Du bist nicht eingebildet, und du hast Mut. Ich glaube, du würdest einen perfekten Astronauten abgeben.«

»Aber Peter ...«, sagte Francis.

»Kein Aber. Wer sagt denn, dass die NASA nicht mal be-

schließt, einen Verrückten ins All zu schießen? Ich meine, wer würde sich denn besser dafür eignen als einer von uns? Die Leute würden bestimmt davon ausgehen, dass ein verrückter Raumfahrer viel, viel schneller ist als ein verfluchter, flaggensalutierender Soldat, stimmt's? Wer sagt denn, dass sie nicht alle möglichen Leute ins All schießen, wieso also nicht einen von uns? Eines Tages schicken sie vielleicht Politiker hoch oder Wissenschaftler oder sogar Touristen. Wenn sie Verrückte da raufschicken, finden sie vielleicht raus, dass es, na ja, dass es uns hilft, wenn wir da draußen, ohne dass uns die Schwerkraft an die Erde fesselt, im All umherschweben. Wie ein wissenschaftliches Experiment. Vielleicht ...«
Er schwieg, um Luft zu holen. Evans wollte etwas sagen, doch bevor er es herausbrachte, warf Napoleon ein. »Vielleicht hat Peter Recht. Vielleicht macht uns die Schwerkraft verrückt ...«
Cleo schaltete sich ein. »Sie drückt uns nach unten ...«
»Das ganze Gewicht direkt auf unseren Schultern ...«
»Hindert unsere Gedanken daran, auf und davonzusausen ...«
Ringsum nickte ein Patient nach dem anderen. Plötzlich hatte offenbar jeder die Sprache wiedergefunden. Es gab das erste zustimmende Gemurmel, dann plötzlichen Beifall.
»Wir könnten fliegen. Wir könnten schweben.«
»Niemand würde uns zurückhalten.«
»Wer würde sich besser als Weltraumforscher eignen als wir?«
Die Männer und Frauen in der Gruppe lächelten und stimmten zu. Es war, als könnten sie in dem Moment plötzlich alle als Astronauten durch das All schweben, wo ihre erdverhafteten Sorgen sich verflüchtigten, sobald sie mühelos durch die Leere des Weltalls glitten. Es war überaus verlockend, und für eine Weile erhob sich die Gruppe weiter gen Himmel, stellte sich jedes Mitglied vor, wie es wäre, von der Schwerkraft

losgelöst zu sein und sich in diesen wenigen Sekunden auf den Schwingen ihrer Phantasie emportragen zu lassen.
Evans kochte. Er wollte etwas sagen, überlegte es sich aber anders, warf Peter einen wütenden Blick zu und stampfte aus dem Zimmer.
Die Gruppe beruhigte sich, als sie Mr. Evans von hinten sah. Binnen Sekunden senkte sich wieder der Nebeldunst ihrer Sorgen und Nöte über sie.
Cleo dagegen seufzte laut und schüttelte den Kopf. »Ich vermute mal, nur du, C-Bird«, sagte sie lebhaft. »Du musst dich für uns alle in den Himmel schwingen.«

Pflichtbewusst erhoben sich alle Mitglieder der Gruppe, klappten ihre Stühle zusammen und stellten sie einer nach dem anderen klappernd und scheppernd in Reih und Glied an die Wand. Dann verließ jeder, in seine eigenen Gedanken vertieft, den Therapieraum und mischte sich unter den nie verebbenden Patientenstrom, der den Hauptflur des Amherst füllte.
Francis packte Peter am Arm.
»Er war hier, letzte Nacht.«
»Wer?«
»Der Engel.«
»Er ist zurückgekommen?«
»Ja, er hat den Tänzer umgebracht, aber niemand will das wahrhaben, und dann hat er mir ein Messer ans Gesicht gehalten und gesagt, er könne mich töten oder auch dich oder jeden anderen, wenn er wollte.«
»Du lieber Gott!«, sagte Peter. Der letzte Rest Hochgefühl, das ihm sein taktischer Sieg über Mr. Evil beschert hatte, war wie weggeblasen, und er hing Francis an den Lippen. »Was ist noch passiert?«, fragte er.

Während Francis widerstrebend versuchte, sich den nächtlichen Vorfall genau in Erinnerung zu rufen, merkte er, wie in ihm die Angst wieder hochkroch, die ihm nach wie vor in den Knochen steckte. Peter von dem Druck der Klinge in seinem Gesicht zu erzählen, fiel ihm schwer. Zuerst dachte er, dass er sich danach vielleicht besser fühlen würde, doch das war nicht der Fall. Stattdessen verstärkte es nur seine tief sitzende Angst.
»Wie, sagst du, hat er es gehalten?«, fragte Peter.
Francis demonstrierte es ihm.
»Du lieber Gott«, wiederholte Peter, »das muss dir ja eine Wahnsinnsangst gemacht haben, C-Bird.«
Francis, der wenig Lust verspürte, auszusprechen, wie viel Angst er tatsächlich gehabt hatte, nickte nur. Doch in dem Moment kam ihm ein Gedanke, und er blieb stehen, runzelte die Stirn und versuchte, klarer zu fassen, was ihm nur vage in den Sinn gekommen war. Peter sah Francis' Bestürzung und fragte: »Was ist?«
»Peter …«, fing Francis an, »du warst mal Ermittler. Wieso hält der Engel mir das Messer auf diese Weise ans Gesicht?«
Peter hielt ebenfalls im Laufen inne und überlegte.
»Müsste er …«, fuhr Francis fort, »müsste er es mir nicht an die Kehle halten?«
»Ja«, sagte Peter.
»So dass er, falls ich schreie …«
»An den Hals, die Drosselvene, den Kehlkopf, das sind die Schwachstellen. So tötet man jemanden mit einem Messer.«
»Aber das hat er nicht getan. Er hat es mir ans Gesicht gehalten.«
Peter nickte. »Das ist äußerst aufschlussreich«, sagte er. »Er hat nicht geglaubt, dass du schreien würdest …«
»Hier drinnen schreit ständig jemand. Das hat nichts zu bedeuten.«

»Stimmt auch wieder. Aber er wollte dir einen Schrecken einjagen.«
»Ist ihm auch gelungen«, sagte Francis.
»Und .... konntest du ihn sehen?«
»Er hat mir befohlen, die Augen zuzumachen.«
»Und seine Stimme?«
»Die könnte ich vielleicht wiedererkennen, wenn ich sie noch mal hören würde. Besonders aus der Nähe. Er hat gezischelt wie eine Schlange.«
»Meinst du, er hat irgendwie versucht, sie zu verstellen?«
»Nein. Schon seltsam. Das glaube ich nicht. Ich hatte das Gefühl, als wäre es ihm egal.«
»Und sonst?«
Francis schüttelte den Kopf. »Er war ... *sich seiner Sache sicher«,* sagte er vorsichtig.
Peter und Francis verließen den Therapieraum. Lucy wartete in der Flurmitte, in der Nähe der Pflegestation auf sie. Sie gingen zu ihr hinüber, und während sie sich zwischen den Patienten hindurchschlängelten, entdeckte Peter Little Black nicht weit von der Station und nur ein Stück von Lucy Jones entfernt. Er sah, wie der kleinere der Moses-Brüder sich über eine große schwarze Kladde beugte, die mit einer unscheinbaren, silbernen Kette wie mit einem Kinderfahrradschloss am Metallgitter befestigt war. In der Sekunde schoss ihm ein Gedanke durch den Kopf, und er machte einen Satz auf Little Black zu, als er merkte, wie Francis ihn am Arm zurückhielt.
»Was ist?«, fragte Peter.
Francis sah auf einmal müde aus, und aus seiner Stimme war ein nervöses Zögern herauszuhören. »Peter«, sagte er langsam, »mir ist da gerade was eingefallen.«
»Was denn?«
»Wenn es ihm nichts ausgemacht hat, mit mir zu reden, heißt

das doch wohl, dass er nicht zu befürchten braucht, ich könnte zufällig irgendwo seine Stimme wieder hören. Es hat ihm nichts ausgemacht, dass ich sie in Erinnerung behalte, weil er weiß, dass ich sie auf keinen Fall noch mal irgendwo hören werde.«

Peter blieb stehen, nickte und wies auf Lucy. »Das ist ein interessanter Gedanke, Francis«, sagte er. »Das ist ein sehr interessanter Gedanke.«

Francis hatte das Gefühl, dass Peter mit dem Wort *interessant* etwas anderes umschrieb. Francis drehte sich einmal um die Achse und dachte: Suche nach *Schweigen*.

Bei dem Gedanken bemerkte er ein leichtes Zittern in seiner Hand und spürte, dass er eine trockene Kehle und einen üblen Geschmack im Mund hatte, und er versuchte, ihn mit ein bisschen Spucke auszuspülen, doch er hatte keine. Er sah Lucy an, die verärgert aussah; er vermutete, dass dies wenig mit ihnen und umso mehr damit zu tun hatte, wie die Welt, die sie so zuversichtlich betreten hatte, sich als ein weitaus unzugänglicheres Terrain erwies, als sie anfangs vermutet hatte.

Als die Staatsanwältin auf sie zukam, trat Peter zu Little Black.

»Mr. Moses«, sagte er vorsichtig, »was machen Sie da gerade?«

Der schlanke Pfleger sah zu Peter auf. »Reine Routinesache«, sagte er.

»Was denn?«

»Routine«, fuhr Little Black fort, »ich mach nur gerade ein paar Eintragungen ins Dienstbuch.«

»Was kommt da sonst noch so rein?«

»Alle vom Chefarzt oder von Mr. Evil angeordneten Änderungen. Alle besonderen Vorkommnisse wie eine Prügelei oder verloren gegangene Schlüssel oder ein Todesfall wie beim Tänzer. Sämtliche Änderungen in den normalen Abläufen.

Auch 'ne Menge läppische Kinkerlitzchen, Peter. Zum Beispiel, wann man nachts aufs Klo geht und wann man die Türen kontrolliert und die Schlafsäle inspiziert; oder Anrufe, die man bekommen hat oder sonst irgendwas, das einer, der hier arbeitet, für ungewöhnlich hält. Oder auch, wenn einem auffällt, dass ein Patient aus irgendeinem Grund vielleicht Fortschritte macht. So was kann man auch da drin notieren. Wenn man seine Schicht anfängt, muss man, sobald man in der Station ist, die Eintragungen von der Nachtschicht lesen. Und bei Dienstschluss macht man einen Eintrag und unterschreibt. Auch wenn's nur ein paar Wörter sind. Das läuft jeden Tag so. Das Dienstbuch soll es den Leuten von der nächsten Schicht leichter machen, über alles auf dem Laufenden zu sein.«

»Und gibt es ein solches Buch ...«

Little Black unterbrach ihn. »Eines auf jedem Stockwerk, in jeder Pflegestation. Der Wachdienst hat seine eigenen.«

»Wenn man da drankäme, wüsste man also mehr oder weniger über die Abläufe Bescheid. Ich meine, über die Routineabläufe?«

»Die täglichen Einträge in das Dienstbuch sind schon wichtig«, sagte Little Black. »Man verliert dann nicht so schnell was aus dem Auge. Es muss alles, was hier drinnen passiert, irgendwie dokumentiert werden. Ist so was wie ein kleines Geschichtsbuch.«

»Wer hebt diese Dienstbücher auf, wenn sie voll sind?«

Little Black zuckte die Schultern. »Werden irgendwo unten im Keller in Kisten gelagert.«

»Aber wenn ich eines davon zu Gesicht bekäme, dann wüsste ich über alles Bescheid, oder?«

»Die Dienstbücher sind nicht für die Augen der Patienten bestimmt. Nicht dass sie versteckt werden oder so. Aber sie sind nur fürs Personal.«

»Aber wenn ich trotzdem eines davon in die Finger bekäme ... und wenn es nur eines von den ausrangierten im Keller wäre, wüsste ich ziemlich gut Bescheid, wann was in welcher Zeit stattfindet, oder?«

Little Black nickte langsam.

Peter führte seinen Gedanken weiter, diesmal allerdings an Lucy Jones gewandt. »Ich hätte dann zum Beispiel eine ziemlich genaue Vorstellung davon, wann ich in der Anstalt herumschleichen könnte, ohne mich erwischen zu lassen. Und ich wüsste auch, wann ich Short Blond in der Nachtschicht am besten allein in der Pflegestation auf dem ersten Stock finden würde, und ich wüsste, an welchem Tag sie ihre wöchentliche Doppelschicht hat, oder? Dann wüsste ich natürlich auch, um welche Zeit der Wachdienst schon lange durchgekommen wäre, um die Türen zu überprüfen und dann vielleicht ein Schwätzchen zu halten, so dass sonst außer ein paar schwer narkotisierten, schlafenden Patienten niemand in der Nähe ist, stimmt's?«

Eine Antwort erübrigte sich, für Little Black genauso wie für die anderen.

»So ist er draufgekommen«, sagte Peter leise. »Er weiß es nicht absolut sicher, mit militärischer Präzision, aber er weiß genug, um mit ziemlicher Sicherheit und ein bisschen Weitblick abwarten und sich die richtigen Zeiten heraussuchen zu können.«

Francis hielt das für möglich. Es rieselte ihm kalt den Rücken herunter, weil er unwillkürlich denken musste, dass sie sich gerade dem Engel einen Schritt genähert hatten und er dem Mann sowieso schon viel zu nahe gewesen und nicht unbedingt erpicht darauf war, diesem Messer und dieser Stimme noch einmal in die Quere zu kommen.

Lucy schüttelte mehrmals hintereinander den Kopf und sagte zu Peter und Francis: »Auch wenn ich nicht den Finger darauf legen kann, aber irgendetwas stimmt hier nicht. Nein, das trifft es nicht, ich müsste wohl eher sagen, etwas stimmt und stimmt auch wieder nicht.«
Peter grinste. »Ach, Lucy«, sagte er in der Art von Gulptilil, der seine Sätze gerne mit einer gedehnten Pause einleitete, und fing im charakteristischen Tonfall des indischen Arztes den Satz noch einmal von vorn an: »Ach, Lucy, was Sie da sagen, zeugt von der Logik, die hier in der Klapse durchaus am Platz ist. Bitte fahren Sie fort.«
»Die Anstalt geht mir auf den Geist«, sagte sie ruhig. »Ich glaube, dass mir nachts jemand ins Wohnheim der Lernschwestern folgt. Ich höre Geräusche an meiner Tür, die verschwinden, sobald ich aufstehe. Ich merke deutlich, dass sich jemand an meinen Sachen zu schaffen gemacht hat, auch wenn nichts fehlt. Ich habe nach wie vor das Gefühl, dass wir vorankommen, aber ich könnte nicht konkret sagen, inwiefern. Ich denke allmählich, dass ich jeden Moment selber anfange, Stimmen zu hören.«
Für einen Augenblick drehte sie sich zu Francis um, der nicht zuzuhören, sondern in seine eigenen Gedanken vertieft schien. Sie blickte den Flur hinunter und sah, wie Cleo energisch mit den Armen wedelte, während sie sich mit dröhnender Stimme über ein unglaublich wichtiges Thema verbreitete, auch wenn ihre Ausführungen nicht allzu schlüssig klangen.
»Oder«, fuhr Lucy fort und schüttelte nochmals den Kopf, »ich bilde mir bald ein, ich sei die Reinkarnation einer ägyptischen Prinzessin.«
»Das könnte ernste Konflikte nach sich ziehen«, erwiderte Peter mit einem Grinsen.
»Sie fallen auf die Füße«, sagte Lucy. »Sie sind nicht verrückt

wie die anderen hier. Sobald Sie rauskommen, erholen Sie sich. Aber C-Bird … was wird aus dem?«

»Francis geht gerade wichtigeren Fragen nach«, sagte Peter und klang augenblicklich niedergeschlagen. »Er muss beweisen, dass er nicht verrückt ist, aber wie stellt man das hier drinnen an? Die Anstalt dient dazu, die Insassen noch verrückter zu machen. Hier werden all die Krankheiten, mit denen die Leute herkommen, auf einmal ansteckend …«, sagte Peter mit einem bitteren Unterton. »Es ist, als würde man mit einer Erkältung eingeliefert, und hier wächst sie sich zu einer Streptokokkeninfektion oder einer Bronchitis und dann einer Lungenentzündung aus und führt schließlich zum Versagen der Atemwege, und sie behaupten: ›Also, wir haben getan, was in unserer Macht stand …‹«

»Ich muss hier raus«, sagte Lucy. »Sie auch, Peter.«

»Das sehen Sie richtig«, erwiderte er, »aber am dringendsten gilt das für C-Bird, denn sonst ist er für immer verloren.« Wieder lächelte Peter, aber dieses Lächeln kaschierte nur die tiefe Traurigkeit. »Man könnte sagen, Sie und ich, wir bringen uns selber in Schwierigkeiten. Auf irgendeine perverse, neurotische Art und Weise suchen wir sie uns aus. Francis dagegen, dem werden all seine Probleme aufs Auge gedrückt. Im Unterschied zu uns kann er nichts dafür. Er ist unschuldig, was sich weiß Gott nicht für mich sagen lässt.«

Lucy streckte die Hand aus und berührte Peters Unterarm, wie um zu bekräftigen, was er da sagte. Einen Moment lang stand Peter stocksteif da wie ein Vorstehhund, und sein Arm brannte fast von der Berührung. Er trat ein wenig zurück, als wäre ihm der Druck zu viel. Doch dabei lächelte er und stieß einen tiefen Seufzer aus, auch wenn er sich dabei von Lucy abwandte, als wäre es in diesem Moment zu viel für ihn, sie anzusehen.

»Wir müssen den Engel finden«, sagte Peter. »Und zwar sofort.«
»Da stimme ich Ihnen zu«, sagte Lucy. Doch dann sah sie Peter neugierig an, weil sie begriff, dass er mehr im Sinn hatte als eine einfache Ermutigung.
»Was ist?«
Bevor er auf die Frage antworten konnte, schien Francis, der die ganze Zeit tief in Gedanken gewesen war und auf die anderen nicht geachtet hatte, zu einem Schluss gekommen zu sein, denn er sah auf und trat zu den anderen beiden. »Mir ist da eine Idee gekommen«, sagte er unsicher, »ich weiß nicht, aber ...«
»C-Bird, ich muss dir was sagen ...«, fing Peter an, hielt aber mitten im Satz inne. »Was für eine Idee?«
»Was wolltest du mir sagen?«
»Das kann warten«, sagte Peter. »Aber deine Idee?«
»Ich hatte solche Angst«, fing Francis an. »Du warst nicht da, und es war stockdunkel, und ich hatte dieses Messer an der Wange. Angst ist was Seltsames, Peter«, fuhr er fort, »sie krempelt dein ganzes Denken um, so dass du wegen dieser Angst für alles andere blind wirst. Und ich möchte wetten, Lucy weiß das schon, aber für mich war das neu, und da ist mir eine Idee gekommen ...«
»Francis, versuch, dich ein bisschen klarer auszudrücken«, sagte Peter wie zu einem Grundschüler.
»Wenn man solche Angst hat, dann hat man nur einen Gedanken: Was als Nächstes passiert und ob er wiederkommt und was er schon getan hat und was er noch tun wird, denn er hätte mich ja umbringen können, und ich wollte mich nur irgendwohin verkriechen, wo ich sicher und allein bin ...«
Lucy neigte sich vor, weil sie plötzlich einen leisen Schimmer davon bekam, worauf Francis hinauswollte. »Reden Sie weiter«, sagte sie.

»Aber diese ganze Angst hat etwas überlagert, was ich hätte sehen müssen.«
Peter nickte. »Was?«
»Der Engel wusste, dass du in der Nacht nicht da warst.«
»Das Dienstbuch. Oder er hat sich selbst davon überzeugt. Oder hat gehört, dass ich in die Isolierzelle musste ...«
»Also war letzte Nacht der Zeitpunkt für ihn gekommen, seinen nächsten Schachzug zu machen, weil er es, denke ich, nicht gleichzeitig mit uns beiden aufnehmen wollte. Das ist nur so was wie eine Vermutung, aber das Ganze leuchtet mir irgendwie ein. Jedenfalls musste er letzte Nacht handeln, weil er ideale Bedingungen dafür hatte, mir Angst einzujagen ...«
»Ja«, sagte Lucy, »das liegt auf der Hand.«
»Und er musste den Tänzer umbringen. Wieso?«
»Um uns zu zeigen, dass er tun kann, was er will. Um seine Botschaft zu unterstreichen: dass wir vor ihm nicht sicher sind.« Francis atmete heftig aus, weil die Vorstellung, dass der Tänzer nur sterben musste, um ihnen etwas klar zu machen, ihn ziemlich verstörte. Er konnte sich nicht vorstellen, was den Engel zu einem solch dramatischen Verhalten trieb, und im selben Moment erkannte er, dass er es vielleicht doch nachvollziehen konnte. Das machte ihm noch mehr Angst, aber er nahm in dem strahlend hellen Mittagslicht im Hausflur Zuflucht und bei Peter und Lucy. In Francis' Augen waren sie kompetent und stark, und der Engel war vor ihnen auf der Hut, weil sie nicht verrückt und schwach waren wie er. Er atmete langsam aus und fuhr fort: »Doch das sind Risiken, die er eingeht. Meint ihr, er hatte noch einen anderen Grund, um letzte Nacht in diesen Schlafsaal zu kommen?«
»Was sollte das für einer sein?«
Francis fing fast zu stottern an. Jeder Gedanke schien in

seinem Innern wie in weiter Ferne nachzuhallen, als stünde er am Rand eines tiefen Lochs, das nur Bewusstlosigkeit verhieß. Für einen Moment machte er die Augen zu und sah einen roten Lichtstreifen hinter den Lidern, der ihn fast blendete. Er ließ sich mit jedem Wort Zeit, weil er in dieser Sekunde sah, was der Engel brauchte.

»Der retardierte Mann ...«, fing Francis an. »Der hatte etwas, das ihm gehörte ...«

»Das blutige T-Shirt.«

»Also, ich frage mich ...«

Francis hatte keine Gelegenheit, den Satz zu Ende zu bringen. Er sah zu Peter auf, der sich zu Lucy Jones umsah. Sie mussten ihre Zustimmung nicht aussprechen. Binnen Sekunden hatten die drei den Flur durchquert und den Schlafsaal betreten.

Es war ihr Glück, dass der große Retardierte auf der Bettkante saß und seiner Raggedy-Andy-Puppe etwas vorsummte. Im hinteren Teil des Raums hielten sich noch ein paar andere Patienten auf, von denen die meisten herumlagen und selbstvergessen aus dem Fenster oder an die Decke starrten. Der Retardierte sah zu den dreien auf und lächelte. Lucy übernahm zielstrebig die Führung.

»Hallo«, sagte sie. »Erinnern Sie sich an mich?«

Er nickte.

»Ist das Ihre Freundin?«, fragte sie.

Wieder nickte er.

»Und hier schlafen Sie beide?«

Er klopfte auf die Matratze, und sie setzte sich neben ihn. Trotz ihrer stattlichen Größe wirkte sie neben dem großen Retardierten, der für sie zur Seite rückte, wie ein Zwerg.

»Hier wohnen Sie beide also ...«

Wieder grinste und lächelte er. Er schien sich einen Moment

lang stark zu konzentrieren, dann sagte er stockend: »Ich wohne im großen Krankenhaus.«
Die Worte polterten wie Felsbrocken aus seinem Mund. Jedes war ein grober Klotz und steinhart, und sie ahnte, dass jedes eine gigantische Leistung war.
»Und hier heben Sie Ihre Sachen auf?«, fragte sie.
Wieder nickte er.
»Hat irgendjemand versucht, Ihnen wehzutun?«, fragte sie.
»Ja«, sagte der Retardierte langsam, wie um die eine Silbe so zu dehnen, dass sie mehr als eine einfache Bestätigung enthielt. »Hab Haue bekommen.«
Lucy holte tief Luft, doch bevor sie eine weitere Frage stellen konnte, sah sie, dass sich die Augen des großen Retardierten mit Tränen gefüllt hatten.
»Ich hab Haue bekommen«, wiederholte er und fügte hinzu: »Ich mag Haue nicht. Meine Mami hat gesagt, nicht hauen. Niemals.«
»Ihre Mami ist sehr klug«, sagte Lucy. Sie hegte keinen Zweifel, dass der Zurückgebliebene ernsten Schaden anrichten konnte, wenn es mit ihm durchginge.
»Ich bin zu groß«, sagte er. »Nicht hauen.«
»Hat Ihre Freundin auch einen Namen?«, fragte sie und wies auf die Puppe.
»Andy.«
»Ich heiße Lucy. Kann ich auch Ihre Freundin sein?«
Er nickte und lächelte.
»Wollen Sie mir bei etwas helfen?«
Er legte die Stirn in Falten, und sie nahm an, dass er sie nicht recht verstand, deshalb sagte sie: »Ich habe etwas verloren.«
Er grunzte zur Antwort, als wollte er ihr sagen, dass er auch einmal etwas verloren hatte und dass ihm das gar nicht gefiel.
»Wollen Sie für mich in Ihren Sachen nachschauen?«

Der große Retardierte zögerte und zuckte dann die Schultern. Er griff unter das Bett und zog mit einer Hand einen grünen Militär-Schrankkoffer hervor. »Was?«, fragte er.

»Ein T-Shirt.«

Er reichte Lucy behutsam die Raggedy-Andy-Puppe und öffnete den Verschluss der Feldkiste. Sie stellte fest, dass die Kiste nicht abgeschlossen war. Er hob den Deckel hoch und betrachtete seine dürftigen Habseligkeiten. Obenauf lagen ordentlich gefaltet Wäsche und Socken neben einem Foto des Retardierten mit seiner Mutter. Das Bild war einige Jahre alt und hatte dort, wo es ein paarmal zu oft angefasst worden war, Knicke. Darunter befanden sich einige paar Jeans und ein zweites Paar Schuhe, einige Sporthemden und ein etwas fadenscheiniger dunkelgrüner Pullover.

Das blutige Shirt war nicht da.

Lucy warf Peter einen raschen Blick zu, der seinerseits den Kopf schüttelte.

»Weg«, sagte er ruhig.

Sie drehte sich wieder zu dem Retardierten um. »Danke«, sagte sie. »Sie können Ihre Sachen jetzt wieder wegtun.«

Er machte die Kiste zu und schob sie unter das Bett. Sie gab ihm die Raggedy-Andy-Puppe zurück.

»Haben Sie hier drinnen noch mehr Freunde?«, fragte sie und zeigte auf den Raum.

Er schüttelte den Kopf. »Ganz allein«, sagte er.

»Ich werde Ihre Freundin sein«, sagte sie, was ein Lächeln auf sein Gesicht zauberte, obwohl sie sich der Lüge bewusst war und Schuldgefühle hatte, weil es ihr keineswegs gefiel, einen Menschen zu täuschen, der kaum mehr als ein Kind war, das zwar älter, aber niemals klüger wurde.

Zurück in ihrem Büro, seufzte Lucy. »Also«, sagte sie, »es ist wohl zu viel verlangt, tatsächlich so was wie ein Beweisstück zu finden.«
Sie klang entmutigt, doch Peter war guter Dinge. »Nein, nein, wir haben etwas gelernt. Dass der Engel erst einen Köder legt und sich dann der Mühe unterzieht, ihn wieder zu entfernen, das sagt etwas über seine Persönlichkeit.«
Francis dagegen schwirrte der Kopf. Er fühlte ein leichtes Zittern in den Händen, denn das normale Gebräu aus allen möglichen trüben Strömungen und Gegenströmungen in seinem Kopf hatte sich etwas geklärt. »Nähe«, sagte er.
»Was?«
»Er hat sich den Retardierten aus einem ganz bestimmten Grund herausgesucht. Weil er wusste, dass Lucy ihn befragen würde. Weil er nahe genug war, um ihm ein Beweisstück unterzuschieben. Weil er jemand war, der für ihn keine Bedrohung darstellte. Alles, was der Engel tut, dient einem Zweck.«
»Ich glaube, Sie haben Recht«, sagte Lucy langsam. »Was sagt uns das nämlich, wenn man es richtig bedenkt?«
Peters Stimme klang plötzlich kalt. »Es sagt uns, dass er sich nicht richtig versteckt.«
Francis stöhnte, als schmerzte die Vorstellung wie ein Schlag in die Brust. Er wippte vor und zurück, und Peter und Lucy schielten besorgt zu ihm hinüber. Zum ersten Mal begriff Peter, dass das, was für ihn und Lucy eine Herausforderung an ihre Intelligenz darstellte – den abenteuerlichen Versuch, einen cleveren, entschlossenen Mörder auszutricksen –, für Francis vielleicht ein weitaus schwierigeres und riskanteres Unterfangen war. »Er will, dass wir nach ihm suchen«, sagte Francis, als würden ihm die Worte wie Blut über die Lippen rinnen. »Die ganze Sache bereitet ihm Vergnügen.«

»Nun ja, dann müssen wir eben dem Spiel ein Ende machen«, sagte Peter.

Francis blickte auf. »Wir dürfen nicht tun, was er von uns erwartet, weil er Bescheid weiß. Ich hab keine Ahnung, woher, aber er weiß Bescheid.«

Peter holte tief Luft, und eine Weile dachten alle drei stumm über das nach, was Francis gesagt hatte. Peter hielt den Moment zwar nicht für günstig, wusste aber auch nicht, wann es günstiger sein würde, und jede weitere Verzögerung würde die Sache nur schlimmer machen. »Ich hab nicht mehr viel Zeit«, sagte er ruhig. »Irgendwann in den nächsten Tagen bringen sie mich hier raus. Für immer.«

25

Ich drehte mich auf dem Boden zur Seite und fühlte, wie sich mir die Dielen an die Wange drückten, während ich gegen das Schluchzen ankämpfte, das meinen Körper schüttelte. Mein ganzes Leben lang war ich von einer Einsamkeit in die nächste getrudelt, und allein schon die Erinnerung an den Moment, als Peter the Fireman sagte, er würde mich allein im Western State zurücklassen, stürzte mich in eine solch abgrundtiefe Verzweiflung, dass sie mit der von damals beinahe mithalten konnte. Ich denke, ich hatte von der ersten Sekunde an, als wir uns begegneten, gewusst, dass ich zwangsläufig zurückbleiben würde, aber es war etwas anderes, es aus seinem Mund zu hören, und es traf mich wie ein Schlag in die Magengrube. Es gibt Dinge im Leben, die einen zutiefst traurig machen, und das hier war eines davon. Die Worte niederzuschreiben, die Peter an diesem Nachmittag aussprach, ließ all die Verzweiflung wieder aufwallen, die so viele Medikamente und Behandlungspläne und Therapiestunden über die Jahre unterdrückt hatten. Meine Verletzung brach auf, und ich fühlte mich wie mit dunkelgrauer Vulkanasche angefüllt.

Ich schluchzte wie ein halb verhungertes Kind, das sich im Dunkeln allein gelassen fühlt. Mein Körper zuckte unter dem Schock der Erinnerung. Wie ein Schiffbrüchi-

ger an einer fernen, unbekannten Küste sah ich mich auf den kalten Boden geworfen. Ich kapitulierte gegenüber der Sinnlosigkeit meiner Geschichte und ließ es zu, dass sich jedes Scheitern und jeder Fehler in einem qualvollen Schluchzen entlud, bis ich irgendwann völlig ausgelaugt zur Ruhe kam.

Als sich die schreckliche Stille der Erschöpfung über meine Umgebung legte, konnte ich von fern ein spöttisches Lachen hören, das sich in den Schatten verlor. Der Engel lauerte mir immer noch auf und genoss meine Qual in vollen Zügen.

Ich hob den Kopf und fauchte. Er blieb – nahe genug, um mich zu berühren, weit genug, dass ich ihn nicht packen konnte. Ich spürte, wie der Abstand von Sekunde zu Sekunde millimeterweise schwand. Das sah ihm ähnlich. Versteckspiel. Ausweichmanöver. Manipulation. Kontrolle. Und dann, wenn er den Augenblick für gekommen hielt, schlug er zu. Nur dass er es diesmal auf mich abgesehen hatte.

Ich riss mich zusammen, rappelte mich auf und wischte mir mit dem Ärmel über das tränennasse Gesicht. Ich drehte mich um und suchte das Zimmer ab.

»Hier, C-Bird. An der Wand.«

Aber es war nicht die zischelnde, mörderische Stimme des Engels, sondern Peters.

Ich schnellte herum. Er saß auf dem Boden und lehnte sich an die voll geschriebene Wand.

Er sah müde aus. Nein, das trifft es nicht ganz. Er hatte den Rand der Erschöpfung weit überschritten und war an ein anderes Ufer gelangt. Sein Overall war ruß- und dreckverschmiert, und ich sah den Schmutz auf seinem Gesicht und die hellen Streifen, wo ihm der Schweiß heruntergelaufen war. Seine Kleider hatten Risse, und seine schweren braunen Arbeitsstiefel waren von einer Lehmkruste mit Blättern und Tannennadeln überzogen. Er spielte mit seinem silbernen Stahlhelm, indem er ihn zwischen den Händen hin und her warf oder wie einen Kreisel auf dem Zeigefinger drehte. Als er nach einer Weile ein wenig zu Kräften gekommen und seine Fassung wiedergewonnen hatte, nahm er den Helm und klopfte damit an die Wand.

»Du kommst bald an die Stelle«, sagte er. »Ich denke mal, mir war wirklich nicht klar, welche Angst du vor dem Engel gehabt haben musst. Anders als du habe ich nicht kommen sehen, was uns erwartete. Nur gut, dass einer von uns verrückt war. Oder gerade verrückt genug.«

Peters Sorglosigkeit drang sogar durch die Dreckschicht auf seiner Haut. Ich fühlte mich unwillkürlich erleichtert. Dennoch blieb ich ihm gegenüber hocken, nahe genug, um ihn zu berühren. Aber ich tat es nicht.

»Er ist gerade hier«, flüsterte ich vorsichtig. »Er hört uns zu.«

»Ich weiß«, sagte Peter, »zur Hölle mit ihm.«

»Diesmal ist er hinter mir her. So wie er es damals angekündigt hat.«

»Ich weiß«, wiederholte Peter.

»Ich bin auf deine Hilfe angewiesen, Peter«, sagte ich. »Ich weiß nicht, wie ich mich gegen ihn zur Wehr setzen soll.«

»Das hast du das erste Mal auch nicht gewusst, aber du hast es rausgefunden«, antwortete Peter. Ein Abglanz seines breiten, strahlenden Grinsens drang durch Erschöpfung, Schmutz und Lumpen hindurch.

»Diesmal ist es was anderes«, sagte ich. »Damals war es …« Ich führte den Satz nicht zu Ende.
»Real?«, fragte Peter.
Ich nickte.
»Und diesmal nicht?«
Ich wusste nicht, was ich antworten sollte.
»Hilfst du mir?«, fragte ich wieder.
»Ich kann mir nicht denken, dass du wirklich meine Hilfe brauchst. Aber ich werde tun, was ich kann.« Peter rappelte sich müde auf. Zum ersten Mal bemerkte ich, dass seine Handrücken bis aufs rohe Fleisch verkohlt waren. Die Haut schien sich abgelöst zu haben, denn sie hing in Fetzen von den Knochen und Sehnen. Er war meinem Blick gefolgt, senkte den Kopf und zuckte die Schultern. »Kann nichts dagegen tun«, sagte er. »Wird immer schlimmer.«
Ich fragte nicht nach, denn ich glaubte, dass ich ihn auch so verstand. In dem Moment des Schweigens, das dann eintrat, drehte er sich um und betrachtete die Wand. Er schüttelte den Kopf. »Tut mir leid, C-Bird«, sagte er ruhig. »Ich wusste, dass es dich verletzt, aber mir war nicht klar, wie sehr.«
»Ich war allein«, sagte ich. »Manchmal frage ich mich, ob es etwas Schlimmeres auf der Welt gibt.«
Peter lächelte. »Es gibt Schlimmeres«, sagte er. »Aber ich verstehe, was du meinst. Doch ich hatte keine Wahl, oder?«
Jetzt schüttelte ich den Kopf. »Nein, du musstest tun, was sie wollten. Und das war deine einzige Chance. Das verstehe ich.«
»War nicht allzu rosig für mich, wie sich rausstellte«, sagte Peter. Er lachte, als hätte er einen Witz gemacht,

dann schüttelte er den Kopf. »Tut mir leid, C-Bird. Ich wollte dich nicht allein lassen, aber wenn ich geblieben wäre ...«
»Wärst du früher oder später wie ich geworden. Das verstehe ich, Peter«, sagte ich.
»Aber in der wichtigsten Phase war ich da«, sagte er.
Ich nickte.
»Und Lucy auch.«
Wieder nickte ich.
»Also, wir haben alle unseren Preis gezahlt, nicht?«, sagte er.
In dem Moment hörte ich ein langgezogenes, wolfartiges Heulen. Es war ein gespenstischer Laut voller Wut und Rachsucht. Der Engel.
Auch Peter hörte es. Aber es machte ihm nicht so viel Angst wie mir.
»Er ist hinter mir her, Peter«, flüsterte ich. »Ich weiß nicht, ob ich allein mit ihm fertig werde.«
»Das ist wohl wahr«, erwiderte Peter. »Man kann sich nicht bei allem sicher sein. Aber du kennst ihn, C-Bird. Du kennst seine Stärken; du kennst seine Schwächen. Du kanntest sie damals schon, und genau darauf waren wir angewiesen, stimmt's?« Er betrachtete die Wand mit der Schrift. »Schreib's auf, C-Bird. Sämtliche Fragen. Und sämtliche Antworten.«
Er trat zurück, um mir auf dem Weg zur nächsten leeren Fläche Platz zu machen. Ich holte tief Luft und ging hinüber. Ich merkte nicht, wie Peter von meiner Seite schwand, als ich den Bleistiftstummel nahm, doch ich merkte sehr wohl, wie der eisige Atem des Engels frostige Kälte verbreitete, so dass ich zitterte, als ich schrieb:

Letzten Endes beschlich Francis das Gefühl, dass alles, was geschah, zwar einen Sinn ergab, dass er nur nicht immer klar erkennen konnte, in welchem Stadium sie sich gerade befanden.

Letzten Endes beschlich Francis das Gefühl, dass alles, was geschah, zwar einen Sinn ergab, dass er nur nicht immer klar erkennen konnte, in welchem Stadium sie sich gerade befanden.

Der Wirrwarr an Ideen, die ihm im Kopf herumschwirrten, stellte ihn immer noch vor Rätsel, und diese wurden zusätzlich verkompliziert, als seine eigenen Stimmen wieder auftauchten und so uneins und skeptisch waren wie nie zuvor. Sie bildeten so etwas wie ein unentwirrbares Knäuel in seinen Gedanken, riefen ihm entgegengesetzte Vorschläge und Forderungen zu, drängten ihn zur Flucht, zum Untertauchen, zum Gegenschlag, und das so oft und so heftig, dass er andere Gespräche kaum noch hören konnte. Er war immer noch der Überzeugung, dass sich alles klären würde, wenn er es nur durch das richtige Mikroskop betrachtete.

»Peter, Gulp-a-pill hat gesagt, es wären ein paar Entlassungsverhandlungen für diese Woche anberaumt …«

Peter zog die Augenbrauen hoch. »Das wird die Leute nervös machen.«

»Wieso?«, fragte Lucy.

»Weckt Hoffnungen«, entgegnete Peter, als ob das alles erklärte. Dann erwiderte er Francis' Blick. »Was hast du, C-Bird?«

»Ich hab das Gefühl, dass das alles im Schlafsaal des Williams zusammenläuft«, sagte er langsam. »Der Engel musste sich den Retardierten aussuchen, also musste er mit seinen Gewohnheiten vertraut sein, um ihm dieses T-Shirt unterzu-

schieben. Und er musste wissen, dass der Retardierte zu den Männern gehörte, die Lucy befragen würde.«
»Nähe«, sagte Peter. »Gelegenheit zur Beobachtung. Guter Gesichtspunkt, Francis.«
Auch Lucy nickte. »Ich glaube«, sagte sie, »ich lass mir mal die Patientenliste von diesem Schlafsaal geben.«
Francis überlegte einen Moment und fragte: »Lucy, können Sie sich auch eine Liste der Patienten besorgen, die für diese Entlassungsverhandlungen vorgesehen sind?« Er sprach leise, damit ihn niemand hörte.
»Wieso?«
Er zuckte die Schultern. »Weiß nicht«, sagte er. »Aber es ist derart viel im Gange, dass ich einfach nur sehen möchte, wie es vielleicht zusammenhängt.«
Lucy nickte, doch Francis war nicht sicher, ob sie ihm wirklich glaubte.
»Ich seh mal, ob ich die auch bekommen kann«, sagte sie, doch Francis hatte den deutlichen Eindruck, das sie das nur sagte, um ihm entgegenzukommen, ohne jedoch nachvollziehen zu können, wo da irgendeine Verbindung bestehen könnte. Sie sah Peter an. »Notfalls könnten wir durchsetzen, den ganzen Raum drüben im Williams zu filzen. Es würde nicht lange dauern, und es könnte etwas Lohnendes zutage fördern.«
Lucy dachte im Stillen, dass es wichtig war, so weit wie möglich die konkreten Aspekte der Ermittlungen im Auge zu behalten. Listen und Mutmaßungen hatten ja durchaus ihren Reiz, doch ihr war entschieden wohler, wenn sie über Details verfügte, die jemand vor Gericht bezeugen konnte. Der Verlust des blutigen Hemdes machte ihr viel mehr zu schaffen, als sie sich hatte anmerken lassen, und sie war darauf erpicht, noch ein Quentchen schlüssiges Beweismaterial zu finden, das eine Anklage rechtfertigte.

Noch einmal überlegte Lucy: Messer; Fingerspitzen; blutige Kleider und Schuhe.

Etwas davon muss doch irgendwo sein, sagte sie sich.

»Das könnte tatsächlich sinnvoll sein«, sagte Peter. Er sah die Staatsanwältin an und erkannte, was möglicherweise auf dem Spiel stand.

Francis dagegen war sich weniger sicher. Er vermutete, dass der Engel mit einem solchen Schachzug gerechnet hatte. Sie mussten, dachte er, mit etwas viel weniger Offensichtlichem aufwarten. Etwas, das für den Engel überraschend kam. Etwas Abstrusem, völlig Neuem, was zu dem Terrain passte, auf dem sie sich tatsächlich befanden, und nicht zu dem, wo sie sein wollten. Zu dritt machten sie sich zu Lucys Büro auf, doch Francis entdeckte Big Black drüben an der Pflegestation, und so scherte er aus, um mit dem großen Pfleger zu reden. Die anderen liefen weiter, ohne offenbar mitzubekommen, dass er woanders hinging.

Big Black sah auf. »Noch zu früh für die Medikamente, C-Bird«, sagte er. »Aber ich vermute mal, deshalb bist du nicht hier, oder?«

Francis schüttelte den Kopf. »Sie haben mir doch geglaubt, oder?«

Der Pfleger sah sich um, bevor er antwortete. »Und ob ich das habe, C-Bird. Das Problem ist nur, dass hier drinnen nie was Gutes bei rauskommt, einem Patienten zuzustimmen, wenn die da oben anderer Meinung sind. Das verstehst du doch, oder? Es ging nicht um wahr oder nicht wahr, es ging um meinen Job.«

»Er könnte zurückkommen. Sogar heute Nacht.«

»Möglich. Aber ich bezweifle, dass er das tut. Wenn er davon überzeugt wäre, dass es richtig ist, dich umzubringen, dann hätte er es schon getan.«

So weit musste Francis ihm Recht geben, auch wenn dies zu den Überlegungen gehörte, die zugleich beruhigend und beängstigend waren.
»Mr. Moses«, krächzte Francis atemlos, »wieso will hier niemand Miss Jones dabei helfen, diesen Kerl zu schnappen?«
Big Black spannte augenblicklich alle Glieder an und wechselte die Stellung. »Ich helfe doch, oder? Mein Bruder auch.«
»Sie wissen, was ich meine«, sagte Francis.
Big Black nickte. »Nur zu gut, C-Bird, nur zu gut.«
Er sah sich um und vergewisserte sich noch einmal, dass niemand in der Nähe war und seine Antwort belauschen konnte. Dennoch flüsterte er jedes Wort: »Eines musst du begreifen, C-Bird. Wenn dieser Kerl hier drinnen gefunden würde, hinter dem Miss Jones her ist, dann würden die erregte öffentliche Aufmerksamkeit und eventuelle behördliche Ermittlungen und die Schlagzeilen und das Fernsehen und all die Enthüllungen, die es Schlag auf Schlag gäbe, einige Leute die Karriere kosten. Viel zu viele Fragen. Unbequeme Fragen vermutlich – wieso haben Sie dies und jenes unterlassen? Mag sogar sein, dass es zu einem parlamentarischen Untersuchungsausschuss kommt. In jedem Fall 'ne Menge Staub, der aufgewirbelt würde, und welcher Staatsbeamte, besonders wenn er Arzt oder Psychologe ist, lässt sich wohl gerne fragen, wie er einen Mörder hier in der Anstalt herumlaufen lassen konnte, ohne sich allzu viele Gedanken darum zu machen? Hier geht es um einen Skandal, C-Bird. Unendlich viel bequemer, es zu vertuschen und für ein oder zwei Leichen Ausreden zu finden. Das ist leicht. Niemand ist schuld, jeder kriegt sein Gehalt, keiner verliert seinen Job, und alles geht seinen Gang, als wäre nichts gewesen. Ist nicht anders als in jedem anderen Krankenhaus. Oder im Gefängnis, wenn man drüber nachdenkt. Weitermachen wie bisher,

darum geht es bei dem Ganzen. Ist dir das nicht schon selber aufgegangen?«
Das war es, wie er einräumen musste. Es gefiel ihm nur nicht.
»Du darfst nicht vergessen«, fügte Big Black hinzu, »dass sich keiner allzu viele Gedanken um Verrückte macht.«

Miss Luscious sah auf und warf Lucy einen finsteren Blick zu, als sie ins Vorzimmer von Dr. Gulptilil trat. Sie hantierte demonstrativ mit einigen Formularen herum, wandte sich ihrer Schreibmaschine zu und tippte wild drauflos, als Lucy an ihren Schreibtisch trat. »Der Doktor ist beschäftigt«, sagte sie, während ihre Finger über die Tasten flogen und die Stahlkugel der alten Selectric auf das Blatt hämmerte. »Er hat keinen Termin für Sie frei«, fügte sie hinzu.
»Ich brauche nur eine Sekunde«, sagte Lucy.
»Also, ich seh mal, ob ich Sie dazwischenschieben kann. Nehmen Sie Platz.«
Die Sekretärin fand es nicht der Mühe wert, ihre Stellung zu wechseln oder auch nur den Hörer in die Hand zu nehmen, bis Lucy zurücktrat und sich auf ein klumpiges Sofa plumpsen ließ.
Sie ließ Miss Luscious nicht aus den Augen und bohrte ihren Blick so lange in die Sekretärin, bis die endlich den Hörer nahm und dabei Lucy, während sie sprach, den Rücken kehrte. Nach einem kurzen Wortwechsel drehte sich Miss Luscious wieder um und sagte: »Der Doktor hat jetzt Zeit für Sie.« Ein geradezu lächerliches Klischee in Anbetracht der Umstände, musste Lucy denken.
Dr. Gulptilil stand hinter seinem Schreibtisch und starrte auf den Baum direkt vor seinem Fenster. Als sie eintrat, räusperte er sich, blieb aber reglos stehen, während sie darauf wartete, dass der Arzt ihre Anwesenheit zur Kenntnis nahm. Nach

einer Weile wandte er sich um und ließ sich mit einem kurzen Nicken auf seinen Sessel fallen.
»Miss Jones«, sagte er vorsichtig, »es trifft sich gut, dass Sie kommen, denn es erspart mir die Mühe, Sie herzubestellen.«
»Herzubestellen?«
»Allerdings«, sagte Gulptilil. »Denn ich habe erst vor kurzem mit Ihrem Vorgesetzten, dem Bezirksstaatsanwalt, gesprochen. Und er ist, sagen wir einmal, sehr begierig, über Ihre Zeit hier und Ihre Fortschritte Näheres zu erfahren.« Er lehnte sich mit einem Krokodilslächeln zurück. »Aber Sie haben eine Bitte an mich? Was führt Sie zu mir?«
»Ja«, erwiderte sie langsam. »Ich hätte gerne die Namen und Akten sämtlicher Patienten im Williams, die im Schlafsaal in dem zweiten Stock des Hauses wohnen, und wenn möglich, eine Aufstellung, wo wer sein Bett hat, so dass ich Namen, Diagnosen und Wohnbereich zuordnen kann.«
Dr. Gulptilil nickte und lächelte weiter. »Das betrifft den Schlafsaal, der dank Ihrer Ermittlungen in großem Aufruhr ist?«
»Ja.«
»Nach dem Durcheinander, das Sie angerichtet haben, wird es eine Weile dauern, bis wieder Ordnung herrscht. Versprechen Sie mir, falls ich Ihnen tatsächlich diese Unterlagen gebe, dass Sie vor allen weiteren Aktivitäten in diesem Klinikbereich zuerst mit mir Rücksprache nehmen?«
Lucy biss die Zähne zusammen. »Ja. Ich wollte eigentlich den ganzen Trakt durchsuchen lassen.«
»Durchsuchen? Sie meinen, Sie wollen da durchgehen und in den wenigen persönlichen Dingen, die diese Patienten besitzen, herumwühlen?«
»Ja. Ich bin der Auffassung, dass es immer noch schlüssiges Beweismaterial gibt, und ich habe Grund zu der Annahme,

dass sich etwas davon in diesem Schlafsaal befindet, deshalb bitte ich um Ihre Erlaubnis, ihn zu durchsuchen.«

»Beweismittel? Und worauf stützen Sie Ihre Annahme?«

Lucy zögerte, bevor sie sagte: »Ich verfüge über die verlässliche Information, dass einer der Patienten in diesem Wohnbereich im Besitz eines blutverfleckten T-Shirts war. Die Art von Short Blonds Verwundung legt nahe, dass der Täter seine Kleidung besudelt hat.«

»Ja, das leuchtet ein. Aber hat die Polizei nicht ein paar blutige Gegenstände bei dem armen Lanky gefunden, als sie ihn verhaftet haben?«

»Ich glaube, dass diese geringfügigen Blutspuren von jemand anderem an ihm hinterlassen wurden.«

Dr. Gulptilil lächelte. »Ach«, sagte er, »natürlich. Von dieser Jack-the-Ripper-Neuauflage. Ein Mann mit überdurchschnittlicher krimineller Intelligenz, nein, was sage ich, ein kriminelles *Genie*. Und zwar hier in unserer Nervenheilanstalt. Nein? Weit hergeholt und unwahrscheinlich, doch eine Erklärung, die die Fortsetzung Ihrer Ermittlungen rechtfertigen würde. Und was dieses angebliche blutverschmierte T-Shirt betrifft … kann ich das wohl mal sehen?«

»Ich verfüge nicht darüber.«

Er nickte. »Seltsam, Miss Jones, aber irgendwie hatte ich mit dieser Antwort gerechnet. Würde eine solche Durchsuchung, für die Sie meine Erlaubnis einholen wollen, nicht gewisse juristische Probleme mit sich bringen, was mögliche Funde betrifft?«

»Nein. Das hier ist eine staatliche Einrichtung, und Sie haben das Recht, jeden beliebigen Bereich nach Schmuggelgut oder anderen verbotenen Substanzen oder Gegenständen zu durchsuchen. Ich würde Sie lediglich darum bitten, eine solche Routineuntersuchung in meiner Anwesenheit vorzunehmen.«

Einen Moment lang wippte Gulptilil mit seinem Sessel. »Auf einmal glauben Sie also, dass meine Mitarbeiter und ich für Sie von Hilfe sein können?«

»Ich weiß nicht, was Sie damit andeuten wollen«, erwiderte sie und wusste natürlich, dass sie auf eine Juristenlüge zurückgriff, denn sie verstand nur allzu gut, was er sagte.

Was wiederum Dr. Gulptilil nicht entging, denn er seufzte. »Ach, Miss Jones, Ihr mangelndes Vertrauen gegenüber dem Anstaltspersonal ist äußerst entmutigend. Trotzdem werde ich für eine solche Durchsuchung, um die Sie bitten, sorgen, und sei es auch nur, um Ihnen klar zu machen, wie töricht ein solches Ansinnen ist. Ebenso kann ich Ihnen die Namen und die Bettenaufstellung im Williams besorgen. Und damit könnten wir dann vielleicht Ihren Aufenthalt hier abschließen.«

Sie dachte an das, worum Francis gebeten hatte, und so fügte sie hinzu: »Noch etwas. Könnte ich wohl eine Liste von Patienten haben, für die diese Woche Entlassungsverhandlungen stattfinden sollen? Falls es Ihnen nicht zu viel Mühe ...«

Er sah sie misstrauisch an. »Ja, auch die kann ich Ihnen geben. Wenn es der Wahrheitsfindung dient. Ich werde meine Sekretärin anweisen, Ihnen diese Unterlagen zukommen zu lassen.« Der Arzt besaß die Gabe, eine Lüge mühelos wie die Wahrheit erscheinen zu lassen, was Lucy Jones beunruhigend fand. »Auch wenn ich mir nicht denken kann, wo es zwischen unseren regelmäßigen Entlassungsverhandlungen und Ihren Ermittlungen einen Zusammenhang geben soll. Könnten Sie mir den wohl plausibel machen, Miss Jones?«

»Damit würde ich gerne noch ein wenig warten.«

»Ihre Antwort überrascht mich nicht«, sagte er steif. »Dennoch werde ich Ihnen die Liste, um die Sie gebeten haben, zur Verfügung stellen.«

Sie nickte. »Danke«, sagte sie und wollte gehen.
Gulptilil hielt die Hand hoch. »Aber um etwas muss ich Sie bitten, Miss Jones.«
»Und das wäre, Doktor?«
»Sie sollen Ihren Vorgesetzten anrufen. Den Herrn, mit dem ich vor nicht allzu langer Zeit eine so angenehme Unterhaltung hatte. Jetzt, gehe ich einfach mal davon aus, wäre ein guter Moment für diesen Anruf. Sie erlauben?«
Er griff nach dem Apparat auf seinem Tisch und drehte ihn in ihre Richtung, so dass sie wählen konnte. Er machte keine Anstalten, den Raum zu verlassen.

Lucy dröhnten immer noch die Ohren von den Warnungen ihres Chefs. *Reine Zeitverschwendung* und *Däumchen drehen* waren noch die harmlosesten seiner Beschwerden. Am häufigsten wiederholte er: *Zeigen Sie mir auf der Stelle, dass Sie echte Fortschritte gemacht haben, oder kommen Sie so schnell wie möglich zurück.* Danach war eine ärgerliche Litanei über die Fälle, die sich auf ihrem Schreibtisch türmten und die keinen Aufschub duldeten, gefolgt. Sie hatte ihm zu erklären versucht, dass die Nervenheilanstalt ein höchst ungewöhnliches Terrain für eine Ermittlung sei und nicht das Umfeld, in dem die üblichen bewährten Taktiken griffen, doch diese Entschuldigungen stießen bei ihm auf taube Ohren. *Entweder Sie legen in den nächsten Tagen etwas auf den Tisch oder Ihre Zeit ist abgelaufen.* Das waren seine letzten Worte gewesen. Sie fragte sich, wie sehr die vorausgehende Unterhaltung mit Gulptilil ihren Chef vergiftet hatte, doch das war letztlich egal. Er war ein ungestümer, tollkühner, wild entschlossener Bostoner Ire, der, wenn er sich einmal von einem Fall hatte überzeugen lassen, ihn mit äußerster Zielstrebigkeit verfolgte, eine Tugend, die ihm einen Wahlsieg nach dem anderen bescherte. Doch leider war er ebenso schnell bereit, eine Ermittlung fallen zu lassen, wenn seine ziemlich niedrige Frusttoleranz an ihre Grenzen stieß, was ihrer Meinung nach ein politischer Vorteil war, ihr aber wenig half. Und sie musste zugeben, dass die Art von Fortschritt, auf die ein Politiker wie er verweisen konnte, noch ausstand. Sie konnte nicht einmal beweisen, dass es tatsächlich eine Verbindung zwischen den Mordfällen gab, wenn man von der übereinstimmenden Vorgehensweise des Täters absah. Es war eine Situation, die einen schier in den Wahnsinn treiben konnte. Für sie war offensichtlich, dass der Mörder von Short Blond, der Engel, der Francis terrorisierte, und der Mann, der die Morde in ihrem eigenen Bezirk begangen hatte, ein und derselbe Täter war und dass er zum Greifen nahe war und sich über sie lustig machte.

Der Mord am Tänzer war eindeutig sein Werk. Er wusste es, sie wusste es. Es passte alles zusammen.

Andererseits auch wieder nicht, denn die Verhaftung und Strafverfolgung Krimineller basierte nun einmal nicht auf dem, was man wusste, sondern auf dem, was man beweisen konnte, und bislang konnte sie rein gar nichts beweisen.

Zum ersten Mal wurde ihr klar, dass unter den gegebenen Umständen an den Engel nicht heranzukommen war. Tief in Gedanken machte sie sich auf den Weg zum Amherst-Bau zurück. Es wurde frisch am frühen Abend, und Lucy merkte nicht, wie die Agonie in den leeren, verlorenen Schreien, die durch das Klinikgelände hallten, sich in der kühlen Luft ringsum verflüchtigte. Wäre sie nicht so in das Scheitern ihrer eigenen Hoffnungen versunken gewesen, hätte sie vielleicht gemerkt, dass die Laute, die sie bei ihrer Ankunft im Western State so verstört hatten, inzwischen in ihrer Wahrnehmung eine Nische gefunden hatten, wo sie immun dagegen war, und dies in einem Maße, dass es ihr so vorkam, als würde sie selbst langsam, aber sicher zu einem festen Bestandteil der Anstalt, eine bloße Randerscheinung all des Wahnsinns, der hier so unglücklich hauste.

Peter schaute auf und merkte, dass etwas nicht stimmte, er konnte aber nicht sagen, was genau. Das war das Problem in der Klinik; alles war verdreht, falsch herum, verzerrt oder deformiert. Einen Moment lang sehnte er sich nach der Einfachheit einer Brandstelle. Es hatte ihn mit einem Gefühl von Freiheit erfüllt, wenn er inmitten der verkohlten, nassen, stinkenden Überreste des einen oder anderen Feuers herumwanderte und sich vorstellte, wie genau der Brand entstanden war und wie er sich, durch den einen oder anderen Brennstoff beschleunigt, vom Boden zu den Wänden, dann zur Decke und schließlich zum Dach weitergefressen hatte. Die Analyse eines Feuers war von einer gewissen mathematischen Präzision, und es war überaus befriedigend für ihn gewesen, ein Stück verbranntes Holz oder versengten Stahl zu halten, die Restwärme in den Handflächen zu fühlen und zu wissen, dass er sich alles, was jetzt vernichtet war, so vorstellen konnte, wie es Sekunden, bevor das Feuer voll im Gange war, ausgesehen hatte. Es war wie die Fähigkeit, in die Vergangenheit zu blicken, nur eben deutlich, ohne die Nebelschleier der Emotionen und des Stresses. Man konnte den Ablauf des Ereignisses wie auf einer Landkarte ablesen, und Peter sehnte sich nach den einfacheren Zeiten, als er noch auf jeder Route an ein genau festgelegtes Ziel gelangen konnte. Er hatte sich immer wie einer jener Künstler gesehen, deren Aufgabe darin bestand, große Gemälde zu restaurieren, die von der Zeit oder den Elementen zerstört worden waren, und mit der größten Sorgfalt die Farben und Pinselstriche so vieler genialer Geister der

Vergangenheit nachzuempfinden und als Künstler von geringerer, doch zugleich entscheidender Bedeutung auf den Pfaden eines Rembrandt oder Da Vinci zu wandeln.
Zu seiner Rechten brach ein ungepflegter, zerzauster Mann in ein heiseres, wieherndes Gelächter aus, als er an sich heruntersah und merkte, dass er sich eingenässt hatte. Die Patienten stellten sich allmählich für die abendliche Medikamentenausgabe an, und Peter beobachtete, wie Big Black und Little Black versuchten, Ordnung in die Sache zu bringen. Es war ein bisschen wie der Versuch, die peitschenden Wellen an einem Strand zu organisieren; alles endete an mehr oder weniger derselben Stelle, doch jeder wurde von Kräften getrieben, die so schwer fassbar waren wie Wind und Strömungen.
Peter schauderte und dachte: *Ich muss hier raus.* Bis dahin hielt er sich noch nicht für verrückt, doch er wusste, dass vieles, was er getan hatte, verrückt wirkte, und je länger er in der Anstalt blieb, desto stärker würden diese Dinge sein Leben beherrschen. Es trieb ihm den Schweiß aus den Poren, und er wusste sehr wohl, dass es Leute gab – darunter Mr. Evil –, die genüsslich zusehen würden, wie er hier einen Nervenzusammenbruch erlitt. Er konnte von Glück sagen, denn er klammerte sich nach wie vor an einen Rest von intakter Vernunft. Die anderen Patienten brachten ihm einen gewissen Respekt entgegen, weil sie wussten, dass er nicht so verrückt wie ihresgleichen war. Doch das konnte sich ändern. Vielleicht hörte er irgendwann dieselben Stimmen wie sie, fing an zu schlurfen, vor sich hin zu murmeln, sich in die Hose zu machen und sich zur Medikamentenausgabe anzustellen. Es war hier ganz in Ordnung, und er wusste, dass er, falls er den Absprung nicht fand, aufgesogen würde.
Er wusste, dass er das Angebot der Kirche, wie immer es auch beschaffen war, akzeptieren musste.

Er sah sich um, betrachtete nachdenklich jeden Patienten, der an ihm vorbei zur Pflegestation drängte, und starrte auf die hinter dem Eisengitter aufgereihten Medikamente.
Einer von ihnen war ein Killer. Das wusste er.
Vielleicht war ja auch einer, der sich zur gleichen Zeit drüben im Williams oder Princeton oder Harvard anstellte und demselben Zeitplan folgte, der Killer.
Aber wie sollte man ihn herausfischen?
Er bemühte sich, den Fall wie eine Brandstiftung zu betrachten. Er lehnte sich mit dem Rücken an die Wand und versuchte zu erkennen, wo es angefangen hatte, weil er daraus Rückschlüsse darauf ziehen konnte, wie es in Gang gekommen war, sich voll entfaltet hatte und am Ende explodiert war. So ging er an jeden Brandort, an den er gerufen wurde, heran; arbeitete sich rückwärts bis zum ersten Aufflackern einer Flamme durch, und dann wusste er nicht nur, wie es zu dem Feuer gekommen war, sondern auch, wer dort stand und zusah. Vermutlich war das eine seltsame Gabe. In längst vergangenen Zeiten umgaben sich Könige und Prinzen mit Leuten, die angeblich in die Zukunft sehen konnten. Schade um die Zeit und das Geld, da man nur die Vergangenheit richtig verstehen musste, um zu wissen, was vor einem lag.
Peter atmete tief durch. Die Klinik brachte einen dazu, bei all den Gedanken zu verweilen, die in einem widerhallten. Er hielt mitten in seinen Überlegungen inne, als er merkte, dass er bei seinen Selbstgesprächen die Lippen bewegt hatte.
Wieder atmete er tief durch. Dicht dran. Redest schon mit dir selbst.
Er betrachtete seine Hände, und das nur, um sich zu versichern, dass er noch in Ordnung war. Bloß raus hier, sagte er sich. Egal, was es kostet, bloß raus.
Doch als er gerade zu dem Entschluss gekommen war, sah er,

wie Lucy Jones den Flur betrat. Sie hatte den Kopf gesenkt, und er merkte, dass sie sowohl verärgert als auch tief in Gedanken war. Und in dieser Sekunde sah er eine Zukunft, die ihm Angst einjagte und ihn mit einem leeren, hilflosen Gefühl zurückließ. Er würde einen Abgang machen und zu irgendeinem Programm in Oregon verschwinden. Sie würde einen Abgang machen und in ihr Büro zurückkehren, um ein Verbrechen nach dem anderen zu bearbeiten. Francis blieb zurück, bei Napoleon, Cleo und den Moses-Brüdern.
Lanky käme in den Knast.
Und der Engel würde von jemand anderem die Fingerkuppen abschneiden.

26

Francis verbrachte eine unruhige Nacht, indem er meist stocksteif in seinem Bett lag und auf jedes Geräusch im Schlafsaal achtete, das aus dem Rahmen fiel und die Rückkehr des Engels an sein Bett signalisieren konnte. Dutzende solcher Geräusche drangen an seinen zugekniffenen Augen vorbei und hallten in ihm wie sein eigener Herzschlag nach. Viele Male glaubte er, den heißen Atem des Engels an seiner Stirn zu spüren, und die Erinnerung an die kalte Klinge war noch gegenwärtig. Selbst in den wenigen Momenten, in denen er aus seinen nächtlichen Ängsten in einen leichten Schlaf hinüberglitt, störten erschreckende Bilder seine Ruhe. Er stellte sich vor, wie Lucy ihre Hand hochhielt, verstümmelt wie die von Short Blond. Dann verschwamm das Bild und verwandelte sich in sein eigenes, und er hatte das Gefühl, als würde ihm die Kehle aufgeschlitzt, und in seinem dumpfen Zustand versuchte er verzweifelt, die klaffende Wunde zusammenzuhalten.

Er hieß das erste Morgenlicht willkommen, das durch die Metallgitter und -roste der Fenster drang, ein Zeichen dafür, dass die Stunden, in denen der Engel von der Anstalt Besitz ergriff, vorüber waren. Einen Moment lang blieb er auf seinem Bett liegen und hing dem absolut bizarren Gedanken nach, der unausgegorenen fixen Idee, es sei eigentlich nicht gerechtfertigt, dass die Patienten in der Anstalt dieselbe Todesangst hatten wie die Gesunden jenseits der Mauer. Drinnen schien das Leben weitaus dürftiger zu sein und hatte nicht denselben

Stellenwert wie draußen. Es war, dachte er, als wären sie nicht ganz so wertvoll wie die anderen und sollten ihr Leben nicht ganz so hoch einschätzen.
Francis ging in den Waschraum und machte sich frisch. Die vertrauten Abläufe des Kliniklebens hatten etwas Tröstliches; Little Black und sein riesiger Bruder waren draußen im Flur und versuchten, die Patienten zum Frühstück in den Speisesaal zu bugsieren, so wie ein Mechanikerteam an einem Motor herumarbeitet, damit er anspringt und zu laufen beginnt. Er sah, wie Mr. Evil durch den Flur marschierte und sämtliche flehentlichen Bitten zu diesem oder jenem Problem geflissentlich ignorierte. Francis lechzte nach Routine.
Doch im selben Moment, als ihm dieser Gedanke kam, flößte er ihm Furcht ein.
Eben dieser Routine war es zu verdanken, dass einem die Tage durch die Finger glitten. Die Anstalt mit ihrem zwanghaften Bestreben, die Zeit totzuschlagen, war wie eine noch wirkungsvollere Droge als diejenigen, die als Pillen oder Spritzen verabreicht wurden. Mit der Sucht kam das Vergessen.
Francis schüttelte den Kopf, denn eines war ihm klar: Der Engel stand der Außenwelt viel näher, und Francis fürchtete, dass er genau diesen Steilhang zu erklimmen hatte, wollte er diese Welt je wiedersehen. Short Blonds Mörder zu finden, überlegte er, war vielleiht die einzige »normale« Tat, die ihm übrig blieb.
In seinem Kopf bildeten seine Stimmen ein wirres Durcheinander. Sie versuchten eindeutig, ihm etwas mitzuteilen, doch es war, als könnten sie sich nicht darauf einigen, was.
Eine Warnung drang allerdings durch. Alle Stimmen waren sich darin einig, dass er, falls er allein zurückblieb, um sich ohne Peter und Lucy dem Engel zu stellen, höchstwahrscheinlich nicht überleben würde. Er wusste zwar nicht, wie

er sterben würde oder wann genau. Zu irgendeinem Zeitpunkt im Terminkalender des Engels. In seinem Bett ermordet. Wie der Tänzer erstickt oder wie Short Blond mit aufgeschlitzter Gurgel oder auch auf ganz andere Weise, die ihm noch nicht in den Sinn gekommen war. Doch es würde passieren.

Es gab kein Versteck für ihn, außer vielleicht in einen noch tieferen Wahn zu verfallen, der das Klinikpersonal zwang, ihn jeden Tag und für vierundzwanzig Stunden in einer der Isolierzellen einzusperren.

Er sah sich nach seinen beiden Mitstreitern um und dachte zum ersten Mal, dass es Zeit für ihn war, die Fragen zu beantworten, vor die sie der Engel fortwährend stellte.

Francis sackte gegen die Wand. *Es ist da! Es ist direkt vor deinen Augen!* Er blickte auf und sah Cleo mit Volldampf zwischen den Patienten hindurchpflügen wie ein großes, graues Schlachtschiff durch eine verängstigte Segelregatta. Was immer sie an diesem Morgen beunruhigen mochte, ging in einer Salve Obszönitäten unter, die sie im Takt zu ihren wild schwingenden Armen murmelte, so dass jedes »Gottverdammt!« und »Scheißkerle!« und »Arschlöcher!« an das Ticken einer Uhr erinnerte. Die Leute, an denen sie vorbeirauschte, traten zur Seite, und in dieser Sekunde sah Francis etwas deutlich vor Augen. *Der Engel versteht sich nicht darauf, anders zu sein, er versteht sich darauf, genau wie die anderen zu sein.*

Als er Cleo nachsah, entdeckte er Peter. Fireman schien in einen hitzigen Wortwechsel mit Mr. Evil vertieft, der mehrfach den Kopf schüttelte, während Peter dem Psychologen zuerst näher auf die Pelle rückte und sich dann wieder von ihm entfernte. Nach einer Weile schien Mr. Evil das, was Peter ihm zu sagen hatte, als lästig oder falsch abzutun, denn er machte auf dem Absatz kehrt und rauschte den Flur entlang zurück. Peter, den er einfach stehen ließ, erhob die Stimme und rief Mr. Evil hinterher: »Sie müssen es Gulptilil sagen! Und zwar noch heute.« Dann war er still. Mr. Evil kehrte ihm weiterhin den Rücken, wie um zu zeigen, dass er Peter einfach überhörte. Francis löste sich von der Wand und lief rasch zu Fireman hinüber.

»Peter?«, fragte Francis.

»Hey, C-Bird«, antwortete Peter und sah ein bisschen wie jemand zu ihm auf, der mitten im Satz unterbrochen wurde. »Was gibt's?«

Francis flüsterte. »Peter, wenn du dir uns so anschaust, die übrigen Patienten hier, was siehst du da?«

Er zögerte, bevor er antwortete. »Ich weiß nicht, Francis. Es ist ein bisschen wie Alice im Wunderland. Alles *wird seltsamer und seltsamer.*«

»Aber du hast alle Spielarten von Geisteskrankheit gesehen, die es hier drinnen gibt, nicht wahr?«

Peter überlegte und neigte sich plötzlich vor. Lucy kam durch den Flur, und Peter winkte ihr kurz zu, während er näher zu Francis herantrat. »C-Bird sieht etwas«, sagte er ruhig. »Worum geht's?«

»Der Mann, nach dem wir suchen«, flüsterte Francis, sobald Lucy nahe genug war, »ist nicht verrückter als du. Aber er versteckt sich, indem er vorgibt, etwas anderes zu sein.«

»Rede weiter«, sagte Peter leise.

»Sein ganzer Wahnsinn, zumindest der mörderische Wahnsinn und der Finger abschneidende Wahnsinn, das hat nicht das Geringste mit den Geisteskrankheiten zu tun, die wir normalerweise hier drinnen haben. Er plant. Er überlegt. Ihm geht es um das Böse schlechthin, genauso, wie Lanky immer sagte. Er hört keine Stimmen und hat auch keine anderen Wahnvorstellungen. Aber hier drinnen kann er sich verstecken, weil niemand, der ihn sieht, auf den Gedanken käme, dass er es *nicht* mit einem Verrückten zu tun hat, sondern mit einem, der dem Bösen verfallen ist.«

Francis schüttelte den Kopf, als wäre es schmerzhaft für ihn, die Gedanken auszusprechen, die ihm im Kopf herumgeisterten.

»Was willst du damit sagen, C-Bird? Worauf willst du hinaus?« Peter hatte die Stimme ein wenig gesenkt.

»Was ich sagen will, ist, dass wir all diese Einweisungsformulare durchgeforstet und diese Befragungen veranstaltet haben, weil wir nach etwas suchten, das jemanden hier drinnen mit der Außenwelt verbindet. Du und Lucy, wonach habt ihr Ausschau gehalten? Nach Männern mit einer gewalttätigen Vorgeschichte. Psychopathen. Männern mit offensichtlicher Aggression. Strafregistern. Vielleicht auch nach Leuten, die Stimmen hören, die ihnen befehlen, Frauen Gewalt anzutun. Ihr wollt jemanden finden, der zugleich verrückt und kriminell ist, stimmt's?«

Endlich meldete sich Lucy zu Wort. »Das ist der einzige vernünftige Ansatz …«

»Aber hier drinnen hat *jeder* den einen oder anderen verrückten Impuls. Und einer Menge Leuten hier wäre eine mörderische Neigung zuzutrauen, hab ich Recht? Hier balanciert jeder auf einem schmalen Grat.«

»Ja, aber …« Lucy kaute schwer an dem, was Francis sagte.

Er drehte sich zu ihr um. »Aber meinst du nicht, dass der Engel das auch weiß?«

Sie antwortete nicht sofort.

Francis holte tief Luft. »Der Engel ist jemand, in dessen Krankenblatt nichts auf einen Killer deutet. Ein Chamäleon, der seine Farbe mit der Umgebung wechselt. Und er ist jemand, den wir uns nie genauer ansehen würden. Auf diese Weise ist

er vor uns sicher. Und nur so kann er tun und lassen, was er will.«
Peter reagierte skeptisch, und auch Lucy war anzusehen, dass sie noch nicht überzeugt war. Sie äußerte ihre Bedenken als Erste. »Dann denken Sie also, Francis, dass der Engel nur so tut, als wäre er geisteskrank?« Sie ließ die Frage im Raum stehen, als legte ihre Formulierung »nur so tut« nahe, dass so etwas undenkbar war.
Francis schüttelte zuerst den Kopf, dann nickte er. Widersprüche, die ihm so einleuchtend schienen, waren für die anderen beiden schwer nachzuvollziehen. »Er kann nicht so tun, als ob er Stimmen hörte. Er kann nicht so tun, als hätte er Wahnvorstellungen. Er könnte nicht so tun, als wäre er« – Francis atmete einmal tief durch, bevor er fortfuhr – »wie ich. Das würden die Ärzte durchschauen. Selbst Mr. Evil würde das früher oder später durchschauen.«
»Und das heißt?«, bohrte Peter.
»Sieh dich um«, antwortete Francis. Er wies auf die andere Seite des Flurs, wo der große, bullige Retardierte, der aus dem Williams hierher verlegt worden war, an die Wand gelehnt stand, seine Raggedy-Andy-Puppe im Arm hielt und den grellbunten Stofffetzen mit dem kecken Hut und dem falschen Lächeln leise schnulzige Lieder vorsang. Dann sah Francis einen Kato reglos mitten im Korridor stehen, den Blick zur Decke gewandt, als könnte seine Sehkraft durch die Schalldämmung, die Stützbalken, den Bodenbelag und das Mobiliar des zweiten Stocks und schließlich durchs Dach bis in den blauen Morgenhimmel darüber dringen. »Wie schwer«, fragte Francis ruhig, »wäre es aber, sich dumm zu stellen? Oder sprachlos? Und wer würde, wenn man einer von denen da wäre, auf einen achten?«

Ein winselnder, kreischender, jaulender Laut wie hundert Wildkatzenschreie auf einmal zerrte an jedem Nervenende in meinem Körper. Zwischen den Augen tropfte mir der feuchte, kalte Schweiß herunter und nahm mir beißend die Sicht. Ich bekam kaum Luft, ich keuchte wie ein Kranker und sah, wie meine Hände zitterten. Ich traute meiner Stimme kaum noch etwas anderes zu als ein tiefes, hilfloses Stöhnen.
Der Engel geisterte wutschäumend in meiner Nähe herum.
Er brauchte mir auch nicht zu sagen, wieso, denn jedes Wort, das ich geschrieben hatte, sprach Bände.
Ich wand mich auf dem Boden, als liefen mir Stromstöße durch den Körper. Im Western State gaben sie mir niemals Elektroschockbehandlung. Das war wohl die einzige als Therapie getarnte Grausamkeit, die mir erspart geblieben ist. Doch ich hegte den starken Verdacht, dass der Schmerz, den ich in diesem Moment empfand, dem sehr nahe kam.
Ich konnte sehen.
Das war es, was so wehtat.
Als ich mich in diesem Flur in dieser Klinik umdrehte und zu Peter und Lucy diese Worte sagte, war es, als risse ich die eine Tür in meinem Innern auf, die ich für immer verschlossen lassen wollte. Die äußerst dicke, verrammelte, vernagelte, dicht versiegelte Tür in mir. Wenn man verrückt ist, dann ist man zu nichts fähig. Aber man ist auch zu allem fähig. Zwischen diese beiden Extreme zu geraten, ist die reinste Hölle.
Mein ganzes Leben lang hatte ich keinen sehnlicheren Wunsch, als normal zu sein. Von mir aus so gequält wie Peter und Lucy, aber normal. Fähig, einigermaßen in

der Außenwelt zurechtzukommen, die einfachsten Dinge zu genießen. Einen strahlend schönen Morgen. Den Gruß eines Freundes. Ein schmackhaftes Essen. Eine routinemäßige Unterhaltung. Ein Gefühl der Zugehörigkeit. Doch das war nicht möglich, denn ich wusste in diesem Moment, dass ich für immer dazu verdammt war, im Geist und im Handeln dem Mann näher zu stehen, den ich hasste und der mir Angst einjagte. Der Engel frönte all der mörderischen Lust am Bösen, die auch in mir schlummerte, und lebte sie aus. Er war ein Zerrbild aus einem Gruselkabinett, in dem ich dennoch mich selbst wiedererkannte. Ich hatte dieselbe Wut, dieselbe Begierde, dasselbe Böse in mir. Ich hatte es nur verdeckt, verdrängt, in den tiefsten Winkel geschoben, den ich finden konnte, und mit jeder nur denkbaren Wahnvorstellung, die ich finden konnte, so dass es, wie ich hoffte, für immer vergraben war.

In der Anstalt unterlief dem Engel wirklich nur ein einziger Fehler.

Er hätte mich töten sollen, als sich ihm die Gelegenheit bot.

»Und deshalb«, flüsterte er mir ins Ohr, »bin ich hier, um den Fehler wettzumachen.«

»Uns bleibt nicht mehr viel Zeit«, sagte Lucy. Sie starrte auf die Akten, die sich über ihrem Schreibtisch ausbreiteten, dem Mittelpunkt ihrer behelfsmäßigen Untersuchung. Peter lief seitlich davon auf und ab und versuchte offenbar, in alle möglichen widersprüchlichen Gedanken Ordnung zu bringen. Als sie sprach, sah er auf und legte den Kopf schief.

»Wieso?«

»Ich werde von hier abgezogen. Wahrscheinlich innerhalb der

nächsten Tage. Ich habe mit meinem Vorgesetzten gesprochen, und er denkt, ich drehe bloß Däumchen. Es hat ihm von Anfang an nicht gepasst, dass ich herkomme, und er hat nur nachgegeben, weil ich darauf bestand. Seine Geduld scheint erschöpft zu sein …«

Peter nickte. »Ich bleib auch nicht mehr lange«, sagte er. »Wie's aussieht, jedenfalls.« Er erklärte nicht, wieso, sondern fügte nur hinzu: »Aber Francis bleibt da.«

»Nicht nur Francis«, sagte Lucy.

»Das stimmt allerdings. Nicht nur Francis.« Er schwieg einen Moment. »Glauben Sie, er hat Recht? Ich meine, was er über den Engel gesagt hat. Dass er jemand ist, auf den wir nicht kommen würden …«

Lucy holte tief Luft. Fast im Atemrhythmus ballte sie die Hände und streckte sie wieder, ballte sie und streckte sie, so wie jemand kurz vor einem Wutausbruch krampfhaft versucht, sich zu beherrschen. In einer Institution, wo ständig so viele Menschen allen möglichen Emotionen freien Lauf ließen, war Selbstbeherrschung beinahe etwas Exotisches. Doch Lucy schien eine Art selbst auferlegte Buße mit sich herumzutragen, und als sie zu Peter aufsah, schlug ihm ihr aufgewühltes, gequältes Innere wie Wogen entgegen.

»Ich komm damit nicht klar«, sagte sie ruhig.

Er antwortete nicht, denn er wusste, dass sie sich noch näher erklären würde.

Lucy sank schwer auf den Holzstuhl und stand fast ebenso schnell wieder auf. Sie lehnte sich vor und packte die Kanten der Schreibtischplatte, als gäbe ihr das gegen die Böen, die an ihr zerrten, Halt. Als sie zu Peter hinübersah, war er sich nicht sicher, ob er in ihren Augen eine mörderische Strenge erblickte oder etwas anderes.

»Der Gedanke, hier drinnen einen Vergewaltiger und Mörder

zurückzulassen, ist einfach unerträglich. Ob nun der Engel und der Mann, der die anderen drei Frauen getötet hat, ein und derselbe ist oder nicht – und ich bin nach wie vor davon überzeugt, dass er es ist –, läuft es mir kalt den Rücken runter, wenn ich daran denke, ihn hier einfach so zurückzulassen.«
Wieder sagte er nichts.
»Ich mach das nicht«, sagte sie. »Ich kann nicht.«
»Und wenn Sie nun gezwungen werden, Ihre Sachen zu packen?«, fragte Peter. Dieselbe Frage hätte er sich selber stellen können.
Sie sah ihn durchdringend an. »Wie soll das gehen?«, indem sie eine Frage mit einer anderen parierte.
Ein Moment herrschte Schweigen im Raum, dann sah Lucy abrupt auf den Stapel Patienten-Akten auf ihrem Tisch. In einer einzigen heftigen Bewegung schleuderte sie die Schnellhefter gegen die Wand. »Verdammt noch mal!«, sagte sie.
Die Mappen machten ein klatschendes Geräusch und flatterten zu Boden.
Peter schwieg, und Lucy trat zurück, zielte mit dem Schuh auf einen Abfalleimer aus Metall und stieß ihn mit einem gut platzierten Tritt quer durch den Raum.
Sie sah Peter an. »Ich kann das nicht«, sagte sie. »Eines wüsste ich gerne: Was ist schlimmer, ein Killer zu sein oder einem Killer zu erlauben, wieder zu töten?«
Es gab eine Antwort auf diese Frage, doch Peter war nicht sicher, ob er sie aussprechen wollte.
Lucy atmete ein paarmal tief durch, bevor sie aufsah und ihre Blicke sich trafen.
»Verstehen Sie, Peter«, flüsterte sie, »in einem bin ich mir vollkommen sicher: Wenn ich hier weggehe, bevor ich diesen Mann gefunden habe, wird jemand anderer sterben. Ich weiß nicht, wann, aber irgendwann, in einem Monat, in sechs

Monaten oder in einem Jahr beuge ich mich über eine weitere Leiche und starre auf eine rechte Hand, der vier Finger und nunmehr auch noch ein Daumen fehlen. Und dann werde ich nur sehen, dass ich eine Chance vertan habe, und zwar hier. Und selbst wenn ich den Kerl dann schnappe und ihn im Gerichtssaal vor mir habe, wenn ich mich hinstelle und dem Richter und den Geschworenen die Anklage Punkt für Punkt verlese, werde ich trotzdem wissen, dass jemand gestorben ist, weil ich hier und jetzt versagt habe.«

Peter ließ sich auf einen Stuhl fallen und legte beide Hände vors Gesicht, als wollte er sich waschen. Als er zu Lucy aufsah, um ihr zu antworten, traf er nicht direkt ihre Frage, aber indirekt, auf seine Weise, schon.

»Wissen Sie, Lucy«, sagte er leise, als könnte sie jemand belauschen, »bevor ich Brandstiftungsermittler wurde, hab ich einige Zeit damit zugebracht, Schläuche zu schwingen. Ich hab das gern gemacht, verstehen Sie? Einen Brand zu bekämpfen, gehört zu den Dingen, bei denen man genau weiß, was man tut und wozu es gut ist. Du löschst ein Feuer, sonst richtet es großen Schaden an. So einfach ist das, stimmt's? Bei einem richtigen Großbrand konnte man die Hitze im Gesicht fühlen und das Geräusch, das ein Feuer verursacht, wenn es so richtig außer Kontrolle geraten ist, hören. Es ist ein schreckliches, wütendes Geräusch. Direkt aus der Hölle. Und dann kommt eine Sekunde, wo jede Faser in deinem Körper sagt: ›Geh da nicht rein!‹, aber du tust es doch. Du gehst weiter, weil der Brand verheerend ist und weil die anderen aus deinem Löschtrupp schon da drinnen sind und du einfach weißt, dass dir nichts anderes übrig bleibt. Das ist die schwierigste einfache Entscheidung, die man treffen kann.«

Lucy schien über das, was Peter sagte, nachzudenken. »Und was wird jetzt?«, fragte sie nach einer Weile.

»Ich denke«, sagte er langsam, »dass wir etwas riskieren müssen.«
»Riskieren?«
»Ja.«
»Was halten Sie von dem, was Francis gesagt hat«, fuhr sie fort, »glauben Sie auch, dass wir es hier drinnen mit so was wie einer verkehrten Welt zu tun haben? Wenn wir diese Ermittlung draußen durchzuführen hätten und ein Detective zu uns käme und uns davon zu überzeugen versuchte, dass wir nach dem am wenigsten Verdächtigen statt dem am meisten Verdächtigen suchen müssen, würde ich alles daransetzen, dem Kerl so schnell wie möglich den Laufpass zu geben. Das ergibt überhaupt keinen Sinn, und Ermittlungen sollten zumindest einen Sinn ergeben.«
»Hier drinnen ergibt so ziemlich gar nichts einen Sinn«, sagte Peter.
»Und deshalb hat Francis vermutlich Recht. Wär ja nicht das erste Mal, dass er den richtigen Riecher hat.«
»Und, was machen wir also? Noch mal sämtliche Akten durchgehen und diesmal nach einem« – er hielt inne und fragte dann: »wonach suchen?«
»Was bleibt uns anderes übrig?«
Peter schwieg wieder und dachte angestrengt über das Geschehene nach. Schließlich zuckte er die Schultern und schüttelte den Kopf. »Ich weiß es nicht«, sagte er langsam, »So ungern ich es sage ...«
»So ungern Sie was sagen?«
»Also, als wir das Williams-Wohnheim umgekrempelt haben, was ist da passiert?«
»Ein Mann wurde ermordet. Auch wenn sie es nicht wahrhaben wollen ...«
»Nein, darüber hinaus, was ist noch passiert? Der Engel ist

aufgetaucht. Er ist aus seiner Deckung gekommen, um den Tänzer umzubringen – mag sein. Sicher wissen wir das nicht. Sehr wohl wissen wir, dass er im Schlafsaal aufgetaucht ist, um Francis mit seinem Messer zu bedrohen.«

Lucy holte tief Luft. »Ich glaube, ich sehe, was Sie meinen.«

»Wir müssen ihn noch einmal aus der Reserve locken.«

Sie nickte. »Eine Falle.«

Peter stimmte zu. »Eine Falle. Aber was nehmen wir als Köder?«

Lucy lächelte. Allerdings kein Lächeln, das etwas Lustiges signalisierte. Sie sah eher so aus wie jemand, der begriffen hatte, dass ein hoher Gewinn einen hohen Einsatz forderte.

Am frühen Nachmittag scharte Big Black einen kleinen Trupp Amherst-Bewohner zu einem Ausflug ins Gartengelände um sich. Es war schon eine Weile her, seit Francis gesehen hatte, was aus dem Saatgut geworden war, das sie – vor Short Blonds Tod und Lankys Verhaftung – im Anstaltsgarten ausgebracht hatten.

Es war ein schöner Nachmittag. Die warme Sonne prallte von den weißen Zierstreifen an den Schmalseiten der Klinikgebäude ab. Eine leichte Brise trieb eine gelegentliche bauschige, weiße Wolke quer über den blauen Himmel. Francis streckte das Gesicht in die Sonne und hörte, während er die Wärme aufsaugte, ein zufriedenes Murmeln in seinem Kopf, das möglicherweise von einer seiner Stimmen, ebenso gut aber auch von einem kleinen Hoffnungsschimmer stammen mochte, der sich in seine Phantasie einschlich. Ein paar Minuten lang glaubte er, alles vergessen zu können, was um ihn her geschah, und er versuchte, einfach nur die Sonne zu genießen. Es war die Art von Nachmittag, die ihn all das Dunkel der Geisteskrankheit für kurze Zeit vergessen ließ.

An diesem speziellen Ausflug nahmen zehn Patienten teil. Cleo stellte sich, kaum dass sie die Türen des Amherst hinter sich hatten, an die Spitze ihrer Reihe und wogte, trotz ihres ständigen Gemurmels, mit einer Zielstrebigkeit voran, die zu dem wohlig trägen Tag nicht passte.
Napoleon versuchte zuerst, wenn auch vergeblich, mit ihr Schritt zu halten, weshalb er sich schließlich bei Big Black darüber beschwerte, dass Cleo sie zu schnell marschieren ließ. Daraufhin blieben sie alle stehen, was wiederum einen kleinen Streit zur Folge hatte.
»Ich muss vorn gehen!«, rief Cleo verärgert. Sie reckte sich hochmütig zu voller Größe auf und blickte mit einer königlichen Geste auf die anderen, die ihren eigenwilligen Vorstellungen von ihrem besonderen Rang entspringen musste. »Das verlangt meine Position. Das ist nicht nur mein Recht, sondern auch meine Pflicht!«, fügte sie hinzu.
»Dann lauf eben nicht so schnell«, konterte Napoleon und keuchte, dass sein ganzer Körper bebte.
»Ich gebe das Tempo an«, erwiderte sie.
Big Black schien der Geduldsfaden zu reißen. »Cleo, bitte ...«, fing er an, und sie fuhr zu ihm herum.
»Bittsteller kommen ungelegen«, sagte sie.
Big Black zuckte die Schultern und drehte sich zu Francis um. »Geh du voran«, sagte er.
Für einen Augenblick trat Cleo Francis in den Weg, doch er sah sie mit einem derart zerknirschten, schicksalsergebenen Ausdruck an, dass sie nach einer Sekunde hoheitsvoll verächtlich schnaubte und beiseite trat. Als er an ihr vorbeikam, sah er, dass ihre Augen funkelten, als brächte ein gewaltiges, unsichtbares Feuer ihre Gedanken zum sieden. Er hoffte, dass Big Black es ebenfalls bemerkte, doch er war sich nicht sicher, da der Pfleger versuchte, die Gruppe einigermaßen unter

Kontrolle zu halten. Ein Mann weinte bereits, und eine andere Frau verließ den Gehweg.

In der Hoffnung, dass die anderen ihm folgen würden, lief Francis los. »Gehen wir.« Nach einem Moment des Zögerns schien die Gruppe Francis in der Führungsposition zu akzeptieren, wenn auch wohl nur, weil es ihnen eine drohende lautstarke Kontroverse ersparte, an der niemand gelegen war. Cleo reihte sich hinter ihm ein und drängte ihn ein paarmal, schneller zu gehen, bis sie sich von Pfiffen und vereinzelten Schreien, die zwischen den Gebäuden wie Pingpongbälle hin und her geworfen wurden, ablenken ließ.

Am Rand des Gartens blieben sie stehen, und für einen Augenblick schien die Spannung, die sich in Cleos Kopf aufgestaut hatte, ein wenig nachzulassen. »Blumen!«, sagte sie staunend. »Wir haben Blumen gepflanzt!«

Wilde Büschel aus Rot und Weiß, Gelb, Blau und Grün waren aufs Geratewohl am Rand des Klinikgeländes verstreut. Pfingstrosen, Schleierkraut, Veilchen und Tulpen waren aus dem dunklen Boden gesprossen. Mit seinen unregelmäßigen Flächen und bunten Farbtupfern, die, ohne ein erkennbares Ordnungsprinzip, wild blühend in alle Richtungen strebten, stand der Garten dem Chaos in ihren Köpfen kaum nach. Francis starrte ein wenig ungläubig auf das Beet und wurde sich angesichts der Blumenpracht bewusst, wie trübselig ihr Leben tatsächlich verlief. Doch die Freude über das üppige Wachstum vor seinen Augen vertrieb diesen bedrückenden Gedanken.

In wenigen Sekunden hatte Big Black eine Reihe bescheidene Gartengeräte verteilt. Es war Kinderspielzeug aus Plastik und nicht eben ideal für die anstehende Arbeit, doch immerhin besser als gar nichts, wie Francis fand. Er ließ sich neben Cleo plumpsen, die ihn kaum wahrzunehmen schien, und machte

sich daran, die Blumen etwas mehr in Reih und Glied zu ordnen und die explodierenden Farben ringsum ein wenig zu bändigen.
Francis merkte nicht, wie lange sie arbeiteten. Selbst Cleo, die immer noch Obszönitäten vor sich hinmurmelte, legte offenbar etwas von ihrem Stress auf Eis, auch wenn sie gelegentlich schluchzte, während sie im feuchten Lehmboden grub und scharrte. Mehr als einmal sah Francis, wie sie nach einer der zarten Blüten die Hand ausstreckte und sie, Tränen in den Augen, berührte. Fast alle Patienten legten kleine Pausen ein und ließen die schwere, feuchte Erde durch die Finger rieseln. Es lag ein Geruch nach Erneuerung und Wachstum in der Luft, und Francis hatte das Gefühl, dass ihm dieser Duft mehr Optimismus verlieh als irgendeines der Antipsychotika, die sie ständig schluckten.
Als Big Black schließlich erklärte, der Ausflug sei zu Ende, starrte er auf den Garten zu seinen Füßen und musste zugeben, dass er bedeutend besser aussah. Fast sämtliches Unkraut, das die Blumenbeete überwucherte, war gejätet, und die Blumenreihen hatten Konturen bekommen. Es war, dachte Francis, ein bisschen wie der Anblick eines halb fertigen Gemäldes. Man erkannte den gestalterischen Willen und das Potenzial.
Nur halbherzig versuchte er, den Dreck ein wenig von den Händen und den Kleidern zu schütteln, denn er hatte nichts gegen dieses Gefühl, schmutzig zu sein, jedenfalls nicht an diesem Nachmittag.
Big Black ließ die Leute hintereinander antreten und legte, unter dreimaligem Durchzählen, die Plastikgeräte in eine grüne Holzkiste zurück. Als er gerade das Zeichen geben wollte, den Pfad entlang wieder zum Amherst zurückzumarschieren, hielt er mitten in der Bewegung inne, und Francis sah, wie der

Blick des großen Pflegers zu einer Gruppe wanderte, die sich ungefähr fünfzig Meter von ihnen entfernt hinter einem Drahtzaun am äußersten Rand des Anstaltsgeländes versammelte.

»Das ist der Friedhof«, flüsterte Napoleon. Dann verstummte er genauso wie die anderen.

Francis erkannte Dr. Gulptilil und Mr. Evans sowie zwei leitende Mitarbeiter, sodann einen Priester mit Stehkragen und mehrere Arbeiter in der grauen Uniform der Krankenhausverwaltung, die entweder Schaufeln trugen oder sich auf die Stiele ihrer Geräte lehnten und auf eine Anweisung warteten. Noch während die Gruppe sich versammelte, hörte Francis einen tuckernden Dieselmotor und sah einen kleinen Tieflöffelbagger, der sich der Stelle näherte, wo sich die Gruppe versammelt hatte. Hinter dem Bagger kam ein einsamer schwarzer Cadillac-Kombi angefahren, in dem Francis erschrocken einen Leichenwagen erkannte.

Der Leichenwagen hielt an, und der Bagger fuhr weiter. Big Black murmelte: »Vielleicht sollten wir gehen«, blieb jedoch wie angewurzelt stehen. Die anderen Patienten stellten sich in eine Reihe und sahen zu.

Der Bagger brauchte nur wenige Minuten, um mit dem gebührenden Lärm ein Loch im Boden zu graben und einen bescheidenen Erdwall daneben anzuhäufen. Die Leute vom Wartungsdienst der Klinik arbeiteten an den Rändern mit ihren Schaufeln, um das Loch vorzubereiten. Francis sah, wie Gulp-a-pill vortrat, die Arbeit inspizierte und den Männern Zeichen gab, mit der Arbeit aufzuhören. Dann wies er mit einem zweiten Winken den Leichenwagen an, vorzufahren. Nachdem er ein, zwei Meter von dem Loch entfernt gehalten hatte, stiegen zwei Männer in schwarzen Anzügen aus und gingen nach hinten, um die Hecktür aufzumachen. Vier der

Wartungsleute kamen ihnen zur Hilfe, und zusammen zog diese bunt gemischte Gruppe einen schlichten Metallsarg aus dem Laderaum. Die späte Nachmittagssonne glänzte matt auf dem Deckel.

»Es ist der Tänzer«, flüsterte Napoleon.

»Arschlöcher«, sagte Cleo ruhig. »Mörderische Faschistenschweine.« Dann fügte sie mit tiefer Stimme und in theatralischem Ton hinzu: »Begraben wir ihn im Stil der Römer.«

Die sechs Männer wuchteten den Sarg nach vorn, was, wie Francis fand, seltsam war, denn mehr als ein Fliegengewicht hatte der Tänzer sicher nicht auf die Waage gebracht. Er beobachtete, wie sie ihn zu ein paar formelhaften Worten des Priesters in das Grab senkten. Er sah auch, dass keiner der Männer sich die Mühe machte, zum Gebet den Kopf zu neigen.

Der Priester trat zurück, die Ärzte drehten sich um und machten sich auf den Rückweg, während die Bestattungsunternehmer Dr. Gulptilil ein Formular zur Unterschrift reichten, bevor sie zum Leichenwagen zurückkehrten und langsam wegfuhren. Der Bagger folgte ihnen mit einem tuckernden Geräusch. Zwei der Wartungsleute machten sich daran, die Erde auf den Sarg zurückzuschaufeln. Francis hörte das dumpfe Aufschlagen der Klumpen auf dem Stahl, doch auch das verstummte nach einer Weile.

»Gehen wir«, sagte Big Black. »Francis?«

Francis merkte, dass er vorausgehen sollte, was er gemessenen Schritts auch tat, obwohl er sich von Cleo zur Eile angetrieben fühlte. Ihr Atem kam in kurzen, ratternden Stößen.

Ihre nachlässige Parade hatte erst ein Stück des Weges zum Amherst hinter sich, als sich Cleo plötzlich mit einem gegurgelten Fluch an Francis vorbeidrängelte. Ihr massiger Körper waberte und wogte, als sie plötzlich wie ein Torpedo den Weg entlangschoss und zielstrebig zur Rückseite des Williams lief.

Schlackernd kam sie auf einer Grasfläche zum Stehen, von wo aus sie zu den Fenstern hochschauen konnte.
Die frühe Abendsonne fiel im schrägen Winkel gegen die Gebäudewand, so dass Francis die Gesichter hinter den Scheiben nicht sehen konnte. Stattdessen schien jeder Fensterrahmen wie ein Auge, das aus einem undurchdringlichen Gesicht ins Leere starrte. Der Bau glich vielen seiner Bewohner, die hinter der ausdruckslosen, unbeteiligten Fassade den Aufruhr verbargen, der in ihrem Innern wütete.
Cleo nahm alle Kraft zusammen, stemmte die Hände in die Hüften und brüllte: »Ich kann dich sehen!«
Das war unmöglich. Das reflektierte Licht blendete sie nicht weniger als Francis. Sie noch lauter.
»Ich weiß, wer du bist! Du hast ihn umgebracht! Ich hab dich gesehen, und ich weiß alles über dich!«
Big Black drängte an Francis vorbei. »Cleo!«, rief er. »Still! Was redest du da?«
Sie ignorierte ihn, hob mahnend einen Finger und zeigte auf den zweiten Stock des Williams-Gebäudes.
»Mörder!«, schrie sie. »Meuchelmörder!«
»Cleo, verdammt noch mal!« Big Black rannte zu ihr. »Halten Sie, verflixt noch mal, die Klappe!«
»Bestien! Teufel! Beschissene Faschistenschweine!«
Big Black packte die unförmige Frau am Arm und drehte sie zu sich um. Er wollte ihr gerade etwas ins Gesicht schreien, doch Francis sah, wie der riesige Pfleger es sich plötzlich anders überlegte, wieder Haltung annahm und ihr stattdessen zuflüsterte: »Cleo, bitte, was tun Sie da?«
Sie schnaubte Big Black an: »Sie haben ihn getötet«, sagte sie ganz sachlich.
»Wer hat wen getötet?«, fragte Big Black und sah noch einmal zum Williams hoch. »Was meinen Sie?«

Cleo kicherte ein bisschen und grinste irre.

»Mark Anton«, sagte sie. »Vierter Akt, dritte Szene.«

Immer noch lachend ließ sie sich von Big Black wegführen.

Francis starrte zum Williams hinauf. Er hatte keine Ahnung, wer den Ausbruch mit angehört haben konnte und wie derjenige ihn interpretiert haben mochte.

Francis sah nicht, dass die ganze Zeit Lucy Jones auf dem Weg zum Verwaltungsgebäude nicht weit von ihnen entfernt unter einem Baum gestanden hatte. Auch sie hatte Cleos Schimpfkanonade gehört. Doch sie dachte nicht weiter darüber nach, da sie viel zu sehr mit der Erledigung beschäftigt war, die sie zum ersten Mal seit Tagen zu einem kurzen Ausflug hinter die Tore der Anstalt in die nahe gelegene Stadt führen sollte. Sie sah zu, wie die Patienten im Gänsemarsch zum Amherst-Bau hinüberliefen, drehte sich dann um und ging zielstrebig Richtung Eingangstor, um sich die paar Dinge zu besorgen, die sie brauchte und zweifellos schnell finden würde.

27

Lucy saß ruhig auf ihrer Bettkante im Schwesternwohnheim und ließ langsam die tiefe Nacht an ihr vorbei ins Zimmer kriechen. Sie hatte auf der Tagesdecke die Sachen ausgebreitet, die sie am Nachmittag eingekauft hatte, doch statt sie sich genauer anzusehen, starrte sie nun schon seit Stunden ins Leere. Als sie aufstand, ging sie in das kleine Badezimmer, wo sie sorgsam ihr Gesicht im Spiegel über dem Waschbecken überprüfte.

Mit einer Hand hielt sie sich das Haar aus der Stirn und mit der anderen folgte sie dem Verlauf der Narbe, die direkt am Haaransatz begann, dann die Braue spaltete und dann leicht zur Seite abrutschte, so dass sie den Augapfel knapp verfehlte, und von dort aus über die Wange bis zum Kinn hinunterführte. Da, wo die Haut zusammengewachen war, hatte sie eine etwas hellere Farbe als ihr übriges Gesicht. An ein paar Stellen war der Schnitt kaum noch zu sehen, an anderen fiel er schmerzlich auf. Sie glaubte, dass sie inzwischen seltsam vertraut mit der Narbe war, und akzeptierte sie als das, wofür sie stand. Vor einigen Jahren einmal hatte ihr ein allzu selbstsicherer junger Arzt versprochen, sie mit einem berühmten Schönheitschirurgen bekannt zu machen, der, wie er beteuerte, ihr Gesicht so wiederherstellen könne, dass niemand sehen würde, dass es aufgeschlitzt worden war. Sie hatte weder mit dem Chirurgen Kontakt aufgenommen noch ein zweites Mal den Arzt aufgesucht.

Lucy zählte sich zu den Menschen, die ihre Existenz täglich neu definieren. Der Mann, der ihr Gesicht verletzt und ihr für immer die Privatsphäre gestohlen hatte, dieser Mann hatte gedacht, er fügte ihr Schaden zu, wohingegen er ihr in Wahrheit eine Aufgabe und ein Ziel gegeben hatte. Was dieser eine Mann ihr eines Nachts während ihres Jurastudiums angetan hatte, das hatte seither viele Männer hinter Schloss und Riegel gebracht. Sie sagte sich, dass es eine ganze Weile dauern würde, bis die Schuld – das Verbrechen an ihren Gefühlen und ihrem Körper – vollständig abgegolten war. Einzelne Momente von großer Tragweite gaben einem Leben die Richtung an. In der Anstalt beunruhigte sie die Erkenntnis, dass die Patienten dort nicht von einem herausragenden Geschehen in bestimmte Bahnen gelenkt worden waren, sondern von einer Anhäufung winzig kleiner Ereignisse, die sie in ihrer Summe in die Depression oder Schizophrenie oder Psychose oder Persönlichkeitsspaltung oder in zwangsneurotisches Verhalten getrieben hatten. Peter, begriff sie, stand ihr mit seiner Denk- und Wesensart viel näher. Auch er hatte es zugelassen, dass ein einziges Ereignis sein ganzes weiteres Leben prägte. Natürlich war es bei ihm ein unbedachter Impuls gewesen. Selbst wenn es Dinge gab, die seine Tat rechtfertigten, so war es dennoch das Ergebnis eines momentanen Kontrollverlusts. Ihre Antriebsfeder dagegen war viel kühler, viel kalkulierter und ließ sich mangels eines moderneren Begriffs mit dem Wort Rache umschreiben.

Ihr kam eine plötzliche, schlimme Erinnerung, die Art, die sich ungebeten in die Gedanken schleicht und einem fast die Luft abschnürt: Im Massachusetts General Hospital, in das man sie gebracht hatte, nachdem zwei junge Physikstudenten auf dem Heimweg vom Labor sie schluchzend und blutend ziellos über einen Platz zwischen Universitätsgebäuden irren sahen, hatte die Polizei sie eingehend befragt, während eine Schwester und ein Arzt die Untersuchung nach der Vergewaltigung durchführten. Die Detectives hatten neben ihrem Kopf gestanden, während der Arzt und seine Helferin in einem vollkommen anderen Bereich unterhalb ihrer Taille arbeiteten. *Haben Sie den Mann gesehen?* Nein. Nicht richtig. Er trug eine enge Skimaske, und alles, was ich sehen konnte, waren seine Augen. *Würden sie ihn wiedererkennen?* Nein. *Wieso sind Sie nachts allein über den Campus gelaufen?* Ich weiß nicht. Ich hatte noch in der Bibliothek gearbeitet, und es wurde Zeit, heimzugehen. *Was können Sie uns sagen, das uns bei der Ergreifung des Täters hilft?* Schweigen.

Von all den Schrecken, die ihr in jener Nacht widerfahren waren, war, wie sie dachte, das zweifellos nachhaltigste Zeichen die Narbe in ihrem Gesicht. Sie war beinahe ins Wachkoma gefallen, ihr Bewusstsein hatte sich von ihrem Körper zurückgezogen, von den Sinnen abgekoppelt, und in dem Moment hatte er sie geschnitten. Er brachte sie nicht um – das wäre zu einfach gewesen – auch bestand keine nachvollziehbare Notwendigkeit, noch etwas zu tun. Sie war fast bewusstlos, so dass er reichlich Gelegenheit gehabt hätte, unerkannt zu fliehen. Stattdessen hatte er sich vorgebeugt, sie für immer gezeichnet und ihr dann durch den Nebelschleier der Schmerzen und der Erniedrigung nur zwei Worte ins Ohr geflüstert: *Denk daran.*

Die Worte hatten sie tiefer verletzt als der Schnitt.

Und sie dachte daran, allerdings kaum auf die Art und Weise, wie ihr Peiniger es erwartet hatte.

Wenn sie schon nicht den Mann hinter Gitter bringen konnte, der ihr die Verletzung zugefügt hatte, dann wenigstens Dutzende Männer seines Schlags. Wenn es etwas zu bedauern gab, dann wohl, dass er ihr den letzten Rest an Unschuld und

Unbekümmertheit genommen hatte. Lachen fiel ihr seitdem viel schwerer, und Liebe schien außer Reichweite. Doch oft sagte sie sich einfach, dass sie beides früher oder später ohnehin eingebüßt hätte. In ihrer Jagd auf das Böse führte sie ein geradezu mönchisches Dasein.

Sie starrte in den Spiegel und steckte nach und nach sämtliche Erinnerungen in die Schubfächer zurück, in denen sie sie fein säuberlich abgelegt hatte. Was damals geschehen war, das war vorbei, sagte sie sich. Sie wusste, dass der Mann, den sie in der Anstalt jagte, demjenigen, der sie durch ihr ganzes Leben verfolgte, so ähnlich war wie noch keiner, den sie im Gerichtssaal eingeschüchtert hatte. Wenn sie den Engel fand, dachte sie, dann wäre damit weit mehr erreicht, als einen Serienkiller an einem weiteren Mord zu hindern.

Sie fühlte sich ein bisschen wie eine Athletin, die sich auf den einen entscheidenden Moment konzentriert.

»Für eine Falle«, sagte sie, als wäre sie nicht allein, »für eine Falle braucht man einen Köder.«

Sie strich sich mit der Hand durch das dichte, lange schwarze Haar, das ihr Gesicht einrahmte, und ließ es sich wie Regentropfen durch die Finger gleiten.

Kurzes Haar.

Blondes Haar.

Alle vier Opfer hatten auffällig kurz geschnittenes Haar gehabt. Sie hatten alle in etwa den gleichen Körperbau gehabt. Sie waren alle auf dieselbe Art und Weise getötet worden, indem ihnen mit der Mordwaffe von links nach rechts die Kehle aufgeschlitzt wurde. Auch die Verstümmelungen an den Händen nach Eintritt des Todes waren die gleichen gewesen. Dann waren ihre Leichen in jeweils gleicher Umgebung zurückgeblieben. Selbst beim letzten Opfer hier in der Klinik erkannte sie, wenn sie an die Abstellkammer dachte, in der die

Lernschwester ihre letzten Sekunden erlebt hatte, dass der Killer die früheren Tatorte auf dem Land, in Wald und Flur sozusagen, nachgeahmt hatte. Und er hatte, nicht zu vergessen, mit Wasser und Reinigungsflüssigkeiten systematisch seine Spuren verwischt, so wie es bei den ersten drei Morden die Natur für ihn erledigt hatte.
Er war hier, das wusste sie. Sie hegte sogar den Verdacht, dass sie ihm irgendwann, seit sie in der Anstalt war, schon einmal direkt in die Augen gesehen hatte, ohne zu wissen, dass er es war. Bei dem Gedanken lief es ihr eiskalt den Rücken hinunter, vergrößerte sich aber auch ihre angestaute Wut.
Sie starrte auf die schwarzen Strähnen, die sie wie Spinnweben zwischen den Fingern hielt.
Ein kleines Opfer, dachte sie.
Sie drehte sich abrupt um und lief zum Bett. Als Erstes holte sie einen kleinen schwarzen Koffer darunter hervor. Er hatte ein Zahlenschloss, das sie einstellte, um ihn zu öffnen. Innen gab es eine Tasche mit Reißverschluss, und auch diese machte sie auf, um ein dunkelbraunes Lederhalfter mit einem kurzläufigen Revolver Kaliber 38 herauszuholen. Für einen Moment hielt sie die Waffe in der Hand und fühlte ihr Gewicht. Die wenigen Gelegenheiten in all den Jahren, seit sie die Waffe besaß, bei denen sie damit tatsächlich geschossen hatte, konnte sie an den Fingern einer Hand abzählen, und so lag sie ihr zwar ungewohnt, aber nicht minder treffsicher in der Hand. Dann raffte sie mit einer einzigen, entschlossenen Bewegung die übrigen Gegenstände auf ihrer Tagesdecke zusammen: eine Haarbürste, eine Schere, eine Packung Färbemittel.
Ihr Haar würde mit der Zeit nachwachsen, sagte sie sich.
Und die glänzende schwarze Pracht, die sie ihr ganzes Leben lang an sich gekannt hatte, wäre in nicht allzu langer Zeit wiederhergestellt.

Sie sagte sich noch einmal, dass die Wirkung, die sie bezweckte, nicht von Dauer war, jedes Versäumnis bei ihrer Jagd auf den Engel dagegen sehr wohl irreparable Folgen haben konnte, nahm die Sachen mit ins Badezimmer und legte sie vor sich auf eine schmale Ablage. Dann hob sie die Schere und wunderte sich fast, dass sie kein Blut fließen sah, als sie an ihren Haaren herumzuschneiden begann.

Einer der Tricks, den Francis in all den Jahren gelernt hatte, seit er als Kind zum ersten Mal Stimmen hörte, bestand darin, diejenige herauszuhören, die in der Symphonie der Disharmonien in seinem Kopf am meisten Sinn ergab. Er hatte gelernt, dass der Grad seiner Geisteskrankheit sich danach richtete, inwieweit er fähig war, bei dem, was da auf ihn einströmte, Ordnung zu schaffen und sich so gut wie möglich zurechtzufinden. Auch wenn es vielleicht nicht logisch klang, so hatte die Fähigkeit, die er sich erworben hatte, doch ihren praktischen Nutzen.

Er sagte sich, dass die Situation in der Anstalt durchaus Ähnlichkeit damit besaß. Ein Ermittler, dachte er, breitet viele zusammenhangslose Indizien vor sich aus und fügt sie Stück für Stück zu einem stimmigen Ganzen zusammen. Er neigte zu der Auffassung, dass alles, was er brauchte, um sich nach und nach ein Bild vom Engel zu machen, bereits stattgefunden hatte, nur dass ihnen in der sprunghaften Welt der Nervenheilanstalt der innere Zusammenhang verborgen blieb.

Francis sah zu Peter hinüber, der sich über einem Waschbecken kaltes Wasser ins Gesicht spritzte. *Er wird nie sehen, was ich sehen kann,* sagte sich Francis. Ein Chor in seinem Kopf stimmte ihm zu.

Doch bevor er den Gedanken weiterspinnen konnte, sah er, wie Peter sich vom Waschbecken löste und sein Spiegelbild betrachtete. Zugleich sah Peter, wie Francis hinter ihm stand, und er lächelte. »Ah, C-Bird, einen wunderschönen guten Morgen. Wir haben wieder eine Nacht hier drinnen überlebt, und das ist, wenn man's genau bedenkt, keine Selbstverständlichkeit und sollte mit einem kräftigen, wenn auch nicht allzu schmackhaften Frühstück gefeiert werden. Was, meinst du, wird dieser schöne Tag uns bringen?«

Francis schüttelte den Kopf, um klar zu machen, dass er sich nicht sicher war.

»Vielleicht den einen oder anderen Fortschritt?«

»Vielleicht.«

»Oder etwas Gutes?«

»Wohl kaum.«

Peter lachte. »Francis, Kumpel, die Pille oder Spritze muss wohl noch erfunden werden, die einem hier drinnen den Zynismus austreibt.«

Francis nickte. »Und auch die, von der man optimistisch wird.«

»Eins zu null für dich«, sagte Peter. Das Grinsen in seinem Gesicht verflog, und er beugte sich zu Francis hinüber. »Heute kommen wir ein Stückchen voran, ich versprech's dir.« Dann lächelte er wieder und fügte hinzu: »Betonung auf *Stückchen*. Das soll ein kleiner Scherz sein. Du wirst bald merken, worauf ich hinauswill.«

Francis hatte keine Ahnung, wovon die Rede war, fragte jedoch: »Wie kannst du das versprechen?«

»Weil Lucy meint, eine neue Strategie könnte funktionieren.«

»Eine neue Strategie?«

Peter sah sich einen Moment um und flüsterte: »Wenn du nicht an den Mann rankommst, den du jagst, musst du den Mann zu dir locken.«

Francis zuckte ein wenig zurück, als trommelten Dutzende

von Stimmen, die sich augenblicklich in seinem Kopf erhoben und *Vorsicht* brüllten, auf ihn ein. Peter bekam von den bedrohlichen Gewitterwolken nichts mit, die Francis' Gesicht verdüsterten, als er sich dessen Worte durch den Kopf gehen ließ. Stattdessen klopfte Peter Francis auf den Rücken und fügte süffisant hinzu: »Komm schon. Auf zu den schwammigen Pfannkuchen und den dünnflüssigen Eiern. Dann sehen wir mal, wie es weitergeht. Großer Tag heute, denke ich, C-Bird. Halt die Ohren steif.«

Sie verließen den Waschraum und gesellten sich zu den Männern, die aus dem Schlafsaal in den Flur hinausströmten. Der Beginn der täglichen Tretmühle. Francis hatte keine Ahnung, wonach er Ausschau halten sollte, doch in dem Moment bereitete ein gellender, schriller und entsetzter Schrei, der wild den Flur entlanghallte und in seiner völligen Hilflosigkeit jeden, der ihn hörte, bis ins Mark erschütterte, seinen Überlegungen ein jähes Ende.

Es ist leicht, sich an diesen Schrei zu erinnern.

Ich habe viele Jahre lang immer wieder daran denken müssen. Es gibt Angstschreie, Entsetzensschreie, Schreie, die untergründige Furcht oder Spannung oder sogar Verzweiflung ausdrücken.

In diesem Schrei schienen sich alle diese Emotionen auf einmal zu entladen, so dass etwas so Hoffnungsloses und Schreckliches im Raum hing, dass es jeder Vernunft und jedem Trost spottete und von all den Schrecken der Heilanstalt zusätzlich verstärkt wurde. Der Schrei einer Mutter angesichts der Gefahr, in die ihr Kind gerät. Der Schmerzensschrei eines Soldaten beim Anblick seiner Wunde, die, wie er weiß, seinen Tod bedeutet. Etwas Archaisches und Animalisches, das nur in den seltensten

und fürchterlichsten Momenten durchbricht. Es war, als wäre etwas, das die Dinge im Innersten zusammenhielt, plötzlich weggebrochen, und das war einfach nicht mehr zu ertragen.
Ich habe nie erfahren, wer diesen Schrei ausstieß, doch er nistete sich in allen ein, die ihn hörten, und war nicht mehr wegzudenken, egal, wie viel Zeit verstrich.
Ich drängte direkt hinter Peter hinaus, der seinerseits so schnell wie möglich in die Richtung lief, aus der der Schrei gekommen war. Nur am Rande nahm ich ein paar der anderen Patienten wahr, die sich wegduckten oder an die Wände pressten. Ich sah, wie sich Napoleon in eine Ecke kauerte und Newsman, auf einmal gar nicht neugierig, sich auf den Boden hockte, als könnte er sich so vor dem durchdringenden Geräusch abschirmen. Peters Schritte hallten durch den Korridor und beschleunigten sich, je näher er der Quelle des Schreis kam. Ich erhaschte nur einen ganz kurzen Blick auf sein Gesicht, das eine Härte und Klarheit ausdrückte, die man in der Anstalt sonst nicht kannte. Es war, als hätte dieser Schrei eine unermessliche Sorge in ihm ausgelöst, und er versuchte, sich all die Ängste vom Leib zu halten, die ihn bestürmten.
Der Schrei war vom entgegengesetzten Ende des Flurs gekommen, jenseits der Tür zum Frauenschlafsaal. Doch die Erinnerung daran war so real wie an jenem Morgen im Amherst-Wohnheim. Er kreiste um mich wie die Rauchschwaden eines Feuers, und ich nahm meinen Stift und kritzelte wild entschlossen an die Wand in meinem Apartment, denn ich fürchtete, dass es jeden Moment vom Hohngelächter des Engels übertönt würde, und ich musste es niederschreiben, bevor es dazu

kam. In meiner Vorstellung sah ich Peter voranpreschen, so als versuchte er, schneller zu sein als der Klang.

Wie Peter durch den Flur des Amherst rannte, wusste er, dass es nichts anderes auf der Welt gab, das bei einem Menschen, selbst einem verrückten, eine solche Verzweiflung auslöste wie der Tod. Er schlängelte sich um die anderen Patienten herum, die, der Panik nahe, vor dem unheilvollen Laut die Flucht ergriffen. Selbst die Katos und die Retardierten, die sonst die ganze Welt mit Nichtbeachtung straften, drückten sich an die Wände oder versuchten, sich zu verstecken. Ein Mann wiegte sich, in der Hocke sitzend, vor und zurück, während er sich die Ohren zuhielt. Peter hörte den traurigen Trommelschlag seiner eigenen Schritte auf dem Bodenbelag, und er begriff, dass ihn etwas in seinem Innern immer zum Ort des Sterbens drängte.
Francis, der dicht hinter ihm folgte, ließ sich von Peters ungebremster Eile mitreißen, so dass er dem Drang widerstehen konnte, in die entgegengesetzte Richtung wegzulaufen. Er hörte, wie Big Black Anweisungen brüllte: »Zurücktreten bitte! Zurück! Lassen Sie uns durch!«, und dann sah er den Pfleger auch schon mit seinem Bruder herüberrennen. Eine Schwester in weißer Uniform kam hinter dem Drahtgitter der Pflegestation hervor. Sie hieß Schwester Richards, wurde aber natürlich Schwester Riches genannt, doch mit dem ungewohnten Schrecken und Entsetzen in ihren Augen wurde sie ihrem eleganten Spitznamen nicht gerecht.
Am Eingang zum Schlafsaal der Frauen wiegte sich eine Insassin mit zerzaustem grauen Haar heftig hin und her und sang dazu ein Klagelied. Eine andere drehte sich unentwegt im Kreis. Eine dritte hatte die Stirn an die Wand gedrückt und murmelte etwas, das Francis nach einer Fremdsprache klang,

aber auch nur unverständliches Gestammel sein mochte – unmöglich zu sagen. Zwei andere hatten sich flach auf den Boden geworfen, zuckten und stöhnten, heulten und schluchzten, als wären sie vom Teufel besessen. Es war auch unmöglich, zu sagen, ob eine dieser Frauen den Schrei ausgestoßen hatte. Es konnte eine von ihnen gewesen sein oder auch jemand anders, den er nicht gesehen hatte. In jedem Fall lag ihnen allen der Klang der Verzweiflung noch in den Ohren und trieb ihn und Peter wie eine Sirene magisch vorwärts. In seinem Innern versuchten die Stimmen, Francis zu warnen, ihn zur Umkehr zu bewegen, und es kostete ihn physische Überwindung, sie zu ignorieren und mit Peter Schritt zu halten, als wären die Vernunft und der Sachverstand von Fireman eine tragfähige Grundlage für sie beide.

Nur eine Sekunde lang blieb Peter an der Schlafsaaltür stehen, um die zerzauste Frau mit energischer, gebieterischer Stimme zu fragen: »Wo?«

Die Frau zeigte stumm am Ende des Flurs auf das Treppenhaus hinter den eigentlich verschlossenen Türen und brach im nächsten Moment in ein Kichern und Gelächter aus, das sich ebenso schnell in gequältem Schluchzen verlor.

Peter trat, Francis im Schlepptau, vor und packte die Klinke der großen Stahltür. In einer einzigen entschlossenen Bewegung riss er sie auf und hielt inne.

»Heilige Maria, Mutter Gottes!«, brach es aus ihm heraus.

Peter schnappte nach Luft, bevor er den zweiten Teil des Gebets murmelte: »Bitte für uns Sünder jetzt und in der Stunde unseres Todes …« Von einem Moment auf den anderen fest im Griff seiner katholischen Erziehung, wollte er schon die Hand heben, um sich zu bekreuzigen, hielt aber mitten in der Bewegung inne.

Francis reckte sich an ihm vorbei, fühlte, wie ihm sämtliche

Luft aus der Brust entwich, und zuckte heftig zusammen. Er trat zur Seite, da ihm plötzlich schwindelig geworden war. Er hatte das Gefühl, dass ihm alles Blut aus dem Herzen gesackt war und er jeden Moment ohnmächtig werden könnte.

»Bleib zurück, C-Bird«, flüsterte Peter. Wahrscheinlich hatte er es nicht so gemeint, doch die Worte schwebten im Raum wie Federn, die eine Böe erfasste.

Big Black und Little Black bremsten ihren Lauf unmittelbar hinter zwei Patienten und starrten reglos hinauf. Nach einer Sekunde sagte Little Black leise: »Gottverdammt, gottverdammt ...«, sonst nichts. Big Black wandte den Kopf zur Wand.

Francis zwang sich, nach vorn zu sehen.

An einer Schlinge, die aus einem schmuddelig grauen Bettlaken gedreht und an das Eisengeländer der Treppe zum zweiten Stock gebunden war, hing Cleo.

Ihr pausbäckiges Gesicht war unförmig aufgebläht und im Tode fratzenhaft entstellt. Die Schlinge, die ihren Hals einschnürte wie der Knoten das untere Ende eines Luftballons legte ihre Haut in Falten. Ihr Haar hing ihr wild und wirr um die Schulter, und ihre ausdruckslosen Augen starrten geradeaus. Ihr leicht geöffneter Mund stand ein wenig schief, so dass ihr Gesicht vom Schock kündete. Sie trug ein schlichtes, graues Nachthemd, das ihre Hängeschultern wie ein Sack einhüllte, und eine grellrosa Sandale war ihr vom Fuß auf den Boden gefallen. Ihre Zehennägel waren rot lackiert, wie Francis sah. Er glaubte, keine Luft mehr zu bekommen, und er wollte das Gesicht abwenden, doch das Inbild des Todes vor ihm schlug ihn zwanghaft in seinen Bann, und so blieb er wie angewurzelt stehen und starrte auf die Gestalt, die im Treppenhaus hing. Er ertappte sich bei dem Versuch, Cleo mit ihrem unablässigen Schwall von Obszönitäten und ihrer vernichtenden, vitalen Überlegenheit an der Tischtennisplatte mit dieser klotzigen, grotesken Gestalt vor ihm in Zusammenhang zu bringen. Im Treppenhaus herrschte ein schummriges Zwielicht, als reichten die nackten Glühbirnen, die jedes Stockwerk beleuchteten, nicht aus, die Dunkelheit zurückzuhalten, die sich hierher vortastete. Es herrschte eine abgestandene, muffige Hitze wie in einer selten betretenen Dachbodenkammer.

Noch einmal ließ er den Blick über die Tote schweifen, bis er an einer Besonderheit hängen blieb.

»Peter«, flüsterte Francis gedehnt, »sieh dir ihre Hand an.«

Peter sah von ihrem Gesicht zu ihrer Hand, und einen Moment lang brachte er kein Wort heraus. Schließlich sagte er: »Hol mich der Teufel.«

Cleos rechter Daumen war abgeschnitten. An der Außenseite ihres Nachthemds zeichnete sich ein karmesinroter Streifen ab, der weiter ihr nacktes Bein hinunterführte. Unter ihrem Körper hatte sich auf dem Boden ein dunkler Fleck gebildet. Francis starrte auf die Blutlache und musste würgen.

»Verdammt«, sagte Peter.

Der abgetrennte Daumen lag etwa einen halben Meter von der Mitte des kleinen dunklen, dickflüssigen Flecks entfernt wie ein nachträglich weggeworfener, überflüssiger Gegenstand.

Francis kam ein Gedanke, und er suchte den Tatort nach einer einzigen Sache ab. Hastig ließ er den Blick über die Szene schweifen, sah jedoch nicht, wonach er suchte. Er wollte etwas sagen, hielt aber den Mund. Auch Peter blieb stumm.

Little Black war der Erste, der wieder Worte fand. »Das wird ’ne Menge Ärger geben«, sagte er finster.

Francis hatte sich ein Stück entfernt an die Wand gesetzt und wartete, während sich vor seinen Augen eine Menge Dinge abspielten. Ihn überkam der seltsame Wunsch, das alles sei nichts weiter als eine Halluzination oder vielleicht ein Traum, aus dem er jeden Moment erwachen würde, um den Tag wie jeden anderen gewöhnlichen Tag im Western State Hospital noch einmal von vorn zu beginnen.

Big Black hatte Peter, Francis und seinen Bruder im Treppenhaus zurückgelassen, wo sie immer noch zu Cleos Leiche hochstarrten, um selbst zur Pflegestation zurückzueilen und den Sicherheitsdienst, das Chefarztbüro und schließlich Mr. Evil unter der Privatnummer anzurufen. In der Zeit nach den Telefonaten war Peter langsam um Cleos Leiche herumgegangen und hatte sich bemüht, alle Einzelheiten zu taxieren und sich genauestens ins Gedächtnis einzubrennen. Francis bewunderte den Eifer und den professionellen Sachverstand von Fireman, doch insgeheim bezweifelte er auch, ob er den Tod vor seinen Augen je wieder aus seiner Erinnerung würde bannen können. Dennoch taten Francis und Peter dasselbe wie zuvor bei ihrer Entdeckung von Short Blonds Leiche: Ihren Augen entging nicht das kleinste Detail des Leichenfundorts, sie maßen ab, fotografierten die Szene, so wie es die Spurensuche normalerweise tat, nur dass keiner von ihnen ein Maßband oder eine Kamera hatte, so dass sie sich auf die Aufnahmen verlassen mussten, die sie sich einprägten.

Im Flur versuchten Big Black und Little Black, Ruhe herzustellen, wo es keine Ruhe geben konnte. Die Patienten waren verstört, sie weinten, lachten, kicherten oder schluchzten, während andere so taten, als wäre nichts gewesen, und wieder andere in den Ecken kauerten. Irgendwo spielte ein Radio Top-40-Hits aus den Sechzigern, und Francis konnte die unverkennbaren Klänge von »In the Midnight Hour« und dann »Don't Walk Away, Renee« hören. Mit der Musik in den Ohren und den Klängen von Gesang und Gitarrenbegleitung wirkte die ganze Situation noch wahnwitziger und chaotischer, als sie ohnehin schon war. Irgendwann hörte er, wie ein Patient mit lauter Stimme verlangte, dass augenblicklich das Frühstück serviert würde, während eine Patientin fragte, ob sie nach draußen gehen und Blumen für Cleos Grab pflücken dürften.

Der Sicherheitsdienst war rasch an Ort und Stelle, schon bald gefolgt von Gulp-a-pill und Mr. Evil. Beide Männer kamen im Eilschritt angelaufen, der ein bisschen so wirkte, als hätten sie die Kontrolle verloren. Mr. Evil schob ein paar Patienten beiseite, während Gulptilil einfach nur durch den Flur herbeigerauscht kam, ohne sich im Geringsten um die flehentlichen Bitten der nervösen Amherst-Bewohner zu scheren.

»Wo ist sie?«, herrschte er Big Black an.

In der Tür lungerten drei Männer vom Sicherheitsdienst in grauem Diensthemd herum, die darauf warteten, dass ihnen jemand sagte, was sie tun sollten, und dem Chefarzt die Sicht verstellten. Keiner der Quasi-Polizisten hatte seit seiner Ankunft irgendetwas anderes getan, als zu Cleos Leiche hinaufzustarren, und nun traten sie beiseite, um Gulptilil und Evans ins schummrige Treppenhaus durchzulassen.

Der Chefarzt trat vor und rang nach Luft. »Du liebe Güte!«, sagte er staunend. »Oje, das ist ja furchtbar.« Er schüttelte immer wieder den Kopf.

Evans reckte sich an ihm vorbei und nahm die Szene ebenfalls in Augenschein. Seine Reaktion beschränkte sich, zumindest am Anfang, auf ein kurzes: »Verdammt!«

Die beiden leitenden Angestellten sahen sich den Fundort genauer an. Francis merkte, dass sie den abgetrennten Daumen ebenso registrierten wie die am Treppengeländer befestigte Schlinge. Doch ihm kam der seltsame Gedanke, dass die beiden Männer etwas anderes sahen als er. Natürlich sahen auch sie die tote Cleo dort hängen. Doch sie reagierten anders. Es war ein wenig so, wie wenn man in einem Museum vor einem berühmten Kunstwerk steht und der Betrachter neben einem zur entgegengesetzten Einschätzung wie man selbst kommt, so dass er sich kaum ein Lachen verkneifen kann oder stöhnt statt zu lächeln.

»Was für ein Jammer«, sagte Gulptilil ruhig. Dann wandte er sich an Mr. Evans. »Gab es irgendwelche Anzeichen …«, fing er an, ohne den Satz zu Ende zu führen, der sich für den Leiter des Amherst-Gebäudes von selbst verstand.

Evans nickte bereits. »Ich habe gestern eine entsprechende Anmerkung über ihre verschlechterte seelische Verfassung im Dienstbuch gemacht. Im Lauf der letzten Woche hat sie immer weiter dekompensiert. Ich hab Ihnen letzte Woche eine Mitteilung über eine Reihe Patienten geschickt, die medizinisch neu beurteilt werden müssten, und sie stand auf der Liste gleich oben. Vielleicht hätte ich die Sache ein wenig energischer betreiben müssen, aber sie schien mir nicht in einer derart akuten Krise zu sein, die das gerechtfertigt hätte. Das war offensichtlich ein Irrtum.«

Gulptilil nickte. »Ich erinnere mich an Ihre Mitteilung. Tja, selbst die besten Absichten sind nicht immer genug …«, fügte er hinzu. »Nun ja, es ist schwer, solche Dinge vorherzusehen, nicht wahr?« Auf diese Bemerkung schien er keine Antwort zu erwarten, und da auch keine kam, zuckte er die Schultern. »Sie notieren alles sorgfältig, nicht wahr?«

»Selbstverständlich«, erwiderte Evans.

Gulp-a-pill wandte sich nunmehr an die drei Leute vom Sicherheitsdienst. »In Ordnung, meine Herren. Mr. Moses wird Ihnen zeigen, wie Sie Cleo herunterholen können. Bringen Sie einen Leichensack und eine Rollbahre. Schaffen wir sie unverzüglich in die Leichenhalle rüber.«

»Einen Moment noch!«

Der Einwand kam von hinten, und alle drehten sich zu der Stimme um. Es war Lucy Jones, die dastand und an ihnen allen vorbei auf Cleos Leiche starrte.

»Du meine Güte!«, brachte Gulptilil mühsam heraus, als ob es ihm die Sprache verschlüge. »Miss Jones, mein Gott, was haben Sie getan?«

Doch die Antwort auf diese Frage, fand Francis, verstand sich von selbst.

Ihr langes schwarzes Haar war einem unregelmäßig kurz geschnittenen, blond gefärbten Schopf gewichen. Er starrte sie benommen an. Es war ein wenig so, als hätte man ein verunstaltetes Kunstwerk vor sich.

Ich löste mich von der Schrift an der Wand und huschte wie eine aufgeschreckte Spinne, die einem schweren Stiefel auszuweichen versucht, quer durch die Wohnung. Ich setzte mich mit dem Rücken an die Wand gegenüber hin und legte eine Pause ein, um mir zuerst eine Zigarette anzuzünden und dann, den Kopf auf den Knien, einfach sitzen zu bleiben. Ich hielt die Zigarette in der Hand und ließ mir die dünnen Rauchschwaden in die Nase steigen. Ich horchte auf die Stimme des Engels und wartete nur darauf, seinen Atem an meinen feinen Nackenhärchen zu spüren. Falls er nicht da war, wusste ich, dass er nicht weit sein konnte. Nirgends ein Lebenszeichen von Peter oder sonst jemandem, auch wenn ich mich einen Moment lang fragte, ob mir nicht Cleo einen Besuch abstatten würde.

Meine Geister waren nicht weit.

Für eine Sekunde kam ich mir wie ein mittelalterlicher Totenbeschwörer vor, der über einem brodelnden Hexenkessel mit Fledermausaugen und Alraunenwurzel

steht und in der Lage ist, jede erdenkliche Vision des Bösen heraufzubeschwören.
Als ich die Augen öffnete und meine kleine Welt um mich sah, fragte ich sie: »Cleo? Was ist passiert? Du hättest nicht sterben müssen.« Ich schüttelte immer wieder den Kopf und schloss die Augen, doch in der Dunkelheit hörte ich sie in ihrem unverschämten, übermütigen Ton, an den ich mich gewöhnt hatte.
»Ach, C-Bird, bin ich aber nun mal. Die gottverdammten Arschlöcher. Ich musste sterben. Die Hurenböcke haben mich nun mal umgebracht. Ich hab's von Anfang an gewusst.«
Ich sah mich nach ihr um, doch zunächst war sie nur zu hören. Dann allmählich erschien sie wie ein Segelboot in der Nebelwand und nahm vor mir Gestalt an. Sie lehnte sich an die Wand mit der Schrift und zündete sich eine Zigarette an. Sie trug ein rüschenbesetztes, pastellfarbenes Hauskleid und dieselben rosa Schlappen, die ich von ihrer Leiche in Erinnerung hatte. In der einen Hand hielt sie die Zigarette, in der anderen, wie zu erwarten, einen Tischtennisschläger. Ihre Augen funkelten vor irrsinnigem Vergnügen, als wäre sie von einer bedrückenden Last befreit.
»Wer hat dich umgebracht, Cleo?«
»Die Arschlöcher.«
»Wer genau, Cleo?«
»Aber C-Bird, das weißt du doch. Das wusstest du in dem Moment, als du in das Treppenhaus kamst, wo ich auf dich wartete. Du hast es gesehen, nicht wahr?«
»Nein«, sagte ich und schüttelte den Kopf. »Es war so verwirrend, ich konnte mir nicht sicher sein.«
»Aber das war es doch gerade, C-Bird. Das war's doch.

Es war alles ein einziger Widerspruch, und darin hast du die Wahrheit sehen können, hab ich Recht?«

Ich wollte ja sagen, doch ich war mir immer noch nicht ganz im Klaren. Damals war ich jung und unsicher, und heute war es wieder so.

»Er war da, nicht wahr?«

»Selbstverständlich, er war immer da. Oder vielleicht auch nicht. Kommt ganz darauf an, von welcher Warte man es betrachtet, C-Bird. Aber du hast es gesehen, nicht wahr.«

Ich konnte mich immer noch nicht entscheiden.

»Was ist passiert, Cleo, was ist wirklich passiert?«

»Na ja, C-Bird, ich bin gestorben. Das weißt du ja.«

»Ja, aber wie?«

»Es hätte durch eine Natter an meiner Brust passieren sollen.«

»Ist es aber nicht.«

»Nein, leider. Ist es nicht. Aber trotzdem war es auch wieder nicht allzu weit davon entfernt. Ich konnte sogar noch meinen Text sagen, C-Bird. ›Ich sterb, Ägypten, sterbe …‹, was eine Genugtuung war.«

»Und wer hat das gehört?«

»Das weißt du doch.«

Ich versuchte es andersherum. »Hast du gekämpft, Cleo?«

»Ich habe immer gekämpft, C-Bird. Mein ganzes, trauriges, gottverdammtes Leben war ein einziger Kampf.«

»Aber hast du mit dem Engel gekämpft, Cleo?«

Sie grinste und schwang den Pingpongschläger in der Luft, so dass sie den Rauch aus ihrer Zigarette verwirbelte. »Natürlich hab ich das, C-Bird. Du kennst mich doch. Ich hab mich nicht so leicht unterkriegen lassen.«

»Er hat dich getötet?«

»Nein. Nicht genau, aber mehr oder weniger doch. Es war wie immer in der Klinik, C-Bird. Die Wahrheit war irre und kompliziert und so wahnsinnig wie wir alle.«

»Hab ich mir gedacht«, antwortete ich.

Sie lachte leise. »Ich wusste, dass du es sehen kannst. Sag's ihnen jetzt, so wie du damals versucht hast, es ihnen zu sagen. Es wäre leichter gewesen, wenn sie auf dich gehört hätten. Aber wer hört schon auf die Irren?«

Über diese Bemerkung mussten wir beide grinsen, denn von allem, was wir in diesem Moment herausbrachten, traf es die Wahrheit am ehesten.

Ich holte tief Luft. Der Schmerz über den Verlust wallte plötzlich in mir auf, und ich fühlte eine Art Vakuum in mir.«

»Ich vermisse dich, Cleo.«

»Ich vermisse dich auch, C-Bird. Ich vermisse das Leben. Wie wär's mit einer Tischtennispartie? Ich schummel sogar zu deinen Gunsten.«

Sie lächelte, bevor sie verblasste.

Ich seufzte und drehte mich wieder zur Wand. Ein Schatten schien darüberzuhuschen, und der nächste Laut, den ich hörte, war die Stimme, die ich vergessen wollte.

»Klein C-Bird will Antworten, bevor er stirbt, nicht wahr?«

Jedes Wort war verwirrend, ein wenig wie pochende Kopfschmerzen, als donnerte jemand an die Tür meiner Vorstellungskraft. Ich zuckte zurück und fragte mich, ob tatsächlich jemand bei mir einzubrechen versuchte, und ich kauerte mich hin und versteckte mich vor der Dunkelheit, die ins Zimmer kroch. Ich kramte nach mutigen Worten, die ich ihm entgegenschleudern würde, doch mir fielen keine ein. Ich spürte, wie meine Hand zitterte, und merkte, dass ich mich am Rand eines gewaltigen Abgrunds befand, doch in irgendeinem Winkel fand ich eine Antwort.

»Ich habe alle Antworten«, sagte ich. »Hatte ich die ganze Zeit.«

Allerdings war das die härteste Erkenntnis, die sich mir je aufgedrängt hatte. Sie erschreckte mich fast so sehr wie die Stimme des Engels. Ich versuchte, sie zurückzudrängen, und während ich mich duckte, hörte ich, wie nebenan das Telefon klingelte. Das schrille Geräusch steigerte nur noch meine Nervosität. Nach einer Weile war es still, und ich hörte, wie sich der Anrufbeantworter, den meine Schwestern für mich gekauft hatten, einschaltete. »Mr. Petrel? Sind Sie da?« Die Stimme kam von fern, klang aber vertraut. »Mr. Klein vom Wellness Center. Sie sind nicht zu dem Termin erschienen, wie Sie mir versprochen hatten. Bitte gehen Sie an den Apparat. Mr. Petrel? Francis? Bitte melden Sie sich in der Praxis, sobald Sie diese Nachricht bekommen, ansonsten sehe ich mich gezwungen, etwas zu unternehmen ...«

Ich blieb wie angewurzelt hocken. Ich hörte, wie der Engel sagte: »Merkst du denn nicht, C-Bird, wie du in einer Kiste sitzt und nicht mehr rauskommst?«

Ich schloss die Augen, doch das tat mir nicht gut. Es war so, als hätte ich die Lautstärke hochgedreht.

»Sie werden dich holen, C-Bird, und diesmal ist es für immer. Sie werden denken: Schluss mit den kleinen Apartments. Schluss mit dem Fischezählen für den Tierschutzverein. Schluss mit Francis draußen auf der

Straße mitten im normalen Alltagsleben. Schluss damit, dass du deinen Schwestern oder deinen alten Eltern zur Last fällst, Francis, denen du sowieso nie allzu sehr am Herzen gelegen hast, nachdem sie sahen, was aus dir werden würde. Nein, sie werden Francis für den Rest seiner Tage wegschließen wollen. Eingesperrt, in der Zwangsjacke, ein sabberndes Häufchen Elend. Das wird aus dir, Francis. Das siehst du doch wohl selbst ...«
Der Engel lachte ein wenig, bevor er hinzufügte: »Es sei denn, ich bring dich vorher um.«
Diese Worte waren so scharf wie jede Messerklinge.
Ich wollte sagen: »Worauf wartest du dann noch?«, aber stattdessen rutschte ich nur auf meinem Platz herum und krabbelte wie ein Baby quer über den Boden zur Wand mit der Schrift, während mir die Tränen über das Gesicht liefen.
Er war direkt bei mir, und ich verstand nicht, wieso er nicht längst zugeschlagen hatte. Ich versuchte, seine Gegenwart abzublocken, als könnte ich mein Heil allein in der Erinnerung finden, wo ich Lucys gebieterische Forderung hörte, die durch all die Jahre hindurch zu mir drang.

Lucy trat nach vorn. »Niemand darf etwas anrühren«, forderte sie. »Das hier ist ein Tatort!«
Mr. Evans schien von ihrer Erscheinung verwirrt und stotterte eine Antwort, die keinen unmittelbaren Sinn ergab. Dr. Gulptilil, den ihr verändertes Äußere ebenfalls verblüffte, schüttelte den Kopf und stellte sich ihr ganz unauffällig in den Weg, als könnte er sie dadurch davon abhalten, weiterzugehen. Die Leute vom Sicherheitsdienst wie auch die Moses-Brüder traten unruhig von einem Bein aufs andere.

»Sie hat Recht«, sagte Peter energisch. »Es sollte die Polizei gerufen werden.«
Die Stimme von Fireman schien irgendwie durch Evans' Verblüffung zu dringen, so dass er zu Peter herumschnellte und sagte, »Was, zum Teufel, wissen Sie denn schon?«
Gulptilil hielt die Hand in die Höhe und schüttelte weder den Kopf, noch nickte er. Stattdessen machte er ein paar nervöse, hilflose Bewegungen, als wollte er amöbenhaft seinen birnenförmigen Körper in eine andere Stellung bringen. »Ich wüsste wirklich nicht, wozu das gut sein sollte«, sagte er ruhig. »Hatten wir das nicht alles schon bei dem letzten Todesfall in dieser Station?«
Lucy Jones schnaubte. »Allerdings, ich denke schon.«
»Ja, sicher. Ein älterer Patient verstarb an plötzlichem Herzversagen. Was Sie, wenn ich mich recht entsinne, ebenfalls als einen Mordfall untersuchen wollten.«
Lucy wies auf Cleos verunstaltete Leiche, die groteskerweise immer noch im Treppenhaus hing. »Ich möchte doch sehr bezweifeln, dass das da plötzlichem Herzversagen zuzuschreiben ist.«
»Und ebenso wenig trägt es die Zeichen Ihrer Fälle«, entgegnete Gulp-a-pill.
»Das tut es doch«, warf Peter energisch ein. »Der abgetrennte Daumen.«
Der Arzt schnellte herum und verbrachte ein paar Sekunden damit, auf Cleos Hand zu starren und dann wieder auf den makabren Anblick auf dem Boden. Wie sooft schüttelte er den Kopf, erwiderte aber: »Vielleicht. Doch dann sollten wir, bevor wir die örtliche Polizei einschalten und all die entsprechenden Unannehmlichkeiten auf uns nehmen, diesen Todesfall erst einmal selbst untersuchen und sehen, ob wir zu einem Konsens kommen können. Denn meine erste Untersuchung

dieses Falls sagt mir keineswegs, dass wir es hier mit einem Tötungsdelikt zu tun haben.«

Lucy Jones sah ihn missbilligend an, wollte etwas erwidern, überlegte es sich aber anders. »Wie Sie wünschen, Doktor«, sagte sie. »Sehen wir uns den Fundort an. Ganz wie Sie wünschen.«

Lucy folgte dem Arzt ins Treppenhaus. Peter und Francis traten beiseite und sahen ihnen zu, wie sie vorausgingen und Mr. Evil sich ihnen anschloss, nachdem er Peter mit einem wütenden Blick taxiert hatte. Die anderen blieben alle im Eingang stehen, als könnte eine noch größere Nähe die magische Wirkung des Anblicks vor ihnen bedenklich verstärken. Francis sah in mehr als einem Augenpaar die Nervosität und Angst, und ihm kam der Gedanke, dass das Porträt von Cleos Tod die gewöhnlichen Grenzen zwischen Normalität und Geisteskrankheit überstieg; es beunruhigte die Gesunden wie die Kranken gleichermaßen.

Fast zehn Minuten lang liefen Lucy und Dr. Gulptilil langsam in der Enge des Treppenhauses herum, schauten beide in jede Ecke und ließen keinen Zentimeter aus. Francis sah, wie Peter die beiden aufmerksam beobachtete und ihren Blicken folgte, als könnte er ihre Gedanken in seinem eigenen Kopf abspeichern. Und während er dies tat, fing Francis allmählich an zu sehen. Es war ein wenig wie eine Kamera ohne die richtige Tiefenschärfe, so dass alles undeutlich und verschwommen ist, doch wie er so dastand, gewann das Bild an Klarheit und Kontur, und er sah Cleos letzte Sekunden vor sich.

Endlich drehte sich Dr. Gulptilil zu Lucy um. »Also, dann sagen Sie mal, Madame Staatsanwältin, wie das hier die Kriterien eines Tötungsdelikts erfüllt?«

Sie wies auf den Daumen. »Mein Täter hat immer Finger abgetrennt. Sie wäre die Fünfte. Also der Daumen.«

Er schüttelte den Kopf. »Sehen Sie sich um«, sagte er langsam. »Keinerlei Anzeichen für einen Kampf. Bisher hat sich noch niemand gemeldet, der in diesem Trakt hier gestern Nacht eine Störung bemerkt hätte. Ich habe ehrlich gesagt Mühe damit, mir vorzustellen, dass Ihr Mörder – oder auch jeder andere Mörder – in der Lage sein sollte, eine Frau von dieser Körperfülle und Kraft in eine Schlinge zu zwängen, ohne dabei die geringste Aufmerksamkeit auf sich zu lenken. Und das Opfer hier … nun ja, was erinnert Sie an diesem Todesfall sonst noch an die anderen?«

»Nichts, noch nicht«, sagte Lucy Jones.

»Glauben Sie, Miss Jones«, sagte der Doktor vorsichtig, »dass Selbstmord in dieser Klinik etwas so Ungewöhnliches ist?«

Und da, dachte Francis, haben wir es.

»Selbstverständlich nicht«, antwortete Lucy.

»Und war nicht die Frau, um die es hier geht, krankhaft auf den Mord an der Lernschwester fixiert?«

»Das kann ich nicht sagen.«

»Vielleicht kann Mr. Evans Sie ins Bild setzen?«

Evans trat durch die Tür. »Sie schien ein weitaus größeres Interesse an dem Fall zu haben als irgendjemand sonst. Sie hatte mehrere beträchtliche Ausbrüche, bei denen sie behauptete, etwas über den Todesfall zu wissen. Falls irgendjemanden Schuld trifft, dann mich, weil ich nicht erkannt habe, wie kritisch diese Obsession inzwischen war …«

Dieses ›mea culpa‹ sagte er in einem Ton, der das genaue Gegenteil zum Ausdruck brachte. *Mit anderen Worten hält er sich selbst für den Letzten, der dafür verantwortlich ist*, dachte Francis. Er sah zu Cleos aufgeblähtem Gesicht hinauf und fand die gesamte Situation auf einmal surreal. Leute, die buchstäblich unter den Füßen einer Toten hin und her argumentierten, was tatsächlich stattgefunden hatte. Er versuchte, sie sich als Lebende ins Gedächtnis zu rufen, hatte aber Probleme damit. Er versuchte, Trauer zu empfinden, doch stattdessen fühlte er sich vor allem erschöpft, als sei die emotionale Wirkung ihrer Entdeckung einer anstrengenden Bergbesteigung vergleichbar. Wieder sah er sich um, verhielt sich ruhig und fragte sich: *Was ist wirklich passiert?*

»Miss Jones«, sagte Dr. Gulptilil, »der Tod ist uns in dieser Anstalt vertraut. Diese Tat fügt sich in ein Schema ein, das nicht neu für uns ist. Glücklicherweise kommt es nicht so häufig vor, wie man vielleicht meinen möchte, aber dennoch kann es passieren, weil wir zuweilen den psychischen Druck, der auf manchen Patienten lastet, nicht richtig eingeschätzt haben. Ihr mutmaßlicher Killer ist ein sexueller Triebtäter. Doch hier haben wir keinerlei Hinweise auf derlei Motive. Stattdessen haben wir es mit einer Frau zu tun, die aller Wahrscheinlichkeit ihre eigene Hand verstümmelt hat, als ihre Wahnvorstellungen hinsichtlich des früheren Mordfalls außer Kontrolle gerieten. Ich vermute mal, wir werden unter ihren persönlichen Sachen eine Schere oder Rasierklinge versteckt finden. Darüber hinaus vermute ich, dass dieses Bettlaken, aus dem sie eine Schlinge gemacht hat, aus ihrem eigenen Bett stammt. Leider verfügt ein Psychot, der sich unbedingt das Leben nehmen will, über einigen Einfallsreichtum. Tut mir leid …«

Er wies auf das wartende Sicherheitspersonal.

»… Wir müssen diesen Wohnbereich wieder für die Alltagsroutine freigeben.«

Francis erwartete, dass Peter etwas sagte, doch Fireman hielt den Mund.

»Und, Miss Jones«, fügte Gulp-a-pill hinzu, »ich würde gerne, so schnell es Ihre Zeit erlaubt, über die Wirkung Ihres, nun ja, nennen wir es einmal, *Haarschnitts* reden.«

Damit drehte sich der Chefarzt zu Mr. Evil um und fügte

hinzu: »Lassen Sie das Frühstück servieren. Fangen Sie mit den normalen Vormittagsaktivitäten an.«

Evans nickte. Er sah zu Francis und Peter hinüber und winkte ihnen unauffällig mit der Hand. »Sie beide auch, bitte zurück in den Speisesaal«, sagte er. Die Bemerkung war in höflichem Ton ausgesprochen, brachte aber einen Befehl zum Ausdruck, wie ihn jeder Gefängniswärter erteilen konnte.

Peter schien sich gegen jede Anweisung zu sträuben, die Evans ihm gab. Er ignorierte ihn und sah Dr. Gulptilil an. »Ich muss Sie sprechen«, sagte er. Evans knurrte, doch Gulp-a-pill nickte.

»Selbstverständlich, Peter«, sagte er. »Ich habe mit einer Unterredung gerechnet.«

Lucy schien zu seufzen und einen letzten Blick auf Cleos Leiche zu werfen. Francis konnte nicht sagen, ob es Entmutigung war, was über ihr Gesicht huschte, oder eine andere Form von Resignation. Er sah buchstäblich, wie sie dachte, dass alles zu einem unglücklichen Ende führte, egal, was sie unternahm. Es war der Blick von jemandem, der glaubt, dass die Sache einfach außer Reichweite ist.

Francis drehte sich um und starrte ebenfalls auf Cleos Leiche. Ein letztes Mal ließ er den Blick über den Fundort schweifen, während das Sicherheitspersonal sich anschickte, Cleos Leiche herunterzuholen.

Mord oder Selbstmord, dachte er. Für Lucy war das eine wahrscheinlich, für den Chefarzt das andere offensichtlich. Jeder von ihnen hatte sein eigenes Interesse an der einen oder der anderen Erklärung.

Francis dagegen spürte tief in seinem Herzen eine leere Kälte, weil er etwas anderes sah.

Mord oder Selbstmord?, dachte er. Er trat vom Treppenhauseingang zurück und warf einen raschen Blick in den Schlafsaal der Frauen. Er wusste, dass sich Cleos Bett direkt hinter der Tür befand. Er stellte fest, dass beide Laken unversehrt waren und dass es kein Blut oder sonst irgendein Anzeichen für die Einwirkung eines Messers gab, falls angenommen wurde, dass sie sich hier den Daumen abgeschnitten hatte. Er hörte, wie die Echos in seinem Innern widersprüchliche Szenarien entwarfen, doch er schottete sich gegen sie alle ab, fast so, als könnte er über ihren Beschwerden den Deckel zumachen. »Mord oder Selbstmord? Wie wär's mit beidem?«, flüsterte er leise, bevor er sich umdrehte und Peter folgte.

28

Cleos Leiche wurde vom Sicherheitsdienst aus dem Amherst-Gebäude gebracht, während Big Black und sein Bruder die verstörten Patienten zum Frühstück in den Speisesaal trieben. Das Letzte, was Francis von der einstigen Kaiserin von Ägypten sah, war ein unförmiger Körper in einem glänzenden schwarzen, gummierten Leichensack, der gerade durch den Haupteingang verschwand, als er angewiesen wurde, sich an der Theke in die Schlange einzureihen. Wenig später starrte Francis mit gemischten Gefühlen auf seinen Teller mit armem Ritter und klebrigem, geschmacklosem Sirup, während er sich darüber klar zu werden versuchte, was in den Stunden geschehen war, in denen die meisten von ihnen geschlafen hatten. Bald gesellte sich Peter zu ihm, der eine abgründig schlechte Laune verbreitete und anfing, sein Essen auf dem Teller hin und her zu schieben. Newsman schlenderte vorbei, schnappte einen einzigen Blick von Peter auf und wollte etwas sagen, doch Peter kam ihm zuvor: »Ich weiß, wie die heutige Schlagzeile lautet: *Patientin in Anstalt doch totzukriegen. Wen kümmert's.*«

Newsman sah aus, als würde er jeden Moment in Tränen ausbrechen, und eilte an einen leeren Tisch. Francis war davon überzeugt, dass Peter irrte, da es eine Reihe von Leuten gab, die Cleos Tod aufgewühlt hatte, und er blickte in die Runde, um Fireman darauf aufmerksam zu machen, stattdessen sah er aber als Erstes den bulligen Retardierten, der Mühe damit hatte, seinen armen Ritter in mundgerechte Happen zu schneiden. Als Nächstes wanderte sein Blick zu einem der anderen Tische hinüber, an dem drei Frauen saßen, denen ihr Essen so egal war wie ihr Gegenüber und die Selbstgespräche führten.

Ein anderer retardierter Mann funkelte Francis an, als brächte ihn etwas an Francis' Haltung in Rage, und so sah Francis weg und wandte sich wieder Peter zu.

»Peter?«, fragte er langsam. »Was denkst du, wie Cleo gestorben ist?«

Fireman schüttelte den Kopf. »Da ist so ziemlich alles schief gelaufen, was nur schief laufen konnte«, sagte er. »Sie hatte diese dunkle Seite in sich, weißt du, wo all die Dinge, die sich zusammenfügen sollen, um uns irgendwie bei Vernunft zu halten, bei ihr ständig Reibung erzeugten und am Ende einen Kurzschluss ausgelöst haben, und keiner hat es kommen sehen oder etwas dagegen unternommen. Und dann macht es puff, weg ist sie! Wie ein Zaubertrick auf der Bühne. Evans hätte etwas ahnen müssen. Vielleicht auch Big Black oder sein Bruder oder auch Schwester Wrong oder Schwester Riches oder sogar ich, jedenfalls hätte irgendjemand irgendetwas kommen sehen müssen. Genauso wie bei Lanky, bevor Short Blond ermordet wurde. Da hat sich alles Mögliche in seinem Kopf abgespielt. Da muss es gehämmert haben, und Bulldozer müssen riesige Erdmassen bewegt haben wie bei einer Baustelle am Highway, nur dass es niemand gemerkt hat. Und wenn man es dann endlich merkt, ist es zu spät.«

»Du meinst, sie hat sich selbst das Leben genommen?«

»Natürlich«, sagte Peter.

»Aber Lucy hat doch gesagt ...«

»Lucy irrt. Gulp-a-pill hat Recht. Keine Anzeichen für einen Kampf. Und der abgetrennte Daumen – na ja, das war wohl schlechterdings eine bizarre Wahnvorstellung. Vermutlich hat es in ihrem wirren Kopf irgendeinen Sinn ergeben, sich in den letzten Augenblicken ihres Lebens den eigenen Daumen abzuschneiden. Wir wissen letztlich nicht, wie diese Logik aussah, und wir werden es nie erfahren.«

Francis schluckte schwer und fragte: »Hast du dir diesen Daumen wirklich genau angesehen, Peter?«

Fireman schüttelte den Kopf. »Ich mochte Cleo«, sagte er. »Sie war eine Persönlichkeit. Sie hatte Charakter. Sie war kein unbeschriebenes Blatt wie so viele hier. Ich wünschte, ich hätte mich nur eine Sekunde lang in Cleo hineinversetzen können, um zu sehen, wie für sie alles zusammenpasste. Es muss irgendeine einzigartige, verdrehte Cleo-Logik gegeben haben. Etwas, das mit Shakespeare und Ägypten und alldem zu tun hatte. Sie war ihr eigenes Theater, oder? Gehörte wahrscheinlich irgendwo auf die Bühne. Oder hat eben ihre ganze Umgebung in eine Bühne verwandelt. Vielleicht wäre das das beste Epitaph für sie.«

Francis sah, dass in Peter ein gewaltiger Sturm heraufzog und dass die Gedanken wie ein aufgewühltes Meer in seinem Kopf tosten. Von Peter, dem Brandstiftungsermittler, keine Spur, wie Francis unwillkürlich denken musste. Francis stellte fast im Flüsterton weiter Fragen. »Sie war nicht der Typ, der Selbstmord begeht, schon gar nicht jemand, der sich zuerst verstümmelt.«

»Das stimmt allerdings«, erwiderte Peter mit einem tiefen Seufzer. »Aber wahrscheinlich ist niemand der Typ, der sich umbringt, bis er es tut, und dann nickt auf einmal jeder und sagt: ›Ja, natürlich …‹, weil es so verdammt offensichtlich ist.«

Er schüttelte den Kopf. »C-Bird«, sagte er, »ich muss hier raus.« Er holte wieder tief Luft und korrigierte seine Bemerkung: »*Wir* müssen hier raus.«

Dabei sah Peter auf und entdeckte etwas in Francis' Gesicht, das ihn innehalten ließ, so dass er für eine ganze Weile nur in das Gesicht des jüngeren Mannes sah. Nach langem Schweigen sagte er: »Was ist?«

»Er war da«, flüsterte Francis.

Peter runzelte die Stirn und beugte sich vor. »Wer?«

»Der Engel.«

Peter schüttelte den Kopf. »Das glaube ich nicht ...«

Francis flüsterte. »Doch. Vorgestern Nacht stand er an meinem Bett und hat mir gesagt, wie leicht es für ihn wäre, mich zu töten, und diese Nacht war er bei Cleo. Er ist überall, nur dass wir ihn nicht sehen können. Er steckt hinter allem, was hier im Amherst passiert ist, und er wird hinter allem stecken, was als Nächstes passiert. Hat Cleo sich umgebracht? Sicher. Wenigstens nehme ich es an. Aber wer hat ihr dafür die richtigen Türen aufgeschlossen?«

»Die Türen aufgeschlossen ...«

»Jemand hat die Tür zum Frauenschlafsaal geöffnet. Jemand hat dafür gesorgt, das die Tür zum Treppenhaus nicht abgeschlossen war. Und jemand hat ihr dabei geholfen, unbemerkt an der Pflegestation vorbeizukommen ...«

»Also«, sagte Peter, »das ist ein gutes Argument. Mehrere gute Argumente, genau genommen ...«

Er schien sich die Sache durch den Kopf gehen zu lassen, dann sagte er: »Du hast Recht, C-Bird, mit einer Sache jedenfalls. Jemand hat ihr die Türen aufgemacht. Aber wie kannst du dir so sicher sein, dass es der Engel war?«

»Ich sehe es«, antwortete Francis ruhig.

Peter wirkte eigentlich ein wenig perplex und alles andere als überzeugt.

»Okay«, sagte er. »Was siehst du?«

»Wie es passiert ist. Mehr oder weniger.«

»Sprich weiter, C-Bird«, sagte Peter und senkte dabei die Stimme ein wenig.

»Das Laken. Ich meine dasjenige, das sie zu einer Schlinge gedreht hat …«

»Ja?«

»Cleos Bett war gemacht, die Laken waren noch drauf.«

Peter sagte nichts.

»Der Daumen …«

Fireman nickte ermunternd.

»Der Daumen ist nicht einfach runtergefallen. Er hat ein Stück weiter weg gelegen, wo ihn jemand hingetan haben muss. Und falls Cleo ihn sich selber abgeschnitten hätte, na ja, dann hätten wir dort an Ort und Stelle etwas finden müssen – eine Schere oder ein Messer oder so. Haben wir aber nicht. Oder aber eine Blutspur, die bis ins Treppenhaus führte. Aber die gab es auch nicht. Nur diese eine Lache unter ihrer Leiche.«

Francis holte noch einmal tief Luft und flüsterte dann wieder: »Ich sehe es vor mir.«

Peter war ein wenig überrascht, und er wollte gerade eine Frage stellen, als Little Black zu ihrem Tisch herüberkam. Er wies mit dem spitzen Zeigefinger auf Peter und setzte der Unterhaltung ein jähes Ende. »Ihr Typ wird verlangt«, sagte er. »Der Big Doc sagt, Sie sollen sofort rüberkommen.«

Peter schien zwischen dem Wunsch, Francis weiter auszuhorchen, und der Ungeduld, die bei Little Black herauszuhören war, hin und her zu schwanken. Deshalb sage er nur: »C-Bird, behalte das, was du denkst, einfach für dich, bis ich zurück bin, okay?«

Francis wollte etwas entgegnen, doch Peter lehnte sich vor und sagte: »Sorg dafür, dass dich niemand hier für verrückter hält, als du schon bist. Warte einfach auf mich, okay?«

Damit hatte Peter nicht ganz Unrecht, und Francis nickte.

Peter entsorgte sein Tablett und folgte dem Pfleger gehorsam aus dem Saal. Eine Weile blieb Francis an seinem Platz, mitten im Speisesaal, allein. Es herrschte ein ständiger Geräuschpegel – das Klappern von Geschirr und Besteck, einiges Gelächter, einige Rufe und jemand, der ziemlich schräg eine bekannte Melodie mitsang, die aus dem Radio in der Küche ertönte. Ein ganz gewöhnlicher Morgen, dachte er. Doch als er sich erhob, weil er keinen Bissen mehr herunterbekam, sah er, dass Mr. Evil in der Ecke stand und ihn aufmerksam beobachtete. Und als er den Raum durchquerte, hatte er das Gefühl, dass ihm auch noch andere Blicke folgten. Einen Moment lang wollte er sich umdrehen, um zu sehen, wer ihm nachsah, doch dann überlegte er es sich anders. Er war sich gar nicht so sicher, ob er wirklich wissen wollte, wer über jede seiner Bewegungen im Speisesaal wachte. Auch überlegte er einen Augenblick lang, ob Cleos Tod etwas anderes verhindert hatte. Er beschleunigte seine Schritte, als ihm zu Bewusstsein kam, dass möglicherweise sein eigener Tod für letzte Nacht geplant gewesen war und nur dadurch vereitelt wurde, dass sich eine andere Gelegenheit bot.

Als Peter mit Little Black Dr. Gulptilils Wartezimmer betrat, hörte er aus dem Büro von Dr. Gulptilil die deutlich erhobene Stimme des Psychiaters, die Frust und Wut mühsam unterdrückte. Der Pfleger hatte ihm nur Handschellen angelegt und für den Gang durchs Klinikgelände auf die Fußketten verzichtet, so dass Peter, zumindest in seinen eigenen Augen, nur teilweise ein Gefangener war. Miss Luscious saß hinter ihrem Schreibtisch, doch sie würdigte Peter, als er durch die Tür trat, nur eines einzigen Blickes und wies mit dem Kopf auf die Wartebank. Peter strengte sich an, zu verstehen, was genau Gulp-a-pill so in Wallung brachte, denn er ging davon aus, dass ein gutwilliger Chefarzt ihm von größerer Hilfe war als ein wütender. Er brauchte nicht lange, um festzustellen, dass des Doktors Zorn Lucy traf, und das erschreckte ihn.

Sein erster Instinkt war, aufzuspringen und einfach in das Sprechzimmer des Arztes zu platzen.

Er zügelte seinen Drang und holte tief Luft.

Im nächsten Moment hörte er durch die dicke Wand und massive Holztür hindurch: »Miss Jones, ich mache Sie persönlich für sämtliche Störungen hier in der Klinik verantwortlich. Wer weiß, welche Patienten Sie mit Ihrer Vorgehensweise noch in Gefahr bringen!«

Jetzt langt's, sagte sich Peter, sprang auf und hatte bereits den Raum durchquert, ehe Little Black oder Miss Luscious reagieren konnten.

»Hey!«, rief die dralle Sekretärin, »Sie können …«

»Und ob ich kann«, sagte Peter und griff mit beiden gefesselten Händen nach der Klinke.

»Mr. Moses!«, schrie Miss Luscious.

Doch der drahtige schwarze Pfleger bewegte sich gemächlich, geradezu lässig, als sei es die normalste Sache von der Welt, dass Peter in Dr. Gulptilils Büro hineinplatzte.

Gulp-a-pill sah mit hochrotem Gesicht verblüfft zu ihm auf. Lucy saß ihm auf dem Arme-Sünder-Stuhl an der anderen Schreibtischseite gegenüber, ein wenig blass, aber mit eisiger Miene, als hätte sie sich einen Panzer zugelegt, an dem seine Worte, egal, wie wutentbrannt, einfach abprallten. Sie zeigte keine Reaktion, als Peter, von Little Black gefolgt, ins Zimmer stürzte.

Der Chefarzt holte tief Luft und beruhigte sich einigermaßen. Er sah Peter mit einem kalten Blick an und sagte: »Einen Augenblick noch, Peter. Warten Sie bitte draußen. Mr. Moses, sind Sie wohl so freundlich …«

Doch Peter fiel ihm ins Wort. »Ich bin mindestens so schuld daran wie irgendjemand sonst«, sagte er.
Dr. Gulptilil hob schon die Hand zu einer wegwerfenden Geste, hielt aber mitten in der Bewegung inne. »Schuld?«, sagte er. »Inwiefern, Peter?«
»Bei jedem Schritt, den sie bis jetzt unternommen hat, war ich vollkommen einer Meinung mit ihr. Und ganz offensichtlich können wir diesen Killer hier nur ausräuchern, indem wir außergewöhnliche Wege gehen. Dazu hab ich von Anfang an gedrängt, also können Sie für die Störungen ebenso mich zur Verantwortung ziehen.«
Dr. Gulptilil zögerte, bevor er sagte: »Sie messen Ihren Entscheidungen viel Bedeutung bei, Peter.«
Diese indirekte Bemerkung nahm Peter ein wenig den Wind aus den Segeln. Er holte heftig Luft und erwiderte: »Es ist eine schlichte Tatsache, dass bei jeder kriminalistischen Ermittlung an irgendeinem Punkt drastische Maßnahmen ergriffen werden müssen, um einen Tatverdächtigen zu einer Handlungsweise zu zwingen, die ihn isoliert und angreifbar macht.« Zumindest für seine eigenen Ohren klang das eingebildet und akademisch, und er war sich auch keineswegs sicher, ob es überhaupt stimmte; aber es war etwas, das mal gesagt werden musste, und er tat das im Brustton der Überzeugung, damit es wenigstens so klang, als ob es stimmte.
Gulptilil zuckte in seinem Sessel zurück, atmete tief durch und schwieg. Sowohl Lucy als auch Peter beobachteten ihn, und beide dachten sie mehr oder weniger das Gleiche: Was den Arzt auf so seltsame Weise gefährlich machte, war seine Fähigkeit, von einem Moment auf den anderen zu seiner Entrüstung, seinen verletzten Gefühlen, seiner Wut oder jeder anderen heftigen Emotion, die sich regen mochte, auf Distanz zu gehen und eine ruhige, abwartende Haltung einzunehmen.

Für Lucy war das irritierend, denn sie konnte besser damit umgehen, wenn Menschen ihre Aggressionen ausagierten, auch wenn sie es selbst nicht tat. Für Peter war diese Fähigkeit des Psychiaters ein Phänomen. Es kam ihm so vor, als gliche jedes Gespräch, das jemand mit dem Doktor führte, einer Runde Poker mit hohem Einsatz, wobei Gulptilil die meisten Chips auf sich vereinte und jeder, der ihm gegenübersaß, Geld setzte, das er nicht hatte. Beide hatten sie das Gefühl, dass der Arzt gerade einige Gleichungen im Kopf durchging. Little Black griff Peter am Arm, um ihn wieder ins Wartezimmer zu ziehen, doch urplötzlich hatte es sich der Arzt anders überlegt. »Ach, Mr. Moses«, sagte er, nunmehr in normalem Ton, dem die wändedurchdringende Wut nicht mehr anzuhören war. »Vielleicht ist das gar nicht mehr nötig. Kommen Sie rein, Peter.«

Er wies ihm einen dritten Sessel zu.

»Angreifbar, sagen Sie?«

»Ja«, bekräftigte Peter. Was sollte er sonst sagen, dachte er.

»Angreifbarer als, sagen wir, Miss Jones sich mit diesem kindischen Versuch macht, die physischen Charakteristika der Opfer nachzuahmen, für die er sich interessiert?«

»Das ist schwer zu sagen«, erwiderte Peter.

Der Doktor setzte ein schwaches Lächeln auf. »Natürlich ist es das. Aber würden Sie sagen, dass sie damit zwingend und auf der Stelle die ungeteilte Aufmerksamkeit des Täters erregt, vorausgesetzt, diese Person, die sie jagt, existiert tatsächlich innerhalb dieser Mauern und nicht nur in ihrer Phantasie?«

»Ich glaube, ja.«

»Sehr schön. Ich würde das auch vermuten. *Falls* es diesen Herrn hier gibt. Demnach hätten wir, nicht wahr, Peter, falls Miss Jones in unmittelbarer Zukunft nichts passiert, allen Grund zu der Annahme, dass sich dieser hypothetische Mörder gar nicht in dieser Anstalt befindet? Dass die arme Lernschwester tatsächlich von Lanky in einem Anfall mörderischer Wahnvorstellung getötet wurde, worauf die Indizien hinzuweisen scheinen?«

»Das wäre eine gewagte Schlussfolgerung, Doktor«, erwiderte Peter. »Der Mann, den Miss Jones und ich verfolgen, verfügt vielleicht über mehr Selbstbeherrschung, als wir bisher angenommen haben.«

»Ach ja, ein Killer, der sich beherrschen kann. Eine höchst ungewöhnliche Eigenschaft für einen psychotisch getriebenen Mörder, finden Sie nicht? Sie sind, wie ich unseren Diskussionen entnehme, hinter einem Mann her, der von seinen mörderischen Impulsen *beherrscht* wird, doch diese Diagnose kommt inzwischen wohl nicht mehr ganz gelegen? Oder, falls sie doch zutrifft, wie Miss Jones bei ihrer Ankunft noch glaubte, dann müssen wir vielleicht auf eine Art Jack-the-Ripper-Mythos zurückgreifen, um eine Erklärung zu finden. Andererseits hat mich meine begrenzte Lektüre zu diesem historischen Fall belehrt, dass dieser Kerl in Sachen Selbstbeherrschung nun gerade herzlich wenig vorzuweisen hatte. Zwanghafte Mörder werden von ungeheuren Kräften getrieben, Peter, und sie sind letztlich nicht fähig, sich zu zügeln. Aber das ist wohl eher eine Unterhaltung für Historiker auf diesem Gebiet und hat wenig mit dem zu tun, was uns hier beschäftigt. Darf ich Sie beide Folgendes fragen: Falls der Killer, den Sie hier vermuten, in der Lage wäre, sich zu zügeln, wäre es dann nicht umso unwahrscheinlicher, dass Sie ihn hier je entdecken? Egal, wie viele Tage, Wochen oder sogar Jahre Sie nach ihm suchen würden?«

»Ich kann die Zukunft ebenso wenig vorhersagen wie Sie, Doktor.«

Gulptilil lächelte. »Ah, Peter, eine überaus kluge Antwort.

Und zwar eine, die für Ihr Rehabilitationspotenzial spricht, sobald wir Sie in dieses überaus fortschrittliche Programm überstellen, das Ihre Freunde von der Kirche vorgeschlagen haben. Das war doch, nehme ich mal an, Ihr eigentlicher Grund dafür, hier in mein Sprechzimmer hereinzuplatzen? Ihren Wunsch zu signalisieren, dieses ausgesprochen generöse und weitsichtige Angebot anzunehmen?«

Peter zögerte. Dr. Gulptilil beäugte ihn misstrauisch.

»Das war natürlich Ihr Grund?«, fragte er zum zweiten Mal in einem Ton, der keine andere Antwort als die offensichtliche zuließ.

»Ja«, sagte Peter. Er war beeindruckt davon, wie Gulptilil es geschafft hatte, die beiden Angelegenheiten miteinander zu verknüpfen: einen unbekannten Killer und seinen eigenen Konflikt.

»Peter möchte die Klinik verlassen, um sich einer neuen Behandlung zu unterziehen und ein neues Leben zu beginnen, und Miss Jones hat etwas getan, von dem sie glaubt, dass es den Grund für ihre Anwesenheit auf den Plan rufen wird, so dass sie ihn dem Arm des Gesetzes übergeben kann. Ist das nicht eine faire Einschätzung der augenblicklichen Situation?«

Sowohl Lucy, die bis jetzt geschwiegen hatte, als auch Peter nickten.

Dr. Gulptilil gestattete sich ein verhaltenes Grinsen um die Mundwinkel. »Dann können wir wohl sagen, dass ein kurzer, aber angemessener Zeitraum uns Gelegenheit geben wird, uns in diesen beiden Fragen Gewissheit zu verschaffen. Wir haben Freitag. Dann gehe ich einmal davon aus, dass ich Ihnen beiden am Montag Lebewohl sagen kann. Oder nicht? Das sollte mehr als genug Zeit sein, um zu sehen, ob Miss Jones' Ansatz Früchte trägt, und um Peters Situation, nun ja, *einvernehmlich zu klären*.«

Lucy wurde unruhig. Ihr fielen einige Argumente ein, die womöglich an der Frist des Arztes hätten rütteln können. Doch während sie sich noch wand, sah sie, wie Dr. Gulptilil angestrengt nachdachte und Punkt für Punkt im Kopf abhakte. Sie vermutete, dass sie dem Psychiater im Poker der Bürokratie immer unterliegen würde, besonders wenn er Heimvorteil genoss. Und so antwortete sie stattdessen: »Montagmorgen, in Ordnung.«

»Und, nachdem Sie sich nun mal in eine solch prekäre Situation begeben, werden Sie zweifellos einen Brief unterzeichnen, der die Anstaltsleitung von jeder Haftung für Ihre Sicherheit freispricht?«

Lucy kniff die Augen zusammen und legte ihre ganze Verachtung in die eine Silbe ihrer Antwort: »Ja.«

»Wunderbar. Das hätten wir also. Und jetzt lassen Sie mich nur eben einen Anruf machen, Peter ...«

Er zog ein kleines, in schwarzes Leder gebundenes Adressbüchlein aus seiner obersten Schreibtischschublade. Nachdem er es wie beiläufig aufgeschlagen hatte, nahm er eine elfenbeinfarbene Visitenkarte zur Hand. In schneller Folge las Dr. Gulptilil eine Nummer ab und tippte sie ein. Er lehnte sich in seinem Sessel zurück, während die Verbindung hergestellt wurde. Einen Moment später sagte er in den Hörer: »Pater Grozdik bitte. Dr. Gulptilil vom Western State Hospital am Apparat.«

Es folgte kurzes Schweigen, dann sagte der Doktor: »Pater? Guten Tag. Es wird Sie freuen, zu hören, dass ich Peter hier bei mir im Sprechzimmer habe und er sich mit dem Arrangement, das wir kürzlich diskutiert haben, einverstanden erklärt hat. In jeder Hinsicht. Ich denke, wir haben jetzt einigen Papierkram zu erledigen, damit wir diese unselige Angelegenheit zügig hinter uns bringen können?«

Peter lehnte sich schwer zurück und machte sich bewusst, dass sich eben sein ganzes Leben verändert hatte. Es war fast so, als betrachte er die Situation von außen. Er wagte nicht, Lucy einen Blick zuzuwerfen, die ebenfalls an einer Schwelle stand, auch wenn sie nicht recht wusste, an welcher, da Erfolg und Misserfolg in ihrem Kopf nicht mehr zu unterscheiden waren.

Francis ging den Flur entlang in den Tagesraum, wo er an den einzelnen Patienten vorbei Richtung Tischtennisplatte lief. Ein alter Mann in gestreiftem Pyjama und trotz der stickigen Hitze bis zum Hals zugeknöpften Strickjacke hatte einen Schläger in die Hand genommen, den er schwang, als spielte er eine Partie, auch wenn es auf der anderen Seite keinen Gegner gab und er auch keinen Ball besaß, weshalb sein Spiel geräuschlos vonstatten ging. Der alte Mann war ganz bei der Sache, konzentrierte sich auf jeden Punkt, parierte jeden Schlag des imaginären Partners und wirkte so entschlossen, als herrschte Gleichstand zwischen ihnen.
Abgesehen vom gedämpften Ton der beiden Fernseher, deren Ansager- und Seifenopern-Stimmen sich mit dem Gemurmel der Selbstgespräche von Patienten vermengten, war es still im Tagesraum. Gelegentlich wurde eine Zeitung oder Zeitschrift auf einen Tisch geklatscht, und in regelmäßigen Abständen kam ein Patient versehentlich einem anderen zu nah, was einen Wortwechsel auslöste.
Doch für eine Arena, in der es hoch hergehen konnte, war es hier ausgesprochen ruhig. Fast kam es Francis so vor, als hätte der Verlust von Cleos wuchtiger Präsenz einen Teil der üblichen Aufregung im Raum erstickt. Der Tod als Tranquilizer. Alles hier war Illusion, das war ihm klar, denn Angst und Spannung waren überall zu spüren. Es war etwas gesche-

hen, das ihnen allen ihre riskante Lebenssituation vor Augen führte.
Francis ließ sich in einen klumpigen Plüschsessel fallen und fragte sich, wie er zu seinen Erkenntnissen gelangt war. Er fühlte, wie sein Herz jagte, da er dachte, dass allein er verstand, was letzte Nacht geschehen war. Er hoffte, dass Peter bald wiederkäme, damit er sich weiter mit ihm über seine Überlegungen unterhalten konnte, doch er war sich nicht mehr sicher, ob Peter ihm glauben würde.
Eine seiner Stimmen flüsterte: *Du bist ganz allein. Bist du immer gewesen. Wirst du immer sein.* Und er versuchte gar nicht erst, sich innerlich mit diesen Stimmen auseinander zu setzen.
Dann meldete sich noch eine Stimme, genauso leise, als ginge es ihr darum, nicht außerhalb seines Kopfes gehört zu werden und sagte: *Nein, jemand sucht nach dir, Francis.*
Er wusste, wer das war.
Francis hätte nicht genau sagen können, woher er wusste, dass der Engel ihm nachstellte. Doch er war davon überzeugt, dass er es tat. Eine Sekunde lang schaute er sich um und versuchte herauszubekommen, ob ihn jemand beobachtete, doch das Problem in der Nervenheilanstalt war, dass jeder jeden beobachtete und mehr oder weniger ignorierte.
Francis stand abrupt auf. Eines wusste er mit Sicherheit: Er musste den Engel finden, bevor der Engel sich ihn vornahm.
Er war schon auf dem Weg zur Tür, als er Big Black entdeckte. Ihm kam eine Idee, und er rief dem Pfleger zu: »Mr. Moses?«
Der Hüne drehte sich um. »Was gibt's, C-Bird? Schlechter Tag heute. Komm nicht mit einer Bitte, die ich dir nicht erfüllen kann.«
»Mr. Moses, für wann sind die Entlassungsverhandlungen anberaumt?«

Big Black drehte sich halb zu Francis um. »Ein paar sind heute Nachmittag, direkt nach dem Essen.«
»Ich muss da hin.«
»Du musst was?«
»Ich muss dabei sein und zusehen.«
»Wozu, in aller Welt?«
Francis konnte schlecht sagen, was er tatsächlich beabsichtigte, und so erwiderte er stattdessen: »Weil ich hier rauswill, und wenn ich beobachten kann, was andere Leute bei diesen Verhandlungen sagen, hilft es mir vielleicht dabei, nicht dieselben Fehler zu machen.«
Big Black zog eine Augenbraue hoch. »Also, C-Bird«, sagte er, »das klingt gar nicht mal so dumm. Kann mich nicht erinnern, dass mich schon mal irgendwer darum gebeten hat.«
»Es würde mir helfen«, sagte Francis.
Das schien der Pfleger zwar zu bezweifeln, doch dann zuckte er die Schultern. Er senkte die Stimme. »Ich weiß nicht, ob ich dir das ganz abnehme, C-Bird, aber ich sag dir was. Du versprichst mir, keinen Ärger zu machen, und ich nehm dich mit, und du kannst neben mir sitzen und zusehen. Das verstößt vielleicht gegen irgendeine Vorschrift. Ich weiß nicht. Aber es kommt mir so vor, als würden heute ständig Regeln gebrochen.«
Francis atmete auf.
In seiner Vorstellung nahm ganz langsam ein Bild Gestalt an, und dies hier war ein wichtiger Pinselstrich.

Der Himmel verbarg sich unter einem Gemenge grauer Wolken, und eine drückende feuchte Hitze lastete auf dem Vormittag, als Lucy Jones, Peter – in Handschellen – und Little Black langsam das Klinikgelände überquerten. Lucy fühlte, dass es in ein, zwei Stunden Regen geben würde. Auf den ersten paar Metern schwiegen die drei; selbst ihre Schritte auf dem schwarz geteerten Weg schienen von der zunehmenden Schwüle und dem düsteren Himmel über ihnen gedämpft. Little Black wischte sich mit der Hand über die Stirn, betrachtete den Schweiß, der sich dort gesammelt hatte, und sagte: »Verdammt, jetzt wird es wirklich Sommer«, womit er Recht hatte. Sie liefen noch ein paar Schritte weiter, als Peter the Fireman abrupt stehen blieb.

»Sommer?«, fragte er. Er sah hoch, als suchte er nach der Sonne und dem blauen Himmel, die sich beide nicht zeigten. Was immer er suchte, war in der diesigen Luft ringsum nicht zu finden. »Mr. Moses, was ist denn so los?«

Little Black blieb ebenfalls stehen und sah Peter neugierig an. »Wie meinen Sie das, ›was ist denn so los‹?«, fragte er.

»In der Welt. In den Vereinigten Staaten. In Boston oder Springfield. Spielen die Red Sox diese Saison gut? Sind die Geiseln immer noch im Iran? Gibt es Demonstrationen? Reden? Leitartikel? Geht es der Wirtschaft gut? Was ist an der Börse los? Was ist der Spitzenreiter im Kino?«

Little Black schüttelte den Kopf. »Das sollten Sie Newsman fragen. Er hat sämtliche Schlagzeilen parat.«

Peter sah sich um. Sein Blick ruhte auf den Mauern der Klinikgebäude. »Die meisten Menschen denken, die da sollen uns einsperren«, sagte er langsam. »Aber so läuft das in Wahrheit nicht. Diese Mauern sperren die Welt aus.« Peter schüttelte den Kopf. »Es ist, als wäre man auf einer Insel. Oder einer von diesen japanischen Soldaten, die sich irgendwo im Dschungel verlaufen haben und denen niemand Bescheid gesagt hat, dass der Krieg zu Ende ist, und die Jahr um Jahr dachten, sie müssten immer noch einfach ihre Pflicht tun und weiter für Kaiser und Vaterland kämpfen. Wir stecken irgendwie in einer Grauzone, einem Zeitsprung fest, und das Leben geht einfach an uns vorbei – Erdbeben, Hurrikans, Umwälzungen jedweder Art, ob von der Natur oder dem Menschen gemacht.«

Lucy musste Peter Recht geben, aber sie zögerte dennoch eine Weile, bevor sie fragte: »Was wollen Sie damit sagen?«

»Nun ja. Im Land der verschlossenen Türen, wer wäre da wohl der König?«

Lucy nickte. »Der Mann mit den Schlüsseln.«

»Und wie«, spann Peter seinen Gedanken fort, »legt man für einen Mann eine Falle, der jede Tür öffnen kann?«

Lucy überlegte eine Weile. »Man muss ihn dazu bringen, die Tür zu öffnen, hinter der man ihn erwartet.«

»Richtig«, sagte Peter. »Und welche Tür wäre das?«

Er sah zu Little Black hinüber, der die Schultern zuckte. Doch Lucy stürzte sich auf diese Überlegung, dann zog sie heftig die Luft ein, als hätte sie mit der Idee, die ihr kam, nicht gerechnet, als sei sie geradezu ein Schock für sie. »Wir kennen eine Tür, die er geöffnet hat«, sagte sie. »Das war die Tür, die mich herbrachte.«

»Welche Tür meinen Sie?«

»Wo war Short Blond, als er sie überfiel?«

»Spätnachts allein in der Pflegestation des Amherst-Gebäudes.«

»Dann sollte ich dorthin«, führte Lucy den Gedanken zu Ende.

29

Bis Mittag hatte es zu regnen angefangen, ein unregelmäßiges Nieseln, das immer wieder in stärkere Schauer überging, dann plötzlich allzu optimistisch aufklarte, um dem nächsten schwarzen Platzregen zu weichen. Francis war an Big Blacks Seite vorwärts gehastet, war zwischen stickiger Luftfeuchtigkeit und prasselnder Nässe weitergeeilt und hatte beinahe gehofft, der massige Körper des Pflegers könne ihm einen trockenen Tunnel durch das düstere Wetter bilden. Es war einer von den Tagen, dachte er, die von unkontrollierbaren Epidemien kündeten und von grassierenden Infekten: heiß, drückend, schwül und nass. Beinahe tropisch zu nennen, als sei die gewohnte, konservativ trockene Neu-England-Welt der Klinik urplötzlich unter den Einfluss einer fremdartigen, bizarren Regenwald-Empfindsamkeit geraten. Es war in Francis' Augen eine Wetterlage, die in jeder erdenklichen Hinsicht nicht hierher passte und so irre wie sie alle wirkte. Selbst die Böen, welche die Pfützen von den Bürgersteigen fegten, waren von einer unwirklichen Vehemenz.

Wie üblich fanden die Entlassungsverhandlungen im Verwaltungsgebäude, im relativ kleinen Personal-Speiseraum statt, der für den Anlass in einen Pseudo-Gerichtssaal verwandelt worden war. Er wirkte irgendwie provisorisch. Es standen Tische für die Beamten, die die Sitzung durchführten, und welche für die Anwälte der Patienten bereit. Für die Klinikinsassen und ihre Familien hatte man reihenweise unbequeme

Stahl-Klappstühle aufgestellt. Ein Schreibtisch war dem Stenographen vorbehalten und ein besonderer Stuhl für die Zeugen. Der Raum war voll, aber nicht überfüllt, und die wenigen Worte, die fielen, wurden geflüstert. Francis und Big Black schlüpften in eine Stuhlreihe an der Rückwand. Zuerst bildete sich Francis ein, die Luft im Raum sei besonders stickig, doch dann kam er auf den Gedanken, dass es wohl weniger die Luft als die dichte Wolke sehnsüchtiger Hoffnung und Hilflosigkeit war, die den Raum erfüllte.

Den Vorsitz hatte ein pensionierter Bezirksrichter aus Springfield. Er hatte graue Haare, Übergewicht und eine rote Gesichtsfarbe und neigte zu ausladenden Gesten. Er schlug ziemlich oft ohne ersichtlichen Grund mit seinem Hämmerchen auf den Tisch und trug eine leicht ausgefranste Robe, die vermutlich bessere Tage und vor Jahren auch noch wichtigere Fälle gesehen hatte. Rechts von ihm saß eine Psychiaterin vom staatlichen Gesundheitsamt, eine junge Frau mit dicken Brillengläsern, die ständig in ihren Akten und Papieren wühlte, als könne sie partout nicht die Richtigen finden, und links von ihm saß ein Vertreter der Bezirksstaatsanwaltschaft, der mit dem typischen gelangweilten Blick eines jungen Mannes auf seinem Stuhl hing, der aufgrund einer verlorenen Wette in seinem Büro zu dem Termin in der Klinik verdonnert war. An einem Tisch saß ein anderer Junganwalt mit widerborstigem Haar und schlecht sitzendem Anzug, der ein wenig eifriger und wacher bei der Sache war und die Interessen der Patienten vertrat; schließlich saßen ihm gegenüber mehrere Angehörige des Klinikpersonals. Dies alles diente dazu, dem Verfahren ein offizielles Gepräge zu verleihen und Beschlüsse in einem Mischjargon aus medizinischem und juristischem Fachvokabular zu formulieren. Es gab sich den Anschein von Authentizität, von verantwortungsvollem Handeln, von einer systematischen Vorgehensweise und Fürsorglichkeit, als ob jeder Fall der verhandelt wurde, sorgsam geprüft und eingeordnet und beurteilt würde, bevor er zur Verhandlung kam, während Francis augenblicklich begriff, dass das Gegenteil zutraf.

Francis fühlte, wie in ihm Verzweiflung aufwallte. Ein Blick durch den Raum sagte ihm, dass die Familien, die still dasaßen und warteten, bis der Name ihres Sohnes oder ihrer Tochter, ihrer Nichte oder ihres Neffen oder gar des Vaters oder der Mutter aufgerufen wurde, das entscheidende Element dieser Entlassungsverhandlungen waren. Ohne so jemanden kam niemand raus. Selbst wenn die ursprüngliche Zwangseinweisung, die sie ins Western State gebracht hatte, längst abgelaufen war, blieben die Anstaltstüren verschlossen, solange nicht jemand von außen bereit war, die Verantwortung zu übernehmen. Francis fragte sich, wie er seine Eltern dazu bringen konnte, ihm wieder ihr Haus zu öffnen, wenn sie nicht einmal zu Besuch in die Klinik kamen.

In seinem Kopf meldete sich beharrlich eine Stimme. *Sie werden dich nie genug lieben, um herzukommen und darum zu bitten, dich wieder zu ihnen zu lassen …*

Und dann eine andere, die in hastigem Ton zu ihm sagte: *Francis, du musst einen anderen Weg finden, um zu beweisen, dass du nicht verrückt bist.*

Er nickte still angesichts der Erkenntnis, dass entscheidend für ihn war, was er vor Mr. Evil und Gulp-a-pill verbergen konnte. Francis rutschte unruhig auf seinem Stuhl hin und her und fing an, sich die Leute anzusehen, die über den Raum verteilt waren. Sie schienen aus ganz unterschiedlichem Holz geschnitzt, ungehobelt und rau. Einige der Männer trugen Jackett und Krawatte, was an ihnen deplatziert aussah; man durchschaute sehr schnell, dass sie sich herausgeputzt hatten, um einen guten Eindruck zu machen. Die Frauen trugen einfache Kleider und hielten ihre Kleenextücher bereit, um sich ab und zu die Tränen abzutupfen. Francis spürte, dass eine Menge Scheitern in der Luft lag, gepaart mit entsprechenden Schuldgefühlen, die mehr als einem Besucher ins Gesicht geschrieben standen. *Es ist nicht eure Schuld*, hätte Francis ihnen am liebsten zugerufen, *dass wir so geworden sind …* Doch dann war er sich plötzlich nicht mehr sicher, ob er mit dieser Einschätzung richtig lag.

Er hörte, wie der Richter mit dem roten Kopf herausplatzte: »Kommen wir zur Sache …« und dazu zwei-, dreimal das Hämmerchen auf den Tisch knallen ließ, und so wandte sich Francis dem beginnenden Verfahren zu.

Bevor allerdings der Richter sich räuspern und die Psychiaterin mit dem verwirrten Blick einen Namen verlesen konnte, hörte Francis mehrere seiner Stimmen auf einmal. *Wozu sind wir hier, Francis? Wir haben hier überhaupt nichts zu suchen. Wir sollten zusehen, dass wir schleunigst hier rauskommen. Lass uns abhauen. Ins Amherst zurück. Da ist es sicher …*

Francis wandte sich zuerst nach rechts, dann nach links und taxierte die versammelten Menschen. Keiner der Patienten im Raum hatte ihn hereinkommen sehen, keiner starrte ihn an, keiner schielte ihn böswillig oder hasserfüllt oder wutentbrannt an.

Er vermutete allerdings, dass sich das ändern konnte.

Er holte tief Luft, denn er wusste, dass er, wenn er nicht irrte, in diesem Moment inmitten von Patienten und Klinikpersonal und sogar im schützenden Schatten von Big Black in größerer Gefahr schwebte als je zuvor. Einer Gefahr, die von dem Mann ausging, der – wie er glaubte – ebenfalls in diesem Zimmer saß. Und einer Gefahr, die ihm von den Dingen drohte, die er in seinem Innern freisetzte.

Er biss sich auf die Lippe und versuchte, Klarheit in seine Gedanken zu bringen. Er befahl sich, einfach nur ein unbeschriebenes Blatt zu sein und zu warten, dass jemand etwas darauf schrieb. Er fragte sich, ob Big Black vielleicht seinen flachen Atem, seine schweißnasse Stirn oder seine verschwitzten Hände bemerkte, und mit einem gewaltigen Aufgebot an Willenskraft befahl er sich, ruhig zu sein.

Dann holte er einmal tief Luft und antwortete innerlich seinen Stimmen: *Jeder braucht einen Ausweg.*

Francis wand sich auf seinem Stuhl und konnte nur hoffen, dass weder Big Black noch Mr. Evil oder irgendein anderer der leitenden Mitarbeiter mitbekam, durch welche Hölle er gerade ging. Er hockte nervös auf der Stuhlkante, voller Angst, aber gezwungen, dazubleiben und zuzuhören, denn er erwartete, an diesem Tag etwas zu hören, das wichtig war. Er wünschte sich, Peter wäre an seiner Seite gewesen, oder auch Lucy, obwohl er nicht glaubte, sie davon überzeugen zu können, dass es wichtig war, hier dabei zu sein. Francis war in diesem Moment allein und vermutete, dass er einer Antwort näher war, als irgendjemand ahnte.

Lucy trat durch die Tür der Leichenhalle und fühlte die Kälte der zu stark eingestellten Klimaanlage. Es war ein kleiner Kellerraum, der sich in einem der abgelegenen Gebäude am Rand des Klinikgeländes befand, das ansonsten als Lager für veraltetes Gerät und längst vergessene Vorräte diente. Es besaß den fragwürdigen Vorzug, dass es in der Nähe des provisorischen Friedhofs lag. Die Leichenhalle verfügte über einen einzigen schimmernden Obduktionstisch aus Stahl, der in der Mitte stand, und ein halbes Dutzend in die Wand eingelassene Kühlboxen. Auf einer polierten Stahlkommode mit Glasplatte befand sich eine bescheidene Auswahl Skalpelle und andere chirurgische Instrumente. Ein Aktenschrank und ein Schreibtisch mit einer ramponierten IBM-Selectric-Schreibmaschine waren in eine Ecke geschoben, und ein Fenster hoch oben in der Schlackensteinwand, das aufs Klinikgelände führte, ließ nur einen einzigen Strahl blassgraues Licht durch eine freie Stelle in der dicken Schmutzschicht herein. Ein Paar hell strahlende Deckenleuchten surrte wie ein Schwarm Insekten. Der Raum hatte etwas Leeres, Verlassenes, wenn man von einem leichten Geruch nach menschlichen Exkrementen absah, der in der kalten Luft hing. Auf dem Obduktionstisch lag ein Klemmbrett mit Formularen. Lucy sah sich nach einem Angestellten um, doch es war weit und breit keiner zu sehen, und so sah sie sich weiter um. Sie bemerkte die Ablaufrinnen auf dem Obduktionstisch und einen Abfluss im Boden. An beiden waren dunkle Flecken zu erkennen. Sie nahm das Klemmbrett und las den vorläufigen Autopsiebericht, in dem das Offensichtliche stand: Cleo war durch Strangulation mit einem Bettlaken gestorben. Für einen Moment blieb ihr Blick bei dem Eintrag hängen, Selbstverstümmelung, was auf ihren abgetrennten Daumen verwies, und dann bei der Diagnose, die mit Schizophrenie paranoider Ausprägung, undifferenziert, mit Wahnvorstellungen und suizidaler Neigung angegeben war. Lucy vermutete, das diese letzte Bemerkung wie so vieles andere erst postmortem hinzugefügt worden war. Wenn sich jemand erhängt, dachte sie, wird ihr vorheriges Potenzial an selbstzerstörerischen Neigungen ein wenig deutlicher.

Sie las weiter: Keine Angehörigen. Es gab eine Spalte *Im Todes- oder Verletzungsfall bitte benachrichtigen*, die mit einem langen Querstrich ausgefüllt war.

Ein ärztlicher Leichenbeschauer, in Gerichtsmedizinerkreisen ein berühmter Mann, hatte einmal ihrem Abschlussjahrgang einen Vortrag über forensische Beweise gehalten und sich darüber ausgelassen, dass die Toten überaus beredtes Zeugnis dafür ablegten, wie sie ins Jenseits befördert worden sind, nicht selten sogar mit klaren Hinweisen auf die Person, die dabei widerrechtlich nachgeholfen hat. Die Vorlesung war gut besucht und begeistert aufgenommen worden, doch in diesem Moment fand Lucy ihn lächerlich abstrakt und realitätsfern. Was sie hatte, war eine stumme Leiche in einer Kühlbox in der Ecke eines schummrigen Kellerraums und einen Autopsiebericht, der auf ein einziges gelbes Blatt in einem Klemmbrett passte, und sie hegte keine Hoffnung, dass es ihr irgendetwas sagte, schon gar nicht etwas, das ihr bei der Jagd auf den Mörder half.

Lucy legte das Klemmbrett wieder auf den Obduktionstisch zurück und ging zur Kühlanlage hinüber. Keine der Türen war gekennzeichnet, und so zog sie erst eine, dann die Nächste auf, in der sich ein Sechserpack Coca-Cola befand, das jemand dort kalt gestellt hatte. Die dritte dagegen klemmte, und sie vermutete, dass sie die Leiche enthielt. Sie holte tief Luft und zog heftig an der Tür.

In dem Kühlfach war Cleos nackter Leichnam eingezwängt. Ihre Körperfülle passte nur knapp hinein, und als Lucy an der Wanne zog, auf der Cleo lag, rührte sie sich nicht.

Lucy biss sich auf die Lippe und wollte gerade noch einmal und fester ziehen, als sie hörte, wie hinter ihr eine Tür aufging. Sie schnellte herum und sah Dr. Gulptilil im Eingang stehen. Für einen Moment wirkte er überrascht. Doch sein Ausdruck wechselte schnell, und er schüttelte den Kopf.

»Miss Jones«, sagte er langsam, »damit habe ich nicht gerechnet. Ich weiß nicht, ob es Ihnen gestattet ist, hier zu sein.«

Sie antwortete nicht.

»Manchmal«, sagte der Chefarzt weiter, »sollte man selbst einem Tod, der so im Blickpunkt der Öffentlichkeit steht wie der von Miss Cleo, das Recht auf eine gewisse Privatsphäre einräumen:«

»Dem stimme ich zu, jedenfalls prinzipiell«, sagte sie hochmütig. Ihr anfängliches Staunen über das Erscheinen des Arztes wich augenblicklich ihrer Angriffslust, mit der sie sich wappnete.

»Was glauben Sie denn, hier in Erfahrung zu bringen?«, fragte er.

»Ich weiß nicht«, räumte Lucy ein.

»Sie meinen, diese Tote verrät Ihnen etwas? Etwas, das Sie nicht bereits wissen?«

»Ich weiß nicht«, wiederholte sie. Es war ihr ein wenig peinlich, dass sie mit keiner besseren Antwort aufwarten konnte. Der Arzt kam herein, so dass seine korpulente Figur und die dunkle Haut unter den Deckenleuchten glänzten. Er bewegte sich mit einer Geschmeidigkeit, die zu seiner Birnenform nicht recht passte, und für einen Augenblick dachte sie, dass er die Tür zu Cleos provisorischem Grab zuschlagen würde. Stattdessen aber streckte er die Hand aus und zog daran; endlich glitt die Tote heraus, so dass ihr Rumpf auf der Platte zwischen ihnen lag.

Lucy blickte auf die violettroten Strangulationsmale rund um Cleos Hals. Sie schienen von einer Haut absorbiert zu sein, die bereits porzellanweiß geworden war. Sie hatte ein zartes, groteskes Lächeln um die Lippen, als berge ihr Tod irgendeinen Witz. Lucy atmete langsam ein und aus.

»Sie wünschen sich, dass die Dinge einfach, klar und offensichtlich sind«, sagte Dr. Gulptilil gedehnt. »Aber, Miss Jones, solche Antworten bekommt man selten. Jedenfalls nicht hier.«

Sie sah auf und nickte. Der Arzt lächelte bitter, ein wenig so wie die tote Cleo.

»Die äußeren Merkmale der Erdrosselung sind deutlich«,

sagte er, »aber die Kräfte, die sie zu diesem Schritt getrieben haben, bleiben uns verschlossen. Und ich hege den Verdacht, dass die eigentliche Todesursache sich selbst der gründlichsten Untersuchung durch den größten Pathologen entziehen würde, den diese Nation vorzuweisen hat, denn diese Gründe werden von ihrer Geisteskrankheit verdunkelt.«
Dr. Gulptilil streckte die Hand aus und berührte eine Sekunde lang Cleos Haut. Er blickte auf die Tote, richtete seine Worte aber an Lucy. »Sie verstehen diesen Ort nicht«, sagte er. »Seit Sie hier eingetroffen sind, haben Sie nicht ernsthaft versucht, ihn zu verstehen, denn Sie sind mit denselben Ängsten und Vorurteilen hierher gekommen, die die meisten Menschen gegenüber Geisteskranken hegen. Hier ist das, was anormal ist, die Normalität und das Bizarre tägliche Routine. Sie haben Ihre Ermittlungen hier drinnen durchgeführt, als herrschten hier dieselben Gesetze wie außerhalb dieser Mauern. Sie haben nach dokumentarischem Beweismaterial gesucht, nach Indizien, die den Täter überführen. Sie haben unsere Akten durchgeforstet und sind durch unsere Flure gegangen, so wie Sie es an einem beliebigen anderen Ort hätten tun können. Natürlich hat sich das, wie ich Ihnen vorausgesagt hatte, als nutzlos erwiesen. Und so fürchte ich, Miss Jones, sind Ihre Bemühungen zum Scheitern verurteilt. Wie ich von Anfang an vermutet hatte.«
»Mir bleibt noch etwas Zeit.«
»Ja. Und Sie haben dieses mysteriöse und möglicherweise nicht existente Zielobjekt ihrer Jagd zu einer Reaktion herausgefordert. Das mag in der Ihnen vertrauten Welt eine angemessene Vorgehensweise sein, Miss Jones. Aber hier?«
Lucy fuhr sich mit den Fingern durch ihre kurzen Haare. »Meinen Sie nicht, dass das unerwartet für ihn kommt und vielleicht funktioniert?«

»Ja«, erwiderte der Arzt. »Aber bei wem wird es funktionieren? Und wie?«
Erneut wusste sie keine Antwort. Der Arzt betrachtete Cleos Gesicht und schüttelte den Kopf. »Ach ja, die arme Cleo. Ich habe ihre Kapriolen meistens ausgesprochen genossen, denn sie besaß eine manische Energie, die, solange wir sie einigermaßen unter Kontrolle hatten, überaus unterhaltsam war. Wussten Sie, dass sie Shakespeares großes Drama auswendig konnte, Zeile für Zeile, Wort für Wort? Leider führt sie heute Nachmittag ihr Schicksal auf unseren eigenen Armenfriedhof. Der Bestattungsunternehmer müsste jeden Moment hier sein, um ihre Leiche vorzubereiten. Ein Leben voller Aufruhr, Schmerz und in weitgehender Anonymität, Miss Jones. Wer immer sie einmal gemocht oder auch geliebt haben mag, ist in unseren Unterlagen und unserem institutionellen Gedächtnis sozusagen nicht mehr auffindbar. Und so hinterlassen ihre Jahre auf diesem Planeten kaum Spuren. Eine äußerst bescheidene Lebensbilanz. Das scheint nicht ganz fair, nicht wahr? Cleo besaß viel Persönlichkeit, sie hatte ein resolutes Wesen und vertrat feste Überzeugungen. Dass sie alle verrückt waren, tut der Leidenschaft, mit der sie sie vertreten hat, keinen Abbruch. Ich hätte ihr gewünscht, dass sie dieser Welt einen kleinen Stempel hätte aufdrücken können, denn sie hätte ein anderes Epitaph verdient als nur eine Fußnote in den Klinikakten. Kein Grabstein. Keine Blumen. Nur ein anderes Bett in dieser Anstalt, das diesmal zwei Meter unter der Erde ist. Sie hätte eine Beerdigung mit Fanfaren und Feuerwerk verdient, mit Elefanten und Löwen, einen Leichenzug mit Pferdegespann, etwas, das ihrem königlichen Wesen gerecht geworden wäre.«
Lucy hörte, wie der Doktor seufzte.
Er riss sich vom Anblick der Toten los und sah zu Lucy auf.

»Und, Miss Jones, was ist nun mit Ihnen?«
»Ich bin immer noch auf der Suche, Doktor. Bis zur letzten Minute, die mir hier bleibt.«
Er sah sie verstohlen an. »Aha, eine Obsession. Unverdrossene Zielstrebigkeit, die vor keinem Hindernis Halt macht. Etwas, das, wie Sie zugeben werden, eher in mein Ressort fällt.«
»Vielleicht wäre *Beharrlichkeit* ein besseres Wort.«
Er zuckte die Schultern. »Wie Sie wollen. Aber beantworten Sie mir eine Frage, Miss Jones: Sind Sie auf der Suche nach einem Geistesgestörten hergekommen oder auf der Suche nach einem geistig Zurechnungsfähigen?«
Er gab ihr Zeit für ihre Antwort, die ohnehin auf sich warten ließ. Der Arzt schob Cleos Leiche mit einem Quietschen der Laufschienen, die unter ihrem Gewicht ächzten, in die Kühlanlage und sagte: »Ich muss los und den Mann vom Bestattungsunternehmen erwischen, der bald kommt und eine anstrengende Arbeit vor sich hat. Einen schönen Tag noch, Miss Jones.«
Lucy sah dem Arzt nach, dessen plumpe Gestalt sich ein wenig unter den gleißenden Deckenleuchten wiegte, und sie gestand sich ein, dass sie dem Täter einigen Respekt dafür zollen musste, sich so lange in der Klinik vor ihr versteckt zu halten. Er hatte allen ihren Anstrengungen getrotzt und verbarg sich immer noch irgendwo in diesen Mauern und war nach allem, was sie bisher wusste, gegen ihre Ermittlungstaktik immun.

Das hast du doch gedacht, oder?
Ich schloss die Augen und wusste, dass der Engel unweigerlich jeden Moment an meiner Seite sein würde. Ich versuchte, meinen Atem, meinen jagenden Herzschlag zu verlangsamen, denn ich war mit bewusst, dass von

hier ab jedes weitere Wort gefährlich wurde, für ihn wie für mich.

»Ich hab das nicht nur gedacht, sondern es entsprach auch der Wahrheit.«

Ich schnellte herum, erst nach rechts, dann nach links und versuchte, den Urheber dieser Worte auszumachen, die ich in meiner Wohnung gehört hatte. Nebel, Geister, Irrlichter schienen auf beiden Seiten von mir zu schwanken und zu blinken.

»Ich war die ganze Zeit vollkommen sicher, jede Minute, jede Sekunde, egal, was ich machte. Das siehst du doch genauso, C-Bird, oder?« Seine Stimme hatte einen rauen Unterton, voller Arroganz und Zorn, jedes Wort ein Schlag ins Gesicht.

»Du warst vor ihnen sicher«, sagte ich.

»Sie hatten noch nicht einmal das Gesetz begriffen«, prahlte er. »Ihre eigenen Regeln erwiesen sich als vollkommen unbrauchbar.«

»Aber du warst vor mir nicht sicher«, erwiderte ich aufsässig.

»Und meinst du etwa, du wärst jetzt vor mir sicher?«, fragte der Engel schroff. »Meinst du etwa, du wärst vor dir selber sicher?«

Ich antwortete nicht. Es herrschte ein Moment Schweigen, und dann erklang eine Explosion wie ein Pistolenschuss, gefolgt von dem klirrenden Geräusch, wenn Glas in tausend Scherben zerbricht. Ein Aschenbecher voller Zigarettenkippen war an einer Seitenwand zerborsten, an die er blitzartig und mit aller Kraft geschleudert worden war. Ich schreckte zurück. Mein Kopf drehte sich wie betrunken, während Erschöpfung, Spannung und Angst bei mir um die Oberhand kämpf-

ten. Ich roch kalten Rauch und sah, wie etwas Aschestaub rund um den dunklen Fleck auf dem weißen Anstrich in der Luft lag. »Wir kommen allmählich zum Ende, Francis, wir machen Schluss«, sagte der Engel spöttisch. »Merkst du das nicht? Spürst du das nicht? Verstehst du denn nicht, dass gleich alles vorbei ist?«
Die Stimme des Engels hackte auf mir herum.
»Genauso wie damals, vor so vielen Jahren«, sagte er bitter. »Die Zeit zum Sterben rückt näher.«
Ich sah auf meine Hand. Hatte sie den Aschenbecher der Stimme entgegengeschleudert? Oder hatte er ihn geworfen, um mir zu demonstrieren, dass er Gestalt annahm, Substanz gewann, ganz allmählich sichtbar und greifbar wurde. Und ich sah, wie meine Hand vor meinen Augen zitterte.
»Du wirst hier sterben, Francis. Du hättest damals sterben sollen, aber nun stirbst du eben hier. Allein. Vergessen. Ungeliebt. Und du bist tot. Es wird Tage dauern, bis jemand deine Leiche findet, mehr als genug Zeit, damit die Maden deine Haut befallen, dein Bauch wird aufgebläht sein, und dein Gestank wird durch die Wände dringen.«
Ich schüttelte den Kopf und kämpfte, so gut ich konnte.
»Allerdings«, fuhr er fort, »genau so wird es sein. Kein einziges Wort in der Zeitung, keine Träne, die über deinem Grab vergossen wird – falls es überhaupt eines gibt. Oder meinst du etwa, die Leute kommen zusammen, um dir eine Grabrede zu halten, Francis, um die Reihen einer hübschen Kirche zu füllen? Um über all deine Leistungen zu sprechen? All die großen, bedeutsamen Dinge, die du getan hast, bevor du gestorben bist? Ich glaube kaum, dass es dazu kommt, Francis. Ganz und

gar nicht. Du wirst einfach nur sterben, und das war's dann. Große Erleichterung bei all den Leuten, die keinen Pfifferling für dich gegeben haben und die insgeheim überglücklich sind, dass du keine Last mehr für sie bist. Das Einzige, was von deinen Tagen übrig bleibt, ist der Geruch, den du in dieser Wohnung hinterlässt, den die nächsten Mieter vermutlich mit Desinfektionsmitteln und Lauge wegschrubben werden.«

Ich wies mit einer schwachen Geste auf die Worte an der Wand.

Er lachte. »Du meinst, irgendjemanden kümmert deine dumme Schreiberei? Das hier wird in Minuten verschwunden sein. Sekunden. Jemand wird reinkommen, einen einzigen Blick auf die Schweinerei werfen, die der Irre hinterlassen hat, sich einen Pinsel schnappen und jedes Wort überstreichen. Und all das, was vor langer Zeit passiert ist, wird für immer begraben sein.«

Ich schloss die Augen. Wenn schon seine Worte mich wie Schläge trafen, was war dann erst mit seinen Fäusten? In dem Moment kam es mir so vor, als würde der Engel mit jeder Sekunde stärker und ich schwächer. Ich holte tief Luft und schleppte mich erneut durchs Zimmer, den Stift in der Hand.

»Du wirst nicht lange genug leben, um die Geschichte zu Ende zu bringen«, sagte er. »Verstehst du das, Francis? Du wirst es nicht mehr erleben. Ich werde es nicht zulassen. Du meinst, du kannst hier das Ende hinschmieren, Francis? Dass ich nicht lache. Das Ende gehört mir, hat es immer, wird es immer.«

Ich wusste nicht, was ich denken sollte. Seine Drohung war in diesem Moment so real wie so viele Jahre davor. Doch ich kämpfte weiter und sagte mir, dass ich es wenigstens versuchen musste. Ich wünschte mir, Peter wäre mir zu Hilfe gekommen, und er hatte offenbar meine Gedanken gelesen. Vielleicht stöhnte ich auch Peters Namen laut, ohne es zu merken, denn der Engel lachte wieder. »Diesmal kann er dir nicht helfen. Er ist tot.«

30

Peter hetzte durch den Flur des Amherst-Gebäudes, streckte den Kopf in den Tagesraum, blieb vor den Untersuchungszimmern stehen, warf einen kurzen Blick in den Speisesaal, bog um mehrere Patientengruppen herum, doch weder Francis noch Lucy Jones schienen irgendwo in der Nähe zu sein. Er hatte das überwältigende Gefühl, dass etwas von zentraler Bedeutung im Gange war und dass er daran gehindert wurde, dabei zu sein. Ein Erinnerungsfetzen geisterte ihm durch den Kopf, wie er in Vietnam durch den Dschungel lief. Im Krieg erschienen der Himmel über einem, die feuchte Erde unter den Füßen, die überhitzte Luft und das feuchte Laub, das einem um die Kleider strich, genauso wie an jedem anderen Tag, doch außer einem sechsten Sinn sagte einem nichts und niemand, ob sich hinter der nächsten Biegung ein Heckenschütze in einem Baum versteckte oder ein Hinterhalt auf einen lauerte oder sich auch nur ein fast unsichtbarer Draht über den Pfad spannte, der geduldig darauf wartete, dass ein falscher Schritt die vergrabene Tretmine zündete. Alles war Routine, alles war in Ordnung und normal, ganz und gar nach Plan, gäbe es nicht das, was sich versteckte und eine Tragödie in Aussicht stellte. Das war es, was er in diesem Moment in dieser Anstalt sah.

Einen Moment lang verweilte er an einem der vergitterten Fenster, wo ein alter Mann in einem stumpf glänzenden Rollstuhl ohne Betreuung stehen geblieben war. Dem Mann lief die Spucke in einer weißen Linie über das Kinn, wo sie sich im grauen Stoppelbart verlor. Sein Blick war auf die Landschaft jenseits des Fensters fixiert, und Peter fragte ihn: »Was sehen Sie, alter Mann?«, bekam aber keine Antwort. Der Regen rann daran herunter und verzerrte die Sicht, und hinter diesen zufälligen Streifen schien wenig außer einem grauen, feuchten, gedämpften Tag zu sein. Peter beugte sich hinunter, nahm eines von den braunen Papiertüchern, die der Mann auf dem Schoß liegen hatte, und wischte ihm übers Kinn. Der Mann sah nicht zu Peter hoch, nickte aber dankbar. Doch der alte Mann blieb ein unbeschriebenes Blatt. Was er auch über sein Leben denken, aus seiner Vergangenheit in Erinnerung haben oder sogar für die Zukunft planen mochte, verlor sich in dem Nebel, der sich direkt hinter seine Augen gelegt hatte. Das, was vom Leben dieses Mannes noch übrig war, hatte kaum mehr Bestand als die Regentropfen, die die Scheibe herunterliefen.

Hinter ihm schlurfte eine Frau mit langem, ungepflegtem, grausträhnigem Haar, das ihr wie elektrisch geladen um den Kopf zu Berge stand, von rechts nach links durch den Flur, blieb urplötzlich stehen, sah zur Decke hoch und sagte: »Cleo ist tot. Sie ist für immer tot …« Dann schaltete sie ihren Motor wieder ein und lief im gleichen Gang weiter.

Peter schlug die Richtung zum Schlafsaal ein. Kümmerliches Zuhause, musste er denken. Ein Tag noch, zwei, mehr nicht. Ein Wust an Papierkram, ein Handschlag oder Kopfnicken. Ein »Viel Glück!«, und das war's dann auch schon. Sie würden Peter the Fireman holen, und etwas anderes würde sein Leben nahtlos übernehmen.

Er war nicht ganz sicher, was er von dem Ganzen halten sollte. Das war der Einfluss der Klinikwelt, dachte er. Er erzeugte Unentschlossenheit. In der realen Welt waren Entschlüsse

klar definiert, und es bestand zumindest die Möglichkeit, ehrliche Entscheidungen zu treffen. Es gab Faktoren, die man abwägen und einschätzen und ausbalancieren konnte. Und dann fiel die Entscheidung. Doch hinter den verschlossenen Türen galt das alles nicht mehr.
Lucy hatte sich das Haar geschnitten und blond gefärbt. Wenn das nicht den Tätertrieb des Mannes weckte, den sie jagten, dann wusste er nicht, was sonst. Peter knirschte einen Moment mit den Zähnen. Er sah zur Decke – wie ein Autofahrer, der darauf wartet, dass die Ampel von Rot auf Grün springt. Er fand, dass Lucy ein hohes Risiko einging. Auch Francis wandelte auf einem schmalen Grat. Von ihrem Dreierteam hatte er selbst am wenigsten riskiert. Tatsächlich musste er angestrengt nachdenken, um zu erkennen, wo er bisher überhaupt etwas riskiert hatte. Zumindest hatte er sich noch keiner nennenswerten Gefahr ausgesetzt.
Peter drehte sich um und verließ den Raum. Als er in den Flur trat, entdeckte er Lucy Jones vor ihrem kleinen Büro, und er rannte in ihre Richtung.

Eine nach der anderen hatten sich die Entlassungsverhandlungen über den ganzen Vormittag bis in den Nachmittag hingezogen. Sie waren eine Theaterveranstaltung des Vorhersehbaren; Francis brauchte nicht lange, um zu begreifen, dass jemand, sobald er alle Voraussetzungen geschaffen hatte, um hier angehört zu werden, die Entlassung praktisch schon in Händen hatte. Die Charade, die sich vor seinen Augen abspielte, war eine Bürokratenfarce, die nur dazu diente, unvorhersehbare Risiken auszuschließen und Karrieren nicht unnötig zu gefährden. Niemand wollte jemanden beurlauben, der prompt einen psychotischen Tobsuchtsanfall bekam.
Der gelangweilte junge Mann von der Staatsanwaltschaft

überprüfte die Antragsteller oberflächlich auf anhängige Verfahren; alles, was er sagte, traf ausnahmslos auf den Widerstand des ebenso jungen Mannes aus dem Büro des Pflichtverteidigers, der als Patientenanwalt fungierte und der den Eifer eines Weltverbesserers dick auftrug. Maßgeblicher für das Verhandlungsteam waren die Einschätzung des Anstaltspersonals sowie die Empfehlungen der jungen Frau von der staatlichen Gesundheitsbehörde, die sich durch ihre Schnellhefter und Notizen wühlte und eine zögerliche, halb stotternde Sprechweise an den Tag legte, was Francis auf bizarre Weise einleuchtete, da sie wirklich jedes Mal die Frage zu beantworten hatte, ob es sicher sei, jemanden rauszulassen, von dem sie letztlich keine Ahnung hatte. »Stellt er eine Gefahr für sich oder andere dar?« Es war wie eine Kirchenlitanei. Sicher war es sicher, dachte er, solange sie ihre Medikamente regelmäßig nahmen und nicht schnurstracks in die Lebensumstände zurückmarschierten, die sie in den Wahnsinn getrieben hatten. Natürlich waren das die einzigen Lebensumstände, die sich ihnen boten, so dass es schwer fiel, jemandes Chancen jenseits der Klinikmauern allzu positiv einzuschätzen.

Patienten wurden entlassen. Patienten kamen zurück. Ein Bumerang des Wahns.

Francis zappelte auf seinem Stuhl herum und hörte, immer noch vorgebeugt, aufmerksam zu, beobachtete das Gesicht jedes Patienten, jedes Arztes, jedes Vaters, jeder Mutter, Schwester oder Cousine, die sich erhoben, um etwas zu sagen. Innerlich empfand er nichts als Aufruhr und Chaos. Seine Stimmen drohten ihm, ihn an einen dunklen, zutiefst qualvollen Ort herabzuziehen. Sie schrien verzweifelt, er solle gehen. Nachdrücklich, kreischend, appellierend, flehentlich, fordernd – alle gleichermaßen inbrünstig, fast hysterisch in ihrem Bestreben. Es war, dachte er, als sei er in einem Orchestergraben inmitten einer höllischen Kakophonie eingezwängt, wo mit jeder Sekunde, die verging, sämtliche Instrumente lauter und schriller und krasser falsch spielten.

Er verstand, wieso. Gelegentlich schloss er die Augen und versuchte, ein wenig zur Ruhe zu kommen. Doch das half nicht viel. Er schwitzte weiter und fühlte, wie sich jeder Muskel in seinem Körper anspannte. Es wunderte ihn nur, dass bisher noch niemand gesehen hatte, welche Kämpfe er innerlich durchlitt, denn er ging davon aus, dass jeder, der ihn richtig ansah, augenblicklich erkennen musste, dass er auf Messers Schneide balancierte.

Francis atmete heftig ein, glaubte aber, dass es keine Luft im Raum gab.

Was können sie nicht sehen?, fragte er sich.

Die Klinik ist der Ort, an dem sich der Engel versteckt hält. Um nach Belieben töten zu können, muss er in der Lage sein, zu kommen und zu gehen.

Er blickte über den Raum hinweg Richtung Anhörungsausschuss. *Das hier ist die Tür nach draußen*, rief er sich in Erinnerung.

Francis warf einen verstohlenen Blick auf die Familienangehörigen und Freunde, die die Patienten umringten. *Alle denken, der Engel sei ein einsamer Killer. Aber ich weiß etwas, das sie nicht wissen: Jemand hier in diesem Raum hilft ihm, auch wenn er davon vielleicht nicht die geringste Ahnung hat.*

Und dann: *Wieso hat er Short Blond umgebracht? Wieso hat er hier, wo er sicher war, die Aufmerksamkeit auf sich gelenkt?*

Weder Lucy noch Peter hatten diese Frage gestellt, hörte Francis es tief innen rumoren. Das machte ihm erst einmal Angst. Ihm schwirrte der Kopf, als ihm bewusst wurde, dass ausgerechnet er auf diese Frage gekommen war, und er merkte, wie in ihm eine Woge der Übelkeit hochstieg. Seine Stimmen hallten in ihm wider, sie warnten ihn, beschwatzten ihn, beschworen ihn, nicht in das Dunkel hinabzusteigen, das lockte.

Sie glauben, er hätte Short Blond getötet, weil er töten muss.

Er schnappte nach Luft.

Vielleicht ist es so. Vielleicht auch nicht.

Er hasste sich in dieser Sekunde mehr als je zuvor. *Du könntest auch ein Killer sein*, hörte Francis sich sagen. Einen Moment lang fürchtete er, dass er es laut gesagt hatte, doch niemand drehte sich um oder achtete auf ihn, und so vermutete er, dass er die Worte doch nicht ausgesprochen hatte.

Big Black war, von der monotonen Routine der Verhandlungen gelangweilt, hinausgegangen, um sich die Beine zu vertreten, und als er in den Raum zurückkam, unternahm Francis einen gewaltigen Kraftakt, die Angst zu verbergen, die ihm so zusetzte. Der riesige Pfleger warf sich auf den Stuhl neben Francis und flüsterte: »Also, C-Bird, bist du ihnen schon auf die Schliche gekommen? Genug gesehen?«

»Noch nicht ganz«, erwiderte Francis leise. Was er noch nicht gesehen hatte, war etwas, dem er mit banger Erwartung entgegenfieberte.

Big Black beugte sich vor und flüsterte: »Wir müssen ins Amherst zurück. Der Tag ist fast rum. Ziemlich bald werden sie dich vermissen. Heute Abend 'ne Therapie angesetzt?«

»Nein«, sagte Francis, auch wenn es halb gelogen war, denn in Wahrheit wusste er es nicht. »Mr. Evans hat sie nach all der Aufregung gestrichen.«

Big Black schüttelte den Kopf. »Die sollte er nicht streichen.« Er sprach mit Francis, doch seine Worte galten mehr der Welt der Nervenheilanstalt. Der Pfleger sah auf. »Also, C-Bird«, sagte er. »Wir müssen zurück. Gibt nur noch ein paar von diesen Verhandlungen. Da kommt nix mehr, was du nich' schon gesehen hast.«

Francis wusste nicht, was er sagen sollte, weil er Big Black nicht die Wahrheit verraten wollte, nämlich dass eine dieser Verhandlungen sich gänzlich von den Übrigen unterscheiden würde. Er blickte durch den Raum.

Drei Patienten warteten noch. Alle miteinander waren sie in der Gruppe von Leuten leicht auszumachen. Sie waren einfach weniger gepflegt. Ihr Haar war entweder glatt oder gekräuselt und zerzaust. Ihre Kleider waren nicht so sauber. Sie trugen gestreifte Hosen zu karierten Hemden oder Sandalen mit zwei verschiedenen Socken. Nichts an ihnen schien so recht zu passen, weder das, was sie anhatten, noch die Art, wie sie das Verfahren beobachteten. Sie schienen alle einfach ein bisschen daneben. Ihre Hände zitterten, und sie konnten ein ständiges Zucken um die Mundwinkel nicht unterdrücken – Nebenwirkungen der verschiedenen Medikamente. Alle drei waren Männer, und Francis hätte ihr Alter auf dreißig bis fünfundvierzig geschätzt. Keiner von ihnen fiel besonders auf; sie waren nicht dick oder groß oder weißhaarig, noch hatten sie Narben oder Tattoos oder sonst etwas, wodurch sie sich von den anderen unterschieden. Sie konnten ihre Emotionen nach innen richten. Äußerlich waren sie völlig teilnahmslos, als hätten die Medikamente nicht nur ihre Geisteskrankheit abgeschliffen, sondern auch weitgehend ihren Namen und ihre Vergangenheit.

Keiner von ihnen hatte sich zur Seite gedreht und ihn angesehen, jedenfalls hatte er nichts dergleichen bemerkt. Sie waren stoisch, fast reglos geblieben und hatten geradeaus gestarrt, während ein Fall nach dem anderen verhandelt wurde. Er konnte ihre Gesichter nicht richtig erkennen, die er bestenfalls im Profil zu sehen bekam.

Ein Mann war von vielleicht vier Besuchern umringt. Francis tippte auf ein relativ altes Elternpaar und eine Schwester mit ihrem Mann, die allesamt auf ihren Stühlen herumrutschten und über die Situation nicht glücklich waren. Ein anderer Patient saß zwischen zwei Frauen, beide weitaus älter als er, und Francis klassifizierte sie als Mutter und Tante. Der dritte saß neben einem steifen älteren Mann im blauen Anzug mit strenger, unnachgiebiger Miene und einer viel jüngeren Frau, einer Schwester oder Nichte, wie Francis dachte, die kein bisschen eingeschüchtert wirkte und bei allem, was gesagt wurde, aufmerksam zuhörte, während sie sich gelegentlich auf einem gelben Block Notizen machte.

Der übergewichtige Richter schlug mit seinem Hämmerchen auf den Tisch. »Was liegt noch an?«, fragte er kurz angebunden. »Es wird spät.«

Die Psychiaterin sah auf. »Drei Fälle, Euer Ehren«, sagte sie mit einem leichten Stottern, »die keine Probleme machen dürften. Zwei der Männer sind als retardiert diagnostiziert, und der dritte ist aus einem katatonischen Zustand aufgetaucht und zeigt mit Hilfe einer antipsychotischen Medikation große Fortschritte. Gegen keinen ist ein Verfahren anhängig ...«

»Komm schon, C-Bird«, flüsterte Big Black ein wenig nachdrücklicher, »wir müssen zurück. Hier passiert nix Neues mehr. Diese Fälle werden nur noch abgehakt und dann ab die Post. Zeit für uns, zu gehen.«

Francis warf noch einen Blick auf die junge Psychiaterin, die den pensionierten Richter weiter unterrichtete: »... Alle diese Herren wurden bereits bei mehreren früheren Gelegenheiten beurlaubt, Euer Ehren ...«

»Gehen wir, C-Bird«, sagte Big Black in einem Ton, der keinen Raum für Diskussionen ließ. Francis wusste nicht, wie er ihm klar machen sollte, dass das, was jetzt kommen sollte, eigentlich der Grund dafür war, dass er den ganzen Tag hier zugebracht hatte.

Er stand auf, und Francis erkannte, dass er keine Wahl hatte. Big Black schob ihn in Richtung Tür, und Francis ging mit. Er drehte sich nicht noch einmal um, auch wenn er das Gefühl hatte, dass zumindest einer der drei Männer, die noch übrig waren, sich ein wenig auf seinem Stuhl herumgedreht hatte und in seine Richtung sah, so dass sich sein Blick Francis in den Rücken brannte. Er spürte eine Präsenz, die heiß und kalt in einem war, und er begriff, dass der Mörder genau das empfand, wenn er sein Opfer in panische Angst versetzte und mit dem Messer in der Hand seine Macht auskostete.

Einen Moment lang glaubte er, eine Stimme zu hören, die ihm nachrief: *Du bist keinen Deut anders als ich!*, doch dann erkannte er, dass in dem Raum nicht wirklich etwas zu hören war außer den Stimmen der Teilnehmer an diesem eintägigen Verhandlungsmarathon. Was er hörte, war eine Halluzination.

Sie war real und nicht real.

Lauf, Francis, lauf!, tobten seine eigenen Stimmen.

Doch das tat er nicht. Er ging einfach langsam weiter und stellte sich dabei vor, dass der Mann, den sie jagten, unmittelbar hinter ihm war, dass aber niemand, weder Lucy noch Peter oder die Moses-Brüder, Mr. Evil oder Dr. Gulp-a-pill ihm glauben würde, wenn er versuchte, es ihnen zu sagen. Es waren noch drei Patienten in diesem Raum. Zwei waren das, wofür man sie hielt. Einer nicht. Und Francis glaubte, hinter dieser einen aufgesetzten Maske der Geisteskrankheit das höhnische Gelächter des Engels zu hören.

Und noch etwas verstand er jetzt: Der Engel schien das Risiko zu lieben, doch Francis selbst hatte wohl das Maß des für ihn

Akzeptablen überschritten. Der Engel würde ihn nicht mehr lange am Leben lassen.
Big Black hielt die Tür zum Verwaltungsgebäude auf, und sie beide traten in den Nieselregen hinaus. Francis hob das Gesicht zum Himmel und fühlte, wie ihm die Nebelschwaden über die Wangen strichen, als könnten sie alle Ängste und Zweifel wegwaschen. Der Tag ging rasch zu Ende, die graue Wolkendecke verdunkelte sich zu einem bleichen Schwarz, das die Nacht ankündigte. In der Ferne konnte Francis den Lärm einer Maschine hören, die schwer und zügig arbeitete, und er starrte über das Klinikgelände. Drüben beim Garten, auf dem provisorischen Friedhof in der entferntesten Ecke des Western State, lud ein leuchtend gelber Löffelbagger die letzten ein, zwei Fuhren Erde auf dem Boden ab.
»Moment mal, C-Bird«, sagte Big Black und blieb abrupt stehen. »Lass uns einen Moment hier warten.« Der hünenhafte Pfleger senkte den Kopf, und Francis hörte ihn »Vater unser, der du bist im Himmel ...«, und den Rest des kurzen Gebets murmeln.
Francis lauschte schweigend. Als Big Black den Kopf hob, sagte der Pfleger: »Ich glaube, das sind so ziemlich die einzigen Worte, die über dem Grab der armen Cleo gesprochen werden.« Er seufzte. »Vielleicht hat sie jetzt mehr Frieden. Zu Lebzeiten hat sie weiß Gott wenig davon gehabt. Das ist wirklich traurig, C-Bird. Wirklich traurig. Sorg dafür, dass ich mal nicht über dir ein Gebet sprechen muss. Warte einfach ab. Das wird alles werden. Verlass dich drauf.«
Francis nickte. Obwohl er es glauben wollte, gelang es ihm nicht so ganz. Und als er noch einmal in den dunkler werdenden Himmel blickte und in der Ferne hörte, wie Cleos Grab aufgefüllt wurde, hatte er das deutliche Gefühl, dass er der Ouvertüre einer Symphonie mit entsprechenden Melodien

und Takten und Rhythmen lauschte, die mit Sicherheit von weiteren Todesfällen kündete.

Für Lucy war es, wenn man es richtig bedachte, der einfachste, geradlinigste Plan, den sie sich ausdenken konnten, und vermutlich der Einzige, der überhaupt Erfolg versprach. Sie würde die Spätschicht der Nachtschwester übernehmen, die sich für Short Blond als tödlich erwiesen hatte. Sobald sie ihre Stellung in der Pflegestation bezogen hatte, würde sie auf das Erscheinen des Engels warten.
Sie war die angebundene Ziege. Der Engel war der menschenfressende Tiger. Einer der ältesten Kunstgriffe. Sie würde die Gegensprechanlage zum zweiten Stock, ein Geschoss über ihr, eingeschaltet lassen, wo die Moses-Brüder auf ihr Zeichen warteten. In der Klinik waren Hilferufe so häufig, dass sie ignoriert wurden, und deshalb hatten sie sich darauf verständigt, dass die beiden ihr zu Hilfe eilen würden, wenn sie *Apollo* sagte. Lucy hatte das Wort mit einem gewissen Sinn für Ironie gewählt. Sie hätten ebenso gut Astronauten auf dem Weg zu einem fernen Mond sein können. Die Moses-Brüder glaubten, dass sie nicht mehr als ein paar Sekunden benötigen würden, um die Treppe herunterzulaufen, womit sie außerdem noch dem Täter einen der Fluchtwege abschnitten. Lucy brauchte nichts weiter zu tun, als den Engel ein Weilchen zu beschäftigen – und dabei nicht zu sterben. Der Haupteingang zum Amherst war doppelt verriegelt, und dasselbe galt für die Seitentür. Sie alle vermuteten, dass sie den Killer in die Enge treiben konnten, bevor er Lucy in Stücke schneiden oder sich durch die verschiedenen Schlüssel durcharbeiten und aufs Klinikgelände hinaus verschwinden konnte. Doch selbst wenn er floh, hätten sie bis dahin den Wachdienst benachrichtigt, und damit würden die Chancen für den Engel schnell sinken. Und,

was noch wichtiger war, sie wüden sein Gesicht zu sehen bekommen.
Peter hatte besonders auf diesem Punkt bestanden und auf einem zweiten Detail. Es war von entscheidender Bedeutung, hatte er argumentiert, dass sie die Identität des Engels erfuhren, egal, was passierte. Das sei die einzige Möglichkeit, die Verfahren gegen ihn zu untermauern.
Außerdem hatte er verlangt, dass die Tür zum Männer-Schlafsaal im ersten Stock nicht abgeschlossen würde, so dass er die Situation mit überwachen konnte, selbst wenn es eine schlaflose Nacht bedeutete. Er begründete diesen Wunsch damit, dass er ein bisschen näher bei Lucy wäre und dass der Engel einen Angriff aus einer normalerweise abgeschlossenen Tür am wenigsten vermuten würde. Die Moses-Brüder hatten gesagt, das sei zwar richtig, sie könnten die Tür aber nicht selbst offen lassen. »Gegen die Regeln«, hatte Little Black gesagt. »Der Big Doc würde uns sofort feuern, wenn er davon Wind bekäme ...«
»Also ...«, fing Peter an, doch Little Black ließ ihn nicht ausreden, sondern hob die Hand.
»Natürlich wird Lucy ihren eigenen Schlüsselsatz für sämtliche Türen hier bei sich haben. Was sie damit macht, während sie die Pflegestation übernimmt, ist nicht unser Bier ...«, sagte Little Black. »Aber dann sind es nicht mein Bruder und ich gewesen, die die Tür offen lassen. Finden wir den Kerl, ist alles gut. Aber ich bin nicht auf noch mehr Ärger versessen, als wir sowieso schon kriegen.«

Lucy starrte auf ihr Bett. Es war still im Schwesternwohnheim, und sie hatte das Gefühl, als wäre sie allein im Gebäude, obwohl sie wusste, dass das nicht stimmen konnte. Irgendwo unterhielten sich Leute, lachten vielleicht sogar über einen

Witz oder tauschten Geschichten aus. Sie nicht. Sie hatte eine weiße Schwesterntracht vor sich ausgebreitet, ihre Verkleidung für die Nacht. Innerlich musste sie doch ein bisschen spöttisch lachen. Erstkommunionskleid. Abschlussballrobe. Hochzeitskleid. Beerdigungskluft. Zu besonderen Anlässen legte eine Frau ihre Kleider so sorgsam zurecht.
In der Hand hielt sie die kleine, kurzläufige Pistole, die sie in die Handtasche steckte. Sie hatte keinem der anderen gesagt, dass sie die Waffe bei sich hatte.
Im Grunde rechnete Lucy nicht damit, dass der Engel sich wirklich zeigte, doch ihr fiel nichts anderes ein, was sie in der kurzen Zeit, die ihr verblieb, hätte unternehmen können. Ihr Aufenthalt hier ging zu Ende, willkommen war sie schon lange nicht mehr, und Montagmorgen würden sie auch Peter wegbringen. Blieb noch diese eine Nacht. In mancherlei Hinsicht hatte sie schon darüber hinaus geplant und überlegt, zu welchen Konsequenzen sie sich gezwungen sehen würde, falls sie hier scheiterte und die Klinik ergebnislos verlassen musste. Irgendwann, das stand für sie fest, würde der Engel wieder entweder hier in der Klinik töten oder sich beurlauben lassen und sich sein Opfer außerhalb dieser Gebäude suchen. Falls sie jede Entlassungsverhandlung und jeden Todesfall in der Klinik verfolgte, würde er früher oder später einen Fehler begehen, und sie stünde bereit, ihm den Prozess zu machen. Natürlich war der Haken bei dieser Vorgehensweise nur allzu offensichtlich: Es bedeutete, dass noch jemand sterben musste.
Sie holte tief Luft und griff nach der Schwesterntracht. Sie versuchte, sich nicht vorzustellen, wie wohl dieses nächste namenlose, gesichtslose Opfer aussehen würde. Oder was für ein Mensch sie war. Oder was für Hoffnungen und Wünsche sie wohl hatte. Irgendwo in einer Parallelwelt gab es sie schon, nahe und dennoch gespenstisch weit weg. Eine Sekunde lang

fragte sich Lucy, ob diese Frau da draußen, die nur darauf wartete, zu sterben, etwas von den Wahnvorstellungen ahnte, unter denen so viele der Anstaltspatienten litten. Sie existierte nur irgendwo da draußen und hatte keine Ahnung, dass sie für den Engel als Nächstes dran war, falls er nicht diese Nacht an der Pflegestation im ersten Stock des Amherst erschien.
Das ganze Gewicht dieses unbekannten Frauenschicksals auf ihren Schultern, zog Lucy sich langsam an.

Als ich von den Worten aufsah, um Luft zu bekommen, stand Peter, die Arme vor der Brust verschränkt, lässig, doch mit besorgtem Gesicht, an die Wand gelehnt im Zimmer. Das war allerdings so ziemlich alles, was vertraut an ihm schien; seine Kleider waren zerfetzt, die Haut an seinen Armen war rot und schwarz versengt. Gesicht und Hals waren schmutz- und blutverschmiert. Es war nur noch so wenig an ihm, das mir vertraut vorkam, dass ich nicht sicher war, ob ich ihn wiedererkannt hätte. Der Raum füllte sich mit einem faulen Gestank, und plötzlich roch ich verbranntes Fleisch und Verwesung.
Ich schüttelte die Panik ab und begrüßte meinen einzigen Freund.
»Peter«, sagte ich in einem Ton, dem die Erleichterung anzuhören war, »du kommst mir zu Hilfe.«
Er schüttelte den Kopf, sagte aber nichts. Er zeigte nur einmal auf seinen Hals und seine Lippen, um mir mit dieser stummen Geste klar zu machen, dass er nicht mehr sprechen konnte.
Ich wies umgekehrt auf die Wand, die meine Geschichte bewahrte.
»Mir dämmerte allmählich alles«, sagte ich. »Ich war

bei diesen Entlassungsverhandlungen. Ich wusste es. Nicht alles, aber nach und nach begriff ich, wie es funktionierte. Als ich an dem Abend über das Klinikgelände lief, sah ich die Dinge zum ersten Mal mit anderen Augen, stimmt's? Aber wo warst du? Wo war Lucy? Ihr habt eure Pläne geschmiedet, und keiner wollte auf mich hören, dabei hab ich am meisten gesehen.«

Er lächelte wieder, um meine Feststellung zu bestätigen.

»Wieso warst du nicht da und hast mir zugehört?«, fragte ich wieder.

Peter zuckte traurig die Schultern. Dann streckte er eine Hand aus, an der fast alles Fleisch fehlte, und griff mit den knochigen Fingern nach meiner Hand. In der Sekunde, die ich zögerte, verblasste seine Hand, als hätte sich eine Nebelbank zwischen uns gelegt, und als ich wieder klar sah, war Peter verschwunden. Wortlos. Wie durch einen Zaubertrick. Ich schüttelte den Kopf und versuchte, meine Gedanken zu ordnen, und als ich wieder aufsah, stand genau an der Stelle, an der Peter eben verschwunden war, der Engel. Zunächst verschwommen, nahm er langsam Gestalt an.

Er glühte weiß, als gäbe es eine grelle, unablässige Lichtquelle in ihm. Es blendete mich, und ich hielt mir die Hand über die Augen, doch als ich wieder hinsah, war er immer noch da. Nur geisterhaft, nebulös, wie lichtdurchlässig, als bestünde er teils aus Wasser, teils aus Luft, teils aus meiner Phantasie. Seine Züge waren konturlos, an den Rändern diffus. Das einzig Scharfe und Deutliche an ihm waren seine Worte.

»Hallo, C-Bird«, sagte er. »Es ist niemand da, der dir helfen kann. Es gibt keinen mehr, der dir helfen könnte.

Jetzt geht es nur noch um dich und mich und das, was in jener Nacht passiert ist.«

Ich sah ihn an und begriff, dass er Recht hatte.

»Du möchtest dich nicht an diese Nacht erinnern, Francis, stimmt's?«

Ich schüttelte den Kopf, weil ich meiner eigenen Stimme nicht traute.

Er zeigte quer durchs Zimmer auf die Geschichte, die sich an der Wand entfaltete.

»Nicht mehr weit vom Sterben weg, Francis«, sagte er kalt.

Dann fügte er hinzu: »Damals und jetzt.«

31

Francis fand Peter außerhalb der Pflegestation im ersten Stock. Es war Zeit für die Pillen, und die Patienten stellten sich für ihre Abendration an. Es gab ein bisschen Gerangel, ein paar Quengeleien wegen diesem und jenem, doch im Großen und Ganzen ging es geordnet zu; alles sah ganz danach aus, dass dies hier für die meisten von ihnen nur eine normale Nacht in einer normalen Woche in einem ganz normalen Monat in einem normalen Jahr zu werden versprach.

»Peter?«, sagte Francis ruhig, doch ohne die Spannung in seiner Stimme verbergen zu können, »Peter, ich muss mit dir reden. Und mit Lucy. Ich denke, ich hab ihn gesehen. Ich denke, ich weiß, wie wir ihn finden können.« In Francis' fieberhafter Vorstellung brauchten sie nichts weiter zu tun, als die Krankenblätter der drei Männer zu holen, die er bei der Verhandlung zurückgelassen hatte. Einer von ihnen musste der Engel sein. Er war sich ganz sicher, und seine Aufregung machte sich in jedem seiner Worte Luft.

Peter the Fireman dagegen schien abgelenkt und hörte ihm kaum zu. Sein Blick wanderte quer über den Flur, und Francis schaute in dieselbe Richtung. Er sah zu den Wartenden hinüber und entdeckte Newsman und Napoleon, den großen Retardierten und den wütenden bulligen Mann, drei Frauen mit Puppen und all die anderen Gesichter, die dem Amherst ein vertrautes Gepräge gaben. Fast rechnete er damit, die dröhnende Stimme von Cleo zu hören, mit irgendeiner Beschwerde über ein Versäumnis, das sie einmal wieder den Arschlöchern anlastete, gefolgt von ihrem unverwechselbaren gackernden Lachen, das sich an den Gitterstäben zwischen Station und Flur brach. Mister Evil stand hinter der Theke und beaufsichtigte die abendliche Medikamentenausgabe durch Schwester Wrong, indem er sich auf einem Klemmbrett Notizen machte. Immer wieder sah Evans hoch in Peters Richtung. Kurz darauf griff Evans nach unten und nahm einen kleinen Pappbecher aus einer Reihe, die vor ihm stand, verließ die Station und schlängelte sich durch die wartenden Patienten, die sich wie Flusswasser teilten, um ihn durchzulassen. Er kam zu Peter und Francis herüber, bevor Francis Zeit hatte, Peter noch etwas von dem zu sagen, was ihn umtrieb.

»Hier, Mr. Petrel«, sagte Evans steif, fast förmlich. »Propaphenin. Fünfzig Mikrogramm. Das sollte diese Stimmen zur Ruhe bringen, die Sie immer noch verleugnen.«

Er streckte Francis den Pappbecher entgegen. »Runter damit«, sagte er. Francis nahm die Pille, warf sie sich in den Mund und schob sie augenblicklich mit der Zunge an eine Stelle hinter den Zähnen, wo er sie sich in die Backe schieben konnte. Evans beobachtete ihn genau und machte Francis dann Zeichen, den Mund zu öffnen. Francis gehorchte, und der Psychologe schaute flüchtig hinein. Francis hätte nicht sagen können, ob Evans die Pille gesehen hatte oder nicht, doch Mr. Evil sagte prompt: »Sehen Sie, C-Bird, mir kann es wirklich egal sein, ob Sie Ihre Medikamente nehmen oder nicht. Falls Sie es tun, nun ja, dann haben Sie eine Chance, eines Tages hier rauszukommen. Wenn nicht, also, schauen Sie sich nur um …«

Er machte eine ausladende Handbewegung, um schließlich auf einen der geriatrischen Patienten zu zeigen, mit weißem Haar, zerbrechlichem Körperbau, schlaffer Haut so dünn wie

Seidenpapier – das, was von einem Mann übrig geblieben war, der in einem ramponierten, bei jeder Bewegung quietschenden Rollstuhl saß. »… Und machen Sie sich schon mal mit dem Gedanken vertraut, dass das hier Ihr Zuhause für den Rest Ihres Lebens ist.«

Francis atmete scharf ein, sagte aber nichts. Evans ließ ihm eine Sekunde Zeit, als erwartete er eine Antwort, zuckte dann die Schultern und wandte sich Peter zu. »Keine Pillen für Fireman heute Abend«, sage er steif. »Keine Pillen für den wahren Mörder hier, statt diesem angeblichen, den Sie immer noch suchen. Der wahre Mörder an diesem Ort sind Sie.«

Evans kniff die Augen zusammen. »Wir haben keine Pillen, die in Ordnung bringen könnten, was mit Ihnen nicht stimmt, Peter. Nichts, was Sie heilen könnte. Nichts, was den Schaden wieder gutmachen könnte, den Sie angerichtet haben. Sie verlassen uns, obwohl ich Einspruch eingelegt habe. Ich wurde von Gulptilil und all den anderen hohen Tieren überstimmt, die Ihretwegen hergekommen sind. Ein echter Deal, von dem beide was haben. Sie gehen in so eine Nobelklinik zu einem Nobelprogramm, und zwar so richtig weit weg, um diese angebliche Krankheit zu kurieren. Aber niemand hat eine Pille oder sonst einen Behandlungsplan oder sogar irgendeine bahnbrechende neurochirurgische Methode, mit der man das heilen könnte, was Fireman hat, Arroganz, Schuld, und die Erinnerung. Es wird keinen Unterschied machen, zu wem Sie werden, Peter, denn innerlich werden Sie immer derselbe bleiben. Ein Killer.«

Mit einem durchdringenden Blick betrachtete er Peter, der mitten im Flur stand und sich nicht rührte. »Ich hab mal geglaubt«, sagte Evans mit frostiger Bitterkeit, »mein Bruder würde die Narben von Ihrem Feuer für den Rest seines Lebens davontragen. Aber da hab ich mich geirrt. Er wird sich

erholen. Er wird weiter Gutes und Wichtiges tun. Aber Sie, Peter, Sie werden es nie vergessen, hab ich Recht? Sie sind es, der die Narben nicht mehr loswird. Die Albträume, Peter. Ein Leben lang.«
Damit machte Mr. Evans auf dem Absatz kehrt und lief zur Pflegestation zurück.
Niemand sprach mit ihm, als er an der Warteschlange der Patienten vorbeikam, die zwar vieles nicht mitbekommen hatten, aber für Zorn feine Antennen besaßen und ihm, wo sie konnten, aus dem Wege gingen.
Peter starrte Mr. Evil nach und sagte: »Er hat wohl nicht ganz Unrecht damit, mich zu hassen. Was ich getan habe, war für die einen richtig und für die anderen falsch.«
Er hatte wahrscheinlich noch mehr dazu zu sagen, doch er tat es nicht. Stattdessen drehte er sich zu Francis um und fragte: »Was wolltest du mir eben erzählen?«
Francis vergewisserte sich, dass niemand vom Personal ihn beobachtete, spuckte die Pille in die Hand und steckte sie in die Hosentasche. Er fühlte sich von widerstrebenden Emotionen massiv bedrängt und wusste nicht, was er sagen sollte. Schließlich holte er tief Luft und fragte: »Du gehst also … Aber was ist mit dem Engel?«
»Wir schnappen ihn uns heute Nacht. Und wenn nicht heute Nacht, dann bald. Also erzähl mir von den Entlassungsverhandlungen.«
»Er war da. Ich weiß es. Ich hab's gefühlt …«
»Was hat er gesagt?«
»Nichts.«
»Was hat er denn getan?«
»Nichts. Aber …«
»Wie kannst du dann so sicher sein, C-Bird?«
»Peter, ich hab's gefühlt. Ich bin mir sicher.« Die Worte

brachten eine Gewissheit zum Ausdruck, zu der Francis' zögerlicher Ton nicht passte.
Peter schüttelte den Kopf. »Das ist ein bisschen dünn, C-Bird. Aber wir sollten es trotzdem wenn möglich Lucy erzählen.«
Francis sah Peter an und fühlte einen Anflug von Frustration und vielleicht auch Ärger. Sie hörten ihm jetzt nicht zu, und sie hatten ihm auch bisher nicht richtig zugehört, und ihm wurde bewusst, dass sie ihm nie zuhören würden. Sie waren auf etwas Handfestes und Konkretes aus. Doch so etwas existierte in der Anstalt kaum.
»Sie geht. Du gehst ...«
Peter nickte. »Ich weiß nicht, was ich dir sagen soll, C-Bird. Ich hasse es, dich zurückzulassen. Aber wenn ich bleibe ...«
»Du und Lucy, ihr geht. Ihr könnt beide hier raus. Ich werde nie hier rauskommen.«
»Du darfst nicht so schwarz sehen. So schlimm wird es schon nicht ...«, sagte Peter, doch sogar er wusste, dass das gelogen war.
»Ich möchte auch nicht länger hier bleiben«, sagte Francis. Seine Stimme zitterte.
»Du kommst raus«, sagte Peter. »Hör zu, C-Bird, ich versprech dir was. Sobald ich dieses verdammte Programm hinter mir hab, zu dem sie mich schicken, sobald ich da weg bin, hol ich dich hier raus. Ich weiß noch nicht genau, wie, aber ich hol dich raus. Ich lass dich nicht hängen.«
Francis hätte das nur allzu gern geglaubt, wagte aber nicht zu hoffen. Er musste unwillkürlich denken, dass es in seinem Leben schon viele Leute gegeben hatte, die Versprechen und Vorhersagen gemacht hatten – und dass die wenigsten davon eingetroffen waren. Zwischen den beiden Zukunftsvisionen hin und her geworfen – der, die Evans beschrieben hatte, und der, die Peter versprach –, wusste Francis nicht, was er denken

sollte, er wusste nur, dass er der einen deutlich näher als der anderen war.
Stattdessen stammelte er: »Der Engel, Peter. Was ist mit dem Engel?«
»Ich hoffe, heute Nacht ist es so weit, C-Bird. Es ist so ziemlich unsere einzige Chance. Die letzte Chance. Wie auch immer. Aber es ist ein vernünftiger Ansatz, und ich denke, es wird funktionieren.«
Francis hörte deutliches Murmeln von all seinen Stimmen. Er zögerte, ob er ihnen zuhören sollte oder Peter, der in aller Kürze den Plan für die Nacht erklärte. Es schien Francis so, als wollte Peter ihm die Einzelheiten ersparen, als wollte er ihn möglichst an den Rand der Geschehnisse drängen und aus der Gefahrenzone heraushalten.
»Lucy soll der Köder sein?«, fragte Francis.
»Ja und nein«, erwiderte Peter. »Sie wird dort sein, und sie mimt den Lockvogel. Aber das ist es auch schon. Ihr wird nichts passieren. Wir haben das alles durchgeplant. Die Moses-Brüder decken sie auf der einen Seite und ich auf der anderen.«
Das stimmt nicht, dachte Francis.
Einen Moment lang schwieg er, denn es gab zu viel zu sagen, und er wusste nicht, wo er anfangen sollte. »C-Bird, was ist los?«
Francis rieb sich die Hände, als wollte er etwas Klebriges loswerden. »Ich bin mir nicht sicher«, sagte er, auch wenn er wusste, dass es gelogen war. Er stotterte, und er wollte seiner Stimme unbedingt Stärke verleihen, Leidenschaft und Überzeugungskraft, doch während er sprach, hatte er das Gefühl, dass jedes Wort, das ihm über die Lippen kam, voller Schwäche war. »Ich hab's nur gespürt. Es war dasselbe Gefühl, das ich hatte, als er an mein Bett kam und mich bedroht hat. In der

Nacht, als er den Tänzer mit einem Kissen erstickt hat. Dasselbe hab ich gefühlt, als ich Cleo da hängen sah …«
»Cleo hat sich selber erhängt.«
»Er war da.«
»Sie hat sich selbst das Leben genommen.«
»Er war da!«, sagte Francis und legte allen Nachdruck in seine Worte, den er aufbringen konnte.
»Woher willst du das wissen?«
»Er hat ihre Hand verstümmelt, nicht Cleo. Der Daumen wurde entfernt, er konnte nicht an die Stelle gefallen sein, wo wir ihn gefunden haben. Nirgends war eine Schere oder ein selbst gemachtes Messer zu finden. Nur dort im Treppenhaus war Blut, sonst nirgends, genau da also muss ihr der Finger abgeschnitten worden sein. Nicht sie hat das getan. Das war er.«
»Aber wieso?«
Francis legte die Hand an die Stirn. Er fühlte sich, als hätte er Fieber, als wäre die ganze Welt in seiner Umgebung von der Sonne versengt. »Um sich mit ihr in Verbindung zu bringen. Um zu zeigen, dass er überall ist. Ich kann es letztlich nicht sagen, Peter, aber es war eine Botschaft, und zwar eine, die wir nicht verstehen.«
Peter betrachtete Francis aufmerksam, doch unverbindlich. Es war, als glaubte er Francis alles, was er sagte, und dann doch wieder nicht. »Und die Entlassungsverhandlungen? Du sagst, du hast gefühlt, dass er da war?« Peter konnte die Skepsis in seiner Stimme nicht verbergen.
»Der Engel muss kommen und gehen können. Er braucht Zugang zu beiden Welten – drinnen und draußen.«
»Wieso?«
Francis holte tief Luft. »Macht. Sicherheit.«
Peter nickte und zuckte gleichzeitig die Schultern. »Vielleicht. Mag sein. Aber alles in allem, C-Bird, ist der Engel einfach ein

Killer mit einer besonderen Vorliebe für einen bestimmten Körperbau sowie Haarschnitt und -farbe und einer Neigung zur Verstümmelung. Vermutlich könnte Gulptilil oder sonst irgendein Seelenklempner sich endlos darüber auslassen, dass der Engel als Kind misshandelt worden ist, aber letztlich zählt das nicht. Unterm Strich ist er nur ein übler Bursche, der üble Taten begeht, und ich denke mal, wir schnappen ihn uns heute Nacht, weil er ein zwanghafter Typ ist, der dem Köder, den wir für ihn gelegt haben, nicht widerstehen kann. Hätten wir am besten gleich so machen sollen, statt mit Befragungen und Patientenakten unsere Zeit zu vergeuden. So oder so wird er auftauchen. Und das war's dann.«

Francis wollte sich Peter so gerne anvertrauen, doch er konnte es nicht. »Peter«, sagte er vorsichtig, »vermutlich hast du mit allem, was du sagst, Recht. Aber wenn nun nicht. Wenn er nun nicht das ist, wofür du und Lucy ihn haltet. Wenn nun alles, was bisher passiert ist, auf etwas ganz anderes hinausliefe.«

»C-Bird, ich kann dir nicht folgen.«

Francis schluckte Luft. Seine Kehle fühlte sich trocken an, und er brachte kaum mehr als ein Flüstern heraus. »Ich weiß nicht, ich weiß nicht«, wiederholte er. »Aber alles, was du und ich und Lucy getan haben, entspricht dem, was er von uns erwartet hat …«

»Wie gesagt: Das gilt für jede Ermittlung. Eine konsequente Untersuchung der Fakten und Details.«

Francis schüttelte den Kopf. Er wollte wütend werden, empfand aber nur Angst. Schließlich hob er den Kopf und sah sich um. Er entdeckte Newsman, der eine Zeitung aufgeschlagen hatte und sich fleißig die Schlagzeilen einprägte. Er erspähte Napoleon, der sich als französischer Heerführer fühlte. Er wünschte sich, er könnte Cleo sehen, die in der Welt einer Königin gelebt hatte. Er konzentrierte sich auf ein paar der

Altersschwachen, die sich in ihren Erinnerungen verloren, und die zurückgebliebenen Männer und Frauen, die in einem dumpfen, kindischen Zustand hängen geblieben waren. Peter und Lucy bedienten sich der Logik – der psychiatrischen Logik –, um den Killer zu finden. Doch C-Bird hatte begriffen, dass dies in einer Welt voller Phantastereien, Wahnvorstellungen und Konfusion der am wenigsten logische Zugang überhaupt war.

Seine eigenen Stimmen schrien ihn an: *Schluss jetzt! Versteck dich! Hör auf, darüber nachzudenken! Hör auf, dir ein Bild zu machen! Hör auf, zu spekulieren! Hör auf, zu verstehen!*

Genau in dem Moment erkannte Francis, dass er bereits wusste, was in dieser Nacht geschehen würde. Und es stand nicht in seiner Macht, es zu verhindern.

»Peter«, sagte er langsam, »vielleicht *will* der Engel, dass alles so läuft, wie es läuft.«

»Also, das wär durchaus möglich«, sagte Peter lachend, als wäre das die verrückteste Idee, die ihm je untergekommen war. Er sprühte vor Zuversicht. »Das wäre sein größter Fehler, oder?«

Francis wusste nicht, was er antworten sollte, nur dass er ganz gewiss nicht Peters Meinung war.

Der Engel beugte sich über mich und war mir so nahe, dass ich jeden kalten Atemzug hinter jedem eisigen Wort spüren konnte. Es schüttelte mich, während ich schrieb, und ich drehte das Gesicht zur Wand, als könnte ich so seine Gegenwart ignorieren. Ich fühlte, wie er mir über die Schulter sah und mitlas, und dann lachte er, und es klang genauso schrecklich wie in der Nacht in der Klinik, als er auf meinem Bettrand saß und mir versprach, ich würde sterben.

»C-Bird sah so vieles. Konnte es nur nicht ganz auf die Reihe bringen«, höhnte er.

Ich hielt im Schreiben inne, so dass meine Finger dicht vor der Wand schwebten. Ich vermied es, in seine Richtung zu schauen, doch ich sprach aus, was ich zu sagen hatte – vor Panik mit schriller Stimme, aber dennoch laut und deutlich, denn ich brauchte die Antworten.

»Ich hatte Recht, nicht wahr? Mit Cleo.«

Wieder lachte er keuchend. »Ja. Sie wusste nicht, dass ich da war, aber ich war eben da. Und das Seltsamste an dieser Nacht, C-Bird, war, dass ich fest entschlossen war, sie noch vor dem Morgengrauen zu töten. Ich dachte daran, ihr einfach im Schlaf die Kehle durchzuschneiden und dann einer der anderen Frauen im Schlafsaal irgendwelche Indizien unterzuschieben. Das hatte bei Lanky erwartungsgemäß funktioniert, und es hätte vermutlich wieder funktioniert. Oder vielleicht einfach nur das Kissen auf ihr Gesicht. Cleo hatte Asthma. Sie rauchte zu viel. Es hätte vermutlich nicht lange gedauert, ihr die Luft abzudrücken. Beim Tänzer war es ja auch ganz leicht.«

»Wieso Cleo?«

»Die Entscheidung fiel, als sie zum Gebäude hochzeigte, wo ich wohnte, und raufbrüllte, sie würde mich kennen. Natürlich hab ich ihr das nicht abgenommen. Aber weshalb sollte ich ein Risiko eingehen? Alles andere lief genau so, wie ich es mir vorgestellt hatte. Aber das weiß C-Bird natürlich, oder etwa nicht? C-Bird weiß das, denn er ist wie ich. Er will töten. Er weiß, wie man tötet. Er hasst sehr. Er liebt den Gedanken an den Tod sehr. Töten ist für mich die einzige Antwort. Und für C-Bird auch.«

»Nein«, stöhnte ich. »Stimmt nicht.«

»Du kennst die Antwort, Francis«, flüsterte der Engel.

»Ich will leben«, sagte ich.

»Wollte Cleo auch. Andererseits wollte sie auch sterben. Leben und Tod können so nah beieinander liegen, dass sie fast schon ein und dasselbe sind, Francis. Und sag mir nur eines: Bist du wirklich so viel anders als sie?«

Ich konnte die Frage nicht beantworten. Stattdessen fragte ich: »Hast du ihr beim Sterben zugesehen?«

»Aber sicher«, antwortete der Engel zischend. »Ich hab gesehen, wie sie das Bettlaken unter dem Bett hervorgezogen hat. Sie muss es einzig zu diesem Zweck dort aufgehoben haben. Sie quälte sich fürchterlich, und die Medikamente halfen ihr nicht im Mindesten, und so hatte sie für die kommenden Jahre nichts weiter als noch mehr Qual und noch mehr Qual vor Augen. Sie hatte keine Angst davor, sich umzubringen, C-Bird, da war sie anders als du. Sie war eine Kaiserin und wusste, wie edel es war, sich selbst das Leben zu nehmen. Wie unausweichlich es war. Ich hab ihr nur noch ein bisschen Mut gemacht, bis sie es hinter sich gebracht hatte, und hab ihren Tod zu meinem Vorteil genutzt. Ich hab ihr die Türen aufgemacht, bin ihr nach draußen gefolgt und hab zugesehen, wie sie ins Treppenhaus lief …«

»Wo war die diensthabende Schwester?«

»Hat gepennt, C-Bird. Die Füße hochgelegt, den Kopf zurückgelehnt, war weggedöst und hat geschnarcht. Meinst du wirklich, irgendeiner von euch wär denen wichtig genug, um euretwegen wach zu bleiben?«

»Aber wieso hast du sie hinterher verstümmelt?«

»Um dir zu zeigen, was du dann ja auch vermutet hast, C-Bird. Um dir zu zeigen, dass ich sie hätte töten

können. Aber vor allem, weil ich wusste, dass alle sich darüber in die Haare kriegen würden, dass jeder daraus ablesen würde, was seine eigene Auffassung bestätigte. Zweifel und Verwirrung sind wirklich hilfreiche Verbündete, C-Bird, wenn man etwas perfekt und präzise plant.«

»Mit einer Ausnahme«, flüsterte ich. »Du hast nicht mit mir gerechnet.«

Er knurrte und erwiderte: »Aber deshalb bin ich schließlich jetzt gekommen, C-Bird. Es geht um dich.«

Kurz vor zehn Uhr abends lief Lucy eilig über das Klinikgelände Richtung Amherst-Gebäude, um die nächtliche Spätschicht zu übernehmen, die nur von einer einzigen Schwester bestritten wurde. Die Friedhofsschicht, wie sie in den Zeitungsredaktionen und Polizeiwachen hieß. Es war eine grässliche Nacht, irgendwo zwischen schwüler Hitze und einem bevorstehenden Gewitter, und sie senkte den Kopf und musste unwillkürlich denken, das ihre weiße Kluft ein Einschnitt in ihrer dunklen Umgebung war. In der rechten Hand hatte sie einen Schlüsselring, der bei jedem zügigen Schritt auf ihrem Weg klirrte. Über ihr neigte und wiegte sich eine Eiche, und sie hörte die Blätter in einer Brise rascheln, die sie nicht fühlen konnte und die in der stehenden, feuchten Nachtluft falsch zu sein schien. Sie hatte sich die Handtasche mit der geladenen Pistole über die rechte Schulter geworfen, was ihr etwas Kesses verlieh und ganz und gar nicht dazu passte, wie sie sich fühlte. Sie ignorierte einen Schrei, der verzweifelt und einsam klang und aus einem der anderen Wohnheime zu kommen schien.

Lucy zog die beiden Schließriegel am Haupteingang des Amherst auf und drückte die Schulter an das schwere Holz, um mit einem ratschenden Geräusch die Tür aufzuschieben. Einen Moment lang war sie verdutzt. Bisher war ihr jedes Mal, wenn sie ins Gebäude kam, sei es im Flur oder in ihrem Büro, der Lärm der vielen Menschen entgegengeschlagen, und die helle Beleuchtung hatte sie geblendet. Jetzt aber, obwohl noch gar nicht so spät, war alles völlig verändert. Was sonst überfüllt und voller Hektik war, voll aufgestauter Energie aus Wahn und fehlgeleiteten Gedanken, lag nunmehr ruhig da, wenn man von dem einen oder anderen gespenstischen Schrei absah, der durch die Korridore hallte. Der Flur wirkte fast schwarz; durch die Fenster drang aus den anderen, entfernten Gebäuden spärliches Licht, das kleine Bereiche der Dunkelheit zu einem erträglichen Grau abmilderte. Die einzige wirkliche Helligkeit im Flur ging von einem kleinen Lichtkegel hinter der verschlossenen Tür der Pflegestation aus, wo eine Schreibtischlampe schimmerte.

Sie sah eine Gestalt aus der Pflegestation kommen und atmete langsam aus, als sie erkannte, dass Little Black sich hinter dem Schreibtisch erhob und die Drahttür öffnete.

»Auf die Minute pünktlich«, sagte er.

»Würde mir das hier um nichts in der Welt entgehen lassen«, sagte sie in gespieltem Draufgängertum.

Er schüttelte den Kopf. »Ich vermute mal, dass Sie nichts weiter als eine lange, öde Nacht vor sich haben«, sagte er. Damit wies er auf die Gegensprechanlage auf seinem Tisch. Sie war altmodisch, eine kleine Box mit einem Ein-/Aus-Schalter an der Oberseite sowie einer Skala, um die Störgeräusche zu reduzieren. »Das hier hält die Verbindung zu mir und meinem Bruder oben«, sagte er. »Aber wir müssen wirklich hören, wie Sie klar und deutlich dieses Apollo-Wort da reinflöten, denn diese Dinger sind zehn, zwanzig Jahre alt, und sie funktionieren nicht mehr allzu gut. Auch das Telefon ist mit oben verbunden. Wählen Sie einfach zwei null zwei, und es klingelt. Wissen Sie, was? Wenn Sie es zweimal klingeln lassen und dann auflegen, verstehen wir das auch als Signal und kommen angerannt.«

»Zwei null zwei. Alles klar.«

»Aber das werden Sie bestimmt alles nich' brauchen«, sagte Little Black. »Nach meiner Erfahrung läuft hier drinnen nix logisch nach Plan, egal, wie genau Sie es ausgetüftelt haben. Bin ziemlich sicher, dass der Kerl, den Sie jagen, weiß, dass Sie hier sind. Macht fix die Runde, wenn Sie dem Richtigen das richtige Wort ins Öhrchen flüstern. Aber wenn dieser Kerl tatsächlich so clever ist, wie Sie meinen, dann hab ich meine Zweifel, dass er Ihnen direkt in die Falle tappt, die er eigentlich erkennen müsste. Trotzdem, man weiß ja nie.«

»Stimmt«, sagte Lucy. »Man weiß nie.«

Little Black nickte. »Also dann, Sie melden sich. Und Sie melden sich auch, wenn irgendwas mit irgendeinem der Patienten ist, wo Sie nicht mit klar kommen. Ignorieren Sie einfach Hilferufe und so. Meistens warten wir bis zum Morgen und kümmern uns erst dann um irgendwelche Probleme in der Nacht.«

»In Ordnung.«

Er schüttelte den Kopf. »Nervös?«

»Nein«, antwortete Lucy. Sie wusste, dass sie *etwas* war, sie wusste nur nicht, ob *nervös* die Sache traf.

»Wenn es spät wird, schicke ich jemanden, der mal nach Ihnen schaut. Das geht doch in Ordnung, oder?«

»Bin immer für Gesellschaft dankbar. Nur dass ich den Engel nicht verschrecken will.«

»Kann mir nicht denken, dass er der Typ ist, den allzu viel verschrecken kann«, sagte Little Black. Er blickte den Flur entlang. »Ich hab dafür gesorgt, dass die Schlafsaaltüren abgeschlossen sind«, sagte er. »Bei den Männern und den Frauen.

Besonders die da drüben, die Peter offen haben wollte. Natürlich wissen Sie, dass das da am Ende der Kette der Schlüssel ist, mit dem man sie aufschließen kann ...« Er zwinkerte ihr verschwörerisch zu. »Denke allerdings mal, dass es da drinnen nach der Devise geht, Licht aus, Augen zu und schnarchen, dass die Wände wackeln.«

Damit trat Little Black zurück und in den Flur. Er drehte sich noch einmal um und winkte, doch es war so dunkel am Ende des Korridors, in der Nähe des Treppenhauses auf dieser Seite, dass sie oberhalb der weißen Kluft des Pflegers kaum sein Gesicht erkennen konnte.

Lucy hörte, wie die Tür knarrend zufiel. Sie stellte ihre Handtasche vor sich auf den Tisch neben das Telefon. Sie wartete ein paar Sekunden – lange genug, bis die Stille sich feuchtkalt über sie senkte. Dann nahm sie den Schlüsselbund und ging zum Schlafsaal der Männer. So leise sie konnte, steckte sie den passenden Schlüssel ins Schloss und drehte einmal um, so dass sie ein leises Klicken hörte. Sie atmete tief durch und ging zur Pflegestation zurück, um darauf zu warten, dass etwas geschah.

Peter saß hellwach im Schneidersitz auf seinem Bett. Er hörte das Klicken, mit dem sich die Schließzylinder drehten, und wusste, dass Lucy die Tür aufgesperrt hatte. Er sah sie förmlich vor sich, wie sie zügig zur Pflegestation zurücklief. Lucy war so eindrucksvoll durch ihre Größe, ihre Narbe und die Art, wie sie sich bewegte, dass Peter sie mühelos vor Augen hatte. Er strengte sich an, ihre Schritte zu hören, doch vergeblich. Die Geräuschkulisse der schlafenden Männer, die sich in ihrem Bettzeug und ihrer Verzweiflung verhedderten, übertönte jedes leise Geräusch aus dem Flur. Zu viel Schnarchen, schweres Atmen und Reden im Schlaf, um einen einzelnen

Laut herauszuhören. Er fürchtete, das könnte zu einem Problem werden, und so gab er seinen Posten auf und bahnte sich behutsam einen Weg an den Gestalten der schlafenden Männer vorbei bis zur Tür. Aus Angst, durch das Geräusch jemanden zu wecken, egal, wie sehr sie mit Medikamenten voll gepumpt waren, wagte er nicht, sie zu öffnen. Stattdessen setzte er sich einfach an der angrenzenden Wand auf den Boden und wartete auf ein ungewöhnliches Geräusch oder ein Wort, das ihm das Erscheinen des Engels signalisierte.

Er wünschte sich, er hätte eine Waffe gehabt. Eine Pistole, dachte er, wäre jetzt hilfreich gewesen. Selbst ein Baseballschläger oder ein Schlagstock oder dergleichen. Er rief sich ins Gedächtnis, dass der Engel ein Messer benutzte und er daher Abstand wahren musste, bis die Moses-Brüder erschienen, der Sicherheitsdienst gerufen und die Aktion erfolgreich verlaufen war.

Lucy hätte vermutlich nie ohne Hilfe in ihre Rolle eingewilligt. Sie hatte nicht gesagt, dass sie bewaffnet sei, doch er vermutete, dass sie es war.

Ihr Vorteil lag im Überraschungsmoment und in ihrer zahlenmäßigen Überlegenheit. Das sollte reichen, dachte er.

Peter warf einen verstohlenen Blick zu Francis hinüber und schüttelte den Kopf. Sein junger Freund schien zu schlafen, und das war gut. Es tat ihm leid, dass er Francis zurücklassen musste, glaubte aber, dass dies alles in allem das Beste für ihn war. Seit der Engel an sein Bett getreten war – wobei Peter sich letztlich nicht sicher war, ob es tatsächlich so gewesen war –, kam es ihm so vor, als sei Francis immer zerstreuter geworden und weniger Herr der Situation. C-Bird hatte einen Weg beschritten, den Peter nur ahnen konnte und auf dem er ihm keinesfalls folgen wollte. Es machte ihn traurig, wenn er beobachtete, was mit seinem Freund passierte, vor allem, da er machtlos zusehen musste, ohne dass er etwas dagegen unternehmen konnte. Cleos Tod hatte Francis schwer getroffen, dachte Peter, und er hatte mehr als sie alle eine ungesunde Obsession entwickelt, den Engel zu finden. Es schien fast so, als hätte es für Francis eine ganz andere, ungleich größere Bedeutung, den Killer zu stellen, und als berge es für ihn ganz andere Gefahren.

Doch da irrte Peter natürlich. Die Obsession lag in Wahrheit bei Lucy, doch das wollte er nicht sehen.

Er lehnte den Kopf an die Wand zurück und schloss für einen Moment die Augen. Er fühlte, wie ihm neben der Aufregung Erschöpfung durch die Adern kroch. Er begriff, dass sich in dieser Nacht und am folgenden Morgen vieles in seinem Leben radikal ändern sollte. In seinem Kopf schob er die Erinnerungen beiseite und fragte sich, wie seine eigene Geschichte nun weitergehen würde. Zugleich lauschte er aufmerksam an der Tür und wartete auf Lucys Zeichen.

Er fragte sich, ob er sie nach dieser Nacht je wiedersehen würde.

Nicht weit von ihm lag Francis reglos auf seinem Bett. Er wusste sehr wohl, dass Peter an seinem Bett vorbeigeschlichen war und an der Tür Posten bezogen hatte. Er wusste, dass an Schlaf nicht zu denken war, wohl aber ans Sterben, und so atmete er langsam und gleichmäßig ein und aus und wartete, dass jeden Moment etwas passierte, das, wie ihm ein sicherer Instinkt sagte, unausweichlich war. Etwas, das in Stein gemeißelt, durchgeplant und ausgetüftelt war, bis ins Letzte konzipiert. Er hatte das Gefühl, als erfasste ihn eine Strömung und zerrte ihn an einen Ort, an dem er sich selbst oder dem, was in ihm schlummerte, gefährlich nahe kam, und dass er dem Strudel hilflos ausgesetzt war.

Und so waren wir alle genau da, wo der Engel uns haben wollte. Ich wollte das hinschreiben, tat es aber nicht. Es ging über die Vorstellung hinaus, dass wir einfach unsere Plätze auf der Bühne eingenommen hatten und uns die letzte Woge Lampenfieber packte, bevor sich der Vorhang hob und wir uns fragten, ob wir unseren Text beherrschten, ob unsere Bewegungen gut einstudiert waren, ob wir unseren Anforderungen gerecht würden und unseren Einsatz kannten. Der Engel wusste, wo wir uns befanden, doch er wusste viel mehr. Er wusste, wo wir innerlich standen.

Außer vielleicht in meinem Fall, denn ich war innerlich völlig konfus.

Ich schaukelte ständig vor und zurück und stöhnte, wie ein Verwundeter auf dem Schlachtfeld stöhnt, der um Hilfe rufen will, aber nur einen tiefen Laut der Qual herausbekommt. Ich kniete auf dem Boden und hatte kaum noch Platz an der Wand, so wie ich auch kaum noch über Worte verfügte.

Rings um mich brüllte der Engel so laut, dass seine Stimme wie ein Sturzbach meine Proteste übertönte. Er schrie: »Ich wusste es. Ich wusste es. Ihr wart ja alle so dumm … so normal … so vernünftig!« Seine Stimme hallte von den Wänden wider, geriet erst richtig in Fahrt und traf mich wie Peitschenhiebe. »Ich war nichts von alledem! Ich war so viel größer!«

Und dann, als ich den Kopf wegduckte und die Augen zusammenkniff, platzte ich heraus: »Ich nicht …«, was wenig Sinn ergab, auch wenn der Klang meiner eigenen Stimme im Wettstreit mit seiner mir einen kurzen Adrenalinstoß verschaffte. Ich holte Luft und wappnete mich für den nächsten Schmerz, doch als er ausblieb, blickte ich auf und sah, wie der Raum plötzlich vor Licht zu explodieren schien. Ein Feuerwerk, ein Sternregen wie Phosphorgranaten in der Ferne, Leuchtspurgeschosse in der Dunkelheit, eine Schlacht in der Dunkelheit.

»Sag's mir!«, forderte ich und erhob dabei die Stimme, so dass ich die Kampfgeräusche übertönte. Die Welt meines kleinen Apartments schien von der schieren Wucht des Kriegsgeschehens zu wanken und zu schwanken.

Der Engel war um mich, überall, hüllte mich ein. Ich knirschte mit den Zähnen. »Sag's mir!«, rief ich wieder, so laut ich konnte.

Da flüsterte mir eine gefährlich leise Stimme ins Ohr: »Du kennst die Antworten, C-Bird. Du konntest sie in jener Nacht schon sehen. Du willst es nur nicht wahrhaben, stimmt's, Francis?«

»Nein«, brüllte ich.

»Du willst nicht sagen, was C-Bird in jener Nacht auf seinem Bett gewusst hat, weil es bedeuten würde, dass Francis sich jetzt das Leben nehmen muss, nicht wahr?«

Ich konnte nicht antworten. Tränen und Schluchzen zuckten durch meinen Körper.

»Du musst sterben. Was bleibt dir anderes übrig, C-Bird? Denn du hast in der Nacht damals die Antworten gewusst, oder etwa nicht?«

Ich fühlte, wie mir die Agonie spiralenförmig durch den ganzen Körper kroch, und flüsterte die einzige Antwort, die vielleicht die Stimme des Engels zum Verstummen bringen konnte.

»Es ging gar nicht um Short Blond, nicht wahr?«, fragte ich. »Von Anfang an ging es nicht um sie.«

Er lachte. Ein Lachen, das die Wahrheit bestätigte. Ein

schreckliches, reißendes Geräusch, als würde etwas zerbrochen, das irreparabel war.
»Was hat C-Bird in jener Nacht denn noch gesehen?«, fragte der Engel.
Ich erinnerte mich, wie ich im Bett lag – mehr als reglos, so erstarrt wie ein katatonischer Patient angesichts einer Schreckensvision von der Welt. Ich wollte mich nicht rühren, ich wollte nicht sprechen, ich wollte nichts weiter als atmen, denn während ich dort lag, sah ich die ganze Todeswelt, die der Engel sich ausgedacht hatte. Peter war an der Tür. Lucy war in der Pflegestation. Die Moses-Brüder waren oben. Jeder war allein, isoliert und verletzlich. Und wer am meisten? Lucy.
»Short Blond«, stammelte ich. »Sie war nur …«
»Ein Teil in einem Puzzle. Du hast das damals gesehen, C-Bird. Und diese Nacht ist genauso wie damals.« Die Stimme des Engels dröhnte vor Autorität.
Ich konnte kaum sprechen, weil ich wusste, dass die Worte, die ich in diesem Moment begriff, mit denen, die mir vor Jahren in den Sinn kamen, identisch waren. Eins. Zwei. Drei. Und dann Short Blond. Was bewirkten alle diese Tode? Sie brachten unweigerlich Lucy an einen Ort, an dem sie allein, im Dunkeln, inmitten einer fremden Welt auf sich gestellt war, die sich Logik, Vernunft und planungsvoller Organisation entzog, egal, was Gulptilil oder Evans oder Peter oder die Moses-Brüder oder sonst jemand, der im Western State Hospital das Sagen hatte, davon halten mochten. Es war eine arktische Welt unter dem Diktat des Engels.
Der Engel grollte und trat nach mir. Bis dahin war er nebulös, gespenstisch gewesen, doch dieser Tritt saß. Ich stöhnte vor Schmerz und rappelte mich gleich wieder

auf die Knie hoch, um zur Wand zurückzukriechen. Ich konnte kaum den Stift zwischen den Fingern halten. Und das lag daran, was ich in jener Nacht in der Dunkelheit gesehen hatte.

Es ging auf Mitternacht zu. Stunden, die immer langsamer und schließlich im Kriechtempo vergingen. Eine Umnachtung, die alles um ihn her erfasste. Francis lag steif da und durchforschte in Gedanken das, was er wusste. Eine Mordserie, die Lucy in die Klinik lockte, und jetzt befand sie sich mit kurz geschnittenem, blondiertem Haar hinter der Tür und wartete auf den Killer. Alle möglichen Todesfälle und Fragen. Und wie lautete die Antwort? Sie schien ihm nahe zu sein und doch auch wie eine Vogelfeder in der Brise, nach der man schnappt und ins Leere greift.

Er drehte sich auf dem Bett um und sah zu Peter hinüber, der den Kopf in die auf den Knien verschränkten Arme stützte. Francis vermutete, dass die Erschöpfung bei ihm am Ende doch die Oberhand gewonnen hatte. Er hatte nicht den Vorteil wie Francis, dem Angst und Schrecken den Schlaf vertrieben.

Francis wollte ihm gerne erklären, dass ihm jetzt alles klar geworden sei, doch als er den Mund aufmachte, versagte ihm die Stimme. Und in die Stille der Verzweiflung hörte er genau in dem Moment unverkennbar, wie das zuvor geöffnete Schloss der Schlafsaaltür einrastete.

32

Vom Geräusch der zuschnappenden Tür schnellte Peters Kopf in die Höhe. Er schüttelte sich kurz und sprang auf die Beine, während er sich fragte, wie er hatte einschlafen können, so dass er die gedämpften Schritte jenseits der Tür überhörte. Er legte die Hand auf den Knauf und drückte die Schulter an die Tür und hoffte eine Sekunde lang, das Geräusch, das ihn aufschrecken ließ, sei Teil eines Traums im Halbschlaf gewesen. Der Knauf drehte sich, doch die Tür gab nicht nach, und er spürte, wie der Schließriegel sie an Ort und Stelle hielt. Er ließ den Knauf los und trat einen Schritt zurück, während ihn ein Schwall von Emotionen traf, die sich anders als Angst oder Panik anfühlten, eher wie Schock oder banges Staunen. Er hatte einfache Erwartungen gehabt, die auf logischen Verdachtsmomenten basierten und ihm eine Vorstellung davon vermittelt hatten, wie diese Nacht verlaufen würde, doch von einem Moment auf den anderen erkannte er, dass sich dies alles in Nichts auflöste und einem schrecklichen Rätsel wich. Zunächst war er unsicher, was er tun sollte. Also atmete er tief durch und rief sich ins Gedächtnis, dass er schon mehr als einmal in Situationen gewesen war, die Besonnenheit erforderten, wenn alle möglichen Gefahren ihm alle auf einmal durch den Kopf schwirrten oder an ihm zerrten. Gefechte als Soldat. Brände als Feuerwehrmann. Er biss sich fest auf die Lippe und schärfte sich ein, nicht die Nerven zu verlieren, sondern Ruhe zu bewahren. Dann presste er das

Gesicht an das kleine Fenster in der Tür und reckte sich, um den Flur entlangsehen zu können. Bis jetzt war noch nichts passiert, sagte er sich, wodurch sich diese Nacht nicht von allen anderen unterschied.

Hinter ihm hatte Francis die Beine aus dem Bett geschwungen. Er wurde von Kräften hochgerissen, die er nicht kannte. Er hörte, wie seine eigenen Stimmen riefen, *Es ist so weit!*, doch er konnte nicht sagen, was *es* war. Fast wie eine Statue stand er neben seinem Bett und wartete auf den nächsten Augenblick, in der Hoffnung, dass er binnen Sekunden begriff, worin seine Aufgabe bestand. Und dass er sie, wenn er dazu berufen war, auch bewältigen konnte. Er begann zu zweifeln. Sein ganzes kurzes Leben lang hatte er, so weit er sich erinnern konnte, noch nichts zustande gebracht.

Lucy sah von ihrem Schreibtisch in der Pflegestation auf und erkannte durch den Maschendraht im Grauschwarz des Flurs genau an der Stelle, an der ihr Little Black vorhin zugewunken hatte, eine Gestalt.

Es war eine menschliche Gestalt, die aus dem Nichts aufzutauchen schien. Sie reckte sich vor und beobachtete, wie ein Pfleger in weißer Jacke am Schlafsaal der Männer stehen blieb und dann weiter den Flur entlanggeschlendert kam, um sie zu begrüßen. Der Mann winkte ihr zu, und sie sah, dass er lächelte. Er hatte eine selbstsichere, gelöste Art – zumindest lief er nicht mit diesen zögerlichen, gehemmten Schritten, die sie bei der überwältigenden Mehrzahl der Patienten beobachtete, welche die Last ihrer Krankheit mit sich herumschleppten. Dieser Mann hatte einen beschwingten Gang, der ihn einer anderen Kategorie zuordnete. Dennoch griff sie nach unten und legte die Hand auf ihre Tasche, um sich zu vergewissern, dass ihre Pistole in Reichweite war.

Der Pfleger kam näher. Er war nicht allzu groß, vermutlich nicht größer als sie selbst, aber mit seinem schlanken, athletischen Körperbau wohl um einiges schwerer. So wie er durch den Flur kam, schien er wie aus einer Wolke hervorzutreten und mit jedem Schritt eine deutlichere Gestalt anzunehmen. Er blieb stehen und überprüfte zunächst eine Abstellraumtür, um sicherzugehen, dass sie abgeschlossen war, dann eine zweite, die Tür, die in den Heizungskeller hinunterführte. Er rüttelte daran und zog dann einen Schlüsselsatz hervor, der sich von dem kaum unterschied, den sie selbst für diese Nacht erhalten hatte.

Sie ließ die Hand sinken und legte die Finger um den Kolben ihrer Pistole. Sie wollte schon den Knopf der Gegensprechanlage drücken, zögerte jedoch, als der Pfleger sich umdrehte und nicht unfreundlich sagte: »Die Idioten von der Wartung lassen die Dinger ständig offen, egal, wie oft wir ihnen sagen, sie sollen sie wieder abschließen. Eigentlich ein Wunder, dass wir in den Tunneln da unten nicht schon längst ein Dutzend Patienten verloren haben.«

Er grinste und zuckte die Schultern. Sie sagte kein Wort.

»Mr. Moses hat mich gebeten, runterzukommen und nach Ihnen zu sehen«, erklärte der Pfleger. »Sagt, es wär Ihre erste Nacht und so. Hoffentlich hab ich Ihnen keinen Schrecken eingejagt.«

»Nein, kein Problem«, sagte Lucy, die Hand nach wie vor um den Pistolenkolben gelegt. »Sagen Sie ihm danke von mir, aber ich bräuchte keine Hilfe.«

Der Pfleger kam ein Stück näher. »Hatte ich mir gedacht. Nachtschicht hat eher damit zu tun, dass man sich ein bisschen einsam und ein bisschen gelangweilt fühlt, und vor allem damit, dass man wach bleiben muss. Aber nach Mitternacht kann es schon ein bisschen gruselig werden.«

Sie sah den Mann eindringlich an und versuchte, sich jede Einzelheit seiner Züge, jede Veränderung in seinem Tonfall einzuprägen und mit dem Bild zu vergleichen, das sie sich vom Engel gemacht hatte. Hatte er die richtige Größe und Statur, das richtige Alter? Wie sieht ein Killer aus? Sie fühlte, wie sich ihr der Magen zusammenzog und die Muskeln in ihren Armen und Beinen vor Anspannung zitterten. Sie hatte nicht damit gerechnet, dass ein Mörder lächelnd den Flur entlanggeschlendert kommt. *Wer bist du?*, dachte sie.

»Wieso ist Mr. Moses nicht selber runtergekommen?«, fragte sie laut.

Der Pfleger zuckte die Schultern. »Im Schlafsaal einen Stock höher haben sich ein paar Kerle in die Wolle gekriegt, und er musste einen von ihnen in den vierten Stock bringen und zusehen, dass er ihn in die Zwangsjacke kriegt und unter Beobachtung stellt und ihm 'ne Ladung Haldol verpasst. Deshalb hat er seinen großen Bruder in der Pflegestation gelassen und mich gebeten, hier runterzukommen. Aber wie's aussieht, haben Sie ja alles bestens unter Kontrolle. Kann ich mich noch irgendwie nützlich machen, bevor ich wieder raufgehe?«

Lucy hatte immer noch die Hand an der Waffe und durchbohrte den Pfleger mit ihren Blicken. Als er näher kam, versuchte sie, jeden Zentimeter an ihm zu ergründen. Sein dunkles Haar war ein wenig lang, doch gepflegt. Seine Pflegertracht war tadellos, und mit den Tennisschuhen waren seine Schritte kaum zu hören. Sie sah ihm lange in die Augen und suchte darin entweder nach dem Lichtblitz des Wahns oder nach dem Dunkel des Todes. Sie suchte die ganze Erscheinung des Mannes nach irgendeinem Zeichen ab, das ihr verriet, wer er war, und hoffte auf irgendeine Besonderheit, die ihr Klarheit verschaffte. Sie packte die Pistole noch fester und zog sie halb aus der Tasche, um sich zu wappnen. Sie tat das alles so unauffällig

wie möglich. Zugleich blickte sie auf die Hände des Mannes. Die Finger wirkten lang, fast zu lang, wie Klauen.
Er trat näher, so dass er nur noch ein, zwei Meter entfernt war, nahe genug, dass sie eine Art Hitze zwischen ihnen fühlen konnte, die sie auf ihre Nervosität zurückführte.
»Na, jedenfalls, tut mir leid, falls ich Sie erschreckt habe. Ich hätte Sie vorher anrufen sollen, damit Sie Bescheid wissen, dass ich runterkomme. Oder Mr. Moses hätte anrufen sollen, aber er und sein Bruder waren wie gesagt ein bisschen beschäftigt.«
»Schon in Ordnung«, sagte sie.
Der Pfleger wies auf das Telefon neben ihrer Hand. »Ich sollte Mr. Moses anrufen und ihm sagen, dass ich gleich wieder oben im Isolationstrakt bin. Darf ich mal?«
Sie wies mit dem Kopf auf das Telefon. »Bedienen Sie sich«, sagte sie. »Wissen Sie, ich hab Ihren Namen nicht verstanden ...«
Jetzt war er nahe genug, um sie zu berühren, aber dennoch durch den schützenden Maschendraht der Pflegestation von ihr getrennt. Der Pistolenkolben schien in ihrer Hand zu brennen, als schreie er danach, aus seinem Versteck gezogen zu werden.
»Mein Name?«, fragte er. »Tut mir leid. Ich hab mich noch gar nicht vorgestellt ...«
Der Mann griff durch die Öffnung im Maschendraht, durch die gewöhnlich die Medikamente an die Patienten ausgegeben wurden, und nahm den Hörer von der Gabel, um ihn sich ans Ohr zu halten. Sie sah zu, wie er drei Nummern wählte und dann eine Sekunde wartete.
Eiskalt fuhr ihr ein verwirrender Gedanke durch den Kopf. Der Pfleger hatte nicht zwei null zwei gewählt.
»Hey«, sagte sie, »das ist nicht ...«

Und dann schien ihre Welt zu explodieren.
Ein rot glühender Schmerz prasselte hinter ihren Augen auf sie nieder, und mit jedem Herzschlag fühlte sie Stiche der Angst. In ihrem Kopf drehte sich alles, und dann fühlte sie, wie sie nach vorn stürzte, als hätte sie die Balance verloren. In dem Moment traf sie eine zweite Salve im Gesicht, der dicht hintereinander eine dritte und vierte folgten. Ihr Kinn, ihr Mund, ihre Nase und die Wangen schienen alle zugleich in Flammen zu stehen, und in ihrem ganzen Gesicht pochten entsetzliche Schmerzen. Sie merkte, wie sie kurz davor war, ohnmächtig zu werden, wie es schwarz um sie wurde. Sie nahm den letzten Rest an Geistesgegenwart und Selbstkontrolle zusammen und versuchte, ihre Pistole herauszuziehen. Sie fühlte sich wie in einem Kokon aus schierer Qual und schwindelerregender Desorientierung; ihr entschlossener, fester Griff, mit dem sie noch vor Sekunden den Pistolenkolben in der Hand gehalten hatte, wurde plötzlich schlaff und locker. Ihre Bewegungen waren unglaublich langsam, als würden sie von Stricken und Ketten gehemmt. Sie versuchte, die Pistole auf den Pfleger zu richten, solange der letzte Funken Willenskraft in ihr brüllte: Schieß! Schieß!, doch von einer Sekunde zur anderen war die Waffe und damit alle Sicherheit verloren. Sie hörte sie auf dem Boden klappern und fühlte, wie sie selbst vom Stuhl fiel und aufs Linoleum aufschlug, wo sie nichts weiter schmeckte als den salzigen Rückstand von Blut.
Es schien die letzte Wahrnehmung, die außer den Sturzbächen an Schmerzen geblieben war. Explosionen blitzten grellrot vor ihren Augen. Sie war plötzlich taub gegen die Geräusche. Sie hatte nur noch den Gestank der Angst in der Nase, der alles andere überlagerte. Sie wollte um Hilfe rufen, doch die Worte schienen so fern und unzugänglich wie jenseits einer tiefen Schlucht.

Und so war es passiert: Der Pfleger hatte urplötzlich den schweren Telefonhörer mit dem kurzen, geübten brutalen Aufwärtshaken eines Boxers Lucy gegen den Unterkiefer geschlagen und zugleich mit der anderen Hand durch die Luke gegriffen und ihre Jacke gepackt. Als sie zurückwich, hatte er sie mit roher Gewalt nach vorne gezogen und ihr Gesicht gegen das Trenngitter geschlagen, das zu ihrem Schutz da war. Er hatte sie zurückgeschubst und erbarmungslos noch dreimal gegen den Draht geknallt, um sie schließlich zu Boden zu werfen, wo sie mit dem Gesicht aufprallte. Die Pistole, die er ihr mühelos mit dem Telefonhörer aus der Hand geschlagen hatte, schlitterte quer über den Boden und blieb in einer Ecke der Pflegestation liegen. Es war eine Attacke von schwindelerregender Rasanz und Präzision. Ein paar Sekunden hemmungsloser Gewalt, eine Geräuschkulisse, die sich auf die kleine Welt, in der sie agierten, beschränkte. Eben noch hatte Lucy vorsichtig, taxierend die Hand an der Waffe gehabt, von der sie sich ausreichend Schutz erhofft hatte, und im nächsten Moment lag sie am Boden und konnte kaum einen klaren Gedanken fassen mit Ausnahme einer einzigen schrecklichen Vorstellung: *Ich werde diese Nacht hier sterben.*

Lucy versuchte, den Kopf zu heben, und durch den Schleier des Schocks sah sie, wie der Mann die Tür zur Pflegestation öffnete. Sie setzte alles daran, auf die Knie zu kommen, doch vergeblich. Ihr Kopf dröhnte von dem einzigen Wunsch, um Hilfe zu rufen, sich zu wehren, all die Dinge zu tun, die sie sich zurechtgelegt hatte und die vor kurzem noch so leicht durchzuführen schienen. Doch bevor sie die Kraft oder den Willen aufbringen konnte, etwas zu unternehmen, war er neben ihr. Ein brutaler Tritt in die Rippen presste die letzte Luft aus ihren Lungen, und Lucy brachte ein tiefes Stöhnen hervor, als der Engel sich über sie beugte und ihr Worte zuflüsterte, die sie in eine weitaus tiefere Panik stürzten, als sie sie für möglich gehalten hätte: »Weißt du nicht mehr?«, zischte er.

Das wahrhaft Schlimme an diesem Moment, der all die schrecklichen Dinge in den Schatten stellte, die in den letzten Sekunden geschehen waren, das wahrhaft Schlimme war, dass sie, als sie diese Stimme so dicht an ihrem Ohr in einer Vertraulichkeit hörte, die nur Hass zum Ausdruck brachte, Jahre übersprang und sie unzweifelhaft wiedererkannte.

Peter drehte sich mehrfach in beide Richtungen, um den Flur des Amherst-Gebäudes zu überblicken. Er drückte sein Gesicht an das kleine, drahtverstärkte Glasfenster. Er hatte nichts als Dunkelheit vor sich, und das Einzige, was darin zu erkennen war, waren ein paar fahle Lichtstreifen und ihre Schatten, in denen keinerlei Anzeichen für menschliche Aktivität zu erkennen waren. Er legte das Ohr an die Tür und versuchte, etwas durch den dicken Stahl zu hören, doch die solide Stärke machte seine Versuche zunichte, egal, wie sehr er die Ohren spitzte. Er konnte nicht sagen, was los war – falls etwas los war. Sicher wusste er nur, dass die Tür, die eigentlich offen bleiben sollte, jetzt fest verriegelt war und dass direkt hinter seinem Sichtfeld etwas passierte und er urplötzlich machtlos war. Er packte den Knauf und zerrte wütend daran, was nur einen kleinen ohnmächtigen Knall verursachte, der nicht einmal reichte, um jemanden von den anderen Männern in ihrem Arzneimittelschlaf zu wecken. Er fluchte und zog wieder.

»Ist er das?«, hörte Peter hinter sich.

Er fuhr herum und sah Francis stocksteif ein paar Schritte hinter sich stehen. Der Jüngere hatte vor Angst und Anspannung geweitete Augen, und in dem einsamen Lichtstrahl aus einem

entfernten Gitterfenster wirkte sein Gesicht noch jünger, als er war.
»Ich weiß nicht«, sagte Peter. »Ich kann's nicht sagen.«
»Die Tür ...«
»Ist abgeschlossen«, antwortete er. »Dürfte sie eigentlich nicht sein, ist sie aber.«
Francis holte tief Luft. Einer Sache war er sich absolut sicher.
»Das ist er«, sagte er mit einer Bestimmtheit, die ihn selbst überraschte.

Jeder Gedanke und jede Bewegung wurden von dem Schmerz überlagert, der jede Faser ihres Gesichts erfasste. Sie setzte alles daran, wach zu bleiben, denn sie begriff, dass ihr Leben davon abhing, auch wenn sie noch nicht wusste, wie. Eines ihrer Augen war bereits zugeschwollen, und sie glaubte, dass ihr Kiefer gebrochen war. Sie versuchte, vom Klang der Stimme in ihrem Ohr wegzukriechen, doch er versetzte ihr noch einen Fußtritt und ließ sich plötzlich rittlings auf sie fallen, so dass er sie auf den Boden presste. Sie stöhnte erneut auf, und in dem Moment merkte sie, dass er etwas in der Hand hielt. Als er es ihr an die Wange drückte, wusste sie, was es war. Ein Messer, nicht viel anders als dasjenige, mit dem er vor Jahren ihr Gesicht zerschnitten hatte.
Er flüsterte, allerdings mit dem Machtanspruch eines Ausbilders beim Militär. »Nicht bewegen. Nicht zu schnell sterben, Lucy Jones. Nicht nach so langer Zeit.«
Vor Angst rührte sie sich nicht.
Er erhob sich, trat lässig wieder an den Tisch und hatte mit zwei schnellen Bewegungen die Telefonleitung und die Gegensprechanlage gekappt.
»Und jetzt«, sagte er und drehte sich wieder zu ihr um, »eine kleine Unterhaltung, bevor das Unvermeidliche geschieht.«

Sie schob sich ein Stück zurück und antwortete nicht.
Er ließ sich wieder auf sie fallen und presste sie erneut mit den Knien zu Boden. »Hast du auch nur die geringste Ahnung, wie nahe ich dir schon bei so vielen Gelegenheiten gewesen bin, dass ich sie gar nicht mehr zählen kann? Weißt du, dass ich dir all die Zeit auf Schritt und Tritt gefolgt bin, Tag für Tag, Woche für Woche an deiner Seite gewesen bin, so dass aus Sekunden Minuten wurden und ich Jahre verstreichen ließ und immer an Ort und Stelle war – so nah, das ich jederzeit nur die Hand hätte ausstrecken müssen, um dich zu holen, so nah, dass ich deinen Duft riechen, deinen Atem hören konnte? Ich bin dir nie von der Seite gewichen, Lucy Jones, seit der Nacht, als wir uns das erste Mal begegnet sind.«
Er schob sein Gesicht dicht neben ihres.
»Du hast dich gut geschlagen«, sagte der Engel. »Hast beim Jurastudium jede Lektion gelernt. Einschließlich derjenigen, die ich dir beigebracht habe.«
Der Engel sah mit wutverzerrtem Gesicht auf sie hinab.
»Deine Ausbildung ist fast abgeschlossen, fehlt nur noch der letzte Schliff«, sagte er und setzte ihr die Messerklinge an die Kehle.

Francis trat vor und starrte Peter durchdringend an. »Das ist er«, wiederholte er. »Er ist jetzt da.«
Peter sah wieder zu dem kleinen Türfenster hinüber. »Wir haben kein Zeichen gehört. Die Moses-Brüder müssten da sein …«
Doch ein weiterer Blick auf die Angst und die unerschütterliche Gewissheit in Francis' Gesicht genügte. Er drehte sich um und warf sich gegen die verschlossene Tür, so dass er vor Anstrengung schwer ächzte. Dann trat er zurück und stürmte erneut gegen das unnachgiebige Metall, nur um mit einem

dumpfen Aufschlag abzuprallen. Peter merkte, wie sich in ihm die Panik breit zu machen begann, nachdem er plötzlich begriffen hatte, dass an einem Ort, wo die Zeit fast nichts bedeutete, nunmehr Sekunden entscheidend sein konnten.

Er nahm Abstand und trat dann heftig gegen die Tür. »Francis«, sagte er laut, »wir müssen hier raus.«

Doch Francis zerrte bereits fest am Metallrahmen seines Bettes, um einen der Pfosten herauszuziehen. Peter brauchte nicht lang, um zu begreifen, was sein Freund versuchte, und er sprang hinüber, um Francis dabei zu helfen, ein Eisenstück herauszubrechen, das ihnen als provisorisches Stemmeisen dienen könnte, um damit die Tür zu bearbeiten. Mitten in dem Tumult aus Ängsten und Zweifeln, der quälenden Frage, was sich in seiner unmittelbaren Nähe, aber außerhalb seiner Reichweite abspielte, kam Peter der seltsame Gedanke, dass dieses Gefühl der Ohnmacht vermutlich so ähnlich war wie bei einem Mann, der in einem brennenden Gebäude eingeschlossen ist und sich dem Flammenwall gegenübersieht, der ihn zu verschlingen droht. Peter ächzte vor Anstrengung.

Auf dem Boden der Pflegestation kämpfte Lucy verzweifelt darum, ihre fünf Sinne beisammenzuhalten. In den Stunden, Tagen und Monaten nach dem Überfall damals vor so vielen Jahren hatte sie zwangsläufig sämtliche Versionen der Frage: *Was wäre gewesen, wenn* in Gedanken durchgespielt und sämtliche *Hätte ich doch nur* ebenfalls.

Jetzt versuchte sie, sich alle diese Erinnerungen, Selbstvorwürfe und Angstattacken wieder ins Gedächtnis zu rufen und etwas zu finden, was tatsächlich helfen konnte, denn das hier war dasselbe wie damals. Nur dass sie diesmal mehr als Jugend, Unschuld und Schönheit verlieren sollte. Sie schrie sich an und zwang ihre Phantasie, durch Schmerz und Verzweiflung hindurch eine Möglichkeit zur Gegenwehr zu finden. Sie war dem Engel vollkommen ausgeliefert, von Menschen umgeben und dennoch so isoliert und verlassen, als befänden sie sich auf einer einsamen Insel oder tief in einem dunklen Wald. Hilfe gab es ein Stockwerk höher. Hilfe gab es am Ende des Flurs hinter einer verschlossenen Tür. Hilfe war überall. Hilfe war nirgendwo.

Der Tod war ein Mann mit einem Messer, der sie zu Boden drückte. Er besaß alle Macht; sie begriff, dass all die Planung, Obsession, Vorfreude auf diesen Augenblick wie ein Stromkreis durch den Engel zirkulierte. Jahre der Zwanghaftigkeit und Begierde, die in diesem Moment Erfüllung finden sollten. Sie wusste, dass diese Situation alles, was sie am Juridicum gelernt hatte, weit überstieg, so dass sie seinen Triumph gegen ihn selbst wenden musste, und so sagte sie nicht *Aufhören!* oder *Bitte!* oder auch nur *Wieso?*, sondern spuckte zwischen den geschwollenen Lippen und halb ausgeschlagenen Zähnen eine Bemerkung aus, die reiner Fiktion und purer Arroganz entsprang. »Wir haben die ganze Zeit gewusst, dass du das warst …«

Er zögerte. Dann drückte er ihr die flache Klinge an die Wange. »Du lügst«, zischte der Engel. Doch er schnitt sie nicht. Noch nicht, und Lucy wusste, dass sie ihm ein paar Sekunden Aufschub abgetrotzt hatte. Keine Überlebenschance, aber einen Augenblick, der den Engel verunsicherte.

Der Lärm, den Peter und Francis dabei machten, als sie wild am Bettgestell zerrten, um ein Stück Stahl loszureißen, weckte schließlich doch die Patienten im Schlafsaal aus ihrem unruhigen Schlaf. Wie Gespenster, die an Allerheiligen aus den Gräbern steigen, räkelten sich die Männer in der Station und schüttelten die betäubende Wirkung ihrer täglichen Beruhigungsmittel ab. Sie rappelten sich halb auf und kamen schwankend auf die Beine, während sie blinzelnd zur Kenntnis nahmen, dass sie Peter zum ersten Mal in Panik sahen, so wie er mit jeder Muskelfaser gegen das Metall ankämpfte.

»Was ist los, C-Bird?«

Francis hörte die Frage und hob den Kopf in die Richtung der Stimme. Es war Napoleon. Als Francis einen Moment schwieg, weil er überlegte, was er antworten sollte, sah er, wie die Männer des Amherst-Gebäudes langsam von ihren Betten herüberschlurften und sich hinter Napoleon versammelten, von wo aus sie durch das Dunkel im Raum zu Francis und zu Peter hinüberstarrten, dessen verzweifelte Mühen die ersten bescheidenen Ergebnisse zeitigten. Er hatte beinahe ein ein Meter langes Stück des Rahmens frei, und er ächzte und wand sich im Kampf mit dem widerspenstigen Eisen.

»Es ist wegen dem Engel«, sagte Francis. »Er ist da draußen.«

Es gab Gemurmel, eine Mischung aus Angst und Staunen. Ein paar der Männer kauerten sich zu Boden bei dem Gedanken, dass der Mörder von Short Blond in der Nähe war.

»Was macht Fireman da?«, fragte Napoleon, wobei er zaudernd und unentschlossen über jedes seiner Worte stolperte.

»Wir müssen die Tür aufkriegen«, sagte Francis. »Er versucht, an etwas ranzukommen, womit er sie aufstemmen kann.«

»Sollten wir nicht, wenn der Engel da draußen ist, die Tür lieber blockieren?«

Ein anderer Patient murmelte zustimmend. »Wir müssen ihn draußen halten. Wie sollen wir uns vor ihm schützen, wenn er hier reinkommt?«

Ganz hinten hörte Francis jemanden sagen: »Wir müssen uns verstecken!«, und zuerst fragte er sich, ob es eine seiner eigenen Stimmen war. Doch dann merkte er, dass die Männer

unentschlossen dastanden und dass seine Stimmen ausnahmsweise schwiegen.
Peter sah auf. Von der Anstrengung tropfte ihm der Schweiß von der Stirn, so dass sein Gesicht im fahlen Lichtschein glänzte. Für einen Moment überwältigte ihn der schiere Wahnsinn der Situation. Die Männer im Schlafsaal, denen die Angst vor etwas Schrecklichem und Außergewöhnlichem ins Gesicht geschrieben stand, hielten es für besser, die Tür zu verbarrikadieren, als sie zu öffnen. Er betrachtete seine Hände und merkte, dass er sich bei seinem Kampf mit dem Bett bereits tiefe Schnittwunden in den Handflächen zugezogen und mindestens einen Nagel abgerissen hatte. Er blickte wieder auf und sah, wie Francis kopfschüttelnd auf seine Schlafgenossen zuging
»Nein«, sagte Francis mit einer Geduld, die ihrem Zeitdruck spottete. »Der Engel wird Miss Jones töten, wenn wir ihr nicht helfen. Es ist genau, wie Lanky gesagt hat. Wir müssen das übernehmen. Uns vor dem Bösen schützen. Wir müssen etwas dagegen tun. Uns erheben und kämpfen. Sonst findet es uns. Wir müssen etwas tun, und zwar jetzt.«
Wieder zuckten die Männer im Schlafsaal zurück. Es gab ein kurzes Lachen, einen Seufzer, Laute der Angst. Francis sah die Hilflosigkeit und den Zweifel in sämtlichen Gesichtern.
»Wir müssen helfen«, flehte er sie an, »sofort!«
Die Männer schienen zu schwanken und fingen an, vor und zurück zu wippen, als ob die Spannung, die seine Bitte in ihnen auslöste, einen Wind in Bewegung setzte, der sie heftig schüttelte.
»Das ist es«, sagte Francis, überrascht von dem entschlossenen Ton seiner eigenen Stimme. »Das hier ist der erste und der beste Moment. Sofort. Das ist der Moment, in dem all die Verrückten hier in diesem Klinikgebäude etwas tun, das niemand

je von ihnen erwarten würde. Niemand traut uns so etwas zu. Niemand würde je für möglich halten, dass wir etwas gemeinsam fertig bringen. Wir werden Miss Jones helfen, und wir werden es zusammen tun. Alle zusammen.«

Und dann sah er, wie etwas äußerst Bemerkenswertes geschah.

Aus den hinteren Reihen der Patientenschar trat plötzlich der große Retardierte, der bei allem, was er tat, so kindisch war und nie auch nur die einfachste Frage zu verstehen schien, zwischen die anderen und kam nach vorn. Er bahnte sich seinen Weg durch die dichtgedrängten Mauer und ging direkt auf Francis zu. Er war von der Schlichtheit eines Kleinkinds, und Francis war schleierhaft, wie er auch nur das Geringste von dem hatte verstehen können, was in dieser Nacht vor sich ging, doch irgendwie war durch den Nebel seiner beschränkten Auffassungsgabe gedrungen, dass Peter Hilfe brauchte, und zwar die Art von Hilfe, zu der er mehr als jeder andere fähig war. Der Retardierte legte seine Raggedy-Andy-Puppe auf eines der Betten und schritt mit einem entschlossenen Blick an Francis vorbei. Mit einem Grunzlaut und mit einem einzigen mächtigen Unterarm schob der große Mann Peter zur Seite. Dann griff er vor seinem gebannt schweigenden Publikum nach unten, packte den Eisenrahmen und riss unter Aufbietung aller Kräfte in einem einzigen Moment mit einem quietschenden Geräusch die Stange los, schwang sie über seinem Kopf in der Luft und grinste breit, bevor er sie Peter reichte.

Fireman nahm sie und schob sie nicht weit vom Schließriegel tief in den Schlitz zwischen Tür und Rahmen. Indem er sich mit seinem ganzen Gewicht gegen die improvisierte Brechstange warf, drückte Peter fest dagegen, um die Tür aufzubrechen.

Francis sah, wie die Stange sich verbog und das Metall mit einem fast animalischen Kreischen nachzugeben begann.

Peter stieß einen tiefen Seufzer aus und trat zurück. Noch einmal bearbeitete er den Zwischenraum mit der Stange und wollte sich gerade dagegenwerfen, als Francis ihn plötzlich unterbrach.

»Peter!«, sagte er, und es lag etwas Dringliches in seinem Ton. »Wie lautete das Wort noch mal?«

Fireman hielt inne. »Was?«, fragte er verwirrt.

»Das Wort, das Wort, das Wort das Lucy für ihren Hilferuf verwenden sollte?«

»Apollo«, antwortete Peter. Dann warf er sich wieder gegen die Tür. Nur dass diesmal der Retardierte vortrat, um ihm zu helfen, und so legten sich die beiden ins Zeug.

Francis drehte sich zu den Männern des Amherst um, die wie angewurzelt dastanden, als warteten sie darauf, wieder entlassen zu werden. »Okay«, sagte er und straffte sich wie ein General im Augenblick der Attacke vor seiner Armee. »Wir müssen helfen.«

»Was hast du vor?«

Diesmal kam die Frage von Newsman.

Francis hob eine Hand wie als Startzeichen für das Rennen. »Wir müssen einen Krach machen, der oben zu hören ist. Wir müssen Hilfe rufen ...«

Einer der Männer brüllte augenblicklich so laut er konnte, »Hilfe! Hilfe!« Dann ein drittes »Hilfe ...«, das schon leiser war und dann verstummte.

»Es bringt hier drinnen nichts, um Hilfe zu rufen, das wissen wir doch alle nur zu gut«, sagte Francis. »Darauf hört schließlich niemand. Es kommt auch nie jemand. »Hilfe!« bringt nichts. Wir müssen *Apollo!* schreien, und zwar so laut wir können ...«

Ängstlichkeit, Verwirrung und Zweifel sorgten wir einen unwilligen Chor. Es folgten ein paar gemurmelte Apollo.
»Apollo?«, fragte Napoleon. »Aber wieso denn *Apollo?«*
»Es ist das einzige Wort, das funktioniert.«
Er wusste, dass dies so verrückt wie nur irgendetwas klang, doch er sagte es mit solcher Überzeugung, dass sich jede weitere Diskussion verbot.
Mehrere der Männer schrien augenblicklich, *»Apollo! Apollo!«*, doch Francis brachte sie mit einem kurzen Winken zur Ruhe.
»Nein«, rief Francis unerschütterlich wie ein Orchesterdirigent. »Wir müssen es zusammen schreien, sonst hören sie es nicht. Mir nach, ich zähle bis drei, dann ...«
Er zählte, und ein einziges verhaltenes, doch gemeinsames *Apollo* ertönte. »Gut, gut«, sagte Francis. »Nur diesmal so laut wir können.« Er sah über die Schulter zu Peter und dem Bulligen hinüber, die beide bei ihrem Kampf mit der Tür vor Anstrengung stöhnten. »Diesmal müssen wir so laut brüllen, dass sie es hören ...«
Er hob die Hand. »Auf mein Zeichen«, sagte er. »Drei, zwei, eins ...«
Francis riss seinen Arm so schnell wie ein Schwert herunter.
»Apollo!«, schrien die Männer.
»Noch mal!«, brüllte Francis. »Das war toll. Wieder, jetzt, drei, zwei, eins ...«
Zum zweiten Mal sauste sein Arm durch die Luft.
»Apollo!«, kam es prompt von den Männern.
»Noch mal!«
»Apollo!«
»Und noch mal!«
»Apollo!«
Das Wort, von einer Gruppe Patienten aus vollem Hals ge-

schrien, stieg wie ein Feuerwerk, ein Sternhagel empor und drang durch die dicken Wände und die Dunkelheit der Heilanstalt – etwas Unerhörtes in dieser Institution und vermutlich auch etwas, das sich nie wiederholen würde. Doch wenigstens in dieser schwarzen Nacht ließ es sich nicht knebeln, sondern durchbrach sämtliche Barrieren, erhob sich aus eigener Kraft in die dicke, verbrauchte Luft. Es entlud sich in dem Klang, der unbeirrbar zu den beiden Männern dort oben stieg, für die es bestimmt war und die erstaunt die Ohren spitzten, als sie das verabredete Wort aus einer so unerwarteten Richtung hörten.

33

»Apollo!«, sagte ich laut.

In der Mythologie war er der Sonnengott, dessen schneller Streitwagen die Dämmerung eines neuen Tages ankündigte. Es war genau, was wir in jener Nacht brauchten, zwei Dinge, die in der Welt der Nervenheilanstalt gewöhnlich schwer zu haben waren: Schnelligkeit und Klarheit.

»Apollo«, sagte ich zum zweiten Mal. Ich musste es herausgebrüllt haben.

Das Wort hallte von den Wänden meiner Wohnung wider, fing sich in den Ecken, sprang zur Decke hoch. Es war ein wundersames Wort von einzigartiger Kraft, das mir mit der Intensität der Erinnerung von selbst über die Lippen kam und hier und jetzt meine Entschlusskraft stärkte. Zwanzig Jahre waren seit jener Nacht vergangen, und ich überlegte, ob es nicht diese Nacht dasselbe für mich bewirken konnte wie damals.

Der Engel brüllte vor Zorn. Glas zersplitterte, Stahl bog sich ächzend, als würde er von Feuer verzehrt. Der Boden bebte, die Wände gaben nach, die Decke schwankte. Meine ganze Welt zerbarst und flog mir um die Ohren, als ihn sein Zorn verzehrte. Ich fasste mir an den Kopf, presste mir die Hände auf die Ohren, um das zerstörerische Getöse nicht zu hören. Die Dinge brachen auseinander und lösten sich zu meinen Füßen auf. Ich befand mich mitten im mörderischsten Schlachtgetümmel, und meine eigenen Stimmen waren wie die Schreie dem Untergang geweihter Männer links und rechts von mir. Für einen Moment grub ich den Kopf in die Hände und versuchte, mich vor dem Schrapnell der Erinnerung zu ducken.

In jener Nacht vor zwanzig Jahren hatte der Engel in so vielem Recht gehabt. Er hatte alles vorausgesehen, was Lucy unternehmen würde; er wusste genau, was von Peter zu erwarten war, er hatte auch einkalkuliert, womit sich die Moses-Brüder einverstanden erklären und wobei sie helfen würden. Er war mit der Klinik und ihrem besonderen Einfluss auf das Denken eines jeden bestens vertraut. Besser als irgendjemand sonst verstand der Engel, wie routinemäßig und durchorganisiert und unsäglich berechenbar alles war und wie geistig normale Menschen vorgehen würden. Er wusste, dass der Plan, den sie schmiedeten, ihm ungestörte Ruhe und Gelegenheit verschafften. Ihre vermeintliche Falle war für ihn die ideale Voraussetzung. Weit mehr als sie befasste er sich mit Psychologie und dem Tod, und für ihre phantasielosen Arrangements war er immun. Um sie zu überrumpeln, musste er sich nur darum bemühen, sie nicht zu erschrecken. Sie hatte sich freiwillig in Position gebracht; es musste ihm eine Genugtuung gewesen sein, dass sie bereit war, so weit zu gehen. Und in jener Nacht wusste er, dass ihm ihre Ermordung direkt in die Hände gespielt wurde, dass sie wie ein Unkraut, das lange genug hatte sprießen können, bereit war, ausgerissen zu werden. Jahrelang hatte er geduldig darauf gewartet, Lucy wieder unter dem Messer zu haben, und er hatte fast jeden Gesichtspunkt, jede Eventualität bedacht –

außer seltsamerweise die offensichtlichste Möglichkeit –, die man aber auch am leichtesten aus dem Blick verlieren konnte.

Er hatte nicht mit den Irren gerechnet.

Bei der Erinnerung kniff ich die Augen zusammen. Ich war mir nicht ganz sicher, ob das alles in der Vergangenheit oder der Gegenwart passierte, in der Klinik oder in der Wohnung. Es brach alles wieder über mich herein – diese Nacht und jene Nacht vor vielen Jahren, alles dasselbe.

Peter stieß tiefe, gutterale Laute aus, als er die Tür am Schloss verbog, während der Bullige wortlos neben ihm vor Anstrengung schwitzte. Vor mir waren Napoleon, Newsman und all die anderen wie ein Chor aufgestellt und warteten auf meine nächste Anweisung. Ich sah, wie sie vor Angst und Aufregung zitterten und bebten, denn sie verstanden mehr als irgendjemand sonst, dass es eine Nacht war, die sich so kaum je wiederholen würde, eine Nacht, in der Phantasien und Vorstellungen, Halluzinationen und Wahngebilde konkrete Gestalt annahmen.

Und Lucy, die nur wenige Schritte von alldem entfernt, aber dennoch allein dem Mann ausgeliefert war, der so lange schon nichts anderes als ihren Tod im Auge hatte, wusste, während sie das Messer an der Kehle spürte, dass sie weitere Sekunden herausschlagen musste.

Lucy versuchte, mit ihren Gedanken durch die Kälte der Klinge und die Schärfe der Schneide zu dringen, die sich ihr in die Haut grub, ein entsetzliches Gefühl, das ihr Denken vernebelte. Vom einen Flurende her hörte sie ein Geräusch wie von Metall, das sich verbiegt. Die verschlossene Tür wehrte sich ächzend gegen die Angriffe von Peter und dem Retardierten mit der Bettgestellstange. Nur langsam und zögernd willigte sie ein, sich zu öffnen und die Helfer durchzulassen. Doch noch lauter als diese Geräusche hörte Lucy, wie die Männer im Schlafsaal das Wort *Apollo* skandierten, was ihr einen Funken Hoffnung gab.

»Was hat das zu bedeuten?«, herrschte der Engel sie an. Die Geduld, die er bei dem plötzlichen Lärm an den Tag legte, erschreckte sie mehr als alles andere.

»Was?«

»Was hat das zu bedeuten?«, fragte er, und seine Stimme wurde leiser, nahm aber einen noch barscheren Ton an. Er brauchte seinen Worten keine Drohung hinzufügen, dachte Lucy, der Ton sagte alles. Immer wieder hämmerte sie sich ein, Zeit zu schinden, und so wartete sie einen Moment.

»Es ist ein Hilferuf«, sagte sie.

»Was?«

»Sie brauchen Hilfe«, wiederholte sie.

»Wieso brauchen sie ...« Dann hielt er inne und sah auf sie herab, das Gesicht zur Fratze verzerrt. Als er sie das letzte Mal gepeinigt hatte, da hatte er sich hinter einer Maske versteckt, doch sie begriff: *Diesmal soll ich ihn sehen, weil er davon ausgeht, dass er das Letzte ist, was ich im Leben sehe.* Sie rang nach Luft und stöhnte wegen der Schmerzen in ihren geschwollenen Lippen und ihrem gebrochenen Kiefer.

»Sie wissen, dass du da bist.« Sie spuckte Blut, als sie die Worte fauchte. »Sie kommen deinetwegen.«

»Wer?«

»All die Verrückten den Flur dort runter«, sagte sie.

»Weißt du, wie schnell du hier sterben kannst, Lucy?«, fragte er.

Sie nickte. Sie hielt es für besser, diese Frage nicht zu beantworten, da ihre Worte die Tat nach sich ziehen konnten. Die Messerschneide drang in ihre Haut, und sie fühlte, wie sich unter ihrem Druck das Fleisch ein wenig teilte. Es war eine unerträgliche Empfindung, die ihr von der ersten entsetzlichen Nacht mit dem Engel vor so vielen Jahren noch gut in Erinnerung war.

»Weißt du, dass ich machen kann, was ich will, Lucy, und du kannst absolut nichts dagegen tun?«

Wieder hielt sie den Mund.

»Weißt du, dass ich dich, seit du in die Anstalt gekommen bist, jederzeit hätte töten können, vor aller Augen sogar, und sie hätten nur gesagt, ›Er ist verrückt ...‹, und niemand hätte mir Vorwürfe gemacht? So will es euer Gesetz, Lucy, das weißt du doch sicher.«

»Dann mach schon und töte mich«, sagte sie in scharfem Ton. »Genauso, wie du Short Blond und diese anderen Frauen getötet hast.«

Er neigte seinen Kopf noch tiefer zu ihr herab, so dass sie seinen Atem an ihrem Gesicht spüren konnte. Dieselbe Bewegung, die ein Liebhaber machen würde, wenn ihn zu früher Stunde die Pflicht ruft und ihn zwingt, seine schlafende Geliebte zu verlassen.

»Ich würde dich nie wie die anderen töten, Lucy«, zischte er. »Sie sind gestorben, um dich zu mir zu bringen. Sie waren nur Teil eines Plans. Ihr Tod war nichts weiter als Geschäftsroutine. Notwendig, aber nichts Besonderes. Wenn ich gewollt hätte, dass du wie sie stirbst, hätte ich dich schon hundertmal umbringen können, tausendmal. Denk bloß an die vielen Gelegenheiten, als du allein im Dunkeln warst. Vielleicht war ich an deiner Seite, und du hast es nur nicht gewusst. Ich wollte, dass du zu mir kommst.«

Sie antwortete nicht. Sie fühlte, wie sie der kranke Hass des

Engels gleich einem Strudel nach unten riss und wie ihr mit jeder Drehung das Leben weiter entglitt.

»Es war so unglaublich einfach«, zischte er. »Eine Mordserie, die unweigerlich die Aufmerksamkeit dieser jungen Senkrechtstarterin von Staatsanwältin auf sich lenkt. Du hast einfach nicht gewusst, dass sie mir nichts bedeuteten und du alles, nicht wahr, Lucy?«

Zur Antwort stöhnte sie.

Am Ende des Flurs ertönte ein lautes Geräusch von reißendem Metall. Der Engel sah auf und suchte im Dunkel nach der Ursache des Lärms. In diesem Moment des Zögerns wusste Lucy, dass ihr Leben auf der Kippe stand. Er hatte vorgehabt, sich an ihrem Sterben zu weiden. Er hatte es alles genau vor Augen gehabt, von dem Moment an, als er auf sie zugeschlendert kam, bis zur Attacke und darüber hinaus. Jedes Wort, das er sagen würde, hatte er in seiner Phantasie durchgespielt, jede Berührung, jeden entsetzlichen Schnitt auf ihrem Weg in den Tod. Jeden Moment seiner wachen Stunden hatte er dieser Wahnvorstellung gefrönt, die er in die Tat umsetzen musste. Das machte ihn mächtig und furchtlos und zu dem Mörder, der er war. Sein ganzes Dasein hatte sich um diesen einen entscheidenden Augenblick gedreht. Doch es kam nicht ganz so, wie er es Tag für Tag in seiner Vorstellung perfektioniert, wie er sich jeden Abschnitt seines Plans ausgemalt, wie er den Tod, den er bereiten wollte, in Gedanken ausgekostet hatte. Sie fühlte, wie sich seine Muskeln zusammenzogen, als ihm die Kluft zwischen Wirklichkeit und Phantasie zu Bewusstsein kam. Sie konnte sich nur noch an die Hoffnung klammern, dass die Wirklichkeit ihn überholte. Sie wusste nicht, ob die Zeit auf ihrer Seite war.

Und dann hörte sie ein zweites Geräusch, das mitten in ihren Albtraum drang. Es kam von oben und klang nach einer Tür, die zugeknallt wurde, und nach trampelnden Füßen auf den Zementstufen des Treppenhauses. *Apollo* hatte gewirkt.

Der Engel brüllte seine ganze Frustration in einem einzigen fürchterlichen Schrei heraus, der durch den Flur widerhallte.

Dann beugte er sich noch einmal herunter. »Also, dann hat Lucy diese Nacht Glück gehabt. Sehr viel Glück. Ich glaube, ich kann nicht länger bleiben. Aber ich komme in einer anderen Nacht wieder, wenn du es am wenigsten erwartest. Und wenn deine ganze Angst und alle deine Vorkehrungen dir kein bisschen helfen, dann bin ich da. Du kannst dich bewaffnen, dich schützen, dich auf irgendeine verlassene Insel oder in einen vergessenen Urwald zurückziehen. Aber früher oder später, Lucy, bin ich an deiner Seite. Und dann können wir das hier zu Ende bringen.«

Er schien sich wieder anzuspannen, und sie merkte, wie er zögerte. »Mach nie das Licht aus, Lucy. Leg dich nie allein im Dunkeln schlafen. Weil mir nämlich Jahre nichts bedeuten. Eines Tages siehst du mich wieder.«

Von einer derart abgrundtiefen Obsession überwältigt, schnappte sie nach Luft.

Er war schon dabei, von ihr herabzusteigen wie ein Reiter vom Pferd. Doch dann fügte er in kaltem Ton hinzu: »Einmal habe ich dir etwas gegeben, was dich bei jedem Blick in den Spiegel an mich erinnert. Jetzt kannst du bei jedem Schritt, den du machst, an mich denken.«

Und damit stieß er ihr die Messerklinge ins rechte Knie und drehte sie brutal einmal um. Sie schrie, als ein Schmerz, der alles überstieg, was sie je in ihrem Leben gefühlt hatte, ihr sämtliche Muskeln und Sehnen zusammenzog. Schwarze Bewusstlosigkeit durchflutete sie, und sie fiel zurück, während ihr nur schemenhaft bewusst war, dass sie allein war und dass der Engel sie zusammengeschlagen, verwundet, blutend, halb tot und womöglich verkrüppelt und mit einem Versprechen hatte liegen lassen, das weit schlimmer als alles andere war.

Das Metall in der Tür kreischte ein letztes Mal, und ein dunkler Spalt öffnete sich zwischen Stahl und Rahmen. Francis konnte den Flur dahinter sehen, der wie ein offener Mund klaffte und auf sie wartete. Der Retardierte richtete sich plötzlich auf und warf die provisorische Brechstange zu Boden, so dass sie seitlich über den Flur schepperte. Er holte aus und zog Peter weg, bevor er ein paar Schritte nach hinten machte. Für einen Moment senkte er den Kopf wie ein Stier in der Arena voller Wut über den herumstolzierenden Matador, dann preschte er mit einem gewaltigen Schlachtruf nach vorn und warf sich mit einem mächtigen Dröhnen gegen die Tür. Er taumelte nach hinten, wackelte mit dem Kopf und keuchte, während ihm eine dünne Spur dunkles Blut aus dem Haaransatz zwischen den Augen hindurch und über den Nasenrücken lief. Er schüttelte den Kopf und ging für die zweite Attacke in Stellung. Sein Gesicht zeugte von einer eisernen Entschlossenheit, dann stieß er einen zweiten Wutschrei aus und stürmte gegen die Tür. Diesmal brach sie auf und schwang zur Seite. Der Bullige stolperte in den Flur und schlitterte über die dunkle Leere, bis er stehen blieb.

Peter rannte, dicht gefolgt von Francis, los. Und hinter ihnen stürmte die ganze Schar Verrückter aus dem Schlafsaal, die, von der Energie des Augenblicks getrieben, viel von ihrem Wahnsinn hinter sich ließen und einfach nur taten, was getan werden musste. Napoleon scharte die Männer um sich, winkte mit dem Arm über dem Kopf, als trüge er ein Schwert, und schrie: »Vorwärts! Vorwärts!« Newsman sagte etwas über die Schlagzeilen in der nächsten Morgenausgabe, in die sie alle eingehen würden, wie sie da den Anstaltsflur entlangstürzten, ein fliegender Keil von Männern mit einem einzigen Ziel.

In dem kurzen Moment der Verwirrung, die nach ihrem Ausbruch herrschte, sah Francis, wie der Retardierte sich den Staub von den Kleidern wischte und im Hochgefühl seines Ruhms gleichmütig in den Schlafsaal zurückkehrte. Francis konnte den Mann nur halb sehen, wie er sich auf sein Bett plumpsen ließ, seine Raggedy-Andy-Puppe in die Arme nahm und sich dann zur Tür umsah, wo er mit einem Ausdruck größter Befriedigung sein Werk der Zerstörung betrachtete. Francis riss sich los, als er sah, wie Peter, so schnell er konnte, zur Pflegestation sprintete. Die einzige Schreibtischlampe an der Station verbreitete einen schwachen Schimmer, und Francis konnte die Umrisse einer am Boden liegenden Gestalt ausmachen. Er rannte in diese Richtung, und im selben Moment sah er die Moses-Brüder durch die gegenüberliegende Treppenhaustür stürmen, und als sie am Frauenschlafsaal vorüberrasten, waren von dort die ersten Schreie zu hören, hohe, schrille Töne, die sich im beschleunigten Rhythmus der Angst und Panik zu einer wirren Symphonie vereinten.

Peter war neben Lucy in die Knie gegangen, und Francis zögerte einen Moment aus Furcht, sie kämen zu spät und sie sei schon tot. Doch dann hörte er durch all den anderen Lärm hindurch, der auf einmal den ganzen Flur erfasste, Lucy vor Schmerzen stöhnen.

»Mein Gott!«, sagte Peter, »sie ist schwer verletzt.« Er hatte ihre Hand genommen und hielt sie fest umschlossen, während er einen Moment überlegte, wie er ihr helfen konnte. Peter sah zu Francis hoch und dann zu den Moses-Brüdern, die atemlos an der Pflegestation eintrafen. »Wir müssen Hilfe holen«, sagte er.

Little Black nickte, griff nach dem Telefon, sah aber augenblicklich, dass es ihm mit der durchgeschnittenen Leitung nichts nützte. Einen Moment überlegte er angestrengt und warf einen kurzen Blick über die Pflegestation, bevor er sagte, »Geh noch mal rauf und rufe von da aus Hilfe.«

Big Black drehte sich mit einem vor Schock erstarrten Gesicht zu Francis um. »Sie sollte das Wort über die Gegensprechanlage oder das Telefon sagen … wir haben nur ein paar Sekunden gebraucht, als wir euch alle gehört haben …«

In Lucys Körper tobten unvorstellbare Schmerzen.

Nur am Rande nahm sie Peter an ihrer Seite wahr und die Moses-Brüder und Francis in ihrer Nähe. Sie schienen alle an einem fernen Ufer zu sein, das sie gegen die reißende Strömung der Bewusstlosigkeit verzweifelt zu erreichen suchte. Sie wusste, dass sie etwas Wichtiges zu sagen hatte, bevor sie sich der Agonie ergab, die sie umfing, und sich selig in den dunklen Abgrund fallen ließ. Sie biss sich kräftig auf die blutige Lippe und brachte zwischen all den Wunden und der Verzweiflung, die diese Nacht ihr zugefügt hatte, und von dem Gedanken an das Versprechen des Engels getrieben, mühsam ein paar Worte heraus. »Er ist noch da«, flüsterte sie. »Bitte findet ihn. Beendet es jetzt.«

Sie wusste nicht, ob sie sich irgendwie verständlich gemacht hatte oder ob irgendjemand sie hatte hören können. Sie war sich nicht einmal ganz sicher, ob ihr die Worte, die sie in ihrem Kopf geformt hatte, tatsächlich über die Lippen gekommen waren. Doch sie begriff, dass sie es zumindest versucht hatte, und mit einem tiefen Seufzer gab sie der Bewusstlosigkeit nach, ohne zu wissen, ob sie je wieder daraus auftauchen würde. Sie begriff nur, dass diese entsetzlichen Schmerzen verschwinden würden, und sei es auch nur für einen Moment.

»Lucy, verdammt! Bleib hier!«, schrie ihr Peter ins Gesicht,

doch ohne großen Erfolg. Dann sah er auf und sagte: »Sie ist bewusstlos.« Er legte ihr das Ohr an die Brust und horchte auf ihren Herzschlag. »Sie lebt noch«, sagte er, »aber ...«
Big Black warf sich neben ihr auf den Boden und presste seine Hand auf ihre Kniewunde, aus der stoßweise Blut herausquoll. »Kann jemand eine Decke holen?«, brüllte er. Francis drehte sich um und sah, wie Napoleon in Richtung Schlafsaal stürmte.
Am Ende des Flurs kam Little Black zurückgerannt. »Der Krankenwagen ist bald da«, rief er. Peter trat, immer noch zu Lucy vorgebeugt, ein Stück beiseite. Francis sah, wie er nach unten blickte, und beide Männer entdeckten im selben Moment Lucys Pistole auf dem Boden. In dieser Sekunde schienen alle Vorgänge im Amherst-Gebäude für Francis ins Zeitlupentempo zu wechseln, und er hatte plötzlich begriffen, was Lucy gesagt und worum sie gebeten hatte.
»Der Engel«, sagte er ruhig zu Peter und den Moses-Brüdern, »wo ist er hin?«

Das war es, das war der Moment, als sich all das, was in meinen Augen mein Verrücktsein ausmachte, und all das, was mich eines Tages wieder gesund machen würde, wie unter einem einzigen großen Elektroschock vereinte. Der Engel brüllte, seine Stimme war wie ein wütendes Getöse. Ich fühlte seinen Griff an meinem Arm, mit dem er mich daran hindern wollte, zur Wand zurückzukehren, mich an den Stift in meiner Hand zu klammern und weiterzuschreiben; er rang mit mir und versuchte, mich mit aller Gewalt daran zu hindern, in krakeligen Reihen aufzuschreiben, was als Nächstes kam. Es war ein harter Kampf, und bei jedem Wort steckte ich Prügel von ihm ein. Ich wusste, dass für ihn

alles daran hing, mich am Weiterschreiben zu hindern. Er wollte mich sofort, kurz vor der Fertigstellung, aufgeben, einknicken, zusammenbrechen und sterben sehen.
Ich wehrte mich, rappelte mich immer wieder auf und setzte den Stift an das letzte leere Stück an der Wand. Kurz vor dem Zusammenbruch, kurz davor, wie Glas in tausend Scherben zu zerspringen, kreischte ich, stritt mich mit ihm, brüllte ihn an.

Peter sah auf und sagte: »Aber wo …«

Peter sah auf und sagte: »Aber wo …« Francis riss sich von Lucys ausgestreckter Gestalt los und blickte über den Flur. In der Ferne konnte er plötzlich die heulende Sirene eines Krankenwagens hören, und er spekulierte wild, ob es womöglich der Gleiche war, mit dem er selbst an jenem Abend ins Western State eingeliefert worden war.
Francis suchte zuerst in die eine Richtung und dann in die andere die Wände ab, in Wahrheit jedoch horchte er in sich hinein. Er sah den Flur entlang am Schlafsaal der Frauen vorbei zu dem Treppenhaus, in dem sich Cleo umgebracht und der Engel ihr die Hand verstümmelt hatte. Er schüttelte den Kopf und sagte sich: *Nein. Nicht da lang, dort wäre er den Moses-Brüdern direkt in die Arme gelaufen.* Dann drehte er sich um und überprüfte die anderen Fluchtmöglichkeiten. Das Treppenhaus am Ende des Männertrakts. Er schloss die Augen und überlegte: *Du wärst heute Nacht nicht hierher gekommen, wenn du nicht von einem Notausgang wüsstest. Du hast alles abgewogen, was schief gehen konnte, aber viel wichtiger noch, du hast gewusst, dass du irgendwohin verschwinden konntest, um die letzten Momente von Lucys*

Leben auszukosten. Die hättest du mit niemandem teilen mögen. Du brauchtest also einen Ort, wohin du mit deiner Dunkelheit allein sein konntest. Ich kenne dich, und ich weiß, was du brauchst, und gleich werde ich wissen, wo du verschwunden bist.

Francis erhob sich und ging langsam zu den Eingangstüren. Doppelt verriegelt. Er schüttelte den Kopf. Zu zeitraubend. Zu unsicher. Er hätte die beiden Schlüssel herausziehen und aufschließen müssen, wobei ihn der Sicherheitsdienst möglicherweise gesehen hätte. Und dann die Türen hinter sich abschließen, um nicht auf seine Flucht aufmerksam zu machen. *Da lang nicht*, brüllten Francis' Stimmen alle zustimmend. *Du weißt es. Du kannst es sehen.* Er wusste nicht, ob ihr Geschrei Ermunterung oder Verzweiflung bedeutete. Francis drehte sich ein Stück und blickte in Richtung der ausgehebelten Schlafsaaltür. Wieder schüttelte er den Kopf. Da hätte der Engel an ihnen allen vorbeilaufen müssen, und das wäre unmöglich gewesen, selbst für einen Mann, der stolz darauf war, zu morden und unsichtbar zu sein.

Und dann sah Francis die Stelle.

»Was hast du, C-Bird?«, fragte Peter.

»Ich weiß, wo«, antwortete Francis. Die Sirene des Krankenwagens kam näher, und Francis glaubte, auf den Wegen des Klinikgeländes Schritte zu hören, die alarmiert zum Amherst-Bau hasteten. Er wusste, dass das unmöglich war, aber trotzdem bildete er sich ein zu hören, wie Gulp-a-pill und Mr. Evil und alle anderen ebenfalls angerannt kamen.

Francis durchquerte den Flur und griff nach der Tür, die zum Keller mit den unterirdischen Heizungsrohren führte.

»Hier«, sagte er bedächtig.

Und wie ein leicht unsicherer Zauberkünstler bei einer Kinder-Geburtstagsfeier zog er die Tür auf, die hätte verschlossen sein müssen. Francis blieb auf dem oberen Treppenabsatz stehen und kämpfte zwischen Angst und einem unausgesprochenen, diffusen Pflichtgefühl. In seinem ganzen Leben hatte er an die Tugend der Tapferkeit nicht viel Gedanken verschwendet, sondern war viel zu sehr damit beschäftigt gewesen, sich so einigermaßen von einem Tag zum anderen durchzuhangeln. Doch in diesem Moment begriff er, dass jeder Schritt in diesen Keller hinunter eine Stärke voraussetzte, die er sich noch nie abverlangt hatte. Unter ihm warf eine nackte Glühbirne Schatten in die Ecken, reichte aber kaum, um die Treppe in das unterirdische Gemäuer auszuleuchten. Den schwachen Lichtkegel hüllte tiefe Dunkelheit ein. Er fühlte die abgestandene, heiße Luft, und es roch muffig alt und schmutzig, als ob all die schrecklichen Gedanken und zerstörten Hoffnungen von Generationen von Patienten, die in der Welt darüber ihre Geisteskrankheiten auslebten, in Form von Staub, Spinnweben und Dreck in den Keller durchgesickert waren. Es war ein Ort, an dem es von Tod und Krankheit raunte, und er wusste, als er vor dem Abstieg noch einmal stehen blieb, dass es ein Ort war, an dem sich der Engel wohl fühlen würde.

»Da runter«, sagte er und widersprach damit den Stimmen, die er in seinem eigenen Kopf rufen hörte: *Geh da nicht runter!* Doch er ignorierte alles gute Zureden. Peter war plötzlich neben ihm. In der rechten Faust hielt Fireman Lucys Pistole. Francis hatte nicht gesehen, dass er sie in der Ecke, in die sie gerutscht war, aufgehoben und an sich genommen hatte, doch er war dankbar, dass Peter sie hatte. Peter war Soldat gewesen, und Francis wusste sofort, dass Fireman damit umgehen konnte. In der schwarzen Region, die sie rief, würden sie einen gewissen Vorteil gut brauchen können, und Francis nahm an, dass eine Schusswaffe ihnen diesen Vorteil verschaffte. Peter

hielt die Pistole eng an der Hüfte und verbarg sie, so gut es ging.
Peter nickte und schaute noch einmal zu Big Black und seinem Bruder zurück, die versuchten, Lucy erste Hilfe zu leisten. Francis sah, wie der riesige Pfleger den Kopf hob und er und Fireman sich schweigend ansahen. »Hören Sie, Mr. Moses«, sagte Peter ruhig, »falls wir nicht in ein paar Minuten zurück sind …«
Big Black hatte keine Antwort darauf. Er senkte einfach nur zur Bestätigung den Kopf. Little Black schien sich zu fügen. Er machte eine knappe Geste mit der Hand.
»Gehen Sie schon mal vor«, sagte Little Black. »Sobald der Krankenwagen da ist, kommen wir nach.«
Francis vermutete, dass keiner der beiden Männer die Waffe in Peters Hand bemerkt hatte. Er holte tief Luft und versuchte, sich ausschließlich darauf zu konzentrieren, den Engel zu finden, und ging mit zaghaften Schritten die Stufen hinunter voran.
Er hatte das Gefühl, als streckten Hitze und Dunkelheit ihre Fangarme aus und versuchten mit jedem Schritt, ihn sich Stück für Stück einzuverleiben. Es war unmöglich, sich so leise zu bewegen, wie er wollte, doch die Unsicherheit ließ alles lauter erscheinen, so dass er jedes Mal, wenn er den Fuß auf den Boden setzte, glaubte, er verursachte ein laut dröhnendes Geräusch, während in Wahrheit alle Laute gedämpft wurden. Peter war direkt hinter ihm und schob ihn ein wenig vorwärts, als sei hier Eile geboten. Vielleicht ist es das ja auch, dachte Francis. Vielleicht müssen wir den Engel einholen, bevor ihn die Nacht verschluckt und er verschwindet.
Der Keller war wie eine riesige Höhle, geräumig und nur von einer Glühlampe erleuchtet. Pappkartons und leere Kanister, die als Behälter längst ausgedient hatten, machten ihren Weg

zum Hindernislauf. Auf allem schien eine dünne Rußschicht zu liegen, und sie bewegten sich so schnell wie möglich zwischen ausrangierten Bettgestellen und moderfleckigen Matratzen und einem dichten Dschungel an unbrauchbaren, alten Sachen hindurch. In einer Ecke lag nutzlos ein riesiger schwarzer Boiler, und ein einziger Lichtstrahl machte ihnen klar, wo ein immenser Heizungsrohrschacht durch eine Wand stieß und einen Tunnel bildete, der schnell zu einem schwarzen Loch zu werden drohte, in dem die ganze Welt versank.

»Da unten«, sagte Francis und zeigte in die Richtung. »Da ist er rein.«

Peter zögerte. »Wie will er da drinnen sehen, wo es langgeht?«, fragte er. Er wies auf das endlose, klaffende Schwarz des Tunnels. »Und was denkst du, wo uns das hinführt?«

Francis glaubte, dass die Antwort auf diese Frage weitaus komplizierter war, als Fireman sie gemeint hatte. »Der kommt entweder in einem anderen Gebäude raus, wie dem Williams oder dem Harvard, oder endet am Kraftwerk. Und der Engel braucht kein Licht. Er muss nur weitergehen, weil er weiß, wohin der Tunnel führt.«

Peter nickte. Ihm waren ein paar Dinge durch den Kopf gegangen. Erstens hatten sie keine Ahnung, ob der Engel wusste, dass sie ihm folgten, was vielleicht von Vorteil war, vielleicht aber auch nicht. Und zweitens, egal, welche Route der Engel auch bei seinen früheren Ausflügen ins Amherst genommen hatte, war es heute etwas anderes, da er im Western State Hospital von jetzt ab nicht mehr sicher war. Also hatte der Engel diese Nacht vor, zu verschwinden.

Doch wie, konnte Peter nicht sagen.

Francis hatte ganz ähnliche Überlegungen angestellt, doch er begriff noch etwas anderes: Sie durften die rasende Wut des Engels nicht unterschätzen.

Die beiden Männer drangen zügig weiter in die Dunkelheit vor.
Es war anstrengend, sich durch den Heizungsschacht zu manövrieren. Der Tunnel war für nichts anderes als die Versorgung mit Dampf gedacht und gewiss nicht als unterirdischer Durchgang zwischen den Gebäuden. Doch auch wenn er nicht dafür angelegt worden war, so wurde er gleichwohl als solcher genutzt. Francis ertastete genug Platz, um gebückt durch einen Hohlraum vorwärts zu stolpern, der sich besser für Ratten oder andere Nager eignete, für die das hier paradiesische Verhältnisse waren. Es war ein archaischer Ort, in einem anderen Zeitalter gebaut und all die Jahre dem allmählichen Verfall überlassen – für jeden außer dem Mörder, den sie jagten, von fraglichem Nutzen.
Sie tasteten sich voran, blieben alle paar Meter stehen, um auf Geräusche zu achten, die Hände wie ein Paar Blinde von sich gestreckt. Es war drückend heiß, und schon bald hatten sie Schweißperlen auf der Stirn. Sie fühlten beide, wie rußverschmiert sie waren, doch sie kämpften sich immer weiter in den Tunnel vor, zwängten sich an jedem Hindernis vorbei und hielten sich vorsichtig an den Seiten des Heizungsschachts fest, einer alten Röhre, die unter ihren Händen zu zerbröseln schien.
Francis' Atem kam in kurzen, hektischen Stößen. Jeder Atemzug, den seine Lungen forderten, war voller Staub und Moder, und bei jedem Schritt hatte er den Geschmack von jahrelanger Leere auf der Zunge, und er überlegte schon, ob er sich verirrt hatte oder sich bei seinem mühsamen Vormarsch durch den Tunnel selbst fand.
Peter hielt sich direkt hinter seinem jüngeren Freund und blieb immer wieder stehen, um angestrengt in das Dunkel zu hören, das er allmählich verfluchte, weil es das Tempo ihrer

Verfolgung stark hemmte. Ihn beschlich das Gefühl, dass sie nur halb so schnell und halb so gut durchkamen, wie sie sollten, und er flüsterte Francis zu, sie müssten schneller gehen. Im Tintenschwarz der Röhre schien es ihnen, als hätten sie jede Verbindung zur Welt über der Erde abgebrochen, und sie beide versuchten ganz allein, eine gefährliche Beute zu jagen, die sich irgendwo vor ihnen versteckte. Peter versuchte, seinen Kopf zu logischem, präzisem Denken zu zwingen, die Situation abzuschätzen und zu erwägen, vorauszuschauen und vorherzusagen, doch das erwies sich als unmöglich. Das alles gehörte zu Licht und Luft oben über ihren Köpfen, und Peter stellte fest, dass er nicht mehr darauf zurückgreifen konnte. Er wusste nur, dass der Engel einen Plan, ein Vorhaben verfolgte, doch ob es um Flucht oder Ausweichen oder einfach nur Verstecken ging, konnte er nicht ergründen. Er wusste nur, dass er vorwärts kommen und dafür sorgen musste, dass Francis weiterging, denn er hatte die schreckliche Angst, dass kein Dschungelpfad, den er je entlanggeschlichen war, und kein brennendes Gebäude, das er je betreten hatte, auch nur annähernd so gefährlich war wie der Pfad, auf dem er sich jetzt befanden. Peter vergewisserte sich, dass die Pistole entsichert war.

Er stolperte und fluchte und fluchte zum zweiten Mal, als er das Gleichgewicht wiedergewann.

Francis trat auf ein undefinierbares Hindernis und schnappte nach Luft, während er die Arme von sich streckte, um nicht hinzufallen. Er hatte den Eindruck, dass hier jeder Schritt so unsicher war wie bei einem Kind, das gerade laufen lernt. Doch als er aufsah, entdeckte er plötzlich einen Punkt aus gelbem Licht, scheinbar Meilen von ihnen entfernt. Er wusste, dass Entfernungen im Dunkeln schwer abzuschätzen waren, und in der nächsten Sekunde war ihm klar, dass dort vorne

etwas anderes auf sie wartete, und er versuchte, dem Licht entgegenzueilen, um aus dem Tunnel herauszukommen, egal, was vor ihnen lag.
»Was meinst du?«, hörte er Peter flüstern.
»Das Kraftwerk?«, antwortete er leise. »Ein anderes Wohnheim?«
Keiner von ihnen hatte die geringste Ahnung, worauf sie zusteuerten. Sie wussten nicht einmal, ob sie in einer geraden Linie hergekommen waren. Sie waren desorientiert, verängstigt, und ihre Nerven bis zum Zerreißen gespannt. Peter klammerte sich an die Waffe, weil wenigstens die ihm als etwas Reales, etwas Verlässliches erschien. Francis hatte nichts Konkretes dieser Art, an das er sich klammern konnte.
Francis lief weiter dem fahlen Licht entgegen. Mit jedem Schritt wurde es größer, zwar nicht an Leuchtkraft, aber doch an Durchmesser, ein bisschen so wie das allererste Morgengrauen über einem fernen Gebirge, das gegen den Nebel und die Wolken und die letzten Ausläufer eines heftigen nächtlichen Gewitters kämpft.
»Weiter«, drängte Peter. Er sagte, um seine eigene Stimme zu hören und sich zu bestätigen, dass die klaustrophobische Enge des Heizungstunnels gleich überstanden war. Francis war seinerseits froh, Peter reden zu hören, auch wenn die Worte aus der Dunkelheit hinter ihm kamen, körperlos wie von einem Gespenst, das ihm auf den Fersen war.
Die beiden Männer kämpften sich weiter vorwärts und stellten fest, dass das fahle gelbe Licht, das sie lockte, endlich ein bisschen Klarheit in das Dunkel ihres Wegs brachte. Francis zögerte und hielt sich eine dreckverschmierte Hand vors Gesicht, als wäre es überraschend, dass er plötzlich wieder sehen konnte. Er stolperte erneut, als sein Bein in irgendwelchem unförmigen Gerümpel hängen blieb. Dann blieb er abrupt

stehen, denn etwas allzu Offensichtliches schien ihm zum Greifen nahe, und er wollte es verstehen. Peter gab ihm einen leichten Schubs, und sie kamen an die Stelle in der Wand, an der ihr Schacht endete. Als sie in das schwache Licht hinausstolperten und sich freuten, dass sie wieder sehen konnten, wurde Francis bewusst, was ihn die letzten Sekunden beschäftigt hatte.

Sie hatten den ganzen Tunnel durchquert, waren aber nicht ein einziges Mal auf unangenehme Spinnweben gestoßen, die sich über den dunklen Hohlraum spannten. Das war nun wirklich vollkommen unmöglich. Es musste Spinnen im Tunnel geben.

Und dann begriff er, was es zu bedeuten hatte. Jemand anders war dort durchgekommen und hatte sie zerstört.

Er hob den Kopf und trat vor. Er stand am Rand eines weiteren höhlenartigen Lagerraums. Genau wie zuvor im Amherst sorgte eine nackte Glühbirne in einer Nische nahe einer Treppe am hinteren Ende für einen dürftigen Lichtkreis. Auch hier war er von stapelweise ausrangiertem Zubehör umgeben, und für einen Moment fragte sich Francis, ob sie überhaupt von A nach B gekommen oder sich nur in irgendeinem bizarren Kreis gedreht hatten, denn was sie vor sich hatten, unterschied sich nicht im Mindesten von ihrem Ausgangspunkt. Er drehte sich um und warf einen prüfenden Blick über die Schatten, die ihn umgaben, und ihm schien, als wäre all das Gerümpel beiseite geschoben worden, um einen Durchgang frei zu machen. Peter kam gerade hinter ihm aus dem Tunnel, fuchtelte mit der Pistole herum und ging geduckt in Position.

»Wo sind wir?«, fragte Francis.

Peter hatte noch nicht geantwortet, als der Raum plötzlich in völligem Dunkel lag.

34

Peter schnappte heftig nach Luft und zuckte zurück, als hätte er eine Ohrfeige bekommen. Im selben Moment schrie alles in ihm danach, die Nerven zu behalten, was nicht leicht war, nachdem so abrupt die Dunkelheit über sie hereingebrochen war. Neben sich hörte er einen kurzen erschrockenen Aufschrei von Francis und spürte, wie sein Freund sich hinkauerte.

»Nicht bewegen, C-Bird!«, befahl er ihm.

Nichts lieber als das, dachte Francis, der vor Panik wie erstarrt war. Allen Gefahren zu trotzen, endlich ein wenig Licht am Ende des Tunnels zu sehen, ihn hinter sich zu lassen und dann von einem Augenblick auf den anderen das bisschen Helligkeit gleich wieder zu verlieren, versetzte ihn mehr als alles, was er hinter sich hatte, in lähmende Angst. Er fühlte, wie ihm das Herz im Halse pochte, was ihm immerhin sagte, dass er noch am Leben war, wenn auch dem Tod so nahe wie noch nie.

»Sei still!«, flüsterte Peter und tastete sich ein Stück weit in den pechschwarzen Raum, während er mit dem Zeigefinger den Abzug an der Pistole spannte. Er streckte die Linke aus und berührte Francis' Schulter, um zu wissen, wo im Keller dieser stand. Das Klicken der Pistole hallte überlaut durch die Dunkelheit. Francis hörte, wie seine Stimmen brüllten: *Verstecken! Bloß verstecken!*, doch ihm war klar, dass es in diesem Moment vermutlich kein Versteck für ihn gab. Er sank in die

Hocke, um sich so klein wie möglich zu machen, und fragte sich bei jedem flachen, zittrigen Atemzug, ob es sein letzter war. Nur am Rand nahm er wahr, dass Peter im Konflikt zwischen seiner Nervosität und seiner Ausbildung einen weiteren kühnen Schritt nach vorn wagte. Dabei machte sein Fuß ein leises, klatschendes Geräusch auf dem Boden. Er merkte, wie Fireman langsam den Oberkörper nach rechts und nach links drehte, um auszumachen, von welcher Seite ihnen Gefahr drohte.

Francis versuchte sich darüber klar zu werden, was hier mit ihnen geschah. Er hegte wenig Zweifel, dass der Engel die Lichter ausgemacht hatte und irgendwo in dieser schwarzen, unterirdischen Falle auf sie wartete. Nur dass sich der Engel auf vertrautem Terrain befand, während Peter und er die Umgebung nur für Sekunden gesehen hatten, bevor sie vor ihren Augen verschwand. Francis merkte, wie er die Hände zu Fäusten ballte, wie sich jeder Muskel aufs Äußerste spannte, wie alles danach schrie, abzuhauen, er aber nicht einmal den kleinen Finger rühren konnte. Er saß so fest, als sei er in nassen Zement gesunken, der sich anschließend um seine Schuhe verfestigt hatte.

»Still!«, flüsterte Peter und drehte sich weiter zuerst in die eine, dann in die andere Richtung, die Pistole nach wie vor schussbereit von sich gestreckt.

Francis spürte, wie der Abstand zwischen ihm und dem Tod mit jeder Sekunde kleiner wurde. Die vollkommene Dunkelheit erdrückte ihn wie ein Sargdeckel, der über ihm zugeknallt wurde. Ein Teil von ihm wollte heulen, winseln, zurückweichen und sich einrollen wie ein kleines Kind. Das war es, wonach seine Stimmen verzweifelt schrien. Sie flehten ihn an, wegzurennen, die Flucht zu ergreifen, irgendwo eine Ecke zu finden, in die er sich kauern konnte. Doch Francis wusste, dass er außer der Stelle, an der er wie festgewurzelt kauerte, nirgendwo sicher war, und so versuchte er mit angehaltenem Atem zu lauschen.

Von rechts ertönte ein kratzendes Geräusch. Er drehte sich in diese Richtung. Es konnte eine Ratte gewesen sein, es konnte aber auch der Engel gewesen sein. Die Ungewissheit lauerte überall.

Im Dunkeln war alles gleich – leere Hände, ein Messer, eine Pistole. War Peter eben noch durch Lucys Waffe im Vorteil gewesen, so hatte sich jetzt in mehr als einer Hinsicht das Blatt zugunsten des Mannes gewendet, der lautlos in diesem Keller auf sie wartete. Francis setzte alles daran, die Panik, die ihn zu überwältigen drohte, zu überwinden und einen klaren Gedanken zu fassen. Er überlegte: *Ich habe so viel Zeit in meinem Leben im Dunkeln verbracht, dass ich eigentlich ganz gut darin aufgehoben bin.*

Dasselbe, war ihm klar, galt auch für den Engel.

Dann überlegte er: *Was hast du gesehen, bevor es dunkel wurde?*

Er rekonstruierte, was er in den wenigen Sekunden vor Augen gehabt hatte, und kam zu folgendem Schluss: Der Engel hatte gespürt, dass ihm jemand folgte, oder er hatte seine Verfolger sogar gehört. Daraufhin hatte er beschlossen, nicht zu fliehen, sondern in einem Versteck auf sie zu warten. Er hatte die Lichter nur so lange angelassen, bis er gesehen hatte, wer ihn jagte, und dann hatte er für Dunkelheit gesorgt.

Francis versuchte mit aller Macht, sich den Raum vorzustellen. Der Engel würde den Weg nutzen, den er selber freigeräumt und schon mehr als einmal gekommen und gegangen war. Er brauchte folglich kein Licht, solange er sich nur nahe genug herantasten konnte, um sie zur Strecke zu bringen. Francis sah den Keller in Gedanken vor sich. Er versuchte, sich genau zu erinnern, wo er stand. Er reckte sich vor, horchte in die Stille und hörte seinen eigenen Atem so laut wie einen Trommelwirbel; er glaubte, dass er alle anderen Geräusche übertönte.

Auch Peter wusste, dass ihnen jeden Moment ein Angriff bevorstand. Mit jeder Faser wollte er etwas unternehmen, manövrieren, gewappnet sein, die Gelegenheit nutzen. Doch er konnte nicht. Zuerst glaubte er, die Dunkelheit sei für alle von Nachteil, doch dann begriff er, dass er sich irrte. Sie würde ihn nur verwundbarer machen.

Auch wusste er, dass der Engel ein Messer besaß und sich nur näher heranzuschleichen brauchte. In dieser Situation erwies sich die Schusswaffe in seiner Hand als weitaus weniger hilfreich, als er angenommen hatte.

Er drehte sich nach rechts und links. Die Panik, die ihn innerlich beschlich und sich mit der Spannung vermischte, nahm ihm mit Sicherheit genauso die Sicht wie die pechschwarze Nacht, die ihn umfing. Vernünftige Menschen können, vor vernünftige Probleme gestellt, einen Weg finden, der zu vernünftigen Lösungen führt, das wusste er, doch ihre Lage war jenseits aller Vernunft. Sie konnten weder vor noch zurück. Sie konnten sich ebenso wenig weiterbewegen wie angewurzelt stehen bleiben.

Francis glaubte, dass die Nacht Geräusche verstärkte, doch dann begriff er plötzlich, dass die Dunkelheit sie verwischte und verzerrte. Er schärfte sich ein, dass er jetzt nur noch mit den Ohren sehen konnte, und in diesem Moment schloss er tatsächlich die Augen und neigte den Kopf ein wenig in beide Rihtungen. Er konzentrierte sich und versuchte, an Firemans Gestalt vorbei auszuloten, wo sich der Engel befand.

Rechts von ihnen gab es, nur wenige Schritte entfernt, einen dumpfen Schlag.

Sie hörten ihn beide und drehten sich in diese Richtung. Peter hob die Waffe, merkte, wie die ganze Anspannung in seinem Körper sich im Druck seines Fingers am Abzug entlud, und feuerte einmal in die Richtung.

Der Schuss war ohrenbetäubend. Der Blitz des Mündungsfeuers wirkte wie ein Elektroschock. Die Kugel pfiff durch die Luft und prallte irgendwo in dem Raum wirkungslos ab.

Francis hatte Schießpulver in der Nase, als ob der Widerhall des Schusses den Geruch mitgebracht hätte. Er hörte Peters schweren, erregten Atem und dass er leise fluchte. Und dann kam ihm ein einziger schrecklicher Gedanke: Peter hatte soeben preisgegeben, wo sie waren.

Doch bevor er etwas sagen oder in die andere Richtung spähen konnte, hörte er ein leises, fremdartiges Geräusch fast neben sich, fast zu seinen Füßen, und als Nächstes begriff er, dass ein eiserner Gegenstand ohne irgendwie mit dem Boden verbunden zu sein, an ihm vorbei durch die Luft schoss und sich mit voller Wucht in Peter rammte.

Dann fühlte Francis einen Stoß und taumelte nach hinten, wo er über irgendetwas stolperte, das Gleichgewicht verlor und zu Boden stürzte. Er traf mit dem Kopf auf und verlor für eine Sekunde völlig die Orientierung, wo er war und was gerade passierte.

Er riss sich zusammen und kämpfte gegen den schwindelerregenden Schmerz und die drohende Ohnmacht an – dann begriff er, dass vielleicht ein, zwei Meter von ihm entfernt, doch ohne dass er das Geringste sehen konnte, Peter und der Engel ineinander verkeilt waren und sich zwischen allerlei Gerümpel auf dem Kellerboden wälzten. Francis streckte den Arm aus, doch die beiden Männer hatten sich von ihm weggerollt, und einen kurzen, entsetzlichen Moment lang war er vollkommen allein und lauschte gebannt auf die tierischen

Laute eines verzweifelten Zweikampfs auf Leben und Tod, der sich in seiner Nähe oder auch meilenweit entfernt abspielte.

Im Amherst-Gebäude war Mr. Evans außer sich und setzte alles daran, die Patienten zu organisieren und in ihren Schlafsaal zurückzubefördern, doch Napoleon machte ihm, von den Ereignissen beflügelt, Scherereien und bestand hartnäckig darauf, sie hätten ihre Anweisungen von C-Bird und Fireman, und niemand würde sich von der Stelle rühren, bis Miss Jones sicher im Krankenwagen abtransportiert und Francis und Peter wieder aufgetaucht seien. Diese kühne Behauptung des kleinen Mannes entsprach nicht ganz der Wahrheit, denn während er, von Newsman flankiert, in der Mitte des Korridors stand und sich Mr. Evil widersetzte, vertraten sich mehrere Patienten im Flur die Beine. Hinter der immer noch verriegelten Tür zum Frauenschlafsaal am anderen Ende machten sich im Chor eine Reihe Befürchtungen Luft – »Mord! Feuer! Vergewaltigung! Hilfe!« –, womit sie, solange sie nicht wussten, was vorgefallen war, einfach sämtliche Möglichkeiten durchgingen. Bei dem Höllenlärm war es schwer, einen klaren Kopf zu behalten.

Dr. Gulptilil beugte sich über die blutende Lucy am Boden, während zwei Sanitäter sich fieberhaft um sie bemühten. Einem gelang es endlich, die Blutung in ihrem Bein mit einem Stauschlauch zu stillen, während ein anderer ihr einen Plasmatropf am Arm anbrachte. Sie war bleich und schwebte zwischen Ohnmacht und Wachen, versuchte, etwas zu sagen, brachte aber nichts über die ausgetrockneten Lippen. Schließlich gab sie auf und driftete an der Grenze zur Wirklichkeit hin und her. Nur von fern bekam sie mit, dass Leute ihr zu helfen versuchten. Mit Big Blacks Hilfe verfrachteten die

beiden Sanitäter sie auf eine Bahre und hoben sie hoch. Zwei Leute vom Wachdienst in grauer Uniform standen unsicher herum und warteten auf Anweisungen.
Als Lucy hinausgerollt wurde, wandte sich Gulp-a-pill an die Moses-Brüder. Sein erster Instinkt war, lautstark auf einer Erklärung zu bestehen, doch dann beschloss er, erst einmal abzuwarten. Und so fragte er nur: »Wohin?«
Big Black trat vor. Seine weiße Pflegerjacke war von dem Versuch, Lucys Wunden zu stillen, blutverschmiert. Bei Little Black war es nicht anders.
»In den Keller runter«, sagte Big Black. »C-Bird und Fireman sind ihm gefolgt.«
Gulptilil schüttelte den Kopf. »Du meine Güte«, sagte er flüsternd, obwohl er fand, dass die Situation eigentlich nach Kraftausdrücken verlangte. »Zeigen Sie mir, wo«, forderte er die Pfleger auf.
Die Moses-Brüder führten den Chefarzt zur Kellertür. »Sie sind in den Tunnel?«, fragte Gulptilil, obwohl er die Antwort bereits wusste. Big Black nickte. »Wissen wir, wo der rauskommt?«
Little Black schüttelte den Kopf.
Dr. Gulptilil hegte keineswegs die Absicht, irgendjemandem durch den dunklen Schlund des Heizungsschachts zu folgen. Er holte tief Luft. Er war einigermaßen zuversichtlich, dass Lucy Jones ihre Verletzungen überleben würde, wie brutal sie auch zugerichtet war, es sei denn, Schock und Blutverlust würden sich gegen sie verschwören. Aus professioneller Distanz musste er einräumen, dass diese Möglichkeit bestand. Im Moment allerdings machte er sich keine allzu großen Gedanken darüber, wie es mit ihr weiterging. Doch dem Chefarzt war nur allzu klar, dass vermutlich noch jemand in dieser Nacht sterben würde, und er versuchte, sich schon jetzt

darüber klar zu werden, was für ein Ärger ihm dann erst ins Haus stand. »Also«, sagte er seufzend, »wir können nur vermuten, dass er entweder zum Williams, dem nächstgelegenen Bau, rüberführt oder zum Kraftwerk zurück, da sollten wir also jeweils suchen.« Dabei ließ er unerwähnt, dass die Suche an diesen beiden Stellen nur Erfolg versprach, wenn Francis und Peter es bis dorthin schafften, eine Annahme, zu der er sich nicht durchringen konnte.

Im Dunkel des Kellers kämpfte Peter hart.

Er wusste, dass er schwer verwundet war, doch wie schwer genau, konnte er nicht sagen. Es war, als fände jede Partie dieses Kampfes, den er ausfocht, vom übrigen Geschehen losgelöst statt, und als versuchte er, sich auf jeden Abschnitt voll zu konzentrieren, um wenn möglich eine Verteidigung aufzubauen, die als Ganzes Wirkung zeigte. Er fühlte, wie ihm das Blut aus einer Wunde am Arm floss, und er wusste, dass der Engel mit seinem ganzen Gewicht auf ihm lastete. Die Pistole, an der er sich festgeklammert hatte, war ihm von der Wucht, mit der sich sein Angreifer auf ihn gestürzt hatte, aus der Hand gerissen worden und in irgendeinen dunklen Winkel des Kellers geflogen, so dass ihm sein Wille, nicht zu sterben, als einzige Waffe blieb.

Er teilte harte Schläge aus, traf auf Fleisch und hörte den Engel stöhnen; er setzte gleich noch einen drauf, nur um augenblicklich zu spüren, wie er dabei das Messer streifte und sich ins eigene Fleisch schnitt. Peter schrie etwas, das sich keiner Sprache zuordnen ließ außer der archaischen des blanken Überlebenswillens. Er trat mit den Füßen um sich und setzte sich mindestens so heftig gegen Schatten und gegen den Gedanken ans Sterben zur Wehr wie gegen den Mörder, der ihn bedrängte.

Ineinander verschlungen, gegen alles andere blind, suchten die beiden Männer verzweifelt nach einer Möglichkeit, den anderen zu töten. Es war ein ungleicher Kampf, denn immer wieder gelang es dem Engel, mit dem Messer zuzustoßen und es Peter tief ins Fleisch zu treiben, und Fireman glaubte, er würde von den wiederholten Stichen langsam, aber sicher in Stücke geschnitten. Er hob die Arme und wehrte einen Schlag nach dem anderen ab, trat und versuchte eine verletzliche Stelle zu finden.

Er spürte den Atem des Engels, seine Kraft, und er ahnte, dass er der tödlichen Verbindung aus Messer und Obsession nichts entgegenzusetzen hatte. Dennoch kämpfte Peter hart, kratzte und krallte sich fest, hoffte, die Augen des Engels zu erwischen oder die Lenden, etwas, das ihm eine kurze Atempause von dem Messer gewährte, das auf ihn einhackte. Er holte mit der Linken aus, und als er das Kinn des Engels streifte, blitzte die Erkenntnis in ihm auf, dass er die Kehle des Killers dicht vor sich hatte. Er griff wie wild danach, fühlte plötzlich Haut, schloss die Hand darum und würgte den Mann, der ihn zu töten versuchte. Doch im selben Moment fühlte er, wie ihm das Messer in die Seite drang und sich durch Fleisch und Muskeln hindurch zum Magen vorarbeitete, um sich dann zu drehen, nach oben zu wandern und sein Herz zu zerstören. Der Schmerz war unvorstellbar, und Peter entfuhr ein Keuchen und Schluchzen bei dem Gedanken, dass er hier und jetzt, in diesem Augenblick in der Dunkelheit sterben sollte. Er fühlte, wie das Messer sich seinen Weg bahnte, und er packte nach der Hand des Engels, um das unaufhaltsame Vordringen der Klinge zu verzögern.

Im selben Augenblick schien wie eine Explosion eine gewaltige Kraft auf sie beide einzuschlagen.

Der Engel stöhnte, prallte ein Stück zur Seite, und während

der Killer vor namenloser Wut schäumte, lockerte sich sein Griff.
Peter hatte keine Ahnung, wie es Francis gelungen war, den Engel von hinten anzugreifen, doch genau das hatte er getan, und jetzt klammerte sich der Jüngere an den Rücken des Engels und versuchte seinerseits, außer sich vor Zorn, ihm die Hände um die Kehle zu legen.
Francis brüllte einen gewaltigen Schlachtruf, einen schrillen, entsetzlichen Schrei, in dem sich alle seine Ängste und Zweifel vereinten. In seinem ganzen Leben hatte er sich nie zur Wehr gesetzt, hatte nie für eine Sache gekämpft, nie wirklich etwas riskiert, nie begriffen, dass der gegenwärtige Moment entweder sein bester oder sein letzter war – bis zu dieser Sekunde. Und so warf er jedes Quäntchen Hoffnung in diesen Kampf, ließ die Fäuste auf den Rücken und den Kopf des Engels niederprasseln, bevor er mit seinem Widersacher darum rang, dass er Peter in Ruhe ließ. Er aktivierte jedes Gramm Wahnsinn, um seine Muskelkraft zu verstärken, und warf sämtliche Ängste und sämtliche Zurückweisungen, die er je erfahren hatte, in die Flammen seines Zorns. Er packte den Engel mit der Zähigkeit der Verzweiflung und ließ einfach nicht zu, dass der Albtraum oder der Killer ihm den einzigen Freund nahm, den er wohl je haben würde.
Der Engel wand und schüttelte sich und kämpfte furios. Er saß zwischen den beiden Männern fest, dem verwundeten einerseits und dem vor Angst verrückten, der aber doch von etwas Umfassenderen getrieben wurde.
Er zögerte und überlegte, auf wen er sich zuerst konzentrieren und ob er den angefangenen Kampf zu Ende führen sollte, um sich dann den zweiten Gegner vorzunehmen, was sich unter dem Hagel von Schlägen, die Francis austeilte, als aussichtslos erwies. Als Francis dann auch noch plötzlich den Arm des

Engels in den Griff bekam und ihm auf den Rücken bog, war er matt gesetzt. Diese veränderte Lage schwächte die Wucht ab, mit der der Mörder Peter das Messer in die Seite drückte, und mit einer Kraftreserve, die aus irgendeiner verborgenen Quelle in ihm sprudelte, packte Fireman mit beiden Händen die Faust am Messerknauf und hinderte die Klinge am tödlichen Stich.

Francis wusste nicht, wie weit seine eigenen Kräfte reichen würden. Er wusste, das der Engel in vielerlei Hinsicht stärker war als er und dass er, falls er auch nur die geringste Chance gegen ihn hatte, diese Chance hier und jetzt, gleich zu Anfang ergreifen musste, bevor der Engel ihm seine ganze Aufmerksamkeit widmen konnte. Er zog, so fest er konnte an dem Arm, und legte seine ganze Kraft in den brennenden Wunsch, Peter vom Gewicht des Engels zu befreien. Und zu seinem Staunen gelang es ihm, zumindest zum Teil. Der Engel bog sich zurück, geriet aus dem Gleichgewicht und kippte noch weiter nach hinten, so dass nunmehr Francis unter ihm eingeklemmt war. Francis versuchte, seine Beine um den Killer zu schlingen, und hielt mit tödlicher Verbissenheit durch, wie ein Mungo, der sich in eine Kobra verbeißt, während der Engel versuchte, Francis' Griff abzuschütteln.

Und in dieser Sekunde der Verwirrung, als die drei Gestalten ineinander verhakt am Boden lagen, merkte Peter, dass die Hand des Mörders nicht mehr am Knauf des Messers in seiner Seite war.

Er legte die eigene Hand um den Griff und zog es unter einem glühenden Schmerz und einem qualvollen Schrei heraus. Während er fühlte, wie ihm bei jedem Herzschlag sein eigenes Leben aus ihm heraussickerte, packte Peter das Messer und stieß es nach vorn – in der verzweifelten Hoffnung, dass er nicht Francis traf, sondern den Mann, der Francis vermutlich bereits umgebracht hatte. Und als die Spitze der Klinge Fleisch berührte, warf sich Peter mit seinem ganzen Gewicht darauf, denn er wusste, dass dies seine letzte Möglichkeit war und er nur auf ein bisschen Glück hoffen konnte.

Der Engel, fest im Griff von Francis, schrie plötzlich auf, schrill, wie aus einer anderen Welt, ein Laut, in dem, so schien es, all das, was so viele durch ihn erlitten hatten, gewaltsam hervorbrach und von den Wänden widerhallte, so dass für einen kurzen Moment Tod und Qual und Verzweiflung in der Dunkelheit aufblitzten. Seine eigene Waffe hatte sich gegen ihn gewendet. Peter trieb sie dem Engel unerbittlich in die Brust und ins Herz.

Peter war entschlossen, für diesen entscheidenden Angriff das Letzte aus sich herauszuholen, und so drückte er weiter sein ganzes Gewicht auf die Messerklinge, bis er den Engel im Todeskampf röcheln hörte.

Dann ließ er sich zurückfallen, während ihm ein Dutzend, Fragen auf der Zunge lagen, aber nicht mehr über die Lippen kamen. Er schloss die Augen, um auf sein eigenes Ende zu warten.

Francis dagegen fühlte, wie der Engel unter seinem Griff erstarrte und starb. Zuerst rührte er sich nicht vom Fleck und hielt den Toten scheinbar eine Ewigkeit fest, in Wahrheit wohl nur wenige Sekunden. Die Stimmen, die er seit so vielen Jahren hörte, hatten offenbar im selben Moment die Flucht ergriffen und ihre Ängste, Ratschläge, Wünsche und Forderungen mitgenommen. Er registrierte nur, dass es immer noch vollkommen dunkel um ihn war und dass sein einziger Freund immer noch atmete, allerdings flach und mühsam, einem Ende entgegen, an das Francis nicht zu denken wagte.

Und so löste er sich aus der Umarmung des Engels und flüsterte: »Warte« in Peters Ohr, auch wenn er nicht glaubte, dass

Fireman ihn wirklich hörte. Er packte Peter an der Schulter und zog ihn der Länge nach hinter sich her, während er – ein bisschen wie ein kleines Kind, das sich von der Hand der Mutter losgerissen hat, langsam und vorsichtig begann, durch den pechschwarzen Keller zu kriechen – auf der Suche nach Licht und nach einem Ausgang und in der Hoffnung auf Hilfe für seinen Freund.

35

Der Lärm in meiner Wohnung hatte einen Höhepunkt erreicht – nur noch Erinnern, nur noch blanker Zorn. Ich merkte, wie der Engel mich würgte, sich an mir festkrallte, wie sich Jahre schwelenden Schweigens angestaut hatten, so dass seine Wut keine Grenzen kannte. Ich kauerte mich auf den Boden, fühlte, wie mir seine Fäuste auf Kopf und Schultern prasselten und jeder Gefühlsregung, jedem Gedanken einen Schlag versetzten. Ich schrie, ich schluchzte, mir rannen die Tränen über die Wangen, doch egal, was ich hinausbrüllte, er war nicht im Mindesten beeindruckt. Er war unerbittlich. In jener Nacht vor so vielen Jahren hatte ich dabei geholfen, ihn zu töten, und er war jetzt hier, um Rache zu üben, und nichts und niemand konnte ihn bremsen. Ich dachte, dass es auf irgendeine perverse Art und Weise sogar passte. Es stand mir streng genommen nicht zu, diese Nacht in den Klinikschächten zu überleben, und jetzt war er gekommen, um seinen Triumph einzufordern, der in Wahrheit ihm zustand. Irgendwie, wurde mir klar, war er immer bei mir gewesen, und so hart ich auch damals gekämpft hatte und so hart ich in dieser Nacht kämpfte, hatte ich doch gegen das Dunkel, das er brachte, nie eine Chance gehabt.

Ich wand mich, ich warf einen Stuhl quer durch den Raum auf seine gespenstische Gestalt und sah zu, wie der Holzrahmen splitterte und mit einem Krachen barst. Ich lehnte mich lauthals auf, ich dosierte die wenigen Kraftreserven, die ich noch hatte, und hoffte, dass ich in der kurzen Zeit, die mir blieb, und auf dem wenigen Platz unten an der Wand, der auf meine letzten Worte wartete, meine Geschichte zu Ende bringen konnte.

Genau wie gestern um Mitternacht kroch ich über den kalten Boden.

Hinter mir hörte ich energisches, forderndes Klopfen an meiner Wohnungstür. Stimmen riefen nach mir, die vertraut zu klingen schienen, nur sehr weit waren, als trennte sie eine Kluft von mir, die ich nie würde überbrücken können. Ich glaubte nicht, dass sie existierten. Ich schrie mit ganzer Kraft: »Haut ab! Lasst mich in Ruhe!«, ohne zu wissen, ob ich das wirklich rief oder es mir nur einbildete. Alle diese Dinge vermischten sich in meiner Phantasie, und die Flüche und Schreie des Engels dröhnten mir so heftig in den Ohren, dass sie alles, was jenseits dieser kleinen Fläche Wand und Boden, die ich noch bewohnte, verstummen ließen.

Ich hatte Peter durch diesen Kellerraum gewuchtet, indem ich ihn halb trug, halb schleifte, um irgendwie von der Leiche des Killers wegzukommen, die in dem Hohlraum hinter uns liegen blieb. Ich tastete mich vor, schob Hindernisse beiseite, die uns in die Quere kamen, schleppte uns beide vorwärts, ohne recht zu wissen, ob die Richtung stimmte. Mein Instinkt sagte mir, dass jeder Schritt, den wir machten, ihn der Rettung ein Stück näher brachte, aber auch dem Tod, als wären dies zwei Linien, die auf einer großen Grafik immer mehr zusammenliefen. Sobald sie sich überschnitten, hätte ich meinen Kampf verloren, und er musste sterben. Ich hatte kaum erwartet, dass einer von uns überleben würde, und als sich jetzt unverhofft eine Tür vor mir öffnete und mir ein schmaler Lichtstrahl entgegenschimmerte, biss ich noch einmal die Zähne zusammen und stolperte ihm entgegen. Hinter meinem Kopf jaulte der Engel auf, doch das war in dieser Nacht, denn in jener war er tot, und ich griff nach der Wand und dachte, dass ich, selbst wenn ich in den nächsten Minuten sterben würde, zumindest noch aufschreiben musste, wie ich nach oben blickte und die unverwechselbare große, breite Gestalt von Big Black in dem winzigen Lichtstrahl sah, und wie seine Stimme Musik in meinen Ohren war, als er rief: »Francis? C-Bird? Bist du das da unten?«

»Francis?«, brüllte Big Black, während er im Türrahmen zum Abstellkeller des Kraftwerks und den kreuz und quer verlaufenden, unterirdischen Heizschächten stand, sein Bruder an seiner Seite und Dr. Gulptilil knapp einen Schritt dahinter. »C-Bird, bist du das da unten?«

Bevor er die Hand am Schalter für die einsame Glühbirne an der Decke hatte, die ein bisschen Licht auf die baufällige Treppe geworfen hätte, drang eine schwache, doch vertraute Stimme aus dem Dunkel, »Mr. Moses, bitte helfen Sie uns!«

Die Brüder ließen sich nicht lange bitten. Der schwache Ruf, der aus der schwarzen unterirdischen Höhle drang, sagte alles. Die Moses-Brüder rannten die Treppe hinunter und liefen der Stimme entgegen, während Dr. Gulptilil, der sich widerstrebend immer noch ein wenig im Hintergrund hielt, endlich den Lichtschalter ausfindig machte und das Licht einschaltete.

Was er im matten Schein einer vergilbten, schwachen, nackten Birne sah, brachte ihn auf Trab. Inmitten des Gerümpels

erschien Francis mit Tränen in den Augen. In den Armen seines Freundes hing, halb ohnmächtig, doch die Hand auf eine klaffende Wunde in der Seite gepresst, Peter und hinterließ eine schockierende rote Spur auf dem Zement. Dr. Gulptilil sah auf und erschrak beim Anblick eines dritten Patienten weiter hinten im Keller, der mit staunend aufgerissenen, toten Augen und einem großen Jagdmesser in der Brust reglos auf dem Boden lag. »Ach, du liebe Güte«, sagte der Doktor und rannte Big Black und Little Black entgegen, die bereits versuchten, Peter und Francis erste Hilfe zu leisten.
Francis wiederholte immer wieder: »Mir fehlt nichts, helfen Sie ihm«, auch wenn er nicht ganz sicher war, ob das stimmte, doch das war der einzige Gedanke, der durch seine Erschöpfung und Erleichterung drang. Big Black taxierte die Situation mit einem einzigen Blick und schien augenblicklich zu begreifen, was sich in dieser Nacht zugetragen hatte, und er beugte sich über Peter, um sein zerfetztes Hemd zurückzuziehen und das Ausmaß seiner Wunde zu sehen. Little Black hockte sich neben Francis und tat mit geübtem Blick mehr oder weniger dasselbe bei ihm, um Francis' Protesten und Kopfschütteln zum Trotz festzustellen, ob er Verletzungen davongetragen hatte.
»Halt still, C-Bird«, sagte Little Black. »Ich muss sichergehen, dass es dich nicht erwischt hat.« Dann flüsterte er etwas anderes und wies dabei mit dem Kopf auf die Leiche des Engels. »Ich denke, du hast hier heute Nacht gute Arbeit geleistet, C-Bird. Egal, was sonst jemand dazu sagt.«
Dann hatte er sich offenbar davon überzeugt, dass Francis nicht ernstlich verletzt war, und wandte sich Peter zu, um seinem Bruder zu helfen.
»Wie schlimm ist es?«, wollte Dr. Gulp-a-pill wissen, indem er, über die beiden Pfleger gebeugt, auf Peter hinunterstarrte.

»Ziemlich schlimm«, erwiderte Big Black. »Er muss sofort ins Krankenhaus.«
»Können wir ihn rauftragen?«, fragte der Arzt.
Big Black antwortete nicht. Er schob einfach seine wuchtigen Arme unter Peters reglosen Körper und hob Fireman ächzend hoch, um ihn die Treppe hinauf in den ebenerdigen Bereich des Kraftwerks zu schleppen, wie ein Bräutigam seine Braut über die Schwelle trägt. Langsam lief er zum Haupteingang, wo er in die Knie sank und Peter direkt hinter der Tür auf den Boden gleiten ließ. »Wir müssen sofort einen Krankenwagen für Fireman rufen«, sagte er zu Dr. Gulptilil.
»Das sehe ich«, sagte der Chefarzt. Er hatte die Hand bereits an der Wählscheibe eines alten, schwarzen Telefons auf der Tischplatte. »Sicherheitsdienst?«, sagte er knapp, als die Verbindung zustande kam. »Hier spricht Dr. Gulptilil. Ich brauche noch einen Krankenwagen, ja, ganz richtig, einen zweiten Krankenwagen, und zwar augenblicklich am Kraftwerk. Ja, es geht um Leben und Tod. Bitte rufen Sie sofort im Krankenhaus an, sofort!«
Dann legte er auf.
Francis war hinter Big Black hergetrottet und stellte sich neben Little Black, der mit Peter sprach, ihm immer wieder gut zuredete, nicht schlapp zu machen, und ihn daran erinnerte, dass das hier nicht die richtige Nacht zum Sterben sei, nicht nach allem, was geschehen war und was sie erreicht hatten. Sein beruhigender Ton zauberte ein Lächeln auf Peters Gesicht, das es trotz all der Verletzungen und des Schocks, unter dem er stand, zu seinen Lippen schaffte. Sprechen konnte er nicht.
Big Black hielt Peters Kopf, zog sich seine weiße Pflegerjacke aus, faltete sie zusammen und drückte sie auf die klaffende Schnittwunde. »Hilfe ist unterwegs, Peter«, sagte Dr. Gulpti-

lil und beugte sich zu Fireman vor, doch niemand konnte sagen, ob der Schwerverletzte ihn hörte.
Dr. Gulptilil holte tief Luft, warf einen prüfenden Blick über die Szene und versuchte fieberhaft, zu kalkulieren und abzuschätzen, wie viel Schaden in dieser Nacht angerichtet worden war. Dass es ein ziemlicher Schlamassel war, so viel konnte der Chefarzt sagen, hätte der Einschätzung eines Minimalisten entsprochen. Er sah nur, dass eine schwindelerregende Flut an Berichten, Ermittlungen, unbequemen Fragen und vielleicht sehr schwierigen Antworten über ihn hereinbrechen würde. Er hatte es mit einer außer Kontrolle geratenen Staatsanwältin zu tun, die mit schrecklichen Wunden auf dem Weg ins Krankenhaus war, Wunden, über die kein Notaufnahmearzt Schweigen wahren würde, so dass er binnen Stunden mit dem Besuch der Polizei zu rechnen hatte. Er starrte auf einen Patienten von trauriger Berühmtheit und besonderem Interesse für bestimmte Kreise, der wenige Stunden, bevor er heimlich in einen anderen Bundesstaat überführt werden sollte, mit schweren Blutungen am Boden lag. Und dann hatte er einen dritten eindeutig toten Patienten, der ebenso eindeutig von besagtem, berühmtem Patienten und seinem schizophrenen Freund getötet worden war.
Er hatte diesen dritten Patienten erkannt und wusste, dass eine Klinikakte über diesen Patienten existierte, in der in seiner eigenen Handschrift die unmissverständliche Einschätzung vermerkt war: Hochgradige Retardation. Katatonisch. Prognose ungewiss. Langzeitbetreuung erforderlich.
Ebenso war ihm der Vermerk bekannt, dass der Tote verschiedentlich an Wochenenden, unter der Aufsicht einer älteren Mutter und einer Tante, beurlaubt worden war.
Je mehr er darüber nachdachte, desto klarer wurde ihm, dass seine berufliche Laufbahn auf dem Spiel stand und von seinen

Entscheidungen in den nächsten Minuten abhing. Zum zweiten Mal in dieser Nacht hörte er von fern eine Sirene, die zusätzlich Druck auf ihn ausübte, diese Entscheidungen bald zu treffen.

Dr. Gulptilil holte tief Luft. Er sah zu Peter hinunter und erklärte: »Sie werden es überleben, Mr. Fireman.« Er sagte das, ohne zu wissen, ob es stimmte, nur weil ihm klar war, wie wichtig es war. Dann sah er zu den Moses-Brüdern auf. »Wir werden dafür sorgen müssen, dass es diese Nacht nie gegeben hat«, sagte er steif.

Die beiden Pfleger warfen sich einen Blick zu und nickten.

»Wird aber nicht leicht sein, dafür zu sorgen, dass die Leute nix mitkriegen«, sagte Little Black.

»Dann müssen wir eben alles daransetzen, dass sie so wenig wie möglich mitkriegen.«

Little Black wies noch einmal Richtung Keller, wo sie die Leiche des Engels zurückgelassen hatten. »Diese Leiche macht die Sache nicht eben leichter«, sagte er. Er sprach leise, als legte er in diesem Moment, der von einiger Tragweite war, jedes Wort auf die Waagschale. »Der Mann da hinten war ein Killer.«

Dr. Gulptilil schüttelte den Kopf. Das Folgende sagte er in der Art, in der er mit einer Schulklasse reden würde: mit besonderer Betonung auf einigen Worten. »Dafür gib es keine hieb- und stichfesten *Beweise*. Mit Bestimmtheit können wir nur sagen, dass er in dieser Nacht Miss Jones tätlich angegriffen hat. Aus welchem Grund, entzieht sich unserer Kenntnis. Vor allem aber bleibt es ein Geheimnis, was er bei anderer Gelegenheit andernorts getan haben mag. Das hat nicht das Geringste mit uns hier zu tun, mit den Ereignissen von heute Nacht. Kein Geheimnis ist es dagegen, dass dieser Patient von den anderen beiden Patienten verfolgt und dann seiner-

seits ermordet wurde. Nun mag das, was sie getan haben, zwar durchaus berechtigt gewesen sein …«
Er hielt inne, als wartete er darauf, dass Little Black den Satz zu Ende führte. Doch der kleinere Bruder dachte nicht daran, und so sah sich Dr. Gulptilil gezwungen, es selbst zu tun.
»Vielleicht aber auch nicht. Wie dem auch sei, es wird Verhaftungen geben. Schlagzeilen in den Zeitungen. Vielleicht eine amtliche Kommission. Eine gerichtliche Untersuchung auf bundesstaatlicher Ebene erscheint nahe liegend. Für eine Weile wird nichts mehr so sein, wie es war …«
Dr. Gulptilil legte eine Pause ein und studierte die Gesichter der Brüder. »Und vielleicht«, fügte er ruhig hinzu, »müssen nicht nur Mr. Petrel und Fireman mit einer Anklage rechnen. Auch diejenigen, die dabei geholfen haben, dass es zu den Ereignissen dieser Nacht kommen konnte, müssen möglicherweise um ihre Stellen bangen …«
Wieder wartete er und sondierte die Wirkung seiner Worte auf die beiden Pfleger.
»Wir haben nichts Unrechtes getan«, sagte Big Black. »Und Francis und Peter ebenso wenig …«
»Selbstverständlich«, räumte der Doktor hastig ein und nickte mehrmals mit dem Kopf. »Aus moralischer Sicht, gewiss. Aus ethischer Sicht? Zweifelsohne. Doch aus juristischer Sicht? Jeder hier hat das Richtige getan, da bin ich mir ganz sicher. Das steht außer Frage. Aber andere, ich meine, Außenstehende, Ermittler, die zu dem Fall hinzugezogen werden – da wage ich keine Prognose, wie sie diese schrecklichen Ereignisse beurteilen würden.«
Sie schwiegen, und Dr. Gulptilil fügte hastig hinzu: »Ich glaube, wir müssen kreativ denken. Und uns so schnell wie möglich auf eine Vorgehensweise verständigen. *Wir sind darauf angewiesen*«, wiederholte er eindringlich, »*dass so wenig wie*

möglich von dieser Nacht geschehen ist.« Bei diesen Worten zeigte er Richtung Keller.
Das leuchtete Little Black ebenso ein wie seinem Bruder. Wortlos schienen die beiden Brüder zu verstehen, worum sie gebeten wurden. Beide nickten.
»Aber wenn der Mann da nicht tot wär«, sagte Little Black, »dann würde sich keiner für C-Bird und Fireman interessieren. Und auch wohl kaum für uns.«
»Korrekt«, sagte Dr. Gulptilil steif. »Ich denke, wir verstehen uns.«
Little Black schien einen Moment lang angestrengt nachzudenken. Dann drehte er sich zu seinem Bruder und zu Francis um und sagte: »Du kommst mit. Wir haben noch was zu erledigen.«
Er ging Richtung Kellertür voraus und drehte sich noch einmal zu Dr. Gulptilil um, der sich über Peter beugte, die Hände auf seine Wunden presste, um die pulsierende Blutung zu stillen. »Sie sollten den Anruf machen«, sagte Little Black.
Der Chefarzt nickte. »Beeilen Sie sich«, sagte er. Dann sah Francis, wie Dr. Gulptilil Peter für einen Moment verließ, um zu dem Schreibtisch zurückzukehren, den Telefonhörer ans Ohr zu drücken und eine Nummer zu wählen. Nach ein, zwei Sekunden holte er tief Luft und sagte dann: »Ja. Staatspolizei? Dr. Gulptilil vom Western State Hospital. Ich muss Ihnen mitteilen, dass einer von unseren gefährlicheren Patienten heute Nacht aus der Klinik ausgebrochen ist. Ja, er scheint bewaffnet zu sein. Ja, ich kann Ihnen den Namen und eine Personenbeschreibung geben ...« Er sah zu Francis zurück und machte eine Geste mit der Hand, um ihn zur Eile anzutreiben. Draußen kam die Krankenwagensirene in Begleitung des Sicherheitsdienstes immer näher.

Der Regen tröpfelte Francis ins Gesicht, als hätte er für das, was geschehen war, nur Verachtung übrig. Oder er glaubte vielleicht, dachte Francis, er könne die vergangenen Stunden wegwaschen. Er war nicht sicher. Ein wilder Wind peitschte einen Baum in der Nähe hin und her, als sei er über die Prozession schockiert, die da mitten in der Nacht an ihm vorüberzog.

Big Black hatte sich die Leiche des Engels wie einen unförmigen Seesack über den breiten Rücken geworfen und ging voraus. Direkt hinter ihm marschierte zügig Little Black durch die Nacht, zwei Schaufeln und eine Spitzhacke unter die Arme geklemmt. Francis bildete die Nachhut und bemühte sich, von Little Black zur Eile gemahnt, Schritt zu halten. Hinter ihnen konnte Francis hören, wie der Krankenwagen vor dem Kraftwerk eintraf, und an einer entfernten Wand konnte er den Widerschein seines kreisenden roten Signallichts sehen. Auch ein schwarzer Wagen des Sicherheitsdienstes war vorgefahren und schnitt mit seinen Scheinwerfern einen weißen Bogen in die tintenschwarze nächtliche Welt. Ihr kleiner Trupp befand sich jedoch außerhalb ihrer Sichtweite, und so stapften sie im schwachen Widerschein der Lampen durch die Dunkelheit bis in den hintersten Winkel des Klinikgeländes.

»Leise«, sagte Little Black, auch wenn die Ermahnung überflüssig war. Francis blickte in den mitternächtlichen Himmel und glaubte zu erkennen, dass er mit kostbarem Ebenholz umrahmt war, als hätte die Hand eines Malers beschlossen, ihn noch dunkler zu gestalten, und daher noch dickere Streifen Schwarz aufgetragen.

Als Francis den Kopf senkte, sah er sofort, wo es hingehen sollte. Nicht weit von ihnen war der Garten, in dem er an Cleos Seite Blumen gepflanzt hatte. Er folgte den Moses-Brüdern an dem wackeligen Maschendrahtzaun vorbei auf den kleinen

Friedhof, wo Big Black ächzend die Leiche des Engels zu Boden warf. Sie schlug dumpf auf, und Francis glaubte, ihm würde schlecht werden von dem Geräusch, doch das war zu seiner Überraschung nicht der Fall. Er sah den Mann an und musste daran denken, dass er ihm zu Lebzeiten sicher schon hundertmal draußen auf einem der Wege oder drinnen in der Kantine begegnet war und bis zu dieser Nacht nicht gewusst hatte, wer sich hinter dem ausdruckslosen Gesicht verbarg. Dann schüttelte er den Kopf und dachte, dass es doch nicht so sein konnte, denn hätte er dem Engel auch nur ein einziges Mal in die Augen geblickt, dann hätte er darin bestimmt das erkannt, was sie in dieser Nacht gesehen hatten.

Big Black schnappte sich eine der Schaufeln und trat an den kleinen Hügel frisch aufgeschütteter Erde, der Cleos Grab markierte. Francis trat neben ihn, nahm die Hacke und holte damit, ohne ein Wort zu sagen, aus, um sie in den feuchten Boden zu treiben. Er war ein wenig überrascht, wie leicht sie die lockere Erde über Cleos Sarg ausheben konnten. Fast schien es, als hätte sie ihre kleine Prozession in dieser Nacht erwartet. Hinter ihnen kämpften Sanitäter zum zweiten Mal in den letzten paar Stunden um ein Leben. Es dauerte nicht lange, bis sie alle drei hörten, wie der Krankenwagen abfuhr und über das Klinikgelände raste, um wie kurz davor auf genau demselben holprigen Weg in halsbrecherischem Tempo die nächste Notaufnahme anzusteuern.

Als der Sirenenlärm verebbte, blieben sie mit dem gedämpften Klang ihrer Schaufeln und der Hacke zurück, die sich in den lehmigen Boden vorarbeiteten. Es regnete weiter, und sie waren schon bis auf die Haut durchnässt, doch Francis war völlig unempfindlich gegen jedes Unbehagen oder die Kälte. Er merkte, wie er an der Hand eine Blase bekam, ignorierte sie und schwang weiter die Hacke, um sich immer tiefer in den

Boden zu fressen. Er hatte längst die Grenze völliger Erschöpfung überschritten und war in einen Bereich vorgedrungen, in dem nur der Entschluss zählte, ihre einzige Chance zu nutzen, die tief unten in der Erde ruhte.

Francis hätte nicht sagen können, ob sie eine Stunde oder länger brauchten, bis sie sich die knapp zwei Meter nach unten durchgearbeitet hatten, wo der matt schimmernde billige Stahlsarg mit Cleos sterblichen Überresten auftauchte. Einen Moment spielte der Regen einen Trommelwirbel auf dem Deckel, und Francis hoffte seltsamerweise, dass der Lärm nicht die schlafende Königin geweckt hatte.

Dann schüttelte er den Kopf und dachte: *Das hier würde ihr gefallen. Jeder Kaiserin gebührt in der anderen Welt ein Diener.*

Big Black warf wortlos die Schaufel weg. Er sah seinen Bruder an, und Little Black half ihm dabei, den Engel an Händen und Füßen hochzuheben. Die beiden Pfleger stolperten und schlitterten über den durchtränkten Boden, bis sie am Rand des Grabes standen, Schwung holten und den Engel in das Grab fallen ließen, wo er mit einem dumpfen Geräusch auf dem Sarg aufschlug. Big Black sah zu Francis auf, der zögernd am Rand des Loches stand, und diesmal sagte der Pfleger: »Nicht nötig, über dem Mann ein Gebet zu sprechen. Kein Gebet der Welt kann dem noch nützen, dort, wo er hinkommt.«

Da hatte der Pfleger Recht, fand Francis.

Ohne zu zögern, nahmen sie alle drei erneut die Schaufeln und die Hacke zur Hand und schütteten das Grab wieder zu, als gerade das erste, zarte Licht der Morgenröte über den fernen Horizont kroch.

Und das war's.

Am Fuß der Wand rollte ich mich zusammen.

Ich fröstelte, als ich versuchte, das Chaos rings um mich zu verdrängen. Von irgendwo aus weiter Ferne hörte ich Rufe und ein lautes Hämmern, als klopften all die Ängste und die nagenden Zweifel und jedes Quäntchen Schuldgefühle, die ich all diese Jahre verdrängt hatte, an meine Tür und drohten, sie aus den Angeln zu heben und aufzubrechen. Ich wusste, dass ich dem Engel einen Tod schuldig war, und er war da, um ihn einzufordern. Die Geschichte war erzählt, und ich glaubte, dass ich nicht das Recht hatte, weiter am Leben zu bleiben. Ich schloss die Augen, und während ich laute Stimmen und aufgeregte Rufe über mich hereinbrechen hörte, wartete ich auf seine Rache und seine eisige Berührung. Ich kauerte mich zu einem so kleinen und unbedeutenden Paket zusammen, wie ich nur konnte, und hörte, wie Schritte hektisch in meine Richtung kamen, während ich ruhig und traurig darauf wartete, dass ich starb.

Teil drei

Eierschalenweiße Latexfarbe, matt

36

»Hallo, Francis.«

Beim Klang der vertrauten Stimme blinzelte ich.

»Hallo, Peter«, antwortete ich. »Wo bin ich?«

»Wieder in der Klinik«, erwiderte er mit einem Grinsen und diesem unbekümmerten Blitzen in den Augen. Ich muss alarmiert ausgesehen haben, denn er hielt die Hand hoch. »Natürlich nicht *unserer* Klinik. Die gibt es nicht mehr. Nein, in einer neuen. Um einiges netter als das alte Western State. Sieh dich mal um, C-Bird. Ich denke, du wirst mir zustimmen, dass die Unterbringung diesmal erheblich besser ist.«

Langsam drehte ich den Kopf zuerst nach rechts, dann nach links.

Ich lag auf einer festen Matratze und fühlte frische, saubere Bettwäsche an der Haut. Aus einem intravenösen Schlauch tröpfelte mir eine Mixtur in den Arm, und ich trug ein hellgrünes OP-Hemd. An der Wand gegenüber meinem Bett hing ein großes, buntes Gemälde von einem weißen Segelboot, das an einem schönen Sommertag in einer steifen Brise durch das glitzernde Wasser einer Bucht trieb. Ein stummer Fernseher hing an einem Halter an der Wand. Und mein erster prüfender Blick durch das Zimmer zeigte, dass es ein Fenster hatte, das mir einen kleinen, aber willkommenen Ausschnitt vom eierschalenblauen Himmel mit ein paar zarten, hohen Wolken gewährte, nicht viel anders seltsamerweise als der Nachmittag auf dem Gemälde.

»Siehst du?«, sagte Peter und wies mit der Hand auf meine Umgebung. »Wirklich nicht schlecht, was?«
»Nein«, räumte ich ein. »Nicht schlecht.«
Ich sah Fireman an. Er hockte am Fußende meines Bettes, und ich betrachtete ihn von oben bis unten. Er war anders als bei unserem letzten Wiedersehen in meiner Wohnung, als ihm das Fleisch von den Knochen herabhing, das Blut sein Gesicht verschmierte und der Dreck sein Lächeln verunstaltete. Jetzt trug er den blauen Overall, den ich von unserer ersten Begegnung vor Gulptilils Sprechzimmer in Erinnerung hatte, und dieselbe Boston-Red-Sox-Kappe, die er tief in den Nacken zurückgeschoben hatte.
»Bin ich tot?«, fragte ich ihn.
Er schüttelte den Kopf, und ein zartes Lächeln huschte über sein Gesicht.
»Nein«, sagte er. »Du nicht. Ich schon.«
Ich merkte, wie mir eine Woge der Trauer in der Brust hochstieg, so dass mir das, was ich sagen wollte, im Hals stecken blieb.
»Ich weiß«, sagte ich. »Ich erinnere mich.«
Peter grinste wieder. »War nicht der Engel, weißt du. Hab ich dir je danken können, C-Bird? Wenn du nicht gewesen wärst, hätte er mich mit Sicherheit da unten umgebracht. Und ich wär auch gestorben, wenn du mich nicht über diesen Kellerboden geschleift hättest, bis die Moses-Brüder helfen konnten. Du hast wirklich viel für mich getan, Francis, auch wenn ich nie die Chance hatte, dir zu sagen, wie dankbar ich dir bin.«
Peter seufzte, und er klang ein bisschen wehmütig. »Wir hätten damals von Anfang an auf dich hören sollen, haben wir aber nicht, und das haben wir teuer bezahlt. Du warst derjenige, der wusste, wo wir suchen mussten und wonach. Aber

wir haben dir nicht zugehört, oder?« Er zuckte die Schultern, während er sprach.
»Hat es wehgetan?«, fragte ich.
»Was? Nicht auf dich zu hören?«
»Nein.« Ich wedelte mit der Hand in der Luft. »Du weißt, was ich meine.«
Peter lachte kurz auf. »Wie ich gestorben bin? Ich dachte, das würde es, aber ehrlich gesagt, tat es das nicht. Oder zumindest, nicht allzu sehr.«
»Ich hab vor ein paar Jahren, als es passiert ist, dein Foto in der Zeitung gesehen. Es war dein Foto, aber es stand ein anderer Name darunter. Es hieß, du wärst aus Montana. Aber das warst du, nicht wahr?«
»Klar. Neuer Name. Neues Leben. Aber dieselben alten Probleme.«
»Was ist passiert?«
»War eigentlich ziemlich blöd. Es war kein großes Feuer, und wir hatten nur ein paar Trupps, die es bekämpften, ziemlich planlos; wir dachten alle, wir hätten es mehr oder weniger unter Kontrolle. Wir hatten den ganzen Vormittag über Brandschneisen geschlagen, und ich denke, wir waren drauf und dran, zu melden, dass wir es bezwungen hatten, und alle Leute abzuziehen, als der Wind sich drehte. Blies ganz schön heftig, und da ging's dann erst richtig zur Sache. Ich hab meinen Leuten gesagt, sie sollen zum Bergkamm hochrennen. Wir konnten das Feuer direkt hinter uns hören, wurde ordentlich vorangetrieben. Macht einen Höllenlärm, sag ich dir, fast wie ein riesiger, außer Kontrolle geratener Güterzug. Alle haben's geschafft, außer mir, und ich hätt's auch geschafft, wenn nicht einer der Jungs hingefallen wäre, so dass ich zurücklaufen musste. Da waren wir also, mit nur einer Brandschutzplane für uns beide, also hab ich ihn an einer Stelle, wo

er eine Überlebenschance hatte, da drunter kriechen lassen, und ich hab versucht, noch wegzurennen, auch wenn ich wusste, dass es unmöglich war, und so hat es mich ein paar Schritte vor dem Kamm erwischt. Einfach Pech, nehme ich mal an, aber auch wieder sonderbar passend, C-Bird. Wenigstens haben mich die Zeitungen als Helden gefeiert, aber so heldenhaft kam es mir gar nicht vor. Einfach nur so das, was ich erwartet und wohl auch verdient hatte. Doch noch ein Ausgleich letzten Endes.«

»Du hättest dich retten können«, sagte ich.

Er zuckte die Schultern. »Ich hatte mich bei anderen Gelegenheiten gerettet. Und bin gerettet worden, besonders von dir. Und hättest du mich nicht gerettet, wäre ich nicht dort gewesen, um ihn zu retten, ist also schon alles in Ordnung, so wie es ist.«

»Aber du fehlst mir«, sagte ich.

Peter the Fireman lächelte. »Natürlich. Aber du brauchst mich nicht mehr. Hast du eigentlich nie getan, Francis. Nicht mal an dem Tag, als wir uns das erste Mal trafen, aber da wusstest du es noch nicht. Jetzt vielleicht schon.«

Das konnte ich nicht nachvollziehen, aber ich sagte nicht sofort etwas, bis mir wieder einfiel, wieso ich in der Klinik war.

»Aber was ist mit dem Engel? Er wird zurückkommen.«

Peter schüttelte den Kopf und senkte die Stimme, um seinen Worten besonderes Gewicht zu verleihen. »Nein, C-Bird. Der hatte seine Chance damals vor zwanzig Jahren, und du hast ihn geschlagen, und dann hast du ihn nach so langer Zeit noch mal geschlagen. Jetzt ist er endgültig weg vom Fenster. Der kann dir nichts mehr anhaben, weder dir noch sonst jemandem, außer in den Erinnerungen, die einige von ihm haben. Ist nicht gerade ideal, kein klarer, sauberer Schnitt, aber so läuft das nun mal. So was hinterlässt Spuren, und wir machen trotzdem weiter. Aber du bist frei. Versprochen.«

Ich wusste nicht, ob ich das glauben konnte. »Ich werde wieder allein sein«, beklagte ich mich.

Peter lachte schallend. Es war ein wildes, ungezügeltes Lachen.

»C-Bird, C-Bird, C-Bird«, sagte er und schüttelte bei jedem Wort den Kopf. »Du warst nie allein.«

Ich streckte die Hand aus, um ihn zu berühren, wie um mir zu beweisen, dass das, was er sagte, stimmte, doch Peter the Fireman verblasste und verschwand von meinem Klinikbett, und ich glitt langsam in einen traumlosen Schlaf zurück.

Schon bald wusste ich, dass in dieser Klinik keine der Schwestern einen Spitznamen hatte. Sie waren angenehm, effizient und routiniert. Sie überprüften den Tropf in meinem Arm, und als der entfernt wurde, überwachten sie sorgfältig die Medikationen, die ich bekam, indem sie jede Dosis auf einem Klemmbrett vermerkten, das neben der Tür in einem Fach an der Wand hing. Ich hatte das Gefühl, dass sich hier niemand die Pillen in die Backen schieben konnte, und so schluckte ich brav, was immer sie mir gaben. Und sie redeten regelmäßig mit mir, über dies und das, über das Wetter, das ich durchs Fenster sah, oder auch nur darüber, wie ich die letzte Nacht geschlafen hatte. Jede Frage, die sie stellten, schien Teil eines umfassenderen Plans, der mich wieder auf mein altes Niveau stabilisieren sollte. So fragten sie mich zum Beispiel nie, ob ich lieber den grünen Pudding wollte oder den roten oder ob ich vielleicht ein paar Grahamkekse und ein Glas Saft vor dem Schlafengehen wollte oder ob ich lieber diese Sendung als die andere sehen möchte. Sie erkundigten sich ganz genau, ob sich meine Kehle trocken anfühlte, ob ich unter Übelkeit oder

Durchfall litte oder ob mir die Hände zitterten, und vor allem, ob ich etwas gesehen oder gehört hätte, das nicht wirklich da sei.
Ich erzählte ihnen nicht von Peters Besuch. Das gehörte nicht zu dem, was sie hören wollten, und er kam nicht wieder.
Einmal am Tag schaute der leitende Stationsarzt vorbei, und wir unterhielten uns über ganz gewöhnliche Dinge. Aber das waren keine normalen Unterhaltungen wie zwischen zwei Freunden oder auch zwischen Fremden, die sich zum ersten Mal begegneten, mit ein paar Höflichkeiten und freundlichem Gruß und dergleichen. Sie gehörten in eine andere Sparte und dienten dazu, mich zu beurteilen. Der Doktor war wie ein Schneider, der mich neu einkleiden wollte, bevor ich in die große weite Welt entlassen wurde, und der genau Maß nahm, nur dass es hier um den inneren und nicht den äußeren Zuschnitt ging.
Mein Sozialarbeiter, Mr. Klein, kam eines Tages vorbei und sagte mir, ich hätte großes Glück gehabt.
Meine Schwestern kamen an einem anderen Tag und erklärten, ich hätte großes Glück gehabt.
Sie weinten auch ein wenig und sagten, meine alten Eltern wollten mich gerne besuchen kommen, seien aber zu alt und schwach. Ich nahm ihnen das zwar nicht ab, tat aber wenigstens so und erwiderte ihnen, das machte überhaupt nichts, was sie zu trösten schien.
Als ich eines Morgens gerade meine tägliche Dosis Pillen geschluckt hatte, sah die Schwester mich mit einem Lächeln an und sagte, ich solle mir einen vernünftigen Haarschnitt verpassen lassen, und dann würde ich nach Hause gehen können.
»Mr. Petrel, ein großer Tag heute«, sagte sie. »Sie werden entlassen.«
»Das ist gut«, erwiderte ich.

»Aber vorher kriegen Sie noch Besuch«, sagte sie.
»Meine Schwestern?«
Sie lehnte sich so nahe zu mir herüber, dass ich die berauschende Frische ihrer gestärkten weißen Tracht und ihres Haarshampoos riechen konnte. »Nein«, sagte sie kaum leise. »Wichtige Besucher. Sie haben ja keine Ahnung, Mr. Petrel, was die Leute hier auf Station über Sie reden. Sie sind das größte Rätsel in der Klinik. Anweisungen von ganz oben, damit Sie das beste Zimmer kriegen. Die beste Behandlung. Die ganze Zeit halten Leute die Hand über Sie, die keiner kennt. Und dann heute auf einmal so ein paar VIPs in 'ner langen schwarzen Limousine, die Sie nach Hause holen. Sie müssen jemand Wichtiges sein, Mr. Petrel. Ein Prominenter. Zumindest denken das die Leute hier.«
»Nein«, sagte ich. »Ich bin nichts Besonderes.«
Sie lachte und schüttelte den Kopf. »Sie sind zu bescheiden.«
Hinter ihr ging die Tür auf, und der leitende Psychiater steckte den Kopf herein. »Ach, Mr. Petrel«, sagte er, »Sie haben Besuch.«
Ich sah zur Tür und hörte hinter ihm eine vertraute Stimme.
»C-Bird? Was treibst du da drinnen?«
Und dann eine zweite: »C-Bird, machst du irgendwem Ärger?«
Der Psychiater trat beiseite, und Big Black und Little Black kamen ins Zimmer.
Falls Big Black sich verändert hatte, dann war er noch riesiger geworden. Er hatte einen imposanten Taillenumfang, der wie ein Ozean in ein Fass von einem Brustkorb und die dicken Arme überging, und darunter Stahlpfeilerbeine. Er trug einen dreiteiligen Nadelstreifenanzug, der nach meinem unmaßgeblichen Eindruck sehr teuer schien. Sein Bruder war nicht weniger herausgeputzt, mit Lederschuhen, in denen sich die

Deckenlampen spiegelten. Bei beiden zeigten sich die ersten grauen Strähnen, und Little Black hatte eine Goldrandbrille fast auf der Nasenspitze sitzen, was ihm eine gewisse intellektuelle Ausstrahlung verlieh. Es kam mir so vor, als hätten sie ihre Jugend abgelegt und gegen Seriosität und eine gehobene Stellung getauscht.

»Hallo, Mr. Moses und Mr. Moses«, sagte ich.

Die beiden Brüder waren im Nu an meinem Bett. Big Black streckte seine massige Hand aus und patschte mir auf die Schulter. »Geht's besser, C-Bird?«, fragte er.

Ich zuckte die Schultern.

Dann wurde mir bewusst, dass ich damit nicht unbedingt einen allzu positiven Einruck vermittelte, und so fügte ich hinzu: »Also, ich bin nicht gerade verrückt auf all die Medikamente, aber ich denke, mir geht's auf jeden Fall bedeutend besser.«

»Du hast uns einen ganz schönen Schrecken eingejagt«, sagte Little Black. »Einen verdammten Schrecken.«

»Als wir dich gefunden haben«, sagte Big Black ruhig, »waren wir nicht sicher, ob du durchkommst. Du warst wirklich schon ziemlich hinüber, C-Bird. Hast mit Leuten geredet, die nicht da waren, mit Sachen um dich geworfen, dich geprügelt, gebrüllt. Ziemlich unheimlich.«

»Mir ist es eine Weile nicht so gut gegangen.«

Little Black nickte. »Wir haben alle schon mal schwere Zeiten erlebt. Hast uns eine mordsmäßige Angst gemacht.«

»Ich wusste nicht, dass *Sie* mich gefunden haben«, sagte ich.

Big Black lachte und sah seinen Bruder an. »Na ja, eigentlich machen wir so was schon lange nicht mehr. Nicht wie in den guten alten Zeiten, als wir jung waren und in diesem alten Laden gearbeitet haben und dem ollen Gulp-a-pill nach der Pfeife tanzen mussten. Das war mal. Aber wir bekamen einen

Anruf und sind sofort rübergeflitzt, und wir sind verdammt froh, dass wir gerade noch ankamen, bevor du …«

»Ich mich umgebracht habe?«

Big Black lächelte. »Also, wenn du's so ungeschminkt sagen willst, C-Bird, dann hast du's genau getroffen.«

Ich lehnte mich ein wenig in die Kissen zurück und sah die beiden Männer an. »Woher wussten Sie …«, fing ich an.

Little Black schüttelte den Kopf. »Also, wir haben dich schon seit 'ner ganzen Weile im Auge, C-Bird. Haben regelmäßig bei Mr. Klein im Behandlungszentrum nachgefragt, welche Fortschritte du machst. Und 'ne Menge Anrufe von den Santiagos von gegenüber. Die haben uns geholfen, auf dich aufzupassen. Und dann die örtliche Polizei und ein paar Geschäftsleute in deiner Gegend, die haben C-Bird über die Jahre alle ein bisschen im Auge behalten. Wundert mich, dass du davon nichts mitbekommen hast.«

Ich schüttelte den Kopf. »Ich hatte keine Ahnung. Aber wie haben Sie die nur dazu gebracht …«

»'ne Menge Leute sind meinem Bruder und mir verpflichtet, im großen Stil, C-Bird. Und dann gibt's 'ne Menge Leute, die dem Bezirkssheriff – er wies mit dem Kopf auf Big Black – oder einem Stadtrat gerne mal eine Gefälligkeit erweisen …« Er legte eine Pause ein und fügte hinzu: »Oder einer Bundesrichterin, die ein mächtiges Interesse an dem Mann hat, der ihr in einer wirklich schlimmen Nacht vor einigen Jahren das Leben gerettet hat.«

Ich war noch nie in einer Limousine gefahren, schon gar nicht mit einem Polizeibeamten hinterm Steuer. Big Black zeigte mir, wie man die Fenster rauf und runter ließ, und dann, wo das Telefon war, und fragte mich, ob ich mal telefonieren wollte – auf Kosten des Steuerzahlers natürlich – mit irgendjemandem, egal, wem, doch mir fiel niemand ein, mit dem ich gerne gesprochen hätte. Little Black sagte dem Fahrer, in welcher Straße ich wohnte, und er hielt einen kleinen Matchsack mit zwei sauberen Kleidergarnituren bereit, die mir meine Schwestern besorgt hatten.

Als wir die schmale Straße entlangfuhren, die zu meiner Wohnung führte, sah ich noch einen offiziell aussehenden Wagen vor meiner Tür parken. Ein Fahrer in schwarzem Anzug stand neben der Tür und wartete auf uns. Er schien die Moses-Brüder zu kennen, denn als wir aus der Limousine stiegen, zeigte er nur zu meinem Wohnungsfenster hoch und sagte: »Sie wartet oben.«

Ich ging bis zur ersten Etage voraus.

Die Tür, die Big Black und Little Black und das Krankenwagen-Team aufgebrochen hatten, war repariert, stand aber weit offen. Ich trat über die Schwelle und sah sofort, dass in meiner Wohnung sauber gemacht und alles instand gesetzt und hergerichtet worden war. Ich roch frische Farbe und sah, dass die Kücheneinrichtung neu war. Dann schaute ich auf und sah Lucy mitten in meinem kleinen Wohnzimmer stehen.

Sie lehnte sich ein wenig nach rechts und stützte sich auf einen silbrigen Aluminiumstock. Ihr Haar glänzte schwarz, mit ein wenig Grau an den Schläfen, als wäre sie genau so alt wie die Moses-Brüder. Die Narbe in ihrem Gesicht war mit den Jahren noch weiter verblasst, doch ihre grünen Augen und ihre Schönheit waren noch genauso atemberaubend wie an dem Tag, als ich sie das erste Mal gesehen hatte. Sie lächelte, als ich auf sie zuging, und streckte mir die Hand entgegen.

»Oh Francis«, sagte sie, »wir hatten solche Angst um Sie. Es ist so lange her, und jetzt – es ist schön, Sie wiederzusehen.«

»Hallo, Lucy«, sagte ich. »Ich hab oft an Sie gedacht.«

»Und ich an Sie, C-Bird.«

Einen Moment blieb ich wie angewurzelt stehen, ein wenig erstarrt wie bei unserer ersten Begegnung. Es gibt Momente, in denen es einem schwer fällt, zu sprechen, zu denken oder auch nur zu atmen, besonders wenn bei jedem Wort, jedem Blick und jeder Berührung so viele Erinnerungen mitschwingen.

Ich hatte viele Fragen auf dem Herzen, doch stattdessen sagte ich nur: »Lucy, wieso haben Sie Peter nicht gerettet?«

Sie lächelte wehmütig und schüttelte den Kopf.

»Ich wünschte, ich hätte es gekonnt«, sagte sie. »Aber Fireman hätte sich selbst retten müssen. Ich konnte es nicht. Und auch sonst niemand. Nur er.«

Sie seufzte leise, und ich sah an ihr vorbei und stellte fest, dass die Wand, auf die ich geschrieben hatte, unangetastet war. Die Schriftspalten wanderten von oben nach unten und wieder hinauf, und die Zeichnungen sprangen ins Auge – die ganze Geschichte war noch genauso da wie in der Nacht, als der Engel ein letztes Mal zu mir gekommen und ich ihm durch die Finger geschlüpft war. Lucy folgte meinem Blick und drehte sich halb zur Wand um.

»Ganz schöne Leistung, C-Bird«, sagte sie.

»Sie haben es gelesen?«

»Ja, wie alle.«

Ich schwieg, weil ich nicht wusste, was ich sagen sollte.

»Ihnen ist sicher klar, dass ein paar Leute sich von Ihrer Schilderung ziemlich verletzt fühlen werden«, sagte sie.

»Verletzt?«

»Der Ruf. Die Karriere. Diese Dinge.«

»Dann ist es gefährlich?«

»Möglich. Nicht immer leicht zu sagen.«

»Was raten Sie mir?«, fragte ich.

Lucy lächelte wieder. »Das kann ich nicht für Sie entscheiden,

C-Bird. Aber ich hab Ihnen ein paar Geschenke mitgebracht, die Ihnen vielleicht dabei helfen können, zu einer Entscheidung zu kommen.«

»Geschenke?«

»Ich weiß nicht, wie ich das sonst nennen soll.« Sie zeigte auf einen einfachen braunen Pappkarton, der an die Wand geschoben war. Ich ging hinüber und griff hinein, um ein paar Dinge herauszuholen, die darin gestapelt waren.

Das Erste war ein Packen große gelbe Notizblöcke. Danach kam eine Schachtel Bleistifte mit Radiergummi zum Vorschein. Darunter befanden sich zwei Dosen eierschalenweiße Latex-Farbe, matt, eine Rolle, eine Wanne und ein großer, harter Pinsel.

»Sehen Sie, C-Bird«, sagte Lucy mit Bedacht, indem sie ihre Worte mit richterlicher Präzision und Sorgfalt wählte. »Fast jeder könnte hier reinkommen und die Geschichte lesen, die Sie an die Wand geschrieben haben. Und jeder kann sie sich auf seine Weise auslegen und sich zum Beispiel fragen, wie viele Leichen denn nun tatsächlich auf dem alten Friedhof der staatlichen Anstalt begraben sind. Und wie diese Leichen dorthin gekommen sind.«

Ich nickte.

»Andererseits ist das Ihre Geschichte, Francis, und Sie haben das Recht, sie zu erzählen. Daher die Notizblöcke, die von Dauer sind und entschieden mehr Vertraulichkeit wahren als die Worte an der Wand. Die fangen schon jetzt an zu verblassen, und bald werden sie nicht mehr zu entziffern sein.«

Ich sah, dass sie die Wahrheit sagte.

Lucy lächelte und machte den Mund auf, um etwas hinzuzufügen, doch dann überlegte sie es sich anders.

Stattdessen lehnte sie sich einfach nur vor und küsste mich auf die Wange.

»Es ist schön, Sie wiederzusehen, C-Bird«, sagte sie. »Passen Sie von jetzt ab besser auf sich auf.«
Dann stützte Lucy sich schwer auf den Stock und hinkte, indem sie bei jedem Schritt das ruinierte rechte Bein nachzog – ein bleibendes Andenken an jene Nacht –, aus dem Zimmer. Big Black und Little Black sahen ihr eine Weile nach, bevor auch sie mir wortlos die Hand schüttelten und ihr folgten.
Als die Tür zuschnappte, drehte ich mich um und betrachtete die Wand. Ich überflog all die Wörter, und noch während ich las, packte ich die Bleistifte und die Schreibblöcke aus. Ich brauchte nicht mehr als ein paar Sekunden, um mit der Abschrift zu beginnen, und so fing ich links oben an:

Francis Xavier Petrel traf weinend im rückwärtigen Teil eines Krankenwagens im Western State Hospital ein. Es regnete stark, die Dunkelheit brach schnell herein, und seine Arme und Beine steckten in Fußfesseln und einer Zwangsjacke. Er war einundzwanzig Jahre alt und hatte so große Angst wie in seinem ganzen kurzen und bis dahin ereignislosen Leben noch nicht …

Die Zeichnung, dachte ich, konnte ruhig ein paar Tage warten.